3 第三卷

徐中玉 著 查正贤 编

文集

徐中玉

华东师范大学出版社

徐中玉文集

第三卷　目　录

古代文艺创作论集

"入门须正，立志须高"

——我国传统的艺术创作经验之一

一、王教头如何从新点拨史进

《水浒》第二回里有这样一个故事：东京八十万禁军教头王进在史家村侍母养病时，偶然看见宅内小官人史进在那里使棒，当然感觉兴趣，看了半晌，大概情不自禁吧，不觉完全忘记了他初来时"小人姓张"和"今来消折了本钱"的假托，开口就发出了显露本事、眼力，却也很容易暴露身份的这几回议论来："这棒也使得好了，只是有破绽，赢不得真好汉。"

为什么"赢不得真好汉"呢？因为"有破绽"。为什么有"破绽"还说"也使得好了"呢？因为总算有了点样子，有点好看了。但决不是真好，此即后来他告诉史太公所说的："令郎学的都是花棒，只好看，上阵无用。"王进深知，使枪弄棒一定要"上阵有用"，一定要在遭遇强敌时能赢得他。若违背这个目的，缺乏这种效果，便根本说不上真有什么好处了。

王教头这番议论自然不错。具体到他对史进"花棒"的实地"批判"，更是立见分晓。不信，请看史进尽管能"把一条棒使得风车儿似转"，并且逞其傻勇，只顾"拿条棒滚将入来"、"轮着棒又赶入来"，但经不起王教头将棒一掣、一搠、一缴，史进的棒就不能不被打得丢在一边，而且人也"扑地往后倒了"。史进的"花棒"不但赢不得真好汉，若不是王教头棒下留情，恐怕仅仅打折手脚还要算他的大幸。

于是，史进开始知输、请教，王教头尽心"点拨他端正"，并且是"从新点拨他"，"十八般武艺，一一从头点拨"。半年之后，"一一学得精熟"。王进走了之

677

后,史进自己还是每日打熬气力,"半夜三更起来演习武艺,白日里只在庄后射弓走马"。于是,"花棒"实实变成了真家伙,当他初次出马遇到少华山好汉跳涧虎陈达挺枪过来交战时,果然不费多少气力,就把陈达从马上轻轻拿下来了。

可以说,从"只好看"的"花棒",经过改弦易辙,加上刻苦锻炼,到确实能够赢得真好汉,这才是九纹龙史进难得的英雄本色。在这以前,他其实只是一个莽撞的小官人罢了。我觉得,他经历的这个重要转折过程能够启示我们不少东西。学艺一定要有个明确的目的,一定要追求实效,不能只图"好看"——骗骗外行人。既然弄枪使棒,明确的目的不外卫国杀敌或自卫防身。在舞台上要武艺应是另一问题。《水浒》作者通过王进之口讲的这番道理和真正军事家如戚继光的看法是一致的。在《纪效新书》里,他说:

> 今之军士,设使平时所习所学的号令营艺,都是照临阵的一般,及至临阵,就以平时所习者用之,则于操一日必有一日之效,一件熟便得一件之利。
>
> 且如各色器技营阵,杀人的勾当,岂是好看的?

同样是单人用长枪,他指出"圈串是学手法,进退是学步法、身法",此外如"所谓单舞者,皆是花法,不可学也"。又如用藤牌,他说"单人跳舞免不得,乃是必要从此学来",而"内有闪滚之类,亦是花法"。他严肃地指出:花法"不惟无益,且学熟误人"。既已学熟了花法怎么办? 他虽未明言,显然也只能下决心端正方向,从新学起,才有希望。

这种经验教训,能否运用到艺术创作上来呢? 不但能够,而且早有丰富的记载和例证了。

二、捐弃故伎,更受要道

大家知道曹丕不但是一个皇帝,还是一位有才能的文学家。他不仅能文,而且还擅长击剑,本领颇为高强。《典论·自叙》中他自述:

> 尝与平虏将军刘勋、奋威将军邓展等共饮。宿闻展善有手臂,晓五兵,又称其能空手入白刃。余与论剑良久,谓言:"将军法,非也。余顾尝好之,

又得善术。"因求与余对。时酒酣耳热,方食竿蔗,便以为杖。下殿数交,三中其臂,左右大笑。展意不平,求更为之。余言:"吾法急属,难相中面,故齐臂耳。"展言:"愿复一交。"余知其欲突以取中也,因伪深进,展果寻前,余却脚鄭,正截其颡。坐中惊视。余还坐,笑曰:"昔阳庆使淳于意去其故方,更授以秘术,余亦愿邓将军捐弃故伎,更受要道也。"一坐尽欢。

邓展名声虽大,剑法并不高明,两次都败北了,其"故伎"也许即属"花法"一类。曹丕劝他抛开这种花法,另外学习"要道",并又举了阳庆教导淳于意的事为先例。《史记·扁鹊仓公列传》载:淳于意少而喜医方术,后来又拜名医阳庆为师。阳庆当时已七十多岁,没有儿子,很愿把本领教给他。其方法,却是要淳于意"尽去其故方",改学自己的医法,并向他传授黄帝、扁鹊的脉书和药论等要籍。淳于意听了他的话,学了三年,学得很精,"为人治病,决死生多验"。可见,《水浒》里王进教导史进所用的办法,渊远流长,不但前有曹丕,还有更前的阳庆已经用之著有成效了。淳于意虽然少而喜医方术,但直到后来司马迁才说他"为人治病,决死生多验",想必当初他的那些"故方"是很不顶用的。

棒有"花棒",剑有"花剑",医有"花医",弹琵琶也有类似的"花琵琶"。这些带"花"的东西,开头并不是没有市场的,但和真家伙一比,立刻就会显出虚弱的原形来。唐段安节《乐府杂录·琵琶》有段被后代广为流传的故事。

贞元中,有康昆仑第一手。始,遇长安大旱,诏移两市祈雨,及至天门街,市人广较胜负,及斗声乐。即街东有康昆仑琵琶最上,必谓街西无以敌也。遂请昆仑登采楼,弹一曲新翻羽调录要。其街西亦建一楼,东市大诮之。及昆仑度曲,西市楼上出一女郎,抱乐器。先云:"我亦弹此曲,兼移在枫香调中。"及下,拨声如雷,其妙入神。昆仑即惊骇,乃拜请为师。女郎遂更衣出见,乃僧也,盖西市豪族厚赂庄严寺僧善本,以定东廊之胜。翌日,德宗召入,令陈本艺,异常嘉奖。乃令教授昆仑。段奏曰:"且请昆仑弹一调。"及弹,师曰:"本领何杂! 兼带邪声。"昆仑惊曰:"段师神人也。臣少年初学艺时,偶于邻舍女巫授一品弦调,后乃易数师。段师精鉴,如此元妙也!"段奏曰:"且遣昆仑不近乐器十余年,使忘其本领,然后可教。"诏许之,后果尽段之艺。

679

这个故事,在明代李贽的《焚书》卷五里也完全保存着,末后还附有他自己发的一通议论:

> 卓吾子曰:至哉言乎!学道亦若此矣,凡百皆若此也。读书不若此则不如不读,作文不若此则不如不作,功业不若此则未可言功业,人品不若此亦安得谓之人品乎?总之,鼠窃狗偷云耳。无佛处称尊,康昆仑之流也,何足道!何足道!

康昆仑当初的琵琶,仍用王教头的话来说,"也使得好了",致使街东那些不懂行的人们认为他必可取胜。而在"真好汉"段善本面前,两声相比,究竟谁弹的"其妙入神",大家才辨别出来了,那时康昆仑学会的其实不过是一种"本领何杂,兼带邪声"的花腔,只配在"无佛处称尊"的伎俩。段善本要他"不近乐器十余年,忘其本领",同阳庆之于淳于意,曹丕之于邓展的指教,以至王进对史进的要求,难道不是很一致的吗?学医、学剑、学琵琶、学武艺,行当不同,而古人对"花俏"一病的药方,竟如此一致,其中是否体现着某种共同的规律?李贽所谓"学道亦若此矣,凡百皆若此也",我看是多少感觉到了这一点的。康昆仑听到段善本弹得远比自己好,马上愿意拜段为师;段善本正确地指出他的弱点,马上不胜佩服地称赞段为"神人";经过多年老实学习,果然尽段之艺。康昆仑后来所以能成为琵琶的第一手,是同他有这些服善、真诚、努力的好品质分不开的,卓吾不加分析笼统地斥为"何足道,何足道",未免太过了。

三、"凡百皆若此也",诗文亦然

以上所举,都非文事,其实写诗作文亦然。阳庆教淳于意、段善本教康昆仑的方法,后来经常被文学家用来做自我教育和指导别人的例子。

宋代散文家苏洵读书甚晚,且是把自己辛苦写就的几百篇文章忍痛付之一炬,彻底改弦易辙之后,才终于成为一个名家的。其《上欧阳内翰第一书》中自述:

> 洵少年不学,生二十五岁始知读书,从士君子游。年既已晚,而又不遂刻意厉行,以古人自期,而视与己同列者皆不胜己,则遂以为可矣。其后困

益甚。然后取古人之文而读之，始觉其出言用意与己大别。时复内顾自思其才，则又似夫不遂止于是而已者，由是尽烧囊时所为文数百篇，取《论语》、《孟子》、韩子及其他圣人贤人之文，而兀然端坐终日以读之者七八年。方其始也，入其中而惶然，博观于其外而骇然以惊；及其久也，读之益精，而其胸中豁然以明，若人之言固当然者。然犹未敢自出其言也。时既久，胸中之言日益多，不能自制，试出而书之，已而再三读之，浑浑乎觉其来之易矣，然犹未敢以为是也。

苏洵发觉自己在写作上的确已经走错路头，因而决心尽烧旧文，在七、八年间集中力量，努力提高自己。他这种做法，虽未明言在学淳于意或康昆仑，实际就是这样干的。

明代散文家王慎中同苏洵有类似的经历。《四库全书》《遵岩集》提要指出："史称慎中为文，初亦高谈秦汉，谓东京以下无可取。已而悟欧、曾作文之法，乃尽焚旧作，一意师仿，尤得力于曾巩。唐顺之初不服其说，久乃变而从之。壮年废弃，益肆力于文，演迤详赡，卓然成家。"他也是在发觉走错路子之后，尽焚旧作，从新开始。

清代章学诚亦尝以阳庆指教淳于意的方法转告诸及门，要他们从污人的墨卷影响中急谋易辙。他这样说：

王生集义，气质温醇，文乃不称，由其初学入手，即为墨裁。夫墨卷之污人，如胶油玷素，百浣不清。昔公乘阳庆，使淳于意尽去故方，更授秘术。生年幸未三十，宜尽去平日所诵读，而急谋易辙，乃可进耳。（《与定武书院诸及门书》）

"尽焚旧作"是表示再也不写过去那样的文章，再也不象过去那样写文章，而"尽去平日所诵读"，则是表示再也不读过去所读、喜读的东西了。从头、从新学起的精神是一致的。

以上所说是作文，写诗也一样。南宋张戒说："段师教康昆仑琵琶，且遣不近乐器十余年，忘其故态，写诗亦然。苏、黄习气净尽，始可以论唐人诗；唐人声律习气净尽，始可以论六朝诗；镂刻之习气净尽，始可以论曹、刘、李、杜诗。《诗序》云：'情动于中而形于言，言之不足，故嗟叹之。'子建、李、杜，皆情意有余，汹涌而后发者也。"(《岁寒堂诗话》卷上)张戒所谓苏、黄习气,大概指苏的以议论为诗,黄的补缀奇字;所谓唐人声律习气,大概指唐人的讲究声律;所谓镂刻习气,大概指过了分的雕琢。是否可以把这些一律贬称为必须革除的"习气",需要进一步分析讨论,但他认为好诗必须"情意有余",并且"汹涌而后发",其他考虑都应是次要的东西,不可喧宾夺主,这一点确不失为写诗的"要道"。

王渔洋《香祖笔记》卷七在引了上述故事后同样说:"知此者,可与言诗矣。"沈德潜则还加以阐释:"昔康昆仑学琵琶于段师,段师诫其不近乐器十年,乃可施教,以从前淫哇烦促之响,不能骤渐也。今之学诗者,日泛滥于晚唐以下,无论溺没不返,即一旦自悟其非,欲问途于开元、天宝而上之,而向时积习,随触萌生,其去曹、刘之墙,屈、贾之垒,有求合仍离者已"(《方冀朔灵洲诗集序》)。吴乔《围炉诗话》卷一云:"禅者云:'凡人胸中恶知恶见,如臭糟瓶,若不倾去,清水洗净,百物入中,皆成秽恶。'二李习气亦然。人若存彼丝忽于胸中,任学古诗唐诗,只成二李之诗。"沈德潜要人们问途于开元、天宝而上之,吴乔则痛斥明人之"瞎盛唐诗"。各人所认为的正途虽不相同,但都看到了恶知恶见不能存彼丝忽于胸中的必要。某条道路究竟是否正途可以通过讨论、经过实践来解决,一定要清除了邪恶错误的东西才得以使新鲜、正确的东西顺利生长,则是确实无疑的。教好一个从未学过什么的人比较容易,教好一个已经学过一点却走错了路的人甚难,难就难在先要扭转他的恶习,就是这个道理。

四、"要道"指什么

曹丕要邓展"捐弃故伎,更受要道"。"要道"究指什么呢?

阳庆要淳于意"尽去其故方"后,除了让他改学自己的医法,特向他传授黄帝、扁鹊的脉书和药论等要籍。这似乎是要他从新、从头打好理论的基础,用前人行之有效的经验结晶去充实他的头脑。淳于意这样学了三年,成功了。

曹丕没有明言邓展应更受什么"要道"。但他曾自述学剑经过:"余又学击剑,阅师多矣。四方之法各异,惟京师为善。桓、灵之间,有虎贲王越善斯术,称于京师。河内史阿言昔与越游,具得其法,余从阿学之,甚精熟。"(《典论·自叙》)邓展拜师有否经过仔细比较,慎重选择?他学剑有否尽了最大努力,到达"精熟"的程度?看来,他并未得到"善术",而且也未"精熟"。他的缺点其实在交手之前,就已被曹丕在谈论中感觉到了。要得善术就应择师,要发挥作用就应练得精熟,我以为这两条也不失为要道。

段善本接受康昆仑为徒的条件是要他不近乐器十余年,使忘其本领。要求他忘掉什么本领呢?即女巫的邪声和未经融会贯通的杂凑成的那些东西。这里也可看出择师的重要。教他学琵琶而又要他不近乐器十余年,实际未必如此机械,其精神,当是要他在积年的弊病没有从根子上清除以前,一个时期内不要急急去考虑创作的事。"十余年",无非表示病根深重,需要经过较长时期的渝洗,改变,让他先有个充分的思想准备。对"邪"和"杂",就有使之回到"纯""正"道路上来的问题。这里面有技术问题,也还有思想感情上的因素。

苏洵尽烧旧文,是由于看到了自己两大缺点:第一,没有刻意厉行,以古人自期;第二,看到周围同辈都还不如自己,自满了。于是七、八年间,专心钻研圣人贤人之文,从出言用意等各方面找出同自己的差距。仅仅"兀然端坐终日以读之"的办法当然不足为训,但在当时可能的范围内下决心用较长时间来提高自己的认识,还是对的。欧阳修说他尽烧旧文之后,"益闭户读书,绝笔不为文辞者五、六年,乃大究六经百家之说,以考质古今治乱成败,圣贤穷达出处之际,得其粹精,涵蓄充溢"(《故霸州文安县主簿苏君墓志铭》)。显然,他的视野宽广了,认识深化了。当初他是缺乏这种"要道"的。

对在文艺创作上走了弯路的人来说,他们所应更受的"要道",由于走弯路的情况不同。有些是不会一样的。如上所举,就有认真读书打基础、择师、勤学苦练、彻底清除向来的不良影响、扩大和深化对社会的认识等。缺乏生活的丰富生活,不明道理的提高认识、锻炼不足的刻苦努力,技术不高的多多向成功的作品学习。根据需要,也许择其一端,也许各方面都得从头、从新学起。然而除此之外,是否还有同应更受的"要道"呢?有的。这就是走弯路者在思想感情上的改造、提高。古人曾称这为"移情"。走弯路决不会只是技术上的问题,即使程度不同,总有其思想感情上的原因。

五、改弦易辙的根本途径——移情

移情之说,早在唐吴兢《乐府古题要解》对《水仙操》的解题中已提出来:

> 伯牙学琴于成连,三年而成。至于精神寂寞,精之专一,未能得也。成
> 连曰:"吾之学不能移人之情,吾之师有田子春在东海中。"乃赍粮从之,至

蓬莱山。留伯牙曰："吾将迎吾师。"划船而去。旬日不返。伯牙心悲,延颈回望,但闻海水汩没,山林窅冥,群鸟悲号。仰天叹曰："先生将移我情。"乃援操而作歌,云:"繄洞庭兮流渐濩,舟楫逝兮仙不还。移形素兮蓬莱山,欹钦伤宫仙石还。"伯牙遂为天下妙手。

这个故事各本文字不尽同,这里所据大概仍有讹误,但大意可以理解,说明《水仙操》就是在这样的情境中产生的。故事当然不会全有事实根据,但意思是合理的,毫不神秘,文艺工作者不可能只凭学习技术就能成为"天下妙手",更重要的是他应该移情,即移易感情,转变精神,成为一个具有"精神寂寞,精之专一"、非常高尚、清醒、坚强的人。故事里的老师成连十分高明,他知道学会了一定技术的学生未必就能具有这种精神,这种精神也不是靠了老师指导便能养成,应该帮助他通过实践、接受锻炼,自己生长起来。故事里的学生伯牙果然终于懂得了老师的苦心,"先生将移我情",在他发出这句叹语时,确实充满了感激,决不是什么悲哀的叹息。否则,他后来不可能成为天下的妙手。

对于在文艺创作上走了弯路的人来说,是否都有一个"移情"问题存在呢?邓展名气不小,自知之明却不多,若不是两次败北,决难轻易服善。康昆仑少年学艺时,愿受女巫指教,昂然登上彩楼弹曲时,心里当然也以为必可压倒街西。苏洵呢,如他自白,当初他是"年既已晚"了仍不很努力,颇自满足的。《水浒》里的史进,分明只学会了几下"原来不值半分"的花棒,可是一点也听不得正确的批评,顿时火冒三丈。缺乏远大的目标,没有高尚的情操,只是补些漏洞,他们难道就能回到正道上来吗?

康昆仑听到了段善本"其妙入神"的演奏,立即向他"拜请为师",坦白承认自己本领很杂,兼带邪声,真诚佩服段师的精鉴,欣然接受"不近乐器十余年"的学艺条件。苏洵"尽烧曩时所为文数百篇",认真博观精读七、八年,已经取得不小进步"犹未敢以为是也"。史进开头虽然出于无奈才肯向王进请教,后来却认真学习,把十八般武艺从新学得十分精熟,每日只是打熬气力,半夜三更都起来演习武艺,稍后还懂得了些组织起来,递相救护,共保村坊的道理。这就是说,在认真练习本领的同时,他们的精神状态也在发生改变。不能设想,全凭技术的学习就能完成艺术的造就。如果故事中的伯牙终于不能了解成连有意培养他的好心,"移情"没有完成,他怎么能成为传颂千古的弹琴妙手呢?段善本要康昆仑答应了"不近乐器十余年"才愿收他为弟子,看来主要就是帮助他解决移情的问题。而欧阳修不是同样也说苏洵在改弦易辙过程中曾"绝笔不为文辞者五六年"吗?"磨刀不误砍柴工",一旦移情成功,花费这些时间不但很需要,也还是值得的,因为可以把损失很快补回来。

走了错路、弯路,就得在转变、改造自己的思想感情这个根本问题上着手挽回,从上所说,可见这并非今天的新发现,乃是历来很多艺术家的共同感觉,共同经验。满脑子封建主义的等级、特权思想,满脑子资产阶级的个人主义、为名为利,根本不想为人民群众、为社会主义服务,连一点社会责任感都没有的人,妄想也能写出好作品,或以为无须经过"移情",真正改弦易辙,这种人只要"笔锋一转"亦可马上回头跟上,实际是办不到的。

六、入门须正,立志须高

走了错路弯路必须马上回头、"移情",这是真理。但这会损失时间,花许多力气,亦是事实。能避免或尽量减少这种损耗自然最好。古代文艺理论家既看到前面一点,也看到后面一点。为此,他们时常提醒人们,在开始走上创作道路时一定要特别小心,以免误入歧途。刘勰《文心雕龙·体性》篇中说:

> 夫才有天资,学慎始习,斫梓染丝,功在初化。器成彩定,难可翻移。

严羽《沧浪诗话·诗辨》里也这样指出:

> 夫学诗者以识为主:入门须正,立志须高。……若自生退屈,即有下劣诗魔入其肺腑之间,由立志之不高也。行有未至,可加工力,路头一差,愈鹜愈远,由入门之不正也。故曰:学其上,仅得其中,学其中,斯为下矣。

我们文学理论批评史上这两位大家都如此重视入门时的道路选择问题,决非偶然,乃是他们总结了许多作者正反两方面经验后的深知甘苦之言。"才有天资",每个人有些自然素质的差异,这是事实,但"才"的主要构成因素无疑还是后天的教养、学习和锻炼,如果说我们现在对自然素质的改造还待研讨摸索,那么对后天教育如何安排设计得更好,应该说条件优越得多。刘勰具体指出的童子必须先习"雅制",严羽具体指出的应"以汉魏晋盛唐为师,不作开元天宝以下人物"，当然只是他们在当时历史条件下提出的标准，这种标准今天看来既有其局限也并未说中要害，但他们毕竟看到了"学慎始习"、"入门须正，立志须高"的重要性，亦即端正方向路线的重要性，还是有意义的。他们的话至少可以提醒作者，决不是随便走上哪一条道路就能写出成功的作品，你在开步走时必须慎重思考一下走的是正路还是邪路。

我们早已听说过福楼拜是怎样指导莫泊桑写作的。在好些年中，这位老师照例似的总要莫泊桑把拿去想请自己指教的作品毫不吝惜地烧掉。他教莫泊桑到社会生活中去观察、研究各种人物，努力刻画出各色各样人物的不同性格，认为这才是真正创作的开始。莫泊桑照老师的话做了，终于成为法国短篇小说的大师。

高尔基也曾写信给一位名叫安·叶·陀勃罗伏尔斯基的青年作者，由于看到他的习作"完全没有把人描绘得生动活泼的本领，而这却是主要的"，因而提出这样的忠告："至少在两三年内，你不要写作，整个时间都去研究经典作家，看一看屠格涅夫和契诃夫怎样写作，托尔斯泰怎样写中篇小说和短篇小说。读一读普希金、莱蒙托夫、涅克拉索夫。新的诗人们，例如巴尔孟托，他固然是一个颓废派，可是他把语言掌握得好极了。"高尔基反复叮咛他："我认真地劝告你——不要写作！要学习！教导人的不是书本，主要地是生活本身。要学习观察人们，了解人们"（译文见《光明日报》1959年11月14日）。

福楼拜和高尔基这些话早已成为世界文坛传颂的美谈，其实类似的轶事在我国文学史上何尝少了？即就上面举出的几个还不是远比他们早得很久？这样一比较，将使我们能够理解文艺创作从不同方面都可找出某些共同的规律。段善本对康昆仑的要求，出人意外，实在理中，可惜的只是未曾留下更多的资料以便说明罢了。

"入门须正"、"立志须高"这一传统的艺术创作经验对我们今天仍很有用。我们的"正"是什么？"高"在哪里？人民群众的根本利益，社会主义理想的实现，谈"正"谈"高"，当然都离不开这根本的两条。而为了写出好的作品，具体做起来，熟悉社会，了解各种人物，学好运用语言文字这种文学的武器，都极重要。关键仍在"情"上，文艺工作者必须不断在实践中锻炼、提高自己作为一个"革命人"的思想感情。"已欲立而立人"，自己树立起了革命人的思想感情，"俯首甘为孺子牛"，不自满，不僵化，不当风派，错了就改，跌倒了就努力爬起，永远向前，这才有可能给别人好的影响，充分发挥文艺创作的教育作用。"正"与"高"，不能凭你的职位高下、权力大小、言辞动听不动听、叫喊的声音大不大和多还是少来辨别、判定,而只能根据行动及实践效果,千百万人民的感受来评断。

当前,"左"的流毒还深,需要拨乱反正;因受封建主义和西方资产阶级只重物质享受以及无政府主义等思潮影响而产生的思想境界很低的现象,也还有不少存在。这种情况在文艺创作领域里并不例外。在新的意义上提出"入门须正,立志须高"这个问题,共同来进行探讨,我以为是非常必要的。

1981 年 3 月 16 日

再谈"重新从头学起"

　　向来读书,每注意有些似乎颇为特殊的现象,觉得可以想想,而一时又无暇旁及,便姑且札录下来放起。但有时倒也真巧,同样的现象又发现了,便再札录下来。时间一久,这类材料可以不知不觉积存十条八条。偶而想到了这些材料,有时便从中拣起一束,在阅读中存心想再找到一些,看看中间究竟有什么问题,是否蕴蓄着什么道理。我有这样一点经验,即心中存在着的问题,往往能在阅读中于表面似乎毫不相干的读物中得到意外的启发,很有用的参考物。带着问题读书,有时是为了想解决某个问题,例如非常对口的专业书、专题论文,但更多时候却并非为了立刻要解决某一问题,由于带着问题阅读对这问题逐渐积累增多了知识,其作用要到后来的某个时候想讨论这个问题时才明显产生。特殊现象的材料只此一条,以后再未发现过,可能一辈子也不去理它了。有了三条五条,也未必都有时间精力兴趣一一追究。对个人来说,读了几十年书,对这些材料中的哪一个终于注意起来作些探究,实在是多少有点偶然性的。

　　发表在今年《文学评论丛刊》第十三期(古典文学专号)上的拙作《"入门须正,立志须高"》一文,我虽给它加了个副题《我国传统的艺术创作经验之一》,却就是如上所说,多少有点偶然才写成的。这中间引用的材料虽然并不丰富,积累下来倒经二、三十年了。因为都是属于同类的特殊现象才随手札录下来,没有预想在什么时候要写这么一篇文章。自然,更没有想到在既已写成了这篇文章之后,只因偶然重翻《歌德谈话录》(朱光潜译,人民文学出版社版)这本书,从中又发现了可资比较的材料,还要再写这篇小文章。

　　原来那文引用的材料,都是说古代有些人学习某项技艺有年,自以为很高明了,或者很骄傲自满,或者也已颇得称赏,可是在真正的内行人面前,经过小小较量,却马上显出了拙劣或徒然好听好看的没用的原形。真正的内行人爱护这种人,或者诚恳指点,或者启发自觉改正,或者愿意亲自当他的老师,只有一个必须接受或做到的条件,就是必须重新从头学起。有的老师为此还提出了似乎非常"苛刻"——严格的条件。

如果从时代顺序排下来,我积到的材料略举有:《史记·扁鹊仓公列传》说,淳于意少而喜医方术,有点小本事,想再拜名医阳庆为师,阳庆表示愿意,但一定要淳于意"尽去其故方",改学自己的医法。淳于意向他学了三年,从此"为人治病,决死生多验。"曹丕不但是文学家,也擅长击剑,当时有个将军邓展,自以为剑法高明,曹丕从跟他论剑中已指出他方法不对,邓展不服气,要求用芋蔗比试,两次极快便被曹丕击中了,曹丕劝他"捐弃故伎,更受要道"(见《典论·自叙》)。唐朝有个琵琶能手康昆仑,号称第一手,有次参加对台赛,大家都以为他一定能得胜,不料竟败在对方一个老和尚段善本手里,善本"其妙入神"。康昆仑倒十分服善,拜请为师。善本说:"且遣昆仑不近乐器十余年,使忘其本领,然后可教。"昆仑接受条件,后果尽段之艺。(唐段安节《乐府杂录·琵琶》)宋代散文家苏洵读书甚晚,跟他交游的人都不如他,便自满起来,结果各方面都无甚长进,后来他觉悟了,把自己写就的几百篇文章付之一炬,决心改弦易辙,七八年间再未作文,努力学习,终于得到成功。(《上欧阳内翰第一书》)还有《水浒》第二回里东京八十万禁军教头王进先是教训后来点拨端正史进的故事。史进原先只学会了一些好看的花棒,上阵根本无用,只被王进将棒一掣、一搠、一缴,就扑地往后倒了。是经过王进"一一从头点拨"之后,史进才真正成为一条武艺高强的好汉的。

对这些特殊现象,我借用南宋严羽《沧浪诗话》里的两句话"入门须正,立志须高",试作了初步的概括说明。这些人在"重新从头学起"之前,或则小有成绩即沾沾自喜,自命不凡,或则追逐时尚,务求悦人,总由立志不高,情操中下,便求速成,既未刻苦努力,也不惜走旁门邪道。正如成连之教导伯牙,改弦易辙而不从根本上端正方向:"移情",是终归不行的。

我还说,我们很久以来常以福楼拜指教莫泊桑毫不吝惜烧掉自己的旧作到现实社会生活中刻苦学习,高尔基指教一位青年作者至少在两三年内不要再写作,而应好好地去研究学习大作家们是如何写作的——这些轶事为美谈。这些当然是美谈,可也不能不知道,不能忘记在我国文学史上,这样的美谈亦非常丰富。对我们来说,往往更为亲切。

为什么开头走错了路一定要"重新从头学起",甚至还得中间必须停止写作一个相当长期呢?在我国上列这些记载中,阳庆说的是要淳于意去读黄帝、扁鹊的脉书和药论等要籍,曹丕说的是要邓展去求善术,受要道,段善本说的是要康昆仑尽去过去向女巫学来的邪杂之声,苏洵说的是决心钻研圣贤之书,王进说的是花捧一套必须完全丢光,等等。近日重读顾炎武书,他说当日"士大夫皆幼读时文,习染已久,不经之字,摇笔即来",非常讨嫌。怎么办呢? 没料到他也想到了康昆仑的故事,说"正如康昆仑所受邻舍女巫之邪声,非十年不近乐器,未可得而绝也。"(《日知录集释》卷十八)他们的实际指导内容我推想必然不止这些话,不过这些话毕竟也讲出了不少道理。"入门须正,立志须高"自然也很对,但是否还可以从别的方面别的角度来补充说明呢?

　　有的。这就可以举歌德对当时第一流德国即席演唱家沃尔夫的忠告事为例。沃尔夫有明显的才能,但歌德直率地指出他存在主观的毛病。他不能对客观事物鞭辟入里,抓住它的特点,而只会一般化的表现。"这是他能办到的,因为他并不缺乏想象力。只是他必须当机立断,牢牢抓住客观真相。"爱克曼插话试图加以解说:"我恐怕这比我们所想象的要难,因为这需要他的思想方式来一个大转变。如果他做到了这一点,他在创作方面就要有一个暂时的停顿,还要经过长期锻炼,方能熟悉客观事物,客观事物对他才成为一种第二自然。"爱克曼所谓"第二自然",即歌德着重主张的,艺术不能只根据生糙的自然,而要对自然材料加工,"熔铸成一个优美的、生气灌注的整体";艺术作品便是"第二自然"。歌德回答爱克曼道:"跨出的这一步当然是非常大的,不过他必须拿出勇气,当机立断。这正如在游泳时怕水,我们只要把心一横,马上跳下去,水就归我们驾驭了。"

　　请看,这里也提到了养成不好的习惯之后转变之难,之必须经过一段暂时停顿的时期,之必须拿出当机立断的勇气,因为,思想方式的大转变决不是轻易便可完成的。有决心有勇气完成这一转变的可以成功,做不到的,就只好混混日子,谈不上成功和真正的艺术生命了。

　　中外文学史上诸如此类的材料表明,有些好象特殊的现象,其实并不真是特殊,是古今中外都存在过,目前也还是有的。文学有中外,许多现象却相同,酷似,不谋而合。对待这些现象,由于技艺国情不同,救正的具体办法也不可能一样,但基本道理有一致处。其间存在规律,可因比较研究而使彼此更加明白认识。错路走得太远了,已经成为自己的思想方式,便非费大力气,耐大艰苦以彻头改变不可。不肯重新从头学起,革面洗心,换成另一个目标,另一种胸襟,另一副眼光,枝节修补毕竟不行。

然而分明错了,坚持不肯重新从头学起的人也是古今中外都有的。歌德亦谈到了这一点:"这并不足为奇,那批人坚持错误,因为他们依靠错误来维持生活,否则他们要重新从头学起,那就很不方便。"

难道一个人仅仅因为贪图自己方便就可以隐瞒真理、放弃真理么?而且,真理难道是能够永远被隐瞒得住的么?阳庆、康昆仑、苏洵、史进们的重新从头学起的精神,我是很佩服的。同时也觉得,中外古今,比较一下,对文学研究着实有许多益处。

1982 年 12 月 17 日

文章且须放荡

——发扬我国指导青年创作"必须放"的优良传统

　　相当长的一个时期里,在"左"的思想倾向影响下,我们的文艺创作在一度蓬勃兴旺之后并未能不断取得应有的发展。而在林彪、"四人帮"窃踞大权、阴谋篡党的十年里,革命文艺界被摧残、压迫,更加暗无天日。建国三十年来,我们的青年作者队伍成长得不大、不快,远不能适应国家加速实现四个现代化的需要。今天,在文艺界,同样也存在着青黄不接的现象。怎样总结经验,接受教训,正本清源,拨乱反正,实在是当务之急。

　　回想一下,在"大跃进"的年代,由于大力宣传了这样一个例子:说是有个小学生写出了长达万字的好文章,于是各地的小学生都被号召"发挥干劲",限时限日来写万言长文,以便完成或"提前"、"超额"完成某地、某校的指标。我们亲眼看到孩子被催逼得连觉也睡不成的苦状,也亲眼看到孩子只得开始抄书、抄报,因为不这样他就绝对完不成万言长文的任务。在林彪、"四人帮"横行的日子里,大家都知道,今天要你批这个,明天要你批那个。批儒啦,捧法啦,痛击什么什么啦,照例连小学生、初中生都不肯放过。也必得参加什么"大批判",写大字报,写发言稿。于是他们还是只好去抄书、抄报。为了免得惹出意外的大祸,不少家长也支持孩子们抄书、抄报。不是仅仅因为孩子的一两句话被小题大做,真有不少家长给打成"有胡子的后台",造成了惨案么? 我们广大的青少年,二十年来一直就是生活在这样的学习环境里,经常被迫抄书抄报,言不由衷,使写作和自己的生活、自己的年龄特征和青春奔放的思想感情几乎完全脱离了关系。抄书抄报成了习惯,有的离开书报就写不出一句自己的心里话,写不出一段勉强可以使人明白的文字;有的虽然文字粗通,但大都是林彪、"四人帮"灌的一套腔调,思想僵化,文字干枯。我们这个十亿人口的伟大民族,又是在社会主义条件下,本来应该有多少青年英才迅速成长起来扩大文艺队伍!可就因为这样,许多才华初露的作者由于不愿随波逐流便遭受到不应有的打击和挫伤,许多有才能的青年得不到适当的培养,而更多原来可以成为文艺后备队的广大青少年,竟在他们开始成长起来习作的时候,就被逼上邪路,被种种陈词滥调以及各样"左"的框框和戒律,包围、束缚、压制得不能动弹,透不出气。没有来得及哪怕是发出点芽,开出一朵小花,就被断送掉了文艺生命。

为了加速实现我们国家的四个现代化,我们必须真正地解放思想,迈出更大的步子。文艺界的拨乱反正,也要进一步解放思想。文艺界要改变青黄不接的局面,既要提高现有作者的思想、艺术水平,更要从广大青少年中尽快培养出大批文艺后备队和新生力量。为此,今天我们也应当研究、重视古人是怎样指导青年文学创作的,他们有些什么共同的认识和成功经验,以供我们借鉴。

很多古人指导青年创作有一个"必须放"的共同认识。在这方面,文学史上的大作家们既留下不少经验之谈,也有他们成功的创作实践作证。这方面的优良传统,无疑是很符合今天文艺工作的需要的。

一、作诗文必须放

明白提出指导青年创作"必须放"的是清代著名文字学家王筠(号篆友)。他博涉经史,精研《说文》,对语文问题作过许多探索,不但在文字研究上为后来学者指示了门径,在指导青年创作上,也提出了极好的意见。他说:

> 作诗文必须放。放之如野马,踶跳咆嗥,不受羁绊。桐城人传其先辈语曰:学生二十岁不狂,没出息。①

王氏所谓"放"、所谓"狂",很明白,都是"不受羁绊"的意思。应该让青年们写他能写的、写他爱写的,他喜欢怎样写就让他怎样写。让他充分发展自己的想象和个性,充分发挥自己的力量和才能,不要随便用成年人的,甚至老头子们的迂腐、固执的东西去加以限制,强迫他们服从。当然也不是不要指导,可以取消一切限制;而是认为对初学作文的青年,"必须放",必须鼓励他们解放思想,自由

---

① 《教童子法》。

驰骋,扩大视野,开拓心胸。如果一开始就成了个不敢想、不敢说、不敢自由抒写的"小老头",以后又怎么可能成为文艺战线上的闯将呢?

王笂的确是个有心人,不过他这个意见是由来已久的。文学史上最早提到青年应该如何进行创作的,大概要算南朝梁代萧纲给他儿子当阳公大心写的一封信了。这封信一般只举最后两句,完整的意思是这样:

> 汝年时尚幼,所阙者学,可久可大,其唯学欤! 所以孔丘言:"吾尝终日不食,终夜不寝,以思,无益,不如学也。"若使墙面而立,沐猴而冠,吾所不取。立身之道,与文章异。立身先须谨重,文章且须放荡。①

萧纲就是梁代的简文帝,他与同代文人徐摛、庾肩吾以及他们两人的儿子徐陵、庾信一起创制了轻靡腐朽不健康的宫体诗。他在这封信中教诫儿子:要好好求学,立身先须谨重;不比写文章可以而且必须放荡,立身则不同。信的主旨是要儿子懂得立身之道,谈写作之道不过是陪衬。虽是陪衬,由于他提出很早,话又特别,所以一向受后人注意,还引起了争论。

立身是否可以完全同作文分开来,可以用两个尺度来衡量,这个问题我们这里且不管它。"文章且须放荡",究竟对不对呢? 过去有人怀疑,甚至严厉批判过,文章怎么可以"且须放荡";②宫体诗的首领萧纲,这里真是要他的儿子在文章里表现色情内容么?

我的回答,当然不是。萧纲虽是宫体诗的首领,这封信却分明是一个封建社会里的父亲在一本正经地教诫儿子求学。关键在信中"放荡"二字在古代的一般用法并没有放纵情欲,迹涉淫秽之意。不妨举一些当时的例子看看:

> 《汉书·东方朔传》:"指意放荡,颇复诙谐。"
> 《三国志·魏志·武帝纪》:"少机警,有权数,而任侠放荡,不治行业。"
> 《三国志·魏志·王粲传》裴松之注引《典略》记陈留路粹奏称孔融"与白衣祢衡言论放荡。衡与融更相赞扬。衡谓融曰:'仲尼不死也。'融答曰:'颜渊复生。'"《王粲传》又记"(阮)瑀子籍,才藻艳逸,而倜傥放荡,行己寡

---

① 严可均辑《全梁文》卷十一《诫当阳公大心书》。
② 刘大杰主编《中国文学批评史》(上册),第139页。

694

欲，以庄周为模则。"

《世说新语·文学》刘孝标注引《名士传》记刘伶"肆意放荡，以宇宙为狭"。

《南齐书·高帝十二王·武陵昭王晔传》载齐高帝萧道成有书批评谢灵运："康乐放荡，作体不辨有首尾。"

还可以举些唐、宋时的例子：

杜甫《壮游》诗："放荡齐赵间，裘马颇清狂。"

苏轼《谢王内翰启》："取士之道，古难其全。欲求倜傥超拔之才，则惧其放荡而或至于无度；欲求规矩尺寸之士，则病其龌龊而不能有所为。"

象上面这些例子里所说的"放荡"，都没有放纵情欲，迹涉淫秽的坏意。而主要是不拘礼法，任性而行，不受陈规旧矩束缚的意思。与其说全是坏意，还不如说有点赞赏在内。文人喜欢"放荡"，曹丕、曹植早已如此。王粲葬时，曹丕去送葬，他说，仲宣一向爱听驴叫，我们都学声驴叫相送罢。于是他和众文士一齐作驴叫，墓前响起了一片驴叫之声。他这样作被称"旷荡"，其实亦就是"放荡"。

就萧纲的思想说，和他同时代的颜之推有这样一段记载，说他曾躬自讲论《庄》、《老》、《周易》"三玄"之学：

夫老、庄之书，盖全真养性，不肯以物累己也。故藏名柱史，终蹈流沙，匿迹漆园，卒辞楚相，此任纵之徒耳。何晏、王弼，祖述玄宗，递相夸尚，景附草靡。皆以农、黄之化，在乎己身，周、孔之业，弃之度外。……直取其清淡雅论，剖玄析微，宾主往复，娱心悦耳，非济世成俗之要也。洎于梁世，兹风复阐。《庄》、《老》、《周易》，总谓三玄。武皇、简文，躬自讲论。[1]

颜之推这段记载，同《梁书·简文帝纪》也一致。萧纲既"博综儒书"，又"善言玄理"，据说他还著有《老子义》、《庄子义》等书，可见他思想中确有"任纵"的一面。

---

[1] 《颜氏家训·勉学》。

695

就萧纲的文艺观点说,他的《与湘东王书》是很有代表性的:

比见京师文体,懦钝殊常。竟学浮疏,争为阐缓。玄冬修夜,思所不得。既殊比兴,正背风骚。若夫六典三礼,所施则有地;吉凶嘉宾,用之则有所。未闻吟咏情性,反拟《内则》之篇;操笔写志,更摹《酒诰》之作;迟迟春日,翻学《归藏》;湛湛秋水,遂同《大传》。吾既拙于为文,不敢轻有掎摭。但以当世之作,历方古之才人,远则杨、马、曹、王,近则潘、陆、颜、谢,而观其遣辞用心,了不相似。若以今文为是,则古文为非;若昔贤可称,则今体宜弃。俱为盍各,则未之敢许。

又时有效谢康乐、裴鸿胪文者,亦颇有惑焉。何者?谢客吐言天拔,出于自然,时有不拘,是其糟粕。裴氏乃是良史之才,了无篇什之美,是为学谢则不届其精华,但得其冗长;师裴则蔑绝其所长,惟得其所短,谢故巧不可阶,裴亦质不宜慕。①

萧纲虽也躬自讲论"三玄"之学,在文学上他却并不提倡流行于东晋的玄言诗,晋末宋初谢灵运创山水诗,颜延之创对偶诗,他对新开辟的诗境存在好感,也不完全赞成。谢灵运的"吐言天拔,出于自然"是好的,有时太雕琢,太繁芜,太冗长,即所谓"时有不拘",他就不以为然了。颜延之诗文重辞采,他是赞赏的。但专在对偶、用事上费功夫,"弥见拘束"②,"文章殆同书抄"③。而所谓"懦钝殊常","既殊比兴,正背风骚",又是他不能同意的。裴子野"为文典而连,不尚丽靡之辞;其制作多法古,与今文体异"④,他肯定裴的良史之才,指责其"了无篇什之美",认为"质不宜慕",自在意料之中。

萧纲主张文艺创作要"吟咏情性",要"操笔写志",要"吐言天拔,出于自然"。为此,他对模山范水,殆同书抄,一味宗经学史,"既殊比兴,正背风骚"的当时各种流行作品表示不满。这些,我们能否因为他是宫体诗的首领就说其中毫无合理因素?我以为不能这样。他写宫体诗是一件事,这些主张中有些合理

---

① 《全梁文》卷十一。

② 钟嵘《诗品》中评颜诗语。

③ 钟嵘《诗品》中评颜延、谢庄语。

④ 《梁书》本传中语。

696

因素是另一件事。他看得了当时流行作品中确实存在的一些弊病,但他自己的创作又走上了另一条歧路,这也是两件事情,可以分别加以评价。讲究比兴,就是要求尊重文艺创作的特殊规律;不背风骚,就是要求作者吟咏情性;赞赏"天拔"、"自然",就是无论在思想上或艺术表现上都要求从礼法的束缚中,对偶、用事的重重拘束中解放出来。这种言论,怎么可以不分青红皂白,脱离了当时的文学实际,完全加以否定,因人而废?人们的思想往往很复杂,萧纲也是这样。他"博综儒书",所以教诫儿子求学时引了孔丘的话。他躬自讲论"三玄"之学,"善言玄理",有"任纵"不受各种拘束的倾向,又比较懂得文艺的特点,所以在文学创作上,他又告诉儿子:"文章且须放荡。"两种思想在他头脑里都有影响,都在发生作用,自然也都没有完全主宰他的头脑。

从上所说,以萧纲的思想和文艺观点为证,他的"文章且须放荡"论,一不是主张色情文学,二乃针对当时流行文学的弊病而发,三能注意到文学应用比兴方法吟咏情性的特殊规律,实在是可以开拓思路的主张。他感觉到了青年创作文学,若不解放思想、冲破种种陈规旧矩的束缚,就不能有发展前途。尽管他的目的地和我们截然不同,这种精神还是有其可取之处的。后来许多人也发表了同样的意见,可以证明这一点。

二、初欲奔驰,久当收节

青年创作文学"且须放荡","放荡"二字后来有不少类似的说法。杜甫自述:

> 七龄思即壮,开口咏凤凰。九龄书大字,有作成一囊。(《壮游》)
> 甫昔少年日,早充观国宾。读书破万卷,下笔如有神。赋料扬雄敌,诗看子建亲。自谓颇挺出,立登要路津。(《奉赠韦左丞丈二十二韵》)

七龄就咏传说中充满着想象的凤凰,九龄就书大字,少年就下笔如有神,这是杜甫的"放荡"。他少年时就"诗看子建亲",而曹子建诗文的特点,他以为还在于:

> 子建文笔壮,河间经术存。(《别李义》)
> 文章曹植波澜阔,服食刘安德业尊。(《追酬故高蜀州人日见寄》)

这"壮"和"波澜阔",也是杜甫的"放荡"。杜甫自己这样告诉人,别人亦这样称许他。当时有个任华,作诗赞赏他的奇才:

> 势擢虎豹,气腾蛟螭,沧海无风似鼓荡,华岳平地欲奔驰。曹刘俯仰惭大敌,沈谢逡巡称小儿。①

宋代吕大防作有《杜诗年谱》,跋文中说,杜诗等力"少而锐,壮而肆,老而严"。②这"奇"和"锐",同样是杜甫的"放荡"。杜甫一生也始终以"壮笔"、"健笔"、"才纵横"、"意纵横"、"气纵横"作为对别人作品的极高赞美。看得出来,杜甫青少年时代的创作,是深得了"放"的益处的。

韩愈少小时有类似杜甫的经历:

> 少小尚奇伟,平生足悲吒。犹嫌子夏儒,肯学樊迟稼。事业窥皋稷,文章蔑曹谢。(《县斋有怀》)
> 念昔始读书,志欲干霸王。屠龙破千金,为艺亦云亢。(《岳阳楼别窦司直》)

他"少小尚奇伟","志欲干霸王",思想、文章都不肯受什么拘束。有些想法也许太狂了,但年青人有点狂想有什么关系呢,比之什么都不敢想,有点狂想倒是好事。他还有一首送无本(即贾岛)的诗,论作诗文必须大胆:

> 无本于为文,身大不及胆。吾尝示之难,勇往无不敢。蛟龙弄角牙,造次欲手揽。众鬼囚大幽,下覷袭玄窏。天阳熙四海,注视首不颔。鲸鹏相摩窣,两举快一啖。夫岂能必然,固已谢黯黮。狂词肆滂葩,低昂见舒惨。奸穷变怪得,往往造平淡。……(《送无本师归范阳》)

无本就是诗人贾岛做和尚时的名字。这首诗,主要说"作诗入手须要胆力,全在

① 《杂言寄杜拾遗》,见《唐人选唐诗十种》,韦庄《又玄集》卷上。
② 《苕溪渔隐丛话后集》卷三十引。

勇往上见其造诣之高"①。能变之后，渐归平淡，才是自然的趋向。后来许多人都承认这道理，在韩愈则是出于亲身经历的甘苦之谈。"奇伟"、"大胆"，这也就是韩愈的"放荡"。

柳宗元说他少年时为文的经验是这样的：

> 吾虽少，为文不能自雕斫。引笔行墨，快意累累，意尽便止，亦何所师法。②

> 始吾幼且少，为文章以辞为工。及长，乃知文者以明道，是固不苟为炳炳烺烺，务采色，夸声音，而以为能也。③

"快意累累，意尽便止"，就是自己爱写什么就写什么，爱怎样写就怎样写，觉得已经把意思写完了就停笔，别的什么都不去管它，"以辞为工"。后来才知道不对头，是见识增长了的结果。开手走过这样一段路，不是弯向这里便是弯向那里，只要真是得到了一种放手去写的锻炼，以后回过头来看看，也许还是得多于失。

欧阳修的文章一向以委婉含蓄、纡徐有致、一唱三叹著名，但他却这样告诉人：

> 作文之体，初欲奔驰。久当收节，使简重严正。或时肆放以自舒，勿为一体，则尽善矣。④

清代梁章钜论文，也说"少年作文，以英发畅满为贵，不宜即求高简古谈。"他据以立论的，也是欧阳修的话：

> 昔欧阳公答徐秘书云："所寄近著甚佳，议论正宜如此。然著撰苟多，他日更自精择，少去其繁，则峻洁矣。此时且不必勉强。简节之则不流畅，

---

① 《韩昌黎诗系年集释》页三百六十，引俞玚语。
② 《柳河东集》卷三十四，《复杜温夫书》。
③ 同上，《答韦中立论师道书》。
④ 《欧阳文忠公文集·书简》卷七，《与渑池徐宰》。

须待自然而至也。"①

所谓"初欲奔驰","此时且不必勉强",去繁求简,也还是"放荡"的意思。看来,欧文的委婉含蓄,一唱三叹,是"奔驰"之后,经过"精择"、"收节",逐渐自然形成自己这种风格的。而且即使变成了"简重严正",他仍主张"或时肆放以自舒,勿为一体",并不是开头奔驰,以后就得一路简节到底。

我们再来看看苏轼的甘苦之言。苏轼早年发过很多议论,以后在北宋统治阶级内部新旧两派的政治斗争中,动辄得咎,直到被窜逐去海南岛。晚年他对少时发的某些过火和空泛的议论颇有悔意。曾说:

> 轼少年时,读书作文,专为应举而已。既及进士第,贪得不已,又举制策,其实何所有,而其科号为"直言极谏",故每纷然诵说古今,考论是非,以应其名耳。人苦不自知,既以此得,因以为实能之,故说说至今,坐此得罪几死,所谓齐虏以口舌得官,真可笑也。然世人遂以轼为欲立异同,则过矣。妄论利害,搀说得失,此正制科人习气。②

> 某少时好议论古人,既老,涉世更变,往往悔其言之过,故乐以此告君也。儒者之病,多空文而少实用,贾谊、陆贽之学,殆不传于世。老病且死,独欲教子弟,岂意姻亲中乃有王郎乎!③

东坡在这里自悔少作,觉得当时自己有"制科人习气",这种自讼精神是不错的。但我们也要注意,他的自讼主要是针对议论的内容说的,并没有否定自己当时作文的方法,当时自己那种横说竖说、嬉笑怒骂皆成文章的气概。相反,无论在讲到自己、称赞别人或期望于人的时候,他倒是始终赞赏当时自己那种写法和气概的。赵令畤有段记载,说在"苏二处,见东坡先生与其书"云:

> 二郎侄:得书知安,并议论可喜,书字亦进。文字亦若无难处,止有一事与汝说。凡文字,少小时须令气象峥嵘,采色绚烂,渐老渐熟乃造平淡;

---

① 《退庵论文》,别本《与徐与党书》文字略异。
② 《苏东坡集》卷二十九,《答李端叔书》。
③ 《苏东坡集》后集卷十四,《答王庠书》。

其实不是平淡,绚烂之极也。汝只见爷伯而今平淡,一向只学此样,何不取旧日应举时文字看看,高下抑扬,如龙蛇捉不住,当且学此。只书字亦然,善思吾言![1]

他在写给侄孙的信中,还说"作文极俊壮"是自己的"家法":

> 海外亦粗有书籍,六郎亦不废学。虽不解对义,然作文极俊壮,有家法。[2]

他赞赏于米元章的,是:

> 岭海八年,亲友旷绝,亦未尝关念。独念吾元章迈往凌云之气,清雄绝世之文,超妙入神之字。何时见之,以洗我积岁瘴毒耶?今真见之矣,余无足云者。[3]

所谓"气象峥嵘"、"采色绚烂"、"如龙蛇捉不住"、"俊壮"、"迈往凌云"、"清雄绝世"等等,显然都和拘束、狭隘、平淡之类正相反。尽管东坡也说要归于平淡,东坡一生所写的散文、诗、词,主要特色还是豪放。晁无咎论他的词,"横放杰出,自是曲子中缚不住者"。陆游说他"豪放不喜裁剪,以就声律。"其实东坡全部创作的基本风格都如此。这和他青年时代作文就"如龙蛇捉不住",不能没有关系。

上面我们只是举了几个大家作例子,这样的例子是很多的。为什么这些公认的大家都主张青年创作"必须放"?青年时代就能发挥想象,解放思想,放手创作,同他们后来的成就有没有关系,有怎样的关系?我以为,这些大家所以都有这样的感觉,都这样异口同声地向人传授经验,就因这都是经过实践的检验,有成功的事实作证的。

---

① 《侯鲭录》卷八。
② 《东坡续集》七,《与元老侄孙》。
③ 同上,《与米元章书》。

三、"放"的益处

为什么青年创作"必须放"呢？古人曾经提出这些理由：

第一，这样做可以开拓青年的胸襟，发舒青年的志气，使他以后创作时笔端不致窘束。南宋诗人、评论家谢枋得说：

> 凡学文，初要胆大，终要心小，由粗入细，由俗入雅，由繁入简，由豪荡入纯粹，此集皆粗枝大叶之文。……初学熟之，开广其胸襟，发舒其志气，但见文之易，不见文之难，必能放言高论，笔端不窘束矣！①

清代文章家侯方域说：

> 余少游倪文正公之门，得闻绪论。公教余为文，必先驰骋纵横，务尽其才，而后轨于法。②

这是说，初学作文，总要经过一个胆大的阶段。要胆大地写，也要尽量先读些胆大的文章，以便互相促进。如果开手就胆小如鼠，畏首畏尾，思想上不能势如破竹，写法上不能随意挥洒，成为习惯之后，势必不得发展。青年时代，正是一个人想象丰富，感情洋溢，对事物充满兴趣，对前途充满信心，生命力最为旺盛的时期。这时不让青年人的精神世界充分解放，想象与理想自由飞翔，简直是一种残酷的压抑，对他会造成严重的挫伤。胸襟狭隘，志气低下，笔端枯涩，未老先衰的"小老头"，在文学创作上决不能有什么前途。

第二，这样做，符合一个人在创作上发展成长的一般过程。开手就要求谨慎小心，必然神气受沮，不但文艺创作难于有成，还可能从此只得是一个无所建树的庸人。苏轼指出：

> 惠示古赋近诗，词气卓越，意趣不凡，甚可喜也。但微伤冗，后当稍收

---

① 《文章轨范》卷一"放胆文"的序言。
② 周亮工《因树屋书影》卷四引。

敛之，今未可也。足下之文，正如川之方增，当极其所至，霜降水落，自见涯涘，然不可不知也。①

东坡用"川之方增，当极其所至"为喻，说明如把青年人"卓越"、"不凡"的词气、意趣硬压下去，只能造成破坏性的结果。即使有这样那样错误、缺点，应该因势利导，帮助他逐渐收敛，自然达到成熟。

南宋诗论家严羽说：

> 学诗有三节：其初不识好恶，连篇累牍，肆笔而成；既识羞愧始生畏缩，成之极难；及其透彻，则七纵八横，信手拈来，头头是道矣。②

"肆"就是放。开手不能"肆"，不经历这个阶段，以后也达不到纵横自如的境界。

清代戏曲家李渔这样教育儿辈：

> 少小行文休自阻，便是牛羊须学虎。一同儿女避娇羞，神气沮，才情腐，奋到头来终类鼠。 莫道班门难弄斧，正是雷门堪击鼓。小巫欲窃大巫灵，须耐苦，神前舞，人笑人嘲皆是谱。③

就是牛羊，也得学虎的勇猛腾跃，如果一味害羞怕丑，到头来将连牛羊都不像，会变成鼠类；一定要敢于在班门弄斧，在雷门击鼓，不怕别人的一切嘲笑，刻苦努力，就有希望。这是多么真挚、殷切的劝告。

我们开头引用过王筠教童子的话，其全文是：

> 作诗文必须放，放之如野马。踉跳咆嗥，不受羁绊。久之，必自厌而收束矣。此时加以衔辔，必俯首乐从。且弟子将脱换时，其文必变而不佳，此时必不可督责之。但涵养诱掖，待其自化，则文境必大进。……若遇钝师，

---

① 《苏东坡集》卷三十，《答李𬤝书》。
② 《沧浪诗话·诗法》。
③ 《笠翁一家言》卷八，《示儿辈》。

当其脱换而夭阏之,则戚矣①。

一味压抑的结果,将如冯班所说:

> 子弟小时志大、言大是好处。庸师不知,一味抑他,只要他做个庸人,把子弟弄坏了。②

从上所引,这些不同时代、不同造就的古人,在指导青年如何开手创作这个问题上,他们的主张、体会、顾虑是多么相似一致。因为这是从实践中得来的认识,又都衷心希望子弟成材,所以才都这样说。

第三,这样做,也是进行文艺创作的必需,是艺术表现本身所要求的。文艺作品特别需要创新,随物赋形,写出事物的特征,具有作者自己的个性和感情色彩。千篇一律,千人一面,陈词滥调,人云亦云,实际是取消了文艺应有的作用。但要创新,就应有一定的胆识、勇气。青年在开手写作时就应培养这种胆气。李渔说:

> 传奇之为道也,愈纤愈密,愈巧愈精。词人忌在"老实"。

"老实"二字,即"巧"之仇家,敌国也。然"纤巧"二字,为文人鄙贱已久,言之似不中听,易以"尖新"二字,则似变瑕成瑜。③ 这里"老实"二字,乃是笨拙的意思。文艺之所以是文艺,因为它有具体、生动、形象、感人的特点。平直、单板、雷同,即使从思想上说大致不误,但缺乏感染力,味同嚼蜡,在文艺创作上便是犯了笨拙的毛病。犯有这种病的作品,即使具有文艺的某些外形,骨子里已不成为文艺。教育、鼓励青年解放思想,不但敢于冲破文字上的陈规旧矩,不合理戒律,而且还能跳出别人作品的圈子,用自己的眼睛、耳朵到广阔的生活中去注意事物、人物的不同形态及其特点,精神面貌和各种联系,去开展丰富的联想、想象和幻想。只靠记忆、背诵、摹仿现成的书本文字还不行,更要到现实生活中去培

---

① 《教童子法》。
② 《钝吟杂录》卷一,《家戒上》。
③ 《闲情偶寄·词曲部》宾白第四"意取尖新"条。

植艺术思维的能力,进行直接的观察和研究,这也是一种"放之如野马"。古人不可能认识到这应当是更重要的一种"放",但他们对这一点并不是没有觉察的。苏轼早年那些"如龙蛇捉不住"的应举文章,尽管不少是空论,但中间也有些好意见,是站得较高,看到了并且思考了当时积弱积贫的国家形势而提出的。

古人提出的这些理由,其间当然也是互相联系的。

四、如何引导、培养

青年开手就放胆作文,是否能没有毛病?当然不能。古人对此也都看到、谈到了。前引资料中,已经指出了有"冗"、"粗"、"空"等毛病。苏轼是主张放的,他也说:"欲求倜傥超拔之才,则惧其放荡而或至于无度"。放荡到无度,不真实,或者只有空空洞洞不着边际的豪言壮语,就没有意义,甚至有害。东坡的意思,开手就放,有缺点不要紧,毕竟利多弊少,以后逐渐要求精炼。精炼也不一定就是收敛,而是达到"真放"。"真放"是建筑在"妙算毫厘"、"精微"的基础上面的。他说:

细观手面分转侧,妙算毫厘得天契。始知真放本精微,不比狂花生客慧。①

开手时"放"是必要的,以后进一步争取达到"真放",也是非常必要的。前者在培养创作能力,后者在提高创作质量,这是一个发展的过程,并不矛盾。

清代恽敬不愿青年人入手就为"作家之文",主张"少年当以才子之文为主,壮年老年再入作家,方得此中法华三昧"②。但他也指出:"古今诗人,少年多失之华","华之中而实寓焉"才好。③ 洪仁玕说"少年气盛,喜骋雄谈","新进恃才,欲夸学富",有时舞文弄墨,每有浮文巧言。④ 古人并不是只看到"放"的好处才主张"放"的。而是利害相较,经过权衡轻重之后,才这样倡导的。

---

① 《东坡后集》四,《子由新修汝州龙兴寺吴画壁》。

② 《大云山房文稿》言事卷一,《与孙莲水》。

③ 《大云山房文稿》言事卷一,《与陈宝摩》。

④ 《戒浮文巧言谕》。

问题在知道了会发生这样那样的缺点、错误之后,或在面对青年创作中存在的这些缺点错误时,应如何正确对待。前引欧阳修已有"此时且不必勉强","须待自然而至"之说,苏轼谈得更恳切周到,体贴入微:

> 晁君寄骚,细看甚奇,信其家多异材耶?然有少意,欲鲁直以己意微箴之。凡人文字,务使平和至足,余溢为奇怪,盖出于不得已也。晁文奇怪似差早,然不可直云耳。非谓避讳也,恐伤其迈往之气,当为朋友讲磨之语乃宜。不知公谓然否?[①]

"奇怪"是放手写的结果,怪得太早,大概有点离奇,所以是缺点。对这缺点不能不为指出,但批评要讲方法,不能因此"伤其迈往之气",因为他敢于这样放手写出来,还是应该充分肯定的。东坡决定,他自己"不可直云",要"鲁直以己意微箴之",而且"当为朋友讲磨之语",不给作者以居高临下式的、板着面孔教训人的感觉才好。

明代大戏剧家汤显祖有一段类似的亲身经历,很可同东坡的话对照:

> 大作细读之,自是异日利器。忆昔尊公在都,生曾携长儿所刻诗,请其涂教。尊公数日后见还,曰:"令郎文字,大势不必涂抹,拂其锐志。但令看朱注,读时墨,自然改观。"至今追思尊公爱吾儿,不以姑息。今吾侄半千里外以文字求正,若更漫圈点,重负尊公于九原矣。但愿如尊公教,弃去游习,取朱注、时墨玩之,定有入手。总之,此道虽小,未易言也。[②]

这里所说看朱注,读时墨云云,当然不足为训。但对青年表现了"锐志"的文字,并不根据老头子的手眼,遽加涂抹,而是启发他自己思考,钻研适当的范本,认为这才是爱护青年,培养人才的良法,这是很值得注意的。

王虚中论对小儿文字,不得尽改,云:

> 若改小儿文字,纵作得未是,亦须留少许,不得尽改。若尽改,则沮挫

---

① 《东坡续集》四,《与鲁直》。
② 《汤显祖集》页一三四八,《与刘晋卿》。

其才思,不敢道也。直待做得十八分是了,方可尽改作十分。若只随他主意而改,亦是一法。①

东坡说"恐伤其迈往之气",汤显祖说恐"拂其锐志",王虚中说恐"沮挫其才思",出发点都相同,即认为青年人爱好奔驰、解放,是出于成长、发展的自然规律。这往往正是青年多有,老年所缺的长处。对这种长处,只能涵养诱掖,不得阻碍压抑。真爱青年,真爱人才,就应这么办。冯班有段话说得好:

> 为子弟择师是第一要事,慎无取太严者。师太严,子弟多不令,柔弱者必愚,刚强者怼而为恶,鞭扑叱咄之下,使人不生好念也。凡教子弟,勿违其天资。若有所长处,当因而成之。教之者,所以开其知识也。养之者,所以达其性也。年十四五时,知识初开,精神未全,筋骨柔脆,譬如草木正当二三月间,养之全在此际。噫,此先师魏叔子之遗言也,我今不肖,为负之矣。②

冯氏所讲,涉及教育青少年的基本原理、态度、方法,我以为是很有道理的。勿违天资,因其长处而成之,对青少年必须从爱护、培养的态度出发,反对粗暴的打、骂。这些,自古以来,许多人行之都见实效。这样做,对指导青年创作文学,同样适用。

以上是说要正确看待青年放手写作过程中难免会产生的缺点,应该仔细引导,注意方式方法。还有一件,即在引导青年放手写作时,为了配合、促进,也得给他们挑选一些有助于"放"的范文学习。古人提到了《庄子》、《子虚赋》、苏轼文以及某些公认写得劲健有力的文章。如宋人吕本中说:

> 读《庄子》令人意宽、思大、敢作。读《左传》便使人入法度,不敢容易。此二书不可偏废也。近人读东坡、鲁直诗,亦类此。③

---

① 张伯行《养正类编》卷五,引《训蒙法》。
② 《钝吟杂录》卷一,《家戒上》。
③ 《宋诗话辑佚》本《童蒙诗训》。

《庄子》的思想体系是唯心的,但文章汪洋恣肆,给以适当指导,可以有很大启发。其中一些寓言,本身也还是从实际经验中来的。宋人沈作喆载:"李太白云:'予小时,大人令诵《子虚赋》,私心慕之,及长,南游云梦,览七泽之壮观,酒隐安陆者十余年。'"沈不以李父为然,指责说:"白方幼稚,而其父首诲以靡丽放旷之词,然则白之狂逸不羁,盖亦过庭之所致也。"[①]好像李父教以这类文章,是把李白教坏了,教成不是"动遵于法训"的人了。清人张宗泰斥责沈的议论,指出:

> 李太白人中麟凤,不受束缚,不可羁縻。其兴之所至,挥斥八极,凌轹古今,盖其天性使然。方其少时,其父教之诵《子虚赋》,亦量其资材之所近,用以极其腾天跃海之能事,此固不可以寻常拘墟之见绳之也。沈氏顾执儒家迂谨之说,以白之狂逸,归咎于庭训之不善,夫岂所以论旷代之仙才哉。[②]

李白的"狂逸不羁",在束缚重重的封建社会里,的确是旷代之奇才。这种奇才,当然也不能仅仅归结为他的"天性使然"。在其他种种条件中,从小就受到"放旷"作品的影响,应该也是条件之一。

在唐宋古文中,谢枋得推重韩愈之文。他也尊重欧阳修的文章,但认为少年学欧文,要有所选择:

> 欧阳公文章为一代宗师,然藏锋敛锷,韬光沉馨,不如韩文公之奇奇怪怪,可喜可愕。学韩不成,亦不庸腐,学欧不成,必无精彩。独《上范司谏书》、《朋党论》、《春秋论》、《纵囚论》气力健,光焰长,少年熟读,可以发才气,可以生议论。[③]

欧文中确有思想风格距离较大的这样两种文章,其"藏锋敛锷"的后期作品居多。初学为文,我赞成谢枋得的选择。他这种选择是同他指导青年创作"必须放"的主张一致的。

在这个问题上,古代有识之士都坚决反对教青少年看道学家的书,包括他

---

① 《寓简》卷四。
② 《鲁岩所学集》卷十,《跋寓简》。
③ 《文章轨范》卷四,欧阳修《上范司谏书》总评。

们的语录和诗文,认为这样做对青年作文毫无好处。因为道学家教人,腐朽干枯,总要求人"小心谨慎"、"勿令心小有放佚",规规矩矩接受封建统治集团的拘束。他们偶作诗文,一定充满说教,味同嚼蜡。这样的思想,这样的文字,同"放"的主张完全是背道而驰的。

阅读、研究古人这类资料,我深深感到,指导青年创作,"必须放"的确早已成为我国的一个优良传统。我们今天应该认真批判地继承发扬这个优良传统。这不仅是培养大批文艺后备队的必需,也是为国家培养大批实现四个现代化人才的必需。

我们今天要求的"放",既要创作上充满想象,言所欲言,挥写如意,更要求思想上破除迷信,砸烂精神枷锁,横扫林彪"四人帮"设下的一切禁区。青年们要有豪放的气概、一往无前的勇敢精神,同时仍能遵照唯物主义的思想路线,实事求是,坚信实践是检验真理的唯一标准。要势如破竹,又绝不是空空洞洞的大言壮语、故作姿态的浮夸表现,要言之有物。放,就是在马克思主义的基本原理指导下,敢于开动机器,敢于幻想,敢于说话,敢于批评,敢于争论,敢于前进。多少年来,我们这里民主空气稀薄,几乎不容许这样的人存在,看不到培养这样的人是多么重要,以致多的是随风转舵,满嘴原则实际一点原则也没有的人,持禄保位者太平,有点作为者倒霉。照抄照转照办成风,书上、文件上、报刊上没有印着的,领导人没有讲过的,自己不敢多说一句话多做一件事,也不许别人多说一句话,多做一件事。世风如此,文风亦然。这已使我们白白损失了一大段时间,教训难道还不深重么?

今天,严冬已过,大地春回。迫使青年们也不得不去抄书抄报的可悲时代,已经一去不返,再也不许重来了。政治民主在广大人民的一致要求下正在逐步恢复。在这种条件下,艺术民主、创作规律,开始得到应有的重视,青年放手创作也已有了实际的可能。发扬这一优良传统,我们的文艺界是充满希望的。

"惊四筵"与"适独坐"

　　汉末作家、"建安七子"之一的徐幹，在其《中论·覈辩》中，分析"君子之辩"与"小人之辩"的差别，认为辩论的意义，在于辨别是非曲直，使彼此共同弄明白道理，辩论的目的，应在使人心服，而不是靠了什么外力或一张利口，叫人屈服。尽管对方一时口屈被压服，如果内心并未被说服，你便不能算辩论已得胜利。"彼利口者，苟美其声气，繁其辞令，如激风之至，如暴雨之集，不论是非之性，不论曲直之理，期于不穷，务于必胜"，即使对方有理，竟也完全不管，仍"苟言苟辩"，盛气凌人，这就是小人之辩。至于君子之辩则不同。辩论中发现对方有理处，必欣然接纳，因为"君子之于道也，在彼犹在己也，苟得其中，则我心悦焉，何择于彼"；"遇人之是则止矣"，决不强辞夺理，诡诡不休。发现自己无理处，"苟失其中，则我心不悦焉，何取于此"，也不会因为自己曾这样主张过而顽固坚持，不肯放弃。在这个问题上，徐幹的名言就是："君子之辩也，欲以明大道之中也，是岂取一坐之胜哉!"他肯定的"君子之辩"中确有颇为合理的因素，同极左思潮盛行以来，特别十年浩劫中我们耳闻、目睹、身历种种"小人之辩"的论风比较一下，不能不使人对这位生活在一千八百年前的作家的卓识抱相当敬意。

　　"是岂取一坐之胜哉"，这句话传到金代学者周昂口里，得到了更具体的发展，周昂有个外甥王若虚，后来成为金代著名的学者和文学评论家，所著《滹南遗老集·文辩四》有一段说："吾舅周君德卿尝云：'凡文章巧于外而拙于内者，可以惊四筵而不可适独坐，可以取口称而不可得首肯。'至哉其名言也。"自从周昂此论出，以后论道评文的人多加援引，如明代戏曲作家屠隆说："豪宕激人，或骤惊四筵，无当独赏"（《玉茗堂文集序》）；清代文学家李慈铭说："张皇幽渺其辞，刻彫藻绘其字，虽所诣极工，所谓可惊四筵，不可适独坐者，如吾乡龚定庵、胡石笥是也"(《越缦堂读书记》)。寥寥三句话,能被后人不断援引,实非偶然。后人用来作出的具体评价虽未必恰当,这三句话本身却具有某种普遍意义。对古往今来的无数议论和作品,人们通过实践的确感到其中有许多是外巧内拙,"可以惊四筵而不可适独坐,可以取口称而不可得首肯"的。如果不可兼得,比之能"惊四筵"、能"取口称",人们当然宁愿赞美那些"可适独坐"、"可得首肯"的议论和作品,这是事实。说这是事实,因为说出这三句名言的虽是周昂,类似的意思在周昂之前已早有很多表现了。

对古往今来的无数议论和作品,人们的印象变化主要有两种:一是开头觉得很好,不可及,甚至觉得心骇目眩,非常高明,但后来逐渐不满,感到乏味,甚至认为是上了当、受了骗。二是开头觉得平淡无奇,没有什么意味,后来却逐渐觉得其中实有丰富内容,深刻含义,无穷滋味,以致爱不释手,不厌百回读。除此之外,当然也还有开头觉得一般,后来觉得尚好;开头觉得十分糟糕,后来觉得尚有可取之处;开头觉得很坏,后来以为更坏;开头觉得很好,后来以为更好,等等情况。但变化特别显著的,主要是上述两种。造成这种显著变化的原因,有时代的演进、思想的转变、经验的增加、兴趣的改换等等,由这些原因而来的显著变化,往往需要经过较长时间才会发生。另外还有一个原因可能在较短时期或很短时期就会造成这种显著变化,即在原来思想、经验、兴趣的基础上,从未假思索或仅匆匆一想而转为对某种议论或作品进行了认真、冷静、深入的比较和思考,终于看到或认清了原来没有看到或未能认清的真相和内部价值。后面这一情况也经常出现,我们姑且只谈这一情况。

为什么经过这样一番比较和思考,对某种议论或作品,就会发生如此显著的变化呢?对印象由好变坏的议论或作品来说,那是因为从中逐渐看出或看清了某些根本性的缺陷。徐幹指出小人之辩所以可鄙,就因它"不论是非之性,不识曲直之理"。"浅识而好奇者"不加或不能思考,才以为这也可称辩论,其实是算不上的。宋代诗人陆游说诗中"有初悦可人意,熟味之使人不满者",他举出的使人不满之点,有"锻炼之久,乃失本旨,斲削之甚,反伤正气",还有"足以移人"的纤丽,以及"足以盖众"的夸大(《何君墓表》)。

宋代画家韩拙《论观画别识》云:"画者初观而可及,究之而妙用益深者,上也。有初观而不可及,再观而不可及,穷之而理法乖异者,下也。画譬如君子欤:显其迹而如金石,著乎行而合规矩,亲之而温厚,望之而俨然,易事而难悦,难进而易退,动容周旋,无不合于理者,此上格之体,若是而已。画犹小人欤:以

711

浮言相胥，以矫行相尚，近之而取侮，远之而有怨，苟媚谄以自合，劳诈伪以自蔽，旋为交构，无一循乎理者，此卑格之体，有若是而已。倘明其一而不明其二，达于此而不达夫彼，非所以能别识也。”这就是说，经过初观、再观，终于发现画中“理法乖异”，不合情理，就是坏画。譬之于人，终于发现他的言行都属虚伪，欺诈，就是小人。清代文史论家章学诚斥责“专求文字语言之末”的作品，乃“枝叶名流，务为娟洁美好，波澜意度，猎取古人肤廓，嫣然以媚于人，其道能工而不能拙，能章而不能闇，能使人抵掌称叹而不能使人冥然深思”（《文史通义·答周筤谷论课蒙书》），以为其病根就在尽说些“无为之言”，没有高远的思想。清代词人周济也指出，有些词作“宅句安章，偶出风致，乍见可喜，深味索然”（《宋四家词选目录序论》），只是文字上偶然有点风致，当然经不起人们的推敲。

上面举出的例子，其中诗、词、文、画、议论都有，它们给人的印象所以会由开头的好，变为后来的坏，无他，都因在人们深思熟味之后，感到其中存在根本性的缺陷，即如不辨是非曲直、形式主义、舍本逐末、违反情理、不能使人冥然深思，没有高远的思想内容。尽管这些作者的具体评价跟我们今天的不会尽同，但这些议论的精神有合理部分仍是明显的。

对印象由坏变好的议论或作品来说，那是因为经过深思熟味，从中逐渐看到了当初没有看到、看清的某些根本性的或重要的成就。中唐诗人贾岛，晚唐诗论家司空图评他的诗作“诚有警句，视其全篇，意思殊馁，大抵附于蹇涩，方可致才”（《与李生论诗书》），宋代苏轼也有“郊寒岛瘦”之讥，但宋末诗论家方岳却有不同的看法：“贾阆仙，燕人，产寒苦地，故立心亦然，诚不欲以才力气势掩夺情性，特于事物理态毫忽体认，深者寂入仙源，峻者迥出灵岳，古今人口数联，固于劫灰之上冷然独存矣。至以其全集经岁踰纪，沉咀细绎，如芊葱佳气瘦隐，秀脉徐露，其妙令人首肯，无一可以厌斁。”（《深雪偶谈》）方岳这些看法可能多少代表宋朝“四灵”和江湖派的见解，他们宗法贾岛，视为“唐宗”，不无溢美之辞，但比之司空图和苏轼的评价来，也许公道一些。贾岛不仅有“秋风吹渭水，落叶满长安”（《忆江上吴处士》）一类警句，也还有“十年磨一剑，霜刃未曾试。今日把示君，谁有不平事”（《剑客》）这样自然，爽健的诗篇。他写穷苦的生活，对这方面的事物理态体认得确很细致。方岳经过“沉咀细绎”，许为“其妙令人首肯”，也是有个变化过程的。

清人贺裳，称唐代孟浩然的诗“佳处只一真字，初读无奇，寻绎则齿颊间有余味”。又说王昌龄的古诗，“乍尝螫口，久味津生，耐咀啮实在高（适）、岑（参）

之上。"(《载酒园诗话》)我们都读过孟浩然这两首小诗：

> 春眠不觉晓，处处闻啼鸟。夜来风雨声，花落知多少？(《春晓》)
> 移舟泊烟渚，日暮客愁新。野旷天低树，江清月近人。(《宿建德江》)

两诗都很平易，粗粗看过，的确不易领会出什么好处。但如仔细体味一番，就能感觉到前面一首诗写出了雨后春晓的一派生机，后面一首诗写出了日暮旅泊江边时诗人感受到的幽静景物，三、四两句不仅细致，还透露了从此时此地开阔亲切的美景中得到的一种欣慰心情，一个人在辗转旅泊到异地时难免怀有新的愁思。两首小诗显示的情景都能引起读者许多联想，引人入胜，调子是健康的，也给人美的享受。

王昌龄的古诗，例如《塞下曲》：

> 饮马度秋水，水寒风似刀。平沙日未没，黯黯见临洮。昔日长城战，咸言意气高。黄尘足今古，白骨乱蓬蒿。

这首诗写得精炼，富有感情，又生动地写出了当时塞下的特有景色。王昌龄并没有笼统地反对一切战争，他的七绝著名组诗《从军行》就都是极为雄壮昂扬的战歌，对唐军维护国家统一的战争是颂扬的。但他反对历史上那种徒然牺牲的好大喜功的战争（当然也不满意藩镇作乱造成的兵连祸结）。这首诗就流露出他对这样一种战争的抨击，确是"久味津生"，其意义和造诣并不下于他的七绝。

听人议论，读人作品，要辨别其高下好坏，必须联系实际，进行认真、冷静、深入的比较和思考。否则，有些其实极有意义、极有价值的议论和作品，就会被忽视过去，特别那些表面看来缺乏动人之点的不能耸人听闻的，更容易受到这样的对待。而这样的情况，发生在"独坐"之时的，显然要比在"四筵"的环境中少。也会有人在"四筵"中和在"独坐"时有同样的辨别力，一般到底是有差别的。因为在大庭广众的"四筵"中，由于来不及作认真、冷静、深入的比较思考，由于受到周围人们浅识或好奇的影响，由于一时的盲目或感情冲动，由于应付时风众势而不得不对某些内心并不喜欢的东西略表礼貌……，某些脱离实际，貌似革命，夸夸其谈，哗众取宠的东西在大庭广众中的确还常有市场。这些东西会在这样的场合得到喝彩、掌声，甚至得到欢呼。但当人们从"四筵"中退出，

713

回到"独坐"状态的时候,这些东西在很多人心里的价值往往就下跌甚至直线下跌到它们应有的地步了。为什么会有这样的变化? 因为这时他们可以自由或比较自由了,不必应付、敷衍什么了,来得及联系实践,认真、冷静、深入比较思考一番了,周围人们的影响也可以大大摆脱了,这时候,对一般人来说也多半只有在这种时候,才可能逐渐认清这些东西的真相,而从心里作出摇头的回答。反之,他就可以对开头没有看清其内部价值的事物逐渐作出"首肯"的评价。

这就是为什么能"惊四筵"的东西往往不可"适独坐",能"取口称"的东西往往不可"得首肯"。对一个真正的作者来说,他是宁愿他的议论或作品得到人们在"独坐"时的"首肯"的。这才是由衷的反映,才是比较符合实际的估量。

"适独坐"、"得首肯"的东西,往往是不能得到"惊四筵"和"取口称"的效果的。因为首先,真实的东西大都很平凡,人们经过实践,看得多听得多了,以为理当如此,说的人写的人把它说出来写出来,一般不大能引起轰动;其次,真正的作者追求的绝不是这种表面、虚假的效果,他宁愿用平静、质朴、甚至近于笨拙的态度和语言说话,而不愿迎合人们的低级趣味,不愿哗众取宠,以达到其不可告人的卑鄙的目的。

想想多年来我们大家看到听到的无数"惊四筵","取口称"的例子吧。一亩地,硬说已经生产出一万斤水稻,或者抢着跳上台去"放卫星",大声保证可以生产出五万斤、十万斤,甚至更多,于是得到大家鼓掌,欢呼,上了"光荣榜",这且不说它。"四人帮"横行时所谓的大揭发、大批判,平白无辜可以把一个老革命家在一天之内就从"走资派"上升到"叛徒"、"特务"、"老反革命",简直十恶不赦到无以复加的地位,这些尖声怪叫不是也曾在"四筵"中获得过耸人听闻、令人震惊的效果么? 此外,象他们所搞的"不能过夜"的大宣传,乍听乍看不是也颇令人心骇目眩么? 这些东西,不合事实,不是真理,到底经不起人民的冥然深思,不管曾骗得多少掌声和欢呼,都没有逃脱迅速没落的命运。

"惊四筵"与"适独坐","取口称"与"得首肯",当然也不是没有可以统一的例子。早一点,例如周恩来同志说的:"没有绝对正确的人。只有一个人的话正确,只好变成楚霸王。"(1962 年 2 月 17 日《对在京的话剧、歌剧、儿童剧作家的讲话》)又如陈毅同志说的:"形势很严重,也许这是我过分估计。严重到大家不写文章,严重到大家不讲话,严重到大家只能讲好,这是不好的兆头。将来只能养成一片颂扬声,这对我们有什么好处? 危险得很呵!"(1962 年 3 月 6 日《在全国话剧、歌剧、儿童剧创作座谈会上的讲话》)两位老革命家的这些话,我看就可以统一,当时也确实统一的。并不是他们首先发现了新的真理值得大家鼓掌,这一真理古代的有识之士也曾指出过。乃是在现代迷信已渐形成,万马齐喑之势已经造成,他们满怀革命热忱,敢于冒险直陈说出人民心里话的勇气值得大家鼓掌。而因为是颠扑不破的真理,所以必然也是能"适独坐","得首肯"的。关于"实践是检验真理的唯一标准",是又一个可以统一的例子。就思想说,这是马列主义的常识,也是人们容易体验到的真理,本来不大会引起人群鼓掌的了,但广大群众却对它发出了热烈的掌声。为什么呢?就因多年来,尽管口头上还常挂着"实践"、挂着"群众",实际检验真理的标准早已不是千百万人民的实践,而是个别领导者的意志或权力了。它既切中时弊,又能不理"凡是派"的恐吓与包围,能为实现四个现代化开辟道路,所以的确值得热烈鼓掌。这一讨论的伟大意义,经过深思熟味,无疑是只会认识得更清楚的。

我们说"惊四筵"、"取口称"的东西往往不如能"适独坐"、能"得首肯"的东西,这是一般情况;我们说两者也有可以统一的例子,这是少数情况,有时甚至只是特殊情况。因为归根到底决定的因素是言论或作品中有无经得起人们深思熟味的真理,是否经得起千百万人民的实践检验,而能够说出深刻真理、经得起群众实践检验的议论和作品毕竟甚少。自己不开动机器,听到一点耸人听闻、哗众取宠或者极左的东西就瞎捧场,实在不是一件好事情,于人于己都绝无益处。

苏东坡说:"盖尝论天人之辨,以谓人无所不至,惟天不容伪。智可以欺王公,不可以欺豚鱼;力可以得天下,不可以得匹夫匹妇之心。"(《韩文公庙碑》)又说:"士大夫以才能议论取合一时,可也,使人于十年之后,徐观其所为,心服而无异议,我亦无愧,难矣。"(《书诸公送周梓州诗后》)两段话都说得颇好。"力可以得天下,不可以得匹夫匹妇之心",匹夫匹妇们看的是实际,对他们是真重视还是口头重视,办的事对他们是真有利还是说得有利,他们是最清楚的,上当一时可以,终久能看得明明白白。无论谁,要使人对他的议论和作品由衷心服,能否揭示真理固有极大关系,其人行动表现究竟怎样,也绝非细事。好话说尽,干错事坏事成堆,或者一时收敛,渐渐就变了样,虽说不可以人废言,终久难于令人信服。东坡的意思同以前徐干、后来周昂所说的大体一致。前人所发有关辩论、读书的这些意见,我觉得对于今天要发扬民主,明辨是非,思考问题,避免变成风派,还是很有启发的。

论中国古代的游记创作

我国的游记散文源远流长，有非常悠久的历史，广泛的影响。游记散文给人们的滋养，不仅有助于人们对自然美景的欣赏，提高对自然景物审美价值的理解，满足人们精神生活的需要，而且"江山之助"，早已被视为许多文人、学士、哲学家甚至政治家所以能在事业上取得光辉成就的一个不可缺少的因素。"江山之助"从何而来？当然要"行万里路"，直接攀涉过许多名山大川，对名山大川以及与之有关的种种事物有亲切的体验，多方面的实践，但对任何人来说，直接经历总会受到各种条件的限制，我们文学史上大量优秀的游记散文所以会得到历代人们的欢迎，就因它们可以补充直接经历之不足。"卧游"成为向来渴望多得一点"江山之助"者的一件快事，决不是偶然的。读陶弘景的《答谢中书书》、吴均的《与宋元思书》、郦道元的《水经注·江水·三峡》诸文，对未曾亲历过这些山水胜境的读者固能引起清新美妙的兴趣，如入画境，就对曾经亲历过这些山水胜境的读者来说，也还具有极大的吸引力，不仅能够帮助自己重温美好的记忆，而且那样绘声绘色，鲜明清丽的描摹，从中的确可以感觉到一种隽永无比的艺术享受，并领会到不少当时自己尚未能觉察出的东西。

孔子是我们历史上一位伟大的哲人，相传他对大水有"九德"之感，说见《荀子·宥坐》：

> 孔子观于东流之水。子贡问于孔子曰："君子之所以见大水必观焉者，是何？"孔子曰："夫水，遍与诸生而无为也，似德。其流也埤下，裾拘必循理，似义。其洸洸乎不淈尽，似道。若有决行之，其应佚若声响，其赴百仞之谷不惧，似勇。主量必平，似法。盈不求概，似正。淖约微达，似察。以

出以入，以就鲜絜，似善化。其万折也必东，似志。是故君子见大水必观焉。"

孔子从大水的运动中受到启发，把他所悟到的某种规律性认识用来解说生活现象，表达他的进步思想。《论语·子罕》里的"子在川上曰：'逝者如斯夫，不舍昼夜。'"可以同上面这段话合看。他未必没有感觉到水的美景，但流传下来这些从水悟出的哲理，应该承认其中也蕴含有深长的意味。欣赏自然美，热爱大自然，但又并不局限在自然景物本身，而同探索人生，改造人生，提高人生的远大目标联系起来，密切结合，这就使热爱自然与热爱生活，追求社会进步成为不可分割的统一体，而这也早已成为我国游记散文的一个鲜明特点。无疑，这是一个极为可贵的传统。

在我国古代的文艺理论中，最早比较全面地来讨论自然景物与文艺创作的密切关系的，应推齐、梁间写出了《文心雕龙》的理论大师刘勰。其《物色》篇云：

春秋代序，阴阳惨舒，物色之动，心亦摇焉。

他说四时的种种自然变化，对人们的感触十分强烈，谁也难于无动于衷。即所谓：

献岁发春，悦豫之情畅；滔滔孟夏，郁陶之心凝；天高气清，阴沉之志远；霰雪无垠，矜肃之虑深。……一叶且或迎意，虫声有足引心，况清风与明月同夜，白日与春林共朝哉！

这是指自然界的变化，本有其足以使人感动的力量，但文艺家从自然界受到的影响，往往决不只限于其本有的因素，而还有从它引起的联想，实际即是因而触发的种种关于现实人生的思考与反映。亦即所谓：

诗人感物，联类不穷，流连万象之际，沉吟视听之区。写气图貌，既随物以宛转；属采附声，亦与心而徘徊。

他看出这种情况："及《离骚》代兴，触类而长"，而到当时，则"窥情风景之上，钻貌草木之中,吟咏所发,志惟深远",已越来越不停留在自然景物的单纯描摹,而臻于情景交融,景中寓情了。山水文学变得更加丰富发达,产生了很多优秀的作品。于是他明白宣告:"若乃山林皋壤,实文思之奥府,略语则阙,详说则繁,然则屈平所以能洞监风骚之情者,抑亦江山之助乎?"把屈原的伟大文学成就部分归功于他游历了南方许多江山的帮助,把对"山林皋壤"即自然界的深入接触与心灵交往也视为"文思之奥府"的一部分,是深有卓识的。从诗经、楚辞等优秀作品中体现出来的"江山之助",对后代作者进行创作准备,以及所写记游诗文的重要作用,确实是十分明显的。

在古代作家中,屈原之外,公认得"江山之助"最多的,是《史记》作者伟大的史学家司马迁。他的文章不但内容丰富,材料翔实,人物生动活泼,风格上尤被一致推崇,或称"雄深雅健",或称"逸气纵横",得未曾有。他的深厚的文史修养,固来自时代的薰陶,旧籍的沾溉和家庭的教养,但二十年由他的足迹几乎跑遍了当时全国这一壮举,的确也对他的创造起了非常重大的作用。他足迹所至,东游会稽、禹穴、姑苏、泰山;南历江淮、庐山、沅湘、九嶷、邛笮、昆明;西至崆峒、巴蜀以南;北经龙门、长城内外等地。可以说,他直接游历了在当时条件下所能到达的最广大的地方。祖国许多名山大川和历史胜地,他大致都到了,自然界许多雄伟、奇特、秀丽的景色,他大致都亲眼目睹了,但这还只是其中的一面;另外,就在这"行万里路"的过程中,他到处调查访问,了解和搜集各种遗闻轶事,民情风俗,经济情况,文物史料。对过去的各种人物以及当时社会生活中存在的问题和人民的疾苦,取得了比当时任何人都远为真实、生动、深入的材料。正是这些难得的实践之功,扩大了他的视野,开阔了他的胸襟,增长、深化了他对历史、社会、人们的认识,振奋了他的精神,培养了他关怀国事民生的思想,从而发愤有为,激起并锻炼了他后来在无比困辱的逆境中无论如何都要顽强斗争,完成《史记》,以表达他揭露统治集团弊政的决心。崇高的历史责任感,战胜了来自个人一时荣辱的内心痛苦,巨著终于创造性地写出来,而且永垂不朽了。苏辙所谓"太史公行天下,周览四海名山大川,与燕赵间豪俊交游,故其文疏荡,颇有奇气"(《上枢密韩太尉书》)。奇气就指他那种极不平常的热爱国家,同情人民,赞美进步,鞭挞弊政的坚贞不屈,百折不回的勇敢精神。司马迁虽然并没有留下游记文章,但表现在他作品里的"江山之助",对后代创作游记的作者,以及从优秀的游记作品中吸取营养的人们,直接间接都启发无穷。

如果说司马迁所得的"江山之助"主要是表现在他创作《史记》的思想品格、

精神血脉里了,那么明代徐霞客的"以身许之山水",其表现便是另一种情况。徐霞客直接写了那么多的游记,在记述、赞颂祖国山山水水的自然佳景的同时,又对山川奥秘,根据他足历身涉的第一手材料,作了富有科学价值的勇敢的探索。他的游记中,对我国石灰岩溶蚀地貌以及其他若干地理学上的问题,最早系统地进行了研究,至今仍被人们认为确实有突出的成就。作为一个伟大的旅行家,他跑遍了当今十九个省市,大半个中国,须知他绝不是在今天这样便捷、安适的交通条件和科学研究机构安排集体考察的优越条件下进行这种旅程,他是在明知前途有无数艰险,生死莫测的情况下,抱着不惜牺牲性命的决心才踏上征途的。五十一岁时,他进行万里西游时这样向家人告别:

譬如吾已死,幸勿以家累相牵矣!

在旅途中,他多次绝粮,遇盗,困厄至极,有人劝他还是中途返乡安享余年算了罢,他却坚决不改初衷,什么都不顾虑:"吾荷一锸来,何处不可埋吾骨耶?"就这样,他也终于给我们留下了七十多万字的一部大书:《徐霞客游记》。既在游记散文中,也在地理科学著作中,大大丰富充实了我国灿烂文化的宝库。

无论是屈原、司马迁,还是柳宗元、苏轼,以至徐霞客,还有别的许多历代优秀游记文学的作者,我们只要稍为想想他们的为人,就能发现,他们差不多都不是单纯的自然风景的游览者,而都是关心国事,热爱生活,同情人民疾苦,迫切要求改革弊政的爱国主义者兼政治家、艺术大师,或学者、哲人。他们的出游,或出于有意地寻求知识,或出于被迫的迁谪,还有别的一些原因,但他们给后人留下的成果,却产生了几乎一致的效果:使我们身心都得到鼓舞和教益。在艰苦备尝的行旅中,他们提高了自己,也哺育了后人。应该深深感谢他们为我们祖国学术文化事业作出了永远值得自豪的成绩!

1983 年 4 月 20 日

(本文系为《中国古代游记丛书》撰写的总序)

《儒林外史》的语言艺术

一、人民性的思想

　　出现在 18 世纪 30 年代的长篇小说《儒林外史》,是我国古典文学中一部有价值的巨著。杰出的作家吴敬梓在这本书里描写了明、清之间封建社会中各个阶级的生活,写出了广大农民和地主官僚、豪绅巨贾、流氓恶霸这一统治集团的尖锐对照,写出了毁灭人性的礼教和科举制度对于现实社会的毒害,当时读书人的生活作风和精神世界,深刻地批判和讽刺了封建体系的庸俗、腐朽和丑恶。和赫尔岑论及果戈理时所说的一样,"他嘴上带着笑,毫无怜惜地深入到肮脏的、恶毒的官僚灵魂的最隐秘的摺缝里去"。吴敬梓不单是对封建社会的不公平和腐朽丑恶进行了辛辣的讽刺和大胆的揭露,他更能越过封建制度的高墙,感受到劳动人民的淳厚和质朴,在明显的对照之下,表明了在精神和道德上真正高尚可爱的正是那些不识字不作官的农民、裁缝、小商人和戏子等等。他一方面坚决反对官府的势利和对人民的酷虐,另一方面就渴望着自由的不受压迫的生活。吴敬梓的感情同当时被剥削被凌虐的广大人民是非常接近的。

　　无论在思想上或艺术上,《儒林外史》对后来的许多作家和作品都有了很深的影响。晚清的著名暴露小说《官场现形记》、《二十年目睹之怪现状》等固是显著地受到《儒林外史》影响的例子,就在现代文学的导师鲁迅的作品里,特别在他早年的创作小说如《狂人日记》、《孔乙己》等等作品中,我们也能找出这种影响的痕迹。不但如此,《儒林外史》的揭露丑恶的艺术和讽刺技巧,直到今天仍可以作为我们和一切落后反动现象作战的武器。

《儒林外史》的成功是多方面的,其一是运用语言的艺术。本篇就打算专就这一方面谈一谈个人的体会。

二、运用口语的优点

《儒林外史》在语言上的卓越成就首先是由于运用了人民群众的口语。不但对话部分,就在叙述部分,甚至在描写景物时,都是用的极生动的口语。例如第一回里的:

> 那日,正是黄梅时候,天气烦躁。王冕放牛倦了,在绿草地上坐着。须臾,浓云密布,一阵大雨过了。那黑云边上镶着白云,渐渐散去,透出一派日光来,照耀得满湖通红。湖边上山,青一块,紫一块,绿一块。树枝上都像水洗过一番的,尤其绿得可爱。湖里有十来枝荷花,苞子上清水滴滴,荷叶上水珠滚来滚去。[①]

《儒林外史》也有些文言古语,例如第十三回里马二先生这样说:

> 到本朝用文章取士,这是极好的法则。就是夫子在而今,也要念文章,做举业,断不讲那'言寡尤,行寡悔'的话。何也? 就日日讲究'言寡尤,行寡悔',那个给你官做? 孔子的道也就不行了。[②]

也有些某一职业的行话,例如第十回里的自称"一向在京师行道"的陈和甫这样说:

> 三老爷耳白于面,名满天下;四老爷土星明亮,不日该有加官晋爵之喜。卜易、谈星,看相、算命,内科、外科,内丹、外丹,以及请仙判事,扶乩笔

---

① 《儒林外史》第 2 页,作家出版社 1955 年 4 月版。

② 同上,第 135 页。

策,晚生都略知道一二。①

　　吴敬梓所以要把这一类话头也写进书里,决不是为了要兼收并蓄,炫耀丰富,乃是为了描写人物的性格,为了展开作品的内容的,而且这些话现在看来像是有点文绉绉的,但在当时大致也还是合于读书人的口语的。

　　《儒林外史》里绝少使用偏僻的方言,谚语、歇后语则有一些。在我们的许多谚语、歇后语中,确实有不少意味深长、形象生动的,因为它们原是人民群众从实际生活中创造出来的。但在文学作品中使用谚语、歇后语,也应当遵守为内容服务、普遍为人所懂和避免庸俗低级的原则。吴敬梓在这里使用的谚语、歇后语,就都没有违背这些原则。《儒林外史》里的谚语、歇后语,绝大部分都在对话里才出现。而且说这类话的人又绝大部分是差人和头役,小部分则是作者所要嘲笑否定的读书人,例如:

　　　　差人:你却不要"过了庙不下雨"。②
　　　　差人:自古"钱到公事办,火到猪头烂"。③
　　　　差人:这个正合着古语"瞒天讨价,就地还钱"! 我说二三百银子,你就说二三十两!"戴着斗笠亲嘴,差着一帽子"! 怪不得人说你们"诗云子曰"的人难讲话! 这样看来,你好像"老鼠尾巴上害疖子,出脓也不多"! 倒是我多事,不该来惹这婆子口舌!④
　　　　潘三:你是"马蹄刀瓢里切菜,滴水也不漏",总不肯放出钱来。⑤
　　　　头役:自古道:"家贫不是贫,路贫贫杀人。"⑥
　　　　周进:"瘫子掉在井里,捞起也是坐。"⑦
　　　　鲁编修:古语道得好:"无兵无粮,因甚不降?"⑧

---

① 《儒林外史》,第 105 页。
② 同上,第 138 页。
③ 同上,第 140 页。
④ 同上,第 142 页。
⑤ 同上,第 191 页。
⑥ 同上,第 237 页。
⑦ 同上,第 22 页。
⑧ 同上,第 104 页。

景兰江：俗语说得好："死知府不如一个活老鼠。"①

牛浦：你一个尊年人，不想做些好事，只要在"光水头上钻眼骗人"！②

赵麟书：我这里"娃子不哭奶不胀"，为什么把别人家的棺材拉在自己门口哭？③

吴敬梓使用谚语、歇后语为什么绝大部分只在对话里？这就是为的要刻划性格。又为什么这些话绝大部分出在差人头役们嘴里？这是因为在封建社会中，一般士大夫要保持"身分"，讲究"文雅"，绝少说这类话，特别是所谓有学问的"正人君子"更不说这种话。景兰江原是一个商人，牛浦原是一个市井骗子。周进那时还不曾考中，所以才会说出和差人头役们类似的话。鲁编修虽然也称述古语，但是文言口吻已经稍有不同，而从他所称述的两句古语中，他的贪鄙、决无节操的性格，就很明白地表现出来了。封建士大夫看不起谚语、歇后语，绝口不说，这是他们的固陋之处；但他们在当时既然不这样说，如果作者硬要把这类话加到他们的说话中去，那就不可避免地要损害这些人物的真实性。

还有象下面两个例子，虽然是出现在作者的叙述里，但我们仔细体会一下，就可知道其中也有选择，仍旧符合听者的身份和性格：

（算命的）瞎子听了半天，听他两人（测字先生陈和甫儿子同他的丈人吵闹）说的都是"堂屋里挂草荐"，——不是话（画）。④卖人参的听了，"哑叭梦见妈，说不出的苦"。⑤

这就是说，因为这里两个听者是算命瞎子和卖人参的，所以作者才写进了这两句俗语，看是叙述，其实还是写的这两个听者的反应和感受。

用普遍流行的群众口语来做写作的基本材料，绝少使用偏僻的方言，不但在对话里这样，在叙述和描写里也是这样，使用谚语、歇后语等俗语时，有明确的目的，决不滥用：这些都是《儒林外史》在运用语言上的突出优点，这些优点的

---

① 《儒林外史》，第 180 页。
② 同上，第 236 页。
③ 同上，第 443 页。
④ 同上，第 526 页。
⑤ 同上，第 530 页。

产生是和吴敬梓的优秀的创作方法分不开的。

三、丰富、多样、性格化

文学作品中语言的美,在于它能把生活的丰富性和多样性表达出来,在于它能把人物的思想、性格、事业表达出来。《儒林外史》语言的另一突出优点,就正是它的丰富性和多样性,特别是它的对话,经常能非常准确、深刻、活现地显露出人物的性格。我们看下面周进和卫体善的两段说话:

> (周)学道变了脸道:"当今天子重文章,足下何须讲汉唐! 象你做童生的人,只该用心做文章,那些杂览,学他做什么! 况且本道奉旨到此衡文,难道是来此同你谈杂学的么? 看你这样务名而不务实,那正务自然荒废,都是些粗心浮气的说话,看不得。左右的! 赶了出去!"①
> 卫先生道:"长兄,你原来不知。文章是代圣贤立言,有的一定的规矩,比不得那些杂览,可以随手乱做的,所以一篇文章,不但看出这本人的富贵福泽,并看出国运的盛衰。洪、永有洪、永的法则,成、弘有成、弘的法则,都是一脉流传,有个元灯。比如主考中出一榜人来,也有合法的,也有徽倖的,必定要经我们选家批了出来,这篇就是传文了。若是这一科无可入选,只叫做没有文章!"②

从上面的两段说话中,我们可以感觉出他们有一个共同点,便是都主张专心做八股,排斥所谓杂览,这两个说话者也无疑都是迂腐不堪的家伙,因为他们都是封建统治阶级中的读书人。但从这两段说话,却也明显可以感到他们的不同性格和不同身分。周进因为这时已做了学道,声势喧赫,而且是在和童生说话,所以完全是教训和命令的口气,趾高气扬,不可一世。卫体善却是一个小小的乡榜,虽然满口规矩法则,沾沾自喜到极点,毕竟不过是一个老选家而已,所以越是夸口,就越发露出了他的酸臭可笑。

我们再看下面张乡绅和新中了举人的范进的这一段对话:

---

① 《儒林外史》,第 28 页。
② 同上,第 182 页。

张乡绅先攀谈道："世先生同在桑梓,一向有失亲近。"范进道："晚生久仰老先生,只是无缘,不曾拜会。"张乡绅道："适才看见题名录,贵房师高要县汤公,就是先祖的门生。我和你是亲切的世弟兄。"范进道："晚生徽倖,实是有愧。却幸得出老先生门下,可为欣喜。"张乡绅四面将眼睛望了一望,说道："世先生果是清贫。"随在跟的家人手里拿过一封银子来,说道:"弟却也无以为敬,谨具贺仪五十两,世先生权且收着。这华居,其实住不得,将来当事拜往,俱不甚便。弟有空房一所,就在东门大街上,三进三间,虽不轩敞,也还干净,就送与世先生。搬到那里去住,早晚也好请教些。"范进再三推辞。张乡绅急了,道:"你我年谊世好,就如至亲骨肉一般;若要如此,就是见外了。"①

在这一段对话里,说话的虽然都是举人,但张乡绅是一个老举人,老奸巨猾的家伙,诚如胡屠户所介绍,他家里"一年就是无事,肉也要用四五千斤,银子何足为奇"。而范进则不过刚得捷报知道中举,这天因为家里没有早饭米,还曾抱着仅剩的一只生蛋母鸡到集上去叫卖过。张乡绅为什么不惜屈尊先来拜访范进,赠银送屋,还说了许多极甜蜜的话? 就为的要结交拉拢这个已经穷得眼里出火、但不久也就要加入统治集团中来的新中举人,这时来给他点好处,就能使他感激涕零,乐于加入自己的帮口,做自己鱼肉人民的一个伴当、助手。这正是张乡绅的老练和狡猾处,他的这种心事在他的几句对话里都极生动地写出来了,果然他也立刻得到了成功。从未见过"一封一封雪白的细丝锭子"、而且还缺乏剥削经验的穷措大范进,虽然也已中举,但在神通广大、有意争取主动的老举人张乡绅面前暂时还只能处于完全被动的地位,这是完全可以理解的。作者在这一段对话里不但写出了读书人语言和不读书人语言之间的某些不同,还写出了两个举人之间性格、环境、手段的差别;而且,通过这段对话,作者还把封建统治阶级相互之间拼命拉拢勾结以便合力来酷虐人民的一幅富有社会意义的图景描绘出来了。

在《儒林外史》里,有维妙维肖地表现官僚名士乡绅们的性格思想的语言,也有维妙维肖地表现市井无赖、科场不利的忠厚老实人等等的性格思想的语言。而且就在这些同类人物的语言里,如果细加辨析,也还看得出种种的区别。

---

① 《儒林外史》,第35页。

马二先生迂拙不化，死抱住举业不放，一心想做个举人进士，荣宗耀祖一番，偏偏科场不利，落得个百无一能。作者对这个人物是讽刺得很深刻的。可是马二先生还有另外一面。在做人方面，他热诚、恳切、认真、肯帮助别人。因此，作者看待这个人不仅和看待严贡生等完全不同，和看待周进、范进等也不一样。我们看作者如何写马二先生的谈话：

　　　　"贤弟，你听我说。你如今回去，奉事父母，总以文章举业为主。人生世上，除了这事，就没有第二件可以出头。不要说算命拆字是下等，就是教馆、作幕，都不是个了局。只是有本事进了学，中了举人、进士，即刻就荣宗耀祖。这就是《孝经》上所说的'显亲扬名'，才是大孝，自身也不得受苦。古语道得好：'书中自有黄金屋，书中自有千钟粟，书中自有颜如玉。'而今什么是书？就是我们的文章选本了。贤弟，你回去奉养父母之外，总以做举业为主。就是生意不好，奉养不周，也不必介意，总以做文章为主。那害病的父亲，睡在床上，没有东西吃，果然听见你念文章的声气，他心花开了，分明难过也好过，分明哪里疼也不疼了。这便是曾子的'养志'。假如时运不好，终身不得中举，一个廪生是挣得来的。到后来，做任教官，也替父母请一道封诰。我是百无一能，年纪又大了。贤弟，你年少英敏，可细听愚兄之言，图个日后宦途相见。"①

　　以上是马二先生对匡超人说的临别赠言。马二先生把匡超人从陷于流落拆字的窘境里救援上来之后，又送他十两银子，外加棉袄和鞋子，劝他回家去好好学做文章。这段对话把马二先生的迂拙可笑和热诚、恳切、认真相结合的整个性格一下子和盘托出了。这是一个真实的、有血有肉的人，可是作者一句直接介绍的话也没有，他完全让人物自己的说话和行动去表白他的一切，也让读者自己从人物的说话和行动里去认识人物的一切，去下爱或憎的结论，而作者的思想和作品的倾向性也就虽然隐秘却非常有力地渗透在他这种形象的刻划中间。

　　《儒林外史》的对话随着人物身份、环境、思想的改变也有所改变，始终符合具体人物的性格。人物的说话，决不是随便什么人在随便什么时间场合所说的随便什么话，而是这一个人在特定的环境中可能说和必要说的话。周进做了学

---

　　①　《儒林外史》，第 157 页。

道时曾神气活现地大声训斥童生,可是他在考中以前却曾向几个商人磕过头,称他们做"重生父母",只要他们肯拿出二百两银子相助,"我周进变骡变马,也要报效。"①匡超人在流落中开始得救时是这样回答马二先生的问话的:"先生,我哪里还讲多少? 只这几天水路搭船,到了旱路上,我难道还想坐山轿不成? 背了行李走,就是饭食少两餐,也罢。我只要到父亲跟前,死也瞑目!"②说得多么可怜。这时他的确还算是个有良心的人。但以后当他稍稍得意了些,便口吻一变,马二先生也就不在他的眼中了,他告诉别人:"这马纯兄理法有余,才气不足;所以他的选本也不甚行。选本总以行为主;若是不行,书店就要赔本。惟是小弟的选本,外国都有的!"③显然可见,这时的匡超人,由于举业和封建统治阶级的薰染,已完全堕落成一个毫无信义、卑鄙无耻的骗子和市侩了。这是因为象周进、匡超人他们的环境性格已有改变,所以写他们后来的说话便也不能不变。

《儒林外史》的语言是丰富的、多样的,它灵活深刻地写出了各个阶级不同人物的复杂的性格。吴敬梓在用语言来刻划人物性格的时候,决不是纯客观地用速记的方法,乃是选择了合乎人物基本特点的典型的东西、而不是偶然的东西来描写的。所以从他笔下产生出来的人物,不会使人有概念化、简单化、模糊不清的感觉。吴敬梓在语言上的这种卓越才能,毫无疑问,是他对于所要描写的人物彻底熟悉,不但熟悉他们的用语,更是熟悉了他们的内心和灵魂深处的自然结果。

四、精炼的写法

《儒林外史》是一部三十万字的长篇小说,但是就这部小说所写的深广的社会容量来说,它还是写得很简炼的。作者存心通过人物性格的刻划来表达出他的爱和憎,因而很少叙事,有些无关紧要的事情他总是一笔带过,决不多费笔墨。例如第三回里他写周进中举之后,"到京会试,又中了进士,殿在三甲,授了

---

① 《儒林外史》,第26页。
② 同上,第156页。
③ 同上,第202页。

部属。荏苒三年，升了御史，钦点广东学道。"①不过三十一个字，却总说了多长一段时间里的多少事情。为了故事的联贯，这些事情不能不交代一下，但因它们和主题思想关系很少，所以略一交代就完。书中这样的例子很多。

《儒林外史》里有许多地方的用字很值得注意。例如第二回里有一句说"当下捺着姓荀的出了一半"，②这"捺"字实在下得好。姓荀的是一个地主，当地的首富，但比较地缺少权势，地方上的恶霸遇事总要他多出款，姓荀的内心里自然很不愿意。这次兴龙灯又要他拿出一半用费，虽有商议的形式，其实是不由分说就决定下了，写作"捺"，非常切当，而且也把地主之间的矛盾形象化了。十四回里马二先生所说"挤的干干净净"③一句中"挤"字也用得好。马二先生不是随便就拿得出九十二两银子，他乃是想了又想，把应当除开的除开，可以节省的省下之后才一身大汗地勉力凑出这些银子来的，"挤"字可以让人感到他的努力和热诚，所以生动。十五回里江湖骗子洪憨仙死后，作者说他的四个假充长随的儿侄立刻就慌了手脚，"寓处掳一掳，只得四五件绸缎衣服还当得几两银子"。④这里"掳"字也下得妙，因为他这几个儿侄目前已经连饭都要吃不上了，只有急忙搜抢一下，看看还有些什么值钱东西可以吃饭和做回家的路费。而且既是骗子，就怕还要吃赔账，说不定连这几件衣服也还要被别人拿去，所以更感到有抓紧时机抢着"掳一掳"的心要。这些字眼所以好，不是由于别的，就因通过它们能够非常生动恰当地表现出人与人间的关系、人物的性格和事件发生当时的情景。

这本书里也有许多句子是特别简练而富有表现力的。第一回里说王冕自从听那三个人津津有味地说了一套热中功名富贵的话之后，原来很爱读书的他"自此，聚的钱不买书了"。⑤作者只写了这一句，前后都没有说明。为什么从此聚的钱就不买书了呢？这里就在无言中表现出了王冕对于这三个人和他们所讲的道理的极度轻蔑，他轻蔑到连提也不愿再提，说明也不愿再说明。第八回王道台兵败潜逃时"在衙门并不曾收拾得一件东西"，⑥可见他是存心想混水摸

---

① 《儒林外史》，第 27 页。
② 同上，第 15 页。
③ 同上，第 142 页。
④ 同上，第 153 页。
⑤ 同上，第 3 页。
⑥ 同上，第 84 页。

鱼,捞它一批东西的,这样写完全符合这个人物的贪鄙性格,比直接写出更有意味。第十一回里写杨执中的儿子杨老六"虽是蠢,又是酒后,但听见娄府,也就不敢胡闹了"。① 娄府是当地豪绅人家,书里虽没有写出这家的豪横事实,但一个既蠢又醉的人一听说这个人家就不敢再闹,那么豪绅势焰,即使不写出来,也已能够想见。第十二回里写冒充侠客的骗子张铁臂虚设人头会,作者一方面写他在屋顶上"行步如飞",但另一方面又一再这样写:"忽听房上瓦一片声的响",②"只听得一片瓦响",③这就极具体地暗示了我们,这个自称侠客的家伙其实是骗子,因为他如真有本领就不应当来去总是"一片瓦响"。第二十六回里写鲍廷玺在衙门里"只如在云端里过日子"。鲍廷玺是戏子鲍文卿的养子,在班里记记账,现在靠着养父和向知府的一点交情,热热闹闹娶到了知府家总管的女儿做老婆,还收进不少财礼,又是在衙门里鬼混,这跟他过去的生活比较起来的确是一在地下,一在天上。可是人毕竟不能虚悬在云端里过日子,他这种倚赖别人恩赐过快活日子的时间到底不能久长。现在说他"只如在云端里过日子",既写出了他的意外高兴,乐不可支和忘其所以,同时也暗示出来他以后一定要乐极生悲。这真是一个喻意非常丰富确切的句子。

吴敬梓还往往能用极精炼的一两句话把几个人对于同一件事的不同看法写出来,同时也就非常鲜明地写出了他们各不相同的思想和性格。这可以说是运用语言的高度技巧。例如三十四回里高老先生当众把杜少卿大骂了一顿,说他胡说,混穿混吃,和尚道士,工匠花子,都拉着相与,却不肯相与一个正经人;说他在南京城里日日携着乃眷上酒馆吃酒,手里拿着一个铜盏子,就象讨饭的一般;又说他果然肚里通,就该中了去。席散之后,迟衡山等就纷纷发表意见:

> 迟衡山道:"方才高老先生这些话,分明是骂少卿,不想倒替少卿添了许多身分。众位先生,少卿是自古及今难得的一个奇人!"马二先生道:"方才这些话,也有几句说的是。"季苇萧道:"总不必管他。他河房里有趣,我们几个人,明日一齐到他家,叫他买酒给我们吃!"余和声道:"我们两个人

---

① 《儒林外史》,第 117 页。

② 同上,第 129 页。

③ 同上,第 130 页。

也去拜他。"①

这里就写出了四个人的不同声口。迟衡山迂而有骨气,而且思想和杜少卿很接近,也真心钦佩他,所以极不以高老先生的话为然,还藉此揄扬少卿一番。马二先生迂腐诚实厚道,他很听得进高老先生的举业话头,但不能赞成他那样的虚伪、乱骂人,所以只说他有几分说的是。季苇萧最卑鄙,只想骗些好处,吃点白食,别的都不在他心里。余和声绰号美人,只是无耻凑趣,听见可以结交吃酒,所以立刻就说也要去拜访少卿。

还有在四十一回里,讲起江都女子沈琼枝在南京卖诗文的事:

> 杜少卿道:"无论他是怎样,果真能做诗文,这也就难得了。"迟衡山道:"南京城里是何等地方!四方的名士还数不清,还那个去求妇女们的诗文?这个明明借此勾引人!他能做不能做,不必管他。"武书道:"这个却奇。一个少年妇女,独自在外,又无同伴,靠卖诗文过日子,恐怕世上断无此理。只恐其中有什么情由。她既会做诗,我们便邀了她来做做看。"②

这里杜少卿就分明是真正名士的性格,他并不轻视女子,而所重则在于能够真做诗文。迟衡山是迂士,看不起女子,以为她这样出来抛头露面一定是借此勾引男人,所重在于所谓风化和礼教。武书爱动好奇,他无所谓看重看轻,只好奇地想了解一下这个女子究竟能不能做诗,卖诗文究有什么情由。三个人在书里都是被作者肯定的人,但他们的性格有不同,而这不同的性格在这几句话里也分明地反映了出来。

总之,生活中的语言,分明的是非和热烈的感情,加上对于所写人物的彻底熟悉,这就是我们今天学习《儒林外史》的语言艺术时首先应当学习的东西。中国语言艺术巨匠吴敬梓的辉煌成功,决不是轻易、偶然地得到的。

---

① 《儒林外史》,第336页。
② 同上,第404页。

《水浒》不是"官书"

在封建社会里，《水浒》究竟是一部"官书"，还是"诲盗"之书？承认了它是"诲盗"之书，究竟它是在诲人为盗，还是在对盗进行教诲，使盗"改恶从善"、"去邪归正"，终于归顺朝廷？

在"四人帮"控制的报刊上，当时对这问题的回答有意无意都是按的同一调子：是"官书"；若要说是"诲盗"之书，那么它乃是"诲盗归顺朝廷"之书。因为前人称《水浒》为"诲盗"之书的太多了，想完全不承认是没有办法的。

《水浒》这部大书，内容丰富复杂，在社会上产生广泛影响之后，各个阶级必然都要利用，也的确都曾利用过它来达到自己的政治目的。但利用的效果有大有小，对谁得不尝失，对谁利多害少，自成书流传以来几百年间的社会实践经过，原是众所周知，斑斑可考的。但"四人帮"一伙却偏要歪曲、违背历史事实，只据历史上出现的个别现象，一些不足为据的主观推测，或极少数不足说明事物本质的材料，制造了种种歪理，硬说《水浒》是部"官书"，即地主阶级非常欢迎，对维护封建统治非常有利之书。有人甚至还这样说："《水浒》所以得到流传，主要还是靠了统治阶级的力量"（《北京大学学报》1975年署名"闻军"作《〈水浒〉的要害是投降》）。

明朝嘉靖年间，朝廷都察院和大官僚武定侯郭勋的确刊刻过《水浒》。清朝有个顾苓，曾说明末农民起义队伍里的投降派"高杰、李定国之徒，闻风兴起，始于盗贼，归于忠义，未必非贯中之教也"（《塔影园集》四）。后来又有个佚名的人说："世以耐庵为诲盗，抑以盗固当诲耶？盗而不诲，则必为张角之盗，为朱三之盗，为黄巢之盗，为李闯之盗，扰乱治平，为天下害。盗而受诲，则必为汉高祖之盗，为朱元璋之盗，为亚历山大之盗，肃清天下。……《水浒》而出于汉、唐时代，则为黄巾贼之天书,为盗者师,烧之可也。《水浒》而出于胡元时代,则为黄石公之天书,为王者师,万版之也可"。(《中国小说大家施耐庵传》,原载《新世界小说社报》第8期)以上这一段历史现象和这两条材料,就是他们一口咬定《水浒》为"官书"而反复引用的"证据"。

明代朝廷机关和大官僚会刊刻《水浒》,似乎奇怪,实亦不怪。《水浒》里既有宋江投降了还去打方腊的反动内容,地主阶级当然会引以利用。这种反动内容的确对维护封建统治有利。当时农民起义风起云涌,朝廷镇压不成,就要招抚。《水浒》里写宋江受招安,还帮助皇帝去打方腊,把方腊打败了,宋江等自己也死的死了,散的散了。这样有利的内容,他们怎么会不加利用呢?地主阶级为了破坏农民起义,是经常交替使用镇压与诱抚这反革命的两手的。

嘉靖皇帝从这次"官刻"的手法中究竟得到什么好处,多少好处,未见明文记载。但从它只是昙花一现的现象,以后数百年再未见有官刻的《水浒》,而且封建统治者一直非常害怕《水浒》的流传,不断发出要加以焚毁的命令,还想方设法要清除、抵消它的巨大影响等等情况来推想,封建统治者从这次"官刻"中肯定并没有捞到多少好处,是得不尝失的。他们得到的教训应当是不但不能"官刻",对"私刻"的也必须严禁。

再来看看另两条材料。高杰、李定国的降明,顾苓原话"未必非贯中之教",分明只是他的主观猜想之辞,并非有据所云。对农民起义队伍中的投降派,我们不说他们没有可能读过《水浒》,也不说他们没有可能受到宋江投降的若干恶劣影响,但正如封建统治者并不能从《水浒》中宋江投降的描写得到阻止被压迫的农民起来造反的效果一样,投降派之所以投降,书中宋江的可耻投降也决不能成为他们投降的决定性原因。佚名氏那段话,明白反对"黄巾贼",非常反动。但他说"万版之可",乃指在"胡元时代"或类似胡元的时代,使盗受诲而为"朱元璋之盗",多少有点反抗民族压迫,统一中国的气味,他不是说在任何情况下都应由官方来"万版之也可"。"闻军"的文章对引文不注出处,横加删节,把原话中的区别故章抹掉,使文字变成了这个样子:"世以耐庵为诲盗,……盗而不诲,则必为张角之盗,为朱三之盗,为黄巢之盗,为李闯之盗,扰乱治平,为天下害。"而接下来他就把自己的话和原话混杂了说:"正因为如此,所以《水浒》'为王者师,万版之也可'。"他们把这种破破烂烂的东西都捡来充作判定《水浒》为"官书"的铁证,岂止无力,伎俩也太卑劣了。

大家知道,《水浒》自成书流传以来,是不断被封建朝廷列为严禁之书的。

他们的严禁之法有多种：一是用朝廷的命令或地方行政长官的"条约"之类来严禁；二是让封建文人帮它大造攻击、污蔑《水浒》的舆论；三是由反动文人利用评点之类的方式歪曲《水浒》的进步内容，或造作针锋相对的小说来抵消《水浒》的积极作用；四是利用因果报应之说，恐吓人们不敢看《水浒》，不敢再去写类似《水浒》的书。这些方法同时并用，互相配合，用心不可谓不密。

下面举一些用行政命令来严禁《水浒传》的材料：

明崇祯十五年六月，圣旨严禁《水浒传》，命令各地大张榜示，凡坊间、家藏《水浒传》并原版，尽令速行烧毁，不许隐匿。

清《钦定吏部处分则例·礼文词》规定，凡坊肆市卖《水浒传》，俱严查禁绝，将板与书一并尽行销毁。对违禁造作、刻印、买看、收存、租赁、明知故纵的官民，分别订了革职、罚俸、降级等办法。

康熙五十三年，禁坊肆卖淫词小说，对《水浒传》毁其书版，禁其扮演，"庶乱言不接，而悍俗还淳。"

乾隆元年春，闲斋老人为《儒林外史》作序，其中说，《水浒》"诲盗"，"久干例禁"。

乾隆十八年七月，上谕内阁，禁用满文翻译《水浒》，以为"似此秽恶之书，非惟无益，而满州等习俗之偷，皆由于此。如愚民之惑于邪教，亲近匪人者，概由看此恶书所致"，"著查核严禁"。

乾隆十九年议准，《水浒传》一书，"应饬直省督抚学政，行令地方官一体严禁"。谓"《水浒传》以凶猛为好汉，以悖逆为奇能，跳梁漏网，惩创蔑如。乃恶薄轻狂曾经正法之金圣叹，妄加赞美，梨园子弟，更演为戏剧。市井无赖见之，辄慕好汉之名，启效尤之志，爰以聚党逞凶为美事，则《水浒》实为教诱犯法之书也"。

嘉庆七年十月上谕内阁，对《水浒》重申严禁，以为"愚民之好勇斗狠者，溺于邪慝，转相慕效，纠伙结盟，肆行淫暴，概由看此等书词所致。世道人心，大有关系"。

咸丰元年七月，上谕军机大臣等：教匪充斥，皆以四川峨眉山会首云龙为总头目，所居之处有"忠义堂"名号。"该匪等传教惑人，有'性命圭旨'及《水浒传》两书，湖南各处坊肆皆刊刻售卖，盉惑愚民，莫此为甚"，著严行查禁，将书版尽行销毁。

清江苏按察使裕谦《训俗条约》："如有将《水浒》等奸盗之齣，在园演唱者，地方官立将班头并开戏园之人严挐治罪,仍追行头变价充公。"

清《客山教事录》:"古者淫声凶声有禁,而当今功令,《水浒》一书亦在禁限。盖观《水浒》者,至戕官篡囚,辄以为快,不知上下有定分,乃天经地义。父虽不慈,子不可忤,官虽失德,民不可犯。""今登场演《水浒》,但见盗贼之纵横得志,而不见盗贼之骈首就戮,岂不长凶悍之气,而开贼杀之机乎?"

同治七年江苏巡抚丁日昌查禁《水浒》,谓此等书"几于家置一偏,人怀一篋","愚民少识,遂以犯上作乱之事,视为寻常","近来兵戈浩劫,未尝非此等逾闲荡检之说,默酿其殃。"

上列材料,虽然是很不完全的,也已可见封建统治者的严禁《水浒》是一贯的,认真的。他们以为禁毁了《水浒》,就能清除盗源,挽救反动统治的命运,当然很无知,但他们分明是看到了《水浒》的流传对自己统治十分不利,才这样干的。无论是经金圣叹删改过的"断尾巴蜻蜓",还是写了宋江投降后还去打方腊的全传本,它们的存在始终没有能使封建统治者高枕而卧。他们并没有把《水浒》看成自己的"官书"。

对这样明白的事实,在"四人帮"横行的日子里,居然有人歪曲、否定,大谈其歪理。说什么"从总的来说,禁止《水浒》是官样文章,是禁给人看的"。证据是:它被禁了,还在流传;旧版被烧了,没有烧尽,而新板又出来了。此人问:"为什么对《水浒》只发禁令,而不切实执行呢? 为什么一边颁布禁令,一边任凭朝野违犯呢?"殊不知,所以禁不绝,主要就因《水浒》对广大人民有巨大的吸引力,人民看了觉得痛快,喜欢看。不是封建统治者听凭违犯,禁得不力,乃是当然禁不绝。封建统治者禁不绝农民起义,难道也是因为他们没有切实执行禁令么?《水浒》的未被禁绝,竟被此人解释成"足以说明封建统治者对于《水浒》是名贬实褒"。这就无异于承认,封建统治者只要愿意,便一定有力量禁绝广大人民之所好。真是荒谬之极的观点。此人又说,封建统治者第一次下令禁毁《水浒》,是在明崇祯十五年(1642),"这次下令禁毁《水浒》,只是'主剿'派申张'征剿''正策',打击'主抚'派的一种手段",并从而得出结论:"《水浒》之被禁,充其量不过是封建地主阶级在如何镇压农民起义问题上,'剿'与'抚'两种意见争执过程中的一个小小插曲。这是不能说明实质性问题的"(《文汇报》1975 年 10 月24 日署名"束伟"作《封建统治者"禁毁"〈水浒〉是怎么一回事》)。

此人好象很懂得实质性问题,其实恰恰相反。从前面所引的不完全的材料中,也已足够证明封建统治者所以禁毁《水浒》,就因其中有许多危险的"乱言",

"凶猛"、"悖逆"的榜样,"戕官篡囚,辄以为快"的描写,会"教诱犯法",教人"纠伙结盟","聚党逞凶","以犯上作乱之事,视为寻常"。《水浒》之被禁,分明是由于地主阶级要阻止、破坏农民起义。这完全符合地主阶级的利益,反映了封建社会地主与农民尖锐斗争的规律,怎么倒是地主阶级内部主"剿"、主"抚"两派的斗争更可以来说明这个问题呢? 问题的实质所在,难道不是农民要反抗压迫,而地主阶级则决不愿意农民起来反对自己么? 所谓明崇祯十五年才第一次下令禁毁《水浒》,这只能说根据已知材料是如此。事实上,在此以前的明代文人陈继儒(1558—1639)和袁中道(1570—1623),早已说过《水浒》是"诲盗"之书。封建统治者的感觉,是不会比一般文士迟钝的。地主阶级内部有时确实存在主"剿"与主"抚"两派,但历史上并不是下令禁毁《水浒》的时候,都明显地存在这两派之争,而且谁也不可能证明主"抚"派都赞成《水浒》。主"抚"派只是无法镇压得了才主张"抚",绝不是他们可以容许农民造反。根据上引材料,可以明白看出,如果真能把《水浒》禁绝了,显然对包括主抚派在内的整个地主阶级非常有利。可是当时另有人竟说:"把《水浒》禁了,只有对农民起义军有利"(《文汇报》1975 年 9 月 25 日署名"钟亮"作《〈水浒〉是部官书》)。似乎封建王朝越是奖励《水浒》,就能收到对农民起义军越不利的效果。这种完全违背历史事实、人心向背的歪理,真是信口开河,不知开到什么地方去了。

下面举一些封建文人配合禁令制造的反动舆论:

明陈继儒《答吴兹勉(又)》说他喜欢劝人读史,但"今《通鉴》多束高阁,故士子全无忠孝之根;《水浒》乱行肆中,故衣冠窃有猖狂之念"。

明袁中道《游居柿录》九:"但《水浒》,崇之则诲盗……有名教之思者,何必务为新奇,以惊愚而蠹俗乎!"

明郑瑄《昨非庵日纂》三集十二:"《水浒》一编,倡市井萑苻之首;……安得罄付祖龙,永塞愚民祸本。"

明莫是龙《笔尘》:"野史芜秽之谈,如《水浒传》……等书,焚之可也。"

清金圣叹《第五才子书施耐庵〈水浒传〉序二》:"无恶不归朝廷,无美不归绿林。已为盗者,读之而自豪,未为盗者,读之而为盗也。"

清王仕云《第五才子〈水浒〉序》:"作者之旨,不责下而责上,其词盖深绝而痛恶之。"又《〈水浒传〉总论》:"严于论君相,而宽以待盗贼,令读之者日生放辟邪侈之乐。且归罪朝廷以为口实,人又何所惮而不为盗。"

清王应奎《柳南随笔》三:"金人瑞……初批《水浒传》行世,崑山归玄恭尝见之曰：'此倡乱之书也'。"

清刘廷玑《在园杂志》二："《水浒》本施耐庵所著……虽才大如海，然所尊尚者贼盗，未免与史迁《游侠列传》之意相同。"

清尚镕《聚星札记·淮南盗》："《水浒传》……妖言惑众，不可使子弟寓目。"

清冯从吾《士戒》："毋看《水浒传》……无益之书。"

清徐时栋《烟屿楼笔记》四："一切如《水浒传》……并禁绝之，已习者不得复演，未演者不许复学。"

清王韬《水浒传序》："近来兵戈浩劫，未尝非此等荡检逾闲之谭，默酿其殃。然则《水浒》一书，固可拉杂摧烧也。"

清半月老人《〈荡寇志〉续序》："盖以此书流传，凡斯世之敢行悖逆者，无不藉梁山之鸥张跋扈为词，反自以为任侠而无所忌惮。其害人心术，以流毒于乡国天下者，殊非浅鲜。近世以来，盗贼蜂起，朝廷征讨不息，草野奔走流离，其由来已非一日，非由于拜盟结党之徒，托诸《水浒》一百单八人以酿成之耶？"

清胡林翼《抚鄂书牍·致严渭春方伯》："一部《水浒》，教坏天下强有力而思不逞之民。"

清梁恭辰《劝戒录》："《水浒传》诲盗，……邪书之最可恨者。"

清龚炜《巢林笔谈》一："施耐庵《水浒》一书，首列妖异，隐托讽讥，寄名义于狗盗之雄，凿私智于穿逾之手，启闾巷党援之习，开山林哨聚之端，害人心，坏风俗，莫甚于此。"

清白山《灵台小补》："《水浒传》下诱强梁，实起祸之端倪，招邪之领袖，其害曷胜言哉！"

上列这些材料，也是很不完全的。这些地主阶级文人，都从根本上反对《水浒》，既配合当时朝廷禁令，又复推波助澜。所谓"诲盗"、"无恶不归朝廷，无美不归绿林"、"不责下而责上"、"严于论君相、而宽以待盗贼"、"妖言惑众"、"倡乱"、"悖逆"、"教坏天下强有力而思不逞之民"、"邪书之最可恨者"等等，既充分发泄了他们对《水浒》这部书中积极内容的仇恨，却也从反面证明，《水浒》并不是什么"官书"。这些封建文人大都是官，有的还是很大的官，只有"四人帮"才胡说得出封建官僚齐声主张烧掉的书竟会是什么"官书"。

下面再举一些反动文人如何妄图抵消《水浒》中积极作用的材料：

一种人是想用评语来歪曲原意。禁不掉，就来歪曲，把它纳入地主阶级的轨道。如明大涤余人《刻〈忠义水浒传〉缘起》："自忠义之说不明，而人文俱乱

736

矣。人乱则盗贼繁兴，文乱则邪说横恣，识者有忧之。乃日禁盗而盗愈难禁，日正文而文愈难正者，何也？庄语之不足以压人心，以禁盗正文之人未必自禁自正也。……自衣冠翰墨之间，有清宁之理。然百年树人，匪伊朝夕。急则治标，莫若用俗以易俗，反经以正经。故特评此传行世，使览者易晓。亦知《水浒》惟以招安为心，而名始传，其人忠义也。施、罗惟以人情为辞，而书始传，其言忠义也。……故能大法小廉，不拂民性，使好勇疾贫之辈，无以为口实，则盗弭矣。……化血气为德性，转鄙俚为菁华，其于人文之治，未必无小补云。"后来金圣叹也是这么干的，当然他不仅是评，而且还动手删和改了。

另一种人是想用唱对台戏的方法来把原书中的真英雄、真好汉尽量丑化，赶杀干净。俞万春的《荡寇志》就是最典型的例子。这个反动文人在《〈荡寇志〉引言》中自述："莫道小说闲书不关紧要，须知越是小说闲书，越发播传得快，茶坊酒肆，灯前月下，人人喜悦，个个爱听。他这部书（按指《后水浒》，即《水浒》七十回以后部分）既已刊刻行世，在下亦不能禁止他。因想当年宋江，并没有受招安、平方腊的话，只有被张叔夜擒拿正法一句话。如今他既妄造伪言，抹煞真事，我亦何妨提明真事，破他伪言。使天下后世，深明盗贼忠义之辨，丝毫不容假借。"俞万春的反动心思，几个先后为《荡寇志》作序的人给他补充说明得更加明白。如徐佩珂《〈荡寇志〉序》说："盖以尊王灭寇为主，而使天下后世，晓然于盗贼之终无不败，忠义之不容假借混朦，庶几尊君亲上之心，油然而生矣。"钱湘《续刻〈荡寇志〉序》说："淫词邪说，禁之未尝不严，而卒不能禁止者，盖禁之于其售者之人，而未尝禁之于其阅者之人；即使其能禁之于阅者之人，而未能禁之于阅者之人之心。兹则并其心而禁之，此不禁之禁，正所以严其禁耳。"半月老人《〈荡寇志〉续序》说："以著《水浒》中之一百单八英雄，到结束处无一能逃斧钺。俾世之敢于跳梁，借《水浒》为词者，知忠义之不可伪托，而盗贼之终不可为。"

王韬唯恐后人看了《水浒》前七十回没有看到《荡寇志》，容易中毒，又恐有人看了《荡寇志》手头没有《水浒》前七十回，不便对照来加深反对《水浒》的印象，索性把这两部书并刊以行世。他的《〈水浒传〉序》说："世之读《水浒传》者，方且以宋江为义士，虽耐庵、圣叹大声疾呼指为奸恶，弗顾也；而扬波煽焰者，又复自命为英雄，即正言以告之，弗信也。耐庵于《水浒传》终结以一梦，明示以盗道无常，终为张叔夜所翦除。于是山阴忽来道人（按即俞万春）遂有《结水浒》（按即《荡寇志》）之作，俾知一百八人者，丧身授首，明正典刑，无一漏网。今我以《水浒传》为前传，《结水浒》为后传，并刊以行世。俾世之阅之者，懔然以惧，

737

废然以返;俾知强梁者不得其死,奸回者终必有报。……两书并行,自能使诈悍之徒,默化于无形,乖戾之气,潜消于不觉。"

在对《水浒》实行"不禁之禁,正所以严其禁"的反动作品中,《荡寇志》确是十分突出的。这里要向判定《水浒》为"官书"的人问一句:基本上与《水浒》对立的《荡寇志》,你说它是什么书?

最后,再看看地主阶级文人是怎样利用因果报应之说来进行恐吓的。尽管他们之中有人也知道此法并不怎样灵验,但历来还是不断有人要造谣恐吓。如:

明王圻《续文献通考》一七七:"《水浒传》,罗贯中著……叙宋江等事,奸盗脱骗机械甚详。然变诈百端,坏人心术,说者谓子孙三代皆哑。天道好还之报如此!"

明许自昌《樗斋漫录》六:"吴郡钱功甫曰:'《水浒传》成于南宋遗民杭人罗本贯中,以后罗氏三世俱哑。'则天之不欲露奸伪谲诈于世可知矣。"

清陈氏尺蠖斋《〈东西两晋演义〉序》:"罗氏……始作《水浒传》,以抒其不平之鸣,……迨其子孙三世皆哑,人以为口业之极。"

清石成金《天基狂言》:"施耐庵著《水浒》书行于世,子孙三代皆哑。"

清黄标铸《庭书平说》四:"昔人作《水浒》,夜梦一神断其舌,曰,吾令汝三世皆哑。"

封建统治者用以上种种方法来禁阻《水浒》的流传,究竟把它禁绝了没有呢?没有。《水浒》依然在社会上广泛流传,它的积极部分继续在发挥巨大的作用。地主阶级文人当然不愿正面设法记述它继续广泛流传的情况和人民为什么如此喜爱读它的原因,但从他们为要指出必须从速设法严禁的理由而作的叙述中,却也多少能使我们了解到这些方面的若干实情。如从明许自昌《樗斋漫录》六所说的"其书,上自名士大夫,下至厮养隶卒,通都大郡,穷乡小邑,罔不自览耳听,口诵舌翻",就可知道当时《水浒》流传的盛况。如从明余象升《〈水浒志传评林〉序》所说的"彼盖强者锄之,弱者扶之,富者削之,贫者周之,冤屈者起而伸之,囚困者斧而出之,原其心虽未必为仁者博施济众,按其行事之迹,可谓桓文仗义,并轨君子",就可知道,尽管《水浒》作者宣扬了投降思想,人民却主要是从书中所写革命英雄的"行事之迹",即锄强扶弱,劫富济贫等具体行动来吸取教育的,也就是《水浒》主要部分的客观表现在起着决定性的作用。在明张凤翼的《〈水浒传〉序》中,他透露出这部书"令读者快心"的地方,乃在表明蔡京、童贯、高俅之流，"无刀而戮，不火而焚"，其实是最大的盗，起义英雄们不但指出这些家伙"是鼎烹者也，是丹毂而当赤其族者也"，而且还"建旗鼓而攻之"。从清余沼《得一录》五《翼化堂章程按语》中，我们可以看到广大人民在看《水浒》戏时的心理："《神州会》一出，其主将陈元摆列擂台，招集义勇，其意固欲团练一方，杀尽梁山大盗，为国家灭贼者，岂非真英雄、真好汉耶？顾竟至为逆贼所败，败矣，而看戏诸人或尚能为之惋惜，为之不平，是是非尚未尽泯，人心犹然不死也。乃遍察今日看戏之人，则异口同声，无一人不笑陈元之败绩，而快梁山之得胜者。呜呼，人心死矣！"此人的《翼化堂条约》中说："《水浒》一书，矫枉过正，原为童贯、蔡京等作者当头棒喝，然此辈人而欲藉戏文以儆之，则恐见而知戒者，百无一二，见而学样者，十有五六。即如祝家庄、蔡家庄等处地方，皆属团练义民，欲集众起义，剿除盗薮，以伸天讨者，卒之均为若辈所败，而观戏者反籍籍称宋江等神勇，且并不闻为祝、蔡等庄一声惋惜。"其中还指出，观《水浒》戏"观之者无不人人称快"的，原来就是"乱民不逞之徒，目无法纪者之所为"的"戕官戮吏，如《劫监》、《劫法场》诸剧"。

以上材料透露出这样一条真理：广大人民所以特别喜爱《水浒》，就因它的主要内容是符合他们反对地主阶级，仇恨剥削者的政治要求和迫切愿望的。

"形象大于思想"，作品中真正英雄们的形象表现，比之作者世界观中那些宣扬投降的部分，对广大人民起了远为重要、深刻的影响。评价《水浒》，不能光凭或主要凭作者世界观中的反动落后部分来立论。不但作者世界观中还有其积极、进步的部分，并且我们原是应该根据一个作品在社会实践中所起的实际影响——对人民态度如何，在历史上有无进步意义来进行评价的。"锣鼓喧阗闹不休，李逵张顺斗渔舟，诸公莫认如儿戏，盗贼扬眉暗点头"（白山《灵台小补·梨园粗论》），正是由于人民对《水浒》中那些真正英雄的反抗精神和战斗行动有热爱，才使封建统治者的种种禁阻都不可能有多少效果。王韬《〈水浒传〉序》发出的哀叹，"近世犹有付之剞劂，灾及枣李者，何也？则以世之阅此书者也，固非一时功令所能惕，后世因果之所能劝也"，相当真实地反映了封建统治者极想把《水浒》禁绝，却又苦于作不到的徒唤奈何的心情。

《水浒》的主要部分是写农民起义的英勇斗争，它给后来的农民起义也产生过多方面的影响。明末农民起义首领很多以《水浒》人物的绰号为绰号，还有以《水浒》人物的正名为绰号的。天地会把会员聚会的地方叫做"忠义堂"，洪门"开香堂"传唤"新官人"时，"新官人"对"你来做什么"的问题必须答以"投奔梁山"。太平天国军队用约三尺长的红色绸缎绫为包中,四周也有用"忠义堂"三字戳记印的。梁山泊上有面写着"替天行道"的大旗。究竟什么叫做"替天行道"?原来老子说过:"天之道,损有余以补不足;人之道,损不足以奉有余。"封建统治者压迫剥削农民,正是"损不足以奉有余",起义英雄要反其道而行之,实行"损有余以补不足"的"天之道"。而因为"天"不会自己行"道",所以他们就来"替天行道"。他们"打家劫舍""劫富济贫"就是"替天行道"的行动表现。"替天行道"本来分明是一个革命口号,宋江投降之后当然谈不到这一点,但这是另一问题。"四人帮"一伙却故意歪曲,把这一革命口号的主要内容说成是"为主全忠仗义,为臣辅国安民",是"维护封建的三纲五常",搞"孔孟之道"、"克己复礼"、"忠孝节义"那一套云云,还扯上了天命论一类的话,胡乱批判,真是欲加之罪,何患无辞?正因为"替天行道"的具体内容原来是革命的,对起义农民有很大的吸引力,所以清代宋景诗起义部队就号召过"替天行道"、"劫富济贫"。义和团的两面大旗,其中一面上写的就是"替天行道"。起义农民也向《水浒》学习武装斗争的经验。清刘銮《五石瓠》说:"张献忠之狡也,日使人说《三国》、《水浒》诸书,凡埋伏攻袭皆效之。其老本营管队杨兴吾尝语孔尚大如此。"清末无名氏《庄谐杂录》说:"胡文忠公(林翼)曰:……至草泽中,又全以《水浒传》为师资,故满口英雄好汉。"张德坚《贼情汇纂》说:"贼之诡计,果何所依据?盖由二三黠贼,采稗官野史中军情仿之,行之往往有效,遂宝为不传之秘诀。其裁取《三国演义》、《水浒传》为尤多。"清鲍曼殊《感应篇解》也说,《水浒》一直被"揭竿斩木者,奉为枕内之《阴符》"。很明显,《水浒》对明清农民起义是多方面起了作用,其积极部分是发生了对农民革命有帮助的影响的。如果《水浒》真是"完全迎合了地主阶级统治的需要"的"官书",它怎么会长期被封建朝廷和反动文士们切齿痛恨,严加禁阻呢?它又怎么会在广大人民包括起义农民中得到如此持久、热烈的欢迎呢?

《水浒》中的宋江投降,还去打方腊这一点,无疑是提供了反面教材。它把有很多迷雾掩饰着的投降派宋江写了出来,提供了一个不易识别而仍能识别的投降派的例子。《水浒》可以帮助人民识别不易识别的投降派,古代确是没有别一部作品能具有如此重大的好处。

毛泽东同志在他的许多著作中,曾从不同的角度赞扬过《水浒》。他赞美过林冲、武松,大力支持《逼上梁山》、《石秀探庄》等戏剧的演出,这次又指出"李逵、吴用、阮小二、阮小五、阮小七是好的,不愿意投降"(万恶的"四人帮"却故意把这一指示扣压住了）。他还引用林冲一脚踢翻洪教头的故事说明战略退却的重要意义和作用，引用三打祝家庄的例子分析矛盾的特殊性，指出这是《水浒》中很多唯物辩证法事例中最好的一个。全面地、正确地学习毛泽东的指示，根据《水浒》几百年来长期被禁压的历史和它在人民革命实践中所起很多有益作用的事实来评价，《水浒》虽然有其严重的缺陷，其鼓吹招安投降，确是"反面教材"，但决不是封建社会的"官书"。

经过将近两年来的揭批，"四人帮"的反革命面目已越来越暴露于世。但对他们在大骗局"评《水浒》运动"中搞的许多花样，流毒很广，仍有必要深入进行揭发批判。这也有助于进一步彻底暴露这个反革命黑帮的真面目，使他们的丑恶原形和假左真右的实质，再也无所逃于天地之间的任何一个角落！

附记：本文所引材料，除一部分外，多数利用王晓传辑录《元明清三代禁毁小说戏曲史料》和马蹄疾辑录《水浒资料汇编》两书，这里未详录内容和出处；也曾参考《文艺月报》一九五三年第七期绀弩的《水浒的影响》。特此志谢。

1978 年 8 月 15 日。

文须有益于天下
——纪念顾炎武逝世三百年

明末清初杰出的学者、作家、民族志士顾炎武,在他的《日知录》一书中有条《文须有益于天下》,可说是他论文的总纲,云:

> 文之不可绝于天地间者,曰:明道也,纪政事也,察民隐也,乐道人之善也。若此者,有益于天下,有益于将来,多一篇多一篇之益矣。若夫怪力乱神之事,无稽之言,剿袭之说,谀佞之文,若此者,有损于己,无益于人,多一篇多一篇之损矣。

哪类文章有益,哪类文章有损,这里说得旗帜鲜明,爱憎如见。这样明快锋利的议论,实在难得。

不要以为"明道"、"纪政事"、"察民隐"、"乐道人之善"等话头有多大复杂的内容难以考辨,就其中心意思来讲,无非要求人们写诗作文,一定要对广大穷苦百姓的命运,对政治改革,起有益的作用。明代末年,国家的形势乱得很,亟须"拨乱反正",以求"治平";老百姓的生活苦得很,亟须有志之士设法解救;社会风气也很不好,亟须"移风易俗"。他相信文学作品可能在这种改革事业中发挥作用,而若果然产生了好作用,这便是"有益于天下"的文章。原文"有益于天下"之后紧接着提出"有益于将来",虽未明言,其间关系当不仅是指这类好作品既有益于当时的天下,亦对那时以后的将来有益,同时也是指只有对当时的天下有益的作品,才可能对那时以后的将来有益罢。这就比仅仅指出它们有益于天下更深一层了。

顾炎武有个值得我们敬重的思想就是对广大穷苦百姓的眷念和关切。如

何为他们尽力,如何解救他们的倒悬之苦,既是他时刻在心,并愿生死以之的问题,也是他论学评文的出发点和落脚点。例如:

　　凡今之所以为学者,为利而已,科举是也。其进于此,而为文辞著书一切可传之事者,为名而已,有明三百年之文人是也。君子之为学也,非利己而已也,有明道淑人之心,有拨乱反正之事,知天下之势之何以流极而至于此,则思起而有以救之。……文中子者,读圣人之书,而惓惓以世之不治,民之无聊为亟,没身之后,唐太宗用其言,以成贞观之治。(《与潘次耕札》)

　　窃叹夫百余年以来之为学者,往往言心言性,而茫乎不得其解也。……置四海之困穷不言,而终日讲危微精一之说。……以无本之人,而讲空虚之学,吾见其日从事于圣人,而去之弥远也。(《与友人论学书》)

　　窃以为圣人之道,下学上达之方……其所著之书,皆以为拨乱反正,移风易俗,以驯致乎治平之用,而无益者不谈。一切诗赋铭颂赞诔序记之文,皆谓之巧言,而不以措笔。(《答友人论学书》)

　　孔子之删述六经,即伊尹太公救民于水火之心,而今之注虫鱼命草木者,皆不足以语此也。(《与人书》三)

　　君子之为学,以明道也,以救世也,徒以诗文而已,所谓'雕虫篆刻',亦何益哉!(《与人书》二十五)

　　今日者,拯斯人于涂炭,为万世开太平,此吾辈之任也。仁以为己任,死而后已。(《病起与蓟门当事书》)

从上举这些材料,我认为殊不必先去论辩"圣人"、伊尹、太公、孔子、"君子"、"六经"、"圣人之道"之类人物、典籍以至名词概念如何如何局限,抹掉考证、文辞作用之论如何如何偏激,很明显突出的一点,就是他从做人、治学到为文,都坚决主张要救民、救世、开太平。为名为利,他认为就是毫无"器识",就是"不先言耻"的"无本之人"(《与友人论学书》)。脱离实际,高谈心性,什么问题也解决不了,他认为就是"空虚之学"(同上)。只会吟风弄月,要"丽藻芳翰"(《菰中随笔》),他认为这不过是"文人",而他是非常服膺宋史所载刘忠肃对子弟所作"士当以器识为先,一命为文人,无足观矣"的戒语的(《与人书》十八)。顾炎武思想的实质、精华即在于此。借古人古事古语讲话,无非在表达他自己当时的思想,每一位大学者,大作家的思想都是他自己的、独一无二的思想。没有必要在细

743

微末节处去吹求或搞无甚用处的烦说。

在文学上，顾炎武是这样说了便这样做的。"能文不为文人"（《与人书》二十三），他向往在此。中年以前，他也曾从诸文士之后，注过虫鱼，吟过风月，后来穷探古今，渐知国家治乱之源，生民根本之计，就改弦易辙了（《与黄太冲书》）。为了"养其器识而不堕于文人"，他悬牌在室，拒绝来请，坚决不作应酬文字，有个熟人"为其先妣求传再三，终已辞之，盖止为一人一家之事，而无关于经术政理之大，则不作也"。他认为韩愈文章虽好，但给人写过那么多铭状，就不能许之为"近代之泰山北斗"（《与人书》十八）。他自述后来"凡文之不关于六经之指，当世之务者，一切不为"（《与人书》三）。现存他的诗文，从经世致用这一角度来检验，可以证明他确是这样做的。他这样创作，也这样评论。他对葛洪《抱朴子》所说"古诗刺过失，故有益而贵，今诗纯虚誉，故有损而贱"和白居易《与元九书》所说"文章合为时而著，歌诗合为事而作"都表示赞同（《日知录》二十一"作诗之旨"）。他以"有白傅讽谕之遗意"许人，可见他对抨击权贵残害百姓的白氏讽谕诗是非常赞赏的（《又与颜修来手札》）。对陶渊明和韦应物，他也有好评，他是这样说的："陶征士、韦苏州，非直狷介，实有志天下者。陶诗'昔哉剑术疏，奇功遂不成'，韦诗'秋郊细柳道，走马一夕还'，何等感慨，何等豪宕！"（《菰中随笔》）有志天下，当然便不会浑身是静穆，鲁迅看到陶诗有金刚怒目一面，顾炎武是先声之一。

1983 年 2 月

论顾炎武的文学思想

　　明清之际的思想家、学者、民族志士顾炎武（1613—1682），同时也是在文学史上有影响的著名诗文作家，他的"文须有益于天下"的主张，是我国古代文艺理论传统中非常精辟而至今仍有积极意义的一种光辉思想。在艺术规律方面，他也有许多很好的见解，绝不是"政治唯一"论者。他的文学思想，同他的社会、历史、政治见解以至治学观点密切联系着，是他整个世界观的一个有机组成部分。值此纪念这位先贤逝世三百七十年之际，以他的文学思想为重点，略加论述，谨就正于读者。

一、"能文不为文人"

　　顾炎武也是著名的诗文作家，但在他的著作里，多次表达了对"文人"的鄙薄之意。他自称："予素不工文辞"（《日知录集释》卷十九"文人求古之病"条）。这里有他自谦的成分，不过他对"文人"确是向不恭维的。"能文不为文人"（《顾亭林诗文集·与人书二十三》，以下简称《诗文集》）。这句语，说明了他不是反对"能文"，而只反对成为某种"文人"。他鄙薄、反对的某种"文人"是怎样的一些人呢？一种是"不识经术，不通古今"的无识之徒。他说"唐宋以下，何文人之多也。固有不识经术，不通古今，而自命为文人者矣。"他很欣赏唐代韩愈《符读书城南》诗中的议论："文章岂不贵，经训乃菑畬。潢潦无根源，朝满夕已除。人不通古今，马牛而襟裾。行身陷不义，况望多名誉。"（《日知录集释》卷十九"文人之多"条）他以为经术是一个人立身处世的应有根底，不识经术至少不能成为一个正派人。读书为文，对古今都一无真知，或记诵了一些死东西，对古今治乱之理一窍不通，一筹莫展，白吃干饭，这样的文人对天下后世有什么益处，还不是越多越有害？这样的文人，可能"文辞"会有一点，可是"徒以诗文而已，所谓'雕虫篆刻'，亦何益哉"（《诗文集·与人书二十五》）。他曾把自己放在里面，坦白自责："炎武自中年以前，不过从诸文士之后，注虫鱼、吟风月而已"（同上《与黄太冲书》）。后来他就非常自觉，坚决不愿堕于这样的文人了。在他看来，工于文辞而"不识经术，不通古今"，这种文人只能写出"华而少实"之文，这种人很难成为有益的"令器"。他举了两个例子："张昌龄举进士，与王公治齐名，皆为考功员外郎王师旦所绌。太宗问其故，对曰：'昌龄等华而少实，其文浮靡，非令器也，取之则后生劝慕，乱陛下风雅。'帝然之。温庭筠苦心砚席，尤长于诗赋，初举进士至京师，人士翕然推重，然士行尘杂，不修边幅，能逐弦吹之音，为侧艳之词，公卿家无赖子弟裴诚、令狐滈之徒，相与蒲饮，酣醉终日，由是累年不第"（《日知录集释》卷十七"糊名"条）。这里所举两人，批评是否过苛，缺乏一分为二的精神，可以讨论，但文格华而不实或少实，确与人品大有关系。这样的文人确是写不出"有益于天下"的文章的。

一种是追名逐利，只知为一己一家打算的小人。"吾见近日之为文人、为讲师者，其意皆欲以文名、以讲名者也"（《诗文集·与人书二十三》）。目的在以文求名，进而逐利，则凡可以求名的任何邪门歪道，他们都乐于去走。譬如生员都束经史之书不观，而竞学时文，"今以书坊所刻之义，谓之时文，舍圣人之经典，先儒之注疏与前代之史不读，而读其所谓时文，时文之出，每科一变，五尺童子能诵数十篇而小变其文，即可以取功名"（《诗文集·生员论中》）。"其中小有才华者，颇好为诗，而今日之诗，亦可以不学而作。吾行天下，见诗与语录之刻，堆几积案，殆于'瓦釜雷鸣'，而叩以二《南》、《雅》、《颂》之义，不能说也。"（同上《与友人论门人书》）"凡今之所以为学者，为利而已，科举是也。其进于此，而为文辞、著书一切可传之事者，为名而已，有明三百年之文人是也。"追名逐利而为文，他以为其病即在未"立其本"（同上《与潘次耕札》）。"君子之为学"也，非利己而已也，有明道淑人之心，有拨乱反正之事，知天下之势何以流极而至于此，则思起而有以救之"，而小人则根本不足以语此。既不足以语此，所以小人之文，轻薄者有之，务求悦人者有之。他举例说：

> 侯景数梁武帝十失，谓皇太子吐言止于轻薄，赋咏不出桑中。张说论阎朝隐之文，如丽服靓妆，燕歌赵舞，观者忘疲。若类之风雅，则罪人矣。

今之词人,率同此病,淫辞艳曲,传布国门。有如北齐阳俊之所作六言歌辞,名为阳五伴侣,写而卖之,在市不绝者,诱惑后生,伤败风化(《日知录集释》卷十三"重厚"条)。

诗云:"巧言如簧,颜之厚矣。"而孔子亦曰:"巧言令色,鲜矣仁。"又曰:"巧言乱德。"夫巧言不但言语,凡今人所作诗赋碑状,足以悦人之文,皆巧言之类也。

天下不仁之人有二。……一为巧言令色之人。……自胁肩谄笑,未同而言,以至于苟患失之,无所不至,皆巧言令色之推也(同上,卷十九"巧言"条)。

顾炎武攻讦淫辞艳曲,伤败风化,虽有点卫道意味,但梁代确多此类诗文,对社会进步是不利的。"胁肩谄笑,未同而言",言不由衷,患得患失,看风向说话,毫无原则,这种人,这种文,的确卑鄙可耻。他自己一向反对持论"执一不化",但"某虽学问浅陋,而胸中磊磊,绝无阉然媚世之习,贵郡之人见之,得无适适然惊也?"(《诗文集·与人书十一》)可见当时"阉然媚世"之人、之文已颇成风气了。

这两种文人,显然都是顾炎武所鄙视、不屑为的。他们的病根在哪里?即在其无"器识",至少"器识"极差。他非常重视宋朝刘挚对其子孙的这一教训:"宋刘挚之训子孙,每曰:'士当以器识为先,一命为文人,无足观矣'。然则以文人名于世。焉足重哉"(《日知录集释》卷十九"文人之多"条)。在《与人书十八》里,他还自述过读到刘挚这几句话后深受教益,立即自觉警惕,唯恐沦陷为这种文人的一件事,并顺带对他一向甚为尊重的韩愈也做了些批评:"宋史言刘忠肃每戒子弟曰:'士当以器识为先,一命为文人,无足观矣。'仆自一读此言,便绝应酬文字,所以养其器识而不堕于文人也。悬牌在室,以拒来请,人所共见,足下尚不知耶?抑将谓随俗为之,而无伤于器识耶?中孚为其妣求传再三,终已辞之。盖止为一人一家之事,而无关于经术政理之大,则不作也。韩文公文起八代之衰,若但作《原道》、《原毁》、《争臣论》、《平淮西碑》、《张中丞传后序》诸篇,而一切铭状概为谢绝,则诚近代之泰山北斗矣,今犹未敢许也。此非仆之言,当日刘叉已讥之"(《诗文集》)。在这个原则问题上,他律己严,责人亦严,对尊者的弱点,同样不讳言。

顾氏的这些议论,对不对呢?我认为,其基本精神是好的,是合理的。

他所讲的"经术",当然指先秦所谓儒家经典,封建时代的产物。"经术"中不消说有很多封建性糟粕，但其间无疑亦有合理、至今值得吸收、借鉴的东西。不能因为出于"儒家"之手，便统统抹煞。顾氏说："孔子之删述六经，即伊尹、太公救民于水火之心，而今之注虫鱼、命草木者，皆不足以语此也。"他赞赏"载之空言，不如见诸行事"的主张，表明自己为文的宗旨是"凡文之不关于六经之指，当世之务者，一切不为"（《诗文集·与人书三》）。"经术"是否全有"救民于水火之心"，或虽有此心是否属于正道，有无实现的可能，这都大可议论，自然也不必苛求。而"救民于水火之心"，在顾氏自己，确是非常真诚、可贵的。这种思想，这种迫切愿望，在他的各种著作里到处可见。可能他真从"经术"里发现了这种思想而进行由衷的赞赏，但若他自己并无这一迫切愿望，他的赞赏和共鸣即不会发生。主要关键还在他自己目击时艰，确有"救民于水火之心"才这样说的。应该承认这是存心济世，志士仁人之言。比起当时那些专事华辞，空谈心性的无识文人来，顾氏有此志识，有此文章著述，的确高明得多了。

　　文人须有器识，须有高尚的品德，刘挚之前就早有人说过了，虽远不是顾氏的创见，但他当时提出来仍很有意义，因为他所推重的器识，还非"洁身自好"、"穷则独善其身"之类的"小器"，而是救民、救天下的大器。他曾称赞一位名叫方月斯的诗人："方子生于楚，长于吴，以绝群之姿，遭离困厄，发而为言，磊块历落，自其所宜。余独喜方子之诗，在楚无楚人剽悍之气，在吴无吴人浮靡之风。不独诗也，其人亦然。夫方子以妙年轶才，当天下有事之日，明习掌故，往往为设方略，可见之行，岂独区区称能言之士哉。子曰：'诵诗三百，授之以政，不达；使于四方，不能专对，虽多，亦奚以为！'若方子者，吾望其能从政继先公为名臣矣"（《诗文集·方月斯诗草序》）。这位诗人成就不必论，从中却可看出，顾氏于"能言"之外，对一个文人是更要求其有"见诸行事"、救民救天下的实际本领，而且应该在困难环境中也仍保持这种雄心壮志和勇气。"通古今"的目的，即在要"引古筹今"。"救民救天下"，当官为民办好事是一条路，写出"有益于天下"的诗文，也是一条路。这都非有大器识不可。而当时有这种大器识的文人的确太少。无疑他的议论是针对时弊，志切恢复的。

　　没有"救民于水火"之心，没有深究时弊所以会造成的原因，没有拨乱反正的大智大勇，缺乏这种"大器识"，却一味为一己一家追名逐利，务求悦人，当风派，这种"文人"，今天也必然会被群众鄙视，耻与为伍的罢。从顾氏上面这些议论中，我确实感到了古代优秀文论的生命力仍在流动，仍能对我们有所教育、有所促进。不能说这些议论、这种传统，对今天已没有什么价值了。

二、有志天下

我们都知道鲁迅曾指出陶渊明也有其"金刚怒目"的一面,并非纯然静穆的隐士。韦应物呢,向来对他的评价亦是擅写田园风物,清远简淡。顾炎武却还看到了他们的另外一面,并举出了例证:"陶征士、韦苏州,非直狷介,实有志天下者。陶诗'惜哉剑术疏,奇功遂不成',韦诗'秋郊细柳道,走马一夕还',何等感慨,何等豪宕! 至于逢杨开府一诗,则少年之才气,与中年之底厉,大略可见矣。大凡伉爽高迈之人,易与入道。夫子言狂者进取,正谓此也"(《菰中随笔》)。陶、韦有隐士、田园诗人的静穆、清淡一面,这是事实,但并非他们的全人。必须看到他们还有狂狷、进取、伉爽高迈,甚至"有志天下"一面,才识其真。顾氏可谓明于知人,更重要的是他提出了"有志天下"的新见解。

"文须有益于天下"(《日知录集释》卷十九),这是顾氏传诵于世的名言。或以为"天下"即指明朝的江山、百姓,诚然,他是十分忠于明朝,并为当时的统治危机和生民疾苦焦虑之至的,但实际上他所说的"天下"要比这一理解还高远。他有辨云:

> 有亡国,有亡天下。亡国与亡天下奚辨? 曰:易姓改号,谓之亡国。仁义充塞,而至于率兽食人,人将相食,谓之亡天下。……是故知保天下,然后知保其国。保国者,其君其臣,肉食者谋之。保天下者,匹夫之贱,与有责焉耳矣(同上,卷十三"正始"条)。

这段话,就是"天下兴亡,匹夫有责"二语的根据。这里他把"亡国"和"亡天下"区别开来。"易姓改号","亡国"了,诚然可悲,但这主要是那些当权的"肉食者"的责任。而"率兽食人,人将相食"这种"亡天下"的局面,则更可痛,对此他以为即以"匹夫之贱",到底再也不能不负起责任来力求保全了。保天下也就是保全匹夫们自己,否则生路还在哪里? 原来整段的意思中诚有斥责"无父无君"这种封建观念在内,可是他能把两者加以区别,认为"亡天下"比"亡国"更严重,"肉食者"需要"保国","匹夫"则更需要"保天下"。"天下"比"国",对老百姓来讲,更重要。尽管满口仁义道德,实际是在"率兽食人",食什么人? 还不是无钱无势的低贱"匹夫"们! 我觉得,尽管顾氏的封建观念仍不少,其间却仍蕴藏着某种为民说话、提醒人民的成分。说到底，仍是有"救民于水火"的一份赤心在，并不仅仅着眼在明朝的江山。他似乎坚信"天下"应该有一派正气，即应该有老百姓们的一条生路在，如果连这点权利都受到侵犯，老百姓们就有权有责起来保卫它。无疑这是一种很难得的、很闪光的思想。明乎此，对他下面这段话，也许就能更清楚理解他的用意了：

> 文之不可绝于天地间者，曰明道也，纪政事也，察民隐也，乐道人之善也。若此者，有益于天下，有益于将来，多一篇，多一篇之益矣。若夫怪力乱神之事，无稽之言，剿袭之说，谀佞之文，若此者，有损于己，无益于人，多一篇，多一篇之损矣。（《日知录集释》卷十九"文须有益于天下"条）

试看他说的有益之文，是"有益于天下，有益于将来"之文，并不只指有益于当前。正面提倡的"明道"、"纪政事"，"察民隐、乐道人之善"，反面指斥的"怪力乱神"、"无稽"、"剿袭"、"谀佞"，大体继承发扬了孔子"兴、观、群、怨"以及"情欲信"，不语怪力乱神、反对巧言利口之类文论传统中的合理因素。他的文学损益观，我觉得确是既着眼于当前，却又并不是局限于当前，而注意到了某种比较普遍的价值规律的。就我所知，在他之前，还极少有人如此明确地提出过这一问题："有益于天下，有益于将来"，即凡对当时人民真正有益的好文章，对后世必定仍会有益；纵然在程度上并不一样。

有志于天下，其实就是为文应力求有益于天下。顾氏生当乱世，风俗败坏，他所措意的，务在"拨乱反正，移风易俗，以驯致乎治平之用"（《诗文集·答友人论学书》）。虽然他曾说过"一切诗赋铭颂赞诔序记之文，皆谓之巧言，而不以措笔"，（同上）实践上并未真正完全排斥文学作品。前面谈到的所谓"能文不为文人"，即并未对"能文"也一并指责。他鄙视"文人"，乃因他们是无耻之徒，"士而不先言耻，则为无本之人"（《诗文集·与友人论学书》），而能文之士并不都是"无本之人"。他鄙视不能"明道"、"救人"的"巧言"，而文学作品并不都是"巧言"。写诗作文，也是"立言"方式之一种，他重在行事，可是很多人根本没有施展的机会，在这种情况下，"立言"未始不是"有益于天下"的工作。"呜呼，天下之事，有其识者，不必遭其时，而当其时者，或无其识。然则开物之功，立言之用，其可少哉！"（《日知录集释》卷十九"立言不为一时"条）他所以鄙视"文人""巧言"，而仍肯定某些文学作品、文学作者，并且自己仍写了不少诗文，就由于有这样的认识。因此也是他，又有"文章非小技"，应"善于修辞"之说：

> 典谟爻象，此二帝三王之言也。《论语》《孝经》，此夫子之言也。文章在是，性与天道亦不外乎是。故曰："有德者必有言。"善乎游定夫之言曰：不能文章，而欲闻性与天道，譬犹筑数仞之墙，而浮埃聚沫以为基，无是理矣。后之君子，于下学之初，即谈性道，乃以文章为小技而不必用力，然则夫子不曰"其旨远，其辞文"乎？不曰"言之无文，行而不远"乎？曾子曰："出辞气，斯远鄙倍矣。"尝见今讲学先生，从语录入门者，多不善于修辞，或乃反曾子之言以讥之曰：夫子之言性与天道，可得而闻，夫子之文章，不可得而闻也！（《日知录集释》卷十九"修辞"条）

可见，他认为"能文"不但无害，还有必要。"不能不足以为通人，夫惟能之而不为，乃天下之大勇也。"（同上，"巧言"条）能文，却决不做那种务求悦人、随风倒的文章，确是需要有点勇气的，甚至还需要作出牺牲，所以他说是"天下之大勇"。

顾氏实际是充分看到了文章的重要作用的。他决没有鄙视、排斥一切文学，只是大声疾呼、坚决主张文章必须有益于天下，而绝不应有损于天下，用现代的语言来说，他同样是非常注意文学的社会效果的，而且重点亦在"拨乱反正，移风易俗，以驯致乎治平"，似乎也体现了某种规律性在里面。

三、作诗之旨

《日知录》里有条"作诗之旨"，说是"作诗之旨"，其实在谈"立言之旨"，是包括写诗、作文、著书、立说都在内的。但从中的确可以了解到，顾炎武虽然主要是学者，主要注意明道、济世、救人等问题，其文学思想，却是很通达、懂得许多艺术规律的，绝不是"政治唯一"论者。他说：

> 舜曰：诗言志。此诗之本也。王制，命太师陈诗，以观民风，此诗之用也。荀子论小雅曰：疾今之政，以思往者，其言有文焉，其声有衰焉。此诗之情也。故诗者，王者之迹也。建安以下，泊乎齐梁，所谓"辞人之赋丽以淫"，而于作诗之旨，失之远矣。

唐白居易与元微之书曰：年齿渐长，阅事渐多，多询事务。每读书史，多求理道。始知文章合为时而著，歌诗合为事而作。又自叙其诗，关于美刺者，谓之讽谕诗，自比于梁鸿《五噫》之作，邓鲂、唐衢俱死，吾与足下又困踬，岂六义四始之风，天将破坏不可支持耶？又不知天意不欲使下人病苦闻于上耶？嗟乎，可谓知立言之旨者矣。

晋葛洪《抱朴子》曰：古诗刺过失，故有益而贵，今诗纯虚誉，故有损而贱（卷二十一）。

一条分这三节，可以互相补充。再联系他在别处所说的话，就更清楚了。

先说"诗之本"。诗应言志，即表达某种思想倾向，这是根本。"辞人之赋丽以淫"，一味追求华辞，违背了作诗之本，所以应该反对。重在形式，就是舍本逐末。这是从内容与形式、思想与技巧的关系这一点上来说的。说是"本"，无非表明这是根本、主导方面，并非不要"末"，不要非主导的方面了。前引所谓离开了"明道""救世"的志，"徒以诗文而已"的诗文便是"雕虫篆刻"，即是此意。本此主张，他论诗的用韵，即有"诗以义为主，音从之"之说。有些人以音为主，以义为从，宁可削足适履，牺牲意义，他则反是："必尽一韵无可用之字，然后旁通他韵。又不得于他韵，则宁无韵。苟其义之至当，而不可以他字易，则无韵不害。汉以上往往有之。"他举例："'暮投石壕村，有吏夜捉人'，两韵也，至当不可易。下句云：'老翁踰墙走，老妇出门看'，则无韵矣，亦至当不可易"（《日知录集释》卷二十一"诗有无韵之句"条）。作诗需要讲究一点用韵，有好处，但拘忌太多，反伤真美，就走向反面去了，钟嵘《诗品》早已看出这种毛病，顾炎武也坚持这种正确的观点。"诗主性情，不贵奇巧。唐以下人，有强用一韵中字几尽者，有用险韵者，有次人韵者，皆是立意以此见巧，便非诗之正格"（同上，"古人用韵无过十字"条）。诗中的"志"，要从"性情"的表现中传达出来，不是径直说理，所以"诗主性情"之说，与"诗言志"不悖。如以"奇巧"为贵，一味在用韵上求胜，就陷入形式主义了。"凡诗不束于韵而能尽其意，胜于为韵束而意不尽"，类此观点，在上书同卷"次韵"条中还有不少发挥。本此主张，他论图画，不满意后代的白描山水："古人图画，皆指事为之，使观者可法可戒。……自实体难工，空摹易善，于是白描山水之画兴，而古人之画亡矣"（同上，"画"条）。以为白描山水毫无意义，未免偏激，但他认为图画应"使观者可法可戒"的精神还是可取的，尽管所指之事，不能象他所举那些画例一般狭隘，而且带着不少封建社会色彩。

次说"诗之用",他特别强调了"观民风"。只有从反映了民间的生活,人民的疾苦、哀乐、爱憎、呼声等等的文学作品才能观出民风。"观民风"的目的当然还在知了得失、向背之后有所补救,为封建统治者的长远利益打算。他赞赏白居易"文章合为时而著,歌诗合为事而作",为时为事,把生民疾苦写出来让皇帝知道,赶快想办法缓和一下危机。其动机与立足点是很清楚的。故以为"白傅讽谕",乃"大雅之音"(《诗文集·又与颜修来手札》)。如果谁要"犯上作乱",他就坚决不同意了。但客观上,只要真是比较实际地反映出了当时人民的疾苦和愿望,这样的文学作品还是对人民有益的,我们至今都没有因为白居易写作讽谕诗的目的在维护唐王朝统治就抹煞了他这些作品的历史功绩。在这个问题上,我以为既要看到他反对"犯上作乱"这一面,也还要看到他赞成"民吾同胞"这一面。"张子有云:民吾同胞。今日之民,吾与达而在上位者之所共也。救民以事,此达而在上位者之责也。救民以言,此亦穷而在下位者之责也"(《日知录集释》卷十九"直言"条)。把陷在水深火热中的老百姓也看作"同胞",即使"穷而在下位",却不主"独善其身",而认为仍应负起"以言""救民"的责任,这比以前的许多士大夫只认为达而在上位者才有"兼济天下"之责的思想境界,高大得多了。这也是他把"亡国"与"亡天下"加以区别,"文须有益于天下"精义的又一表现。他自己即为此实践了一生的。

再次说"诗之情"。在这个问题上,他根据荀子论《小雅》之说,分为"疾今之政,以思往者","其言有文焉","其声有哀焉"三点。既名其条目为"作诗之旨",他当认为这不仅可论于《小雅》,也可论于一般的诗文。

"诗之情",我以为他主要在说诗文应有的内容,同时也提及了这种内容应当是如何表现出来的。"疾今之政"就是他所引述《抱朴子》中的"刺过失",即把当前政治中的缺点、错误批判地揭示出来。孔子讲诗有兴、观、群、怨等作用,他这里着重的是"怨"字。在文学史上,古代的志士仁人都极看重这种内容。也因为在事实上,绝大多数作品之所以被公认为优秀,就因高度艺术地表现出了这种内容。司马迁论《离骚》,便认为它是"自怨生"的:

　　屈平疾王听之不聪也,谗谄之蔽明也,邪曲之害公也,方正之不容也,故忧愁幽思,而作《离骚》。"离骚"者,犹离忧也。夫天者,人之始也,父母者,人之本也。人穷则反本,故劳苦倦极,未尝不呼天也,疾痛惨怛,未尝不呼父母也。屈平正道直行,竭忠尽智,以事其君,谗人间之,可谓穷矣。信而见疑,忠而被谤,能无怨乎? 屈平之作《离骚》,盖自怨生也。《国风》好色而不淫,《小雅》怨诽而不乱,若《离骚》者,可谓兼之矣(《史记·屈原列传》)。

《诗品·总论》中举出的“非陈诗何以展其义,非长歌何以骋其情”的事例中,如“楚臣去境,汉妾辞宫;或骨横朔野,或魂逐飞蓬;或负戈外戍,杀气雄边;塞客衣单,孀闺泪尽;或士有解佩出朝,一去忘返;女有扬蛾入宠,再盼倾国”,这里面难道不是绝大多数都离不开“怨”字? 不公平、不合理,诗人就要“鸣”,鸣出来往往就成了脍炙人口的好作品。钟嵘把李陵列入上品,说他的作品“原出于楚辞,文多凄怆怨者之流”,说“陵名家子,有殊才,生命不谐,声颓身丧。使陵不遭辛苦,其文亦何能至此”。班姬“其原出于李陵……怨深文绮,得匹妇之致”。曹植“情兼雅怨”,王粲“原出于李陵,发愀怆之词”,阮籍“其原出于《小雅》,无雕虫之巧”,“颇多感慨之词”(均见《诗品》卷上)。这些诗人都被列入上品,其中都有“怨”字。过去“美”、“刺”并列,实际上歌功颂德的东西极少被人重视,“赞美”的作品优秀者极少,因怨生刺的作品却优秀者很多,虽然大都还是“怨诽而不乱”的,其后宋朝的苏轼,也遵循其父苏洵的教训,倡导“有为而作”之诗文,这种文章“精悍确苦,言必中当世之过,凿凿乎如五谷必可以疗饥,断断乎如药石必可以伐病”(《凫绎先生诗集叙》)。顾炎武这里表示了同样的见解:刺过失才有益而贵,纯虚誉便有损而贱。“纯虚誉”,瞒和骗,当然只有害处。他赞同葛洪这句话,并没有对值得称誉的东西一笔抹煞,还是有分寸的。但“疾今之政”,“刺过失”,“言必中当世之过”,确已成为过去文学所以取得优秀成果,受到群众欢迎的主要原因,是否已可算是一条创作的规律? 过去人民群众总是被压迫者,被剥削者,对剥削阶级的统治当然不满,当然欢迎这样的作品,而且即使“怨诽而不乱”,客观上还是有助于社会的改革、前进的。在新的历史条件下,值得歌颂的当然应该歌颂,只要确还有过失,看来“如五谷必可以疗饥”,“如药石必可以伐病”的“疾”、“刺”之作,对社会不断还要发展的形势来说固然仍是不可少也不会少的,对人民不断还将增进其应享权利的要求来说,也是仍会受到高度重视的吧。顾炎武所以特别重视这一点,既有其当时政治显著腐败的背景,也是在剥削阶级长期统治的历史条件下,以及文学发展的历史经验启示下造成的。

所谓“其言有文焉”,即是说“疾今之政”的内容,是通过文学手段,艺术地、有感染力地表现出来的。前面已经谈过顾炎武虽鄙视某些“文人”,却并不反对“能文”。“言之无文,行而不远”,他既力主经世致用,就不会反对“能文”。他引

754

孔子的话:"辞,达而已矣。"他自己说:"辞主乎达,不论其繁与简也,繁简之论兴,而文亡矣。"他以孟子"齐人有一妻一妾而处室者"和"有馈生鱼于郑子产"两段为例,说孟子文章之妙,正在于两段中有那些重叠句子,因为"此必须重叠,而情事乃尽。"如果一味主简,情事不尽,就不能算"达"了(《日知录集释》卷十九"文章繁简"条)。他说:"昔人之论,谓如风行水上,自然成文。若不出于自然,而有意于繁简,则失之矣。"这个所谓"昔人",就是苏轼,谁都知道东坡是文艺领域的多面手,在艺术表现上非常杰出的。

所谓"其声有哀焉",是说诗文不但要讲究一点声韵,而且这声韵应该与所要表达的内容协调,起充分表达内容的作用。内容是"疾今之政",情绪必然是悲愤、哀怨,对受苦的人民充满怜悯与同情的。这不但应当从"言"中表现出来,也应当从"声"中协助表现出来。《小雅·鸿雁》:"哀此鳏寡,""鸿雁于飞,哀鸣嗷嗷。"就是既从"言"中,也从"声"中表现出了诗人对痛苦、流离、失所的人民——"哀鸿"之深切哀伤、悲悯感情的例子。

因此,顾氏所标的"作诗之旨",其中实际也包括了应如何掌握艺术特点,来表达思想内容的见解。

不过"作诗之旨",本来是可以分成若干方面、层次的。上述三节,还不能包括顾氏在这个重大问题上的所有重要意见。此外,至少还可以举出四点:

第一,他也主张温柔敦厚,但不废直言斥责。"温柔敦厚"之教,并不像过去不少人理解的那样简单,仿佛全是反动谬论,实际其中至少有一部分是指出文学有其特点,即一般地不可直陈、说教,而应通过形象体系,婉曲地来表现和显示。他说:"真希元《文章正宗》,其所选诗,一埽千古之陋,归之正旨,然病其以理为宗,不得诗人之趣。"又说:"六代浮华,固当芟落,使徐、庾不得为人,陈、隋不得为代,无乃太甚,岂非执理之过乎?"(《日知录集释》三,"孔子删诗"条)宋代理学家除朱熹外,几乎都不懂"诗人之趣"。严羽"诗有别趣,非关理也"(《沧浪诗话·诗辨》),也是针对理学家们说的。写诗、选诗,而几乎同于理学讲义,实是诗之一厄。顾炎武论《史记》,看出它有一个后代史家鲜知的妙法:"古人作史,有不待论断,而于序事之中,即见其指者,惟太史公能之。……后人知此法者鲜矣"(《日知录集释》二十六,"史记于序事中寓论断"条)。作史须如此,作诗文就更应如此在描写中言志了。在这一点上,他认为班固远不如司马迁:"班孟坚为书,束于成格而不得变化。且如《史记·淮阴侯传》末,载蒯通事,令人读之,感慨有余味,《淮南王传》中伍被与王答问语,情态横出,文亦工妙,今悉删

755

之，……不堪读矣。"（同上，"汉书不如史记"条）赞赏"不待论断"、"情态横出"、"有余味"，就显出了他的文学眼光。不过，"诗之为教，虽主于温柔敦厚，然亦有直斥其人而不讳者。如曰：'赫赫师尹，不平谓何'；如曰：'赫赫宗周，褒姒灭之'。……"（《日知录集释》卷十九"直言"条）。这种例子，后代优秀作品中也不少。这要具体分析，绝对化地在文学作品中排斥任何直接的议论，本来是不必的。这都表明顾氏对文学的特点，有合理的认识。

第二，他主张真实，反对虚伪。前引"怪力乱神之事，无稽之言"，他反对。非"皆出于其本心"的一言一动，他反对（《日知录集释》卷十九"巧言"条）。"朝赋采薇之篇，而夕有捧檄之喜者"（同上，"文辞欺人"条），他反对。所以反对，就因其虚伪。他论诗"主性情，不贵奇巧"（同上，卷二十一"古人用韵无过十字"条）。论为观民风而选诗、应"有善有不善，兼而存之，……正以二者之并陈，故可以观，可以听"（同上，卷三"孔子删诗"条）。论纂修实录之法，赞同"据事直书，则是非互见"（同上，卷十八"三朝要典"条）。论作诗，以为不能"失其所以为我"（同上，卷二十一"诗体代降"条）。论某些作品之所以好："黍离之大夫，始而摇摇，中而如噎，既而如醉，无可奈何，而付之苍天者，真也；汨罗之宗臣，言之重，辞之复，心烦意乱，而其词不能以次者，真也；栗里之征士，淡然若忘于世，而感愤之怀，有时不能自止，而微见其情者，真也。"（同上，卷十九"文辞欺人"条）凡此，所以得其赞同、得其肯定，就因其真实。真实的东西，不一定都好，但不真实的作品，就根本谈不到好了。他对地名、官名、年号等为求古雅而不如实书写的陋习，也是极为不满的。

第三，他主张创新，反对摹拟。前面说过，他对"剿袭之说"，是认为"多一篇，多一篇之损"的。他说："近代文章之病，全在摹仿，即使逼肖古人，已非极诣，况遗其神理而得其皮毛者乎？""效《楚辞》者，必不如楚辞；效《七发》者，必不如七发，益其意中先有一人在前，既恐失之，而其笔力复不能自遂，此寿陵余子学步邯郸之说也。""《曲礼》之训，毋剿说，毋雷同，此古人立言之本"。（同上，"文人摹放之病"条）他指出依傍之病："君诗之病在于有杜，君文之病在于有韩、欧。有此蹊径于胸中，便终身不脱依傍二字，断不能登峰造极"。（《诗文集·与人书十七》）有人要师法他的诗，他谢道："区区何足相师，惟自出己意，乃敢许为知音者耳"。（同上，《与人书十六》）张宗泰指出："先生诗落落自将，略不依傍前人"。（《鲁岩所学集》卷十二《读亭林先生诗集》）他这样主张，也这样实践。他向往于陆机《文赋》所论的"谢朝华于己披，启夕秀于未振"（同前，"夕人摹放之病"条)。认为韩愈作樊宗师墓铭中所说:"维古于词必己出,降而不能乃剽贼,后皆指前公相袭,从汉迄今用一律","此极中今人之病"(同前,"文章繁简"条)。他赞赏"子书自孟、荀之外,如老、庄、管、商、申、韩,皆自成一家言","其必古人之所未及就,后世之所不可无,而后为之,庶乎其传也与"(《日知录集释》卷十九"著书之难"条)。他既向往自成一家之言,并以此为贵,故又有"文无定格"之说:"文无定格,立一格而后为文,其文不足言矣。……以程文格式为之,故日趋而下。晁、董、公孙之对,所以独出千古者,以其无程文格式也。欲振今日之文,在毋拘之以格式,而俊异之才出矣。"(《日知录集释》卷十六"程文"条)"使枚乘相如而习今日之经义,则必不能发其文章。"(同上,卷九"人材"条)这就是反对公式化、八股化的作文法,并以此和扼杀人才的恶果联系了起来,深有所见。

第四,他尊重客观形势,反对任意师心。"诗文之所以代变,有不得不变者。一代之文,沿袭已久,不容人人皆道此语。"他虽然没有也不能正确说明不得不变的根本原因,却是深信这种变化的形势不是哪个人能凭主观阻挡得住的。诗体代降,这是"势也,用一代之体,则必似一代之文,而后为合格"(同上,卷二十一"诗体代降"条)。他主张应该适应这种客观形势的要求。他论画,赞成宋徽宗崇宁间立画学时考画的办法,"以不仿前人,而物之情态形色俱若自然,笔韵高简为工"。对某些人"草草下笔"、不考订、不研究清楚对象情况,"任意师心,鲁莽灭裂,动辄托之为写意而止"的创作的做法,同样非常不满(同上,"画"条)。他可称是反对"主题先行论"的先锋,因为他说过:"古人之诗,有诗而后有题。今人之诗,有题而后有诗。有诗而后有题者,其诗本乎情,有题而后有诗者,其诗徇乎物"(《日知录集释》卷二十一"诗题"条)。"本乎情",情是客观存在物所引起的,有诗而后有题,乃尊重客观之论。"徇乎物",这里的"物",却不是客观存在之物,而是指主观的某些物质要求,如名利、地位之类,也包括某些"任意师心",想当然的东西。凭着这种东西来写作,即使有"情",也是"为文造情",而非"本乎情"的"为情造文"。这种"情",似是而非,尽管豪言壮语,不过是虚张声势的假、大、空。"主题先行"的货色,我们都还记忆犹新,想不到顾炎武比刘勰更明确地针对这一现象,在我们之前早加指斥过了。

姑举以上各点,可见顾炎武对作诗之旨,对文艺创作各个方面、层次的规律,是认识得相当丰富的。这里有他自己的许多经验之谈,也有他对各种文艺现象所作的理论概括。我认为他的不少见解对我们今天的文艺创作仍能起积极的作用。

四、为学之方

顾炎武的文学思想，是他整个世界观、治学思想的一个组成部分。论文评艺，自有其本身的特点，但总的要求、倾向，同他在其他问题上的表现，是一致的。

他曾自述自己摸索前进的道路，并曾以此经验劝告过别人："炎武自中年以前，不过从诸文士之后，注虫鱼，吟风月而已。积以岁月，穷探古今，然后知后海先河，为山覆篑，而于圣贤六经之指，国家治乱之源，生民根本之计，渐有所窥，未得就正有道。"（《诗文集·与黄太冲书》）"鄙俗学而求六经，舍春华而食秋实，则为山覆篑，当加进往之功，祭海先河，尤务本原之学。"（同上，《与周籀书书》）所谓"本原之学"，我以为不妨稍谅其每言"六经"，关键乃在他着眼的是"国家治乱之源，生民根本之计"。他关心国家、生民的前途和命运，为学的目的即在探索解决现实社会中危机四伏的国计、民生问题。

他目击时艰，志切兼济，越来越明确自己作为一个虽然"穷而在下位者"也应负起的庄严责任，那就是：

> 明学术，正人心，拨乱世，以兴太平（《诗文集·初刻日知录自序》）。
>
> 今日者，拯斯人于涂炭，为万世开太平，此吾辈之任也（同上，《病起与蓟门当事书》）。
>
> 引古筹今，亦吾儒经世之用（同上，《与人书八》）。

"以格物为多识于鸟兽草木之名则末矣，智者无不知也（按指没有不该知道的），当务之为急。"（《日知录集释》卷六"致知"条）所谓"当务之为急"，意指通晓当世之务，最为紧急。为学也当分缓急、轻重，先来设法帮助解决当前的紧急问题。他是非常反对搞"空虚之学"的：

> 窃叹夫百余年以来之为学者，往往言心言性，而茫乎不得其解也。命与仁，夫子之所以罕言也，性与天道，子贡之所未得闻也。性命之理，著之易传，未尝数以语人。其答问士也，则曰："行己有耻"，其为学，则曰"好古敏求"，其与门弟子言，举尧舜相传所谓危微精一之说一切不道，而但曰：

"允厥执中,四海困穷,天禄永终。"呜呼,圣人之所以为学者,何其平易而可循也。故曰:"下学而上达。"……今之君子则不然,聚宾客门人之学者数十百人,"譬诸草木,区以别矣",而一皆与之言心言性,舍多学而识,以求一贯之方,置四海之困穷不言,而终日讲危微精一之说,是必其道之高于夫子,而其门弟子之贤于子贡,祧东鲁而直接二帝之心传者也,我弗敢知也。……呜呼,士而不先言耻,则为无本之人,非好古而多闻,则为空虚之学。以无本之人而讲空虚之学,吾见其日从事于圣人而去之弥远也(《诗文集·与友人论学书》)。

这里他一味用孔子及其门弟子的圣贤言语、名望来驳对方,并不可取,但他指斥道学家们"置四海之困穷不言,而终日讲危微精一之说",对"拨乱反正,移风易俗,以驯致乎治平"的现实迫切需要毫无益处,因而称之为"空虚之学",确是一针见血,入木三分的中肯之论。

正因为他要做的是志切兼济,必求有益于天下的学问,而这种学问不可能单靠死读书、或个人冥思苦想得来,所以他是非常重视实地调查研究,并博学审问的。他自述:"及至北方,十有五载,流览山川,周行边塞,粗得古人之陈迹"(《诗文集·与黄太冲书》)。说是"粗得",可见他并未自满。"人之为学,不日进则日退。独学无友,则孤陋而难成,久处一方,则习染而不自觉。不幸而在穷僻之域,无车马之资,犹当博学审问,古人与稽,以求其是非之所在,庶几可得十之五、六。若既不出户,又不读书,则是面墙之士,虽子羔、原宪之贤,终无济于天下。子曰:'十室之邑,必有忠信如丘者焉,不如丘之好学也。'夫以孔子之圣,犹须好学,今人可不勉乎?"(《诗文集·与人书一》)他的这种好学精神和好学方法,无疑因为他有了"济天下"的赤心。

因是"济天下"而学,故凡确信能济天下的意见,他一定坚持。张宗泰曾称他"持论宁是非好恶不谐于俗,而决不肯稍回其所见以徇物"(《所学集·读顾亭林先生文集》)。但他却决不是一个一味自以为是、自满自足、执一不化的人。潘耒记其潜心古学:"九经诸史,略能背诵"。记其尤留心当世之故:"实录奏报,手自钞节,经世要务,一一讲求。……事关民生、国命者,必穷源溯本,讨论其所以然。"记其足迹:"半天下,所至交其贤豪长者,考其山川、风俗、疾苦、利病,如指诸掌。"记其勤学力索:"精力绝人,无他嗜好,自少至老,未尝一日废书,出必载书数簏自随。旅店少休,披寻搜讨,曾无倦色。有一疑义,反覆参考,必归于至当。有一独见，援古证今，必畅其说而后止。"以此"天下无贤不肖，皆知先生为通儒也"(《日知录序》)。这些话代表了后人对顾氏治学有显著成绩的评价。不过顾炎武自己对其著述，却是不断在修改，从未以为已能把道理说尽，或全都正确了。即以其素负盛名的《日知录》为例，他自己就多次这样说明：

> 愚自少读书，有所得，辄记之，其有不合，时复改定(《日知录》卷前语)。
> 炎武所著《日知录》，……历今六、七年，老而益进，始悔向日学之不博，见之不卓，其中疏漏，往往而有。……渐次增改，……而犹未敢自以为定。……盖天下之理无穷，而君子之志于道也，不成章不达，故昔日之得，不足以为矜，后日之成，不容以自限(《初刻日知录自序》)。

可见，他只是坚持他确信为完善的，而对疏漏、不合之处，不但不断在增改，不敢轻以为定论，而且对尚未发现失误的，也以为根本不应稍有自矜之心。可以设想，他的疏漏、不合之处，有些会是人们向他指出，是他乐于接受了人们的意见，斟酌增改的。

因为他曾议论到这样的问题，深感"学者之患，莫甚乎执一而不化。"而"君子之学"，则应"廓然而大公，物来而顺应。故闻一善言，见一善行，若决江湖，沛然莫之能御，而无熏心之厉矣"(《日知录集释》卷一"艮其限"条)。既然是为"大公"、"有益于天下"而治学，那就必然会欢迎人们的指正。他主张为政应如此："天下有道，则庶人不议，然则政教风俗，苟非尽善，即许庶人之议矣"(同上，卷十九"直言"条)。哪有为学可以不如此之理呢？

顾氏论学，又有不可"自小"与"自大"之说，自小就是看轻自己，自大就是夸大自己。其说甚精：

> 人之为学，不可自小，又不可自大。得百里之地而君之，皆足以朝诸侯、有天下，不敢自小也。附之以韩、魏之家，如其自视欿然，则过人远矣，不敢自大也。予将以斯道觉斯民也，思天下之民，匹夫匹妇，有不被尧舜之泽者，若己推而内之沟中，则可谓不自小矣。自耕稼陶渔以至为帝，无非取于人者，则可谓不自大矣。故自小，小也，自大，亦小也。今之学者，非自小则自大，吾见其同为小人之归而已(《日知录集释》卷七"自视欿然"条)。

760

顾氏自己的确就是既不"自小",也不"自大"的。坚持"文须有益于天下",坚持天下兴亡,匹夫有责,坚决反对无裨于国计民生,出民于水火的"空虚之学",这些就是他的不"自小"处。认为治学必须"博学审问","独学无友,则孤陋而难成","天下之理无穷","昔日之得,不足以为矜",这些就是他的不"自大"处。潘耒说他"当明末年,奋欲有所自树,而迄不得试,穷约以老,然忧天悯人之志,未尝少衰"(《日知录序》)。赞他人非一世之人,书非一世之书,而可以流芳百世,并非过誉之辞。

顾炎武是距今三百年前的历史人物,不消说,局限性是很多的。他反对犯上作乱,反对农民起义,念念不忘故主,为学是要为天子分治。在文学上,他指责李贽是自古以来,小人之最无忌惮者,因李竟敢背叛圣人,以孔子之是非为不足据(《日知录集释》卷十八"李贽"条)。他不明白为什么"虽奉严旨,而其书之行于人间自若也"的缘故,当然他是不能明白的。他对民间的通俗的文学颇为轻视,他对文学可能起的积极作用,也看得过于狭隘。确实,从今天看来,他的议论中还存在不少疏漏、偏见。但通体而论,应该承认他的议论很多是有卓识的,在当时是非常难能可贵的。《四库全书》在《日知录》的提要中,仅称赞顾氏"学有本原,博赡而能通贯,每一事必详其始末,参以证佐,而后笔之于书,故引据浩繁,而牴牾者少",而对顾氏的立言大旨,反加讥评,说什么"惟炎武生于明末,喜谈经世之务,激于时事,慨然以复古为志,其说或迂而难行,或愎而过锐",认为潘耒"盛称其经济,而以考据精详为末务,殆非笃论",忽视了顾氏立言的根本精神,倒正反映了站在清朝立场,馆臣存心贬低民族志士的政治偏见。

我认为,象我在前面谈到的顾炎武的为学之方以及他的很多文学思想,是至今还有着生命力,值得我们借鉴、发扬的。

1983 年 10 月 17 日

论杜牧的文学思想

杜牧(803—852)字牧之,后人称为"小杜",是晚唐的著名诗人、文学家,在文学理论批评史上也有颇为重要的地位。他在这方面提出的一些问题,有的比前人谈得更具体,带有时代的特点;有的曾引起后来不断的争论,值得加以分析研究。在他的文学思想中,我认为不少是符合创作规律,可以作为较好的艺术经验供今天借鉴的。

一、文章之用

杜牧是诗人,也是文章家。他这样自我介绍:

> 某苦心为诗。(《献诗启》)
> 某少小好为文章。(《上知己文章启》)
> 某比于流辈,一不及人,至于读书为文,日夜不倦。(《上安州崔相公启》)
> 某比于流辈,疏阔庸怠,不知趋向。唯好读书,多忘;为文,格卑。(《上刑部崔尚书状》)

他为什么如此爱好写诗作文呢? 一个原因是认为"生前不遇于世"者,可以通过诗文求言遇,不朽于后世:"古者,其身不遇于世,寄志于言,求言遇于后世也。自两汉已来,富贵者千百,自今观之,声势光明,孰若马迁、相如、贾谊、刘向、扬雄之徒。斯人也,岂求知于当世哉!"(《答庄充书》)这种思想,显然渊源于曹丕《典论·论文》所说的"年寿有时而尽,荣乐止乎其身,二者必至之常期,未若文章之无穷。"而在"小杜"自己,则还有其具体的遭遇为基础,即他虽出身于高门世族,少年科第,才华亦高,由于思想并不那么保守,不肯逢迎权贵,又有忧国忧民之心,其仕宦是不很得意的。他一辈子注意研究"治乱兴亡之迹,财赋兵甲之事,地形之险易远近,古人之长短得失"(《上李中丞书》),自信确有所见,可是当时牛、李党争正激,他以无所苟合之身,得不到重用,很多有进步意义的改革主张无法实现。因此自然就会想到用诗文来求知于后世,觉得诗文至少还能有这样一种令人慰藉的作用。

但这种"求言遇于后世"的作用,在杜牧,毕竟是不得已的,次要的,他写诗作文,主要求为当世之用,"常欲雪幽冤,于时一裨补"(《李甘诗》)。而且他也不是没有看到诗文以其特有的力量能够对现实生活产生不小的作用。他称引李戡说的话:"诗者,可以歌,可以流于竹,鼓于丝,妇人小儿,皆欲讽诵。国俗薄厚,扇之于诗,如风之疾速"(《唐故平卢军节度巡官陇西李府君墓志铭》)。因为是用肯定的语气称引的,也可看为他自己有相同的感觉。即认为好诗有助于国俗敦厚,恶诗则能令国俗浇薄。他称赞楚辞的作用,"骚有感怨刺怼,言及君臣理乱,时有以激发人意"(《李贺集序》)。这是说楚辞有了这样重大的内容,对后来一直还很能启发人、激励人。而象李戡所说:

> 尝痛自元和已来,有元、白诗者,纤艳不逞,非庄士雅人,多为其所破坏,流于民间,疏于屏壁,子父女母,交口教授,淫言媟语,冬寒夏热,入人肌骨,不可除去。吾无位,不得用法除之。(《李府君墓志铭》)

显然这亦是杜牧同意的,他认为"纤艳不逞"的"淫言媟语",同样能败坏风俗,造成很大的祸害。可见从正反两方面,杜牧对文章的现实作用都看到了的。

正是因为看到了作者即使不遇于世,他的文章对现实生活还是能够产生一定的作用,所以杜牧写诗作文的目的仍很明确、坚定,并不仅仅为了想求言遇、求不朽于后世。他对自己一些脍炙人口的作品的写作目的,清楚地作过这样的表白:

> 伏以元和功德,凡人尽当歌咏记叙之,故作《燕将录》。往年吊伐之道

763

未甚得所,故作《罪言》。自艰难来,始卒伍佣役辈多据兵,为天子诸侯,故作《原十六卫》。诸侯或恃功,不识古道,以至于反侧叛乱,故作《与刘司徒书》。处士之名,即古之巢、由、伊、吕辈,近者往往自名之,故作《送薛处士序》。宝历大起宫室,广声色,故作《阿房宫赋》。有庐终南山下,尝有耕田著书志,故作《望故园赋》。虽未能深窥古人,得与揖让笑言,亦或的的分其状貌矣。(《上知己文章启》)

在这些文章中,杜牧多次主张消除藩镇割据,收复河湟失地,巩固国防,实现统一,要求从朝廷内部进行改革,修明政治,任贤授能,加强中央集权。特别是他的《阿房宫赋》,假借秦事,尖锐地揭露了唐敬宗的荒淫无道,对腐败的统治集团提出了尖锐的警告。所谓"嗟乎,一人之心,千万人之心也。秦爱纷奢,人亦念其家,奈何取之尽锱铢,用之如泥沙!"秦始皇这样贪暴,你唐敬宗岂不一样?所谓"使天下之人不敢言而敢怒","独夫之心,日益骄固",秦始皇后来以及二世面临的形势以及在严重统治危机面前反而愈加骄固不化的独夫态度,你唐敬宗之流岂不一样?那么,"戍卒叫,函谷举,楚人一炬,可怜焦土",秦朝如此迅速的破灭,的确咎由自取,理所当然,即所谓"族秦者,秦也,非天下也"。你唐敬宗之流难道还不该悬崖勒马,吸取教训?这里不仅表现了他对统治集团贪暴的愤恨,实际上也说明了他对人民反抗运动的合理性有一定认识,不能说不是很可贵的思想。他虽有挽救之心,只是败局已成,唐王朝的末代子孙又太不肖,以致没有多久,"冲天太保均平大将军"黄巢果然就带领农民起义大军起来沉重地打击了这个王朝,终于促使它很快瓦解了。

杜牧大概也由于他的警告未得重视,没有起到挽救唐王朝的作用而叹息未遇于当世。这当然是奢望,但从另一个角度看,他这种很可贵的思想难道在客观上对当时人民的反抗运动会毫无有益的影响?《阿房宫赋》里对封建统治阶级腐败集团贪暴政治的揭露与鞭挞,对老百姓痛苦生活的关切与"敢怒"精神的肯定,无疑具有丰富的人民性。杜牧这样做分明是有意为之,要求裨补于时的。他举出的一系列代表作证明他的文学思想既有时代特点,更有显著的进步性。他留传下来的诗文中自然也有一些无甚意义或值得非议的作品,但这是次要的,封建时代作家都存在这种缺点和弱点,而他的进步思想却只是很少的优秀作家,理论家才有。

二、儒学影响

杜牧是非常尊崇孔子的。孟子曾说:"生人已来,未有如夫子者也。"他因而称赞孟子:"称夫子之德,莫如孟子"。韩愈曾说:"天下通祀,唯社稷与夫子,社稷坛而不屋,取异代为配,未若夫子巍然当门,用王者礼,以门人为配,自天子至于庶人,亲北面而师之。"他因此称赞韩愈:"称夫子之尊,莫如韩吏部。"他说自古以来,称道孔子的人多极了,可是都比不上孟、韩两人称道得这样好(《书处州韩吏部孔子庙碑阴》)。

他曾自豪地宣称:

> 某世业儒学,自高、曾至于某身,家风不坠。少小孜孜,至今不怠。(《上李中丞书》)

儒家谈仁义道德,他也再三强调仁义道德是为学的根本:

> 万物有丑好,各一姿状分。唯人即不尔,学与不学论。学非探其花,要自拔其根。孝友与诚实,而不忘尔言。根本既深实,柯叶自滋繁,念尔无忽此,期以庆吾门。(《留诲曹师等诗》)

并且也应当是写诗作文的出发点、指导思想。他称赞别人的作品以此为主要标准:

> 昨获览三郎秀才新文,凡十篇,数日在手,读之不倦。其旨意所尚,皆本仁义而归忠信。(《上宣州高大夫书》)
>
> 所著文数百篇,外于仁义,一不关笔。(《唐故平卢军节度巡官陇西李府君墓志铭》)
>
> 阁下以忠孝、文章,立于朝廷。(《与人论谏书》)
>
> 观足下所为文百余篇,实先意气而后辞句,慕古而尚仁义者。(《答庄充书》)

他自述写作也以此为旨归：

> 平生五色线，愿补舜衣裳。弦歌教燕赵，兰芷浴河湟。腥膻一扫洒，凶狠皆披攘。生人但眠食，寿域富农桑。孤吟志在此，自亦笑荒唐。（《郡斋独酌》）

正是在这种思想的指导下，在政治上，杜牧表现为忧国忧民，很想经邦济世，致君于尧舜一等人物，在个人品德上，表现为刚直不阿，耻当风派人物。例如下列这些传诵的名篇：

> 长安回望绣成堆，山顶千门次第开。一骑红尘妃子笑，无人知是荔枝来。（《过华清宫绝句三首》）
>
> 新丰绿树起黄埃，数骑渔阳探使回。霓裳一曲千峰上，舞破中原始下来。（同上）
>
> 烟笼寒水月笼沙，夜泊秦淮近酒家。商女不知亡国恨，隔江犹唱后庭花。（《泊秦淮》）
>
> 金河秋半虏弦开，云外惊飞四散哀。仙掌月明孤影过，长门灯暗数声来。须知胡骑纷纷在，岂逐春风一一回？莫厌潇湘少人处，水多菰米岸莓苔。（《早雁》）
>
> 三树稚桑春未到，扶床乳女午啼饥。潜销暗铄归何处？万指侯家自不知。（《题村舍》）

这些诗篇有的谴责统治集团的荒淫、无知，有的警告统治集团国家即将覆灭，有的忧念北方人民受回鹘统治者侵扰的痛苦，有的把民间的疾苦直接归结为受了"万指侯家"（拥有一千个奴仆之多的封建大官僚家）的巧取豪夺。这也就是他强调"仁义"的主要内容。

至于"道德"的主要内容，其称之于被吐蕃统治奴役压迫下的汉族人民的，是"牧羊驱马虽戎服，白发丹心尽汉臣"的永远热爱故土的精神；其称述于自己的遭际和操守的，如说："某入仕十五年间，凡四年在京，其间卧疾乞假，复居其半。嗜酒好睡，其癖已痼。往往闭户便经旬日，吊庆参请，多亦废阙。至于俯仰进趋，随意所在，希时徇势，不能逐人。是以官途之间，比之辈流，亦多困踬。自顾自念,守道不病,独处思省,亦不自悔"(《上李中丞书》)。这便是一种不管官途如何困踬,仍要直道而行,甘愿受穷,守道不悔的精神。他如此表白自己的禀性:"仆之所禀,阔略疏易,轻微而忽小,然天与其心,如邪柔利己,偷苟谀诒,可以进取。知之而不能行之,非不能行之,抑复见恶之,不能忍一同坐与之交语。故有知之者,有怒之者。怒不附己者,怒不恬言柔舌、道其盛美者,怒守直道而违己者"(《上池州李使君书》)。这段表白颇真实,他的遭际和诗文都可证明。在当时激烈的牛李党争中,他虽得到过牛僧孺的知遇,但未入牛党;李德裕的父亲李吉甫是他祖父杜佑的僚属,原为世交,可是由于杜牧不肯趋附,被李德裕排挤。他不能同意牛僧孺姑息藩镇的政策,他赞成李德裕讨伐泽潞,抵抗回鹘的主张,是则是之,非则非之。清代王渔洋对杜牧在牛李党争中的表现曾予评论:"星宿罗胸气吐虹,屈蟠兵策画山东。党牛怨李君何与,青史千秋有至公"(《冬日读唐宋金元诸家诗,偶有所感,各题一绝于卷后》)。这一评论是持平的。杜牧自己的道德表现,在大节方面就是这样。

杜牧的"仁义道德"思想在诗文创作上的以上具体表现,我以为是进步的。可以说,同杜甫《奉先咏怀》、"三吏"、"三别"等诗以及白居易的讽谕诗有一脉相承的地方。实际上当然这主要是他自己的思想,是在他处的时代生活和社会斗争中逐渐形成的,并非孔孟之道原来完全就这个样子,他只是借用了孔孟之道来思考和行事。但从杜牧的例子,也可看出象过去多年那样,不管三七二十一,一见"仁义道德"的字样就完全否定,就一律丑诋的做法是多么简单、不合道理。而且就是孔孟的"仁义道德"论,其中当然带着封建性,统治阶级也不可能真正实行多少,但它既然曾给包括杜牧在内的人们以启发和某些有益的影响,难道我们对它就断然不可加以分析?须知"满口仁义道德,一肚子男盗女娼",这句常言反对的乃是口是心非,口蜜腹剑,而非一古脑儿地反对仁义道德本身。刻薄欺诈,尽管人们对它的理解不可能完全一样,其实还是有些一致的,历史上那些灭绝人性对人狠毒寡恩的家伙至今仍都被公认为坏蛋。那么,在绝大多数场合,对绝大多数人来说,讲点仁义,讲点诚实,讲点人格、节操,时代虽变,用意虽有所改,其中某些基本的东西,我们今天不是还颇缺少,还非讲不可吗?杜牧文学思想中存在某些儒学的影响,对在我国历史发展中长期存在重大影响的儒学"仁义道德"思想,需要针对具体问题进行具体分析,不能象对待过街老鼠那样,一见就打的时代,早就应该来到了。

三、为文之旨

杜牧有段话论为文之旨,非常精采。所谓为文之旨,实际就指创作的基本原则要正确解决内容(意气)与形式(辞采章句)的关系问题。他是这样主张的:

> 凡为文,以意为主,气为辅,以辞采、章句为之兵卫。未有主强盛而辅不飘逸者,兵卫不华赫而庄整者。四者高下圆折步骤,随主所指。如鸟随凤,鱼随龙,师众随汤武,腾天潜泉,横裂天下,无不如意。苟意不先立,止以文彩辞句绕前捧后,是言愈多而理愈乱,如入阛阓,纷纷然莫知其谁,暮散而已。是以意全胜者,辞愈朴而文愈高;意不胜者,辞愈华而文愈鄙。是意能遣辞,辞不能成意。大抵为文之旨如此。(《答庄充书》)

很清楚,在意、气、辞采、章句四者之中,他是坚决主张以意——思想内容为主导的。"为文以意为主",前人早已说过了,他的贡献在于很具体地从正反两方面阐明了"以意为主"的必要和"意不先立"的弊害。如能以意为主,而且这个意还很"强盛",则诗文的生气贯注、气势洋溢,辞采章句的雄姿英发便都有了牢固的基础。苟意不先立,一味讲究辞句,文无宗主,必然散乱不堪。思想内容强盛,文辞愈朴实,作品愈高明;如果思想内容低劣,文辞愈靡丽,作品便愈可鄙。杜牧从自己的创作实践中明确体会到了内容与形式必须肯定为主与从的关系。

辞采章句虽然是意的兵卫,但不讲究辞采也不行。对此,他认识到:

> 观足下所为文百余篇,实先意气而后辞句,慕古而尚仁义者。(《答庄充书》)

> 昨获览三郎秀才新文……其旨意所尚,皆本仁义而归忠信,加以辞彩遒茂,皎无尘土。(《上宣州高大夫书》)

这里都只是强调了要意先辞后,不能倒过来。在这前提下。若还能"辞彩遒茂"到"皎无尘土"的地步,在他心目中无疑是一个值得称赞的成就。

不仅如此,他对基本上做到了意先辞后,即使理不甚足,而在辞上有特殊创造的作品,他对这种创造仍是肯定的。他对李贺歌诗的评价即体现了这一点:

云烟绵联,不足为其态也。水之迢迢,不足为其情也。春之盎盎,不足为其和也。秋之明洁,不足为其格也。风樯阵马,不足为其勇也。瓦棺篆鼎,不足为其古也。时花美女,不足为其色也。荒国陊殿,梗莽丘垄,不足为其恨怨悲愁也。鲸呿鳌掷,牛鬼蛇神,不足为其虚荒诞幻也。盖骚之苗裔,理虽不及,辞或过之。(《李贺集序》)

被后世目为"鬼才",以为"奇险"的李贺歌诗,由于他"下笔务为劲拔,不屑作经人道过语"(王琦《李长吉歌诗汇解序》),过去真能赏识其作品价值的人不多,而杜牧一开始就看出了他的歌诗是"骚之苗裔",并给予"辞或过之"的高度评价,确有眼光。前面说过,杜牧每借儒学的仁义道德思想衡诗,但他既从骚里看到了"时有以激发人意"的"感怨刺怼,言及君臣理乱"的重要内容和进步倾向,又说"乃贺所为,得无有是?"虽以疑问口气出之,实际承认李贺歌诗中也反映有这样的内容和倾向。应该说,他对李贺歌诗的评论相当中肯,而且难能可贵。他在政治上既未与当时的贪暴集团和热衷争权夺利的朋党同流合污,在思想上也并未囿于传统的儒学,排贬包括屈原《离骚》在内的指斥时弊,并采取浪漫主义方法来进行创作的作家作品。杜牧的文学思想在当时文人中可算相当解放了。

杜牧对文学创作本身应有的特点也是很清楚的。特点是什么?用他的话说,便是"优柔":

武事何骏壮,文理何优柔。(《洛中送冀处士东游》)

这"优柔",我看其对面即是"激切"、"直陈"。有些政论文由于感情充沛,辞采飞扬,也被承认为文学作品,但绝大多数诗文,总要情景交融,通过形象、境界、抒情来婉曲地表达思想。这种表达方法,由于可以通过感染,使人思考、促人自觉,收潜移默化之效,所以名之"优柔"。"优柔"作为艺术文学作品的特点,同"寡断",胆怯没有必然关系。例如他的《江南春绝句》:

千里莺啼绿映红,水村山郭酒旗风。南朝四百八十寺,多少楼台烟雨中。

这里头两句确是概括生动地写出了明媚的江南景色,但难道这是一首山水诗么？不。整个看来，不但景中有情，而且在咏史中还寄托着诗人对当时现实政治的讽谕。南朝几代统治集团大都迷信佛教，在江南兴建了大批寺宇，妄想在佛的庇护下，他们的统治可以一路维持下去。结局它们还是很快就覆灭，现在就连那些寺宇也只剩下一些陈迹，徒然供后人在烟雨迷离中凭吊了。南朝统治集团如此，唐代许多达官贵人也一样，他们认为"佛能灭吾罪，复能以福与吾"，"有罪罪灭，无福福至"，信了佛，就能"买福卖罪"，（《杭州新造南亭子记》）真是何乐而不为。"佛炽害中国六百岁"，杜牧对唐武宗禁止佛教的做法是赞成的。这首诗既嘲笑了南朝的统治阶级集团，何尝不也是对当时佞佛的达官贵人们的讽谕？但因为他这是在写诗，所以就不用激切的话来直接发议论了。

再如他的《赤壁》：

> 折戟沉沙铁未销，自将磨洗认前朝。东风不与周郎便，铜雀春深锁二乔。

这也是对历史上孙权霸业和三国鼎立之局系于赤壁一战的"优柔"的写法，我同意此诗主旨乃在表明赤壁之战的历史上的重要性，而非轻视周瑜或为曹操张目。而宋人许彦周由于"全不识诗人措词之法"（纪昀语），"诗人之词微以婉，不同论言直遂"（《历代诗话考索》），竟因此大骂杜牧："作《赤壁》诗，意谓赤壁不能纵火，即为曹公夺二乔置之铜雀台上也。孙氏霸业系此一战，社稷存亡生灵涂炭都不问，只恐捉了二乔，可见措大不识好恶。"（《许彦周诗话》）清代贺裳驳斥许说，以为对"诗人之言，何可拘泥至此，……使风骚道绝"，"尺量寸度，岂所以阅神骏于牝牡骊黄之外"（《载酒园诗话》总论）。贺裳的话是较中肯的。

杜牧还有篇《与人论谏书》，原是论谏诤之道的，似乎与文理应该优柔没有什么关系，我以为不尽然。他说：

> 某疏愚放惰，不识机括，独好读书，读之多矣。每见君臣治乱之间，兴亡谏诤之道，遐想其人舐笔和墨，则冀人君一悟而至于治平，不悟则烹身灭族。唯此二者，不思中道。自秦汉已来，凡千百辈，不可悉数，然怒谏而激乱生祸者，累累皆是，纳谏而悔过行道者，不能百一。何者？皆以词语迂险，指射丑恶，致使然也。
>
> 夫迂险之言，近于诞妄，指射丑恶，足以激怒。夫以诞妄之说，激怒之

辞,以卑凌尊,以下干上。是以谏杀人者,杀人愈多;谏畋猎者,畋猎愈甚;谏治宫室者,宫室愈崇;谏任小人者,小人愈宠。观其旨意,且欲与谏者一斗是非,一决怒气耳,不论其他。是以每于本事之上,尤增饰之。

　　今有两人,道未相信。甲谓乙曰:"汝好食某物,慎勿果食之,必死。"乙必曰:"食。我食之久矣。汝为我死,必倍食之。"甲若谓乙曰:"汝好食某物,第一少食,苟多食必生病。"乙必因而谢之,减食。何者?迂险之言,则欲反之;循常之说,则必信之。此乃常人之情,世多然也。是以因谏而生乱者,累累皆是也。汉成帝欲御楼船过渭水,御史大夫薛广德谏曰:"宜从桥。陛下不听,臣自刭以血污车轮,陛下不庙(按:不得入庙祠)矣。"上不说。张猛曰:"臣闻主圣臣直。乘船危,就桥安,圣主不乘危,御史大夫言可听。"上曰:"晓人不当如是耶?"乃从桥。近者宝历中,敬宗皇帝欲幸骊山,时谏者至多,上意不决。拾遗张权舆伏紫宸殿下叩头谏曰:"昔周幽王幸骊山,为犬戎所杀;秦始皇葬骊山,国亡;玄宗皇帝宫骊山,而禄山乱;先皇帝幸骊山,而享年不长。"帝曰:"骊山若此之凶耶?我宜一往,以验彼言!"后数日,自骊山回,语亲幸曰:"叩头者之言,安足信哉!"汉文帝亦谓张释之曰:"卑之无甚高论,令可行也。"

　　今人平居无事,友朋骨肉切磋规诲之间,尚宜旁引曲释,亹亹绎绎,使人乐去其不善,而乐行其善。况于君臣尊卑之间,欲因激切之言,而望道行事治者乎?故礼称五谏,而直谏为下。

以上所以引用这么多,一因在他之前,我还没有看到称说谏诤之道列举不宜直谏的理由如此具体详细的,二因这个资料也有助于说明文理为什么需要优柔。文中表达出来的卑不能凌尊,下不能干上的思想当然是封建性糟粕,认为谏而不听,甚至愈谏愈糟,也要直谏者负不小责任,亦甚荒唐。他毕竟为封建文人,这里且不论。我看其中反复强调为了取得谏诤的实效,必须注意方式方法,要使人乐去其不善而乐行其善,实不失为合理因素。在"伴君如伴虎"的情况下,臣下看到了在上者的过错,敢于犯颜甚至冒死直谏,这种精神自属难能,但如要求有识之士人人都做到这一点,是不实际的,而且如果估计到了"恣谏"一定不能收效,从韧性地坚持斗争这一角度看,又何必要求都该这样做呢?杜牧主张的谏诤之道,从肯定谏诤的需要出发,力求避免激乱生祸,徒然受害,觉得还是用"旁引曲释,亹亹绎绎",即"优柔"的方式方法以争取对方接受改善为好,此中即使含有封建文人软弱怕祸的成分，但从客观效果看，特别对解决大量非敌我性质的问题来看，他的主张还是不错的。在解决人民内部矛盾时，我们今天不是还在强调与人为善，要用和风细雨、耐心帮助，摆事实，讲道理的方法吗？

文学作品的社会作用，要通过潜移默化而不是耳提面命来产生和完成，它就需要具有"优柔"的特点。它的读者任何时候都是群众，要解决的绝大多数是自己人中间的问题，这也决定了它应当采取"优柔"的态度和方法。杜牧一方面赞赏"文理何优柔"，另方面在谏诤——"怨"的问题上又力主不轻易直谏，我觉得是统一的。《与人论谏书》中的思想，乃是他文理必须"优柔"思想在谏诤方法问题上的一种特殊体现。他既"世业儒学"，对《礼记·经解》中"温柔敦厚，《诗》教也"之说绝不会不熟悉。难道象下面这样一段对孔子诗教所作的解释是正确的么：

> 孔丘以《诗》说教，要奴隶主贵族内部彼此温和宽厚，要奴隶和劳动人民对剥削和压迫逆来顺受，以维护奴隶制的统治。（《辞海》修订稿《语词分册》页 1026）

其实《诗》教何尝如此简单。多年来一看到"温柔敦厚"四字就彻底否定，丑诋不休，既不具体分析，也不考察历来对这四字的种种理解，真是"左"到了极为幼稚、粗暴的程度。杜牧所说的文理优柔，实际上即指文学作品本身应具"温柔敦厚"的特点，亦即需要"旁引曲释，亹亹绎绎"，一般不宜激切直陈。而就文学作品面对的群众来说，某些问题需要提出教育，也必要采取温柔敦厚的态度和方法来表现。其实即便在对待敌人时，也不是靠痛骂与恐吓，或者一迭连声"打打打，杀杀杀"就能战胜他们的。无论如何，我们再也不能把异常复杂的问题匆匆作如此简单化的结论。这一点，就是单看杜牧的这些议论，也会感觉出一些来的了。

四、未有不学而能垂名于后代者

杜牧对文学修养问题也提出了不少很好的见解。他说："自古未有不学而能垂名于后代者。"（《上池州李使君书》）怎样学习？他的回答是："参之于上古，复酌于见闻，乃能为圣人。"（同上）"苟为之不已，资以学问，则古作者不为难到"

（《答庄充书》），就是说，必须在实际生活中学习，向前人书本学习，向周围的人们学习，在创作实践中不断锻炼提高。他自己这样说，也这样做的。

杜牧说："夫子曰：'吾少也贱，故多能鄙事'。复曰：'不试，故艺。'圣人尚以少贱不试、乃能多能有艺，况他人哉！"出身于数百年来高门世族家庭的杜牧而能赞赏孔子的这句话，真不容易。出身贫贱，只能够依靠自己加倍努力，实干苦干才有生路，所以反而可以学会许多本领，中间包括文学创作本领。这就是在实际生活中学习。

当然也要向前人书本学习，吸取他们的成就和宝贵经验。该读哪些书？经书、史书、文学名著都要读。"经书刮根本，史书阅兴亡。高摘屈宋艳，浓熏班马香。李杜泛浩浩，韩柳摩苍苍。近者四君子，与古争强梁。愿尔一祝后，读书日日忙"（《冬至日寄小侄阿宜诗》）。杜牧对杜甫、李白、韩愈的文章特别倾倒，多次加以赞扬，如说："杜诗韩集愁来读，似倩麻姑痒处搔。天外凤凰谁得髓？无人解合续弦胶。"（《读韩杜集》）"命代风骚将，谁登李杜坛？少陵鲸海动，翰苑鹤天寒"。（《雪晴访赵嘏街西所居三韵》）值得注意的，他指出作者应该读史书，以便扩大视野，了解历代兴亡的因果，并不是只要读点文学名著就够了。这同他具有社会责任感有密切关系，他的许多历史知识正是从史书的阅读中得来的，他往往就从咏史或论史的诗文中对现实政治中存在的危机提出了针砭的意见。他所以特别赞扬李、杜、韩、柳四家的作品，反映了他认为文学作品必须关心生民疾苦，有裨于世的思想。作者要读书，要多读、勤读，可是杜牧也反对变成腐儒。他说："诸葛孔明曰：'诸公读书，乃欲为博士耳。'此乃盖滞于所见，不知适变，名为腐儒，亦学者之一病"（《上池州李使君书》）。为当博士而读书，一味贪多而不求通变，读了书不想也不能解决现实生活中的什么问题，只会重复称诵一些古语陈言，对文学创作当然没有益处。

杜牧认为要扩大自己的认识，必须多向周围的人们请教，甚至连儿童也可以作为老师。他说："夫子曰：'三人行，必有我师焉。'此乃随所见闻，能不亡失，而思念至也。楚王问萍实，对曰：'吾往年闻童谣而知之。'此乃以童子为师耳。"但他根据自己的经验，觉得完全依靠多见论议，多听传闻，"轻目重耳"亦不行。"仆自元和以来，以至今日，其所见闻，名公才人之所论讨，典刑制度，征伐叛乱，考其当时，参于前古，能不忘失而思念，亦可以为一家事业矣，但随见随忘，随闻随废，轻目重耳之过，此亦学者之一病也。"（同上）增广见闻当然需要，但同时必须扩大亲身的经历，认识才能深刻。

773

杜牧认为只有在刻苦坚持创作锻炼的实践过程中，才能取得文学上的成就。这也是他的经验之谈。他说自己"某少小好为文章"（《上知己文章启》），"一似小儿学，日就复月将。勤勤不自己，二十能文章"（《冬至日寄小侄阿宜诗》），"某平生好读书为文"（《自撰墓铭》），"读书为文，日夜不倦"（《上安州崔相公书》），"某苦心为诗"（《献诗启》），"多为裁诗步竹轩，有时凝思过朝昏。篇成敢道怀金璞，吟苦唯应似岭猿"（《酬许十三秀才兼依来韵》）。我们读杜牧的诗，感到它俊伟峭拔、雄姿英发，却是诗人凝思苦吟而成，并非一蹴即就的。

杜牧对文学修养问题的这些见解，很切实、全面，既是他自己的经验之谈，又符合学习成长的规律。除此之外，另有一点，即谦逊和严格要求自己的精神，虽未向人揭出，却非常值得后人学习。他曾多次坦率指出自己文章的缺点：

> 唯好读书，多忘；为文，格卑。十年为幕府吏，每促束于簿书宴游间。刺史七年，病弟孀妹，百口之家，经营衣食复有一州赋讼。私以贫苦焦虑，公以愚恐败悔。仍有嗜酒多睡，厕于其间。是数者，相遭于多忘、格卑之中，书不得日读，文不得专心，百不逮人。所尚业复不能尺寸铢两自强自进，乃庸人辈也，复何言哉。（《上刑部崔尚书状》）
>
> 凡诸所为，亦未以过人。（《上安州崔相公状》）
>
> 某平生好读书、为文，亦不出人。（《自撰墓铭》）

杜牧对于自己的作品，当然也有充满自信的时候，但他虽在当时已负重名，基本精神还是很谦逊，深感不足的。正是这种严格要求自己的精神，曾使他毅然烧掉了很多已经成篇而自感不满的稿子：

> 某苦心为诗，本（或作"未"）求高绝，不务奇丽，不涉习俗，不今不古，处于中间。既无其才，徒有其奇。篇成在纸，多自焚之（《献诗启》）。

后来裴延翰编次牧之文，其《樊川文集序》中也说他"始少得恙，尽搜文章阅千百纸掷焚之，才属留者十二三"。随手焚弃于平时，大批掷焚于病后，我们今天还能读到的樊川诗文，不过是他写成的很小一部分。焚稿虽不可见，他这种精神却已永留在我国文学史上。他写诗作文，不追求辞采的华丽，不局限于已成的习俗，不赶时髦仍写骈体文，也不一味摹仿古人，苦心孤诣，力求自成一格，这一目标,的确也可说是"高绝"的了。应该说,这正是他苦心学习,善于学习的结果。

五、对元和以后元白诗攻讦的是非

杜牧对元和以后元自诗的严厉攻讦,在后代引起不少议论,有赞同的,也有反对的,究竟是非如何?

对元白诗的非议,本是转述李戡的话,后来不少人说成就是杜牧自己的,并非如此。但他确是用肯定的口气来转述的,所以不妨即看为他也是这样评价的。原话说:

> （李戡）尝痛自元和以来,有元白诗者,纤艳不逞,非庄士雅人,多为其所破坏,流于民间,疏于屏壁,子父女母,交口教授,淫言媟语,冬寒夏热,入人肌骨,不可除去。吾无位,不得用法以治之。

这段话的确说得很愤激,严重,竟想对元白办罪。对杜牧这一非议,就我所见,大致有三种议论。第一种是完全同意的,如清人王夫之、龚自珍等。王夫之说:"艳诗有述欢好者,有述怨情者,《三百篇》亦所不废。顾皆流丽而达其定情,非沉迷不反,以身为妖冶之媒也。……迨元、白起而后将身化作妖冶女子,备述衾裯中丑态。杜牧之恶其蛊人心,败风俗,欲施以典刑,非已甚也。"(《薑斋诗话》)张祖廉记:"先生(指龚自珍)谓《长恨歌》'回头一笑百媚生',乃形容勾栏妓女之词,岂贵妃风度耶? 白居易直千古恶诗之祖。"(《定庵先生年谱外纪》)此外,宋祁《新唐书·白居易传赞》虽也称赞白的讽谕等诗"居易其贤哉",但他对杜牧以上非议所表的态,却是"盖救所失,不得不云",认为有理。明人王世懋称赞"杜紫薇掊击元、白,不减霜台之笔",自称"生平闭目摇手,不道《长庆集》"(《艺圃撷余》)。但他十分惋惜杜牧自己为什么也会写出全法元、白遗响的《杜秋娘诗》来。第二种意见是正面反对的,例如宋人黄滔,清人贺贻孙、刘熙载等。黄滔说:"大唐前有李、杜,后有元、白,信若沧冥无际,华岳干天。然自李飞(即李戡)数贤,多以粉黛为乐天之罪。殊不谓《三百篇》多乎女子,盖在所指说如何耳。至如《长恨歌》云'遂令天下父母心,不重生男重生女',此刺以男女不常,阴阳失伦,其意险而奇,其文平而易,所谓言之者无罪,闻之者足以自戒哉。"(《答陈磻溪论诗书》)贺贻孙说："白乐天自爱其讽谕诗,言激而意质,故其立朝侃侃正直。所献穆宗虞人箴,并杂兴诗'楚王多内宠'一篇,指点色禽之荒,婉切痛快,字字炯戒。及读其《长恨歌》诸作,讽刺深隐,意在言外,信如其所自评,又不独《大觜乌》、《雉媒》等篇之有托而言也。乃杜牧之讥其诗纤艳不逞……但考乐天所行,不愧端雅,其诗亦未见淫亵。"下面他还列举事例,说牧之"风流罪过,己尚不免,独奈何以此责乐天也"(《诗筏》)。刘熙载说："诗莫贵于知道。观香山之言,可知其或出或处,道无不在。"又说:"《唐书·白居易传赞》引杜牧语,谓其诗纤艳不逞……此文人相轻之言,未免失实"(《艺概》)。宋人叶梦得不惟不同意李戡的话,认为杜牧称赞李戡过甚,而且也不同意宋祁的表态:"杜牧作李戡墓志,载戡诋元白诗语……元稹所不论。如乐天讽谕、闲适之辞,可概谓淫言媟语耶?戡不知何人,而牧称之过甚。古今妄人不自量,如抑扬予夺,而人辄信之,类尔。观牧诗纤艳淫媟,乃正其所言而不自知也。《新唐书》取为牧语论乐天,传以为救失不得不然,盖过矣"(《避暑录话》)。第三种是抓住杜牧诗中也有所谓淫媟、冶荡的东西,从侧面不满他对元、白的非议,如明人杨慎和清人纪昀。杨慎说:"杜牧尝讥元、白,云……而牧之诗淫媟者,与元白等尔,岂所谓睫在眼前犹不见乎。"(《升庵诗话》卷九)纪昀说:"《后村诗话》因谓牧风情不浅,如《杜秋娘》、《张好好》诸诗,青楼薄幸之句,街吏平安之报,未知去元、白几何? 比之以燕伐燕,其说良是。……平心而论,牧诗冶荡甚于元、白。"但纪昀同时却也说:"其风骨则实出元白上,其古文纵横奥衍,多切经世之务。……即以散体而论,亦远胜元白。……牧于文章,具有本末,宜其睥睨长庆体矣"(《四库全书总目·樊川文集提要》)。

对这些纷纷的议论,应该怎么看?

我以为,这些议论中有两点应先澄清、排除。第一,杜牧非议元白的观点是否正确是一件事,杜牧自己诗作中若有类似元白这种诗作,是另一件事,不能用杜牧也有这种诗作的事,来否定他对元白的非议。"十年一觉扬州梦,赢得青楼薄幸名"(《遣怀》),杜牧在扬州为牛僧孺淮南节度使府掌书记时,确曾纵情声色,"风流罪过"不少,可是《杜秋娘诗》、《张好好诗》原文具在,分明并非淫媟冶荡的作品,其中还对被压迫妇女的不幸遭遇表现了可贵的同情。第二,杜牧对元白诗所非议的,乃指"元和已来""纤艳不逞"、"淫言媟语"一类东西,并不包括元白诗的全部。特别是白居易的《秦中吟》、《新乐府》,虽然其中也有成于元和年间的作品,当然绝非淫媟冶荡之作,按照杜牧的政治思想,他没有,也绝不会非议这些诗的倾向。因此，在讨论这个问题时，不需要为他们的讽谕诗辩护。第三，杜牧也没有说，凡写到女子、粉黛之事的诗便是"纤艳不逞"、"淫言媟语"一类货色，就这点来驳斥他，是不中肯的。

我看，问题实在于"元和已来"的元白诗中有无"纤艳不逞"、"淫言媟语"之作？或虽没有严重到这种程度，有些作品的社会效果客观上是否也不算好？

关于元和诗体的起来，流行情况和某些时人的评价，其实元稹、白居易两人自己也都说过了。元稹说：

> （乐天）入翰林，掌制诰，比比上书言得失，因为《贺雨》、《秦中吟》等数十章，指言天下事，时人比之风骚焉。予始与乐天同校秘书之名，多以诗章相赠答，会予谴掾江陵，乐天犹在翰林，寄予百韵律诗及杂体前后数十章。是后各佐江、通，复相酬寄，巴蜀、江、楚间泊长安中少年，递相仿效，竞作新词，自谓为元和诗。而乐天《秦中吟》、《贺雨》讽谕等篇，时人罕能知者。然而二十年间，禁省观寺、邮候、墙壁之上无不书，三公、妾妇、牛童、马走之口无不道。至于缮写模勒，衒卖于市井，或持之以交酒茗者，处处皆是。其甚者有至于盗窃名姓，苟求自售，杂乱间厕，无可奈何。予于平水市中，见村校诸童，竞习诗，召而问之，皆对曰：'先生教我乐天、微之诗。'固亦不知予之为微之也。又云：鸡林贾人，求市颇切。自云：本国宰相每以百金换一篇，其甚伪者，宰相辄能辨别之。自篇章以来，未有如是流传之广者。（《白氏长庆集序》）
>
> 唯杯酒光景间，屡为小碎篇章，以自吟畅。然以为律体卑痺，格力不扬，苟无姿态，则陷流俗。常欲得思深语近，韵律调新，属对无差，而风情自远，然而病未能也。江湖间多新进小生，不知天下文有宗主，妄相仿效，而又从而失之，遂至于支离褊浅之词，皆目为元和诗体。稹又与同门生白居易友善，居易雅能为诗，就中爱驱驾文字，穷极声韵，或为千言，或为五百言律诗，以相投寄。小生自审不能以过之，往往戏排旧韵，别创新词，名为次韵相酬，盖欲以难相挑耳。江湖间为诗者，复相仿效，力或不足，则至于颠倒语言，重复首尾，韵同意等，不异前篇，亦自谓为元和诗体。而司文者考变雅之由，往往归咎于稹。（《上令狐相公诗启》）

综上元稹所述。可以归纳为这些意思："元和诗"或"元和诗体"，不是元白自名的,而是江湖间新进小生们对元白某些诗作递相仿效后自称以相标榜的;这种诗同"指言天下事"、"时人比之风骚"的他们的讽谕诗大不相同,大体是一些"韵律调新"、"风情宛然"、"穷极声韵"的新词;被称为这种诗体的作品,有些其实不是他们所写,出于"盗窃名姓,苟求自售",有些则是"支离褊浅"、"颠倒语言",极为拙劣的仿效之作;这种诗在当时流传极广,他们也苦其"杂乱间厕",而"无可奈何",并且知道"司文者考变雅之由",往往归咎于己。元稹所述如是,白居易《与元九书》所述亦类似,可互相补充:

> 凡闻仆《贺雨诗》,而众口籍籍,已谓非宜矣。闻仆《哭孔戡诗》,众面脉脉,尽不悦矣。闻《秦中吟》,则权豪贵近者相目而变色矣。闻乐游园寄足下诗,则执政柄者扼腕矣。闻《宿紫阁村》诗,则握军要者切齿矣。大率如此,不可遍举。不相与者号为沽名,号为诋讦,号为讪谤。苟相与者,则如牛僧孺之戒焉。乃至骨肉妻孥皆以我为非也。……
>
> 及再来长安,又闻有军使高霞寓者,欲聘倡妓。妓大夸曰:"我诵得白学士《长恨歌》,岂同他妓哉?"由是增价。又足下书云,到通州日,见江馆柱间有题仆诗者,复何人哉? 又昨过汉南日,适遇主人集众乐娱他宾,诸妓见仆来,指而相顾曰:"此是《秦中吟》、《长恨歌》主耳。"自长安抵江西三四千里,凡乡校、佛寺、逆旅、行舟之中,往往有题仆诗者,士庶、僧徒、孀妇、处女之口每每有咏仆诗者。此诚雕虫之戏,不足为多,然今时俗所重,正在此耳。……
>
> 又有五言七言长句、绝句,自一百韵至两韵者四百余首,谓之杂律诗。……或诱于一时一物,发于一笑一吟,率然成章,非生平所尚者,但以亲朋合散之际,取其释恨佐欢。今铨次之间,未能删去。他时有为我编集斯文者,略之可也。……今仆之诗,人所爱者,悉不过杂律诗与《长恨歌》已下耳。时之所重,仆之所轻。至于讽谕者意激而言质,闲适者思澹而词迂,以质合迂,宜人之不爱也。

白居易的主要意思,说他自己所重在讽谕诗,但当时很多人所重的却是他自己所轻的杂律诗,它的代表便是《长恨歌》。这种诗,他用来在亲朋合散之际释恨佐欢,虽说别人将来可以把它"略之可也",其实他自己还是相当喜欢的,所以没有舍得删去。

778

所谓元和诗体,是否在当时没有人反对过? 有的。前引元稹语已有"司文者考变雅之由,往往归咎于稹"的话,此外还有,例如参寥子《阙史》记载,在裴度幕下任事的皇甫湜,就曾把自己的文章比为"瑶琴宝瑟",而斥白居易之作为"桑间濮上之音"。无疑这就是指白的杂律诗,即元和诗体。五代孙光宪《北梦琐言》还载李德裕也不喜白诗:人家送给他很多白居易作品,他收下了,但从来不看,书箱上积满了灰尘。有次打开书箱要看,结果仍闭上了,对刘禹锡说:"吾于此人,不足久矣。其文章精绝,何必览焉? 但恐回吾之心。"当时"衣冠之士并皆忌之,咸曰:'有学士才,非宰臣器。'"大概是说,白的文章很动人,不看也知道了,再去看,唯恐会被它引上邪路。说白有文人学士之才,终非宰相大臣的材料,多半也在讲他的《长恨歌》之类,对人心世道影响欠好。以为真正的宰相大臣是会考虑到社会影响的。顾炎武说得好:"元、白作诗次韵之初,本自以为戏,而当时即已取讥于人,今人乃为之而不厌,又元、白之所鄙而不屑者矣"(《日知录集释》卷二十一)。

据上种种材料,可见:第一,李戡所说元和诗体广泛流行,深入民间的情况属实。第二,元、白自己都未重视这种作品。第三,元白当时已有不少人对他们这种诗表示强烈的不满,认为对世道人心有碍,李戡的评论只是显得特别尖锐、特别严重罢了,却不是他和杜牧才开始有所非议、攻讦的。

如元稹所说,所谓"元和诗"并不全是元、白的作品。有些是伪托之作,有些是拙劣的摹仿品,可能其中真有"淫言媟语",对这种东西,李戡、杜牧的严厉指责有其道理。但如认为《长恨歌》便是"淫言媟语"则确太过分。诗中大胆地描写爱情,很动人,这一点容易引起封建礼教拥护者的反对,不过诗中也有些讽刺;无论如何,简单称它为"淫言媟语"是不能使人心服的。李戡、杜牧为什么会比前人更尖锐、更严厉地攻击元白这类"风情宛然"的诗作? 这固同他们欲有裨于世的文学思想有关,也同晚唐时期内外交困,统治危机加深,唐王朝的形势已更加危如累卵有关。牧之关心国事,忧国忧民,经常在想如何削平藩镇,如何抗击侵扰,如何发展生产,如何减轻生民疾苦,如何收复河湟失地,他认为当前头等大事应当是关心国家的治乱兴亡,写诗作文也应当在这方面对人们起积极的引导作用,而不能把人们的兴趣、注意力引向别处,因此对流行极广的元和诗体就特别反感,对以《长恨歌》为代表的这种"风情宛然"的作品便指责过严。《长恨歌》虽不能说是"淫言媟语"之作,但在当时条件下,象这种不宜提倡的大写风情之作在社会上竟流传得如此广远,如此深入民间,会引起一些忧国忧民之士的忧虑而思有以挽回，也是可以理解的。宋祁谓杜牧对元白元和诗的非议为"盖救所失，不得不云"，而仍盛称乐天的讽谕诗及其"完节自高"的品德，我觉得还是比较符合实际，比较持平的。

总之，我认为杜牧对元和诗体的严厉攻击是太过分了，这种诗在当时情况下会产生一些副作用，但其危害程度不可能如他们所说那样严重，造成晚唐濒危局面的原因，当然不能推到元和诗体身上去。但杜牧的非难出于忧国，有其客观社会原因，也不容否认。把他的评论贬为"文人相轻之言"，或把《长恨歌》之类称许过高，说成"讽刺深隐"之作，同样是不符事实的。

六、关于李贺诗不足于理的议论

杜牧论李贺歌诗，在大力肯定之余，也感到存在某种不足，这是从同骚的比较中表示出来的，即前引所谓"盖骚之苗裔，理虽不及，辞或过之"，"使贺且未死，少加以理，奴仆命骚可也"。显然，杜牧认为李贺诗的弱点，在不足于理。

对杜牧的这些议论，后来人也多异同之见。

同意杜牧观点的，如：

> 李贺有太白之语，而无太白之才。太白以意为主，而失于少文；贺以词为主，而失于少理。（宋张戒《岁寒堂诗话》）
>
> 若长吉者，天纵奇才，惊迈时辈，所得离绝凡近，远去笔墨畦径。呜呼！使假之以年，少加以理，其格律岂止是哉！（《唐诗品汇》）。
>
> 理不及骚，自是长吉短处。（清王琦注）

不同意杜牧观点的，如宋人刘须溪谓长吉所长正在理外，认为杜牧所说都不对：

> 旧看长吉诗固喜其才，亦厌其涩，落笔细读，方知作者用心。料他人观不到此，是千年长吉犹无知己也。以杜牧之郑重为序，直取二三歌诗而止，始知牧亦未尝读也，即读亦未知也。微一二歌诗，将无道长吉者矣！谓其理不及骚，未也，亦未必知骚也；骚之荒忽则过之矣，更欲仆骚，亦非也。千年长吉，余甫知之耳。诗之难读如此，而作者尝呕心何也？
>
> 樊川反复称道，形容非不极至，独惜理不及骚，不知贺所长正在理外。

如惠施"坚白",特以不近人情,而听者惑焉,是为辩。若眼前语,众人意,则不待长吉能之。此长吉所以自成一家欤!(《须溪集》卷六,评李长吉诗)

对此,王琦一一加以驳斥,谓须溪实未细读杜序:

> 须溪二说,盖欲翻杜序中语耳。杜于全集中特提出二诗,是证其能探寻前事,为古今未尝经道者,上下文意显然,未尝只取二诗而尽弃其余也。须溪以为直取一二歌诗而止,而嗤其未尝读长吉诗;予乃嗤须溪未能细读牧之序。至于理不及骚,自是长吉短处,乃谓贺所长正在理外,是何等语耶?观其评赏,屡云妙处不必可解。试问作诗至不可解,妙在何处?观古今才人叹赏长吉诸诗,叹赏其可解者乎,抑叹赏其不可解者乎?叹赏其在理外者乎,抑叹赏其不在理外者乎?予谓须溪评语,疑误后人正复不少,而且附于长吉之知己,谬矣。(杜序注)

须溪所谓长吉"所长正在理外",是说其所长不在理而在辞?还是说其所长正在常理之外?若说所长在辞,则杜牧固说过了,须溪也已说过"骚之荒忽则过之矣"。若说所长在常理之外,则其非常之理究指什么?的确有点大言欺人的样子。他本来尽可主张长吉诗其理未尝不及骚、甚或过之,也尽可主张长吉词并不胜过骚,进而据理反驳,但他并未这样做,自然不免要受到王琦的反驳了。

明人李维桢作《昌谷诗解序》,在词的比较上,认为长吉不如骚:"骚诣绝穷微,极命庶物,力夺天巧,浑成无迹。长吉则锋颖太露,蹊径易见,调高而不能下,气峻而不能平,是于骚特长拟议,未臻变化,安得奴仆骚也?"在理的多少上,则说杜牧"少加以理,可奴仆命骚"之说"未为不知长吉,亦未为深知长吉",因为"诗有别才,不必尽出于理"。诗有别才之说出于严羽《沧浪诗话》,原是不错的,但难道杜牧是因长吉诗直接发议论太多才有所不满的吗?而清人贺贻孙《诗筏》对杜序的意见,却亦正在于此:

> (杜序)又谓"理虽不及,辞或过之","使加以理,奴仆命骚可也"数语,吾有疑焉。夫唐诗所以夐绝千古者,以其绝不言理耳。宋之程、朱,及故明陈白沙诸公,惟其谈理,是以无诗。彼六经皆明理之书,独《毛诗》三百篇不言理,惟其不言理,所以无非理也。圣贤读"素绚"而得礼后,读"尚䌹"而得

閣然，读"唐棣"而得思远，盖圣贤事境圆明，风谣工歌，无不可以入理，若但作理解，则固陋已甚，且不能如匡鼎之解颐，又安能若西河之起予哉。楚骚虽忠爱恻怛，然其妙在荒唐无理，而长吉诗歌所以得为骚苗裔者，正当于无理中求之，奈何反欲加以理耶？理袭辞鄙，而理亦付之陈言矣，岂复有长吉诗歌，又岂复有骚哉！

李维桢、贺贻孙据严羽之说认为杜序以"理"论诗不对，这是把"理"解为"直接发议论"了，杜牧有否这个意思呢？我看并无此意。如上所论，杜是主张文理"优柔"的，他自己所写的诗绝少抽象议论，决不会用这点来非议李贺。那么杜所谓"理"指的什么？我认为既不同于他在一般地谈内容与形式关系时应占主要地位的"意"，亦非指在诗中应该直接发议论，而是另有所指，即如骚中"时有以激发人意"的"感怨刺怼，言及君臣理乱"这一类的具体内容。这类内容不但在当时是最重要的，也是杜牧自己一贯强调的。

可是恰恰在这一点上，杜牧以为长吉诗所不足的，清人宋琬却以为很丰富，只是世人不察罢了："贺，王孙也。所忧，宗国也，和亲之非也，求仙之妄也，藩镇之专权也，阉宦之典兵也，朋党之衅成而戎寇之祸结也。以区区奉礼之孤忠，上不能达之天子，下不能告之群臣，惟崎岖驴背，托诸幽荒险涩诸咏，庶几后之知我者。而世不察，以为神鬼悠谬不可知。其言既无人为之深绎，而其心益无以自明，不亦重可悲乎！"（《昌谷集序》）宋琬此序虽未明言杜序也失于"不察"，未能"深绎"其言之本心，实际上是针对着杜序，而提出不同看法的。

清人姚文燮则更进一步，说明长吉诗为什么足于理却未能充分表达出来得人理解的政治原因。他说："贺以年少，一出即撄尘网，姓字不容人间。其挤之也，则皆当世人豪焉。贺之孤愤，恨不即焚笔砚，何心更事雕缋以自喜乎？且元和之朝，外则藩镇悖逆，戎寇交讧；内则八关十六子之徒，肆志流毒，为祸不测。上则有英武之君，而又惑于神仙。有志之士，即身膺朱紫，亦且郁郁忧愤，矧乎怀才兀处者乎？贺不敢言，又不能无言。于是寓今托古，比物征事，无一不为世道人心虑。其孤忠沉郁之志，又恨不伸纸疾书，缅缅数万言，如翻江倒海，一一指陈于万乘之侧而不止者，无如其势有所不能也。故贺之为诗，其命辞、命意、命题，皆深刺当世之弊，切中当世之隐。倘不深自弢晦则必至焚身。斯愈推愈远，愈入愈曲，愈微愈减，藏哀愤孤激之思于片章短什。言之者无罪，闻之者不审所从来"（《昌谷集注序》）。

782

宋琬、姚文燮对长吉诗的看法,和杜牧是不同的。但如上所引,可知他们的不同乃在同一目标下肯定程度之不同,并非目标或出发点有异。杜牧以"感怨刺怼,言及君臣理乱"之类为"理",而觉得长吉诗在这方面比起楚骚来有所不及。宋琬说长吉诗忧宗国,非和亲,斥求仙之妄与藩镇之横,以及表现阉宦典兵、朋党争夺、戎寇侵扰导致国家社会遭殃等等现实;姚文燮说长吉诗对当时藩镇悖逆、戎寇交讧、八关十六子之徒的流毒、皇帝的惑于神仙等等都是极为愤慨的。所谓"孤忠"、"无一不为世道人心虑"、"深刺当世之弊,切中当世之隐",不仅宋、姚二人对长吉评价的出发点同,宋、姚与杜牧分明也是基本一致的。不同乃在于:杜牧说,比起楚骚来长吉诗在这方面显得不足,而宋琬说,长吉诗在这方面不弱,只因评者"不察"或"未为之深绎",才被人评为不足;姚文燮则还从另一方面说明由于当时的政治压迫,长吉不能直言也不敢明言,所以更增加了人们对他了解的困难,难于认识他的"真心"、"敢心"。这样,他们之间的争论,就不是理论观点上的,而是属于认识多少,评价高低范围内的事情了。

　　这属于认识多少,评价高低范围内的事情,原是难求一致,也不必要求一致的,尽可各抒所见,从容论定。我大体同意杜牧的观点,觉得朱熹所说"李贺较怪得些子,不如太白自在"(《朱子语类》),颇有分寸。须知杜牧乃在把长吉与屈原比较时说它"理虽不及",而不是与别的任何人比时这样说。"怪"到许多东西只好由读者自己去猜想,猜想便难免有过或不及以至猜错的时候,这在任何情况下,既都不是好办法,也未必非如此不可。把不能为人所深知的结果都归咎于读者的"不察"或未加"深绎",恐怕不能说服人。

　　总之,我认为杜牧以他所指的内容为"理"来论诗,是不错的,进步的。后来有些人提出反对,或出于理论上的误解,或出于具体认识评价之多少与高低之不同,并不是杜牧的理论出发点不对。把反对他或不同意他的评价的资料摆出来看看,加以比较,杜牧文学思想的光辉反而能使我们看得更清楚一些了。

1981 年 6 月

不能够这样评论杜甫

——评新版《中国文学发展史》

（刘大杰著）第二册杜甫部分

新版《中国文学发展史》（刘大杰著，以下简称《发展史》）第二册出版于1976年7月。它正是在穷凶极恶的"四人帮"虚构了一套"儒法斗争"模式，恶毒诬蔑全国人民衷心敬爱的周恩来同志，妄图打倒一大批革命老干部，篡党夺权的一派胡作非为，猖猖狂叫声中修订完成的。"儒法斗争"这个模式究竟是一种什么货色？"四人帮"为什么如此起劲叫卖？在他们文化专制主义的严厉控制下，一般人备受蒙蔽，有些人心存怀疑，有些人为了免遭横祸勉强敷衍过几句，另有些人则随风一头钻了进去，为这股妖风添了势，出了力。新版《发展史》第二册洋洋数十万言，就是起的为"儒法斗争"模式添势、出力的作用。

《发展史》第二册中有很长一节专讲《武则天时期的文学》，盛赞了武则天《石淙》诗前两句"均露均霜标胜壤，交风交雨列皇畿"为"气势雄放"，后两句"万仞高岩藏日色，千寻幽涧浴云衣"为"笔力高昂"。还引用《柳亭诗话》里其实不足为据的一条材料，硬把李白拉来让他在武则天的诗前"爽然自失"。这很容易使人联想到叛徒江青最喜欢有人捧她是什么"文艺革命的旗手"。这一节，当然是第二册中的画龙点睛之笔。但第二册中论及杜甫的部分，虽仅"一斑"，对了解这本书的全豹，也是非常重要的。

一、关于思想变化

作者指出：杜甫是一个中小地主阶级知识分子，有其地主阶级本性。他早期独尊儒术，后来由于在政治斗争中受到权豪压制，在流亡生活中体验到很多社会黑暗，产生了疑儒、非儒思想，而在"安史之乱"以后直到晚年，由于深感儒家路线不能挽救危局，更从轻儒发展为重法。尽管最终未能和儒家思想彻底决裂，杜甫正因有了这一变化，他才写出了有思想价值的作品，取得了较高的艺术成就。

说杜甫思想一生中有个变化过程，是不错的。但是否就是由尊儒、疑儒、非儒，到轻儒重法的变化呢？杜甫在文学史上的光辉成就，是否就因他后期有重法轻儒的一面，即所谓"没有这一思想演变，杜甫就不可能写出那些有价值的作品，就不可能取得那样的艺术成就"呢？

已经有同志确凿指出，作者所说杜甫"重法"是没有根据的（见《文史哲》1977年第四期陆侃如：《与刘大杰论杜甫信》）。我的看法是，尽管杜甫多次自称或称人"醇儒"、"硕儒"、"老儒"、"腐儒"，他自己和别人也不是什么儒家。汉代以后，既不存在先秦时期那样代表着两派不同政治主张的儒家和法家，也不存在先秦时期确实有过的儒法斗争。后来的所谓儒家和法家，实际上都是地主阶级的思想家。他们只是在需要的时候，分别利用先秦儒家和法家的某些思想资料，经过自己的改造制作，来表达各自对现实政治的主张。他们都要维护地主阶级的统治，但对什么时候，什么问题，应该采取什么手法，存在一定的分歧。他们既可以属于地主阶级的不同阶层，也可以属于同一地主阶层中的不同派别，又可以兼备在一个地主阶级成员的身上。先秦儒家法家都出于剥削阶级一家，本来不是截然不同的，两家流传下来的思想资料，都可供后来地主阶级统治者选择利用，既可先后兼取，也可同时并蓄。起先这样，后来那样，或者这类问题上这样，那类问题上那样。反复交替，而不离地主阶级利益之宗。一般说来，地主阶级政权相对稳定时，他们需要多讲"仁政"、"德治"，多多利用先秦儒家的思想资料，用软的一手来进行欺骗，施展"牧师职能"，但也决不放弃刑罚镇压。而当地主阶级政权遇到深刻危机时，他们就需要多讲"严刑峻法"，多多利用先秦法家的思想资料，用硬的一手来进行镇压，施展"刽子手职能"，但也决不放弃仁爱说教。后代的所谓"儒家"和"法家"，其实就是这样的两种人，或同一种人的两样面貌。他们所以要这样想，这样做，首先因为他们属于地主阶级，总想保住自己阶级的利益，其次因为他们总是生活在特定的历史条件下，同一阶级的不同阶层又有其不同的地位，所以在这样想、这样做的共同需要下，又表现为不同，或侧重之点有区别的想法、做法。是现实的政治需要决定他们的思想和做法，而不是先秦的儒家、法家学说决定他们的思想和做法。剥削阶级统治人民总要交替使用软硬两手，这是规律。先秦儒家法家思想资料中反映这一规律的东西,在儒家法家建立起来以前就在他们的统治实际中产生了,儒家法家创立人不过是起了总结和使之系统化的作用。后代地主阶级思想家当然会利用他们的思想资料加以改造制作达到自己的统治目的,其实如果先秦并未产生过儒家法家,或他们并未利用先秦的儒、法资料,他们从自己的统治经验中,也会感觉到应该这样想,这样做的。

儒法斗争在先秦时代早已结束,儒家与法家在汉代以后早已合流成为地主阶级兼收并蓄,交替选用的统治思想。因此,对于地主阶级一员的杜甫来说,就谈不上有什么从尊儒到重法的思想变化。他的思想变化,是随着唐王朝地主政权的不同处境而产生的,也是随着他所属中小地主阶层地位的变化,以及他个人的政治遭遇与生活遭遇的变化而产生的。这种变化,决不能用从尊儒到重法来加以说明。这种变化始终只是在当时地主阶级统治思想范围里的变化,作者所说杜甫有时突破了儒家思想的束缚而轻儒重法,又完全不能说他最终已和儒家思想彻底决裂了等等,都是自己在绕圈子说话,说明不了杜甫思想的本质问题。

杜甫经历过唐玄宗早期比较繁荣稳定的政局,当他发现种种病态已经逐渐在显露出来时,出于维护地主阶级长远利益的用心,针对当时赋役繁重,贪污盛行,达官贵族荒淫无耻,人民生活痛苦万分的黑暗现实,他曾要求皇帝施行仁政,轻徭薄赋,惩治贪污,实行俭约,借以缓和矛盾,解救危机。当时统治的腐败,乃是大地主阶级统治集团日趋反动腐朽的结果,并不是实行了一条什么"儒家路线"所造成。杜甫向往的唐太宗时代,连杜甫也指出当时的情况是"文物多师古,朝廷半老儒",何尝不是欣欣向荣,生气勃勃? 杜甫这时向皇帝提出施行仁政,就想通过一些改良措施,使大地主阶级对人民不要压迫剥削得太过分,使人民能活得下去,以免激得他们起来暴动,反而对朝廷不利。他原以为当时这样还做得通。可是"安史之乱"发生了,统治阶级内部矛盾夹杂着民族矛盾,加上尖锐的阶级矛盾,朝野乱作一团,长期形成的弊病统统发作出来,唐王朝的统治危机达到十分严重的地步。这时,为唐王朝打算,当然首要平定叛乱,稳住内部,同时久经离乱颠沛之苦的杜甫自己也亟想有一种比较安定的生活环境,这时统治者就需要采用硬的一手。为此,杜甫坚决支持平叛战争,日夜盼望战争的胜利。他总是劝说农民忍受苦痛,服从王命,不要造反,真若有人造反的话,他也不会不同意镇压。自然,等到唐王朝真正"中兴"以后,他又会再把仁政着重提出来的。

作者遵照"四人帮"虚构的模式,把历史上所有的坏人坏事坏思想全推在

"儒家"名下，又把历史上所有好人好事好思想归在"法家"名下，似乎只有"儒家路线"才能产生贪官污吏，造成人民痛苦；只有儒家才歌颂皇帝圣明，一派愚忠；只有儒家才施展欺骗性的"牧师职能"和对农民起义的镇压，而若在法家路线统治下，则一切都光明、幸福、进步得很。"四人帮"圈定了一批"法家"，谁若对这些"法家"说过几句好话，不问究竟是什么意思，就可作为他尊法或重法的证据。杜甫《壮游》诗有句"渡浙想秦皇"，因为路上想到了秦始皇；《丹青引赠曹将军霸》诗中，因为曹霸是曹操的后人，说了一句"文采风流今尚存"，都被作者当成杜甫对法家秦皇魏武早就仰慕的证据。反之，谁若对他们圈定的"法家"说过一些不大一样的话，或对他们判为"儒家"的人说过一些同意的话，那也可以不管是否有点道理，肯定就是"儒家"，反动派，如苏轼。

作者把杜甫的思想变化说成是从尊儒到重法的变化，不仅为"儒法斗争"模式提供了引人注意的证据，也可以利用杜甫在文学史上的伟大声名，向人们暗示，文艺工作者只有象杜甫那样走上"重法"之路，皈依到今日的"法家"——"四人帮"麾下，才是大有发展前途的道路。作者既然可以硬把李白拉到武则天诗前"爽然自失"，当然也可以把杜甫打扮成一个轻儒重法的诗人而担任这样的角色。只是这样一来，杜甫思想的实际就不大能使人看到了。

二、关于仁政和忠君

杜甫有仁政和忠君思想。在作者看来，这都属儒家思想范畴。他说：仁政口号乃是"汉代以后地主阶级中的尊儒反法分子""反对法家政治路线，维护豪族地主阶级专政的思想工具"。而后人以"流落饥寒，终身不用，而一饭未尝忘君"的话称赞杜甫，乃是"以孔孟之道的政治标准"来尊杜的表现。仁政与忠君思想，在先秦时期是否只儒家才有，法家则没有？后代人有这两种思想的，是否就是儒家？显然不是这样。

剥削阶级的统治者对付人民毫无例外都有软硬两手。孔孟标榜仁政，对反对自己的人何尝没有叫嚷群起而攻、服上刑？韩非主张镇压，对可以欺骗拉拢的人何尝不称说仁义？"仁义者，不失人臣之礼，不败君臣之位者也"（《韩非子·难一》）；"仁者，谓其中心欣然爱人也，其喜人之有福，而恶人之有祸也，生心之所不能已也，非求其报也"（《韩非子·解老》）。韩非直言不讳："明主之所导制其臣，二柄而已矣。二柄者，刑、德也。何谓刑、德？曰：杀戮之谓刑，庆赏之

787

谓德。"(《韩非子·二柄》)刑与德,就是暴力镇压与收买欺骗硬软两手。可见先秦时期并不只是儒家才有仁政思想,法家也有。后代地主阶级思想家不同程度不同形式上都有仁政思想,仁政思想绝不是儒家的标志。翻开"四人帮"圈定为后代"法家"的无论哪一位的集子,其中表现仁政思想的东西难道不都连篇累牍么?

说只有儒家才讲忠君,首先韩非就决不会同意。先秦法家讲尊君、忠君,实际远超过儒家,要求更严格。孔孟之道讲忠君,多少还有点条件,即君主应是明君、贤君,没说过对暴君、昏君也非死心塌地为之卖命不可。孔丘主张"君君,臣臣",又说"君使臣以礼,臣事君以忠"(《论语·八佾》),以忠报礼,忠虽是本,但不是毫无保留的。孔丘对不够圣明的君主的过错,并未认为应该一味顺从,而主张不怕触犯其威严,直言谏净:"勿欺也,而犯之。"(《论语·宪问》)所以《易·革》里赞美:"汤、武革命,顺乎天而应乎人"。孟轲发挥得更清楚:"君之视臣如手足,则臣视君如腹心;君之视臣如犬马,则臣视君如国人;君之视臣如土芥,则臣视君如寇雠,"(《孟子·离娄下》)"谏则不行,言则不听,膏泽不下于民,……此之谓寇雠,寇雠何服之有?"(同上)夏桀和商纣都是君主,原居臣位的商汤和周武王把他们放了,杀了,齐宣王问孟轲:"臣弑其君可乎?"孟轲振振有辞地回答:"贼仁者谓之贼,贼义者谓之残,残贼之人谓之一夫。闻诛一夫纣矣,未闻弑君也。"(《孟子·梁惠王下》)这就是说,尽管在名义、地位上是君,只要他实质上成了独夫民贼,就不但不必效忠,连杀掉他都是完全应该的。而韩非,他的主张却是这样:"汤、武为人臣而弑其主,刑其尸,而天下誉之,此天下所以至今不治者也,""孔子本未知孝悌忠顺之道也,""臣事君,子事父,妻事夫,三者顺则天下治,三者逆则天下乱,此天下之常道也,明王贤臣弗易也。则人主虽不肖,臣不敢侵也。"(《韩非子·忠孝》)在这里,岂不正是法家祖师在为昏暴不肖之君如夏桀之流大抱不平,认为孔孟尚未知忠顺之道,是违反了"天下之常道"么?难道不是韩非首先在实质上提出了"三纲"的说教么?先秦儒家的忠君思想应该批判,但作为思想资料被后人辗转利用,先秦法家的绝对君权主义思想以及愚忠观念,其实倒是起了更坏作用的。

杜甫有忠君思想,诸葛亮、柳宗元、王安石这些所谓"法家"哪一个没有忠君思想?它只能是地主阶级思想家的共同标志,绝不是什么"儒家"的标志。

以上是问题的一个方面。问题的另一方面,是对仁政与忠君思想,象作者那样不作任何分析,一概予以否定,是否正确?正如对待一切复杂事物不能用简单结论代替具体分析,我以为对不同封建文人或他们在不同历史条件下所表现出来的仁政与忠君思想,根据其不同的客观影响,也还有区别对待的余地。

杜甫的仁政思想有其欺骗一面,忠君思想有某愚忠一面,这些都是应予批判剔除的糟粕。但他在大地主阶级统治下政治腐败、社会黑暗、人民生活极端痛苦的严重时刻,从关心朝廷安危,同情人民疾苦的思想出发,要求皇帝施行某些仁政,如轻徭薄赋,惩治贪污,厉行节俭,要多少顾点人民的死活之类,尽管解决不了阶级对立的根本问题,大地主统治集团也许毫未理睬他的建议,姑且不说杜甫以无权无势之身这样提出不是要存心欺骗,他的这种愿望、理想,在当时历史条件下不是比大地主大官僚们宁愿无限制地加强压迫剥削的暴政思想好一些么? 这种愿望、理想在一定程度上符合当时人民的要求,对当时人民认识大地主统治的残暴性也会有一定作用,难道不能够把这看为对人民有较好态度的一种表现么? 能否说,从长期来看,象杜甫这样阶层地位的诗人,他对生民疾苦的描写以及改革黑暗政治的要求,对广大人民后来不断掀起的反抗封建暴政斗争,以及人民终于把地主阶级专政打倒,在历史上也起了一定的进步作用。

杜甫当然是始终拥护封建君主制度的。但除了歌颂和美化,他对君主也有劝谕、讽刺,甚至好心的恫吓。"朱门任倾夺,赤族迭罹殃"(《壮游》),"富家厨肉臭,战地骸骨白"(《驱竖子摘苍耳》),朱门和富家的罪恶自然和君主的庇护有关。"高马达官厌酒肉,此辈杼轴茅茨空"(《岁晏行》),"自古圣贤皆薄命,奸雄恶少尽封侯"(《锦树行》),奸雄恶少变成高马达官,难道不是君主给封的?"君已富土境,开边一何多"(《前出塞》),"边庭流血成海水,武皇开边意未已"(《兵车行》),难道不是直接点到君主身上了么? 至于"受谏无今日,临危忆古人。纷纷骑白马,攘攘著黄巾"(《遣忧》),则还是向君主在进行恫吓了。不消说,在杜甫,这都出于他忠君的一片诚心,是恨铁不成钢的语言。不过客观上也反映出现实的某些真相,有些想法不无进步意义。不能因为有"忠君"的动机和外壳,就完全不理会其中可能存在的合理因素,而一律斥之为糟粕。

毛泽东说过:"我们仅仅施仁政于人民内部,"(《论人民民主专政》)"对人民,我们是要施仁政的。"(《抗美援朝的伟大胜利和今后的任务》)无产阶级并不是反对一切仁政,对仁政应作阶级的、历史的分析。"四人帮"看见"仁政"二字就反对,把"仁政"看作与无产阶级专政完全对立的东西。他们把反对或妨碍自己篡党夺权阴谋的大批革命老干部和许多知识分子都当成了决不施行仁政的"专政对象",而把甘心出卖灵魂,向他们无耻"效忠"的家伙封为"坚定的左派",十足地表现出了假左真右的反动面目。他们不加分析地反对一切仁政与忠君思想的复杂表现,理论上没有说服力,实践上是虚伪的,别有用心的。作者在这方面的观点也没有离开"四人帮"的窠臼。

三、关于取得成就的原因

　　杜甫是唐代伟大的政治诗人。作者分析他取得这样成就的原因,首先是世界观能突破儒家的束缚,后期有重法轻儒的一面。作者在论述杜甫诗歌内容时曾反复举出所谓儒法两家思想对杜甫创作所产生的损害或促进的作用。他说:杜甫谴责横征暴敛是好的,但儒家思想使他"表现了唯心主义的政治观点,表现了皇帝圣明,官吏贪污",而由于儒家路线对他的种种压制,使他对当时"任人唯亲"的儒家政策越来越感到不满,终于从对杨国忠作过歌颂,而在《北征》里变为责骂杨是奸臣;他写出了悲惨的社会面貌,"实际上也反映了当时儒家政治路线的腐朽";他反映社会离乱,创作出了不少名篇,但如"三吏"、"三别"之类,潼关的失守和九节度相州之败,原是玄宗、肃宗推行儒家路线的结果,而杜甫却把责任完全推在将领身上或归结为叛军的狡猾和强大;他忧国伤时,指责分裂,反对叛乱的重法思想是好的,一再为唐王朝统治集团辩护这种儒家思想又"严重限制"了他,等等。按照作者的逻辑,如果是一个法家,那么至少就可以写出思想价值最高的作品来了。

　　可是为什么被作者捧为既具有"政治魄力","也能诗文"的大"法家"武则天只留下了几首充满庙堂气息而又味同嚼蜡的东西呢?

　　杜甫所以能写出许多有价值的作品,取得那样高的艺术成就,除掉他有受压制的政治遭遇,离乱生活的深刻体验,和多方面的艺术修养之外,在世界观方面,自然也有其原因的。这就是他一直厌恶大地主执政集团的腐朽统治,一直痛恨达官贵族的荒淫无耻,非常关怀广大人民的疾苦,迫切要求平定叛乱,恢复统一,发展生产,改善民生。"幽阴成颇杂,恶木剪还多"(《恶树》),"新松恨不高千尺,恶竹应须斩万竿"(《将赴成都草堂途中有作先寄严郑公五首》),这些诗反映了他思想中疾恶如仇,除恶务尽的宝贵精神。更为难得的是,杜甫即使在个人饥走四方,很不得志的时候,他也始终没有放弃这些思想。"在家常早起,忧国愿年丰"(《吾宗》),"落日心犹壮,秋风病欲苏"(《江汉》),"济时敢爱死,寂寞壮心惊"(《岁寒》),这些诗活现出一个人老志不衰,始终没有忘怀国事,仍想有所作为的动人形象。

杜甫自己说过,为文"贵切时务"(《乾元元年华州试进士策问五首》),也曾表白过自己一向有"见时危急,敢爱生死"(《祭故相国清河房公文》)的思想准备。《新唐书》本传赞说他"善陈时事",是对的,他的大量被称为"诗史"的作品就是最好的证据。王嗣奭曾说:"杜少陵……当奔走流离,衣食且不给,而于国家理乱安危之故,用人行政之得失,生民之利病,军机之胜负,地势之险要,夷虏之向背,无不见之于诗。陈之详确,出之恳挚,非平日留心世务,何以有此?"(《管天笔记外编·尚论》)杜甫批判黑暗现实,关心人民疾苦,善陈时事,这种思想在地主阶级思想家中的确很难得,同"重法轻儒"有什么关系?

杜甫这种思想,虽然并没有超出地主阶级所能允许的范围,比起他同时的许多地主阶级人物来,应该说其中有些民主成分。"安得鞭雷公,谤沱洗吴越"(《喜雨》),反映了他的严重的阶级局限,"盗贼本王臣"(《有感五首》)则反映了他思想中一些不满大地主统治的可贵因素。正是他思想中的民主因素起了积极作用,结合其他方面的条件,才使杜甫写出了很多具有光辉成就的作品。

"四人帮"的御用文人早在1975年就已硬把杜甫的巨大成就记在他"重法轻儒"的账上,说什么"杜甫的成就来源于杜甫世界观中突破儒家思想束缚的进步成分"(《杜甫的再评论》)。对照一下,就可知道,作者的观点即来自这里。

四、关于文学思想

作者不放弃任何机会来宣扬"儒法斗争"的模式,这在他论及杜甫的文学思想时也使人看得十分清楚。

杜甫的文学思想,前面谈到的"贵切时务"应当是极重要的一点,不但指导着他自己的创作,对后来白居易等发动的新乐府运动也起了直接的作用。此外,象表现在《戏为六绝句》、《解闷五首》、《偶题》等诗中的文学思想,也一向被公认为具有重要意义。作者却完全丢开这些不谈,实际上只抓住"读书破万卷,下笔如有神"两句来批判了一通,实在令人奇怪。

作者批判"读书破万卷"说:"这是创作方面的读书万能论",杜甫这样"把古人的书当作文学唯一的养料","正是儒家思想在他身上的表现",是"宣扬了创作不要生活,只要书本的唯心观点。"杜甫什么时候表示过写诗只要读书,不要生活?单从这两句诗,怎么就能得出"读书万能论"的结论?难道杜甫一生的创作实践中果然有什么"读书万能论"么?杜甫这是在写诗,不是写创作法讲义,不过强调了读书(包括前代和同时代作者的文学作品)的重要性而已。如果杜甫真的不要生活,为什么他并没有老坐在家里一味读书?作者自己接下去也说:"杜甫自己的作品,就可以证明他这种论点的错误。"其实,杜甫本不曾有这样错误的论点,可以证明的倒是作者自己推论的错误。杜甫的文学思想,是不会同他自己一生的创作实践恰恰相反的。

作者指责"杜甫论诗经常以'有神'来作为评价的最高标准","这是神秘主义的玄谈","实际是儒家唯心的先验论和天才论的变种"。杜甫的确常用"如有神"、"若有神"、"觉有神"、"有神助"一类字眼,但是否看见谁的文字里出现了"神"这字眼,就可说它必然是"神秘主义"或"玄谈"? 用"如神"、"神妙"、"神通"、"入神"这类字眼来形容某种高度巧妙的才能或境界,今天也还常见,同"神秘主义"、"玄谈"根本没有必然的关系。杜甫论诗用"神"字,多数亦不出此范围。在杜甫的思想体系中,当然不是绝对没有神秘主义和玄谈的因素,例如他就相信冥冥之中存在着云师、真宰、雷公之类神物,但他又说:"安得诛云师,畴能补天漏"(《九日寄岑参》),"吾将罪真宰,意欲铲叠嶂"(《剑门》),"安得鞭雷公,滂沱洗吴越(《喜雨》),表明他对神物的态度是似信非信,颇不庄敬的。有时他就干脆否定神物迷信:"自古虽有厌胜法,天生江水向东流,""先王作法皆正道,诡怪何得参人谋"(《石犀行》)。既然如此,作者有什么确实的根据和理由,一定要把杜甫这些一般人都时常借用的话头严重地判定为宣传了什么"神秘主义的玄谈"? 同样奇怪的是,作者前面刚刚狠批了杜甫的"神秘主义",接下去却又指出杜甫具有"转益多师是汝师"、"新诗改罢自长吟"、"颇学阴何苦用心"等"在学习和创作方面的严肃态度"。指出杜甫具有这种严肃态度是应该的,符合实际的。这种严肃态度是杜甫创作实践的一大特点,正好反证所谓"神秘主义的玄谈"基本是硬加给他的不实之辞。

作者在这里是丢了西瓜,单找芝麻,无法使人相信他真要论述杜甫的文学思想。批判杜甫有所谓"读书万能论",无非借此响应"四人帮"的"读书有害论"和对"智育第一"的胡乱叫嚷罢了。

五、关于扬李抑杜

李杜优劣论原是文学史上一个老问题。无非三种情况:扬杜抑李;扬李抑杜;对李杜承认各有突出贡献,不加抑扬,硬分优劣。有所抑扬也好,不硬分优劣也好,只要言之就理,各抒己见,原也不必强求一致的。

作者是扬李抑杜的。理由有这样三个:第一,"关于李杜的评价,首先应着眼于他们作品的思想内容"。李白诗中有明显的尊法反儒倾向,而杜甫虽有变化,还只是轻儒重法。第二,"李白对传统的儒家礼法表示了飞扬跋扈的叛逆精神,杜甫在做人和作诗方面都表现一种因循守旧的态度"。第三,大"法家"王安石和明代的王世贞等说,李白的艺术成就也比杜甫高。据作者引证,他们说杜甫"好句亦自有数","不成语者多",而李白则"大体俊逸","不成语者少"。

看了他列举的这三个理由,不能不使人怀疑:第一,儒法之分不必谈了,作者为什么这样看重"儒"或"法"的思想,而不从作品的客观社会效果去进行衡量呢?第二,杜甫固然有忠君思想,甚至其中还有愚忠的成分,但李白难道真是地主阶级的"叛逆"者么?作者自己也说过:"当然,李白是一个君权主义者,是忠君的"(页168),而且承认:"象《北征》、《三吏》、《三别》一类的作品,在李白的集子中也是没有的",那为什么笔锋一转,只根据一些生活细节,便马上得出一是"飞扬跋扈",一是"因循守旧",高下极为悬殊的结论来呢?第三,李、杜艺术成就的高下,本来尽可作出自己的判断,无须借助"法家"人物的牌子来助威。当然,如果说得对,有些道理,假借也可以。但难道他们的看法真是这样的么?

王安石对杜甫的评价,本集里分明有材料。《杜甫画像》一诗对杜甫作了全面的赞赏,所谓"吾观少陵诗,谓与元气侔",当然也包括杜甫的艺术成就在内。他说:"诗人况又多穷愁,李杜亦不为公侯"(《哭梅圣俞》),把李、杜并称。但他实际上更爱杜甫的诗:"予考古之诗,尤爱杜甫氏作者,其辞所从出,一莫知穷极,而病未能学也"(《老杜诗后集序》)。称述王安石的意见,却不引用本集里最可靠的材料,为什么?

作者从胡仔《苕溪渔隐丛话》中找材料,其中引《遯斋闲览》的一段话,这样记载王安石对李、杜两人诗的意见:"白之歌诗,豪放飘逸,人固莫及,然其格止于此而已,不知变也。至于甫,则悲欢穷泰,发敛抑扬,疾徐纵横,无施不可。故其诗有平淡简易者,有绵丽精确者,有严重威武若三军之帅者,有奋迅驰骤若泛驾之马者,有淡泊闲静若山谷隐士者,有风流酝籍若贵介公子者,盖其诗绪密而思深,观者苟不能臻其阃奥,未易识其妙处,夫岂浅近者所能窥哉,此甫所以光掩前人,而后来无继也。元稹以为兼人所独专,斯言信矣。"(《丛话》前集卷六)这条材料虽出于别人转述,却和本集中有关材料基本一致,可以帮助说明王安石的观点,作者为什么不引?

作者引用了《丛话》中《钟山语录》的一条有关材料。但《钟山语录》另一条有关材料他却不引。这条材料说:"荆公次第四家诗,以李白最下,俗人多疑之。公曰:'白诗近俗,人易悦故也。白识见污下,十首九说妇人与酒。然其才豪俊,亦可取也。'"(《丛话》前集卷六)这条材料是抑李的,倾向与本集和《邃斋闲览》一段话近似。作者节引的一条,原来是这样的:"杜甫固奇,就其分择之,好句亦自有数。李白虽无深意,大体俊逸,无疏谬处。"(《丛话》前集卷十四)作者引用时,竟把加点的文字省略掉了! 原意是在"固奇"的前提下,指出杜甫"好句亦自有数"的,是在"虽无深意"的前提下,指出李白的"大体俊逸"的。语气之间还是扬杜而抑李。但经作者"精心"省略之后,变成扬李而抑杜了。

对王安石的观点如此制造,对王世贞的观点是否比较符合原意呢? 在《艺苑卮言》卷四里,下面这几条材料都在一起,作者肯定读过:

> 十首以前,少陵较难入,百首以后,青莲较易厌。扬之则高华,抑之则沉实,有色有声,有气有骨,有味有态。浓淡深浅,奇正开阖,各极其则,吾不能不伏膺少陵。
>
> 岑参、李益诗语不多,而结法撰意,雷同者几半。始信少陵如韩淮阴,多多益办耳。
>
> 太白不成语者少,老杜不成语者多。如"无食无儿"、"举家闻若歠"之类。凡看二公诗,不必病其累句,不必曲为之护。正使瑕瑜不掩,亦是大家。

请看,作者单独挑来的"太白不成语者少,老杜不成语者多"两句,能够代表王世贞对李、杜艺术成就的评价么?

元稹是扬杜抑李的。其《唐故工部员外郎杜君墓系铭并序》中后面所说"至若铺张终始,排比声韵,大或千言,次犹数百,词气豪迈,而风调清深,属对律切,而脱弃凡近,则李尚不能历其藩翰,况堂奥乎"这一段,的确很不公允,也未抓住要害。但元稹这一段,只是全文的一小部分,"至若"的语气,表示是附带涉及的,他对杜甫的赞美,主要在其"上薄风骚,下该沈、宋,言傍苏、李,气夺曹、刘,掩颜、谢之孤高,杂徐、庾之流丽,尽得古今之体势,而兼人人之所独专"(《元氏长庆集》卷六十六)。而所谓"上薄风骚"云云的具体内容,主要乃指其"干预教化","指事言情,自非有为而为,则文不妄作"的精神,联系杜甫那些最有价值的

794

诗歌来看,元稹的这些话难道也是"荒谬"的?只因元稹这些话不对自己的口径,就以偏概全,统统抹煞,至少不是科学的态度。

作者还拉了元好问对元稹后面一段话的评论来为自己的观点帮腔。元的《论诗绝句》中有一首说:"排比铺张特一途,藩篱如此亦区区。少陵自有连城璧,争奈微之识碔砆。"(《遗山先生文集》卷十一)前面说过,元稹后面一段话有很大片面性,元好问提出批评是对的,但元稹前面也不是没有看到杜甫的大处,所以元好问指责他只识"碔砆"(似玉之石)亦是过了头的。再加,看看元好问是如何赞赏杜诗艺术成就的罢:"其诗如元气淋漓,随物赋形,如三江五湖,合而为海,浩浩瀚瀚,无有涯涘;如祥光庆云,千变万化,不可名状,固学者之所以动心而骇目。"(《杜诗学引》,同上卷三十六)元好问何尝能为作者的观点帮多少忙呢?

李白、杜甫都是我国历史上伟大的诗人,各有其突出的成就与贡献,我认为不必要就其总体扬此抑彼,强分优劣。我并不完全同意王安石、王世贞、元好问、元稹等人扬杜抑李的观点。作者要扬李抑杜,当然可以,但他的目的乃在于尊法反儒,鼓吹"儒法斗争"的模式。为了这个目的,如上所述,他竟可以随意歪曲、改造前人的观点,然后再把经过自己歪曲改造的前人观点,拿来给自己的观点助威。须知这是在介绍前人的观点,并不是表达你自己的。作者在这方面表现出来的实用主义态度实在令人吃惊,极感意外。作者在错误的道路上的确已走得够远了。

六、关于"尊孔派苏轼"

在古代作家中,"四人帮"对苏轼骂得最多、最凶。因为苏轼不但反对过他们借以自命的大"法家"王安石的某些主张,而且他集子里有很多观点,对"四人帮"所造的反革命舆论是不利的。例如:江青吹捧吕后,苏轼则说吕后有"邪谋","擅王诸吕,废黜刘氏",而大赞诛灭诸吕的周勃和陈平。"四人帮"大骂霍光,他却赞美霍光"才不足而气节有余",捍卫了汉武帝的事业。因此"四人帮"就把他看成眼中钉,必须把他彻底打倒,免得人们还会受他作品的影响。1973年,一位历史学家就说苏轼是竭立维护旧制度的顽固派(《读柳宗元〈封建论〉》),后来又指出苏轼是比程颐"更进了一步"的儒家,"完全用儒家仁义道德的说教来攻击诸葛亮"这个法家,"只有宋襄公那种蠢猪式的仁义道德才合乎苏轼的口味"(《诸葛亮和法家路线》)。更有甚者的是罗思鼎骂苏轼"是典型的投机派"、"恪信儒家信条的孔孟之徒"(《从王安石变法看儒法论战的演变》),又说"苏轼这个儒家之徒所写的诗竭力为韩愈翻案"(《评淮西之捷——读〈旧唐书·李愬传〉》)。同时梁效也宣称"大地主保守势力的代言人苏轼更进一步宣扬杜甫在'流落饥寒,终身不用'的情况下,能够做到'一饭未尝忘君',把他列为古今诗人之首……显然是为了维护大地主的反动统治"(《杜甫的再评论》)。苏轼,当然有种种局限,今天是应予分析批判的,但对他的这些攻击,却绝大多数是诬蔑不实之辞。

新版《发展史》作者在这方面也未落后。就在论及杜甫的部分,他先说"尊孔派"苏轼对杜甫的儒家思想特别"赞赏";又说宋代开始,由于"杜甫某些体现儒家思想的作品,迎合封建士大夫的需要",所以突出宣扬杜甫,使杜甫的地位越来越高,而"在这问题上,苏轼的意见是最有代表性的。"苏轼是怎样"以孔孟之道的政治标准来尊杜"的呢? 根据就是:

> 若夫发于情,止于忠孝者,其诗岂可同日而语哉! 古今诗人众矣,而杜子美为首,岂非以其流落饥寒,终身不用,而一饭未尝忘君也欤?(《王定国诗集叙》)

苏轼这段话,写在贬居黄州时期。他另有《与王定国书》谈起这个问题:"杜子美困厄中一饮一食未尝忘君,诗人以来,一人而已。今见定国每有书,皆有感恩念咎之语,甚得诗人之本意。仆虽不肖,亦当仿佛于庶儿也。"这信开头还有"罪大责轻,得此已幸"之语。可见,他对杜诗的这一评论,是在当时对贬了他的皇帝仍必须不断表示"感恩念咎"的具体情况下写出来的,他虽在评论杜甫,也是借此继续向皇帝表示自己的忠心。这不是说苏轼的评论非出本心,只想说他把杜甫的忠心强调到一饭不忘的程度,很可能是同他当时的处境有关系。

前已说过,地主阶级思想家都忠君;先秦法家的绝对君权主义远比先秦儒家厉害。杜甫有忠君思想,以及苏轼称赞杜甫的忠君思想,都不足以证明他们是儒家,证明他们的这种思想一定全是反动思想,在杜甫以忠君为外壳的思想中,有不少是与抗击外族侵扰,平叛统一有密切联系的,有些是因忠君而爱及邦本,同反对狂征暴敛,同情生民疾苦密切联系的。而苏轼自己的忠君思想,主要也不是绝对君权主义和愚忠。他曾说:"孟子既没,有申、商、韩非之学,违道而趋利,残民以厚主,其说至陋也。"(《六一居士集叙》)他反对"残民以厚主",是不错的。他佩服诸葛亮,称赞《出师表》"简而不尽,直而不肆,大哉言乎",认为诸葛亮在文中对刘禅的态度"非秦汉以来以事君为悦者所能至也"(《乐全先生集叙》),因为诸葛亮对刘禅并不是一味恭顺,而是有所开导,有所忠告,决不是"以事君为悦"。他借用夏侯湛赞东方朔"戏万乘若僚友,视俦列如草芥"的话来赞美李白(《李太白碑阴记》);他用"忠犯人主之怒,……作书诋佛讥君王"(《韩文公庙碑》)来称赞韩愈;他用"以救时行道为贤,以犯颜纳谏为忠"(《六一居士集叙》)来称赞欧阳修;他曾当面告诉皇帝:"大臣以道事君,不可则止,然后可以托六尺之孤,可以寄百里之命。若与时上下,随人俯仰,虽或适用于一时,何足谓之大臣,为社稷之卫哉。"(《迩英进读·叔孙通不能致二生》)表明了他对忠臣的看法。

根据上述,可知苏轼对杜甫"流落饥寒,终身不用,而一饭未尝忘君"的赞美,其具体内容不会是其愚忠的部分,当是指其批判黑暗政治,要求平叛统一,为君而惜民的部分。在这种赞美中,当然也还是反映了地主阶级偏见,但在当时历史条件下,赞美这样的内容,既不足以严责杜甫,也不足以构成苏轼有什么大罪。

何况,苏轼对杜甫还赞美了其它方面,如:"李太白、杜子美以英玮绝世之姿,凌跨百代,古今诗人尽废"(《书黄子思诗集后》),"诗至于杜子美……而古今之变,天下之能事毕矣"(《书吴道子画后》),"颜鲁公书,雄秀独出,一变古法,如杜子美诗,格力天纵,奄有汉魏晋宋以来风流。后之作者,殆难复措手"(《书唐氏六家书后》)。

所以,作者在讨论杜甫的时候,一再拉出苏轼来批判,不过是为了迎合某种政治宣传的需要罢了。

以上从几个方面简略揭举了新版《中国文学发展史》杜甫部分中存在的问题。作者竭力用"儒法斗争"的模式来修订旧作,真可谓"路头一差,愈骛愈远"(《沧浪诗话·诗辨》)。作者这样来修订一部学术著作,结果落得基本观点完全错误,许多材料经不起检查,实在是一种严重的教训。苏轼有段话说得颇有意思:"士之求仕也,志于得也,仕而不志于得者,伪也。苟志于得,而不以其道,视时上下而变其学,曰:'吾期得而已矣',则凡可以得者,无不为也,而可乎?"(《送进士诗叙》)在今天,离开了马克思列宁主义的革命原则和正直为人的应有品德,而一味求得,实在是十分危险的。

1978 年 7 月 2 日

中国文艺理论中的形象
与形象思维问题

毛泽东同志在 1965 年 7 月 21 日给陈毅同志谈诗的一封信中,再三提出了"诗要用形象思维"的问题。并且指出:"宋人多数不懂诗是要用形象思维的,一反唐人规律,所以味同嚼蜡。"这些话大体总结了历代诗歌创作以及各种文艺样式的艺术规律。

作为文艺创作的特殊规律,虽然我国古代文论中并没有"形象思维"这一概念,但以我国历史之久、文化发达之早、优秀文艺遗产之无比丰富。我们祖先在长期、多样的斗争生活和创作实践中,实际上早就接触、探索了这个重大问题,并随着文艺的历史发展,认识不断有所提高、深化。远在西方文论对此问题讨论之前,在我国古代文化中就已对这问题作过不少研究和描述,其中有些研究和描述不但很中肯、深刻,而且其表达方式还具有我们民族的,为人民喜闻乐见的风格、特点。古代优秀的理论家、作家们在文艺创作上积累了丰富的经验,写出了许多好作品,建立了理论,形成了传统。虽然由于各种条件的限制,他们对艺术规律不可能谈得象今天这样较为完整、科学,特别是不可能密切结合革命斗争的需要来认识这个问题的重要意义,但他们给我们留下的大量宝贵资料中,的确存在着许多合理、闪光的东西,值得我们学习、整理、总结、批判地继承。古人对艺术规律的某些深刻认识,不但对繁荣社会主义文艺创作,提高艺术水平,发扬理论批评的民族风格还能起积极的促进作用,对继续清除"四人帮"在文艺领域里散布的种种谬论,也有帮助。

下面想主要根据古代文论发展成熟时期陆机、刘勰、钟嵘等代表性理论家的著作,和我国诗歌成就最高的唐代,以及"多数不懂诗是要用形象思维"的宋代的部分理论斗争资料,来对古代文艺理论中的形象和形象思维问题从若干方面作些初步的整理和探讨。

一、驭文之首术,谋篇之大端

我们古代优秀的文艺理论家早已明白指出:写出形象和用形象思维,对文艺创作来说,是"驭文之首术,谋篇之大端"。

距今大约一千七百年前,晋代作家、理论家陆机就已对文艺创作的思维过程作了如此生动的描绘:

> 其始也,皆收视反听,耽思傍讯,精骛八极,心游万仞。其致也,情瞳昽而弥鲜,物昭晰而互进,倾群言之沥液,漱六艺之芳润,浮天渊以安流,濯下泉而潜浸。于是沈辞怫悦,若游鱼衔钩而出重渊之深;浮藻联翩,若翰鸟缨缴而坠曾云之峻。收百世之阙文,采千载之遗韵,谢朝华于已披,启夕秀于未振,观古今于须臾,抚四海于一瞬。
>
> 然后选义按部,考辞就班,抱景者咸叩,怀响者毕弹。或因枝以振叶,或沿波而讨源,或本隐以之显,或求易而得难,或虎变而兽扰,或龙见而鸟澜,或妥帖而易施,或岨峿而不安。罄澄心以凝思,眇众虑而为言,笼天地于形内,挫万物于笔端。①

此后约两百年,南朝梁代刘勰在其专门名著《文心雕龙》里又作了进一步的描述:

> 古人云:形在江海之上,心存魏阙之下,神思之谓也。文之思也,其神远矣。故寂然凝虑,思接千载;悄焉动容,视通万里。吟咏之间,吐纳珠玉之声;眉睫之前,卷舒风云之色,其思理之致乎。故思理为妙,神与物游。神居胸臆,而志气统其关键;物沿耳目,而辞令管其枢机。枢机方通,则物无隐貌;关键将塞,则神有遁心。是以陶钧文思,贵在虚静,疏瀹五藏,澡雪精神,积学以储宝,酌理以富才,研阅以穷照,驯致以绎辞。然后使玄解之宰,寻声律而定墨;独照之匠,窥意象而运斤。此盖驭文之首术,谋

---

① 《陆士衡集》卷一《文赋》。

篇之大端。①

"笼天地于形内，挫万物于笔端"，这就是要写出形象，"独造之匠，窥意象而运斤"，这就是要运用形象思维的方法，当某种富有寓意的形象已经在头脑里酝酿成熟，已有成竹在胸的时候，才下笔去写。可以看得出来，文艺史上这两位理论先驱把这种从生活到创作、从感受到概括、从构思到修辞的创作全过程中驰骋想象、辛苦创造的精神活动已描述得多么细微、生动。非常值得注意的是，他们都没有把艺术思维活动仅仅局限在创作构思的阶段之中，而是一直贯穿到作品的完成。并明白指出，这是"驭文之首术，谋篇之大端"，对文艺创作是不能违背的规律。

在他们笔下，艺术思维的能量是极大的。百世、千载、古今、四海、天渊、下泉，没有什么地方是它不能到达的，没有什么时间距离能把它隔阂起来。它能使客观存在的事物没法隐藏住形貌，涌现在作家心中的感情、思想化成具体的意象而得到充分表现。这一点，也表明他们对具有特征的艺术思维的力量，已有相当清楚的认识：这是和撰写学术论著不同的一种思维，它在认识生活反映生活方面的力量和作用却是同等重大的。当然不是任何一个从事艺术思维的人都能达到同样程度的成功，所以刘勰提出了一系列应该具备的条件。

艺术思维的过程往往是微妙曲折的，不同作家由于各自条件不同，精神活动还有其个人的特点。但文艺创作不能违背这个规律，违背了就写不出真正的文艺作品，这却是凡有这种实践经验的人都承认的。陆机、刘勰的观点，正来自前人经验的总结。

在文艺创作中，想象起着最积极的作用。马克思说："想象力，这个十分强烈地促进人类发展的伟大天赋"，很早"已经开始创造出了还不是用文字来记载的神话、传奇和传说的文学，并且给予了人类以强大的影响。"②没有想象，缺乏这一种活动能力，也就不可能进行形象思维，写出典型形象。而陆机《文赋》中这些话和刘勰所讲的"神思"，应该说，在很大程度上已表现出今天所说形象和形象思维的特征。这是我国古代文艺理论家对人类文艺科学的一个重

---

① 《文心雕龙·神思》。
② 《马克思恩格斯论艺术》，第2卷第5页。

要贡献。

二、随物宛转,挫物笔端

社会生活是文艺创作的源泉,文艺创作是一定的社会生活在作家头脑中反映的产物。没有社会生活,就没有文艺作品,脱离了社会生活,无法进行文艺创作,歪曲了社会生活,就写不出有价值的作品。古代优秀的理论家在确认形象思维是文艺创作的特殊规律的同时,也确认形象思维的基础、对象是客观存在的"物",作家进行文艺创作的全部精神活动,决不应当是脱离了或歪曲了"物"来搞的一套主观妄为的把戏。

在《文赋》里,陆机毫不惮烦地指出,在进行形象思维时,引起作家种种思想感情的,是物:

> 遵四时以叹逝,瞻万物而思纷。

在作家的脑子里纷纷涌现的,是物:

> 情瞳昽而弥鲜,物昭晰而互进。

使作家要求在笔下描写出来的,是物:

> 笼天地于形内,挫万物于笔端。

使作家感到形形色色,千姿万态,不易描写,或难以写得恰到好处的,是物:

> 恒患意不称物,文不逮意。
> 体有万殊,物无一量,纷纭挥霍,形难为状。

使作家觉得应该用多种形式、风格来表现的依据,是物:

> 其为物也多姿,其为体也屡迁。

801

而使作家知难而进,想尽方法,一定要充分描写出来的,也还是物:

虽离方而遁员,期穷形而尽相。

接着,刘勰继承并发展了陆机这一基本观点。他说:

原夫登高之旨,盖睹物兴情。①
人禀七情,应物斯感。②
物色之动,心亦摇焉。③
情以物迁,辞以情发。④

这是说物引起了作家的感情。

岁有其物,物有其容。……诗人感物,联类不穷。
……体物为妙,功在密附。⑤
诗人比兴,触物圆览。⑥

这是说事物繁多,物状变化无穷,把它们描绘出来,要仔细讲究方法,而诗人们常用的比兴之法,正是他们广泛接触客观事物,并经周密观察后摸索总结出来的。

情以物兴,故义必明雅;物以情观,故词必巧丽。⑦
物虽胡越,合则肝胆,拟容取心,断辞必敢。⑧
流连万象之际,沉吟视听之区。写气图貌,既随物以宛转;属采附声,亦与心而徘徊。⑨

---

① 《文心雕龙·诠赋》。
② 《文心雕龙·明诗》。
③④ 《文心雕龙·物色》。
⑤⑨ 《文心雕龙·物色》。
⑥⑧ 《文心雕龙·比兴》。
⑦ 《文心雕龙·明诗》。

这就不仅说明了物与情的主附关系,还指出了在"随物以宛转","期穷形而尽相",进行维妙维肖的描写之后,进一步更应"拟容取心"写出事物的精神、本质。

南朝梁代的卓越诗论家钟嵘,在形象思维应该凭借客观事物这一点上,同陆机、刘勰的观点是一致的:

> 气之动物,物之感人,故摇荡性情,形诸舞咏。

接着他还对物作了分析,指出有自然界的物,如四候;有社会生活的物,如种种悲欢、离合、生死、成败:

> 若乃春风春鸟,秋月秋蝉,夏云暑雨,冬月祁寒,斯四候之感诸诗者也。嘉会寄诗以亲,离群托诗以怨。至于楚臣去境,汉妾辞宫,或骨横朔野,魂逐飞蓬;或负戈外戍,杀气雄边,塞客衣单,孀闺泪尽;或士有解佩出朝,一去忘返;女有扬蛾入宠,再盼倾国。凡斯种种,感荡心灵,非陈诗何以展其义,非长歌何以骋其情?[①]

应该说,社会生活中的物,比起自然界的物来,在文艺创作中占有更重要的地位。只有寓情于景,情景交融,构成了某种具有社会内容的意境,自然描写才有较大价值。钟嵘所说面对种种不能使人平静的社会事件,特别是那种不公平的遭遇,"非陈诗何以展其义,非长歌何以骋其情",既说明了包括诗歌在内的文艺作品所以产生的社会原因,也说明了文艺作品必须反映社会生活,干预生活中的重大问题,才能适应人民的要求。钟嵘这一观点,乃是刘勰"文变染乎世情,兴废系乎时序"[②]的进一步发挥。联系到齐、梁时代上层贵族文人一味在追求华丽词藻的环境,我们就会感到,他这观点是很有历史进步意义的。

文艺创作中的朴素唯物观点,古代不仅优秀的理论家有,优秀的作家也有。伟大诗人杜甫多次这样说过:

---

① 《诗品·总论》。
② 《文心雕龙·时序》。

物微意不浅,感动一沉吟。①

物情尤可见,词客未能忘。②

登临多物色,陶冶赖诗篇。③

浮生看物变,为恨与年深。④

英雄割据非天意,霸主并吞在物情。⑤

杜甫如此重物,多才多艺的苏轼也一样。苏轼说:"夫昔之为文者,非能为之为工,乃不能不为之为工也,""凡耳目之所接者,杂然有触于中,而发于咏叹,""非勉强所为之文。"⑥也就是说,被客观事物激发,言之有物的文章,才可能是好文章。他又说:

> 求物之妙,如系风捕景,能使是物了然于心者,盖千万人而不一遇也,而况能使了然于口与手者乎?是之谓辞达。⑦
>
> 孔子曰:"辞,达而已矣"。物固有是理,患不知之。知之,患不能达之于口与手。辞者,达是而已矣。⑧
>
> 吾文如万斛泉源,不择地皆可出。在平地滔滔汩汩,虽一日千里无难,及其与山石曲折,随物赋形,而不可知也。所可知者,常行于所当行,常止于不可不止,如是而已矣。其他,虽吾亦不能知也。⑨

这都是苏轼论文的著名观点。文章要写得好,既要言之有物,又要把物描绘得好。怎样才能把物写好?这就应该"随物赋形",写出物的固有之理,而要写出物理,不但应了然于心,还要求能了然于口与手,讲得来,写得出。苏轼的优秀作品,人称其嬉笑怒骂,皆成文章,千变万化,都有生动自然之致。他的秘密不

---

① 《钱注杜诗》卷十《病马》。

② 《钱注杜诗》卷十《寄彭州高三十五使君适虢州岑二十七长史参三十韵》。

③ 《钱注杜诗》卷十五《秋日夔府咏怀奉寄郑监李宾客一百韵》。

④ 《钱注杜诗》卷十六《又示两儿》。

⑤ 《钱注杜诗》卷十四《夔州歌十绝句》。

⑥ 《苏东坡集》卷二十四《南行前集叙》。

⑦ 《苏东坡集后集》卷十四《答谢民师书》。

⑧ 《苏东坡集后集》卷十四《答虔倅俞括奉议书》。

⑨ 《东坡题跋》卷一《自评文》。

804

是别的，就在写物，随物赋形，表达出客观事物的固有之理。这样不但言之有物，而且自然决不会千篇一律。

南宋著名诗论家严羽，其《沧浪诗话》着重讨论文艺作品的艺术特征，以"妙悟"说诗，主张作诗不能一味讲究文字，乱逞才学，大发议论，而应通过描绘能够使人看了自己悟出诗中的寓意。有人以为他主观唯心，他却曾如此指出：

> 黄初之后，惟阮籍《咏怀》之作，极为高古，有建安风骨。[①]
> 诗而入神，至矣尽矣，蔑以加矣，惟李、杜得之，他人得之盖寡也。[②]
> 唐人好诗，多是征戍、迁谪、行旅、离别之作。往往能感动激发人意。[③]

这表明，在严羽心目中，使人得以"妙悟"的好诗，主要还是指反映社会现实的作品。他不过是主张诗要用形象思维而已，透过现象看实质，他的主张基本还是朴素唯物的。

艺术创作一定要用形象思维，脱离、歪曲了社会生活就无法用形象来思维，塑造不出真实的形象。千篇一律，千人一面，味同嚼蜡的东西，正就是这样粗制滥造出来的。

三、即物达情，理随物显

文艺创作的源泉是物，不能离开物，但作家不能单纯写物，还要抒写出他对所反映事物的爱憎感情，这就是文艺作品的抒情特点，古代理论家每称之为"吟咏情性"。在这里，物与情的关系，如刘勰所说，就是"人禀七情，应物斯感，感物吟志，莫非自然"[④]。但文艺作品里的写物与抒情，又不能分为两橛，而应该尽可能做到后来王夫之所说的"即物达情"，抒情也不能脱离形象和形象思维的规律。

我国古代早期的议论，多说文艺作品是言志的。如：

---

① 《沧浪诗话·诗评》。
② 《沧浪诗话·诗辩》。
③ 《沧浪诗话·诗评》。
④ 《文心雕龙·明诗》。

诗言志。①

诗以言志。②

诗者,志之所之也,在心为志,发言为诗。③

诗以道志。④

诗言是其志也。⑤

推此志也,虽与日月争光可也。⑥

这些材料中所说的"志",大致指某种义理、怀抱。这样说的时候,有的是从文艺作品应该直接表达某种义理、怀抱的观点出发的,有的则是从读诗的角度,读完之后,感觉到其中确实含有某种义理、怀抱。这往往是两种不同的作品,其中都有着作家的志。但事实上有区别,前者直接表达,可能主要是抽象说理的东西,不是真正的文艺作品。后者寓志于情境、意象之中,义理、怀抱是从形象体系中间接显示出来的,可能作家的志并不完全正确、深刻,但确是文艺作品。笼统说文艺作品言志,不足以表明它的艺术特征。

随着文艺创作的发展,它的"抒中情"⑦的特点愈来愈明显。《诗大序》不能不在依然说是"言志"的话头之后这样补充:

> 情动于中而形于言,言之不足故嗟叹之,嗟叹之不足故咏歌之,咏歌之不足,不知手之舞之,足之蹈之也。……国史明乎得失之迹,伤人伦之废,哀刑政之苛,吟咏情性,以风其上,达于事变而怀其旧俗者也。⑧

从笼统的"言志"到"吟咏情性",在古代文论的发展上是一大进步,表明人们对文艺作品的特点及其讽喻作用有了比较清楚的认识。这一观念,逐渐连保守思想严重的班固也不能不这样说了:

---

① 《尚书·虞书·舜典》。
② 《左传·襄公二十七年》。
③ 《诗毛氏传疏》卷一。
④ 《庄子·天下》。
⑤ 《荀子·儒效》。
⑥ 《史记》卷八十四《屈原贾生列传》。
⑦ 庄忌《哀时命》。
⑧ 《诗毛氏传疏》卷一。

自孝武立乐府而采歌谣，于是有代、赵之讴，秦、楚之风。皆感于哀乐，缘事而发，亦可以观风俗、知薄厚云。①

班固这里所谓"皆感于哀乐，缘事而发"，实际已为后人所说的"感物吟志"，"即物达情"作出了启发。不过文艺的这一特点，到陆机《文赋》里才以"诗缘情而绮靡"而被明白表述出来。这以后，虽然不断还有人说文艺作品要言志，主张直接说理，但屡起屡仆。而另有些言志的议论，如沈约所说：

民禀天地之灵，含五常之德。刚柔迭用，喜愠分情。夫志动于中，则歌咏外发。②

以及如刘勰所说的"感物吟志"，他们所说的志，则不过沿用旧语，实质已成为"缘情"、抒情的代词了。

文艺作品的抒情特征，在此后的文论中，越来越得到人们的肯定。刘勰还说：

情者，文之经；辞者，理之纬。③
展端于始，则设情以位体。④
诗人什篇，为情而造文。……吟咏情性，以讽其上，此为情而造文也。⑤
物以情观，故词必巧丽。⑥
因情立体，即体成势。⑦

可见，刘勰论文理，论结构，论作用，论辞采，论体势，都是以"吟咏情性"为根本的。钟嵘也一样：

---

① 《汉书》卷三十《艺文志》。
② 《宋书》卷六十七《谢灵运传论》。
③ 《文心雕龙·情采》。
④ 《文心雕龙·熔裁》。
⑤ 《文心雕龙·情采》。
⑥ 《文心雕龙·诠赋》。
⑦ 《文心雕龙·定势》。

若乃经国文符,应资博古;撰德驳奏,宜穷往烈。至乎吟咏情性,亦何贵于用事。①

唐代大诗人白居易说:

　　诗者:根情,苗言,华声,实义。②

宋代严羽说:

　　诗者,吟咏情性也。③

他们都说文艺作品是"吟咏情性"的,是否就不要表达义理、思想? 当然不是。在分成阶级的社会里,作家爱什么,憎什么,赞成什么,反对什么,尽管有时明显,有时不那么明显,感情深处总是蕴藏、体现出某种思想倾向和社会理想。归根到底,文艺作品的价值,总是离不开从它的思想倾向、社会理想如何、它在历史上起了什么作用来衡量。只是在优秀的文艺理论家看来,在文艺作品中,不但情应当是形象化了的情,即"即物达情"之情,理更应当是形象化了的理,是从感情倾向中显示出来的理,亦即"理随物显"之理。"即物达情","理随物显",八个字精确地表明了古代文论家对物、情、理三者在艺术表现中正确关系的认识,同时,这也正是文艺创作用形象思维的成果。

　　王夫之说:"《小雅·鹿鸣》之诗,全用比体,不道破一句,《三百篇》中创调也。要以俯仰物理,而咏叹之,用见理随物显,唯人所感,皆可类通。"④诗人在这首诗里主张"举贤用滞",但他这主张是不露痕迹地用比体显示出来的,没有直接发议论,更没有进行抽象的说教。优秀的文艺作品,总是有所议论,总有深刻的思想包含在里面,作家应该用描绘,使读者领悟到这种思想。有经验的读者宁愿通过具体的形象自己去感觉、认识作家所要议论的东西,而不想听作家直

---

① 《诗品·总论》。
② 《白氏长庆集》卷四十五《与元九书》。
③ 《沧浪诗话·诗辩》。
④ 《薑斋诗话》卷二。

接发一通议论。好的思想如果表现得不好，没有受到作家人格的印证，曾被别林斯基称为"不生产的资本"①，是有道理的。

情中有理，情理难于截然分开，所以虽说"吟咏情性"，有时仍"情义"、"情理"并举：

> 古诗之赋，以情义为本。②
> 情理设位，文采行乎其中。③

这样合举是可以的，因为所重仍在情。如果专发议论，抽象说教，就不对了。文艺史上多次发生过这种斗争。钟嵘指出：

> 永嘉时，贵黄老，稍尚虚谈，于时篇什，理过其辞，淡乎寡味。爰及江表，微波尚传，孙绰、许询、桓、庾诸公诗，皆平典似《道德论》，建安风力尽矣。先是郭景纯用俊上之才，变迁其体；刘越石仗清刚之气，赞成厥美。然彼众我寡，未能动俗。④

沈约也论述了这次斗争和取得胜利的过程：

> 有晋中兴，玄风独振，为学穷于柱下，博物止乎七篇，驰骋文辞，义殚乎此。自建武暨夫义熙，历载将百，虽缀响联辞，波属云委，莫不寄言上德，托意玄珠，遒丽之辞，无闻焉尔。仲文始革孙、许之风，叔源大变太元之气。爰逮宋氏，颜、谢腾声，灵运之兴会标举，延年之体裁明密，并方轨前秀，垂范后昆。⑤

这就是说，除掉社会原因，在文艺创作范围里，是颜、谢二人"兴会标举"、"体裁明密"的作品，终于把"淡乎寡味"的玄言诗比了下去。具体的榜样发挥了大作

---

① 《别林斯基选集》，第二卷第 430 页。
② 《艺文类聚》五十六引。
③ 《文心雕龙·熔裁》。
④ 《诗品·总论》。
⑤ 《宋书》卷六十七《谢灵运传论》。

用。但玄言诗比下去了，斗争却没有结束。梁代裴子野站在保卫"六艺"的立场上又起来反对"吟咏情性"之作，指责当时许多文艺作品"无被于管弦，非止乎礼义，深心主卉木，远致极风云，其兴浮，其志弱"，是"乱代之征。"①裴子野的观点，在抨击晋宋以来日趋华靡，追求形式这一点上，有其合理性，但他连"吟咏情性"、描写景物也要反对，显然不正确，也行不通。萧统不同意裴子野这种极端的看法，理论上提出：

> 踵其事而增华，变其本而加厉，物既有之，文亦宜然。②

他又根据"事出于沉思，义归乎翰藻"的标准来编了《文选》，作为一般学习的榜样。而萧纲则除直斥裴子野作品"了无篇什之美"、"质不宜慕"之外，还揭举具体的作家作品，对不满于"吟咏情性"的文风，进行反击：

> 比见京师文体，懦钝殊常，竞学浮疏，争为阐缓。玄冬修夜，思所不得。既殊比兴，正背风骚。若夫六典三礼，所施则有地；吉凶嘉宾，用之则有所。未闻吟咏情性，反拟《内则》之篇，操笔写志，更慕《酒诰》之作；迟迟春日，翻学《归藏》，湛湛江水，遂同《大传》。吾既拙于为文，不敢轻有揩撼。但以当世之作，历方古之才人，远则扬、马、曹、王，近则潘、陆、颜、谢，而观其遣辞用心，了不相似。若以今文为是，则古文为非；若昔贤可称，则今体宜弃。俱为盍各，则未之敢许。③

萧纲等人在文学创作上有轻靡绮艳的不良倾向，原是应该批判的。但他主张维护文艺创作"吟咏情性"，要用比、兴方法来写作的特点和规律，有其合理一面，不能一并抹杀。

这两次斗争，一次从玄学来，一次从"儒学"、"良史之才"来，都要以"淡乎寡味"的说理或"质不宜慕"的不同于比兴的表现方法来排斥文艺创作的特殊规律，虽然也曾流行一时，结局很快风流云散了。

---

① 《全梁文》卷五十三《雕虫论》。
② 《文选序》，《文选》卷首。
③ 《全梁文》卷十一《与湘东王书》。

810

到了唐代,皎然论诗,主张"但见情性,不睹文字"①,后来元遗山把这一观点化成"情性之外,不知文字"②,"诗家圣处不离文字,不在文字"③,认为这样去写诗,就算已"得唐人为指归"。所谓"得唐人为指归",其实就是"唐人规律"之意。唐人规律就是"诗要用形象思维"。文艺创作离不开文字,但又不能拘执在文字之表,专在文字上费气力。能够吸引,感染人的乃是饱含真实情性能够反映某些生活本质的鲜明形象,不是文字本身。没有形象,或形象不生动感人,靠文字堆砌雕琢,便无用。毛泽东同志说"韩愈以文为诗,有些人说他完全不知诗,则未免太过",对韩愈诗的纷歧看法作出了中肯的评价。韩愈的一部分诗议论说教多,字面工夫费得多。对他的这部分作品,宋代就有两种截然不同的评价。一种说:

> 退之诗,押韵之文耳,虽健美富赡,然终不是诗。④
>
> 学诗当以子美为师,有规矩,故可学。退之于诗本无解处,以才高而好耳。⑤

另一种说:

> (退之)诗正当如是。吾谓诗人亦未有如退之者。⑥

平心而论,韩愈这部分诗,从艺术性看,至少不能算是好诗。诗的本色是什么? 就是要有形象、有意境,要用形象思维。当然,我们也不应该把他的全部诗作都说成一概不好。象《琴操》诸篇,《闻梨花发赠刘师命》、《戏题牡丹》、《盆池》等,也是不失本色的。他的《雉带箭》诗中有这样两句:"将军欲以巧伏人,盘马弯弓惜不发",后来被很多文论家用来说明作文用笔之妙。⑦ 这两句

---

① 《诗式·重意诗例》。
② 《遗山先生文集》卷三十六《杨叔能小亨集引》。
③ 《遗山先生文集》卷三十七《陶然集诗序》。
④ 惠洪《冷斋诗话·馆中夜谈韩退之诗》引沈括语。
⑤ 《后山集》卷二十三《诗话》。
⑥ 《后山集》卷二十三《诗话》。
⑦ 洪迈、顾嗣立、沈德潜、方东树诸家均有说。

实际正是说的文艺创作要有形象性，思想议论应如箭在弦上，欲发不发，不要直言道破。

到宋代，出现了江西诗派，产生了很多理学家。他们之中的不少人，写诗又违背形象思维规律。唐人崔颢有首《长干行》："君家何处住，妾住在横塘。停船暂借问，或恐是同乡。"王夫之称赞说："墨气所射，四表无穷，无字处皆其意也"，"唯盛唐人能得其妙。"[①]所谓"无字处皆其意也"，就指诗里含有丰富意味是从诗所提供的形象境界中体现出来的，虽未被用文字写出，读者却能够体会到。而宋人却多数不懂得这一规律。正是这种反形象思维的诗风引来了严羽下面一番著名的评论：

> 大抵禅道惟在妙悟，诗道亦在妙悟。且孟襄阳学力下韩退之远甚，而其诗独出退之之上者，一味妙悟而已，惟悟乃为当行，乃为本色。
>
> 诗有别材，非关书也；诗有别趣，非关理也。然非多读书，多穷理，则不能极其至。所谓不涉理路，不落言筌者，上也。
>
> 诗者，吟咏情性也。盛唐诸人，惟在兴趣，羚羊挂角，无迹可求。故其妙处透彻玲珑，不可凑泊。如空中之音，相中之色，水中之月，镜中之像，言有尽而意无穷。近代诸公，乃作奇特解会，遂以文字为之，以才学为诗，以议论为诗。夫岂不工，终非古人之诗也。盖于一唱三叹之音，有所欠焉。
>
> 推原汉魏以来，而截然谓当以盛唐为法。虽获罪于世之君子，不辞也。[②]
>
> 诗有词理意兴。南朝人尚词而病于理，本朝人尚理而病于意兴，唐人尚意兴而理在其中，汉魏之诗，词理意兴，无迹可求。[③]

严羽这些话，部分虽然借用了不大好懂的禅道、禅语，有些也未必符合禅学的原意，但他想说明的道理，却是清楚的，并不玄虚。他的观点，大都可从过去强调艺术规律，重视形象思维的理论家作家的思想材料里找出渊源，但他说得如此分明、如此集中、如此坚决，而且针对当时不正的诗风，进行斗争，仍有他的重要

---

① 《薑斋诗话》卷二。
② 《沧浪诗话·诗辨》。
③ 《沧浪诗话·诗评》。

贡献。诗的本色，就是要使读者看了作品得以自己悟透其中的含意，为此作家就得进行形象思维，写出形象，有意境。他认为盛唐的诗大都最符合这一要求，“尚意兴而理在其中”，才力主以盛唐为法。严羽这些话的中心意思，就是这样。

理学家们侈谈心性，醉心讲学，有的根本排斥文艺，有的也写诗。例如邵雍有《伊川击壤集》二十卷，不妨举出一首来看看：“何故谓之诗？诗者言其志。既用言成章，遂道心中事。不止炼其辞，抑亦炼其意。炼辞得奇句，炼意得余味。”[①]他说“炼意得余味”，可是象他这样的诗，实际一点诗味都没有。当时除严羽外，刘克庄就已厌恶地指出：“近世贵理学而贱诗赋，间有篇咏，率是语录讲义之押韵者耳。”又说：“近世理学兴而诗律坏。”[②]理学家的诗，宋代真德秀编有《文章正宗》，元代金履祥编有《濂洛风雅》两书。《四库全书总目提要》说：

> (两书)持论一准于理，而藏弆之家，但充插架，固无人起而攻之，亦无人嗜而习之。[③]
>
> 以濂洛之理责李、杜，李、杜不能争，天下亦不敢代为李、杜争。然而天下学为诗者，终宗李、杜，不宗濂洛也，此其故，可深长思矣。[④]

理学家也写诗，可是“无人嗜而习之”，“天下学为诗者，终宗李、杜，不宗濂洛”，为什么呢？除掉内容的原因外，他们违背文艺创作规律，不用形象思维，一味抽象说理，也是一大原因。严羽所说的“近代诸公”中，理学家的“奇特解会”主要是“以议论为诗”，江西诗派中人有的文字、才学、议论三者兼而有之，独缺诗味。当然，一般说来，江西诗派中人写的诗，也有颇好的，至少比起理学家们的“诗”来，还是高明一些。

文艺作品反对抽象说教，但也不是要断然排斥议论，如果议论是同抒情、写景、描绘有机地融成一体的，同人物的性格刻划密切联系的，那么，由于它本身便是形象体系的一个组成部分，不但没有破坏形象，有时还象画龙点睛似的，加深了形象的表现作用，这当然可以。《离骚》多引喻，也有直言不讳的话，杜甫诗

① 《伊川击壤集》卷十一《论诗吟》。

② 《后村先生大全集》卷九十八《林子㬎诗序》。

③ 《四库全书总目》集部总集类五，《古文雅正》提要。

④ 《四库全书总目》集部总集类存目一，《濂洛风雅》提要。

《北征》、《自京赴奉先县咏怀五百字》中都有一些议论性的诗句,都不属抽象说教。

清代卓越的诗论家叶燮称引过别人这一段话:

> 诗之至处,妙在含蓄无垠,思致微渺,其寄托在可言不可言之间,其指归在可解不可解之会,言在此而意在彼,泯端倪而离形象,绝议论而穷思维,引人于冥漠恍惚之境,所以为至也。[①]

这段话虽然在文字上恰恰用了"形象"与"思维"两词,意思却跟我们今天所说的"形象思维"不同。"离形象"是不落痕迹,不是不要形象。"穷思维"是不作抽象说教,不是不要理性。因为没有形象,所谓"冥漠恍惚之境"就不会得到,没有理性,所谓"寄托"、"指归"就谈不上。虽然思致微妙,但因形象具体,所以仍可感可言,又因形象大于思想,所以对经历不同、经验多少有异的读者来说,免不了仍有不可尽言、不可尽解的感觉。这段话中"形象"、"思维"两词虽跟今天所说"形象思维"不同,这段话的基本精神却是符合"形象思维"规律,叶燮称它"深有得乎诗之旨",我以为是对的。

"即物达情","理随物显",这一概括了形象思维主要内容的主张,无疑是我国古代文论对文艺创作规律进一步认识的结果。它来自实践,也是从斗争中取得的。

四、穷形尽相,拟容取心

文艺作品要达情,要显理,都离不开物。自然界与社会活动中的种种事物,总是具体、感性地存在的。为了达情、显理,必须把作为描写对象的某些物真实地、穷形尽相地表现出来。又不仅要穷其形,尽其相,在"拟容"之余,还要"取心",即透过形相反映事物的灵魂、某些本质,古代优秀文论家对此也有不断深化的认识。

在我国现存的文学作品里,《诗经》中已有很多富于形象性的作品,从理论说,在并非论文著作的《易传》里,可以看到形象思维的萌芽。如说:

[①] 《原诗》卷二。

圣人有以见天下之赜,而拟诸其形容,象其物宜,是故谓之象。

子曰:书不尽言,言不尽意。然则圣人之意,其不可见乎? 子曰:圣人立象以尽意。①

易者,象也。象也者,像也。

夫易,彰往而察来,而微显阐幽,……其称名也小,其取类也大。其旨远,其辞文,其言曲而中,其事肆而隐。②

这些话很值得注意。《易传》作者认为,象与形成于天地,天有日月星辰,地有山川草木。古人发现,事物蕴藏的某些道理,借助于形象描绘能够充分表现出来。圣人立象的目的在尽意,而象要由辞来表达,故又说:"圣人之情见乎辞。"③苏轼解释这一观点:"象者,像也,像之言,似也。其实有不容言者,故以其似者告也。"④"圣人非不欲正言也,以为有不可胜言者,惟象为能尽之","形象成,而变化自见矣。"⑤苏轼是一个文艺创作经验极为丰富的作家,他这解释更有意义。对"其称名也小,其取类也大"两句,韩康伯注:"托象以明义,因小以喻大。"⑥苏轼说:"夫名者,取众人之所知,以况其所不知。"⑦对"其旨远,其辞文,其言曲而中"三句,孔颖达《正义》这样说:"其旨远者,近道此事,远明彼事。……其辞文者,不直言所论之事,乃以义理明之,是其辞文饰也。其言曲而中者,变化无恒,不可为体例,其言随物屈曲,而各中其理也。"⑧

《易传》里这些话,不是在论文艺,但对后代文论家确有许多启发。唐代刘禹锡曾记述吴郡顾象读《易》告诉他的一段话:"古先圣人,知道之妙不可传而得也,故设象以致意,梯有以取亡(无),取当其粗,用当其精。"⑨在文艺作品里,何尝不是"设象以致意,梯有以取亡"? 看来,"设象以致意"、"形象成,而变化自见",是人类在长期生活实践中摸索到的一种很有效的认识事物反映事物的方

---

① 《易·系辞上》。
② 《易·系辞下》。
③ 《易·系辞下》。
④ 《苏氏易传》卷八。
⑤ 《苏氏易传》卷七。
⑥ 《周易注疏》。
⑦ 《苏氏易传》卷八。
⑧ 《周易正义》。
⑨ 《刘禹锡集》卷四十《绝编生墓表》。

法,文艺创作着重运用发展了这种方法。《周易》里这些话,对古代文论家探讨艺术规律无疑有不少启发。

另外,佛教传入中国后进行的各种"象教",唐代最伟大的两位诗人李白和杜甫都谈到过。李白在一篇为佛寺所写的颂文中曾说:

> 乃再崇厥功,发挥象教。①

杜甫在一篇登佛寺塔的诗中曾说:

> 高标跨苍穹,烈风无时休。自非旷士怀,登兹翻百忧。方知象教力,足可追冥搜。②

他们所说"象教",即指佛教徒经常用各种方式设立形象来向人宣教的方法。我国过去长期盛行佛教,除掉社会经济方面的原因,它散布了那么多具体通俗的佛教故事,塑造了那么多表现佛教思想的佛像,建立了那么多进行象教的寺庙,使许多看不懂或看不到佛教经典的普通人也接受了它的影响。这同他们运用"象教"方法有密切关系。佛教传入中国很早,"象教"在唐代以前早就盛行了,唐代还在盛行,以致李白、杜甫还在诗文中提到它的重大作用。中国文艺理论中的形象与形象思维观念,主要当然是古人在长期生活实践和以文艺作社会斗争长期运用中总结出的产物,《周易》等古籍中的有关思想材料、佛家"象教"方法的启发,也都是有影响的。清代汪师韩直接指出过"言诗"与"通《易》"的关系:"其旨远,其辞文,其言曲而中,其事肆而隐,可与言诗,必也其通于《易》。"③

文艺作品的形象描写,对作家的抒情显理,作品的广泛传布,都十分必要。钟嵘指出五言诗比起四言诗来所以"居文词之要,是众作之有滋味者",能"会于流俗",就因为它"指事造形,穷情写物,最为详切"④。这些话表明,广大读者是喜闻乐见详切地指事造形、穷情写物之作的。苏轼说:"夫诗者,不可以言语求

---

① 《李太白集》卷二十八《崇明寺佛顶尊胜陁罗尼幢颂》。
② 《钱注杜诗》卷一《同诸公登慈恩寺塔》。
③ 《诗学纂闻·四美四失》。
④ 《诗品·总论》。

而得,必将深观其意焉。故其讥刺是人也,不言其所为之恶,而言其爵位之尊,车服之美,而民疾之,以见其不堪也,'君子偕老,副笄六珈'、'赫赫师尹,民具尔瞻'是也。其颂美是人也,不言其所为之善,而言其冠佩之华,容貌之盛,而民安之,以见其无愧也,'缁衣之宜兮,敝予又改为兮'、'服其命服,未黻斯皇'是也。"①苏轼这里所说的,就是通过形象描写来表情达意。联系前引他对《周易》的解释,所谓"有不可胜言者,惟象为能尽之","形象成,而变化自见矣"可见苏轼对文艺作品应该具有形象性已很清楚。明代李东阳说写诗要用比兴方法,因为:"正言直述则易于穷尽而难于感发,惟有所寄托,形容摹写,反复讽咏,以俟人之自得。言有尽而意无穷,则神爽飞动,手舞足蹈而不自觉,此诗所贵情思而轻事实也。"②形容摹写,俟人自得,言有尽而意无穷,不但印象更深刻,也能使读者开展思维活动,由此及彼,联想到更多的东西。《水浒》这部书其宣扬投降是极大错误,许多地方写英雄人物仍是很吸引人的,令人深思的:

> 《水浒传》写一百八个人性格,真是一百八样。若别一部书,任他写一千个人,也只是一样。便只写得两个人,也只是一样。别一部书,看过一遍即休。独有《水浒传》,只是看不厌。无非为它把一百八个人性格,都写出来。③
>
> (耐庵)特不明言其所以然,仅从诡谲当中,尽力描写,以待斯人之自悟。充其意也,虽上智者少,积而久之,自能令人反复思量,得其本意,固文笔之曲而有直体者也。④

形象描绘能使人看不厌,使人感到津津有味而不是味同嚼蜡,使人自悟。自得而印象更深,作用更大。为此,古代文论家很早就已在探索如何把形象写好的方法。陆机提出,为了要求"穷形而尽相",就该"离方而遁员"⑤,即如果体规画圆,准方作矩,过于呆板拘执,反而不能穷尽事物的形相。刘勰提出,描绘形象应该"随物以宛转","巧言切状,如印之印泥,不加雕削,而曲

---

① 《苏东坡集后集》卷十《既醉备五福论》。
② 《麓堂诗话》。
③ 金圣叹《读第五才子书法》。
④ 古月老人《寇荡志序》。
⑤ 《陆士衡集》卷一《文赋》。

写毫芥"①。唐代高仲武认为"工于形似"之语,应能"吟之未终,皎然在目"②。唐末司空图认为只有采用"离形得似"③的方法,才能把千变万状的事物形容恰当。"离形得似",同陆机"离方而遁员"才能"穷形而尽相"的看法一致。宋代诗人梅尧臣曾对欧阳修说:"必能状难写之景如在目前,含不尽之意见于言外,然后为至矣。"④清代许印芳说:"诗文所以足贵者,贵其善写情状。……情状不同,移步换形,中有真意。文人笔端有口,能就眼前真景,抒写成篇,即是绝妙好词,所患词不达意耳。"⑤一说要"状难写之景如在目前",一说要写"移步换形"中的"眼前真景"。历代理论家作家如此重视探索形象描写的方法,就因如果不写形象,写不好形象,也就不成其为艺术。

但文艺创作并不是为形象而形象,并不是工于形似,善于形容,一定成好作品。还得看形象里表达的是什么一种感情,显示出多少健康、进步的理想。这是形象思维必然要遇到、要进一步解决的一个重要理论问题。古代理论家对此也是有所发现的。

当绮靡轻艳的文风开始露头的时候,晋代挚虞就这样提出:"文章者,所以宣上下之象,明人伦之叙,穷理尽性,以究万物之宜者也","假象过大,则与类相远。"⑥这是说,形象内部要蕴有理性,不能过于夸大失实。刘勰既主"拟容",又要求"取心"。⑦ 而他这看法,是同在他之前范晔所说"文患其事尽于形"⑧的意思一致的。钟嵘力主"指事造形,穷情写物",他把张华的作品列在中品,就因嫌他"兴托不奇",虽"巧用文字","犹恨其儿女情多,风云气少"⑨。梁代裴子野和隋代李谔,一个指责当时文学作品"弃指归而无执","深心主卉木,远致极风云","巧而不要,隐而不深"⑩,另一个指责"江左齐梁……连篇累牍,不出月露之形,积案盈箱,

---

① 《文心雕龙·物色》。
② 《中兴间气集》。
③ 《二十四诗品·形容》。
④ 《六一诗话》。
⑤ 《诗法萃编》卷六下《〈与李生论诗书〉跋》。
⑥ 挚虞语,《艺术类聚》五十六引。
⑦ 《文心雕龙·比兴》。
⑧ 《宋书》卷六十九《范晔传》引。
⑨ 《诗品》卷中。
⑩ 《全梁文》卷五十三《雕虫论》。

唯是风云之状，……损本逐末，流遍华壤"①。他们排斥形象描写，反对吟咏情性，当然不对，他们主张的思想内容也不足取，但他们对形象描写中缺乏社会内容的指责，还是值得重视的。唐代陈子昂曾指责"齐梁间诗，采丽竞繁，而兴寄都绝，每以永叹。"②李白也说："梁、陈以来，艳薄斯极。"③杜甫则自称："窃攀屈宋宜方驾，恐与齐梁作后尘。"④他们所以一般都鄙薄齐、梁、陈代之作，显然不是因为其中缺乏形象，而是因为中间大都缺乏有意义的讽谕、寄托。白居易后来阐发得更为明白："至于梁、陈间，率不过嘲风雪，弄花草而已。噫！风雪花草之物，《三百篇》中岂舍之乎？顾所用何如耳。……丽则丽矣，吾不知其所讽焉，故仆所谓嘲风雪、弄花草而已。"⑤他以为应该通过风雪花草之物的描写，对国家大事、生民疾苦，有所讽谕。这个看法，显然比裴子野、李谔的完整、通达得远。单纯咏物的诗，即使刻划得很细致，也没有很多意义。梅尧臣诗："愤世嫉俗意，寄在草木虫。"⑥则草木虫的描写就可能有不小的价值。王夫之说：

> 烟云泉石，花鸟苔林，金铺锦帐，寓意则灵。
>
> 咏物诗，齐、梁始多有之。其标格高下，犹画之有匠作，有士气。征故实，写色泽，广比譬，虽极镂绘之工，皆匠气也。又其卑者，饤凑成篇，谜也，非诗也。李峤称"大手笔"，咏物尤其属意之作，裁剪整齐，而生意索然，亦匠笔耳。至盛唐以后，始有即物达情之作。⑦

王氏说盛唐后始有即物达情之作，未免过苛，表示即物达情之作才值得称颂，是很对的。

有生动的形象，又有较深的寓意，作品就有意境、境界。人们从这种境界中，既能得到美感享受，又可引起丰富的联想。文字没有直接写到，或者文字已经完了，作品的意义却仍踊跃不尽。对这种情况

① 《隋书》卷六十六《李谔传》引。
② 《陈伯玉文集》卷一《与东方左史虬修竹篇序》。
③ 孟棨《本事诗·高逸第三》引。
④ 《钱注杜诗》卷十二《戏为六绝句》。
⑤ 《白氏长庆集》卷四十五《与元九书》。
⑥ 《宛陵集》卷二十七《答韩三子华韩五持国韩六至汝见赠述诗》。
⑦ 《薑斋诗话》卷二。

范晔称之为"事外远致"。①

刘勰称之为"义生文外"。②

钟嵘称之为"文已尽而意有余"。③

刘禹锡称之为"境生于象外"。④

司空图称之为"韵外之致","味外之旨"。⑤"象外之象"、"景外之景"。⑥"长于思与境偕,乃诗家之所尚者"。⑦

苏轼称之为"妙在笔墨之外"。⑧

郭熙称之为"景外意"、"意外妙"。⑨

诗文也好,绘画也好,书法也好,古代优秀的理论家作家都要求作品具有尽可能深广的意境,否则,作品就缺乏深度,读者也不会满足,觉得不耐咀嚼,没有滋味。从"穷形尽相"到"拟容取心",从艺术表现说是一种进步,在理论上亦是一个发展。

五、凝神结想,从小见大

文艺创作要"穷形尽相"、"拟容取心",更进一步,还要求高度概括,具有典型意义。作品中出现的形象虽然是个别的,它如能表现出同类事物所有个体的某些一般特征,就能使读者领会到许多带有普遍意义的、本质性的东西。我们现在说这是以个别反映一般,用古代理论家的话说,就是"以少总多"、"从小见大"、"以一驭万",等等。古人不可能有今天这样明确的生活本质一类观念,也不能深刻反映社会生活的本质,但他们对文艺创作不满足于"形似"而要求"神似",不满足于只能认识狭小的事物而要求"以少总多"、"从小见大"、"以一驭万",这是很正当的,也是自然的。过去有人以为我国古代文论没有,也不可能提出概括化、典型化的问题,远非事实。

---

① 《文心雕龙·隐秀》。
② 《文心雕龙·隐秀》。
③ 《诗品·总论》。
④ 《刘禹锡集》卷二《董氏武陵集纪》。
⑤ 《司空表圣文集》卷二《与李生论诗书》。
⑥ 《司空表圣文集》卷三《与极浦书》。
⑦ 《司空表圣文集》卷一《与王驾评诗书》。
⑧ 《苏东坡集后集》卷九《书黄子思诗集后》。
⑨ 《林泉高致集·山水训》。

前面我们说《周易》里的"象"字值得注意,对形象思维问题来说,其中的"类"字也极可研究。古代文论每用"类"字来表达今天所说概括的意思。《周易》里有这样的话:

> 君子以类族辨物。①
> 触类而长之,天下之能事毕矣。②
> 其称名也小,其取类也大。③

古籍里的"类"字,有种种解释,后来又有不少引申义。对上面这些话里的"类"字,我赞同作为"种类",作为具有共同特征的个体的集合来理解。所谓"以类族辨物",也意味着能以这一事物的特点同另一事物的相似特点来比较,根据一类事物的共同特征来辨别某一个体的本质。这比单从一个个体本身来分辨,既方便,也可靠得多。"其称名也小,其取类也大",前引韩康伯、苏轼的解释有一定启发,意思是:通过具有高度概括意义的个别形象,因小以喻大。所谓"取众人之所知,以况其所不知",看来即近于以经过概括的一个,帮助人们进而认识未必熟知的一般。最早运用这一观点来评论文艺创作的,是司马迁。他论述屈原《离骚》的重大成就,这样说:"其文约,其辞微,其志洁,其行廉,其称文小,而其指极大,举类迩而见义远。"④司马迁的意思,大概就是说:《离骚》描写的事物表面看很细小,作者托寓在里面的旨意却非常重大,关系到楚国的治乱、兴衰;里面所写的景物、游览等事很浅近,却能使人体会出深远的思想。显然,这不但是对《离骚》的高度评价,也表明司马迁是相当懂得艺术概括的要求和方法的。

这以后,古代文论中出现了许多要求概括、赞赏高度概括的意见。例如:

> 函绵邈于尺素,吐滂沛于寸心,言恢之而弥广,思按之而愈深。⑤
> 兴之托谕,婉而成章,称名也小,取类也大。⑥

---

① 《易·同人·象》。
② 《易·系辞上》。
③ 《易·系辞下》。
④ 《史记》卷八十四《屈原贾生列传》。
⑤ 《陆士衡集》卷一《文赋》。
⑥ 《文心雕龙·比兴》。

辞约而旨丰,事近而喻远。①

以少总多,情貌无遗。②

言在耳目之内,情寄八荒之表。③

义有类。……类举则情见,情见则感易交。④

片言可以明百意,坐驰可以役万景,工于诗者能之。⑤

这些意见,共同点在于都要求高度概括,赞赏高度概括。古代作家不可能概括出阶级社会生活的本质,但某些优秀作家,在当时的可能范围内,多少受了要求高度概括这种理论的影响,的确也写出了不少较真实地反映社会生活面貌的作品。

在文艺创作中,概括就是在形象思维过程中完成的。概括究竟是如何进行的,如何完成的,如陆机所说,其间"随手之变,良难以辞逮","譬犹舞者赴节以投袂,歌者应弦而遣声,是盖轮扁所不得言,亦非华说之所能精",⑥确有难于尽言之处,但毕竟不是不可知的,归纳起来——

第一,概括是始终在感性的材料中间,而且带着强烈的感情进行的:

情曈昽而弥鲜,物昭晰而互进。⑦

吟咏之间,吐纳珠玉之声;眉睫之前,卷舒风云之色。……独照之匠,窥意象而运斤。⑧

诗人感物,联类不穷,流连万象之际,沈吟视听之区。⑨

登山则情满于山,观海则意溢于海。⑩

莫不禀以生灵,迁乎爱嗜,机见殊门,赏悟纷杂。⑪

---

① 《文心雕龙》卷一《宗经》。

② 《文心雕龙》卷十《物色》。

③ 《诗品》卷上。

④ 《白氏长庆集》卷四十五《与元九书》。

⑤ 《刘禹锡集》卷十九《董氏武陵集纪》。

⑥ 《陆士衡集》卷一《文赋》。

⑦ 《陆士衡集》卷一《文赋》。

⑧ 《文心雕龙·神思》。

⑨ 《文心雕龙·物色》。

⑩ 《文心雕龙·神思》。

⑪ 《南齐书》卷五十二《文学传论》。

这里的"珠玉之声"、"风云之色"、"万象之际"、"视听之区"、"物昭晰而互进"云云,表明作家的创作活动是始终在丰富的感性材料中进行的,而作家的"联类"、"流连"、"沈吟",实质上也就是在概述作家在丰富感性材料中进行比较、提炼、综合、构想等一系列艺术概括的活动。"情瞳眬而弥鲜"、"情满于山,"、"意溢于海"、"迁乎爱嗜"云云,则表明在概括过程中是洋溢着作家的激情的。

第二,概括是在对描写对象作了非常精细的观察,清楚掌握了对象的大量印象的情况下进行的:

> 与可画竹时,见竹不见人。岂独不见人,嗒然遗其身。其身与竹化,无穷出清新。庄周世无有,谁知此凝神。①
>
> 黄子久(公望)终日只在荒山乱石丛木深筱中坐,意态忽忽,人不测其为何。又每往泖中通海处,看急流轰浪,虽风雨骤至,水怪悲咤而不顾。噫,此大痴之笔,所以沈郁变化,几与造化争神奇哉!②

文与可是北宋画竹的大师,苏轼这首诗写他画竹时,"其身与竹化",不但忘记周围有别人,连自己的存在也忘了。黄公望(又号大痴道人)是元代山水画四大家之首,他的成功,主要即从写生得来。这段话记载了他深入描写对象中的情态,所谓"意态忽忽",和文与可的"身与竹化"类似。如此深入对象,作家心目里必然会留下大量的印象,引起丰富的联想,得到各种启发。宋代画家郭熙说:

> 欲夺其造化,则莫神于好,莫精于勤,莫大于饱游饫看,历历罗列于胸中。而目不见绢素,手不知笔墨,磊磊磕磕,杳杳漠漠,莫非吾画,此怀素夜闻嘉陵江水声而草圣益佳,张颠见公孙大娘舞剑器而笔势益俊者也。③

这里所谓"历历罗列于胸中"的,就是各种客观事物的具体清晰的形象。"莫神于好":作家热爱他的艺术工作,才能写得出色。莫精于勤:作家付出艰苦的劳动,才能体现精微。莫大于饱游饫看:作家的首要准备是生活经验丰富,阅历深

---

① 《苏东坡集》卷十六《书晁补之所藏与可画竹三首》。
② 《佩文斋书画谱》引李日华《紫桃轩又缀》。
③ 《林泉高致集·山水训》。

广,这是进行艺术概括的必要条件。

第三,概括是在抓住对象的特点、选择出能够揭示事物特征的东西的努力中进行的:

> 凡人意思各有所在,或在眉目,或在鼻口。虎头云:"颊上加三毛,觉精采殊胜。"则此人意思,盖在须颊间也。优孟学孙叔敖,抵掌谈笑,至使人谓死者复生,此岂能举体皆似耶？亦得其意思所在而已。使画者悟此理,则人人可谓顾、陆。[①]

苏轼这段话,谈的是"传神"问题。所谓"意思所在",就是一个人容貌上足以表现其神情特点的所在。抓住了这一点,不必"举体皆似",也就能活活绘出这个人物来。在典型人物的塑造上,光有个性,未必就也是典型,但只有形象是具有个性的人物,才可能成为典型。又只有抓住某些特点,才能写出个性。

苏轼这段话谈画人,郭熙下面一段话谈画山水,道理一样:

> 千里之山,不能尽奇,万里之水,岂能尽秀。太行枕华夏,而面目者林虑,泰山占齐鲁,而胜绝者龙岩。一概画之,版图何异。凡此之类,咎在于所取之不精粹也。[②]

所谓"精粹",也就是可以体现太行、泰山整座大山特点的地方。"精粹"的一斑,可以概窥全豹。绘画毕竟和绘制地图大不相同。

画人、画山水如此,记事写人也一样。方苞说:

> 志铭每事必详,乃近人之陋。古作者每就一端引申,以极其义类。[③]

这里虽未明言这"一端"应是怎样的一端,作者的意思显然是指最能表现出对象性格特征的那一端。

---

① 《苏东坡集续集》卷十二《传神记》。
② 《林泉高致集·山水训》。
③ 《望溪先生集外文》卷五《与陈沧洲书》。

上面这些例子,虽多在讲画理,但文艺创作的规律是相通的。人的容貌各有其"意思所在"处,客观事物各有其"精粹"处,表现人的性格各有突出的"一端"。面面俱到,"一概画之","每事必详",不分主次轻重,反而得不到艺术概括的效果,这一点,在古代文论中,是深有认识的。

第四,概括化都有一个寂然凝虑,意象经营的过程,从陆机开始,很多作家、理论家都讲到这一点:

> 罄澄心以凝思,眇众虑而为言。[①]
> 寂然凝虑,思接千载;悄焉动容,视通万里。[②]

在这过程中,经过紧张、复杂的精神劳动,在各种感情材料、形象积累之间,作家们进行反复、细致的分析、比较、加工、提炼,使概括化的形象得以逐渐在他们心中清晰、成熟,涌现出来,终于达到"胸有成竹"的地步。

> 蕴思含毫,游心内运;放言落纸,气韵天成。[③]
>
> 竹之始生,一寸之萌耳,而节叶具焉。自蜩腹蛇蚹以至于剑拔十寻者,生而有之也,今画者乃节节而为之,叶叶而累之,岂复有竹乎?故画竹,必先得成竹于胸中,执笔熟视,乃见其所欲画者,急起从之,振笔直随,以追其所见,如兔起鹘落,少纵则逝矣。与可之教余如此,余不能然也,而心识其所以然。[④]
>
> 杜陵谓十日一石,五日一水者,非用笔十日、五日而成一石一水也。在画时意象经营,先具胸中邱壑,落墨自然神速。[⑤]

画竹而胸有成竹,画山水而胸中有形成的邱壑,只有准备到如此程度才能写出好作品。把这过程称为"意象经营"的过程,说明"经营"是在种种"意象"之间进行,并且也是为着经营出一个概括的,包含丰富意义的形象而进行的,这正体现

---

① 《陆士衡集》卷一《文赋》。
② 《文心雕龙·神思》。
③ 《南齐书》卷五十二《文学传论》。
④ 《苏东坡集》卷十二《文与可画筼筜谷偃竹记》。
⑤ 方薰《山静居画论》上。

了文艺创作"要用形象思维",要进行艺术概括,从小见大、以少总多的种种规律。鲁迅也肯定过:画家画人物,往往是"静观默察,烂熟于心,然后凝神结想,一挥而就"。[①]"一挥而就"乃是长期积累、苦心经营、水到渠成的自然结果。若是胡编乱造、草率成篇的顷刻而成,那就毫无价值了。

反映复杂社会生活的大部著作,如《红楼梦》,它是"曹雪芹于悼红轩中披阅十载,增删五次"的辛勤成果。在如此长期的经营过程中,作家"一一细考较去",总没有离开他"半世亲见亲闻的几个女子"。"闺阁中历历有人",她们的"事迹原委",一直在作家的心目中活活盘旋。[②]《红楼梦》也正是曹雪芹用形象思维进行艺术概括创作出来的。成功的文艺创作,都不能例外。

六、委心逐辞,骈赘必多

用形象思维,经过概括,胸中有了成竹,对语言艺术来说,还有一个用文辞把它写出来的问题,并不是所有作家都能在胸有成竹之后,一挥即成情文俱茂的好作品。往往即使大体有了成竹,写下时还会有点变动。即使变动不大,如何表达得恰当、充分、动人,都仍需要着意寻找,不断改作。不但难免有辞不达意的地方,有时还会以辞害意,损害甚至破坏形象。只在用文辞把经过内心概括的形象很好地表现出来之后,形象思维的过程才算完成。古代优秀的理论家们总是把文辞、声律一类表现上的问题,包括在整个形象思维过程中来考虑,是极有见地的。"罄澄心以凝思,眇众虑而为言。笼天地于形内,挫万物于笔端。"在惨淡经营之后,还要仔细思考怎样用语言来表达,而表达的目标就是形象地写出种种客观事物的真相来。陆机这几句话指出了文辞在语言艺术中的重要作用和应当接受的制约。

文艺创作应有文辞之美。班固不承认屈原是"明智之器",但看到《离骚》之文"弘博丽雅,为辞赋宗,后世莫不斟酌其英华,则象其从容",还得肯定他是"妙才"。[③]其实《离骚》何尝只有文辞之美。如果它的思想内容不美,文辞又怎么能单独使人感觉到是美的。当然,从文辞本身的演变来看,随着社会的发展,生活

---

① 《〈出关〉的关》。

② 《红楼梦》第一回。

③ 《楚辞章句》卷一《离骚序》。

越来越丰富复杂,文学作品的语言从简单朴质,变为丰富多彩,是自然的趋势。理论上,曹丕先说"诗赋欲丽"①,陆机继倡"诗缘情而绮靡"②,葛洪复称,"古者事事醇素,今则莫不雕饰,时移世改,理自然也","何以独文章不及古也"③。所以到了刘勰他就清楚地知道,问题已不在于文辞应否仍归于质朴,而在于为了坚持文艺的吟咏情性和特殊的教化作用,应该把对文辞的重视,放在一个适当的位置上。他说:

　　情者,文之经;辞者,理之纬。经正而后纬成,理定而后辞畅,此立文之本源也。④

　　昔诗人什篇,为情而造文;辞人赋颂,为文而造情。……为情者要约而写真,为文者淫丽而烦滥。⑤

　　草创鸿笔,先标三准:履端于始,则设情以位体;举正于中,则酌事以取类;归余于终,则撮辞以举要。

　　若术不素定而委心逐辞,异端丛至,骈赘必多。⑥

无论是一开始就一味追求文辞之美,离开了"为情而造文"的原则,还是在写定过程中重在文辞,变得以辞害意,在刘勰看来,都是舍本逐末。特别后一情况,"术不素定,而委心逐辞",半路上跑到邪道上去了。

　　文学史上,南朝形式主义追求文辞之美的风气是很盛的。雕琢堆砌之文,繁采寡情,令人生厌。有些人过分讲究音韵,制造了很多清规戒律,也成为一种病态。对这种病态,古代文论中斗争不绝。

　　由于对象本身的需要,适当注意音韵与情意的谐合,有助于创造生动的形象,增强艺术的感染力。这原是形象思维过程中的应有之义。但如认为某些人工的规定非照办不可,宁愿削足适履,就会走向反面。实际生活中的人物,性格不同,遭遇不同,语调高低、说话快慢、表情方式也各不相同,为了活生生地写出

---

① 《文选》卷五十二《典论·论文》。

② 《陆士衡集》卷一《文赋》。

③ 《抱朴子外篇》卷三十《钧世》。

④ 《文心雕龙·情采》。

⑤ 《文心雕龙·情采》。

⑥ 《文心雕龙·熔裁》。

这个人物,在形象思维过程中当然会想到如何利用音韵这个手段来达到艺术表现的目的。所谓"胸有成竹"的"成竹",在语言艺术中,也包括着音韵的元素。熟悉描写对象而又富有艺术修养的作家,把他的胸中之竹写出来变成纸上之竹的时候,往往同时就能把这种音韵的元素一起带来。王夫之说得好:

> "池塘生春草","蝴蝶飞南园","明月照积雪",皆心中目中与相融浃,一出语时,即得珠圆玉润。
>
> 含情而能达,会景而生心,体物而得神,则自有灵通之句,参化工之妙。若但于句求巧,性情先为外荡,生意索然矣。①

"即得珠圆玉润","参化工之妙",当然就包括音韵的元素在内。这种自然的音韵正是在形象思维过程中被作家掌握到的。诗文的音韵问题,陆机已颇为重视了:"暨音声之迭代,若五色之相宣","或寄辞于瘁音,言徒靡而弗华"②。但他并未加以强调。大概后来开始有人偏重音韵,所以范晔就这样加以指责:"文患……韵移其意",而赞美谢庄的"手笔差易,文不拘韵"③。当时文坛领袖沈约却非常强调音韵的作用,发为议论:"夫五色相宣,八音协畅,由乎玄黄律吕,各适物宜。欲使宫羽相变,低昂互节。若前有浮声,则后须切响。一简之内,音韵尽殊,两句之中,轻重悉异。妙达此旨,始可言文。"他还历举曹植等人的佳作为例,赞美其为"正以音律调韵,取高前式"④。对沈约这一主张,刘勰不但表示同意,还作了不少发挥。⑤ 沈约看到他的发挥后,曾赞许他"深得文理"。⑥ 不过在这个问题上,我以为倒是钟嵘的看法比他们通达得多。钟嵘说:

> 昔曹、刘殆文章之圣,陆、谢为体贰之才,锐精研思,千百年中而不闻宫商之辩、四声之论。或谓前达偶然不见,岂其然乎? 尝试言之:古曰诗颂,皆被之金竹,故非调五音,无以谐会。若"置酒高堂上","明月照高楼",为

---

① 《薑斋诗话》卷二。
② 《陆士衡集》卷一《文赋》。
③ 《宋书》卷六十九《范晔传》引《狱中与诸甥侄书》。
④ 《宋书》卷六十七《谢灵运传论》。
⑤ 《文心雕龙·声律》。
⑥ 《南史·刘勰传》。

韵之首。故三祖之词，文或不工，而韵入歌唱，此重音韵之义也，与世之言宫商异矣。今既不被管弦，亦何取于声律耶？……王元长（融）创其首，谢朓、沈约扬其波。三贤或贵公子孙，幼有文辩，于是士流景慕，务为精密，襞积细微，专相陵架，故使文多拘忌，伤其真美。余谓文制本须讽读，不可蹇碍，但令清浊通流，口吻调利，斯为足矣。至平上去入，则余病未能，蜂腰鹤膝，闾里已具。①

钟嵘这里指出过分强调音韵，设置许多清规戒律，会"使文多拘忌，伤其真美"。"真美"指什么？就是形象地吟咏情性的美。真要按照沈约四声八病之类的清规戒律来避忌的话，必然只能削足适履，不但吟咏情性大受限制，刻划形象也很困难，不符合艺术思维的规律。这是"贵公子孙"们的偏嗜，不足为法的。

钟嵘以后，凡主张诗应"吟咏情性"，重视艺术规律的文论家，大都不赞成拘守声律。皎然说："沈休文酷裁八病，碎用四声，故风雅殆尽。后之才子，天机不高，为沈生弊法所媚，懵然随流，溺而不返。"②殷璠说："齐梁陈隋，下品实繁，专事拘忌，弥损厥道。夫能文者，非谓四声尽要流美，八病咸须避之，纵不拈缀，未为深缺。……词有刚柔，调有高下，但令词与调合，首末相称，中间不败，便是知音。"③皎然和殷璠的意见，大致可以代表用形象思维来写诗的唐人对音韵问题的看法。类似的意见也反映在严羽的诗论里，他指出"和韵最害人诗"④，又说："多务使事，不问兴致，用字必有来历，押韵必有出处，读之反覆终篇，不知着到何在。"⑤把拘忌于声韵提到妨碍情性，损害"兴致"——形象与形象思维的高度来认识，这是比较深刻，也符合事实的。

追求文辞的另一病态是专找些奇怪字、冷僻字入诗，似乎普通字写不出好诗。韩愈有些诗为了追求"字向纸上皆轩昂"⑥，好以险韵、奇字、古句、方言矜其饲辍之巧，实际"于心情、兴会一无所涉"。⑦宋代黄庭坚写诗，也爱在文字上大

① 《诗品·总论》。
② 《诗式·明四声》。
③ 《河岳英灵集》《河岳英灵集集论》。
④ 《沧浪诗话·诗评》。
⑤ 《沧浪诗话·诗辩》。
⑥ 《韩昌黎诗系年集释》页三五六《卢郎中云夫寄示送盘谷子诗两章歌以和之》。
⑦ 《薑斋诗话》卷三。

费功夫,好奇务新,镕铸剗削,"欲与李、杜争能于一辞一字之顷"①,流弊不少。作诗作文,专重文字,必然会放松对情性与艺术规律的重视。文字上的新奇,绝不就是艺术的创新。江西诗派中某些人看到杜甫诗写得好,模仿杜诗,不去学习杜甫关心人民疾苦,反映现实生活的胸怀和技巧,而只看中了他诗中的一些字眼,亦步亦趋,当然不可能有多大成就。宋人叶少蕴指出:"今人多取其(杜甫)已用字模仿用之,偃蹇狭陋,尽成死法。不知意与境会,言中其节,凡字皆可用也。"②"意与境会",从方法上说是形象思维,其结果就构成了形象,没有杜诗的意境,而只袭用他的文字,自然只能是"死法"。严羽说这种"以文字为诗"的作品,"工"或者算得"工"了,致命伤在缺乏一唱三叹之音,没有艺术感染力。盛唐诸大家诗就不是这样。

坚持形象思维,一刻也不脱离形象,不忘记文艺创作应有"兴致"、"兴会"、"意与境会"的特征,作家就不会委心逐辞。委心逐辞,往往还会堕落到虚伪妄作,不可救药。"故有志深轩冕,而泛咏皋壤;心缠几务,而虚述人外",很多形式主义以至虚假、反动的东西,就是这样造成的。

七、才为盟主,学为辅佐

用形象思维进行创作,应该具备哪些才能? 古代优秀文论家对此作出过合理的回答。

陆机说:"伫中区以玄览,颐情志于典坟","心懔懔以怀霜,志眇眇而临云。"③这是说既要广泛地观察生活,从古籍中吸取营养,还要具备一种高尚的思想。刘勰在论"神思"时说:"故思理为妙,神与物游,神居胸臆,而志气统其关键。"④志气也就是思想。有好的思想为指导,才有可能写出好的作品。刘勰又说:"是以属意立文,心与笔谋,才为盟主,学为辅佐。主佐合德,文采必霸,才学褊狭,虽美少功。"⑤他以为"才自内发,学以外成",要"才富",也要"学饱",但才是主,学为辅。这"才",亦是指思想的才能。

---

① 《简斋诗集》卷首《简斋诗集序》。
② 《石林诗话》。
③ 《陆士衡集》卷一《文赋》。
④ 《文心雕龙·神思》。
⑤ 《文心雕龙·情采》。

饱读前人好书,包括前人的优秀创作,可以丰富知识,吸收经验,学习技巧,对艺术创作是很有益处的。杜甫诗"读书破万卷,下笔如有神"①,果能取其精华,弃其糟粕,读与不读,少读与多读,都很不一样。但这却不等于说,单凭掉书袋,摆典故,炫博学,就能成好作品。沈约过分强调"音律调韵"是不对的,主张"直举胸情",不"傍诗史"②,却有见地。钟嵘有段著名的议论:

夫属词比事,乃为通谈。若乃经国文符,应资博古,撰德表奏,宜穷往烈;至乎吟咏情性,亦何贵于用事。"思君如流水",既是即目;"高台多悲风",亦惟所见;"清晨登陇首",羌无故实;"明月照积雪",讵出经史。观古今胜语,多非补假,皆由直寻。颜延、谢庄,尤为繁密,于时化之。故大明、泰始中,文章殆同书钞。近任昉、王元长等,词不贵奇,竞须新事,尔来作者,寖以成俗。遂乃句无虚语,语无虚字,拘挛补衲,蠹文已甚。但自然英旨,罕值其人。词既失高,则宜加事义,虽谢天才,且表学问,亦一理乎?③

钟嵘这段话,旗帜鲜明,通情达理,很有说服力。没有"自然英旨",不"吟咏情性",不靠真实思想而靠"殆同书钞"的文字、故实来充数,这怎么能不损害创作的价值!后来叶少蕴极赞这段话"简切、明白、易晓"④。唐代主张"天真"、"自然"的皎然,并未绝对排斥用事,所谓"虽用经史,而离书生"⑤,就是说,用事要不为事使,不要忘记创作的目的,不要违背艺术规律。

黄庭坚既爱以文字为诗,又爱以才学(具体表现为大量用事)为诗。他多次教人读书,好象诗文写得好不好,主要决定于有否读过千百卷书。如说:

经笥难窥底,词源幸汲深。……尊前八采句,窗下十年书。⑥
文章六经来,汗漫十牛车。譬如观沧海,细大极龙虾。⑦

---

① 《钱注杜诗》卷一《奉赠韦左丞丈二十二韵》。
② 《宋书》卷六十七《谢灵运传论》。
③ 《诗品·总论》。
④ 《石林诗话》。
⑤ 《诗式·诗有四离》。
⑥ 《山谷全集》内集卷十六《次韵高子勉十首》。
⑦ 《山谷全集》外集卷九《代书》。

831

东坡道人在黄州时作。语意高妙,似非吃烟火食人语。非胸中有万卷书,笔下无一点尘俗气,孰能至此。①

后人读山谷诗,许多地方很难懂,就因他用的事,采自各种杂书,这些书人们没有读过,一般也不必要读。南宋人许尹道出其中秘密:"其用事深密,杂以儒佛、虞初、稗官之说,隽永、鸿宝之书,牢笼渔猎,取诸左右,后生晚学,此秘未睹者,往往苦其难知。"②山谷喜欢渔猎奇书,其实并非他的真本领,反是他的一大弱点。

正是针对这类不良的诗风,严羽才断然提出:"夫学诗者,以识为主,入门须正,立志须高。……行有未至,可加工力,路头一差,愈骛愈远,由入门之不正也。"③他一方面标举"兴致"、"兴趣"、"意兴"、"妙悟",另一方面又提出"以识为主"、"立志须高",表明他所主张的形象思维,是在识的指导下进行,离不开高尚思想、健康世界观的指导。如果缺乏识别力,是非不明,高下莫辨,显然是不能作出正确、深刻的艺术概括的。

从事文艺创作,需要多方面的才能,除掉思想的才能,还有观察生活、驰骋想象、艺术描写、推陈出新等等各方面的才能,只有各方面的才能配合好了,才写得出好作品。但思想的才能确实是各种才能中的"盟主"。当然,作家的思想才能,跟科学家的思想才能相比有特殊的地方,即其中还含有艺术地表现思想的才能这一意义在内。这种才能仅仅因为过去还不能很科学地说明它的来源和成因,有时才被说成"天资",或"天才"。颜之推曾说:"钝学累功,不妨精熟,拙文研思,终归蚩鄙。但成学士,自足为人,必乏天才,勿强操笔。"④作家的思想才能,同样来源于生活实践和艺术实践,都是可以培养出来的。如果老是满足于死读书,不操笔,那自然就不能进行形象思维,塑造典型形象了。

八、诗人比兴,婉而成章

毛泽东同志说:"诗要用形象思维,不能如散文那样直说,所以,比、兴两法

---

① 《山谷题跋》卷二《跋东坡乐府缺月挂疏桐》。
② 《山谷诗集注》卷首《黄陈诗集注序》。
③ 《沧浪诗话·诗辨》。
④ 《颜氏家训》卷上《文章篇》。

是不能不用的。"①用比、兴两法进行创作的过程,正就是形象思维的过程。古代文论家对此有很多的论述。

关于赋比兴,早在《论语》里,就谈到"兴于诗"②,"诗可以兴"③。《诗大序》说"诗有六义"④,《周礼》称有"六诗"⑤,赋、比、兴即各居其半。从古以来,除"赋"为"直陈其事","比"为譬喻的含义没有多少分歧外,关于"兴",就有很多不同的甚至非常烦琐的说法。但总的说来,比兴都要附托外物,比显而兴隐。所以"比"实际就是形象性的明白的比喻,而"兴"则基本上是通过某种形象来进行寄托、隐喻。皎然论比兴,谓"取象曰比,取义曰兴,义即象下之意"⑥。所谓"象下之意",也就是指形象中含有较为隐藏的喻意。唐代陈子昂、李白、白居易等所说"比、兴都绝"的"比兴",以及殷璠所说的"都无比兴"⑦,则主要是从思想性的角度说作品缺乏讽谕的内容,只在一定程度上兼有表现方法的含义。

刘勰论文,特重兴体,有时兼举比兴。他以为比兴之法都是诗人在生活实践中对客观事物经过仔细观察,在艺术实践中根据表现的需要而悟得的,其间消长变化又和时代有关:

> 诗文弘奥,包韫六义,毛公述传,独标兴体。岂不以风通(异)而赋同,比显而兴隐哉。故比者,附也;兴者,起也。附理者,切类以指事,起情者,依微以拟议。起情,故兴体以立,附理,故比例以生。比则蓄愤以斥言,兴则环譬以记(托)讽。盖随时之义不一,故诗人之志有二也。

> 观夫兴之托谕,婉而成章。称名也小,取类也大。……楚襄信谗,而三闾忠烈,依诗制骚,讽兼比兴。炎汉虽盛,而辞人夸毗,诗刺道丧,故兴义销亡。于是赋颂先鸣,故比体云构,纷纭杂遝,信旧章矣。……

> 诗人比兴,触物圆览。物虽胡越,合则肝胆。拟容取心,断辞必敢。攒

---

① 《给陈毅同志谈诗的一封信》。
② 《论语·泰伯》。
③ 《论语·阳货》。
④ 《诗毛氏传疏》卷一。
⑤ 《周礼·春官·大师》。
⑥ 《诗式·用事》。
⑦ 《全唐文》卷四三六《河岳英灵集序》。

杂咏歌,如川之涣。①

刘勰认为在文艺创作中兴体最有表现力,因为这种方法与感性事物联系最密切,对文艺重在启发、感染的教育作用最有帮助。《诗经》中有不少用兴体写成的好诗,"兴于诗"的感受不是偶然的。后来楚辞又接受《诗经》的影响:"《离骚》之文,依《诗》取兴,引类譬喻。词不可径也,故有曲而达,情不可激也,故有譬而喻焉。"②古人确从艺术实践中领会到比兴之法的重要性。比、兴二体非常接近,不能截然划分。所以他有时兼举比、兴。他特重兴体,一是着眼于艺术规律,要求"婉而成章","称名也小,取类也大",二是不满很多汉赋过于夸张扬厉,"诗刺道丧"。应该说,这是很有见地的。

对此,钟嵘又进一步作了分析:

> 故诗有三义焉:一曰兴,二曰比,三曰赋。文已尽而意有余,兴也。因物喻志,比也。直书其事,寓言写物,赋也。宏斯三义,酌而用之,干之以风力,润之以丹采,使味之者无极,闻之者动心,是诗之至也。若专用比兴,患在意深,意深则词踬;若但用赋体,患在意浮,意浮则文散,嬉成流移,文无止泊,有芜漫之累矣。③

刘勰没有说赋体不可酌用。钟嵘也不是没有较重兴体,他对列在上品的谢灵运就称赞他"兴多才高",对列在中品的张华就嫌他"兴托不奇"④,把"文已尽而意有余"的兴体放在第一位,而且他也兼言比、兴。他们的观点基本一致。但钟嵘有更细密、完整的地方:第一,他明白讲对赋比兴三体应"酌而用之",有重点地结合运用,看到了三种方法可以相互为用,这是符合实际的。第二,他指出了"但用赋体"会使作品"意浮"的缺点,意浮,指直陈其事往往只能使意思停留在表面上,不能达到形象表现"曲尽其妙"的地步,也难于引起读者的深思,回味。第三,他也指出了"专用比兴"会使文意不够明朗的弱点。

---

① 《文心雕龙·比兴》。
② 魏源《诗比兴笺序》。
③ 《诗品·总论》。
④ 《诗品》卷中。

834

杜甫诗里谈到"兴"的地方非常多。略举几例：

> 载闻大易义，讽兴诗家流。①
> 感激时将晚，苍茫兴有神。②
> 诗尽人间兴，兼须入海求。③
> 胜绝惊身老，情忘发兴奇。④

杜甫谈到的"兴"，有的指诗兴，有的则是指"比兴体制，微婉顿挫之词"。⑤"微婉顿挫之词"，同"婉而成章"实是一个意思，即指用形象思维，并非直说的文艺作品。

柳宗元曾分析两类作品即"著述者流"和"比兴者流"的不同之点："文有二道：辞令褒贬，本乎著述者也。导扬讽谕，本乎比兴者也。著述者流，盖出于《书》之谟训，《易》之象、系，《春秋》之笔削，其要在于高壮广厚，词正而理备，谓宜藏于简册也。比、兴者流，盖出于虞、夏之咏歌，殷、周之风雅，其要在于丽则清越，言畅而意美，谓宜流于谣诵也。兹二者，考其旨义，乖离不合，故秉笔之士，恒偏胜独得，而罕有兼者焉。"⑥学术论著重在"辞令褒贬"，分析辩证，把人说服，文艺创作重在"导扬讽谕"，温柔敦厚，描写入微，使人自悟，而且产生美感。主要用比兴方法，进行导扬讽谕，这是文艺创作的特征。两类作品不仅作用不同，其思维方法也是显然有别的，著述要求"词正而理备"，比兴要求"言畅而意美"。柳宗元可说已经大体看到了我们今天所讲逻辑思维与形象思维的区别。这是古代文论中有关这一问题的宝贵资料。

文艺创作中比兴体占到突出的地位，在文学史上往往是一个作家、一个流派或一代文学趋向成熟的标志。它说明作家们不但已能从某种社会理想，而且还能从内心感情上，通过具体形象来把握生活了。信念化入血液，情感融成境界，使人因感生悟，领会无穷的意味。崇高的思想如果没有被体现在艺术形象

---

① 《钱注杜诗》卷六《毒热寄简崔评事十六弟》。
② 《钱注杜诗》卷九《上韦左相二十韵》。
③ 《钱注杜诗》卷十四《西阁二首》。
④ 《钱注杜诗》卷十四《宴戎州杨使君东楼》。
⑤ 《钱注杜诗》卷七《同元使君春陵行并序》。
⑥ 《柳河东集》卷二十一《杨评事文集后序》。

之中,力量就会被大大削弱。

历史上也有这种时候,即当人们初接触到一种新的社会理想,受到强烈吸引,亟愿加以传布,但暂时还缺少生活经验,因而难于从生活中提炼、表现新的主题,这时候,他们的作品还不大善于用比兴体来作出成熟的表现,而不免较多地运用赋体。这虽然仍是一种不成熟,却是前进中存在的问题,可以理解,也可以逐步克服的。

九、身历目见,是铁门限

进行形象思维,写出典型形象的才能,归根到底,它是从哪里来的?

南朝宋代的画家宗炳,曾提出这样的观点:"夫理绝于中古之上者,可意求于千载之下,旨微于言象之外者,可心取于书策之内。况乎身所盘桓,目所绸缪,以形写形,以色貌色也。"①他相信任何事物都画得出来,只要它是自己身历目见,非常熟悉的。钟嵘认为诗人写得最能动人的,是他亲自经历过、体验最深刻的生活,他说李陵如"不遭辛苦,其文亦何能至此",说刘琨由于"罹厄运,故善叙丧乱,多感恨之词"。② 杜甫诗"朱门酒肉臭,路有冻死骨"③的生活基础就是他自己的长期困顿和亲眼看到的广大人民痛苦、死亡的现实。即使象"细雨鱼儿出,微风燕子斜"④这样描写普通事物的诗句,若不是诗人稔知物理,也是写不出来的。叶少蕴评论这两句诗:"此十字殆无一字虚设。雨细著水面为沤,鱼常上浮而唼,若大雨,则伏而不出矣。燕体轻弱,风猛则不能胜,唯微风乃受以为势,故又有轻燕受风斜之语。"⑤细雨、微风、鱼儿、燕子,都是极普通的事物,但要写成如此形象生动的诗句,仍非有仔细的观察功夫不可。评论家不经仔细观察,也不能知道这两句诗美妙在何处。韩幹是画马名手,苏轼称赞他"韩生画马真是马"⑥,意思是不仅画出了马的形,更画出了马的神态。韩幹为什么能画得

---

① 《画山水叙》。
② 《诗品》卷上评李陵,卷中评刘琨。
③ 《钱注杜诗》卷一《自京赴奉先县咏怀五百字》。
④ 《钱注杜诗》卷十二《水槛遣心二首》。
⑤ 《石林诗话》。
⑥ 《苏东坡集》卷八《韩干马十四匹》。

这样好？"君不见韩生自言无所学,厩马万匹皆吾师"①。他画马不是从概念出发的,不是概念的图解,而是观察了无数真马作出的艺术概括。苏轼有两篇广为传诵的名文:《石钟山记》写他"肯以小舟夜泊绝壁之下",作了一番实地调查,才取得了一点别人不清楚的知识,因而使他懂得"事不目见耳闻,而臆断其有无,可乎"②;《日喻》中写:"南方多没人,日与水居也,七岁而能涉,十岁而能浮,十五而能没矣。夫没者岂苟然哉,必将有得于水之道者,日与水居,则十五而得其道,生不识水,则虽壮见舟而畏之。"③苏轼这种强调生活实践,从实践中精研物态,深识物理的思想,同他在文艺创作上重视写生,要求深入观察,抓住事物特点,不满足于形似而进一步要求传神的主张,是一脉相承的。

王夫之论盛唐诸大家,如"燕、许、高、岑、李、杜、储、王所传诗,皆仕宦后所作。阅物多,得景大,取精宏,寄意远,自非局促名场者所及。"④这里面,"阅物多"是主要的原因,所以在另一条里他又开门见山地指出:

> 身之所历,目之所见,是铁门限。即极写大景,如"阴晴众壑殊","乾坤日夜浮",亦必不逾此限。非按舆地图,便可云"平野入青徐"也,抑登楼所得见者耳。隔垣听演杂剧,可闻其歌,不见其舞,更远则但闻鼓声,而可云所演何齣乎?⑤

搞文艺创作,一定要用形象思维。而要用形象思维,只靠读书固然不行,靠道听途说,略知一鳞半爪也不行,一定要"阅物多",生活经验非常丰富,有足够的形象积累,又深思熟虑,精益求精,才可能取得成就。任何左道旁门,小路"捷径",都达不到正当的创作目的。"铁门限"! 这是多么斩钉截铁、掷地有声的语言。

中国古代文论中有关形象和形象思维问题的思想资料是十分丰富的。许多优秀作家、理论家对这问题的认识和探索,符合文艺创作的规律,有些精义,对今天还颇有借鉴价值。以上所谈,不过作为一些例子,涉及到的仅是大量资料中的极小一部分。但如他们所指出:"神思"是"驭文之首术,谋篇之大端",形

---

① 《苏东坡集》卷十六《次韵子由书李伯时所藏韩幹马》。
② 《苏东坡集》卷三十三《石钟山记》。
③ 《苏东坡集》卷二十三《日喻》。
④ 《薑斋诗话》卷二。
⑤ 《薑斋诗话》卷二。

象思维应该"随物宛转",不能脱离、歪曲社会生活;形象思维的主要内容是"即物达情","理随物显",阐明了反映现实生活与抒情达理的辩证关系;形象描写既要"穷形尽相"又应进行艺术概括,以及关于在形象思维中进行概括的某些说明;总是把文辞、声律一类表现上的问题包括在整个形象思维过程中来考虑以防止陷入形式主义;提出思想的才能是用形象思维从事创作的各种才能中的"盟主";文艺创作对赋、比、兴三体应"酌而用之",三者可以相互为用,但应以兴——比、兴为主;以及"身历目见"是用形象思维进行文艺创作不可逾越的"铁门限",等等,我认为这些道理都还很有现实意义。

"四人帮"否定形象思维,也就是反对文艺创作的客观规律。他们否定作家要用形象思维,目的就是为了炮制阴谋文艺,为他们一伙提出的"主题先行",从"主题"出发"设计"人物和情节等等谬论制造理论根据。阴谋文艺里的所谓艺术形象,由于是脱离、歪曲了现实生活被捏造出来的,实际只是他们反革命概念的图解,反动思想的传声筒。他们不用形象思维,自然只能千篇一律,千人一面,雷同便成为阴谋文艺无法克服的致命伤。他们的作品,一味抽象说教,大言嚎叫,连徒存形相的"匠笔"都说不上,谈不到艺术概括。明明是反革命,却拼命装点一些革命的字句,借以骗人,伪学救不了他们的命。"四人帮"反对文艺工作者深入生活,反真理而行,虽然猖獗一时,终被革命人民横扫到了他们应该去的历史的垃圾堆里,真是"尔曹身与名俱灭,不废江河万古流"![1] 他们在文艺领域里的倒行逆施,胡作非为,不仅完全违反马克思主义的文艺原理,就是用古代文论中揭示出来的某些客观规律来看,其荒谬也是很显著的。

古代文论家不能对形象与形象思维问题作出系统、科学的分析,他们的形象思维论存在着地主阶级的种种局限。他们要求身历目见的,不是劳动人民的斗争生活,他们没有为劳动人民服务的思想。只在今天,用形象思维方法,反映阶级斗争、生产斗争与科学实验,才能真正成为文艺工作者行动的指针。而文艺作家必须深入到工农兵群众的火热斗争中去,又重新成为作家们努力前进的目标,坚决朝这目标前进,文艺创作园地百花盛开的美景一定就会到来!

---

① 《钱注杜诗》卷十二《戏为六绝句》。

古代文论中的
"出入"说

  十八年前,周恩来同志就已一再指出:"各种事物都有它的客观规律,艺术也一样","文艺同工农业生产一样,有它客观的发展规律。"文艺作品是生活的反映,但"普通的实际生活总是要经过加工,才能成为艺术作品。"要反映生活就得深入生活,熟悉生活;要把普通的实际生活写得"更集中、更典型、更美、更高、更强烈",就得花较多时间,作艰巨的努力。熟悉生活和提高质量都是非常细致的工作,所以周恩来同志反复交代:"应当允许作家的写作时间多一点,不要催得太急","由于领导要求太急,所以只能是急就章。"①为了提高质量,生产出名副其实的艺术作品,多点时间,少点干涉和催促,"不能要求太急"确是艺术生产的客观规律之一。作家自己不能违反这个规律,领导艺术生产也应遵循这个规律办事。否则,艺术创作就不可能出现真正繁荣的局面。艺术生产要求数量多,但如数量多而质量不高,甚至很低,仍是虚假的繁荣。只有数量既多,其中又有不少高质量的作品,才是真正的繁荣。

  艺术生产中的这个问题,不只中国有,外国也有。亦并不只是现代有,古代也有。外国文论中探讨过这个问题,我国古代文论中也探讨过这个问题。周恩来同志对这个问题提示的意见,符合我国当代文学的实践经验,林彪、"四人帮"在文艺界实行封建法西斯统治时期对艺术生产所造成的严重破坏,有力地证明了违反这个艺术规律的倒行逆施,必然要失败,而且给人民带来灾难。

  外国文论中曾有一种"距离说",认为无论创造或欣赏,都需要对实际人生保持某种距离,太远了不能了解它,太近了便不能用所谓"处之泰然"的态度去

---

  ① 引自周恩来同志《在文艺工作座谈会和故事片创作会议上的讲话》。

观察、欣赏它。这种说法也被用来解释作家需要较多的时间来完成他的作品，因为无论保持时间的、空间的或人为的某种距离，归根到底都需要一定的时间。这种说法尽管不是毫无可供思考的东西，毕竟有许多脱离现实的错误成分在内。

我国古代文论中有种"出入法"，或"出入"说，也正是探讨艺术生产中的这个问题，企图说明、解决这个问题的。把古人有关这个问题的艺术思想联系起来加以研究，就会发现古代文论中的这些思想不但富有我们民族的特点，容易为人们了解和喜闻乐见，而且在说明道理上往往也很透辟，具有规律意义。周总理的提示，不仅符合我国当代文学的实践经验，也是符合我国古代许多作家、理论家的艺术经验的。

一、"入"与"出"

明白提出"出入法"的，是南宋人陈善。他谈的是读书之法：

> 读书须知出入法。始当求所以入，终当求所以出。见得亲切，此是入书法；用得透脱，此是出书法。盖不能入得书，则不知古人用心处；不能出得书，则又死在言下。惟知出知入，乃尽读书之法。①

这里，"入"是为了"见得亲切"，不能不入；出是为了"用得透脱"，不出不行。陈善这段话后来屡被称引，别加发挥。同样讲读书、讲"入"，王夫之又加辨析：

> 欲除俗陋，必多读古人文字，以沐浴而膏润之。然读古人文字，以心入古文中，则得其精髓；若以古文填入心中，而亟求吐出，则所谓道听而途说者耳。②

"以心入古文中"，意谓读书时能开动脑筋，领会古人的精神，启发自己思考。"以古文填入心中"，意谓死记硬背，变成古人的奴仆，说出来的全是重复古人的

---

① 《扪虱新话》上集卷四，《读书须知出入法》条。
② 《薑斋诗话》卷二。

言语。同样是"入",前一种入而能出,后一种乃入而不出。

"出入法"后来更多被用来阐说艺术创作的原理、方法。如清人张式论画:

> 初以古人为师,后以造物为师,画之能事尽乎?曰:能事不尽此也。从古人入,从造物出。①

这是说,开头不妨摹仿古人,但师法造化也未是高境,以后必须有所独创,又如清人周济论词:

> 夫词,非寄托不入,专寄托不出。一物一事,引而伸之,触类多通,驱心若游丝之缳飞英,含毫如郢斤之斫蝇翼,以无厚入有间;既习已,意感偶生,假类毕达,阅载千百,謦欬弗违,斯入矣。赋情独深,逐境必窙,酝酿日久,冥发妄中;虽铺叙平淡,摹缋浅近,而万感横集,五中无主。读其篇者,临渊窥鱼,意为舫鲤,中宵惊电,罔识东西。赤子随母笑啼,乡人缘境喜怒,抑可谓能出矣。②

这是说,"有寄托,则表里相宜,斐然成章","无寄托,则指事类情,仁者见仁,知者见知"③,调人应先入后出,从有到无。再如清人汪琬论文:

> 凡为文者,其始也,必求其所从入,其既也,必求其所从出。彼句剽字窃,步趋尺拟言工者,皆能入而不能出者也。④

这里具体指出"句剽字窃,步趋尺拟"就是能入而不能出的标志。正是在前人论说的基础上,王国维写出了他更深入一层的看法:

> 诗人对宇宙人生,须入乎其内,又须出乎其外。入乎其内,故能写之。

---

① 《画谭》,见《画论丛刊》。
② 《宋四家词选目录序论》,见《介存斋论词杂著》附录。
③ 《介存斋论词杂著》。
④ 王应奎《柳南随笔》卷五引。

841

出乎其外,故能观之。入乎其内,故有生气。出乎其外,故有高致。①

王氏这段话的贡献,在于他进一步明白论说了作家对宇宙人生为什么必须入又必须出的道理。

先入后出,必须入又必须出,创作上的这种"出入"思想,深刻体现了古代文论一路发展下来的艺术辩证法。在这种思想中,也包含着对为什么"不能要求太急"的回答。

二、入乎其内,故能写之,故有生气

生活是文艺的源泉。没有生活,谈不上文艺创作。不深入生活,没有丰富的积累,对生活缺乏深刻的认识,产生不出有价值的艺术作品。王夫之有段话说得很好:

> 身之所历,目之所见,是铁门限。即极写大景,如"阴晴众壑殊","乾坤日夜浮",亦必不逾此限。非按舆地图,便可云"平野入青徐"也,抑登楼所得见者耳。隔垣听演杂剧,可闻其歌,不见其舞;更远则但闻鼓声,而可云所演何龃乎?②

"身之所历,目之所见",是"入"。不入,便写不出,所以说是打不破的"铁门限"。即使只是一句写景诗,如果没有亲身经历、体验过,照样写不好。隔墙可以听歌,更远可以听鼓,写听歌听鼓还可以,因为多少算"入"了一点,凭此写演杂剧就不行,因为根本还没有"入"。

龚自珍也有一段话,是论史的:

> 史之尊,非其职语言,司谤誉之谓,尊其心也。心何如而尊?善入。何者善入?天下山川形势,人心风气,土所宜,姓所贵,皆知之;国之祖宗之令,下逮吏胥之所守,皆知之。其于言礼、言兵、言政、言狱、言掌故、言文

---

① 《人间词话》。
② 《薑斋诗话》卷二。

体、言人贤否，如其言家事，可谓入矣。又如何而尊？善出。何者善出？天下山川形势，人心风气，土所宜，姓所贵，国之祖宗之令，下逮吏胥之所守，旨有联事焉，皆非所专官。其于言礼、言兵、言政、言狱、言掌故、言文体、言人贤否，如优人在堂下，号咷舞歌，哀乐万千，堂上观者，肃然踞坐。眄睐而指点焉，可谓出矣。不善入者，非实录，垣外之耳，能治堂中之优也耶？则史之言，必有余咙。不善出者，必无高情至论。优人哀乐万千，手口沸羹，彼岂复能自言其哀乐也耶？则史之言，必有余喘。是故欲为史，若（一本作"及"）为史之别子也者，毋咙毋喘，自尊其心。①

史家对所写事物都清楚地知道，到达了"如言家事"的程度，是"入"，入然后可以称其史为如实的记录，否则将如痴人说梦，不过都是咙语。但史家又须善"出"，出然后可以有"高情至论"，否则将如丛残碎语，不能有多大意义。龚氏所说的史，概念极广泛，他曾说："史之外无有语言焉，史之外无有文字焉"，②所以他在这里所谈的出入法，实际上通于文艺创作。

对客观事物，宇宙人生，总要知道了才写得出，知道得深刻才可能写得深刻，所以王国维所说"入乎其内，故能写之"的道理是不烦多说，一般便能首肯的。而他又说的"入乎其内，故有生气"，确实也是真理。千篇一律，千人一面，当然是没有生气的、味同嚼蜡的东西。为什么会没有生气？主要原因难道不是没有"入"，或者"入"得非常肤浅么？生活不断在发展、变化，人物的性格面貌各各不同，而且随时随事都有差异的表现，只要"入"了进去，深入下去，写出来绝不会千篇一律、千人一面，就象一个印板出来的模样，令人见而生厌的。艺术作品的生气，到底要从如实描写有生命的事物得来。向壁虚构，主观编造，或者浅尝即止，陈陈相因，自必与生气绝缘。王国维这两句话，可称言简意赅，每发中的。

三、出乎其外，故能观之

苏轼有一首诗：

---

① 《龚自珍全集》，第80—81页。
② 《龚自珍全集》，第21页，《古史钩沉论二》。

横看成岭侧成峰,远近高低各不同。

不识庐山真面目,只缘身在此山中。[①]

这是宋元丰七年他初游庐山题在西林寺壁上的。大家都很喜爱这首诗,因为它写出了一个虽然简单却普遍深刻的真理:人们常常并不真正了解他身在其中、自以为已很熟悉的情境,以及身边的事物,更不要说总能正确、深刻地予以评量了。"横看成岭侧成峰,远近高低各不同",凡有山行经验的人多少都有这种体会。所谓"移步换形",到过云南石林的人,就知道确实存在这种情况,只在一个适当的地点,从一个适当的角度去看石林中的这一座,她才是如此令人神往的优美的阿诗玛,若稍一转身,阿诗玛便已变成一个面目可憎的魔怪了。但是尽管很多人都有这种体会,却很少人能懂得"不识庐山真面目,只缘身在此山中"的道理。总以为既在此山中,就已经识到了它的真面目。或者,即使懂得了还没有认识此山真面目,仍不清楚原来正由于"身在此山中",才会导致不识此山真面目的结果。

东坡后来又写了《庐山二胜》诗,小序云:"余游庐山南北,得十五六,奇胜殆不可胜记。"他在庐山里游了更多的地方,对庐山的真面目不消说已逐渐增多认识。可是即使这样,比起我们今天还能在高空飞机上对庐山作全面的观察,用现代化的彩色摄影技术对庐山景物在各种气候条件下作精细的录像,还差得极远。更不要说庐山的真面目,还有许多连高空鸟瞰,精细摄影都还认识不了的东西。

这说明了一件事实:要认识庐山真面目,不入或不深入庐山是不行的,但入而不出,即使老死在庐山深处,也还未必就能全识庐山真面目。作家对他的描写对象,要能够作尽量客观的,全面的考察。这就必须在"入乎其内"之后,又能"出乎其外","出乎其外,故能观之",王国维的话是很有见地的。

面对一座山峰,仔细的游客可以把眼前,近处的形势、景色看得很分明,很周到,但毕竟是一时的、局部的认识;即使在这座大山里留连忘返过十处八处,也还只是这座大山、这处景色的一小部分,不足以概括整座大山及其全部景色。单是看到一座极象阿诗玛的石柱,决不能反映整个石林的千态万状、瑰奇宏伟。作家只能选择特定生活中若干部分来加以描绘,但只有对这种生活有了尽可能

---

① 《题西林壁》。

完整深刻的认识，才能找到具有典型意义的若干部分来进行描绘。从整体看局部，才能用局部反映整体。写自然景物如此，写社会生活更是如此。观察得越全面、越深刻，就越能认识事物的本质，越能正确、深刻地评量它，具体、生动地描写它。

如果说为识庐山真面目，最终还得走出庐山的圈子，那么很多古代作家也懂得，为了描写人生，最终也应尽量做到比较冷静、客观，以便更真实、深刻地去反映出它的本质和价值。比如说，你已经欢乐了，痛苦了，这就是你已经"入"了，而你若要充分真实、深刻地反映出所经欢乐、痛苦的本质和价值，你还必须"出"，即尽可能在冷静下来，得以比较客观地反复回味、全面思量之后才动手写作。在欢乐或痛苦的当时，如果马上下笔，同反复回味、全面思量，甚至事过境迁以后再来描写当时的欢乐或痛苦，不但深浅偏全可以大不相同，评量也可以显然两样。例如韩愈的经验：

> 持仆所守，驱而使奔走伺候公卿间，开口论议，其安能有以合乎？仆在京城八九年，无所取资，日求于人，以度时月，当时行之不觉也。今而思之，如痛定之人思当痛之时，不知何能自处也。今年加长矣，复驱之使就其故地，是亦难矣。①

这是说，"日求于人，以度时月"，客观上原是非常痛苦、可耻的，但他"当时行之不觉也"，胡里胡涂，就过来了。现在想来，觉得真是太痛苦、太可耻，简直不知道当时怎么会这样不尊重自己的。韩愈在这里表达出的深沉悔恨、无比痛苦的心情是很动人的，但显然这是痛定思痛逐渐回到较为客观的结果。"当时行之不觉也"，不以为很苦，不以为很可耻，当时如果写这种生活，至少会很庸俗。现在冷静反省，经过反复回味，全面思量，写出来就真实得多，有深度了。

又如文天祥的经验：

> 呜呼！予之及于死者，不知其几矣。……呜呼，死生，昼夜事也，死而死矣。而境界危恶，层见错出，非人世所堪。痛定思痛，痛何如哉！②

---

① 《与李翱书》。
② 《文山先生全集》，《指南录后序》。

这是说,他遭遇险恶,虽然当时就已感到痛苦,但痛苦的程度,却是后来回想时更深,因为他后来经历了更多的情况,使他感到自己满怀孤忠,处境竟如此危恶,简直不让有什么生路,实非活在人世所堪忍受。这样的深刻悲愤,在他当时"死就死了吧"这种无可奈何的心情中,也是表达不出的。

对这种情况,清代章学诚也曾论到:

> 望远山者,高秀可挹,入其中而不觉也。追往事者,哀乐无端,处其境而不知也。①

章氏这里也以入山、出山为比。从远处看山,可以看到它的高秀,局居其中一隅的却感觉不出。回想往事,哀、乐可以引起无穷的感叹,当时可不能有如此深切的感受。那么,为什么会产生这种情况呢?

自然景物比较好说。身在山中,视野不广,看不到整座山的面貌,局部也许根本没有高秀的景色,所以当然不能产生高秀的感觉。社会人生就比较复杂。杜甫有首题为《彭衙行》的名诗,写他在天宝十五年六月潼关失守后,携家从白水县(属今陕西省)避难北行,经彭衙到同家洼一段沿途的狼狈困顿和朋友孙宰对他的热情接待。诗的上半部在写了全家一路上的种种艰苦后,接着写孙宰一家对他们的动人"高义":

> 故人有孙宰,高义薄曾云。延客已曛黑,张灯启重门。暖汤濯我足,剪纸招我魂。从此出妻孥,相视涕阑干。众雏烂漫睡,唤起沾盘飧。誓将与夫子,永结为弟昆。遂空所坐堂,安居奉我欢。谁肯艰难际,豁达露心肝。……②

杜甫这位老友真是难得!杜甫全家来到,不管他们如何饥寒交迫,满身湿透,十足穷酸的样子,老朋友还是隆重欢迎,"张灯启重门"。客人到家,先请暖汤濯足,再按土俗为他们剪纸招魂。待客人略得休整,马上招呼妻儿出来同客人全家郑重会面,相见之下,两家人都激动得流下眼泪。为了庆祝两家人难得的欢

---

① 《感遇》。

② 《杜臆》卷二。

聚,特地把已经睡着的孩子们弄醒,要他们起身一道再吃点东西。主人的话还是同过去一样恳切:不管遭到多大艰难,"我们将永远是亲密兄弟",主人把坐着的厅堂完全腾空,为客人全家安排好舒适的住处。最后是诗人从内心深处迸发出的对他这位老友的赞美和尊敬:"谁肯艰难际,豁达露心肝!"

杜甫这首诗写于离别孙宰一年之后,诗里所写都是回忆去年的事情。自然,他当时必已非常感谢孙宰的高谊,但是否当时便能写出如此真切的诗来呢?只有饱尝人情冷暖、世态炎凉之苦的人,在这方面具有许多比较材料的人,才能把老朋友对自己一家的热情接待、真诚相助,写得如此生动。而这些描写又都是为了最后的画龙点睛:"谁肯艰难际,豁达露心肝!"在此之前,杜甫一家的流离之苦大概还没有这样深,他得到别人的热诚相助大概还没有这样多,在这种情况下,当时他如果马上把自己的感谢写成诗,他就不可能把老友对自己一人一家的热情写得具有如此崇高的品质,他自己的热情也不会表现得如此炽烈。一年之后,他的生活经验更丰富了,很可能遇见了一些平常算作朋友,患难中却同孙宰很不一样的人物。也可能在广泛的观察、体验中,进一步感到了孙宰这种高谊的极大分量。总之,经验的增长,广泛的阅历和比较,反复回味与思考,作家多经过一段时间的磨炼,对同一件事后来写的东西往往能比当时就写出的深刻有味。明代王嗣奭解说这首诗:

> 云"别来岁月周",是忆去年事也。感孙宰之高谊,故隔年赋诗;感之极,时往来于心,故写逃难之苦极真。追思其苦,故愈追思其恩。结之曰"谁能艰难际,豁达露心肝",何等激切!读此语,知"誓将与夫子,永结为弟昆",乃述孙宰语,所谓露心肝也。宰本故人,盖述昔日交契之厚,非此日才发誓也。

王氏这段话写得好,既讲明了诗的句意,去掉了某些误解,也解释了作者为什么一年之后能写得如此真切的一个原因,即作者后来经过思考、比较,他既对此事"时往来于心",想得更多,同时"感之极",感受、感觉,也更深了。如果说当时他必已非常感谢这位老友,一年之后,他已深入一步,能把这位老友看做人们相互关系中一个极为难得的榜样了。一年之前他正在"入",容易由于和自己一家的利害关系太密切,而主要重视了这位老友的"可感"一面,那么一年之后,由于能把一人一家的利害关系逐渐推远,从"入"变"出",故能"观"了,所以可以主要看到这位老友的"可敬"一面了。无疑从可感到可敬,对这位老友的认识上,确要深刻得多。同时,有了思考的余裕,在艺术上也可以更成熟了。

人们总有各自的利害关系,这是超脱不了的。但有一人一家的利害,有千百万人民群众的利害。有一时的利害,有长远的利害。囿于小我、一时的利害,关系太密,距离太近,就容易遮住自己的视线,看不到事物的另外一些方面,一些利害更大的东西,意义更深的东西。处身在一艘可能就要倾覆的险船上,对咆哮涌来的波涛大概只能看到它的危害性,因为这时关系到一人一船的生命安危太密切了。其实汹涌的波涛对人类生活客观上还能起许多有益的作用。幸而人们处身在这种险船上的情况并不多,所以力求客观地观察是始终大有可能的。"入"要有自觉,"出"也要有自觉。有了"出"的自觉,一个有勇气,有力量的作家就能控制住自己,不为一时的兴味、观感和冲动,轻于下笔。

文艺创作的规律不但古今一致,而且也是中外相同的。我国古人强调痛定思痛,外国理论家、作家也有同样的体会。法国狄得罗这样说过:

> 你是否趁你的朋友或爱人刚死的时候就做诗哀悼呢? 不,谁趁这个时候去发挥诗才,谁就会倒霉! 只有等到激烈的哀痛已过去,……当事人才想到幸福遭到折损,才能估计损失,记忆才和想象结合起来,去回味和放大已经感到的悲痛。……如果眼睛还在流泪,笔就会从手里落下,当事人就会受情感驱遣,写不下去了。①

屠格涅夫对他正在动手的《贵族之家》这样自述:

> 这一次我对情节作了长久的缜密考虑,希望避免匆匆忙忙和出于意外的结局,那样的结局曾经公正地引起你们的愤慨。我觉得自己的工作情绪很好,不过青年时代的急躁脾气已经在我身上消失了。我抱着出奇的冷静写作;但愿这不要反映在我的作品上。因为冷淡——这就是平庸……。②

痛定思痛,冷静而非冷淡,把那些当时认为重要而后来看出从全局或性质来评

---

① 《谈演员》,《世界文学》1962 年 1、2 月号。
② 《致维阿尔多》,《古典文艺理论译丛》1962 年第 3 辑。

量其实并不那么有意义的东西去掉,代之以真正有价值的、深刻有味的东西,作家就能产生出艺术作品来了。

四、出乎其外,故有高致

龚自珍说:"不善出者,必无高情至论。"王国维说:"出乎其外,故有高致。"他们心目中的"高情至论"或"高致",其具体内容各时代各种人必然有所不同,但从"入"与"出"这过程来比较,"出"后一般总比"入"时要高得多。为什么能这样呢?

根本的道理仍在于"出"后可以静观细察。"入"时感情容易激动,注意往往片面,不能全面、历史地分析、研究认识问题,不易达到艺术真实,不能认识事物深处。真处深处,其实也就是高处。

明代吕坤说:

> 置其身于是非之外,而后可以折是非之中。置其身于利害之外,而后可以观利害之变。①

何坦也这样说:

> 水道曲折,立岸者见,而操舟者迷。棋势胜负,对弈者惑,而傍观者审。非智有明暗,盖静可以观动也。人能不为利害所汩,则事物至前,如数一二,故君子养心以静也。②

折是非之中,观利害之变,事物至前,得以如数一二,这自然和立足点有关,但如能自觉地出乎其外,表现了高情至论,产生了高致,这就是一种提高,不能仍说与"智有明暗"无关。不知"出"、不善"出",是暗,知"出"、善"出",便是明。

欧阳修为五代伶官写传,除了他的某些观点有所传承,他同这些伶官和短暂的朝廷命运并无直接利害关系,这才使他有可能在写完传记之后又能在序论

---

① 《呻吟语》卷三之一。
② 《西畴老人常言》。

849

中发出"虽曰天命,岂非人事","忧劳可以兴国,逸豫可以亡身","祸患常积于忽微,而智勇多困于所溺"①等颇有积极意义的议论,他不可能看得更深,乃由时代和阶级所限,不是他没有"出"。

曹雪芹的《红楼梦》"于悼红轩中披阅十载,增删五次","满纸荒唐言,一把辛酸泪",诚然是充满了激情的。但他写的是"当日所有之女子","半世亲见亲闻的几个女子",在长期写作过程中,均经"一一细考较去,觉其行止见识皆出我之上",而且抛开老一套的写法,"只按自己的事体情理","其间离合悲欢,兴衰际遇,俱是按迹循踪,不敢稍加穿凿,至失其真"。②他"亲见亲闻"是"入",对"半世"所经所历"一一细考较去","按迹循踪",力求不失其真,就是"出"的功夫,"出"的结果。他是经过后来多年的仔细考较,才对当日见闻的几个女子深深感觉其行止见识皆出自己之上,"我堂堂须眉,诚不若彼裙钗"的。如果他当时就匆匆写出一部书来,决不能象现在我们看到的这部《红楼梦》真实深刻。

文学是人学。人们活动的性质和价值,往往要经过一段时期,有时要经过较长时期,才能明白地显现出来。社会上一时的毁誉,作家自己目前的爱憎(即使大体已置身于是非利害之外)每还不足以折是非之中。这是因为人们的活动进程,特别是那些具有历史意义的重要活动进程,并不能在很短时期中结束,还在延续下去,只凭一时一节的接触体会是很难抓住要领的。人们活动的价值也是多方面的,直接的价值正在发生较多作用时,间接的影响,另方面的意义很难被看到,情况变化后,间接的、另方面的价值很可能取代而占显著的地位,这在当时很难预料,以后就能逐渐发现,并予以适当的估价了。有些活动,在原来的历史条件下形成一种看法,一旦出现了另一种历史条件,看法也会起变化,可能原来的看法有很多缺点,甚至是错误的。一人一家的利害,一时一事的利害,都有碍于作家观利害之变。活动还在继续,利害难免转化,体会不深,看法不准,急就章转瞬即成明日黄花,大家不要看,自己也懊悔,白白浪费许多生命、精力,对社会没有益处。这样的经验、教训,古今都不少。

出乎其外,能取得思想上的较高成就,也能达到艺术上的较高收获。鲁迅这样说过:

---

① 《新五代史·伶官传序》。
② 《红楼梦》第一回。

沪案以后，周刊上却有极锋利肃杀的诗，其实是没有意思的。情随事迁，即味同嚼蜡。我以为感情正烈的时候，不宜做诗。否则锋芒太露，能将"诗美"杀掉。①

"感情正烈的时候"，在"入"之中。"能将'诗美'杀掉"，是说此时"不宜做诗"，除思想认识上的原因，同时还有艺术表现上的原因。此时写诗，由于感情激动，容易流于呼号、叫喊、议论，倾筐倒箧，一泻无余，缺乏诗的特点，违反艺术表现的规律。

元稹有三首悼念亡妻韦惠丛的诗，历来被公认写得非常动人。② 诗中写他们过去一同经历的贫困生活，妻子对他体贴照顾，毫无怨言："顾我无衣搜荩箧，泥他沽酒拔金钗。野蔬充膳甘尝藿，落叶添薪仰古槐。"写他对亡妻悼念的心情，婉曲深至："衣裳已施行看尽，针线犹存未忍开。尚想旧情怜婢仆，也曾因梦送钱财。"写他一想到"贫贱夫妻百事哀"，妻子跟着自己过的一直是愁苦不堪的生活，心里就难受极了，夜里再也不能合眼，"唯将终夜长开眼，报答平生未展眉"。这样的好诗只有经过事后长期追想，深深懂得和珍惜妻子是多么温柔善良，自己又经历过多少个哀不成眠的夜晚，并且有了高度凝炼而又自然的艺术手腕才写得出来。如果元稹在妻子去世当时或很快便写，即使写得成，因为没有形象思维的余裕，也会缺乏诗的特点，更不能具有如此深沉的感染力量。在此以前他另外一些悼亡诗就是证据。

前面已经举过狄得罗和屠格涅夫的体会来说明艺术创作的规律是对古今中外的作家都起作用的，这里还可以举一段果戈理的话，说明外国作家对"出乎其外"后有利于艺术表现这一点，亦有同感：

几乎所有并不缺乏创作力量的作家都拥有一种本领，我并不把它叫做想象——那种本领就是善于把不在眼前的事物表现得栩栩如生，好象历历在目一样。只有当我们远离开我们所描绘的事物的时候，这种本领才会在我们身上发生作用。这说明了为什么诗人们大多数都喜欢选取离开我们很远的时代，浸淫到过去时代中去。过去时代使我们摆脱我们

---

① 《两地书》三十二。
② 《遣悲怀》。

周围的一切东西,把灵魂带到为写作所必不可少的那种安谧的、平静的心境中去。①

安谧的、平静的心境,无论对事物进行深入的思考,还是艺术加工,塑造形象,反复提炼,以至语言的修改、润色,都是极为重要的。当然,不是写了过去或很远时代的事情一定就有"高情至论"和"高致",作家的革命责任感也不容他完全放弃描写目前或较近发生的事情。问题在作家和领导艺术产生者都应该懂得既要"入乎其内",又得"出乎其外"的道理。有了这种自觉,才有可能写出或领导产生出高质量的艺术作品。

五、能事不受相促迫

杜甫有首歌,题在画家王宰的一幅山水画图上,歌词这样说:

> 十日画一水,五日画一石。能事不受相促迫,王宰始肯留真迹。……②

这个王宰绘画时一定要让他从容为之,决不许别人催迫,否则就不肯给画。过十天画一水,又过五天画一石,他心中自有构想,自有布局,不能接受别人催促,违反自己的计划匆忙结束。作家理应享有这种写作自由。杜甫说是"戏题",其实很正经,我们可以感到他是非常赞赏王宰的态度的。

搞文艺创作,"入"需要时间,"出"也需要时间,"入"与"出"加在一起,一般都需要较多较长的时间。究竟需要多少,因题因人而异,不能呆说,但原则总是不能求之过急。过急了,只能产生急就章,白花时间、精力,落得没有好作用。

"入",对于要写一部反映时代巨变的大作品的作家来说,尤其需要对社会生活认真钻研许多时间。因为他必须广泛深入细致地去观察、体验、分析、研究各色各样人物的性格和相互关系,时代风貌和斗争特点,等等。公式化概念化,雷同一律,根本原因就是没有"入",或"入"得不深。

"出",对于已被表面现象、局部观感、狭隘经验束缚得很紧的作家来说,也

---

① 《我的忏悔》,《古典文艺理论译丛》第 11 辑。
② 《戏题王宰画山水图歌》。

不是容易做到的,客观变化迟缓,主观思想停滞,加在一起尤其不易"出乎其外"。

没有"入",而一定要他写出作品来;没有"出",而一定要他写出好作品来,就作家本人说,是凿空强作,就领导艺术生产者来说,是强人所难。这不仅是伤身害性,白费精力,劳而无功的苦事,也将令人视写作为畏途,不是把那些原来很有培养前途的未来作家赶跑,就是把他们引上只知胡编乱造或人云亦云的歧途。

古代文论中,很早就有反对凿空强作的议论。汉朝桓谭说他"少时见扬子云丽文,欲继之,尝作小赋,用思太剧,立致疾病。……由此言之,尽思虑,伤精神也"。① 这所谓"尽思虑",实际就是凿空强作,因为他不过想仿人作赋,并没有"入"。陆机体会到写作有时"竭情而多悔",有时"率意而寡尤"②。前者挖空心思依然写不好,后者随意一写便没有多少毛病,就因前者未"入",后者已得源泉。谢赫《古画品录》说顾骏之"常结构层楼,以为画所,风雨炎燠之时,故不操笔,天和气爽之日,方乃染毫。登楼去梯,妻子罕见"③。他觉得只有在这样的场所,这样气候条件下,清静环境中才能自由描写。单就这一点说,也不能算是错误。

刘勰通论文心,对这个问题也有精辟见解:

> 是以陶钧文思,贵在虚静。疏瀹五藏,澡雪精神。积学以储宝,酌理以富才,研阅以穷照,驯致以绎辞,然后使玄解之宰,寻声律而定墨,独照之象,阔意象而运斤,此盖驭文之首术,谋篇之大端。……是以秉心养术,无务苦虑;含章司契,不必劳情也。④

这段话略兼"入"、"出"之意。以为平时修养有素,写时便不必劳情苦虑。在另一篇里他继续发挥:

> 率志委和,则理融而情畅;钻研过分,则神疲而气衰,此性情之数

---

① 《文选》陆机《文赋》注引。
② 《文赋》。
③ 《古画品录》评顾骏之。
④ 《文心雕龙·神思》。

也。……志于文也，则中写郁滞。故宜从容率情，优柔适会。若销铄精胆，蹙迫和气，秉牍以驱龄，洒翰以伐性，岂圣贤之素心，会文之直理哉。且夫思有利钝，时有通塞，沐则心覆，且或反常，神之方昏，再三愈黩。是以吐纳文艺，务在节宣，清和其心，调畅其气。烦丽即舍，勿使壅滞。意得则舒怀以命笔，理伏则投笔以卷怀。逍遥以针劳，谈笑以药倦，常弄闲于才锋，贾余于文勇，使刃发如新，凑理无滞。①

这段话的关键性两句是"意得则舒怀以命笔，理伏则投笔以卷怀"。刘勰是承认有"天机"——大致相当于灵感——状态的，不过他讲的"天机"并不怎样神秘，反复说明这同身心的健康以及积学、博见、酌理、研阅等平日多方面的准备功夫有密切关系。总之，他也反对凿空强作，写不出写不好时宁可投笔不写。

遍照金刚《文镜秘府论》里保存了中唐以前作家的类似经验。如说：

夫作文章，但多立意。令左穿右穴，苦心竭智，必须忘身，不可拘束，思若不来，即须放情却宽之，令境生。然后以境照之，思则便来，来即作文。如其境思不来，不可作也。②

心或蔽通。思时钝利，来不可过（逼），去不可留，若又情性烦劳，事由寂寞，强自催逼，徒成辛苦。不若韬翰屏笔，以须后图，待心虑更澄，方事连缉。非止作文之至术，抑亦养生之大方耳。③

这以后，如欧阳修之"为人强作，多不佳也"④、黄庭坚之"诗文唯不构空强作，待境而生，便自工耳"⑤、章学诚之"天下至理，多自从容不逼处得之，矜心欲有所为，往往不如初志"⑥，以及郑燮的"作文勉强为，荆棘塞喉齿"⑦，"十日不能下一笔，闭门静坐秋萧瑟。忽然兴至风雨来，笔飞墨走精灵出"⑧，赵翼的"天机云锦

---

① 《文心雕龙·养气》。

② 《文镜秘府论·论文意》。

③ 《文镜秘府论·论体》。

④ 《欧阳文忠公文集》卷一百五十《又与焦殿丞》。

⑤ 《修辞鉴衡》卷一引其语。

⑥ 《文史通义·家书一》。

⑦ 《郑板桥集》，《赠胡天游弟》。

⑧ 《郑板桥集》，《又赠牧山》。

朗昭回,刀尺徒劳费剪裁。怪底经旬无一字,等他有句自然来"①等等,举不胜举。

文艺创作既然要求"入乎其内",又要求"出乎其外",入、出都需一定的时间,时间、火候未到,强作必然不好,因此从作家方面说,他应该享有"能事不受相促迫"的自由和权利,从领导艺术生产者方面说,则应该尊重作家这种自由和权利,象周总理提示那样:"提高质量是一件细致的工作,不能要求太急";"应当允许作家的写作时间多一点,不要催得太急。"

相当长期以来,我们这里不少人把作家为劳动人民服务,为无产阶级政治服务理解得太片面、太狭隘。他们以为为劳动人民服务,就一定要写劳动人民;为无产阶级政治服务,密切配合现实,就一定要配合每一个具体的政治运动。写中心,画中心,唱中心,给作家分任务,定时间,按时交稿,不这样作就是党性不强,缺乏政治责任感。接受了这种指挥,作家一会儿参加这个运动,一会儿参加那个运动,今天写工业,明天写农业,逢时逢节,还得赶节气、表态度,好象这就贯彻了鲁迅"遵命文学"的精神,就已达到"政治标准第一"。由于很多作家总是被催着写他不熟悉、既没有深入、也未能浅出的东西,所以表面上参加了不少斗争,深入了不少次生活,结果多年依然写不出好东西,往往还不如他们自己早期的作品。其实鲁迅"遵命文学"的精神,今天应理解为遵无产阶级根本利益之命,不是一定要配合每一个具体的政治运动,更不是一定要遵长官之命定了题目来写作。不通过感人的形象,图解政策,用公式化、概念化的东西塞给读者,这哪里说得上是已达到了政治标准第一。首先已不成为文艺,又哪里谈得到文艺为无产阶级政治服务呢? 如果这样的东西也已达到了"政治标准第一",岂不是标语口号就可以取代文艺作品的地位了么? 不按艺术生产规律办事,欲速反迟,想繁荣却萧条,既耽误作家又造成政治上的损失。研究古代文论中的出入说,我以为也是有助于认识、接受现在文艺创作上这个沉重的教训的。

---

① 《瓯北诗钞》,《旬日无诗》。

855

论"辞达"

——古代文论中的性情描写说

一、并未抹煞文艺的特征

孔丘首先提出了"辞达而已矣"的论点①。这一论点在文艺理论批评史上产生过深远的影响。人们千百年来在实践中都肯定"辞达"是评价文艺作品的一个重要标准。对文艺作者来说，"辞不达意"向来是一个非常严厉的批评。

但有那么一本厚厚的《论语批注》，为了想把《论语》里的每一句话都批得"体无完肤"，竟把上面所说的这一句话也拿来大批特批，如此批道：

> 孔丘讲的"辞达而已矣"，是同他说的"巧言"对立的。他把新兴地主阶级革新派的言论称为"巧言"，攻击他们言不由衷，虚伪造作，妄图以此抵制新思想的传播。其实，一贯要两面派，玩弄花言巧语的，正是孔丘自己。他大讲"辞、达而已矣"，那是企图用漂亮的辞句，掩盖他的"矫言伪行"。②

孔丘的确多次反对过"巧言"，认为虚伪造作的语言"鲜矣仁"、"乱德"③，十分可耻。批者究竟有什么可靠的证据断定孔丘反对的"巧言"，就是指新兴地主阶级革新派的言论？难道新兴地主阶级内部的人就不作兴反对"巧言"？新兴地主

---

① 《论语·卫灵公》。
② 《论语批注》页三百六十。
③ 《论语》中《学而》、《公治长》、《卫灵公》各章。

阶级内部就不存在虚伪造作,惯于花言巧语的人? 而且,从何见得他讲的"辞、达而已矣",是同他所说"巧言"对立的? 一处说:言辞能充分表达想要表达的东西就行了。另一处说:花言巧语太卑鄙、无耻。说的分明是两件不同的事情。其间哪有什么对立关系。批者原想批孔丘在这句话里也要搞"复辟倒退",虽然已经硬派了许多不是,但自己也感到虚弱无力,只好牛头不对马嘴地反过来进行"掩盖"云云的人身攻击,无意之间却漏出来了"漂亮的辞句"这一赞语。本来,"辞,达而已矣"这样一句产生过积极影响的话,有什么罪过该受这类没头没脑的"批判"呢?

说"辞达而已矣"在掩盖孔丘的什么,固然荒唐无稽,另有人说孔丘这句话"抹煞了文艺的特征",也是十足的昏话。

这种昏话出自"四人帮"的帮刊《学习与批判》上一篇胡说刘勰为"尊儒反法"人物,《文心雕龙》为一部"尊儒反法"著作的文章中,有一段这样说:

> 总的看来,六朝一些作家在当时文艺形式上的探求,说明人们对文艺的特点有了更深入的认识,是进步的。如果硬要照刘勰的要求,按孔老二"辞、达而已矣"办事,或者回到"六经"去,岂不抹煞了文艺的特征,给文艺发展套上沉重枷锁吗?[①]

此文不顾事实,张口便错。第一,能否说,六朝文学"总的看来""是进步的"呢? 六朝文学中有进步的作品、进步的议论;六朝某些作家对文艺形式上的探求也有一定成就、一定意义,这是一般都承认的。但六朝特别是南朝的文学中,存在不少形式主义的、欣赏贵族腐朽生活的作品,分明是遗产中的封建性糟粕。应该说,"总的看来",其中进步的较少,落后的较多。对此,唐代陈子昂、李白、杜甫、白居易都有中肯的议论。第二,人们对文艺的特点有深入认识,固然是好事,但仅凭这一点并不就能保证进步。反动、落后的宫体诗、色情描写,也不乏对于文艺特点的认识,这样的作品当然不是进步文学,也不能促进文艺的发展。第三,刘勰在《文心雕龙》里分明十分重视文艺的特征,在《神思》等篇里对想象和形象思维一类问题有非常难得的精采论述,有目共睹,怎么可以瞎说他是"硬要"抹煞了文艺的特征? 第四,说孔丘"辞达而已矣"这句话"抹煞了文艺的特

---

① 《学习与批判》1975 年第 11 期:《略论文心雕龙》。

征"，不符事实。

现存孔丘论文的话只有零星的语录，对文艺特征没有很多资料留传下来。但即使资料很少，如把有关资料联系起来研究，比只把一条资料孤立起来理解甚至作随心所欲的解释总要可靠得多，科学得多。

《论语》里有这样一段话：

> 子张问："士何如斯可谓之达矣？"子曰："何哉，尔所谓达者？"子张对曰："在邦必闻，在家必闻。"子曰："是闻也，非达也。夫达也者，质直而好义，察言而观色，虑以下人。在邦必达，在家必达。"①

因此曾有人把孔丘所说"辞达"的"达"解释为"质直"，显然这是误解。这段话里的"达"，指通达，发达，这段话里的"质直"，乃指一种正直的品德，并非对这个"达"字的解释。把这段话里的"达"混同于辞达的"达"，又再把它误解成"质直"，以为"辞、达而已矣"，就是言辞只要质直地表现出来便行，从而得出孔丘"抹煞了文艺的特征"的结论。这绝不是实事求是的态度。

大家知道，《论语》里还有这样一段话：

> 子曰："为命，裨谌草创之，世叔讨论之，行人子羽修饰之，东里子产润色之。"②

可见孔丘对外交辞令的制作是非常仔细、慎重的。从草创、讨论、修饰、到润色完成，是一个相当复杂的过程。孔丘有意详述这一过程，显然表示了肯定和赞许。

《论语》之外，《左传》里有一段孔丘重文的记载，其中这样说：

> 仲尼曰："志有之：言以足志，文以足言。不言，谁知其志？言之无文，行而不远。"③

---

① 《论语·颜渊》。
② 《论语·宪问》。
③ 《左传·襄公二十五年》。

858

《礼记》里也说孔丘曾这样讲过：

情欲信,辞欲巧。①

这些都是比较可靠的资料,而且它们同"辞、达而已矣"确有密切联系。把这些有关的资料联系起来看:孔丘为了要行远而重文,在"情欲信"的前提下主张"辞欲巧"、对外交辞令的制作如此重视"讨论"、"修饰"、"润色"之功,那么,他所说"辞、达而已矣"的"达",自然也不可能主张"抹煞了文艺的特征"而仅仅要求"质直"地表白思想。朱熹把这句话注为"辞取达意而止,不以富丽为工"②。"不以富丽为工"的意思是不错的,"达意而止"这种说法仍欠确切。王鸣盛称赞孔安国对孔丘这句话的注解:"凡事莫过于实足也,辞达则足矣,不烦文艳之辞也"为"此注精绝"③,我也以为是比较适当的。"达而已矣"实指能够言所欲言、把想要表达的东西充分表达出来,一个作者的表现能力如真修养到这种地步,确可说是行了。

研究孔丘的文艺思想,应该把有关资料联系起来理解,古代有识之士早就这样做了。刘勰指出:

(仲尼)褒美子产,则云"言以足志,文以足言";泛论君子,则云"情欲信,辞欲巧"。此修身贵文之征也。然则志足而言文,情信而辞巧,乃含章之玉牒,秉文之金科矣。④

即使在"征圣"的名义下,刘勰认为周、孔之文值得师法的地方,也在于它们的"衔华而佩实",而不是什么一味的质直。苏轼指出:

孔子曰:"言之不文,行之不远。"又曰:"辞,达而已矣。"夫言止于达,则疑若不文,是大不然。⑤

---

① 《礼记·表记》。
② 《论语集注》卷八。
③ 《蛾术编》卷八十一"辞达而已矣"条。
④ 《文心雕龙·征圣》。
⑤ 《苏东坡集》后集卷十四《答谢民师书》。

他正是把"辞达而已矣"同言之有文直接联系起来的。纪昀评论明代唐顺之的文章：

> 唐荆川宗法韩欧,足以左挹遵岩,右拍熙甫;而论者终有晚年著作揽入语录之疑,是岂理之不足乎? 毋乃言之不文,行之不远,又如孔子之所云乎?[①]

可见,刘勰、苏轼、纪昀他们,都认为孔丘是很重视文采,重视文艺的特征的。把"辞、达而已矣"这句话放到他整个论文的主张中去看,不应当作出不同的结论。

孔丘"辞、达而已矣"并没有抹煞文艺的特征,前述"四人帮"帮刊《学习与批判》上那篇诬蔑刘勰及其《文心雕龙》的文章确是唯心主义盛行,形而上学猖獗的一个样品。可是就在针对这一样品中的种种谬误,进行批驳的一篇写得较好的文章中,作者在为刘勰作正当的辩护时,却又这样说道：

> 说刘勰是"按孔老二'辞达而已矣'办事",更是无中生有。只要读一读《文心雕龙》,都会发现,他反对绮丽、纤巧,而并不反对奇丽、壮丽、瑰丽。……不仅没有"抹煞了文艺的特征",而且正是十分重视文艺的特征。[②]

很明白,在作者心目中,"辞、达而已矣"也是"抹煞了文艺的特征"的,所以为了论证刘勰十分重视文艺的特征,必须让他同孔丘这句话划清界线。如上所说,这有什么必要呢?

实践证明孔丘这句话并不错。应该实事求是,按照它本来的意义来理解,按照它本来的合理性来评价。这句话虽然简约却提出了很有价值的论点,使后人得以从中受到启发,不断加以发展、丰富,产生出了许多精辟的议论。

二、"达"些什么,应怎样"达"

孔丘这句话提出了很有启发、很有价值的观点,由于历史局限没有可能作

---

① 《纪文达公遗集》卷九《明皋文集序》。
② 《非〈文心雕龙〉驳议》,《文学评论》1978 年第 2 期。

出较深的说明。后代高谈义理的道学家虽然不时提到这句话,但他们只是为了卫道,反对文士们"缪用其心"、"陷溺其意"于文艺,他们说的不符合孔丘原意,在文艺理论上当然也不能有什么发挥。只有文论家和作家,通过实践,后来在这方面不断作出了宝贵贡献。

在文艺创作中,作家通过"辞"究应"达"些什么?而且究应怎样"达"呢?

第一,要维妙维肖地表达出所写对象的状貌。对象主要是客观存在的种种事物,要作到维妙维肖,就不能靠主观任意的猜测、推想,一定要符合事物的本来面目。事物的本来面目有相对静止的一面,但经常处于不断变化之中。维妙维肖,既要妙肖其静态,更应妙肖其动态。做到这一点确实很难。陆机说:

> 虽离方而遁圆,期穷形而尽相。
>
> 其为物也多姿,其为体也屡迁。
>
> 体有万殊,物无一量。纷纭挥霍,形难为状。①

刘勰也说:

> 写气图貌,既随物以宛转;属采附声,亦与心而徘徊。②

"随物以宛转",到了苏轼笔下,就成为"随物赋形",或"因物以赋形"。能够妙肖事物的静态虽已不易,但这种本领并不稀奇。东坡论画,盛称孙位和蒲永昇的卓绝功力:"古今画水多作平远细皱,其善者不过能为波头起伏,使人至以手扪之,谓有窈窿,以为至妙矣。然其品格,特与印板水纸争工拙于毫厘间耳。唐广明中,处士孙位始出新意,画奔湍巨浪,与山石曲折,随物赋形,尽水之变,号称神逸。""近岁成都人蒲永昇,嗜酒放浪,性与画会,始作活水,得二孙(指孙位、孙知微)本意,自黄居寀兄弟、李怀衮之流,皆不及也。"③在事物的变化中描绘事物,才能真正、充分地"穷形而尽相",才真正说得上"随物以宛转"、"随物赋形",而不致犯僵化、雷同的毛病。东坡看出孙位画水得力于"随物赋形",他感到自

---

① 《文赋》。

② 《文心雕龙·物色》。

③ 《苏东坡集》卷二十三《书蒲永昇画后》。

己作文如有什么妙处,同样也得力于"随物赋形"。他说:"吾文如万斛泉源,不择地皆可出。在平地滔滔汩汩,虽一日千里无难,及其与山石曲折,随物赋形,而不可知也。所可知者,常行于所当行,常止于不可不止,如是而已矣。其他,虽吾亦不能知也。"①东坡的"随物赋形"说后来成了"辞达"的一个重要标志。宋人刘克庄称赞他人"简缛浓淡,随物赋形,不主一体","其辞达者欤"②;清人包世臣自称"为文能发事物之情状,窥见之隐,有如面谈、繁或千言,短则数语,因类付形,达意而止"③。"随物赋形"一般意味着作者对所写事物已经很熟悉。

善写状貌,就要穷物之变。要穷物之变,必须持之以恒,深入观察、体验,又养成一套意到笔随的硬功夫。叶燮有段话讲得很妙:

> 天地之大文,风云雨雷是也。风云雨雷变化不测,不可端倪,天地之至神也,即至文也。试以一端论:泰山之云,起于肤寸,不崇朝而遍天下。吾尝居泰山之下者半载,熟悉云之情状;或起于肤寸,弥沦六合;或诸峰竞出,升顶即灭;或连阴数月,或食时即散;或黑如漆,或白如雪;或大如鹏翼,或乱如散鬈;或块然垂天,后无继者;或联绵纤微,相续不绝;又忽而黑云兴,土人以法占之曰将雨,竟不雨;又晴云出,法占者曰将晴,乃竟雨。云之态以万计,无一同也。以至云之色相,云之性情,无一同也。云或有时归,或有时竟一去不归,或有时全归,或有时半归,无一同也。此天地自然之文,至工也。④

把天地万物变化不居的种种状貌维妙维肖地表达出来,既是天地自然之文,同时也是人类自己认识自然,认识生活需要的。这种文章,由于生活本身的曲折、复杂性,用质直的方法是创造不出来的。

第二,要具体深刻地表达出所写事物的固有之理。陆机《文赋》早就指出,文章的体裁虽有不同,但任何文章都"要辞达而理举。"辞达与理举是分不开的。天地间有无数事物,事物又有种种变化,但无论如何复杂变化,事物的发生发展

---

① 《东坡题跋》卷一《自评文》。
② 《后村先生大全集》卷九十七《晚觉稿序》。
③ 《艺舟双楫·读亭林遗书》。
④ 《原诗》卷一。

总有一定之理,或称"道"和规律。苏轼很懂得这一点,曾说:"天下之至信者,唯水而已。江河之大与海之深,而可以意揣。唯其不自以为形,而因物以赋形,是故千变万化,而有必然之理。"①苏轼不但懂得事物变化中仍有必然之理,还懂得文艺创作在表达出事物状貌的同时,应该再表达出所写事物的固有之理。他说:"孔子曰:'辞达而已矣。'物固有是理,患不知,知之患不能达之于口与手。所谓文者,能达是而已。"②苏轼这一思想,同刘勰的"拟容取心"③说有密切联系。拟其容,还得取其心。仅仅描绘事物的状貌是不够的,还得显示出它的本质规律。只有这样,文艺作品才能充分发挥其社会作用。

当然,在文艺作品中表达事物的固有之理,决不是要作者写哲学讲义。乃是说应该通过形象的体系,表现事物发展的固有规律。文艺作品主要是描写人、人的思想感情和人们的相互关系的。一个人做什么事,总有他的原因和结果,总是按照他由阶级地位以及个性所决定的性格逻辑,活动在一定的环境之中。典型化的描写,塑造出典型环境中的典型性格,这也就是在表达事物的固有之理。

文艺作品主要通过形象体系和典型人物的活动来明理。有时作者心里是明白的,文词也大致能把它表达出来,但不够充分,没有达到酣畅尽致的地步。古人认为这种情况属于在文势、辞气上还存在欠缺。明人李东阳说:

> 作诗不可以意徇辞,而须以辞达意。辞能达意,可歌可咏,则可以传。王摩诘"阳关无故人"之句,盛唐以前所未道,此辞一出,一时传诵不足,至为三叠歌之。后之咏别者,千言万语,殆不能出其意之外。必如是方可谓之达耳。④

清代著名的文史论家章学诚对此更有细致的论说:

> 《羯鼓录》载:有善音者客长安邸,月下闻羯鼓声。寻声访至,则其先人

---

① 《苏东坡集》卷十九《滟滪堆赋》。
② 《苏东坡集》后集卷十四《答虔倅俞括奉议书》。
③ 《文心雕龙·比兴》。
④ 《怀麓堂诗话》。

供奉太常者也。询以技，甚精能。"何无尾声？"则曰："检旧谱而亡之，故月下演声以求之耳。"问以："调成，亦意尽乎？"曰："尽矣。"曰："意尽则止，又何求焉？"曰："声未尽也。"因拊掌曰："可与言矣。"遂教之借调以余声。其人鼓之而合，至于搏颡感泣。斯固艺事之神矣。文章之道，亦有然者。文固用以明理，或以记事，然有时理明事备，而文势阙然，乃若有所未尽；此非辞意未至，辞气有所受病而不至也。求义理与征考订者，皆薄文辞，以为文取事理明白而已矣，他又何求焉，而不知辞气受病，观者郁而不畅，将并所载之事与理而亦病矣。……故曰："持其志，毋暴其气。"曾子曰："辞气远鄙倍。"夫子曰："辞达。"《春秋传》曰："辞之不可已也。"①

章氏主要是史学家，这里主要在谈史传文章，由于他深知文理，所以对史传文章也提出了关于文势、辞气的很高要求。不消说，对文艺作品，这方面的要求应该更高。他没有把文势、辞气仅仅看成与风格、文体有关，而提高到能否充分表达事理的问题，这是很有卓识的。

第三，文艺作品是描写客观事物的，要把客观事物写得栩栩如生，就得写出它的性情、气象。同时，作品总是某个作者写出来的，作品里也应当使人清楚地感受到作者的感情、人品、性格。写出这两者也都是一种"达"。《水浒传》的重大艺术成就之一，就是主要人物的性格都很独特、鲜明，能给人留下深刻的印象：

> 《水浒传》写一百八个人性格，真是一百八样。若别一部书，任他写一千个人，也只是一样。便只写得两个人，也只是一样。别一部书，看过一遍即休。独有《水浒传》，只是看不厌。无非为它把一百八个人性格，都写出来。②

而旧时的"才子佳人等书"，诚如《红楼梦》著者借石头之口所说："开口文君，满篇子建，千部一腔，千人一面。"③因为人物都缺乏应有的个性，所以只能使人生厌。

---

① 《文史通义·杂说》。

② 金圣叹《读第五才子书法》。

③ 《红楼梦》第一回。

文章应有独特的风格，表达出自己的性情。所谓"文如其人"，或"文章如面"，都是对此提出的要求。纪昀指斥明代许多文人或摹拟秦汉，或摹拟八家，人人皆秦汉或八家，而人人之秦汉或八家又同一音，就象模造面具似的。他说："夫天下之人，同是耳目口鼻也，而百千万亿之中，曾无一二貌相肖。即偶一二相肖，而审谛细微，亦必有终不肖者，岂物物而雕刻耶？气化而成形，万物一太极，故同禀一气则同形；一物一太极，故各分一气则各貌；皆自然而然耳。岂如模造面目，一一毫厘毕肖哉。心之成文，亦犹气之成形也。才力之殊，无论矣，即学问不殊，而所见有浅深，则文亦有浅深。故同一明道，而圣人之言、贤人之言、大儒之言，吾党能辨。同一说法，而佛语、菩萨语、祖师语，彼教亦能辨。"①作家只要忠实于生活，又忠实于自己，笔力复足以表达出人物与自己的性情，那么，他就一定能写出有特色的文章来。叶燮以为杜甫、韩愈、苏轼三个大家的作品都有自己的鲜明特点：

　　作诗者在抒写性情，此语夫人能知之，夫人能言之，而未尽夫人能然之者矣。作诗有性情，必有面目，此不但未尽夫人能然之，并未尽夫人能知之而言之者也。如杜甫之诗，随举其一篇与其一句，无处不可见其忧国爱君，悯时伤乱，遭颠沛而不苟，处穷约而不滥，崎岖兵戈盗贼之地，而以山川景物、友朋杯酒，抒愤陶情，此杜甫之面目也。我一读之，甫之面目，跃然于前；读其诗一日，一日与之对，读其诗终身，日日与之对也，故可慕可乐而可敬也。举韩愈之一篇一句，无处不可见其骨相峻嶒，俯视一切，进则不能容于朝，退又不肯独善于野，疾恶甚严，爱才若渴，此韩愈之面目也。举苏轼之一篇一句，无处不可见其凌空如天马，游戏如飞仙，风流儒雅，无入不得，好善而乐与，嬉笑怒骂，四时之气皆备，此苏轼之面目也。此外诸大家，虽所就各有差别，而面目无不于诗见之。②

这种有自己鲜明特点的作品，若是诗，就曾被吴乔、赵执信等归结为"诗之中须有人在"的艺术规律。赵执信说，大官田雯有次行视河工到高家堰，得诗三十绝句，要他也随声附和，他固辞。有客深表奇怪，他答："是诗即我之作，亦君作

---

① 《纪文达公遗集》卷九《香亭文稿序》。
② 《原诗》卷三。

也。"客人不懂是什么意思。赵答:"徒言河上风景,征引古实,夸多斗靡而已。孰为守土？孰为奉使？孰为过客？孰为居人？且三十首重复多矣,不如分之诸子。"①象这个大官的诗,其病根就在没有自己的真性情,无"我"。"一人有一人之诗,一时有一时之诗,故诵其诗,可以知其人,论其世也,若彼我之无分,后先之如一,阐阓混混,诗奚以进于经史哉。"②我们不说"经史",也认为这样的诗至少是没有什么意义、价值的。

文章要表达出自己的感情、人品、性格,做到这一点的是"达"。龚自珍也是主张辞达的,他曾借或人之口,提出:"文章虽小道,达可矣,立其诚可矣。"又说:"孔子之听讼,无情者不得尽其辞。"③不真实,缺乏感情,也就谈不到"辞达"。进一步,龚自珍还提出了一个新论点,不仅是部分的真实,也不仅是感情的某些方面,最高程度的"达",应能异常完整地表达出作者的性情:

> 人以诗名,诗尤以人名。唐大家若李、杜、韩及往昌谷、玉谿,及宋元眉山、涪陵、遗山、当代吴娄东,皆诗与人为一,人外无诗,诗外无人,其面目也完。……何以谓之完也？海秋心迹尽是,所欲言者在是,所不欲言而卒不能不言在是,所不欲言而竟不言,于所不言求其言,亦在是。要不肯持扯他人之言以为己言,任举一篇,无论识与不识,曰:此汤益阳之诗。④

龚自珍论文揭出一个"完"字,在文艺理论上固然很有意义,在政治思想上也是进步的。人们都读过他的《病梅馆记》,知道他对被人为地"斫其正,养其旁条,删其密,夭其稚枝,锄其直,遏其生气"的病梅抱有极大的同情。难道他真是在谈梅么？当然不是。他是以病梅比喻在封建专制统治下备受束缚、压迫、摧残的人民,同情人民的个性不得解放,为人民的不幸抱不平。他所明言讥斥的"文人画士",其实是指官僚大地主,反对革新的顽固派。"病梅"无一"完"者,他发誓要"穷予生之光阴以疗梅",方法为"毁其盆,悉埋于地,解其棕缚","纵之,顺之",目标是"必复之全之"⑤。从不完到完,在龚自珍,既是文艺思想上对前人观

① 《谈龙录》。
② 汪师韩《诗学纂闻》"三有"条。
③ 《龚自珍全集》第 241 页,《识某大令集尾》。
④ 《龚自珍全集》,《书汤海秋诗集后》。汤鹏,字海秋,益阳人。
⑤ 《龚自珍全集》第 186 页,《病梅馆记》。

点的一个发展，也是他政治思想上一种很光辉的表现。作者应该把最高程度的"达"做为自己艺术创造所追求的目标，但作者能否完整表达自己的性情，描写对象能否有得到充分发展的性情可供作者表达，都还要考虑到当时的政治环境。归根到底，一般总只是在比较开明的政治环境中，文艺创作才有繁荣发达的可能。叶燮还有一段话也讲得很精妙：

> 游览诗切不可作应酬山水语。如一幅画图，名手各各自有笔法。不可错杂。又名山五岳，亦各各自有性情气象，不可移换。作诗者以此二种心法，默契神会；又须步步不可忘我是游山人，然后山水之性情气象，种种状貌变态影响，皆从我目所见耳所听足所履而出，是之谓游览。且天地之生是山水也。其幽远奇险，天地亦不能一一自剖其妙，自有此人之耳目手足一历之，而山水之妙始泄。如此方无愧于游览，方无愧于游览之诗。①

这段话既把客观对象有其性情气象，作者自己亦有性情气象，应该把这两者表达出来的要求提出来了，同时又说明客观对象的性情气象，都要从具有自己性情、气象，以至笔法的作者所见所闻所履中显示出来。这就把客观存在和主观感受有机地加以联系，说明它们在作品中并不是一先一后，成为两橛的东西。客观对象的性情气象之妙，通过作者的实际——"此人之耳目手足一历之"，不但是可以认识，可以表达的，而且只有这样，它才能被人们充分领会。物我两方各自具有特点，主客观的统一，通过个性反映事物的性质，创作对于生活实践的依赖关系，以及真实描写对揭示客观事物本质的重要教育作用，在这段话里，大致都接触到了。叶燮认识到这种道理，又能明白地把它说出来，使雅俗共赏，这段话本身便是辞达的一个例子。

客观对象有其性情气象，作者自己亦有性情、气象，主观反映客观，成为文章以后，还有一种文情，如果文情未至，"达"仍不能算已到家。章学诚指出：

> 文以气行，亦以情至。人之于文，往往理明事白，于为文之初指，亦若无可憾矣，而人见之者，以谓其理其事不过如是，虽不为文可也。此非事理本无可取，亦非作者之文不如其事其理，文之情未至也。今人误解辞达之

---

① 《原诗》卷四。

867

旨者，以谓文取理明而事白，其他又何求焉。不知文情未至，而其理其事之情亦未至也。譬之为调笑者，同述一言而闻者索然，或同述一言而闻者笑不能止，得其情也。譬之诉悲苦者，同叙一事而闻者漠然，或同叙一事而闻者涕洟不能自休，得其情也。昔人谓文之至者，以为不知文生于情，情生于文。夫文生于情，而文不能生情，以谓文人多事乎？不知使人由情而恍然于其事其理，则辞之于事理，必如是而始可称为达尔。①

这里所说的"文情"，既同客观对象、主观感受有密切关系，还推广扩充到读者的情绪反应。不仅要求反映得真实，抒写得充分，还要考虑到使读者得到强烈的感染、深刻的认识。章氏认为如果文情未至，不能使人"由情而恍然于其事其理"，就不能说写作的目的已完全达到，表现的能事已做完，这一辨析也是很精细的。

在文艺创作中，作家通过辞所要"达"的东西，主要说来，就是以上三者。

三、"辞达"应具备什么条件

以上三者，大致就是一些古人所说的事、理、情。但怎样才能充分地把它们写出来？为了做到"辞达"，作者必须具备什么条件呢？明代李贽的回答是"童心"：

夫童心者，真心也。……绝假纯真，最初一念之本心也。……童心既障，于是发而为言语，则言语不由衷；见而为政事，则政事无根柢；著而为文辞，则文辞不能达。非内含以章美也，非笃实生辉光也，欲求一句有德之言，卒不可得。所以者何，以童心既障，而以从外入者闻见道理为之心也。②

老老实实，有什么说什么，不讲假话，是"达"的根本条件。无话可说，作假，内心不想表达什么真情实感，自然谈不到"辞达"。但若只有真心，缺乏对生活、事、

---

① 《文史通义·杂说》。
② 《焚书》卷二《童心说》。

理的体验和认识,还是不行的。所以叶燮的回答则是:"三者得,则胸中通达无阻,出而敷为辞,则夫子所云辞达。达者,通也,通乎理,通乎事,通乎情之谓。"作者于描写对象的这三者越是精通,他以为就越能做到辞达。但他以为在这三者的背后,还有"总而持之,条而贯之"的"气",欲求辞达,必须注意这个"气":

> 曰理、曰事、曰情三语,大而乾坤以之定位,日月以之运行,以至一草一木一飞一走。三者缺一,则不成物。文章者,所以表天地万物之情状也;然具是三者,又有总而持之、条而贯之者,曰气。事、理、情之所为用,气为之用也。譬之一木一草,其能发生者,理也。其既发生,则事也。既发生以后,夭乔滋植,情状万千,咸有自得之趣,则情也。苟无气以行之,能若是乎?又如合抱之木,百尺干霄,纤叶微柯以万计,同时而发,无有丝毫异同,是气之为也。苟断其根,则气尽而立萎,此时理、事、情俱无从施矣。吾故曰:三者,藉气而行者也。得是三者,而气鼓行于其间,细缊磅礴,随其自然,所至即为法,此天地万象之至文也。①

这个"气"指什么?是事物的生命、生机,即使得事物的事、理、情三者可以生动体现出来的力量。如果看不到或者不重视事物的生命,而只通乎离开了生命的事、理、情,例如静止地、孤立地去描写、表现事物,把它的事、理、情写成好象各自存在,不是密切融会、浑然一体的东西,那么至少在"达"的程度上不免就要减色。叶燮提出"气"有"总而持之、条而贯之"的作用,这特别适合于文艺创作的需要。因为即使写历史事件和历史人物,如果不是把它放在当时真实的历史环境中、把人物当成有生命有个性的人物来写,那是决不能写出充分"辞达"的作品来的。

从上所说,可见从孔丘提出"辞、达而已矣"以来,经过后人根据文艺创作实践经验的积累,得到不断的补充和发挥,已经成为我国古代文论中艺术表现上一个非常重要的标志、理想。把"辞达"视为"抹煞了文艺的特征"固然是错误的,认为"始学为诗,期于达意,久而简澹高远,兴寄微妙,乃可贵尚"②把"达意"

---

① 《原诗》卷一。
② 《谈龙录》。

只作为初学文艺写作阶段的功夫,似乎容易做到,而"简澹高远,兴寄微妙"已不属"达意"即"辞达"范围内事,这种理解也是不妥当的。从"辞达"理论的发展来看,这种理解还是一种倒退。因为早在西汉,扬雄就已发过"言不能达其心,书不能达其言,难矣哉"①的慨叹。西晋陆机"恒患意不称物,文不逮意"②。刘勰也说"意授于思,言授于意,密则无际,疏则千里,或理在方寸而求之域表,或义在咫尺而思隔山河"③。可见辞之不易达,是常有的现象,是一般存在的困难,而辞达则是一种很难得的成就。苏轼根据他自己的丰富实践经验,指出:

> 所示著述文字,皆有古作者风力,大略能道意所欲言者。孔子曰:"辞达而已矣。"辞至于达,止矣,不可以有加矣。④

> 孔子曰:"言之不文,行之不远"。又曰:"辞达而已矣。"夫言止于达意,则疑若不文,是大不然。求物之妙,如系风捕景,能使是物了然于心者,盖千万人而不一遇也,而况能使了然于口与手乎? 是之谓辞达。辞至于能达,则文不可胜用矣。⑤

前一段话指出"辞达"其实是一个极高的标准,因为标志是"能道意所欲言者。"作者脑子里有的,心里想说的,都能用辞充分完整地表达出来,不能再有比这更高的要求了。后一段话驳斥以"达意"、"辞达"为"不文的谬误,并说明道理,认为真能作到"辞达"地步的作品,已不可胜用了。

叶燮称赞苏轼的诗:"如苏轼之诗,其境界皆开辟古今之所未有,天地万物,嬉笑怒骂无不鼓舞于笔端,而适如其意之所欲出,此韩愈后之一大变也,而盛极矣。"⑥这是一种高度的赞美,实际就是说苏轼的诗做到了"辞达"。

龚自珍称赞人诗:"不是无端悲怨深,直将阅历写成吟。可能十万珍珠字,买尽千秋儿女心。"⑦通过阅历的描写,把深深的悲怨表达出来,打动了无数青

---

① 《法言·问神》。

② 《文赋》。

③ 《文心雕龙·神思》。

④ 《苏东坡集》后卷卷十四《答王庠书》。

⑤ 同上,《答谢民师书》。

⑥ 《原诗》卷一。

⑦ 《龚自珍全集》第 470 页,《题红禅室诗尾》。

年人的心。这也是高度赞美"辞达"的效果。

所以,并不是"辞达"抹煞了文艺的特征,而是因为没有做到"辞达",才缺乏文艺的特征。不是"辞达"甚易,而是做到甚难。清人许印芳说:"诗文所以足贵者,贵其善写情状。……情状不同,移步换形,中有真意。文人笔端有口,能就眼前真景,抒写成篇,即是绝妙好词,所患词不达意耳。"①又说:"物色助文,天地自然之妙理,所难者。耳目遇之,即能融会于心,达于手口尔。辞达岂易事哉?"②辞达了,就能是绝妙好词了,确实如此。

苏轼、叶燮、章学诚、龚自珍等所以能在孔丘"辞、达而已矣"这样一句很简约的话上作出许多补充和发挥,因为孔丘这句话本身包含有合理的因素,加上他们自己都有文艺创作的丰富经验,理论上的大胆探索。

四、"辞主乎达,不论其繁与简也"

以上是略说后人对"辞达"说的补充和发挥,顾炎武则还用来正确地解决了长期争论不休的文章究竟是"繁好"还是"简好"的问题。他的观点是:"子曰:'辞达而已矣。'辞主乎达,不论其繁与简也。繁、简之论兴,而文亡矣。"下面举的例子很有说服力:

> 时子因陈子而以告孟子,陈子以时子之言告孟子,此不须重见而意已明。齐人有一妻一妾而处室者,其良人出,则必餍酒肉而后反,其妻问所与饮食者,则尽富贵也。其妻告其妾曰:"良人出,则必餍酒肉而后反,问其与饮食者,则尽富贵也,而未尝有显者来,吾将瞷问良人之所之也"。有馈生鱼于郑子产,子产使校人畜之池,校人烹之,反命曰:"始舍之,圉圉焉,少则洋洋焉,悠然而逝。"子产曰:"得其所哉! 得其所哉!"校人出曰:"孰谓子产智? 予既烹而食之,曰:得其所哉! 得其所哉!"此必须重达,而情事乃尽。此孟子文章之妙,使入《新唐书》,于齐人则必曰"其妻疑而瞷问之"、于子产则必曰"校人出而笑之",两言而已矣。是故辞主乎达,不主乎简。刘器之曰:《新唐书》叙事,好简略其辞,故其事多郁而不明,此作史之病也。且文

---

① 《诗法萃编》,《〈与李生论诗书〉跋》。
② 《诗法萃编》,《〈文心雕龙·物色〉跋》。

章岂有繁简邪？昔人之论，谓如风行水上，自然成文、若不出于自然，而有意于繁简，则失之矣。①

顾氏这里不但用辞达之说来解决了文章繁简问题，而且还把它同"自然成文"的创作规律联系了起来，把苏东坡没有说完的话说出来了。

"辞达"不过是一个例子，说明整理、研究古代文论，的确能使我们了解到前人很多有深刻意义的艺术思想，这对吸收前人优良经验，摸索艺术规律，提高今天文艺创作的艺术水平，都有重要作用。

1979 年 3 月

---

① 《日知录集释》卷十九。

严羽诗论的进步性

一、分歧的评价

南宋严羽的《沧浪诗话》(以下简称《诗话》),是我国诗论中一部非常重要的著作。从它产生之后,特别在明清两代,它曾吸引到不少有力的追随者,得到了很高的评价,但它也从反对者方面受了很多的尖锐论评。对于这样一部不平常的著作,建国以来直到最近几年的评价是怎样的呢? 可以说,几乎是一片否定声。不妨略举些例子,如:"他认为要想作诗有成就,只消'妙悟'就行了。……脱离现实,脱离生活,甚至脱离了理性,象禅宗修道一样去追求那种空洞玄虚的'妙悟',便完全陷入唯心主义的泥坑里了"(修订本北大《中国文学史》第二册第496页)。"总观沧浪诗说,发源于司空图,而借禅家'妙悟'之说为喻,推尊盛唐以为诗法,把诗歌导入唯心主义、复古主义的一条路向,是落后的,甚至是反动的"(《中国文学批评简史》149页)。此外,还有说它"只从艺术上着眼,并不顾及内容",等等。

作了类此评价的同志虽然也曾多少指出《诗话》在同当时江西派末流的晦涩僵硬,四灵派的轻纤雕琢、江湖派的粗率滑易等诗风作斗争中的一些功绩,但总的评价是基本否定的。联系到严羽所处南宋晚期,金、元统治者相继入侵,疆土愈来愈蹙,偏安的小朝廷对外总是丧师受辱,内部长期奸佞当道,真已到了覆亡可待的地步。在这样的情势下,尽管严羽自负有识,如果他在文艺思想的斗争中果然还只能"以水济水",或如某同志所说,是用别一个象牙之塔来代替原来的形式主义,那么给他这部著作以基本否定的评价,又有多少冤屈可言呢?

但问题却就在于：《诗话》有否"顾及内容"？或者虽有所顾及，是否占主要地位？或者虽占主要地位，实际上是否具有进步性？

二、并未陷入形式主义、复古主义

《诗话》接触到诗论上许多问题，其中当然有主次之别。把哪些问题看为它提出的中心问题，以及如何理解它提出的许多问题在严羽诗论中各自所占的地位及其相互关系，不但反映着我们对它了解的程度，也决定着我们对它的评价和态度。不同的了解必然带来不同的结论。

从以上略举的基本否定的评价里，可以看出，在这些同志心目中，《诗话》提出的中心问题乃是这样两个：强调妙悟与推尊盛唐。这两个问题在严羽诗论中似乎既是它的出发点也是它的归结点。"要想作诗有成就，只消'妙悟'就行了"，由此说它是形式主义；要想作诗有成就，只消学盛唐就行了，由此说它是复古主义；自然是顺理成章的事。

把《诗话》提出的中心问题归结为这样两个，早在《四库全书》为《沧浪集》和《沧浪诗话》两书所写的提要里已经这样做了。《诗话》提要说它"大抵取盛唐为宗，主于妙悟"；《沧浪集》提要在摘引《诗话》"论诗如论禅"和"盛唐诸人惟在兴趣"几句原文之后即指出："其平生大旨，具在于是。"可见，在这一认识上，作基本否定评价的同志似还不曾越出四库提要所说的范围。当然，问题乃在这一认识是否符合客观事实。那么，且看严羽自己究竟是怎么说的罢：

> 夫写诗者以识为主，入门须正，立志须高，以汉、魏、晋、盛唐为师，不作开元、天宝以下人物。
>
> 大抵禅道唯在妙悟，诗道亦在妙悟。且孟襄阳学力下韩退之远甚，而其诗独出退之之上者，一味妙悟而已。惟悟乃为当行，乃为本色。
>
> 夫诗有别材，非关书也，诗有别趣，非关理也。然非多读书，多穷理，则不能极其至。所谓不涉理路，不落言筌者，上也。
>
> 诗者，吟咏情性也。盛唐诸人惟在兴趣，羚羊挂角，无迹可求。……近代诸公乃作奇特解会，遂以文字为诗，以才学为诗，以议论为诗。夫岂不工，终非古人之诗也。且其作多务使事，不问兴致，用字必有来历，押韵必有出处，读之反覆终篇，不知着到何在。（以上均《诗话·诗辨》）

诗有词理意兴。南朝人尚词而病于理，本朝人尚理而病于意兴，唐人尚意兴而理在其中，汉魏之诗，词理意兴无迹可求（《诗话·诗评》）。

从上所引，不难看出，强调妙悟和推尊盛唐固然都是《诗话》提出的重要问题，但"诗者，吟咏情性也"，"尚意兴而理在其中"、"学诗者以识为主"等，实是其中的核心、灵魂。强调妙悟和推尊盛唐，只是它从"诗者，吟咏情性也"这一对文艺创作的根本要求引导出来，作为在当时当地扭转诗的不良作风，着重从艺术性方面和诗歌学习上提出的具体要求。我们没有理由忽视、低估它这"诗者，吟咏情性也"的话。话虽只有一句，《诗话》里许多话都是环绕着这句说的。形式主义的诗，"读之反覆终篇，不知着到何在"，缺少真实的情性，所以它反对。它指斥沈约的八病说是"弊法"，"不足拘"（《诗体》）；指斥"和韵最害人诗"（《诗评》），认为在同一首诗里不妨重押韵，重用字（《诗评》），主张"押韵不必有出处"，"用字不必拘来历"，"不必多使事"（《诗法》），并坚决反对一切例如数名、药名、州名之诗等的文字游戏（《诗体》），凡此，都是为了坚持这个"诗者，吟咏情性也"的根本原则。主张诗应吟咏情性就是主张诗首先应该有真情实感，怎能说《诗话》没有顾及内容？而且一定是唯心主义的呢？

在严羽，也谈"立志须高"，也谈"以识为主"，也要"多穷理"，"尚意兴而理在其中"，这些都和"情性"一道，原来属于思想感情范围，是诗的内容方面。他所以在概括为一句话的时候只说"情性"，绝非在诗里就不要思想，不要理性了。这一点，古人今人指责他的不少，实在冤枉。他只是像今天我们也常说的"诗是感情的流露"一样，觉得思想理性在诗里一般应该透过抒情不露痕迹地显示出来，而这正是文艺作品特别是诗歌艺术不同于学术著作的应有特点。在诗里，多高的志识，多深的理意，一般都应体现在具体的情性之中，以可感的形象、意境出现在读者面前。关于这一点，前乎严羽约一千年的曹丕在《典论·论文》中所说的"诗赋欲丽"已微露端倪，而在前乎严羽约九百年的陆机《文赋》中，所谓"诗缘情而绮靡"，又有了进一步的阐发。"诗者，吟咏情性也"这个正确论点虽不是严羽的创见，但他在当时江西派末流等泛滥成灾的环境中重新明确地提出来，同不良的诗风作斗争，无疑有积极、进步的意义。在严羽，决不是"认为作诗有成就，只消'妙悟'就行了"。他当然不会承认，那些拘守八病、押韵必求出处、用字必求来历、专门和韵、以及一切文字游戏式的形式主义货色，能够感动读者，达到使人妙悟的境地。因为中间根本不存在能令人"妙悟"的东西。

《诗话》因为借禅喻诗，对"妙悟"的解释文字上不免有点玄虚，这是缺点，其实严羽不这样借喻完全可能把他的意思说得更明白。既然他在这里并非高论禅学，而只是在谈诗，我们尽可恕其对禅学的并不深知，而究其诗论的实质。应该说，"妙悟"说在实质上是相当明通的，而且有其长久的渊源。严羽为什么在指出诗应吟咏情性之后还要强调"妙悟"以及与之有密切联系的"兴趣"、"兴致"？我觉得这是因为，他知道仅有真实的情性还不能保证必然是一首具有艺术魅力的、能使人玩味无穷的好诗。所谓"妙悟"，我以为它主要指的是诗应具有能令人自悟其妙的艺术特点，而不能是直露的议论、说教。诗要做到这一点，就应写出一种足以令人产生这种悟解的形象、意境。诗在吟咏情性的基础上，还必须进一步要求它具有这种品质，符合这一规律，否则它不会成为好诗，甚至不能被认是诗。所谓"悟乃为当行，乃为本色"，难道不是当"诗"这一"行"，"诗"这种艺术的"本色"？在这种情况下来强调"妙悟"，不但不是"纯艺术论"，不是"另一个象牙之塔"，相反，倒正是严羽对诗艺的本性、特点具有真知灼见的表现，也是其所以具有进步性与深刻意义之所在。对江西派末流形式主义和四灵派的轻纤雕琢来说，这主要是一个回到吟咏情性这条正路上来的问题，而对粗率滑易的江湖派诗人来说，则主要是一个紧紧抓住诗的艺术特征——"妙悟"的问题。严羽所论都有其针对性，都具有推动当时诗歌创作向健康方面发展的实践意义。不能无视他的根本要求和前提，把他的强调妙悟孤立起来，加以绝对化，好象它本身就是严羽追求的终极目的。他当然不是在宣扬以妙悟代替生活，即所谓脱离生活、脱离现实的唯心主义，因为他并未说情性来源于妙悟。

《诗话》也的确是推尊盛唐的。这是否就是它提倡"复古仿古"（科学院文学所编文学史，687页）的表现？我以为不能简单地这样说。他的有些话说得过分了，容易使人产生误解，但若通看全书，并联系他的创作，便可知他不是复古仿古主义者。（关于这一点，我曾读到朱霞写的《严羽传》，中间引有严羽对这问题的论点，如把它同《诗话》中涉及而并未说得很明确、以致容易引起误解的文字联系来看，可以证明他确非复古仿古主义者，容另文讨论）那么他为什么要推尊盛唐，截然谓"当以盛唐为法"呢？这有两个原因：第一，他认为大多数盛唐的诗是吟咏情性的；第二，他又认为大多数盛唐诗是符合诗的艺术规律，具有诗兴、诗味的。因此，他就觉得提倡学习盛唐，有助于扭转诗风，大可作为当时只知效法江西末流和晚唐者的写诗范本。鼓吹向盛唐学习，他的目的不是要当时人抛开自己的情性而以盛唐人的情性为吟咏内容，去做出跟盛唐人一个样子的东西。证据是，他自己亦这样看到了：

> 大历以前，分明是一副言语，晚唐分明别是一副言语，本朝诸公分明别是一副言语。如此见，方许具一只眼。(《诗评》)

时代不同，必然会"分明别是一副语言"，要求完全一样，这是勉强不来的，因为社会的要求、诗人的情性，都不断在改变。他赞许能作"如此见"的人，符合他的根本观点。那么他主张的"当以盛唐为法"，实指学习盛唐诗的高度真实性与艺术性，目的还是要宋代人写出反映宋代人情性的宋代好诗。"唐人尚意兴而理在其中"，这比当时的以文字、才学、议论为诗的方法确实比较高明，虽然不能因此就把所有多少以文字、才学、议论写入诗内的作品不加分析地完全排斥或贬低了。这个要求诚然提得相当突出，可是在他的全部议论里，只占次要的、从属的地位。不把它放在原来所处的地位来考察，就难于恰当地评价它。

严羽是一个态度积极，很想作为一番的人，诗在他心目中并不是可有可无的。当时的著名诗人戴复古（式之）年龄比他大得多，由于论诗观点接近，他们结成了忘年交。戴氏《石屏诗集》卷七里留下的《论诗十绝》，据戴自己注明，就是和严羽一道论诗时写成的。这很可以帮助我们从侧面来补充、了解严羽的某些观点。其中第七首这样写道：

> 陶写性情为我事，留连光景等儿嬉。锦囊言语虽奇绝，不是人间有用诗。

要求诗应对"人间有用"，当是戴严的共同主张。一个执着地要求诗应陶写情性，对人间有用的人，他可能会产生别种错误、偏向，却不会陷到所谓形式主义、复古主义的泥沼里去的罢。

三、进步的情性

仅仅主张诗要吟咏情性，把内容放在主导地位，还不足以证明《诗话》所说一定有进步性。因为，可以有各种不同的情性。如果期望和赞赏的是不健康、不合理甚至很反动的情性，那么对这种吟咏情性论自然不值得肯定。严羽期望和赞赏的究竟是怎样的情性？《诗话》虽然并未从正面给我们作出多少表白，我们仍能从若干重要侧面来把握到它的观点和倾向。

首先，我们可以从它赞美了哪些作家作品，以及它是怎样赞美的这个侧面来考察。尽管有些同志认为严羽实在倾向于王维、孟浩然一路，但最可靠的证据应该是他自己的说话，而严羽分明是最推重李、杜的：

> 诗而入神，至矣，尽矣，蔑以加矣，惟李、杜得之，他人得之盖寡也。
> （《诗辨》）

这不可能是他的虚美。严羽当然也可能很欣赏王、孟一路，但他的总的观点和基本倾向决定着他只能给李、杜以最高的评价。非常值得注意的是，严羽推重建安风骨。他说：

> 黄初之后，惟阮籍《咏怀》之作极为高古，有建安风骨。（《诗评》）

什么是建安风骨呢？刘勰在《文心雕龙·时序》里作了颇为精当的解释："观其时文，雅好慷慨，良由世积乱离，风衰俗怨，并志深而笔长，故梗概而多气也。"这是指一种能够真实地反映动乱时代的社会面貌，并具有忧国伤时，拯世济物思想气魄的文学。严羽说："唐人好诗，多是征戍、迁谪、行旅、离别之作，往往能感动激发人意"（《诗评》）。这样内容的诗所以可能成为好诗，即因这都饱和着血泪，涉及广大人民悲苦的生活，而在专制统治时代下层、失意诗人的笔下，较能揭示其真相，并表现出激发人意，有助改革的思想。这是多么敏锐而又真实的感觉。正因这样，所以读到杜甫的作品，他便举出《北征》、《兵车行》、《垂老别》等，读到李白的作品，便举出《梦游天姥吟》、《远离别》等（《诗评》）。他虽极力推尊盛唐，但对大历以后的现实诗人柳子厚、李长吉、刘梦得、顾况、李益、张籍、王建等的代表作品还是一再表示"吾所深取"，这都不是偶然的。事实证明他并没有抹杀开元、天宝以后的作品。他所以不甚赞赏元、白的作品，说顾况的诗多在他们之上，看来主要是因"稍有盛唐风骨处"的顾况的很多诗不但有深刻的社会内容，而且还较少议论和直露，因而更接近于他的艺术标准之故。而不是他不喜欢二人诗中的讽谕内容。严羽的诗评显然并不是从"纯艺术论"出发的。

第二，我们可以从它为什么要反对当时人多向晚唐学习这一侧面来考察。

《诗话》反对学习晚唐,是否仅由于晚唐许多诗缺乏"妙悟"? 不是的,首先还是因为晚唐诗多半有情性而缺乏风骨。比严羽时代稍后的方回,虽也指责晚唐许浑、姚合诸人及其追随者的作品,但他只是站在江西派复起者的立场说话,目的在于推销"瘦硬"的江西派诗,虽说过些合理的话,意义却不大。严羽反对学习晚唐则有其思想倾向上的用意。我们虽不能从《诗话》里直接举出这样的证据,但也可以得到下述这些有力的旁证。例如比严羽年龄较长的著名诗家刘克庄(后村),他的论诗观点虽和严羽大同之中仍有小异,而他深恶晚唐的理由则是相同的。他说:

> 韩致光、吴子华皆唐末词臣,位望通显,虽国蹙主辱,而赋咏唱和不辍。存于集者,不过流连光景之语,如感时伤事之作,绝未之见,当时公卿大臣。往往皆如此。(《后村诗话续集》卷三)

又如戴复古《论诗十绝》中还有这样一首:

> 文章随世作低昂,变尽风骚到晚唐,举世吟哦推李杜,时人不识有陈黄。

说是诗到晚唐已经变尽风骚,即在鄙薄它已经没有什么讽谕和积极的教育作用了,这个意见正是他和严羽一道论诗时期提出的。再如严羽、戴复古、刘克庄的共同朋友,曾任邵武太守的王埜(子文)为《石屏诗集》作序,中间说到:

> 近世以诗鸣者,多学晚唐,致思婉巧,起人耳目,然终乏实用。所谓言之者无罪,闻之者足以戒,要不事在风云月露间也。

这是指责晚唐诗多在风云月露间掉弄笔墨,不关心民生疾苦,国家大事,与刘克庄所论略同。

从上所引,可知在严羽当时,特别在他周围的一些代表诗人中间,反对晚唐诗风显然已不仅限在艺术性的范围内,而更多还是一个思想倾向问题、内容问题了。他们的这种倾向,同前辈爱国诗人陆游所说:"《花间集》皆唐末五代时人作,方斯时,天下岌岌,生民救死不暇,士大夫乃流宕如此,可叹也哉!"(《跋花间集》)是后先辉映,一脉相承的。

第三,我们也可以从严羽自己所写诗的主要倾向这一侧面来考察。他最期望和赞赏别人吟咏的情性,就会在自己的诗里表现出来。他自称"空垂百卷文,未返一竿钓",著作甚多,现存作品可能不过占其什一。《适园丛书》本所收《沧浪严先生吟卷》两卷保存他古近体诗和词共 148 首。近体诗约占五分之三,虽篇数较多,但实际篇幅和质量却不如篇数只占五分之二的古体诗既多且高。他的诗,兼有优游不迫和沉着痛快两类风格,内容则风云气多,儿女情极少,怀友思乡之外,几乎都是忧国伤时,壮志难伸,悲愤激烈的放歌。读过他的作品,就会知道严羽实在是一个胸怀壮志,很想有所作为,豪气纵横的人物。他在壮年时代一直在各处奔走,想找一个合适的为国尽力的机会,终于失望而归,抱愤而死。说他脱离生活,脱离现实,是没有根据的。他的《剑歌行》、《雷斧歌》、《北伐行》、《促刺行》、《古剑行》、《四方行》等都很激动人心,鼓舞斗志。下列古近体诗和词略可作证:

　　进贤之冠兮高乎岌危,山玄之佩兮长乎陆离。苟非其道兮,曷如蕙带而荷衣。尧舜邈其不逢兮,我之心其孰得而知? 宁轻世肆志兮,采商山之芝。与其突梯滑稽有口如饴据高位而自若,钓厚禄而无疑;则余有蹈东海而死耳,诚非吾之所忍为。(《放歌行》)

　　戎马相逢日,那知复此间。客愁诗莫遣,世事酒相关。江上孤舟在,无隔两鬓斑。更将忧国泪,满袖送君还。(《三衢邂逅周月船论心数日临分赋此二首》之一)

　　日近舳棱,秋渐满、蓬莱双阙。正钱塘江上,潮头如雪。把酒送君天上去,琼琚玉佩鹓鸿列。丈夫儿,富贵等浮云,看名节。　　天下事,吾能说。今老矣,空凝绝。对西风慷慨,唾壶歌缺。不洒世间儿女泪,难堪亲友中年别。问相思、他日镜中看,萧萧发。(《满江红·送廖叔仁赴阙》)

从上所引,可见严羽通过三种不同形式的作品,都吟咏了相同的情性。忧国伤时,富贵等浮云,名节最重要。这正是严羽诗作的主要倾向。

第四,我们还可以从当时人对严羽思想是如何评价的这一侧面来考察。戴复古有首《祝二严》的诗,直接写到严羽的为人:

羽也天姿高,不肯事科举。风雅与骚些,历历在肺腑。(《石屏诗集》卷
一)

他用国风大小雅和《离骚》的现实主义诗风来赞美严羽,严的思想倾向可以
想见。

元初严羽的同乡诗人黄公绍(著有《在轩集》)为《吟卷》作序,称严"粹温中
有奇气","自风骚而下,讲究精到"。"奇气",当指不同于宋末许多士大夫麻木
敷衍甚至卑鄙无耻的卓然不凡的思想感情和气节。所谓对风骚而下讲究精到,
看来是指深明风骚以下文艺反映现实生活,裨补时艰的优良传统。以后《邵武
府志·文苑传》继续这样记载:"羽既不仕,然其忧国爱民之意,每见于诗。……
元人约宋同灭金,已而败盟,连岁搆兵,江淮涂炭,羽身居草野,未尝不三致意
焉。"把这些当时和稍后人们对严羽思想的评论和现存严羽作品对照起来研究,
可说是大体一致的。严羽心目中的情性究竟是怎样的情性,从这个侧面也可增
加不少认识。

据上所说,我认为,指责严羽脱离现实,脱离生活,脱离理性,完全陷入唯心
主义、复古主义云云,不符合事实。这都只能是抓住《诗话》中一两句话,孤立、
绝对化后作出的结论。

严羽诗论不可能没有缺点和弱点。我以为对此可以分析,却没有必要去苛
求。问题在于他能大胆自信和旗帜鲜明地提出自己的看法,这些看法不但在当
时有进步作用,在今天看来仍不容否认有很多合理的东西,值得借鉴,他的贡献
是主要的,应予基本肯定。否定它,甚至斥为反动,殊欠实事求是,对继承古代
文论优秀遗产和使其古为今用也是无益的。

论陆机的《文赋》

晉代陆机(261—303)所著的《文赋》,不但是一篇很好的赋体文学作品,更是我国文学理论发展史上一篇非常重要的作品。它上承曹丕(187—226)的《典论·论文》,下启刘勰(约465—520)的《文心雕龙》和钟嵘(480—552)的《诗品》,在文学创作问题上,根据他自己的经验和对前人作品的研究,提出了不少带有总结性的,在当时是很新的而到今天也还值得我们借鉴的意见。对于这样一篇重要的文论,建国以来不断有同志加以讨论,总的情况是:评价很纷歧,不少人基本否定,也有人大致肯定,而在同是得出了基本否定或基本肯定的结论的同志之间,彼此看法亦不尽一致。大致肯定论者认为它是古代的杰出的文艺理论,承认它在不少具体问题上,较系统地总结了前人的经验,提出了一些有益的意见。基本否定论者则认为它在文学批评史上是形式主义理论的创始者,论文主旨是开形式主义文学和形式主义文艺理论的先声的,有些论点带神秘意义,陷于不可知论,天才中心说,等等。我认为,对于象《文赋》这样重要的作品,在研讨过程中出现一些分歧、复杂的情况,是很自然的,这一方面表明了研讨已在逐步深入,通过深入的讨论就有可能在新的认识基础上对《文赋》取得正确、比较一致的看法;另一方面,这种情况也将促使我们来探究、解决一些与正确地批判和继承古代文艺理论遗产有关的重要问题,因此很有启发、推动的作用。

我对《文赋》的看法是基本肯定的。我认为在中国文学理论发展史上,《文赋》有显著的进步性,有其重要的贡献,可是,对此一直还缺乏足够的阐明和评价。下面先对基本否定论的主要之点提些不同看法,然后再简论《文赋》的进步性和主要贡献,并指出它的一些局限、弱点。

一、基本否定的不少论点是片面的

1. 讲究形式、重视形式,绝不就等于形式主义。

文学作品是思想内容和艺术形式的统一体。优秀的文学作品既有进步、深广的思想内容,也有完美、动人的艺术形式。仅有好的思想内容而没有好的艺术形式,就不能成为具有巨大感染力量的优秀文学作品。因此问题不在于讲究形式、重视形式,乃在于决不可以脱离了现实生活,忽视了思想内容,而孤立、片面地去追求形式。只在后者的情况下才可以说是形式主义,而在肯定形式必须从属于现实生活、内容的前提下来讲究和重视形式,乃是非常正当的事情。

没有疑问,《文赋》的确很讲究和重视形式,在形式问题上作了很多探索,但陆机却的确是在肯定形式必须从属于反映生活、内容的前提下来讲究和重视的。《文赋》里再四提醒我们:

> 理扶质以立干,文垂条而结繁。
> 辞程才以效伎,意司契而为匠。
> 要辞达而理举,故无取乎冗长。
> 伊兹文之为用,固众理之所因。
> 途无远而不弥,理无微而弗纶。
> 或遗理以存异,徒寻虚以逐微。
> 混妍蚩而成体,累良质而为瑕。

《文赋》里就作者主观方面所说的"志"、"意"、"思"、"情",或就作品客观方面所说的"理"、"义",都属文学作品的思想内容方面,这种思想内容在陆机看来便构成文学作品的"干"和"质",以别于作为其艺术形式的"枝"和"文"。在上列这些文句里,分明在说"意"、"理"等等不但是作品的主帅,还是作品所以能够产生作用的重大原因。整篇《文赋》讲究和重视形式的基本精神,是要求先有了高尚的思想为指导,即所谓:

> 心懔懔以怀霜,志渺渺而临云。

883

再要求有完美的艺术形式,使高尚的思想感情得到充分的表现,即所谓:

> 然后选义按部,考辞就班。
>
> 抱景者咸叩,怀响者毕弹。

《文赋》没有"重形式轻内容",而是在强调内容,承认内容起主导作用的前提下来讲究和重视形式的。对陆机所主张的"理"、"义"等的具体含意,人们可以有不同的理解,但总不能脱离了《文赋》理论的实际,说它竟是形式主义的文论!

有人以《文赋》每在思想内容和艺术表现形式并举之后继续发挥几句,常常侧重艺术形式方面的现象为主要理由,证明它其实不是"主张内容与形式并重",而"是偏重在形式方面的。"我以为不能这样说。

《文赋》所以较多谈论艺术表现形式乃因陆机创作此文的主要目的早已申明,即在"论作文之利害所由。"他所以在讨论问题时几乎每次还要提到一下思想内容,不仅不能用来证明他"是偏重在形式方面",相反倒应用来证明他是多么重视内容方面,因为他特别顾虑人们在他以艺术表现形式为讨论重点的这篇作品中,会误解他的主张,仿佛他真是轻视内容的,所以必须随时再扼要提醒一下思想内容的主导作用。我们不能规定作者必须全面论述一个复杂的问题而不许他只作重点的阐述,或断言凡属他未作重点阐述的东西即是他所轻视的东西。

我们知道,对于《文赋》,刘勰和钟嵘早已提出了他们的责难:

> 陆氏《文赋》,号为曲尽,然泛论纤悉,而实体未该。(《文心雕龙·总术》)
>
> 陆赋巧而碎乱……并未能振叶以寻根,观澜而索源。(《文心雕龙·序志》)
>
> 陆机《文赋》,通而无贬。……就谈文体,而不显优劣。(《诗品·序》)

这些责难都曾为基本否定论者所乐道。但我们究应怎样看待这些前人对《文赋》的责难?难道陆机没有强调思想内容么?没有崇"雅"、禁"邪"、仰望"圣贤"、要求"济文武于将坠,宣风声于不泯"么?看来"文赋"在谈及"实体"方面只是比不上《文心雕龙》的更为详明而已,刘勰简直谈它"实体未该","未能振叶以寻根,观澜而索源",是过于抑低陆机了。所谓"陆赋巧而碎乱",其实仍很滋养了他自己的理论,章实斋《文史通义·文德》即已指出其间关系:"刘勰氏出,本陆机氏说而昌论文心。"钟嵘的责难也没有充足理由,理论的有无价值或有多少价值并不决定于它是通论还是进行具体批评的这种那种形式。我们今天对于即使象刘勰钟嵘这样卓越的古代理论批评家的意见,看来也需要自己分析。

我的看法是:《文赋》的确是讲究形式、重视形式的,但这是它论述的重点,并且分明是在反复强调思想内容的主导作用这个前提下来论述的,因此不能说它是形式主义的文论。

2. 在文学作品中,不可能有一种"意"是不表现或看不出作者思想倾向的。

在《文赋》里陆机一路这样提出:

> 伫中区以玄览,颐情志于典坟。
> 咏世德之骏烈,诵先人之清芬。
> 倾群言之沥液,漱六艺之芳润。
> 伊兹事之可乐,固圣贤之所钦。
> 虽区分之在兹,亦禁邪而制放。
> 寤防露与桑间,又虽悲而不雅。
> 练世情之常尤,识前修之所淑。
> 济文武于将坠,宣风声于不泯。

这里所谓"典坟"、"六艺"、"先人"、"前修"、"圣贤"、"文武"、"禁邪"、"雅"等等,都和它所说的"情"、"意"、"志"、"思"、"理"、"义"等等属于思想内容方面的具体含义和标准有密切关系的东西,都能表达出它的"伏膺儒术"的思想倾向,因此,《文赋》所讨论的,不仅仅是所谓构思问题,相反,陆机的"伏膺儒术"的思想倾向,始终非常明显地贯串在《文赋》的全部血脉中间。

再就陆机而论,如《晋书》本传所说:"少有异才,文章冠世,伏膺儒术,非礼不动"(卷五十四)。《文赋》的创作虽不必果如杜甫《醉时歌》所说:"陆机二十作《文赋》",即正在他二十岁的时候,相信总是他在吴亡之后,被征为太子洗马入洛之前,即与弟陆云退临旧里,"勤学,积十一年"(臧荣绪《晋书》)期间的作品。如上所述,他的"伏膺儒术"的思想倾向不但流露在《文赋》的理论之中,也明白表现在他那时写出的另一些代表作《辨亡论》等文章之中。他在所作《遂志赋》

的序文里,曾说到"昔崔篆作诗,以明道述志",表示自己"备托作者之末",也要"用心"于此,这说明他是有意识地要通过创作来"明道述志"的,事实上也确是如此。他的这种思想倾向必然时时处处要从他在《文赋》里所说到的所有"情"、"意"、"理"、"义"等等中间体现出来。

其实,在文学作品中,不论是怎样的"意",例如所谓意和辞通过构思而统一的"意",或结合思想倾向性的"意",都不会不表现出作者这样那样的思想倾向,这里只有表现形式和程度上的差异,不可能有性质上的区别。如果承认《文赋》的理论实际确是"对于意和词都主张创造和新颖",而又并无证据来证明它主张的乃是胡思乱想和离奇古怪,那就不能仍旧贬斥为形式主义。

3. 创作理论和创作实践的基本统一,不能排斥其间会有若干的距离。有人看到了陆机的创作理论和创作实践的统一性,即统一在形式主义上面,辞的创造新颖,和意的沿袭陈腐,正成为形式主义的两个方面。另有人也看到了陆机这两者的统一性,那是统一在辞的创造新颖和"通过构思所形成的'意'的创造新颖"——"夺胎换骨,点铁成金"等等上面;提法虽有所不同,基本上还是统一在形式主义上面。

我认为,对陆机的创作理论和创作实践,不能说是统一在形式主义上面,虽然陆机的创作实践缺乏突出的创造性。

一个作家的创作理论如果真是体现了他自己的思想和心得,其创作理论就一定会反映和指导其创作实践,在一般情况下,两者总是基本统一的。所以说"基本统一",是由于实际上存在着若干因素,使得两者难于"完全统一"。例如:理论目标很高,也很正确,作家虽心向往之,却限于生活不够、技巧不够、思想深度不够,使得写出的作品达不到自己所悬的目标,甚至距离相当远,形成向来所说的"自运不逮";也可能在实践过程中,作家又产生了新的思想,突破了或修正了原来理论的某些观点,作品中已经出现某些新的面貌,而在理论上却未曾或没有来得及反映出来。我以为,在作家思想基本没有改变的情况下,一方面承认其创作理论和创作实践总是基本统一的,另一方面又肯定其间会有若干的距离,即难于要求二者的完全统一,乃是符合于实际情况的。当然,二者也有发生矛盾的时候,例如一个作家在其整个创作实践的过程中,创作理论曾经出现重大的改变,那么在新的创作理论指导下写出的作品,就会同他过去的创作理论发生矛盾;还有,如果他的创作理论只是为了某种理由不得不这样那样跟着某人某派姑且说说,其实并非出于他的本心,那么二者当然也必发生矛盾。

那么陆机的情况究竟属于哪一类呢？陆机不属于二者发生矛盾的这类作家之内，这方面分歧不大。问题在于有人认为在陆机身上，二者是统一在形式主义上，而我则认为不能这样说。

必须解决这两个问题：陆机的作品是否基本上可以说是形式主义的作品？评价作家的某一创作理论著作是否可以不把这一理论著作本身作为一个相对独立的存在看待，而只要根据其创作实践的表现就对它下一个完全相同的结论？是应当主要根据对这一理论著作本身的探究来下结论，还是根据其创作实践就足够来下结论？

对于这两个问题的回答，都只能是否定的。

先谈对陆机作品的评价。有人指出陆机作品有三个非常突出的缺点：思想内容贫乏；过分重视排偶用典和讲究雕章琢句；模拟。陆机作品中无疑存在着这些缺点。问题在于是否即可如此论定他的全部作品，认为所有他的作品都应作这样的评价。陆机的文集，《隋书·经籍志》和《唐书·艺文志》分别著录为十四卷或十五卷，相传著文达三百多篇，但现存诗文包括辑出残句不过二百篇左右，已难见全豹，这且不谈。即就现存的他的这些作品看，我以为上面指出的三个缺点，并不能概括一切。陆机诚然有不少对封建统治集团进行歌颂与阿谀、倡导、羡慕及时行乐、退隐游仙等思想内容贫乏的糟粕作品，但他也有不少思想内容丰富、进步且具独创性的精华之作，首先象《文赋》就是这样的作品。有些表面上好象在摹拟，曾被一笔抹杀为"用冠冕堂皇的辞句来说废话"的作品，例如所谓模仿贾谊《过秦论》的《辨亡论》，模仿班固《联珠》的《演连珠》五十首，其实中间却很有些好作品。《辨亡论》的文章虽似稍逊于《过秦论》，但若比较一下两文结尾部分的思想内容：

然秦以区区之地，致万乘之势。序八州而朝同列，百有余年矣。然后以六合为家，殽函为宫；一夫作难而七庙隳，身死人手，为天下笑者，何也？仁义不施，而攻守之势异也。（《过秦论》）

是故先王达经国之长规，审存亡之至数，谦己以安百姓，敦惠以致人和，宽冲以诱俊义之谋，慈和以结士民之爱。是以其安也，则黎元与之同庆，及其危也，则兆庶与之共患。安与众同庆，则其危不可得也，危与下共患，则其难不足恤也。夫然，故能保其社稷而固其土宇，麦秀无悲殷之思，黍离无愍周之感矣。（《辨亡论》）

887

我以为《辨亡论》的这些思想内容比之《过秦论》只有过之而无不及。虽然还是站在封建统治阶级的立场上来发议论,在陆机的时代,以陆机的地位,而能发这样的议论,历史主义地来评价,实在应该承认它的进步性,至于文字用得多了一些.由于显然比贾谊发挥得深透,亦决不能一概贬为太"繁"。《演连珠》五十首中.不但文字大都美妙,内容更多新警可取。例如:

> 臣闻图形于影,未尽纤丽之容;察火于灰,不睹洪赫之烈。是以问道存乎其人,观物必造其质。
>
> 臣闻通于变者,用约而利博;明其要者,器浅而应玄。是以天地之赜,该于六位;万殊之曲,穷于五弦。
>
> 臣闻足于性者,天损不能入;贞于期者,时累不能淫。是以迅风陵雨,不谬晨禽之察;劲阴杀节,不凋寒木之心。
>
> 臣闻触非其类,虽疾不应;感以其方,虽微则顺。是以商飙漂山,不兴盈尺之云;谷风乘条,必降弥天之润。故暗于治者,唱繁而和寡;审乎物者,力约而功峻。
>
> 臣闻目无常音之察,耳无照景之神。故在乎我者,不诛之于己;存乎物者,不求备于人。
>
> 臣闻弦有常音,故曲终则改;镜无畜影,故触形则照。是以虚己应物,必究千变之容;挟情适事,不观万殊之妙。

象以上这些作品,论文字不但美妙也清新简洁,论思想不但颇为警策也和《文赋》一样具有难得的朴素唯物观点,难道都是所谓"用冠冕堂皇的辞句"来说的"废话"?难道它们不是为历来所公认、也名实相符的陆机的代表作么?应该根据作品的实际内容而不只是根据一些形式因素来作结论。

谈到对陆机作品的评价,当然需要参考一下前代人——特别是与陆机时代距离很近的一些评论家的意见,在这方面,我感觉基本否定论者的做法是很欠实事求是的。例如对刘勰,似乎除了他对《文赋》所说的"泛论纤悉"和"巧而碎乱"之外,就没有其他的说话了。其实《文心雕龙》里论到陆机作品的地方非常多,略举如:

> 士衡、子安,底绩于流制,……亦魏晋之赋首也。(《诠赋》)

自《连珠》以下,拟者间出,……惟士衡运思,理新文敏,而裁章置句,广于旧篇。(《杂文》)

陆机自理,情周而巧,笺之为善者也。(《书记》)

陆机《辨亡》,效《过秦》而不及,然亦其美矣。(《论说》)

陆机之《移百官》,言约而事显,武移之要者也。(《檄移》)

陆机积篇,惟《功臣》最显,其褒贬杂居,固末代之讹体也。(《颂赞》)

陆机断议,亦有锋颖,而腴词弗翦,颇累文骨,亦各有美,风格存焉。(《议对》)

陆机才欲窥深,辞务索广,故思能入巧,而不制繁。(《才略》)

士衡矜重,故情繁而辞隐。(《体性》)

士衡才优,而缀辞尤繁。(《熔裁》)

士衡沈密,而不免于谬。(《事类》)

总观刘勰所论,他对陆机作品的评价有褒有贬,但褒多于贬。《时序》篇所说:"晋虽不文,人才实盛",而陆机兄弟"并结藻清英,流韵绮靡"的话,大体可以作为他对陆机的总的评价,而他的这个总评价,同葛洪、钟嵘也是基本一致的。葛洪说:

吾见二陆之文,犹玄圃积玉,莫非夜光;方之他人,若江汉之与潢污,及其精处,妙绝汉魏之人也。

每读二陆之文,未尝不废书而叹,恐其尽卷。

陆子十篇,词之富者,虽覃思不能损。(以上《意林》、《北堂书钞》引《抱朴子》佚篇,转引自刘师培《中古文学史》页53,人民文学出版社版)

钟嵘说:

太康中,三张二陆两潘一左,勃尔复兴,踵武前王,风流未沫,亦文章之中兴也。

陆机为太康之英,安仁、景阳为辅……皆五言之冠冕,文词之命世也。

昔曹、刘殆文章之圣,陆、谢为体贰之才,锐精研思……(以上均《诗品·总论》)

889

晋平原相陆机,其原出于陈思,才高词赡,举体华美,气少于公幹,文劣于仲宣,尚规矩,不贵绮错,有伤直致之奇。然其咀嚼英华,厌饫膏泽,文章之渊泉也。(《诗品》·上)

无论是葛洪、刘勰,还是钟嵘,他们不但和陆机时代接近,无疑能够读到他的全部作品(如前所说,后来的人已只能读到陆机作品的大约一半),更重要的是他们对文学都具有卓越的识见,都重视文学的表现形式而又更着重其思想内容,他们之所以会一致给了陆机作品基本肯定的评价,绝不是偶然的。特别值得注意的,更加着重作品思想内容的这三位有力评论家,不但没有指责陆机的思想内容贫乏,反都赞美了他的"精处妙绝汉魏之人","运思理新文敏",和为"锐精研思"的"太康之英";刘勰对陆机作品形式方面的指责主要只是太"繁",而这在葛洪却认为是"富",在钟嵘却认为是"赡",还有点不同的看法。我们知道陆云对他哥哥文章的批评倒也常集中在"繁"字上,即所谓:

兄文章之高远绝异,不可复称言,然犹皆欲微多。

兄文方当日多,但文实无贵于为多。

兄文章已显一世,亦不足复多……可因今清静,尽定昔日文,但当钧除,差易为功力。(以上均《陆士龙文集》卷八《与平原书》)

那么,我们即使承认陆机作品真有"繁"、"多"的毛病,那也不过是一种毛病而已,不能因此就说他的作品整个儿或基本上是形式主义。

因此,无论从现存陆机主要作品的直接研究,或从当时卓越评论家的全面评价,对陆机作品都不能得出基本否定的,"是形式主义"的结论。

我认为,陆机作品所以不会成为形式主义的作品,正是由于他认识到文要逮意,意要称物,以及无论在意和词上都应创新,在继承前人时也要力求更新的自然结果。陆机一再指出:

倾群言之沥液,漱六艺之芳润。

收百世之阙文,采千载之遗韵,谢朝华于已披,启夕秀于未振。

必所拟之不殊,乃暗合乎曩篇,虽杼轴于余怀,怵他人之我先。

或袭古而弥新,或沿浊而更清。(以上均《文赋》)

890

拟遗迹于成轨，咏新曲于故声。（《遂志赋序》）

这里所说，既指意，也指词，都和思想的创新有关。所谓创新，虽说可分为意思之新，词语之新，和表现之新等类，只要不是故意在追求离奇古怪，即使是词语和表现之新，也多少会含有一点创新的思想成分在内。当然，象意思之新，其价值应该估得高些。但所谓意思之新，也不能一定要求完全独创、从所未有的东西。如因没有这种东西，便不承认其有任何创新，或竟一笔抹杀认为这便是模拟，必然会脱离实际，苛求无助于文学的发展。因为特别在思想体系等广泛的范围内，要求一个作家一定有完全的独创，是非常困难的。例如我们就很难要求陆机一定应该在传统思想的范围之外另有完全的独创。如果一个作家能在某一他所伏膺的思想体系中着重体现出进步的部分，或者在这个体系的某些点上作了有益的发挥和补充，或者针对当时的问题按照自己独特的风式把这个体系中的进步道理重新提出或表现得特别深刻动人，或者在周围的徬徨糊涂中根据这个体系的主要精神提出并解决了一些实际问题而产生了使人耳目一新的效果，……诸如此类，即使还不能说是完全的独创，毕竟应当包括在"意思之新"这一范畴之内，甚至还应当承认这是"意思之新"的经常表现。我以为对于陆机的大部分作品，特别是其《文赋》、《辨亡论》、《演连珠》等代表作来说，在诸如此类的意义上，可以肯定为不但在词上，更重要地也是在意上具有创新意义的作品。陆机的某些作品缺乏突出的创造性，由于阶级地位和儒家思想的局限，生活狭隘，轻视民间作品，比他的创作理论显得有些落后，这些虽都是事实，却不能否认他的创作理论和创作实践是基本统一在创新和进步的基础之上。陆机的创作实践稍稍落后于创作理论，并不同于两者之间真已发生了重大的矛盾。不能根据实际上并不存在的矛盾，借来反证陆机的创作理论——《文赋》就是形式主义的文论。

另外一个问题，即在评价作家的某一理论著作时，应当怎样联系其创作实践才算适当的问题。我以为联系其创作实践来进行评价是需要的，但须把这一理论著作本身看作一个可以相对独立的存在，而不能认为根据其创作实践的表现就可以对它下一个完全相同的结论。其所以需要，因为创作理论总会在相当大的程度上体现于创作实践中，其所以须把理论也看作一个相对独立的存在，因为不但创作理论和创作实践在同一思想指导下经常仍可能出现某些距离，思想有了重要改变之后的创作实践更不能用来反证原来的创作理论，而且一个作家的创作理论和创作实践其给予后人的影响也往往不是相同的。就象陆机，其给予后人的影响显然是他的创作理论——《文赋》要比创作实践重要得多，大得多。对二者不加区别，笼统地混为一谈，对作家的创作理论往往不易作出正确的评价，这对陆机如此，对别人也一样。

4. 创作理论本身的价值，不能由于后来被曲解而产生的某些不良影响所降低。

对《文赋》持基本否定论的同志，还有一个重要论据，便是《文赋》曾对后来——主要是六朝文学产生了很不好的影响，即开创或导致了六朝文学的形式主义。

如说《文赋》的尚巧贵妍说开后来元嘉文学的风气；其音声迭代说开永明文学之先声；其论文体也开一些形式主义的风气；以为陆机在文学史上既是骈文的创始者，在文学批评史上也可说是形式主义理论的创始者。

类此的论调是早就有了。刘勰和钟嵘都曾这样指出：

> 宋初文咏，体有因革，庄老告退，而山水方滋。俪采百字之偶，争价一句之奇，情必极貌以写物，辞必穷力而追新。此近世之所竞也。（《文心雕龙·明诗》）
>
> 今之士俗，斯风炽矣。才能胜衣，甫就小学，必甘心而驰骛焉。于是庸音杂体，人各为容，至使膏腴子弟，耻文不逮，终朝点缀，分夜呻吟，独观谓为警策，众睹终沦平钝。（《诗品·总论》）

这些话，刘、钟原非针对《文赋》而说，但后来往往就被记在《文赋》的账上了。明代胡应麟说得很干脆：

> 《文赋》云"诗缘情而绮靡"，六朝之诗所自出也，汉以前无有也。
> 两汉之流而六代也，其士衡之责乎？（均《诗薮》外编卷二）

此类论调，不大公道，六朝文学并不都是形式主义作品；六朝的形式主义文学其形成当有比之文学发展本身更为重要的社会政治原因；陆机作品虽然也有缺点，毕竟和后来那些真是形式主义的作品有性质上的差别；特别是，《文赋》决不是所谓形式主义的文论。怎么可以要求陆机及其《文赋》对"汉之流而六代"负责？又怎么可以根据后代文学产生形式主义的事实,来证明先前的《文赋》一定是形式主义的文论？难道仅仅因为《文赋》着重谈到了艺术表现形式的有关问题,讲究和重视了形式,就可以不顾它原是在强调思想内容的主导作用的前提下来谈的客观事实,降低它的价值么？

一种正确的理论,如果被人把其中有关论点的位置倒转了,把其中某些原来提得恰当的东西推到了极端,把次要的强调成主要的,并且就这样实行起来;或者在原有的东西中间给羼入了一些不同的材料,因此事实上已经使它变成另外一种理论;任何正确的理论都可能会被歪曲,可是往往由于歪曲的理论中多少还保留着原来理论的一些碎片,便很容易被误解成仿佛仍是原来的理论,而由歪曲理论指导下造成的不良后果也就很容易仍被记到原来理论的账上去。我以为《文赋》被说成应对六朝文学的形式主义负责,就属于这样的情况。在《文赋》,无论是主张音声迭代也好,尚巧贵妍也好,诗缘情而绮靡也好,因为有其反映客观事物、强调思想内容的前提在,都没有错,可是一到后来真正形式主义者的手里,思想内容的指导作用给抛开了,他们把音声迭代、尚巧贵妍、力求绮靡等等形式上的要求荒谬地提到主导一切的地位,自然就要发生极大的流弊了。当然不能因为后来人如此这般地强调和实行的音声迭代等极端主张能从《文赋》里找到若干字句上的根据,就说后来的种种流弊便是《文赋》所引起的。

评价陆机创作理论——《文赋》的价值,不是不需要联系它对后来产生的影响来考虑,但首先和主要的,还在它本身以及当时产生的作用。当考虑它对后来产生的影响时,必须作具体分析,辨明所谓不良的影响究竟怎样产生的,和《文赋》本身究竟有多少关系。在这方面,从基本事实看,我以为决不可以借口六朝产生了形式主义文学就不合理地降低《文赋》的价值。

5. "唯心"、"神秘"、"不可知论"、"天才中心说"等责难并不恰当。

在"形式主义的文论"之外,基本否定论者还责难《文赋》的这个那个论点是"唯心"、"神秘"、"不可知论"或"天才中心说"等等,这些责难都并不恰当。

《文赋》描写"应感之会,通塞之纪,来不可遏,去不可止","虽兹物之在我,非余力之所勠,故时抚空怀而自愧,吾未识夫开塞之所由",曾被责难为带些神秘意义;有点唯心、神秘的色彩。我以为不是的。即使在今天,对于一个彻底的唯物主义作家来说,他也还是不可能象掌握一部机器一样让创作灵感按照自己的意志定时开动来去。创作灵感并非无源之水,绝非从天而降,这是完全可以肯定的,陆机也没有这样说;只是我们今天虽已比较陆机远为清楚充分加强政治修养和充实生活经验是培养创作灵感的主要途径之后,我们还是难于确切控制住它,亦是一个客观的事实。创作灵感至今尚不易完全把握其规律,何况陆机也只是说他"未识",即"还不认识",并未说这东西最后都一定不可认识。

《文赋》里又曾说:"若夫随手之变,良难以辞逮,盖所能言者,具于此云","若夫丰约之裁,俯仰之形,因宜适变,曲有微情。……譬犹舞者赴节以投袂,歌者应弦而遣声,是盖轮扁所不得言,亦非华说之所能精。"又曾被责难这是陷于不可知论。我以为这些责难部分出于误解,部分由于脱离实际,要求过苛。陆机只是说"良难以辞逮"和"亦非华说之所能精",即难于说得充分,说得精确的意思,并不是根本不可说,一点也说不出。《文赋》的创作目的就在"论作文之利害所由",也已经论说出来些道理,这怎么可责为"不可知论"? 真正的不可知论乃指根本否认感觉以外有任何确实可靠的东西,完全排斥科学认识和逻辑思维,《文赋》这里所说,显然没有这种意思。另一方面,对于创作过程中种种"随手之度"、"因宜适变"的情况,事实上也的确不易讲得完全,讲得清楚;有时勉强讲了一枝一节,反显得挂一漏万,不但对别人没有帮助,甚至还会形成错觉,变成灵活运用的障碍。为此真有心得的大家,总是强调作者应当自己在实践过程中去体会掌握,而不愿随便把不成熟、不全面的经验告诉出来贻误于人。类似这样的主张,在陆机之前,已有好些人提出过,例如:

> 梓匠轮舆能与人规矩,不能使人巧。(《孟子·尽心下》)
>
> 斲轮,徐则甘而不固,疾则苦而不入,不徐不疾,得之于手而应之于心,口不能言,有数存焉于其间,臣不能以喻臣之子,臣之子亦不能受之于臣。(《庄子·天道》轮扁语)
>
> 合纂组以成文,列锦绣而为质,一经一纬,一宫一商,此赋之迹也。赋家之心,苞括宇宙,总览人物,斯乃得之于内,不可得而传。(《西京杂记》卷二,司马相如答盛览问作赋之法)
>
> 惟人心之所独晓,父不能以禅子,兄不能以教弟也。(《文选·曹丕〈典论·论文〉》注引桓谭《新语》)
>
> 文以气为主,气之清浊有体,不可力强而致,譬诸音乐,曲度虽均,节奏同检,至于引气不齐,巧拙有素,虽在父兄,不能以移子弟。(曹丕《典论·论文》)

可知类似这样的主张，乃出于许多大家的共同体会，陆机只是也有这样的感觉，既非他一人的怪想，也不属"不可知论"的范畴，因为这些都不过是说创作过程中精微变化的妙理，主要应靠自己去摸索，别人很难说得恰到好处罢了。关于这一点，章实斋下面这段话很可以说明问题：

> 文字之佳胜，正贵读者之自得。如饮食甘旨，衣服轻暖，衣且食者之领受，各自知之而得以告人。如欲告人衣食之道，当指脍炙而令其自尝，可得旨甘；指狐貉而令其自被，可得轻暖，则有是道矣。必吐己之所尝而哺人以授之甘，搂人之身而置怀以授之暖，则无是理也。（《文史通义·文理》）

有人又说：《文赋》无论在讲想象、讲感兴、讲文体、讲文用，甚至在表示自谦时，都有重视天才的意义，因此"几乎可说是天才中心说了"。我却都得不出这样的结论来。《文赋》讲想象重在"谢朝华于已披，启夕秀于未振"，只是重在创新不要蹈袭陈腐，看不出和天才有什么关系。《文赋》讲感兴认为"虽兹物之在我，非余力之所勠"，只是说自己无力确切控制感兴的通塞来去，和天才又有什么关系？《文赋》讲文体认为"夸目者尚奢，惬心者贵当，言穷者无隘，论达者唯旷"，这里无非说作者才性既异，嗜爱亦各不同，不能亦不必勉强归于一体，也看不出和天才有何关系。《文赋》讲文用，认为"虽濬发于巧心，或受欤（嗤）于拙目"，只是表明知音尝会之难，虽有巧心，仍可能受到流俗之人的嗤笑，说它有自命高尚，轻视流俗的意思也许符合实际，说它有天才思想实难理解。至于《文赋》所说"彼琼敷与玉藻，若中原之有菽，同橐籥之罔穷，与天地乎并育，虽纷蔼于此世，嗟不盈于予掬，患挈瓶之屡空，病昌言之难属，故踸踔于短垣，放庸音以足曲"，我看这些话的意思，除了表示他的可贵的自谦精神，也还可以理解为他是在分析一般人为什么写不出较多有价值的和完整的作品的原因，所谓"患挈瓶之屡空"，实际上就指修养太差，才力不继，这分析是很扼要的。要说这些话中"实在也有重视天才的意义"，我看不出来。所谓《文赋》"几乎可说是天才中心说了"的责难，是难于令人理解，缺乏说服力的。

据上五个方面的简单论述，我以为对《文赋》持基本否定态度的不少论点是片面的不公道的。

二、《文赋》的进步性及其主要贡献

1. 对文学和现实的关系的看法是朴素唯物的。

《文赋》的进步性及其重大贡献,首先表现在它对文学和现实的关系的看法是朴素唯物的。它明白承认了"物"是客观的存在,作者心中的"意",笔下的"文",都是为了要反映这客观存在的"物",而且应力求其相称于这种"物",使"物"得到充分真确的反映。它以为作者最大的苦恼便在:"恒患意不称物,文不逮意。"它以为创作的最大困难便在客观存在的事物非常复杂多变,以致:"纷纭挥霍,形难为状"。它以为创作的最高目标在于文能逮意,意能称物,而所谓"称",即应做到:"虽离方而遁圆,期穷形而尽相。"就是说反映一定要写出事物的真相、精神、生命,不能满足于写出表面现象。这当然很难做到,但他以为作者如能有深广的生活和文化的修养,有高尚的思想作为指导,而又能对所要反映的事物反复深思,得其形神,那么还是有可能做到的。那复杂多变的事物,在构思之初也许还是非常模糊而无法捉摸,但经过深思,就可以"情瞳眬而弥鲜,物昭晰而互进"了;先感到难以辞逮的,终于也可以"沈辞怫悦,若游鱼衔钩而出重渊之深;浮藻连翩,若翰鸟缨缴而坠曾云之峻"了。对事物的反映一旦达到了"穷形尽相"的地步,就好象能够在虚无之中看出精微的意义,在寂寞之中听出美妙的声音,即所谓"课虚无以责有,叩寂寞而求音"。作家在创作过程中达到了这个地步,而对着"函绵邈于尺素,吐滂沛乎寸心"的成果,苦尽甘来,不消说就会产生"伊兹事之可乐"的无上喜悦了。

《文赋》区分文体,详于《典论·论文》,但它在这方面的胜于曹丕之处,还在于认识到分体的根据不是作家的主观,而是事物的客观,因为:"体有万殊,物无一量"。客观存在的事物有许多差别;为了要"穷形尽相"地充分真确反映出这许多差别的事物,不可能不采取与之相应的能够曲折体现出这许多差别来的种种不同的文体。《文赋》分体已否仔细,其对每体特点的论述是否完全恰当,这是另一问题,它对分体的根据这种观点是正确的。

《文赋》讲究形式,重视表现技巧,这种态度也决定于它所坚持的文学是客观事物之充分真确的反映这一根本观点。它指出:

其为物也多姿,其为体也屡迁,其会意也尚巧,其遣言也贵妍。既音声之迭代，若五色之相宣，虽逝止之无常，固崎锜而难便。

客观事物是丰富多姿的，不断在发展变化，不同的文体也有其独特的要求，为了要作充分真确的反映，所以会意才必须尚巧，遣言才必须贵妍，甚至还必须利用音声之迭代，作为帮助表现的手段。《文赋》讲究形式、技巧而绝非形式主义的文论，陆机讲究形式、技巧而其作品基本上没有陷入形式主义，其关键亦即在于此。把手段当成目的，这是六朝形式主义文学作者自己的毛病，不能归罪于《文赋》。

《文赋》坚持文学是反映客观事物的，而客观事物则随在都有，触目皆是，因此从理论上说，优秀的文学作品由于其源泉和基础是那样丰富并容易接触，应当是可以后先相继，大量出现，现在实际上所以出现得很少，并非源泉竭了，基础差了，或一定要天才才写得出来，主要是因为作者们的思想见识不高，主观努力不够，修养太差，才力不继，即所谓"患挈瓶之屡空"，故才"昌言之难属"。

在我国古代文艺理论中，《礼记·乐记》"凡音之起，由人心生也，人心之动，物使之然也"等等论点较早地体现了可贵的朴素唯物和反映论观点，从那以后，不断又有人继承这种观点，而到了《文赋》，我以为在这方面还有了发展。稍后刘勰在《文心雕龙》里表达出来的这种观点，曾直接受到《文赋》的影响。我们应该把《文赋》以上这些论点珍惜地放在它应有的地位——即我国古代朴素唯物文艺理论传统的宝贵资料的地位，而给以足够的评价。

2. 对诗——纯文学的特点有了进一步的理解。

在南齐人臧荣绪所著《晋书》里，有两句话论得非常简单但十分中肯，即：

　　　机妙解情理，心识文体，故作《文赋》。（《文选》李善注引）

陆机对情理的"妙解"究竟表现在哪里呢？我以为，集中表现在"诗缘情而绮靡"这一点上。但《文赋》之所以每遭后人诟病，却也常是集中在这一点上。明代谢榛这样说：

　　　陆机《文赋》曰："诗缘情而绮靡，赋体物而浏亮。"夫绮靡重六朝之弊，浏亮非两汉之体。徐昌谷曰："诗情而绮靡，则陆生之所知，固魏诗之渣秽耳。"（《四溟诗话》卷一）

清代最鄙薄陆机的沈德潜也这样说：

> 士衡旧推大家，然通赡自足，而绚练无力，遂开出排偶一家。降自齐梁，专工队仗，边幅复狭，令阅者白日欲卧，未必非陆氏为之滥觞也。所撰《文赋》云："诗缘情而绮靡。"言志章教，惟资涂泽，先失诗人之旨。（《说诗晬语》卷上）

谢榛、沈德潜把六朝产生形式主义文学的责任推给陆机的歪论，前面已予驳论。至于徐昌谷、沈德潜又把陆机所说"诗缘情而绮靡"作为他知见之陋和主张"惟资涂泽"的证明，无疑也是一个望文生解的歪论。

《文赋》坚持文学应是客观事物之充分真实的反映这一原则，在这原则指导下，思想和艺术主次而又统一的关系必然会联带明确，那么为什么它又主张"诗缘情而绮靡"呢？为什么只要缘"情"？"情"的内容是什么？又为什么偏要"绮靡"？"绮靡"的真意是什么？

《文赋》论文一方面讲"志"、讲"意"、讲"思"、讲"情"，这可以"情"字为代表；另一方面讲"理"、讲"义"，（在《遂志赋序》里又提出"明道述志"的问题）这可以"理"字为代表。两者并不矛盾。"理"是客观的表现，是创作目的所在；"情"是诗——纯文学作品的具体内容，包括作家主观方面的对于各种具体事物的具体感受。通"情"达"理"，或者说述"志"明"道"，由具体的"情"以体现抽象的"理"，这正是为陆机所"妙解"到的诗中应有的情理关系。试看《文赋》对于"理"字的用法：

> 理扶质以立干，文垂条而结繁。
> 或遗理以存异，徒寻虚以逐微。
> 要辞达而理举，故无取乎冗长。
> 伊兹文之为用，固众理之所因。
> 途无远而不弥，理无微而不论。

这里每一个"理"字，都是从诗文的客观表现方面，结局效果方面来说的。而它对于"情"字的用法，如：

898

仁中区以玄览,颐情志于典坟。

信情貌之不差,故每变而在颜。

言寡情而鲜爱,辞浮漂而不归。

及其六情底滞,志往神留,兀若枯木,豁若涸流……是以或竭情而多悔,或率意而寡尤。

则每一个"情"字,都是从作家的主观感受方面,创作过程中的具体表现来说的。可见陆机的这种"妙解",并非出于"偶得",而是确有明确的认识。不消说,这里所谓"情",不是指单纯的感情,而也包括"志"、"思"、"意"在内,略同于我们今天连用的"思想感情",只是这种"思想"也已是溶化在具体的"情"里面的东西罢了。

因此,《文赋》指出诗文要"缘情",这不但没有象沈德潜所攻击的那样,是不要"言志章教",失掉了所谓"诗人之旨",相反倒是点明了诗文因其本身的特点而必须采取的一条独特的"言志章教"的道路;这种意见也决不象徐昌谷所说那样只是得到了前代的"查秽",却是总结、发扬了前代的精华。

说是发扬了前代的精华,因为我们知道,在陆机以前,文学理论中刘歆早已有过这种说法了。

诗以言情。情者,性之符也。(《七略》中语,《初学记》卷二十一、《太平御览》卷六百零九引)。

这的确是一个宝贵的意见,陆机根据他对文学创作历史经验的理解和自己创作的体会,在《文赋》中加以肯定和发展,无疑有促进的作用。

讲到"绮靡",很容易使人联想到"华丽"、"奢侈"、"淫靡"之类词眼,甚至就把它们混为一谈,过去不少人反对《文赋》就是由此造成的,然而《文选》李善注分明说:"绮靡,精妙之言。"(《文赋》注)陆云给陆机的信中也这样说到:"《文赋》甚有辞,绮语颇多。"(《陆士龙文集》卷八《与平原书》)难道能说《文赋》乃是一味"华丽"、"奢侈"、"淫靡"的作品么? 李善释为"精妙之言",是很恰切的。

诗文的描写为何要求"绮靡",即力求精妙? 因为诗文的特点是必须"缘情",才能有力地"明道"。客观存在的事物丰富复杂,千变万化,这是一方面,作者才性不同,感受有异,所选择的文体又各有特点,这是另方面;在这种情况下,如不力求"绮靡"、"尚巧"、"贵妍",就不能充分真实地反映外物,表达情意,达到说理明道的目的。"诗缘情而绮靡",不但不是什么"形式主义的文论",乃是创作诗文所不能不遵守的规律。这条规律在稍后具有卓识的理论批评家范晔和刘勰笔下,倒早曾得到过肯定和进一步的解释:

> 情志既动,篇辞为贵。抽心呈貌,非雕非蔚。殊状共体,同声异气。言观丽则,永监淫费。(《后汉书·文苑传赞》)
> 情以物兴,故义必明雅;物以情观,故词必巧丽。(《文心雕龙·诠赋》)
> 夫情致异区,文变殊术,莫不因情立体,即体成势也。……赋颂歌诗,则羽仪乎清丽……此循体而成势,随变而立功者也。(同上,《定势》)

刘勰解释"物以情观,故词必巧丽",又说诗之"羽仪乎清丽",乃是"循体而成势",不得不然,只有这样才能"随变而立功",发挥文学作品特殊的作用,这些话真是《文赋》这句话的最好注脚,陆机的知己。他说得更加明确透彻是事实,但也是《文赋》启发引导了他。

不错,"诗缘情而绮靡"就是从《典论·论文》的"诗赋欲丽"转变过来的。而曹丕则又是从扬雄所说的"诗人之赋丽以则,辞人之赋丽以淫"(《法言·吾子》)得到启发的。"绮靡"也就是"丽"。扬雄的意见很好,不能笼统地反对"丽"或"绮靡",应该加以分析,看"丽"或"绮靡"是为什么服务的,是目的还是手段。"丽以淫"当然不对,"丽以则"就值得赞美,因为可以更有吸引力地为思想内容,为教育目的服务。扬雄曾经指出:

> 文丽用寡,长卿也。(《法言·吾子》)

丽而无用,便是"丽以淫"的结果。但正如清代的刘熙载所说:

> "文丽用寡",扬云以之称相如,然不可以之称屈原。盖屈之辞能使读者兴起尽忠疾邪之意,便是用不寡也。(《艺概》卷一)

的确,屈原的作品也很"丽"、很"绮靡",司马迁还指出他的《离骚》在表现上有这样的特点:

其称文小而其指极大,举类迩而见义远(《史记·屈原贾生列传》)。

实际上这特点就是在"缘情"的描写中努力形成的。丽而如此有用,便是"丽以则"的结果。《文赋》主张的"诗缘情而绮靡",也是要求"丽以则"的。

当然,陆机的这个论点,我们还可以再上推到孔子。大家知道孔子曾这样说过:

> 情欲信,辞欲巧。(《礼记·表记》引)
>
> 言之无文,行而不远。(《左传·襄公二十五年》引)

陆机从小就"伏膺儒术",不会不受到孔子这些意见的有益影响。

可见《文赋》"诗缘情而绮靡"及其有关主张,在继承前人有益影响的基础上,对诗——纯文学的特点及其表现规律,确实又有了进一步的理解,同时还对后来如刘勰等人更多的发挥起了明显的启发、引导作用。把它这种贡献统统抹杀,多么不公道!

3. 对创作上许多问题作了富有启发和促进作用的回答。

《文赋》对创作上许多问题都在总结前人经验和道出自己甘苦的情况下作了较好的回答。首先他指出作家必须对自己的创作有高远的要求,一定要有雄心大志。他为自己订出的一个根本要求便是文应"逮意",意须"称物"。这还应当是能够体现出深广意义来的物,因此需要反复深思,精心结撰,"精骛八极,心游万仞"地去追求、抓住它。他以为作家的眼光必须十分远大,不可仅仅局促在一个角落或一段极短的时间内,要有"观古今于须臾,抚四海于一瞬"的雄伟气魄。他以为无论在"选义按部"或"考辞就班"上,作家都要有这样的抱负,即"收百世之阙文,采千载之遗韵,谢朝华于已披,启夕秀于未振",以及"虽杼轴于余怀,怵他人之我先"。他对创作的内容和形式,是主张力求深广和清新的。他说:思想感情虽出于"寸心"之微,所"吐"则应极其"滂沛";"尺素"虽短,所"函"却应非常"绵邈";真得做到"笼天地于形内,挫万物于笔端。"重要的是,在他看来,只要经过不断努力,充分培养自己的才识,就可能写出"恢万里而无阂,通亿载而为津"的优秀作品,"被金石而德广,流管弦而日新"并不是一种永远无法实现的幻想。《文赋》这些话,我们尽可说陆机自己并没有很好做到,但作为一种理论和要求来看,应当承认是有促进作用的。

"绮靡"即是要求尽可能写得"精妙"。但究竟怎样才能写得精妙呢?《文赋》里这些话已经透露消息:

> 笼天地于形内,挫万物于笔端。
> 虽离方而遁圆,期穷形而尽相。

这就是说,应该通过刻画形象,对具体事物进行描绘的方法。它这样着重讲"形",绝非偶然,因为既要"缘情",又要"称物",便非如此写不可。《文赋》主张形象的描绘,还含有概括和启发想象,以收"言外之意"效果的用心。它说这样写法可以"课虚无而责有,叩寂寞而求音",可以"言恢之而弥广,思按之而逾深",产生"函绵邈于尺素,吐滂沛乎寸心"的效果,所以真是"精妙"。我们今天更清楚,根据现实生活集中刻画描绘出来的形象,由于形象本身的无比丰富性和易于引起人们的想象,总能具有许多"言外之意",让人们咀嚼不尽。这种道理,如果结合陆机下面两首《演连珠》来看,可以更加清楚:

> 臣闻示应于近,远有可察;托验于显,微或可包。是以寸管下傃,天地不能以气欺;尺表逆立,日月不能以形逃。
> 臣闻通于变者,用约而利博;明其要者,器浅而应玄,是以天地之赜,该于六位;万殊之曲,穷于五弦。

我以为,陆机及其《文赋》的这个观点,远本于《易传》,而近出于《史记》:

> 夫《易》彰往而察来,而微显阐幽。……其称名也小,其取类也大,其旨远,其辞文,其言曲而中。(《系辞下》)

对《易·系辞下》里的这一节话,韩康伯注为:"托象以明义,因小而喻大。"孔颖达《正义》为:"言虽是小物,而比喻大事,是所取义类而广大也。"把韩、孔两家的注疏和《离骚》之文的事实同陆机及其《文赋》上列各说联系起来研究,就能看出它的这个观点不但是极有启发的,并且还进一步发展了前人的观点,使之更能解决文学创作过程中时刻会碰到的实际问题。后来刘勰所说的:

兴之托谕,婉而成章,称名也小,取类也大。(《文心雕龙·比兴》)

就也是远本《易》和《史记》,近取《文赋》的这个观点酝酿形成的。刘勰说的虽是"兴",但大家知道"兴"总离不开"比"的,否则将如何"托谕"? 常被连用的"比兴",正是说思想是从形象的刻画描绘中流露、体现出来的,也可以理解为,对纯文学的诗文来说,更是非这样不可。

再有一点便是《文赋》再三强调的严肃认真的写作态度,也不妨就称之为要求一种严格的文风。《文赋》是深深地懂得作文之不易的。客观事物那样丰富复杂,千变万化,文体的要求那样各有不同,描绘的目的又在通过"缘情"以表达得以"恢万里而无阂,通亿载而为津"的高尚"理"、"道",借以完成其应有的教育任务。面对着"丰约之裁,俯仰之形",应该如何"因宜适变",才能使作品"曲有微情"? 这绝不是轻松愉快、一蹴可几的事情,必须深思苦索,不惜再四修改,具有一字不苟,极端严肃认真的精神。它指出在构思的时候,必须"罄澄心以凝思,眇众虑而为言",即不可草率落笔;在发现文字上有处理不当的时候,必须坚持修正,不可害怕困难,即所谓"在有无而僶俛,当浅深而不让",在这种时候,它指出应当有"考殿最于锱铢,定去留于毫芒"的严格态度,即使只是最小的瑕疵,也决不让它溜过。而若有此决心,坚持探索,则终将化难成易,得到美满的收获,即"始踯躅于燥吻,终流离于濡翰"。这绝不是舍本逐末的咬文嚼字,在陆机,《文赋》中接着已经指出:

苟铨衡之所裁,固应绳其必当。

另有一首《演连珠》也这样说:

臣闻赴曲之音,洪细入韵;蹈节之容,俯仰依咏。是以言苟适事,精粗可施;士苟适道,修短可命。

他如此地强调"当"、强调"适",就是说修辞有其严格的准则,他的准则便是"逮意"、"称物"、"适事"、"居要",换句话说也便是要服从于创作的思想教育目的。

4. 对作家修养的提法是比较全面的。

在《文赋》之前,对于一个文学作家究竟应具有哪些修养的问题,触及甚少,很不全面。《文赋》在这个问题上也作出了不小的贡献。

因为《文赋》坚持文学要充分真确地反映客观事物，而客观事物的情况则是"物无一量"，"其为物也多姿"，所以它主张作家必须努力熟悉客观事物，多多观察，即所谓：伫中区以玄览。关于这一点，结合他下列这首《演连珠》来看：

> 臣闻图形于影，未尽纤丽之容；察火于灰，不睹洪赫之烈。是以问道存乎其人，观物必造其质。

那就是说它不但主张要"览知万物"，还要求透过事物的表面观象，进而把握事物的本质。这是一个多么难得的见解！它主张诗文应该"缘情"，而作家个人的"情"和周围许多人的"情"不能割裂开，作家对客观存在的"世情"也不能不力求熟悉，它所说的"世情之常尤"，虽然对世情似颇不满，但这正是他熟悉了"世情"的心得。

文学创作需要熟悉生活，有广博的知识，但如没有高尚的思想作为主宰，仍不能写出好作品来。《文赋》紧接着熟悉生活，丰富体验之后立即就提出来的："心懔懔以怀霜，志渺渺而临云"，实在也是一个精卓的见解。陆机心目中所谓高尚思想自然跟我们今天所说的有本质之不同，但我以为按照当时的条件，这实无碍于它仍是一个精卓的见解。

《文赋》也是很重视向前代遗产以及有成就的作家作品学习的。它既说过要"颐情志于典坟"，又再三说到：

> 观才士之所作。
> 述先士之盛藻。
> 识前修之所淑。

但它反对完全的模仿，而只是当作可以滋养自己的材料，必须汲其精华，达到创新的目的。它说：

> 倾群言之沥液，漱六艺之芳润。
> 或袭故而弥新，或沿浊而更清。

从理论上来说,它的这个观点还是比较全面的。

此外,《文赋》也指出了作家重视掌握语文表现规律的重要性。语言文字是文学作家描绘事物表达情意的基本工具,不能想象一个还不能熟练地运用这个工具的人而能创作出优秀的作品。那么所谓"普辞条与文律,良余膺之所服",正是陆机对这一基础工夫的现身说法。

《晋书·左思传》中有一节说:

> 初陆机入洛,欲为此赋(指与左思《三都赋》同名之作),闻思作之,抚掌而笑。与弟云书曰:此间有伧父,欲作《三都赋》,须其成,当以覆酒瓮耳。及思赋出,机绝叹伏,以为不能加也,遂辍笔焉。(《晋书》卷九十二)

陆机这个"遂辍笔焉"的前倨后恭故事,后代文论诗话笔记中时常举为美谈。

陆机毕竟是一个相当谦虚的人,主要还不是根据上面《晋书·左思传》里这个故事。因为《文赋》本身就有不少这样的表现。例如:

> 若夫随手之变,良难以辞逮,盖所能言者,具于此云。
> 虽兹物之在我,非余力之所勠,故时抚空怀而自惋,吾未识夫开塞之所由。
> 是盖轮扁所不得言,亦非华说之所能精。

这些话都很实事求是,其中包括着可贵的谦逊。自己还不知道的,就说还不知道;自己目前只能说到这种地步的,就说目前自己还只能说到此地步;自己觉得说不精的,也老实承认还说不精。这难道是应该讥评的态度么?它又说:

> 患挈瓶之屡空,病昌言之难属,故踸踔于短垣,放庸音以足曲,恒遗恨以终篇,岂怀盈而自足?

这里一方面固是理论上的分析,另方面岂不也已和盘托出了他自己作文的失败经验?他没有讳言自己的修养不够,才力不继,文章中常有敷衍成篇,太不谨严的东西,他深知自己的作品时欠完美,所以才警告自己切不可骄傲自满。其《演连珠》里也有一首表达了这种思想:

臣闻弦有常音,故曲终则改;镜无畜影,故触形则照。是以虚己应物,必究千变之容;挟情适事,不观万殊之妙。

这就是说必须虚怀若谷,不带任何主观成见,才有可能真正认识客观事物的奥妙。《文赋》强调的这种谦虚,不自满的态度,对文学作家的修养来说,无疑亦是一种非常必要的内容。

根据以上四个方面的简单论述,我以为《文赋》的进步性是显著的,其贡献是重要的,因此应当给以基本肯定的评价。

三、《文赋》理论的一些局限和弱点

《文赋》是距今大约一千七百多年前的作品,比《文心雕龙》的出现还早约两百年,在它之前,我国还没有产生过比较全面地来讨论文学创作问题的专文。《文赋》的作者陆机,其祖父陆逊是三国时代吴国鼎鼎大名的军队统帅,父亲陆抗是吴国的重臣,而他自己在十四岁的时候亦已担任了相当高级的武职。吴国灭亡之后,他和弟弟陆云虽曾重回旧里埋头读了十一年书,最后还是入洛去做了晋代的官,开头受着一些挫折,后来做到统有二十多万军队的大都督,最后则仍在统治阶级内部的倾轧、斗争中失败,和陆云一道被杀掉了。较早的文学发展时代,大世族地主的家庭出身,满脑子"伏膺儒术"的思想,忠心地为统治阶级服务的愿望,再加上他的利欲薰心,"好游权门"(《晋书》本传),一心一意总想不断往上爬的"进趋",等等,我们如果要求带着这么许多具体背景的陆机能够写出彻底进步、完全进步的创作理论来,当然是不现实的。列宁指导我们:"评定历史功绩的时候,不要根据历史活动家同现代的要求比起来没有贡献什么,而要根据他们同他们的前辈比起来贡献了什么新的东西。"(全集第 4 版第 2 卷第166 页)正是从这个观点出发,我认为《文赋》由于它的显著进步性和不少重要贡献,应当给它似乎一直还没有给它的较多阐明和基本肯定的评价。我认为这才符合实际。

陆机的创作实践固然有些落后于他的创作理论,其《文赋》所论即使不用现代的要求来衡量,当然也还是有缺点的。

《文赋》主张作家必须努力熟悉客观事物,多多观察,甚至要求必须把握事物的真相,这在理论上说都很正确,可是从它明白提到的"遵四时以叹逝,瞻万物而思纷，悲落叶于劲秋，嘉柔条于芳春……咏世德之骏烈，诵先人之清芬"等话看来，它心目中的客观事物其实很狭隘，现实生活中最重要的事物，例如人民群众的劳动和斗争，统治阶级的横暴、奢侈和堕落，在他的作品中既很少有所反映，在《文赋》中都未尝触及。他轻视人民群众的或者比较通俗的作品，凡违反传统雅道的东西都为他所不喜，所以才这样说："缀下里于白雪，吾亦济夫所伟。""寤防露与桑间，又虽悲而不雅。"他的《演连珠》中也有一首表达了这样的思想：

> 臣闻绝节高唱，非凡耳所悲；肆义芳讯，非庸听所善。是以南荆有寡和之歌，东野有不释之辩。

结合起来，可以看出他对于下里、防露、桑间这样的作品和所谓"凡耳"、"庸听"是多么鄙薄。虽然"凡耳"、"庸听"所指的东西事实上不能都好，但看得出对陆机来说，主要还是因为这些作品、这些人是来自下层的缘故。

说是要抓真相，却很少抓到，说是要多多熟悉客观事物，却只能熟悉一些并非主要的东西；想使大家都能受到自己作品的有益影响，却又拒人民群众于千里之外。就陆机这个具体的人来说，不难理解，他必然会成为这样，但这当然就要构成《文赋》理论的重大弱点。统治阶级的显要地位，对名利权势的无休止的争夺，使他不可能去接触无比广大的现实生活。理论上看到了不少，实际达到很少，理论上不妨看到，作品中却难做到，其被限制，其受束缚，主要原因在此。

至于它所强调的"立片言而居要，乃一篇之警策"，以为有了"离众绝致"的秀句，即使真是"块孤立而特峙"，也仍可以产生很大的作用——"彼榛楛之勿翦，亦蒙荣于集翠"，这种论调，便算有一点点理由，毕竟已在很大程度上离开了他自己的根本观点。我以为，应该看到《文赋》中这类弱点，但如因此把它夸张成为整个或基本上都不对，就非实事求是了。

对陆机《文赋》，我的看法大致就是这样。

为什么要研究古代
文论

　　对古代文艺理论的研究，近年来有了较大的发展。中国古代文学理论学会已成立四年，发表专题研究论文的《古代文学理论研究》丛刊已发稿九辑，最近，文心雕龙学会成立，《文心雕龙学刊》第一辑也出版了。不少文艺理论刊物如《文艺理论研究》、《文学评论》等也经常或不时设有这样的专栏。可以说，随着高等学校纷纷开设这方面的课程，这方面的师资通过培养研究生正在得到不断的补充，古代文论的研究工作确有方兴未艾，来日正长的喜人形势。但还不是所有的同志都能如此欣然估价的，对研究古代文论究能产生什么作用、多大作用，实际上还存在一些不甚一致的看法，值得引起大家来讨论。

　　研究古代文论是为了证明现在已被周知的某些正确观点古已有之吗？有这样疑问的同志显然不满意研究古代文论的目的放在这里。例如心与物的关系、文学与生活的关系、文艺的特点、创新的必要、风格多样与表现各异的可贵、转益多师与自成一家的密切联系，等等，研究者的确从古代文论里发现有不少资料，证明并不是外国人的独见，作为普遍客观的规律性知识，我国古贤在长期创作实践的基础上早已有所总结，有所发现了，尽管在系统性和理论深度上有些不可能已达今天认识的水平。这种研究有没有必要，有什么作用？我认为是有必要，有作用的。因为多少年来，很多人已只知希腊、罗马、欧美、俄苏、日本等等外国文论家的观点和名氏，仿佛我们自己那些封建老古董中并无理论，更没有非常精采，甚至比外国人谈得更精采，更体现国情和民族特色的理论。在文艺理论领域里，我们已经基本脱离了本国文论历史的实际几十年，基本不是在走自己应走的道路。不是没有一些进步，但整个来说，立足点问题并未根本解决。先是照搬欧美，然后是照搬苏联，现在又有人想照搬外国现代派。照搬的对象不同，照搬的想法未有大变。对传统的理论观点，明明有些符合科学，经过长期创作实践检验证明是合理的，有些人由于无知，毫不了解，有些人由于"左"，表示自己"革命"，随风一笔抹杀，彻底扫荡，既极方便又极保险。这种人，能说他们真有什么"革命性"吗？可以说他们连做一个中国人应有的民族自尊心、自信心、自豪感都没有。对这种人，以及对我们民族文化历史尚无起码知识的同志，摆出真凭实据，指出某些正确观点在我国其实古已有之，用不着唯洋是崇，"长他人志气，灭自己威风"，是很有必要，很有作用的。不能因为这些观点现在已成常识就否定、轻视其作用。

自然，研究古代文论的目的决不应当只停留在这里，只有这种作用。有的同志又有疑问，研究古代文论难道能对建设社会主义精神文明，繁荣社会主义文艺创作有帮助吗？难道说得上也能起某种指导作用吗？我的回答还是肯定的。除非你认为建设社会主义，探索事物的各种规律应该割断历史，否则你便没有理由作出否定的回答。社会主义的精神文明和文艺创作，不遵循着某种客观规律就建设、繁荣不起来。探索这些客观规律既要从现代的经验中总结，也必须从历史经验中总结，参照比较，并重视古人已经总结出来的丰富理论知识。客观规律是事物固有的，其中许多是带有普遍性，长期稳定的，有些是带有特殊性的，宜于局部运用的。但无论是什么样的规律，总是从越丰富越多样的事实、经验、理论知识的科学研究中才能正确、具体、深刻地探索、掌握得到。一旦探索、掌握到了，当然就能对今天的社会主义建设事业产生帮助、甚至某种指导的作用。不是说古代可以指导今天，封建的、资产阶级的思想理论可以指导社会主义，而是指客观存在的规律可以起这种帮助、指导的作用。只要是规律性的知识，为什么仅仅因为它是封建社会或资产阶级社会中的人的发现，就不要承认它的作用？革命导师不是再三指导了我们建设社会主义文化应该充分吸收借鉴过去人类社会创造出来的一切对我们仍有用的成果吗？孔子说的"情欲信，辞欲巧"，欧阳修说的"事信，言文"，对文学创作来说，算不算一条规律？我看完全可以算上一条。还是非常言简意赅，通俗易懂的一条呢！后人，洋人，也有许多人类似这样说过，也对，我感觉还是他们这两句更亲切，明白、完整。真理总是终古常新的。

古为今用，是科学研究的共性，古今中外皆然。"引古以筹今"、"鉴古以训今"、"古为今鉴"、"引古论今"……，说法不同，精神一致。但历来的理解和做法，当然很不相同，有些如"四人帮"之流，也叫喊"古为今用"，实际是影射比附，妄加类比,使过去从属于他们暂时造成的现实,这种情况应作别论。以纯粹研究为高,以面向现实需要为与己无干,笼统地反对这种研究的现代化,缺乏理论研究必须紧密联系实际,在研究中注意发展可以运用来解决现实问题的明确目的性,我认为都不应被古代文论研究者以为可取。

只要稍为注意一下当前文艺理论研究中的薄弱环节,我认为古代文论研究者在今天的用武之地是非常广阔的。随便举两三个例子:

顾炎武是大声疾呼"文须有益于天下"的(《日知录集释》十九),"察民隐","救民于水火之心",这样的文章,就是最"不可绝于天地间"的"多一篇,多一篇之益"的好文章。但他也很强调文章中应当有"我",反对袭取"古人之陈言",这样说:"诗文之所以代变,有不得不变者。一代之文,沿袭已久,不容人人皆道此语。今且千数百年矣,而犹取古人之陈言,一一而摹仿之,以是为诗,可乎?故不似则失其所以为诗,似则失其所以为我。李杜之诗,所以独高于唐人者,以其未尝不似,而未尝似也。知此者,可与言诗也已矣。"(同上)他所说的"我",我体会兼有作者所处的时代性和作者独有的创作个性两方面之意。我认为他议论得好。目前有些文章,笼统斥责"自我表现",动辄就把"自我表现"与"深入生活"对立起来,以为必然是势不两立的。顾炎武以"失其所以为我"为戒,何尝同他的"必须有益于天下"对立?他自己不是一生都深入民间做了种种调查研究工作的吗?当前,不知天高地厚,认为真有什么"纯粹的自我表现",不愿深入生活的人,会是有的,应该给以帮助。但简单地见"我"就批,在理论上认为必与生活对立,这样能说得服对方吗?

沈德潜因多次赞同孔子的"温柔敦厚"诗教说,历来受到种种贬斥,此事这里且不说。即如他的这一节话:"有第一等襟抱、第一等学识,斯有第一等真诗。如太空之中,不着一点;如星宿之海,万源涌出;如土膏既厚,春雷一动,万物发生。古来可语此者,屈大夫以下数人而已。"(《说诗晬语》卷上)如果不加苛求,不去追究他的"第一等"云云带着如何如何的封建色彩,认为有了最好的襟抱和学识才可能写出最好的真诗,且是以屈原为例来说明的,难道其中没有颇为合理的内核?思想不高,学识浅陋,即使感情是真的,今天也不会认为能成好诗。今天有些主张"写真实"的同志,认为有真情实感就好,写出了生活真实就好,不强调或不谈第二等襟抱、第一等学识——共产主义理想、马克思主义基本原则和对现实社会的深刻认识的重要性与指导意义,难道不能从他这节话里借鉴到一点有益的东西?

刘熙载是个深深地懂得辩证法的道理,每用来论文谈艺的。《艺概·词曲概》里有这样几句话:"齐梁小赋,唐末小诗,五代小词,虽小却好,虽好却小,盖所谓'儿女情多,风云气少'也。"对这几个时期的小赋、小诗、小词,历来有的人只见其好,也有的人只见其小。只见其好者满口称赞,只见其小者一笔抹杀。他独能一分为二,见其"虽小却好",亦见其"虽好却小",有褒有贬,有赞扬有批评,总的精神是批评多于赞扬,而且也引用钟嵘的话,明白说出了褒贬的理由,"儿女情多",毕竟弱于"风云气少",反映现实社会生活真实太少了。立足点既颇高,又一分为二,并非平均主义。这样的批评观点和议论方法,我认为,那些小赋、小诗、小词作者如地下有知,即使受了批评,也能首肯的罢。因为它是有分析的,有好说好,有坏说坏的,分寸适当、相当公允的。不妨把它用来对照一下目前某些穿靴戴帽,术语概念连篇,绝无趣味,不是捧煞便骂煞,判决书式的评论文章,究竟哪一种写得好些。

　　是故我认为,研究古代文论,如果研究得好,运用借鉴得适当,是很有用的,是很有助于在文艺理论的研究与建设上,走出一条我们民族的自己的道路来的。

1983 年 9 月 22 日上海

古代文论研究中的
三个问题

　　近年来,古代文论研究有了开展,研究的队伍有所增加,发表的论文无论在数量或质量上都有了提高,这是可喜的事。我们要建立具有中华民族特点的马克思主义的文艺理论,如果不研究古代文论,或缺乏比较深厚的基础,是非常困难,甚至不可能的。

　　虽然我们已经有了一个新的起点,但离目标尚远。目标虽远,大家坚持努力下去,众志成城,相信一定能够达到。只是目前研究中有些现象,我以为颇值商论。

　　一是古为今用的目的性不够明确。考证校注之作不论,有些研究始终就事论事,很少联系当前的文艺问题,读者不能从作者的研究中认识到哪些道理是可以运用来协助解决今天的创作或批评问题的。若是通过研究,探索出一些规律性的东西,即使没有明言自然也起作用,可又说不上进行了这种工作,不过对内容作了某些说明。我以为只是这样作,至少很不够。在任何一本较有价值的古代文论著作中,都可以找到不少可供今天借鉴的资料。尽管有见仁见智、见多见少之不同,如果大致了解今天创作和批评中存在什么问题,正在争论什么问题,肯定可以提出一些东西来为今日所用。今天存在和争论着的问题,很多过去也存在过,争论过,纵然不会完全相同,古人如何提出、如何争论、如何回答或有所解决这些问题的资料,对我们都很有用。其中有不少好经验,好观点。正确的说明当然需要,古为今用亦决不可少。应该认识到这样做的必要性,尽管存心这样做的未必能做得很好。暂时未能做好是学力问题,可以逐步充实提高,认识不到这种必要,就会使自己的研究总是脱离实际,发挥不出应有的积极作用。古自古,今自今,如何融会贯串得起来,变成一门有生气有活力的学问呢？要做到这一点，有个前提，就是对当前文艺界的情况和问题，有较多且深的了解。重点在研究古代文论，目光却不限于古书，而也注视着当前。知古而不知今，如何能古为今用？不能古为今用，古代文论研究就显示不出它本来可以发挥的很大作用了。

二是往往在争论一些并不必要、无大意义的问题。例如刘勰《文心雕龙》究竟反映了儒家思想还是佛家思想或者各各反映了多少？古代文论家思想都颇复杂，受有多方面的影响。恐怕并不存在只读儒家或佛家之书，而不从多方面接触思想材料、吸取各种营养的大家名家。从他们的论著里看到一些主张仁政的语言，就说是儒家影响，看到一些顺由自然、消极避世的话，就说是道家、佛家影响。历史上有几个人的思想是清一色的？如果一定要说，恐怕对哪一个人都可说兼有这几家的思想影响。顺利时积极入世，挫折时消极出世，情况改变了又重新奋发起来，一般人的表现大致如此。治世重仁政，讲王道，乱世重刑罚，讲霸道；不能说外国人也是受了我国儒家法家的影响，才提牧师和刽子手两种交替使用的职能。王道霸道，难道不是在儒法两家产生之前就已出现的么？这两家的祖师，不过对已经存在的统治经验，在理论上进行了总结，在不同的历史条件下侧重其一端而已。所谓各家的思想，在各家成立之前已有，如根本没有各家之书传下来，后人由其所处的时代历史条件，由其处境遭遇，照样还是会产生类似的种种思想，后人绝不是因为有了前人之书才有思想的。岂不是一个从未读过书的文盲都有可从各家之书上找出痕迹的思想？我们明知孔子只有他自己"这一个"，孔子死后古人早说很快便有了许多儒家派别，以后纷纷扬扬，就更不必说了，后代被称为儒家的人，难道不都是另外的许多"这一个"？那么争论某一后人是否儒家或儒家成分占有多少，究有几许可靠几许作用呢？我以为，与其把很多精力用在这种研究上面，远不如集中精力，直接研究这个文论家本身的思想究竟是怎样的，主要从他的时代和遭遇中去寻求根源，从他在文论中所体现的思想讨论其在文学发展史上的作用，等等，这样要切实有益得多。归根到底，既然不能因其受有或主要受有某家思想影响便简单粗暴地来断定其进步或反动、唯物或唯心，而都得依靠对具体问题作具体分析，然后才有可能得出比较正确的结论，那么，过多的争论这种问题，至少是太烦琐了。

三是旧观念的束缚还很牢固，有待解放思想，多作新的探讨。长期"左"的流毒很深，绝对化，一刀切，不是从实际出发，对古代文论中许多问题至今尚未作新的探讨，不少分明有研究余地的问题，经常还能看到张口即来的条件反射式的回答。例如对"温柔敦厚",对"中和之美",对"发乎情,止乎礼义",一直都象见了过街老鼠。从政治上说,对自己人要讲温柔敦厚,不是不可以讽刺批评,而要从团结的愿望出发,有帮助改正的好心。今天我们也还是很重视这样做的,作为历史经验,难道其中没有一点可供借鉴的东西?何况"温柔敦厚"还有另外一面,即作为文艺反映生活的自身特点,是重在形象地显示,以情感人,收潜移默化之效,一般不宜倾筐倒箧,激切直陈。所谓"文理优柔",向被视为文艺作品的特点和优点,就是这个意思。古人从这个角度来称赞"温柔敦厚"的资料是非常丰富的。怎么可以笼而统之,不加区别,抹煞、否定拉倒呢?"中和之美"与"中庸之道"确有关系。对"中庸之道"已狠批多年,自然会祸延"中和之美"。在阶级斗争非要"年年讲、月月讲、天天讲"不可的时期,研究"中庸之道"和"中和之美"诚属不识时务,可是为什么这种思想这种美在历史上一直很有影响?其中是否有些合理的成分? 这样的疑问并不会由于成了禁区就在人们心里自然消失。拨乱反正以来有些同志已对这些问题从哲学上美学上作了有益的研究,至少已经证明过去那样简单否定是没有说服力的。事物的发展,总有"过"与"不及"两个极端,"中"就是那"恰到"的好处,分寸最确当的地方。可以说我们在日常生活中也经常在寻找这一点。"发乎情",要从真情实感出发,岂不甚好?"止乎礼义",文艺作品要受一定的法律、道德约束,并不是任何真情实感都对读者有益,作为一般原理来看,这个原理今天我们的文艺也还是遵循着的,不过我们具体遵循的乃是广大人民的、社会主义的法律、道德罢了。我们不能因为反对封建时代的三纲五常而把这两句话中含有的合理因素也完全不顾。

上面说到的这些现象,个人认为是问题。也许不过是我自己想法不对才成了问题。既已想起,就写出来向大家请教罢。

治古不能只知一点古

"把马克思主义的普遍真理同我国的具体实际结合起来,走自己的道路,建设有中国特色的社会主义,这就是我们总结长期历史经验得出的基本结论"。邓小平同志在党的十二大开幕词中揭示的这一原理,同样也完全适用于建设有中国特色的社会主义文艺理论。

我们已照抄照搬过几十年别国的文艺理论经验和模式。从古希腊、罗马到西方资产阶级文论,到解放后的一面倒,苏联教材、专家、论文潮水般涌进来,几十年间很少谈论本国的理论传统。虽然有一些研究成果,事实上并未产生多少作用。好象我们这方面的遗产并不丰富或并不值得重视,有些人则干脆对兴观群怨、温柔敦厚、发乎情止礼义、中和之美、气韵、妙语、风神、性灵、格调、境界等说,一概嗤之以鼻。理由是形形色色的,封建啦、反动啦、唯心主义啦、形式主义啦、唯美主义啦、不精密不科学啦、缺乏系统啦……总之就是不信任,就是不同程度的"月亮外国的圆"。决不是说不要学习和借鉴外国经验,应该说学习和借鉴得还很不够,闭关锁国,夜郎自大,对外国无损,对我们自己却有害的教训是记忆犹新的,问题在必须学习其合乎科学规律的,必须是借鉴而不是照抄照搬。外国大讲史诗,大讲悲剧,大讲摹仿,大讲典型,我国则大讲诗、文、词、曲,大讲神似,大讲意境,各有各的社会、历史、文学创作、理论传统背景,如何可以全拿外来之说硬套本国问题?各国文艺有共同遵循的规律可找,但必然有不同的特点,因而也存在一些各自的不同的规律,仅用一般规律是解释不清各国文艺的特殊现象的。只有既掌握一般规律又掌握了本国文艺的特殊规律的理论。才能完全说明本国文艺的过去,指导本国文艺的现在和将来。

历史的实际是从实际出发的不可缺少的一部分。我们的文艺理论过去就

915

缺少了这一部分。有些著作中虽然引有若干古代文论材料,基本上只好算是点缀,并且主要是用来证明外来观点的正确的。引用一些自然也非坏事,但毕竟不能代替"出发"。"出发"应以自己为主,可以发展,可以借鉴,但这是在自己基础上的发展和借鉴。实际上我国古代文论中有许多极精辟的见解,其提出比外国文论中的类似见解要早得多,为什么反要让它来证明后起的外国见解的正确呢?以自己为主,我们先进的当然应该揭示我们的先进,后来外国确有比我们先进的也承认外国的先进,这才是科学的态度。象过去那样,那是以外国为主,喧宾夺主。倒不是要提倡狭隘民族主义,而是实事求是,恢复历史本来面目。大约一千五百年前我们就产生了刘勰的《文心雕龙》,真是何等的"体大思精",敏感地提出了和深刻地解决了文艺创作上多少实际问题!难道这样一部杰作不是我们民族对人类文艺理论宝库的伟大贡献?难道其中不是有许多精采的议论对今天的创作和理论批评仍有积极、启发意义?可惜的只是我们至今还未曾充分挖掘出蕴藏在它中间的珍宝来并有意识地联系当前的问题适当运用罢了。

我们的文论遗产无比丰富,十分值得重视,之所以不被信任,主要当然由于存在照抄照搬外国经验的指导思想,轻视本国优良传统,对传统常常表现为批判否定过多,很少一分为二。同时,在已经嫌少的研究工作中,还存在着脱离当前实际的弱点。由于脱离当前实际,会使人产生研究古代文论究竟有何益处的疑问。如果为古而古,不能对解决当前文艺创作中的某些问题有所帮助,这样的研究就难以发生应有的作用。例如讲"风骨",若是总在考辩什么是"风",什么是"骨","风骨"有多少涵义,谁如何用过,却不讲它的主要精神是要求作者具有昂扬骏爽的精神状态,然后才能达到"刚健既实,辉光乃新"的境地,却不讲如何才能培养出这种精神状态,却不讲这一原理在哪些点上可以运用来改变当前文艺创作中消沉、琐碎、得过且过、缺乏远大理想等弊病,那么,就难怪人们会产生上述有何益处的疑问。归根到底,文论遗产的古为今用,主要取决于挖掘、揭示出前人已经总结出来的各个层次的文艺规律,但也要做个有心人,运用这种规律性的知识来对改进发展当前的文艺创作提出积极的建设性建议。而想做到这一点,便非经常关心当前文艺创作情况不可。

知今不知古,得不到历史的营养,知古不知今,失去了工作的落脚点。知古是为了今天的需要,不知今天需要什么,研究会失却重点。我认为某些研究所以使人感到烦琐不得要领,往往即因对今天急需解决的问题心中无数。多年来我们大多数人视野太窄，知识面不宽，治今只知一点今，以知古为外骛，同样也有治古只知一点古，与知今毫不"搭界"的。或以为这才是"专"，才能够"专"，其实很不妥当。由博返约，博而能专，是前人的经验之谈，是必经过程。拘守一隅，目光如豆，如何"专"得起来？懂得这一点的未必就专了，不懂这一点的肯定专不起来。对当前创作完全不看或看得极少，对当前创作中存在的问题、争论着的问题不清楚、不关心、不研究，而只管捧着古书凭兴趣、凭主观地搞研究，即使在某些方面也可能不无贡献（例如考证、注释），总的说来是作用不大的，比之原该能起的作用来说会打很大折扣。因此在强调文艺理论建设必须联系历史的实际的同时，对从事古代文论研究的同志要求更多注意当前实际，也极有必要。否则，尽管孜孜兀兀，又何能有所针对地帮助进行现代化的文论建设呢？当然，如能再知点外国文艺的历史和现状，可以进行比较研究，就更好了。一个人精力有限，研究问题不能不有重点，但毕竟不能不具备一些密切相关的知识。只攻一点，不及其余，拼命钻牛角尖，进去了出不来，倒反会使研究失却重量。

上面所说治古必须知一点今，知一点外，其实还只是在文艺或文艺理论的范围内说的。如能做到这一点，对比现状，不妨说已可开辟一个小小的新局面。而真正大的新局面，还必须有赖于对哲学、历史、社会学、心理学等等相关知识的帮助。厚积薄发，那样产生的文艺理论就能更加锋利、透彻、深刻了。距离虽远，心向往之，努力为之，群策群力，总会逐渐缩短距离，接近目标的。

知也无涯，学也无涯。望洋兴叹不若知难而进。自己到不了就为后人多少创造些到达彼岸的条件，我以为这是愿意这样做的人都能够做到的。

研究文艺理论要把古代的、现代的、外国的三个方面沟通起来

中国古代文论的研究需要有计划地来展开,文学理论的研究也要走自己的道路。周扬同志在 1958 年的一篇文章中谈到过这个问题,在第四次文代会上,也有好多同志谈到这个问题。但这些年来,这方面进展不大。如对《文心雕龙》的研究,文章确实出了一些,但是,针对着如何建立具有我们民族特点的马克思主义文艺理论来研究的还不多。关于古文论研究,我觉得有以下几个问题:

一个是资料问题。这方面我们虽然做了不少工作,但搞得比较分散,又比较重复。我想,能不能搞一套综合性的资料,包括诗、词、文、小说、戏曲,甚至于绘画、书法等等,把它们分类、按时代编辑。这个用处比较大。

再一个是建立民族化的马克思主义文艺理论问题。目前,一般的研究工作者,包括大学生,对中国古代文论是很有兴趣的,可以说比听现代文学概论的兴趣还要大些。当然,这与现代文论课教师的教学水平也很有关系,现代文艺理论也有教得很成功的,但一般是照本宣科,这样就使人不满足了。因为现在的教材大都是二十多年以前六十年代写的,虽然经过一些修改,但修改不多,新的东西很少,从古文论里吸收的东西也很少,这正如刚才王元化同志所说的那样。前年在武汉开会回来的时候,古籍出版社几位同志就曾提议,能不能用中国古文论的系统来写一本文学概论。因为这个条件不成熟,大家没敢答应。如果有这么本书,那倒是很有特点的。对我们来说,就是要建立既是马克思主义的又有民族特点的文艺理论。这就要求我们对各方面的理论都有较好的研究。但现在存在的问题是,往往是搞古代文论的(包括我自己在内),对现代的东西不大注意,目前创作上,批评上究竟存在哪些问题?这些问题中哪些已在古代有

较好的研究？由于对现代的问题不清楚就很难结合起来。而研究现代理论的。研究西方文论，或者是马列文论的，对古代的东西也不清楚。我记得几年前乔同志有篇文章说，现在搞文艺理论的这三个摊子好象是缺少一个桥梁来沟通，搞古代的，搞马列的，搞苏联那一套的，各搞各的，互相不沟通。这与建立马列主义民族化文艺理论的要求是很不适应的，要想办法解决这个沟通问题，使从事某方面研究的，同时也关心其他方面。搞古代的人如果对当前的东西不了解，局限性很大，古为今用很难真正解决。特别是联系到怎样建立新的文艺理论体系问题，要做的工作还很多。究竟拿什么来古为今用呢？我看随便找些枝节的东西用上去是不行的。我们应该从古文论里边，把前人总结出来的具有规律性的东西，或者是加以整理，或者是加以发挥，同现在的问题结合起来，通过规律性的研究，提供这方面的知识来古为今用，这才是个根本性的东西。

古代文论研究中还有个问题，即就事论事的比较多（当然我自己也存在这个问题）。古代的文论家大多数人有自己的一些作品传下来，象司空图、严羽（《沧浪诗话》）的研究，分歧比较大，说它是什么形式主义呀，唯美主义呀等等，但是联系他的作品来研究，我看，就得不出这个结论吧，他作品中激昂慷慨的东西蛮多的呀，他的政治倾向性也是很明显的呀。其他的几家也是如此。如果能联系他们的创作来研究其文论，一些不同的意见就会在研究过程中解决。如果能更广泛一点，联系时代看这个作品是在怎么样的历史环境中产生的，那当然更好。很多研究《文心雕龙》的只局限于《文心雕龙》五十篇本身，有的谈一个问题在五十篇里东一点、西一点找些东西集中起来，这样就算比较好的了。《文心雕龙》是从当时的许多创作实践中归纳出来的一个东西，而我们的研究者却对《文心雕龙》所得出结论来的那些作品，读得比较少。当然，那时的作品流传下来的不多，但总还有一些。

听一位搞编辑工作的同志讲，编辑部碰到研究鲁迅的文章，碰到《文心雕龙》的文章就头痛，这方面的文章很多了，很多人都在重复谈一个问题，缺少新意。例如，现在还去谈《文心雕龙》内容和形式的关系问题，就没有多少好谈的了，从头来炒冷饭没多大意思。假如开辟一些新的领域，从新的方面来谈，也还有许多好谈的，拿《知音》这一篇来讲，有许多东西还没有谈到。所以，通过开辟一些新的领域来达到新的研究水平很重要。明年召开古代文学理论研究会准备谈中国文学理论的民族特点究竟有哪些的问题。明年的高等院校文艺理论研究会准备谈如何建立具有民族特点的马克思主义文艺理论的问题。我们就是希望在这些方面能多作些探讨，多出些成果，紧密配合我们的"四化"建设。

（本文系《文史哲》编辑在该刊举办的座谈会上根据录音整理出来的发言要点）

重视"端绪"，着意"引申"

——当前研究古代文论者的责任

　　"史无前例"时期出版的《哲学小辞典》中，没有"否定之否定"这个条目。但有条"破与立"。据说，什么是"破"呢？曰："破就是批判、打倒、革命、破坏等，也就是否定旧事物，促使旧事物灭亡。"又曰："破字当头，立在其中。但是，破是矛盾的主要方面，是事物发展过程中具有决定意义的环节。"既然"立新"必要以"破旧"为前提，而且又是如此这般的破法，把两者完全对立了起来，所谓"批判地继承"无怪在实际上要统统落空了。马、恩所肯定的历史发展上的"否定之否定"律，很长时期并没有在我们这里得到真正的承认，不消说会对批判继承古代优秀文化遗产产生严重不利的影响。自以为"最最最革命"者，而发展到要"彻底扫荡"中外一切文化遗产，即是其登峰造极的表演。

　　在批判继承问题上如按"否定之否定"律办事，那就应该既有肯定、又有否定，既有克服，又有保存。对这过程，多年前我们已经有了个称法，曰"扬弃"。即有扬有弃，扬中有弃，弃中有扬。这道理很对，但似乎还欠通俗，因为单这样说至少还不够具体。古代文论中已否感觉到存在这个问题？有否接近解说这个问题的资料呢？有的。姑举一例，如清代卓越的诗论家叶燮就这样说过：

　　　　夫自三百篇而下，三千余年之作者，其间节节相生，如环之不断，如四时之序，衰旺相循，而生物而成物，息息不停，无可或间也。……夫惟前者启之，而后者承之而益之；前者创之，而后者因之而广大之。使前者未有是言，则后者亦能如前者之初有是言；前者已有是言，则后者乃能因前者之言而另为他言。总之：后人无前人，何以有其端绪？前人无后人，何以竟其引申乎？（《原诗》卷二）

我觉得这段话极具知见。先是说了文学的发展先后相循,历史不容割断,其间联系是一天也没有中断过的。前有所启,后有所承,不但有所承,而且在继承之中得以增益、发展,加以发扬光大,推陈出新。这说明对一个民族来讲,有没有先人积累大不一样,先人积累丰富不丰富、精深不精深也大不一样。在这方面,我们有如此悠久、丰富精深的文化遗产,不但值得自豪,更是一笔足供我们今后开发创新的宝贵遗产。其次说了两种情况,主要当是指后来文学领域里出现了新现象、新问题罢。一种情况是前人由于没有遇到过这种现象和问题,因此没有说过什么话,他认为在这种情况下,后人应该有信心,在面对新现象新问题时,也能象前人当初对其时的现象问题说了很多有创见的话一样,自出手眼说出很有价值的话来,不要自馁,不必等待,老想抓住了什么拐棍才敢走路。另一种情况是,前人对类似现象问题已经说过些话,但已过时,或原就不对,那么后人就可因其不对,接受教训,自己开动脑筋,而提出别样的意见,说出富有新意能够解决实际问题的话来。"另为他言"可说是否定,但如没有"前者之言"供研究比较,从中吸取教训,就可能蹈覆辙,走弯路,所以在否定之中,其实是保存了过去的某些经验教训的,虽然否定却并未对前人的过时或原就不对的东西"彻底扫荡",实际是很重视,不过并未照搬而已。后者的后者又遇到了新现象新问题,当然又要进行否定,便是否定之否定,而其"节节相生","衰旺相循",一路"生物"、"成物"下去的密切关系。亦同。这又从另一方面表现了丰富、精深的文化遗产对我们要建设、创造新的文明具有多么重大的作用。"后人无前人,何以有其端绪",怎么可以数典忘祖,搞民族虚无主义?"前人无后人,何以竟其引申",故步自封,止足不前,忘记了自己应有的创新发展的历史责任,前贤有知,也会把我们看作不肖子孙的。革命导师们一再告诫我们不要把他们所说的话当做教条,只会加以引用,注释,表达的正是这种崇高心情。

对叶燮这些话是否可以作这样的理解,是否我有点把他现代化或拔高了,欢迎商论。举此一例,只想说明,我们的古代文论中,确有很多精采的议论,而因为能以民族形式出之,不故弄玄虚,不人为艰涩,所以对我们的读者来说,是远为通俗易懂的。我们无须拜倒在外来的那种艰涩难懂天书似的议论之前,即使它确有深义,并不是以艰深文浅陋的。真理一般总是可以,也应该明白清楚地向人民群众讲出来。而且,应该承认,不少真理,包括艺术规律在内,我们的先贤早已有所发现了。重视"端绪",着意"引申",正是我们当前亟须负起的责任。

后 记

收集在这本小书里的文章，大都与古人论文艺的创作有关，主要是从古人的议论试予分析、说明、生发开去的，所以为它起了《古代文艺创作论集》这个书名。

对古代文艺理论的研究，我虽未有成，却长期深感兴趣，也决然肯定如果研究得正确、深入，如果因此而发现、总结、阐扬了许多非常宝贵的各个层次的艺术规律，将有极大的作用和价值。尽管象《文心雕龙》这样"体大思精"的文论专著并不多，但这毕竟只是著作形式上的问题，实际上"体大思精"的文论资料在我国是无比丰富的，如得后人悉心加以科学地整理，很多"体大思精"的系统性理论就会显示出来。我们完全可能把每一个幸而还有大量作品保存下来的作家，如韩、柳、白居易、欧、苏、王安石、汤显祖等等过去并不以理论家著名的人物给他们研究、整理出各具特色的一套议论来。更不要说那些虽无系统专著却有大量评论资料，并其诗文著作杂记等等的以理论名家的人物了。刘知几和章学诚是专门的史论家，他们的著作中同样发挥了与文艺创作有深刻联系的见解。

研究古代文论，不但应该古为今用，也一定能够古为今用。所谓"应该"，我的意思是指这种研究应有明确的目的性，这种研究工作一定要为今天建设社会主义的具有民族特点的文艺理论体系尽力。抱有这个目标，具备这一怀抱，即使专做考证、校注、辑佚、资料汇编一类工作，也同样能起作用，因为这样一来，后面这类工作就不致搞得烦琐不堪，离题万里了。有没有这个明确的目标，我认为是很不相同的。有此目标，当然不一定就能做好，还需要有正确的立场、观点、方法，还需要掌握大量的资料，刻苦钻研奋斗终生的决心和毅力。但这总是一个不能不有的出发点。出发点对了，能跑多远，自然要看各自的努力，但既不会白跑,弯路也就可以少走或不走了。

当然,是要以探讨、总结出来的理论知识、规律性知识来为今用,而绝不是胡乱比附、故意拔高。生活在发展,社会在进步,人们的审美要求在变化,时间、地点、条件不同了,规律的适应性也不可能凝固不动的。但任何事物的发挥都不能割断历史,而我们对古代文论宝库的挖掘清理工程可称近年才逐渐走向正轨,正值方兴未艾,前途大有可为之机。我这本小书,不过抛砖引玉。姑示其心之有余,但愿今后能求力之稍足罢。

文章大多数是祸国殃民的"四人帮"被彻底粉碎之后写成的。因为在此之前,所谓"扩大化"也因应邀讲了几句应该"重视内行"、"重视科学"等其实常识之至的话后落到了我的头上,从 30 年代就开始学写的笔从 1957 年后就不得不停下来了。但也有几篇倒还是解放前在郭绍虞、周予同两先生主编的《国文月刊》上发表的,因为觉得可能还有些作用,而且同我目前的设想大体一致,所以略加修订,仍收在这里。* 引用材料中有些外国作家的,可资比较。看来比较文论,也应当是今后注意开辟的一个研究新领域。由于当时利用的书刊在多次抄家时散失严重,按统一规格补注出处已难完全,实觉遗憾。说明一下,幸希谅之。

敬请同志们指正。

徐中玉
1983 年 10 月 1 日
(本书出版于 1985 年)

---

* 编按:原文已见本书第六卷,本卷不再重出。

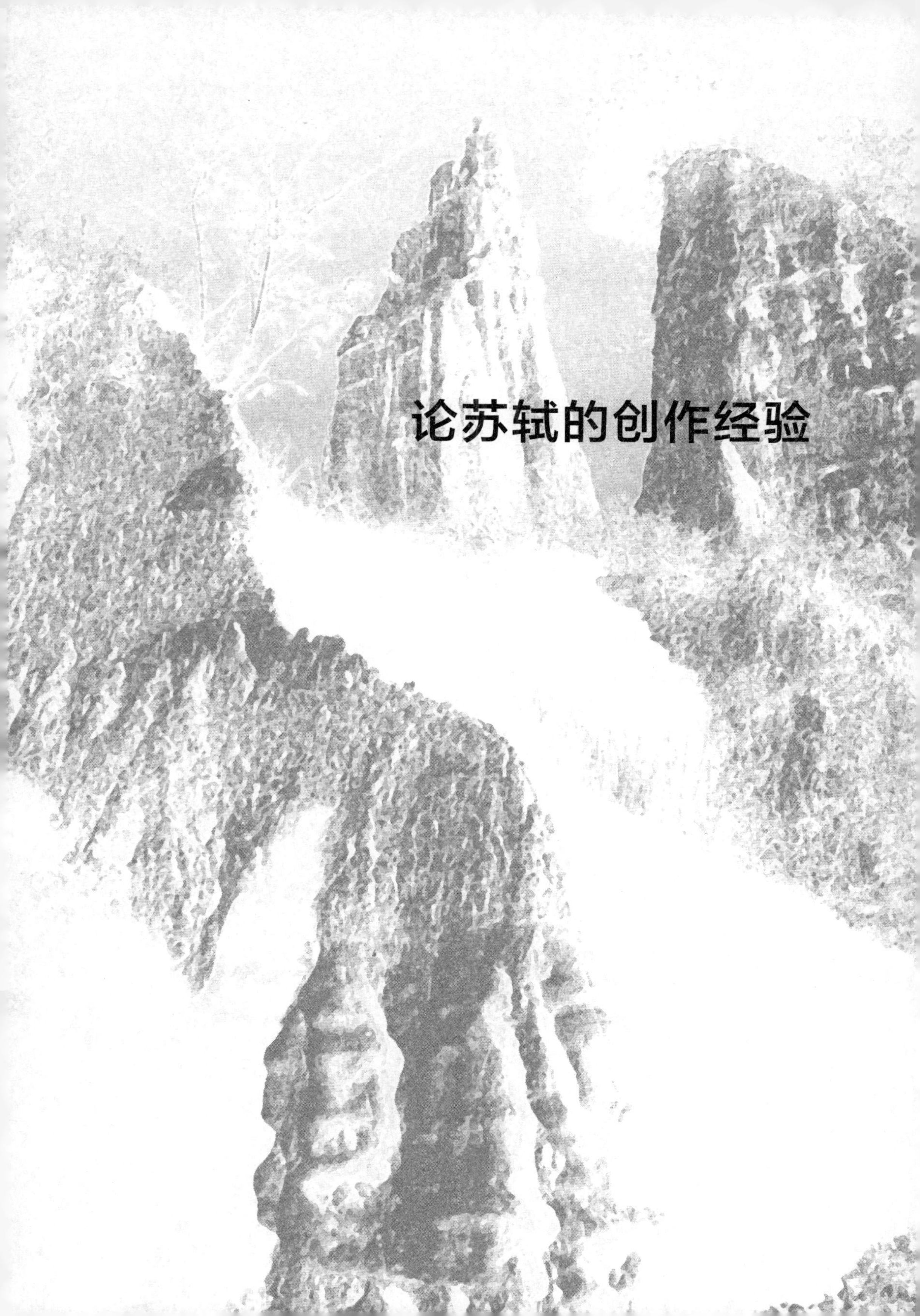

论苏轼的创作经验

前　　言

　　北宋苏轼(1037—1101)字子瞻,号东坡居士,是我国历史上杰出的全能文艺家。他的散文、诗、词、书、画,无一不精,无一不在各个领域内占有突出的地位。在长期创作实践过程中,他积累了非常丰富的艺术经验,通过诗文、题跋、书简、笔记、谈话等形式,直接或间接给后人留下大量精采的材料。搜集、整理和研究这些材料,对建立马克思主义的、具有我们民族特点的文艺理论和美学,探索艺术创作规律,有很重要的意义。这本小书里的文章,都是在粉碎万恶的"四人帮",文艺、学术界重见生气之后的最近一年多时间内写成的。研究苏轼的创作经验,鄙意还在揭示其中合乎科学、用之有效、具有规律性的部分,期望它对今天的文艺创作有所帮助。重点在此,所以对苏轼思想、作品中某些不可避免的错误或弱点就未多说,我以为苛求于他固不对,重复说些阶级局限、历史局限之类的空话实在也尽可不必。鲁迅说得好:"凡作者和读者因缘愈远的,那作品就于读者愈无害。古典的,反动的,观念形态已经很不相同的作品,大抵即不能打动新的青年的心(但自然也要有正确的指示),倒反可以从中学学描写的本领,作者的努力。"(《准风月谈·关于翻译(上)》1933年9月11日)我们今天读苏轼的作品可以如此,读他的经验之谈,研究他的创作经验,更可以如此。

　　整理研究古代作家的创作经验,是当前文艺理论研究方面非常重要的工作之一。这一工作在我还只是初步尝试,粗疏不合之处肯定不少。文章都单独发表过,合看时有些地方嫌重复,但也有些是从不同问题或不同角度来谈的,引文偶有重出之故在此。这次集印时对题目作了些改动,文字基本照旧。自知学浅,不过聊贡愚者之一得,敬请读者指教。

徐中玉

1981年9月

言必中当世之过

一、作文之要，在有意而言

苏轼是我国文学史上杰出的作家，大家知道他在诗、词、散文、书法甚至绘画上都有重要的贡献。其实他在文艺理论批评方面的表现也绝不逊色，古今中外的文学史上都有许多例证，说明最好的理论批评家往往就是大作家本人。在外国，歌德、巴尔扎克、福楼拜等都在他们的谈话、回忆录、书信或专题的论文中留下了大量的理论批评资料，正因为这些都是他们长年累月的甘苦、经验之谈，所以使后人特别感到珍贵、亲切。苏轼也就是这样一位名家，他并无专门的文论著作，但保留在他部分诗歌、散文，尤其序跋、书简中的文艺见解，的确是我们文艺宝库中一笔极有价值的财富。

这中间，"言必中当世之过"，就是一种非常光辉的思想，对我们今天的创作仍能有不小启发。

在文学创作上，苏轼有个明确的思想，即"有意而言"，认为这是"作文之要"。他说："臣闻有意而言，意尽而言止者，天下之至言也。盖有以一言而兴邦者，有三日言而不辍者。一言而兴邦，不以为少而加之毫毛；三日言而不辍，不以为多而损之一辞。古之言者，尽意而不求于言，信己而不役乎人。"（《策总叙》）他告诉不远数千里去儋耳向他求教作文之法的葛延之："儋州虽数百家之聚，州人之所须，取之市而足，然不可徒得也。必有一物以摄之，然后为己用，所谓一物者，钱是也。作文亦然。天下之事，散在经、子、史中，不可徒使，必得一物摄之，然后为己用，所谓一物者，意是也。不得钱，不可以取物，不得意，不可

928

以用事,此作文之要也。"(葛立方《韵语阳秋》卷三)

作文要"有意而言",一般说,这种思想前人早已有过,不能算是独创。但苏轼把它郑重地提出来,在当时却有其重要意义。事实上这一主张针对当时的不良文风,体现着北宋时期诗文革新运动的精神,是有其现实斗争的意义的。他曾明白指出:

> 自昔五代之余,文教衰落,风俗靡靡,日以涂地。圣上慨然太息,思有以澄其源,疏其流,明诏天下,晓谕厥旨。于是招来雄俊魁伟敦厚朴直之士,罢去浮巧轻媚丛错采绣之文,将以追两汉之余,而渐复三代之故。士大夫不深明天子之心,用意过当,求深者或至于迂,务奇者怪僻而不可读。余风未殄,新弊复作。大者镂之金石,以传久远,小者转相模写,号称古文,纷纷肆行,莫之或禁。盖唐之古文,自韩愈始,其后学韩而不至者,为皇甫湜,学皇甫湜而不至者,为孙樵,自樵以降,无足观矣。(《谢欧阳内翰书》)

这就是说,同欧阳修一样,苏轼也是反对晚唐以来西昆体"浮巧轻媚、丛错采绣"的不良文风,而主张"复古"的,同时他对发展到了另一极端,流为迂奇怪僻的文风亦极为不满,认为这是一种"新弊"。原来,唐宋古文运动的倡导者们提出"复古"的目的不过是要求创作回到表现现实生活的正当道路上来,现在很多人"用意过当",竟又把迂奇怪僻当作追求的目标。矫枉过正,依然走的邪道。旧弊也好,新弊也好,追求的都不是他认为应该追求、值得注意的东西,作者们尽写些浮文废话,在他看来,毛病即在其中没有"意"。没有"意",就写不出好的作品,不能成为佳作。

"浮巧轻媚"与"迂奇怪僻"的东西其中是否没有任何意思呢? 当然不是。纯然只有形式而无任何思想内容的诗文是不存在的。苏轼所讲的"意",并非指随便什么意思,实有其特定的含义。看他自己所说:

> 今览所示议论,自东汉以下十篇,皆欲酌古御今,有意乎济世之实用。此正平生所望于朋友与凡学道之君子也。(《答俞括书》)

> 宋兴七十余年,民不知兵,富而教之,至天圣、景祐极矣,而斯文终有愧于古。士亦因陋守旧,论卑而气弱。自欧阳子出,天下争自濯磨,以通经学古为高,以救时行道为贤,以犯颜纳谏为忠。(《六一居士集叙》)

人才以智术为后，而以识度为先。文章以华采为末，而以体用为本。
国之将兴也，贵其本而贱其末，道之将废也，取其后而弃其先。用舍之间，
安危攸寄。故议论慷慨，则东汉多徇义之夫，学术夸浮，则西晋无可用之
士。（《答乔舍人启》）

这几段话说得很明白，他赞赏的文章是那些能够通经学古、救时行道、犯颜纳谏
的；是以华采为末，体用为本的；是能酌古御今，存心济世的。简言之，"救时"和
"济世"，就是他对作文所要求的"意"。文章中确有这样的思想内容，便是"有意
而言"，否则，便没有意义。"有意而言"，有时他也称之"有为而作"。

苏轼为什么会主张这样的"意"呢？

他生长在号称"百年无事"的北宋中叶，当时社会表面上好象太平、繁荣，实
际由于豪强兼并，边备松弛，官僚机构臃肿无能，人民生活异常困苦，积贫积弱
的局面已经形成，内外危机就将爆发。出身于一个比较清寒的封建知识分子家
庭，属于中小地主阶层的苏轼，对当时政治形势了解较多，比一般人较早看出了
问题，同时由于所属阶层不免受到大地主兼并势力的排挤，也有改革的要求。
对于具有这种识见和要求的苏轼来说，自然不会满意西昆体和迂奇怪僻的文
风，而要求革新诗文，使文艺创作密切联系现实，在社会革新运动中发挥积极的
作用。

苏轼自小就"奋厉有当世志"（苏辙《东坡先生墓志铭》），自称"早岁便怀齐
物志，微官敢有济时心"（《和柳子玉过陈绝粮》）。如上所说，这都不是偶然的。
当然，他所谓齐物，所谓济时，无非想为北宋王朝未雨绸缪，挽救危机。可是由
于他毕竟不失为一个改革家，基本上是要求抑制大地主兼并势力的，在历任地
方官时，在救灾救荒，粜粮施药，兴修水利，整饬军纪，免除赋税，发展生产等方
面都做出过一定成绩。他"为君父惜民"（元祐七年六月十六日《再论积欠六事
四事札子》）是实，对人民毕竟还是有所顾惜，同残民厚君者有明显区别，所以，
他的"救时"、"济世"之"意"，在当时历史条件下，具体地说，不可否认有一定的
进步性。

苏轼以"有意而言"教人，也以"有意而言"自乐。他曾这样告诉刘景文："某
平生无快意事，惟作文章：意之所到，则笔力曲折，无不尽意。自谓世间乐事无
逾此者。"（何薳《春渚纪闻》卷六引其语。）他的议论不一定都对，但确是侃侃而
谈，非常慷慨，因为他说出了自己的心里话，而这些话又是要用来"救时"、"济

世"的，这使他感到气壮，也觉得畅快。

二、言必中当世之过

作文要有"救时"、"济世"之意，当然不错，但究应说些什么话，才算有救时、济世的作用？苏轼牢牢记住了父亲苏洵告诉他的话：

> 昔吾先君，适京师与卿士大夫游，归以语轼曰："自今以往，文章其日工，而道将散矣！士慕远而忽近，贵华而贱实，吾已见其兆矣！"以鲁人兔绎先生之诗文十余篇示轼曰："小子识之，后数十年，天下无复为斯文者也。"先生之诗文，皆有为而作，精悍确苦，言必中当世之过，凿凿乎如五谷必可以疗饥，断断乎如药石必可以伐病。其游谈以为高，枝词以为观美者，先生无一言焉。其后二十余年，先君既没，而其言存。士之为文者，莫不超然出于形器之表，微言高论，既已鄙陋汉唐，而其反复论难，正言不讳，如先生之文者，世莫之贵矣。（《兔绎先生诗集叙》）

苏轼这里提出的"言必中当世之过"，而且这种言还必须"凿凿乎如五谷必可以疗饥，断断乎如药石必可以伐病"，确实可以作为他所说"救时"、"济世"的注脚。如果口上说要救时、济世，却未曾看准当世之过究在哪里，以致说得不中肯，或者看到了而不敢说，这怎么能救时、济世呢？如果想要救时、济世，当世之过究在哪里也说对了，但又只是抽象地、原则地"微言高论"一番，或者把国家社会、把别人埋怨痛骂一顿，而提不出确凿可以救饥治病的建设性意见或办法来，这又怎么就是救时、济世呢？

"言必中当世之过"实质上就是今天所说的作家应该干预生活，干预政治，对现实生活中的重大错误缺点不能熟视无睹，对种种不合理、不公平的现象不能不加批评、揭露。分明已经积贫积弱，危机四伏，还要人们高喊形势一派大好，北宋当时一些地主保守派是这样干的，过去林彪、"四人帮"一伙也是这样干的，他们都决不许人民揭露"当世之过"。讳疾忌医，自然只能使疾病加重，导致不可救药。这种搞法，根本谈不到什么救时、济世。

但"言必中当世之过"，也还需要进一步，通过"反复论难"，具体分析，找出切实可行，纠正过错的办法，才能包括救时、济世的全部工作。能够言必中当世之过,看到了症结所在,比之那种只知保全一身一家,问以国家大事,却四顾茫然,言不中肯,当然也是一种贡献。但揭露本身不应是终极目的,更重要的是把国家社会的毛病想法切实治好,使得人民大众真正幸福、高尚起来。客观上还没有得到治好了病的效果,是还不能说已尽了救时、济世之责的。联系当前我们自己的体会,就不难感到苏轼当时讲的这些话,不但合理、完整,而且也很深刻。

作文有救时、济世之心,还要通过艺术手段,表现出了切实有效的救时、济世之法,是否这样就一定能成为天下之至文了呢?光有某种正确的思想,某种正当的责任感和洞察力,是否就能取得强有力的艺术效果呢?还是不一定的。文学作品寓理于情,没有真理不行;光有真理而缺乏一股不得不发的激情,作品不动人,这也是没有多大效果的。

以屈原为例。他的《离骚》是怎样写出来的?司马迁说:"屈平疾王听之不聪也,谗谄之蔽明也,邪曲之害公也,方正之不容也,故忧愁怨思而作《离骚》。""夫天者,人之始也;父母者,人之本也。人穷则反本,故劳苦倦极,未尝不呼天也;疾痛惨怛,未尝不呼父母也。屈平正道直行,竭忠尽智以事其君,谗人间之,可谓穷矣。信而见疑,忠而被谤,能无怨乎?屈平之作《离骚》,盖自怨生也。"(《史记·屈原贾生列传》)屈原的全部作品里都汹涌着一股强烈的激情,正是这股激情驱使他写出了他的作品。他不能不写,也不能不这样来写,他的作品是震撼人心的。

以司马迁为例。大家知道他是"发愤著书"说的先驱,他自己的《史记》也是发愤著成的。他说:"《诗》三百篇,大抵贤圣发愤之所为作也。此人皆意有所郁结,不得通其道也,故述往事,思来者。"(《史记·太史公自序》)他自己呢,在《史记》的草创过程中,触犯皇帝闯了大祸,所以能"隐忍苟活","就极刑而无愠色","函粪土之中而不辞",即因"恨私心有所不尽,鄙没世而文采不表于后"(《报任安书》),决心要写成这部巨著的迫切要求战胜了一切勉强活下去时必然会遭受到的耻辱与痛苦。

屈原、司马迁等在文学上的巨大成就说明一个问题,即除了进步思想、正直的品格、对事理的洞察与必要的艺术才能之外,作家本人的创作激情同样是必不可少的。某种正当的责任感有助于产生创作热情,但如果缺乏深刻的体验,没有某种大痛苦、大悲愤、可歌可泣的东西一直在震撼、激荡,甚至在撕裂着作者的心,没有不把他想要写的东西写出来便坐不住、躺不下,总觉太对不起人,

932

会对时代和历史犯罪的迫切感,光凭一点正当的责任感还是不行的。

文学创作必须要有激情,屈原、司马迁以作品的巨大感染力量证明了这一点,东汉的王充在理论上也早已多少看到这一点。王充说:

> 精诚由中,故其文语感动人深。是故鲁连飞书,燕将自杀;邹阳上疏,梁孝开牢。书疏文义,夺于肝心,非徒博览者所能造,习熟者所能为也。(《论衡·超奇》)

这里说精诚由中而言,感动人深。光凭博览和习熟的人,写不出这种文章来。比起"发愤"而作来,仅仅"精诚由中"也许还起不了那么大的作用。"精诚由中"而又感觉非写不可的东西,人们读起来就更有力了。王充这段话,指出语不精诚便不能动人,只凭博览与习熟写不出夺人肝心的作品,是很有意义的。

前人的成功之作和符合艺术规律的议论,以及父亲苏洵对他的教育、启发,使苏轼在这个问题上也作出了进一步的总结。这就是他的文"非能为之为工,乃不能不为之为工也"说。

原来苏洵曾这样说过,大概苏轼从小在家里即常听到父亲这样一类的议论:

> 风行水上涣,此亦天下之至文也。然而此二物者,岂有求乎文哉。无意乎相求,不期而相遭,而文生焉。是其为文也,非水之文也,非风之文也;二物者,非能为文,而不能不为文也。物之相使,而文出于其间也。此天下之至文也。(《嘉祐集》卷十四《仲兄字文甫说》)

后来苏轼结合他自己的体验和认识加以发挥,这样说:

> 夫昔之为文者,非能为之为工,乃不能不为之为工也。山川之有雾,草木之有华实,充满勃郁而见于外,夫虽欲无有,其可得耶?自少闻家君之论文,以为古之圣人,有所不能自已而作者,故轼与弟辙为文至多,而未尝敢有作文之意。……凡耳目之所接者,杂然有触于中,而发于咏叹。……非勉强所为之文也。(《江行唱和集叙》)

比较一下，苏洵的话诚然不错，但他主要的意思在于说明不能为作文而作文的道理，"天下之至文"只能出于有激而抒和有感而发。而苏轼的话则更为明确，指出古人的好文章，都直接来自现实生活，作家有了深刻的感触，觉得"不能不为"，不为就"不能自已"，是在这样的情况下写出来的。好文章既不是脱离生活，挖空心思硬造出来的，也不是单凭一点文字底子，写作技术，就写得出来。

从"言必中当世之过"，到寻求确凿可以疗治挽救的办法，再到具有"不能自已"、"不能不为"的激情，从而达到"救时"、"济世"的目的，可以说，苏轼的创作思想不但符合艺术规律，也是深深体现着古代现实主义精神的。在这种思想指导下，苏轼创作出来的作品，特别是那些反映现实社会矛盾，如《荔支叹》一类，并包括那些曾被林彪、"四人帮"手下一批文痞指为反对王安石新法而全给抹煞的《吴中田妇叹》、《山村五首》等在内，尽管他的倾向有时较为保守，有的看法并不全面，但他的作品确在不同程度上反映了现实，体现了"惜民"和要求改革的思想，是有助于认识当时的社会面貌的，并非虚假、勉强之作。他的很多抒情写景之作，也非无病呻吟，对后世读者另有其教育、审美等作用。

我们今天要写真实，文学创作既要干预生活，揭示社会的病态，决不能再搞瞒和骗，同时亦绝不能为揭露而揭露，使读者看不到光明的前途，以致产生不良的客观效果。瞒和骗是不真实，而不反映实有的光明和前途的大有希望，一样是不真实。我们今天的作家对社会主义文学事业也一定要迸发出"不能自已"的高涨激情，通过艺术方法表现出最强的政治责任感。苏轼虽然是封建社会产生的作家，从他这种创作思想我们还是可以借鉴到不少合理、有益的东西的。

三、不以一身祸福，易其忧国之心

苏轼要"言必中当世之过"，必然会触犯大地主当权派的忌讳，就象改革家王安石那样的当政者，由于阶级的局限，对他的公然反对自己，也未能释然于怀。事实上，在苏轼一生中，由于他始终坚持自己的改革主张，总要把自己认为的"当世之过"顽强地揭露出来，既受到新党的排挤打击，旧党也一点没有轻放过他。如他自己所说，旧党对他的迫害，有时甚至比新党当初对他的迫害更"崄毒"（参元祐三年十月《乞郡札子》）。真是"明知山有虎，偏向虎山行"。在种种排挤、打击的危险、痛苦面前，他不是没有畏惧、矛盾和动摇过，他说过一些懊悔的话，也向有些人表示过再不写诗作文讥诮时政了，然而他终于没有真这样做，他实在禁不住自己,还要这样说。尽管他所指摘的"当世之过"中有不全属实、理解片面的地方,但总的说是苦口婆心,想改善一点老百姓的不幸处境的。可是他的命运却是几番起落之后,垂老还被贬逐到遥远的海南岛,以后幸得生归,没多久便在凄凉的境遇中死了。陆游把他的一生只用四句话总结得颇好:"公不以一身祸福,易其忧国之心。千载之下,生气凛然。"(《放翁题跋》卷四《跋东坡帖》)

苏轼所以能在创作上坚持"言必中当世之过"的现实主义进步思想,自然同他所处的阶级地位有关系,但同他具有比较远大的志向和不念念于一身穷达的正直品格也有密切关系。须知当时同他处于一样阶级地位的人,很多并没有或并未能坚持他这样的创作思想。

苏轼是北宋皇帝的臣子,他当然要做个忠臣,处处"为君"着想。但他想要做的忠臣,和别些人做成的完全奴才式的忠臣,是迥然有别的。他欣赏孟子所说的"我善养吾浩然之气",他说有了这种浩然之气,"则王、公失其贵,晋、楚失其富,良、平失其智,贲、育失其勇,仪、秦失其辩。"他认为具有浩然之气的人才真能在文学、政事上有所成就。他正是从这个角度上来称颂韩愈的功绩的:"文起八代之衰,道济天下之溺,忠犯人主之怒,而勇夺三军之帅,岂非参天地,关盛衰,浩然而独存者乎?"(《潮州修韩文公庙记》)韩愈在多大程度上当得起他这种称颂,可以讨论,苏轼论人的观点却是如此。他论孔北海,论诸葛孔明,称赞张安道,也可以看出他自己想做怎样一种人:

> 孔北海志大而论高,功烈不见于世,然英伟豪杰之气,自为一时所宗,其论盛孝章、郗鸿豫书,慨然有烈丈夫之风。诸葛孔明不以文章自名,而开物成务之资,综练名实之意,自见于言语,至《出师表》简而尽,直而不肆,大哉言乎,与伊训说命相表里,非秦汉以来以事君为悦者所能至也。……呜呼,士不以天下之重自任久矣!言语非不工也,政事文学非不敏且博也,然至于临大事,鲜不忘其故,失其守者,其器小也。公(按:指张安道,人称乐全先生)为布衣,则欣然已有公辅之望,自少出仕,至老而归,未尝以言徇物,以色假人,虽对人主,必同而后言,毁誉不动,得丧若一,真孔子所谓大臣以道事君者。世远道散,虽志士仁人,或少贬以求用,公独以迈往之气,行正大之言,曰:用之则行,舍之则藏,上不求合于人主,故虽贵而不用,用而不尽;下不求合于士大夫,故悦公者寡,不悦者众。然至言天下伟人,则

935

以公为首。公尽性如命,体乎自然,而行乎不得已,非蕲以文字名世者也。(《乐全先生文集叙》)

在上面这段文字里,撇开对这些人物的评价是否恰如其分不谈,苏轼自己想做怎样一种人,岂不相当清楚吗?

他要做忠臣,但是"敢犯人主之怒"的忠臣;有"开物成务之资,综练名实之意",非"以事君为悦"的忠臣;"以道事君"、"不求合于人主"的忠臣,他要做忠臣,但同时决心保持是一个具有"浩然之气","烈丈夫之风";能"以天下之重自任",临大事不忘其故,不失其守,不以言徇物,不以色假人,"毁誉不动,得丧若一",不怕得罪人,而行乎不得己的人。总之,他一方面是个地主阶级的忠臣,另一方面又有"以天下之重自任"的抱负和他自己的做人原则、操守,这些抱负、原则和操守显然不能简单地斥为反动或顽固保守,而笼统予以否定、抹煞。

正因为他有着这样的抱负、做人原则和操守,所以他能先天下之忧而忧,即使这样作会得罪于皇帝,为自己带来祸患,也在所不惜。他说:

古之君子,必忧治世,而危明主。明主有绝人之资,而治世无可畏之防。夫有绝人之资,必轻其臣;无可畏之防,必易其民。此君子所甚惧也。方汉文时,刑措不用,兵革不试,而贾谊之言曰:天下有长太息者,有可流涕者,有可痛哭者。后世不以是少汉文,亦不以是甚贾谊。由此观之,君子之遇治世而事明主,法当如是也。(《田表圣奏议叙》)

但真要这样做了,他知道不一定有好结果,被杀的晁错就是一个明显的例子:

天下之患,最不可为者,名为治平无事,而其实有不测之忧。坐观其变而不为之所,则恐至于不可救,起而强为之,则天下狃于治平之安而不吾信。唯仁人君子、豪杰之士,为能出身为天下犯大难,以求成大功,此固非勉强期月之间,而苟以求名者之所能也。(《晁错论》)

他之所以仍要"言必中当世之过",处"盛世"而作"危言",是知其不可而为之,果然出于"不得已"。毫无原则,随风使舵,见利而迁,因为害怕触犯人,连该说的话也不敢直说,他是引为深耻的。他说:读书人想做官,当然总想得点利益,"苟志于得而不以其道,视时上下而变其学",就无恶不作起来,这怎么可以呢?(《送进士诗叙》)他说:大臣要"可以托六尺之孤,可以寄百里之命","为社稷之卫",如果一味"与时上下,随人俯仰,虽或适用于一时",又何足称为大臣呢?(《叔孙通不能致二生》)他说:"士大夫砥砺名节,正色立朝,不务雷同以固禄位,非独人臣之私义,乃天下国家所恃以安者也。若名节一衰,忠言不闻,乱亡随之,捷如影响。"对那些只知"持禄保妻子",胆小怕事,不敢讲话的人,他非常鄙视。(《张九龄不肯用张守珪牛仙客》)王安石掌权的时候,决意变法,苏轼明知自己"若少加附会,进用可必",可是由于政见不同,改革想法有异,觉得很多新法以及具体办法已经成为"当世之过",他就"上疏六千余言,极论新法不便",以致得罪下狱。(《杭州召还乞郡状》)司马光上台后,不顾一切废新法,苏轼这时从一贬再贬中骤迁回京,做了大官,可是由于他从民间实践中看到新法的某些方面确比旧法利多弊少,而采取了有所维护的态度,认为原来"交契最厚"的司马光一些极端做法又成了"当世之过",又不惜与之力争,惹得司马光大怒,终于再被旧党排斥了下去。他曾自白:

> 昔之君子,惟荆(指王安石)是师;今之君子,惟温(指司马光)是随。所随不同,其为随一也。老弟与温相知至深,始终无间,然多不随耳。(《与杨元素》)

可见,他不但厌恶别人随风倒,自己在这种关系身家性命的紧要关头,首先就是坚持了一向的抱负,做人原则和操守的。"四人帮"手下罗思鼎、梁效这伙文痞,竟说苏轼是"典型的投机派","有一套适应形势的两面派手法"等等,全是违背历史的诬蔑不实之辞。诚如王夫之所说,北宋由于新旧党争剧烈,当时的风派人物是很多的:"士竞习于浮言,揣摩当世之务,希合风尚之归,以颠倒于其笔舌。"(《宋论》)而苏轼前后的议论虽也有过变化,却是实践对他的影响,是事实教育了他的结果,绝不同于风派人物的随风倒。刘安世倒是早就看到了这一点:"东坡立朝大节极可观,才意迈峻,惟己之是信,在元丰则不容于元丰,在元祐则与老先生(指司马光)议论亦有不合处,非随时上下人也。"(《元城语录》)我们今天也应该看到苏轼的局限和缺点错误,但凡尊重事实的人,当不会辱骂他是投机分子。

文如其人，论文也必如其论人。苏轼对欧阳修非常尊敬，欧阳修的文论对苏轼影响很深。欧阳修过去曾对苏轼说："我所谓文，必与道俱，见利而迁，则非我徒。"苏轼后来在祭文里向欧阳表白：对这种"言如皎日"的教训，自己将信从到底，"有死无易"。(《祭欧阳文忠公文》)他说自己作诗不考虑穷达："诗能穷人，所从来尚矣，而于轼特甚。……人生如朝露，意所乐则为之，何暇计议穷达，云能穷人者固谬，云不能穷人者，亦未免有意于畏穷也。"(《答陈师仲书》)创作畏穷、求达，那就只好随时上下，见利而迁了。而他是决不愿为世俗营营的思虑所缚，凡有不能自已，不得不吐的议论，宁愿一吐为快，连要触怒于人，甚至犯大难亦不顾：

> 嗟夫，余天下之无思虑者也。遇事则发，不暇思也。未发而思之则未至，已发而思之则无及。以此终身，不知所思。言发于心而冲余口，吐之则逆人，茹之则逆余，以为宁逆人也，故卒吐之。君子之于善也如好好色，其于不善也，如恶恶臭，岂复临事而后思，计议其美恶，而避就之哉！是故临义而思利，则义必不果，临战思生，则战必不力。若夫穷达得丧，死生祸福，则吾有命矣。(《思堂记》)

这段话讲得非常直率、坚强、有味。后来他在《录陶渊明诗》中重述了"言发于心"这些话，认为他这种思想与陶诗"清晨闻扣门"这首诗中的意思"不谋而合"。

苏轼是这样想，这样做，就在受了多年苦难之后也还是这样深信不疑的。弟弟苏辙最了解东坡的为人，后来他这样给东坡作传：

> 初公既补外，见事有不便于民者，不敢言亦不敢默视也，缘诗人之义，托事以讽，庶几有补于国。言者从而媒蘖之。……
>
> 其于人，见善称之如恐不及，见不善斥之如恐不尽，见义勇于敢为而不顾其害。用此数困于世，然终不以为恨。(《东坡先生墓志铭》)

我以为这是实录，并非弟弟对兄长的虚誉。因为就在送交皇帝的待罪劄子里，苏轼自己就这样坦然承认过：

> 臣愚蠢无状，常不自揆，窃怀忧国爱民之意。自为小官，即好僭议朝

938

政,屡以此获罪。然受性于天,不能尽改。(《辩贾易弹奏得罪札子》)

而在给家人的书信里,他甚至还以为从遭罪的窜逐中,收获到了不少东西:

　　　独立不惧者,惟司马君实与叔兄弟耳。万事委命,直道而行,纵以此窜
逐,所获多矣。(《与千之侄》)

这真是一个多么自信、多么坚强的人。苏轼当初"屡上书论天下事,退而与宾客言,亦多以时事为讥",谨慎怕事的文与可料到他会闯祸,"极以为不然,每苦口力戒之,子瞻不能听也。"后来他出为杭州通判,文与可写诗为他送行,中有"北客若来休问事,西湖虽好莫吟诗"(《叶少蕴《石林诗话》卷中)之句。东坡不久就有黄州之谪,被人称为不幸而言中。这是指他对新法的讥诮,其实以后他对极端顽固派的态度何尝不是如此,亲友中一定仍有不断向他苦口力戒的吧。然而"子瞻不能听也",因为面对他认为的"当世之过",他实在不能沉默,不敢沉默呵!

　　生活在正趋衰落的北宋社会里,内外矛盾如此复杂尖锐,有着这样抱负、做人原则和操守的苏轼,不消说是不可能左右逢源,爬上宰相的高位的。但这样一位独特的人物,却可以成为一个杰出的文学家,他的确具有一个杰出文学家必须具备的各种品质。从这点来说,未能爬上宰相高位,无论对他或对我们后人,倒都是一件幸事,他到底赢得了脍炙人口的历史荣誉,而中国文学史上也增加了一位杰出的作家。《宋史》作者论他道:"呜呼,轼不得相,又岂非幸欤? 或谓轼稍自韬戢,虽不获柄用,亦当免祸。虽然,假令轼以是而易其所为,尚得为轼哉!"(《宋史》本传)真的,如果苏轼为了免祸,或者为了求相,而变成了一个畏首畏尾,甚至首鼠两端的庸人,那又怎么还能成为一个脍炙人口,传名千古的杰出作家呢?

　　我们所以要论述苏轼究竟是怎样一个人,无非是想表明,一个在文学创作上身体力行,坚主"言必中当世之过",虽然屡遭文字之祸,到老还写出了《荔支叹》这类作品的作家,他这种思想是如何产生的,力量来自哪里。看来除了他的阶级地位这一重要因素,个人抱负、做人原则和操守也不容忽视。简单化的解释说明不了具体问题。真正的文学创作怎么能不干预生活,避开"当世之过"不谈呢? 对人民之敌造成的"当世之过"要无情揭露,目的是打倒他们,从政治上

消灭他们，为人民造福；对人民内部由于种种原因造成的"当世之过"，只要真是重大的缺点和过错，作家们当然也得讲话，也必要批评指出，目的是疗治、改善，一样为人民造福。我们今天幸而已经有了较好的环境，然而象苏轼那样的抱负、做人原则和操守，或者说象苏轼那样的"见义勇于敢为而不顾其害"的精神，确实还是有其值得借鉴之处的。今天，没有革命者的见义勇为和自我牺牲精神，过多地怪罪客观，即使知道了"言必中当世之过"的重要性，恐怕也还是要大打折扣甚至落空的吧。

四、论儒者之病，多空文而少实用

附带说一说，苏轼既然主张"言必中当世之过"，为什么后来又尝悔其少作？他的态度前后有无矛盾？

苏轼的确不止一次懊悔过他的少作：

> 某少时好议论古人，既老，涉世更变，往往悔其言之过，故乐以此告君也。儒者之病，多空文而少实用，贾谊、陆贽之学，殆不传于世。老病且死，独欲教子弟，岂意姻亲中乃有王郎乎？（《答王庠书》）

> 轼少年时，读书作文，专为应举而已。既及进士第，贪得不已，又举制策，其实何所有，而其科号为直言极谏，故每纷然诵说古今，考论是非，以应其名耳。……妄论利害，搀说得失，此正制科人习气。（《答李端叔书》）

苏轼还曾懊悔过当初对新法的种种偏见：

> 吾侪新法之初，辄守偏见，至有异同之论。虽此心耿耿，归于忧国，而所言差谬，少有中理者。今圣德日新，众化大成，回视向之所执，益觉疏矣。若变志易守以求进取，固所不敢，若说说不已，则忧患愈深。（《与滕达道书》）

可以看出，苏轼所懊悔的乃在少作中的"空文而少实用"处，议论的"妄"处，以及反对新法时的那些"少有中理"的"偏见"。空文、妄论、偏见，当然都谈不上"言必中当世之过"，能起救时、济世的实用，而这些却正是他竭力主张、提倡的。所

940

以，很明白，他悔其少作，不但并不与他"言必中当世之过"的创作思想矛盾，反而还可以证明，他是始终坚持着这种思想的。关于这一点，另一个具体证据是他自己说的：

> 凡人为文，至老多有所悔，仆尝悔其少矣。然著成一家之言，则不容有所悔。当且博观而约取，如富人之筑大第，储其材用，既足而后成之，然后为得也。（《答张嘉父》）

我认为这里开头几句多少谦词，表示自己所著未足成一家之言。少作如何才能做到以后看了可以不悔或少悔？他提出应该"博观而约取"，"既足而后成之"，就是说应该广泛观察，在大量事实的基础上进行研究，思考成熟了才下结论，不要随便下断语。前面不是已经引过他所说的"涉世更变，往往悔其言之过"么？见得多，识得广了，较多地看到了实践的结果，据以立论，以后看了就可以不悔或少悔些了。苏轼自悔少作，自悔当初偏见的态度，以及他提出的避免或减少后悔的办法，我以为也是相当实事求是，难能可贵的。

（原载《社会科学战线》1980 年第 3 期）

随物赋形

一、"随物赋形"就是美

苏轼《书鄢陵王主簿所画折枝二首》诗里有这样四句道：

> 论画以形似,见与儿童邻。赋诗必此诗,定非知诗人。

有人据此认为苏轼反对以形似论画。熟识苏轼的如晁以道,也写了一首和诗想补东坡之未备：

> 画写物外形,要物形不改。诗传画外意,贵有画中态。(《和苏翰林题李甲画雁》)

后来很多人都说晁以道补充得好,连明代号称博学的杨慎亦称赞经晁一说,"其论始为定"(《论诗画》)。其实,东坡原意并未否定形似的作用,乃晁以道误解了诗意,他的补充是不必要的。所谓"论画以形似",不过是"如果只以形似来论画"的意思吧了。

苏轼岂止没有否定形似的作用,他在论文谈艺时还曾屡次提到应该"随物赋形"。客观存在的事物本来是什么样子,就该给它写成什么样子,不同的事物就该写出它们种种不同的样子。他说：

吾文如万斛泉源,不择地皆可出。在平地滔滔汩汩,虽一日千里无难,及其与山石曲折,随物赋形,而不可知也。(《自评文》)

孙位始出新意,画奔湍巨浪,与山石曲折,随物赋形,尽水之变,号称神逸。(《书蒲永升画后》)

江河之大,与海之深,而可以意揣,唯其不自为形,而因物以赋形,是故千变万化,而有必然之理。(《滟滪堆赋》)

万物皆有常形,惟水不然,因物以为形而已。(《东坡易传》卷三)

对每一事物都"随物赋形",穷形尽相,在文艺创作上,他认为就构成了一种美:

美哉多乎;其尽万物之态也！霏霏乎其若轻云之蔽月,翻翻乎其若长风之卷斾也。狝狝乎其若游丝之萦柳絮,袅袅乎其若流水之舞荇带也。(《文与可飞白赞》)

这种"随物赋形"的思想,追溯起来,在陆机《文赋》里已经提出:

其为物也多姿,其为体也屡迁。
虽离方而遁圆,期穷形而尽相。

在刘勰《文心雕龙·物色》里,继续得到发挥:

体物为妙,功在密附。
写气图貌,既随物以宛转;属采附声,亦与心而徘徊。

而到苏轼手里,更明白肯定它构成了一种美。这种美无疑是客观事物之艺术反映的产物。它应该是艺术创作追求的一个目标。缺乏这种美的作品不能成为艺术品,不真、不美、不善的东西是不能教育、感染读者的。

二、美亦可以数取

"随物赋形",必然反对不似。有其物,必有其形。如果形不似物,就无所谓

"随物"，也无法表现一定的内容。只以形似来论画，苏轼当然不赞成，如果脱离了形似来论画，他就更不会赞成了。

苏轼有两则题跋谈到此事：

> 黄筌画飞鸟，颈足皆展。或曰："飞鸟缩颈则展足，缩足则展颈，无两展者。"验之，信然。乃知观物不审者，虽画师且不能，况其大者乎？君子是以务学而好问也。(《书黄筌画雀》)

> 蜀中有杜处士，好书画，所宝以百数。有戴嵩牛一轴，尤所爱。锦囊玉轴，常以自随。一日，曝书画，有一牧童见之，拊掌大笑曰："此画斗牛也，牛斗力在角，尾搐入两股间，今乃掉尾而斗，谬矣！"处士笑而然之。古语有云："耕当问奴，织当问婢。"不可改也。(《书戴嵩画牛》)

一个画飞鸟，却颈足皆展；一个画斗牛，却掉尾而斗，这便是不似。足以形似来论画，必然流于浅隘，脱离形似来论画，难免流于虚假，虚假比浅隘自然更糟。

苏轼以为林逋的梅花诗"疏影横斜水清浅，暗香浮动月黄昏"，决非桃李诗；皮日休的白莲诗"无情有恨何人见？月晓风清欲堕时"，决非红梅诗。他赞美这是诗人的"写物之功"(《评诗人写物》)。功在哪里？就在贴切形似不可移易。桃李缺乏"暗香"，不成"疏影"，比较明显；把"无情有恨"形容到红梅身上，的确不伦。但象石曼卿那样，把红梅写成只是"认桃无绿叶，辨杏有青枝"，枯燥无味，毫无诗意，果然大煞风景了，同样是一种不贴切。不贴切，就是不似。

唐代著名画家韩幹最擅画马。天宝年间被召入宫供奉，唐明皇叫他以陈闳为师。画成以后，他画的马却与陈闳有所不同，明皇诘问他为什么，韩幹回答："臣自有师，陛下内厩之马，皆臣之师也。"(《唐朝名画录》)。这个故事后来曾引出很多议论。苏轼在一首诗里也谈到这件事：

> 君不见韩生自信无所学，厩马万匹皆吾师。(《次韵子由书李伯时所藏韩幹马》)

韩幹未必没有向陈闳学习，杜甫《丹青引赠曹霸》中已说："弟子韩幹早入室，亦能画马穷殊相"，则曹霸曾是他的老师。所谓"无所学"，当是无所摹仿的意思吧。既有厩马万匹在眼前，主要的学习对象当然应该是这些活生生的实物。东坡肯定这一点,反映了他对形似的重视。

东坡是非常推重唐代人物画家吴道子的绝艺的。认为"画至于吴道子,而古今之变,天下之能事毕矣"。道子的能事表现在哪里?"出新意于法度之中,寄妙理于豪放之外!"大意是说,既不违反常法,又能自出新意;既极豪放,又仍符合规律。而所谓法度,妙理,东坡的解释便是:

> 道子画人物,如以灯取影,逆来顺受,旁见侧出,横斜平直,各相乘除,得自然之数,不差毫末。(《书吴道子画后》)

很明显,东坡以为吴道子画艺之妙,首先就在他能"如以灯取影"一般,而且精细到好象计算了与真相"不差毫末"的"自然之数"来描画他所创造的人物。在另一篇文章里,东坡还这样举例来说明:

> 羊豕以为羞,五味以为和,秫稻以为酒,曲蘖以作之,天下之所同也。其材同,其水火之齐均,其寒暖燥湿之候一也。而二人为之,则美恶不齐。岂其所以美者,不可以数取欤? 然古之为方者,未尝遗数也。能者,即数以得其妙,不能者,循数以得其略。其出一也,有能有不能,而精粗见焉。人见其一也,则求精于数外,而弃迹以逐妙,曰:我知酒食之所以美也,而略其分齐,舍其度数,以为不在是也,而一以意造,则其不为人之所呕弃者寡矣。(《大悲阁记》)

这里表面谈的是酒食,原文后面却是联系了"天文、地理、音乐、律历、宫庙,服器,冠昏、表纪之法",以及"历代之所以废兴,与其人之贤不肖"等等一道来谈的。意思是学者必须老老实实,打好牢固的基础,不要以为具体的东西全是粗迹,"是皆不足学",而只想"学其不可传于口而载于书者",误认"一以意造"居然可以真正求到精妙。我以为东坡这段话同他前面论吴道子画艺表达的意思是相通的、一致的。

不能"求精于数外",不能"弃迹以逐妙"。"数"不能完全包括"精",同样掌握到了"数"的,结果还有精粗之不同,但"数"毕竟是"求精"的基础。"迹"不等于"妙",但完全抛弃了"迹",也就不能有"妙"。回到形似的问题上来,便是不能忽视形似,更不能抛弃形似。"岂其所以美者,不可以数取欤?"离开形似,就谈不到美了。美当然是离不开真的,虽然仅仅形似决不能表现美的全部,美的真髓。

东坡有封《与何浩然》的信,说:

> 写真奇绝,见者皆言十分形神,甚夺真也。非故人倍常用意,何以及此,感服之至。

所谓"十分形神",就是说这幅写真既极形似,又极神似。形似是"迹",极形似是掌握到了"不差毫末"的"数"的结果。神似是"妙",极神似是达到了"精"的境地。成功的艺术创作,最后给人的感觉是"形神兼备","十分形神",实在难于再为分解了。可是从精进的程序说,还是应该承认,老老实实在形似上下苦功,是不可缺少的第一步。清代刘熙载论书法,曾说:"书要力实而气空,然求空必于其实,未有不透纸而能离纸者也。"(《艺概·书概》)谈的是书法,阐明的是与苏轼所讲同一条艺术创作规律。

三、尽物之变,姿态横生

"随物赋形",诚然不可脱离形似。物有不同,当然形也不同,如把不同的物写成一个样子或差不多一个样子,这固然是令人生厌的雷同。另有一种情况,即把同一样事物,不管时间、地点、条件的差别,总写成一个样子或差不多一个样子,同样也是一种雷同,这种雷同归根到底是由于不真实或不够真实,不可能获得人们的喜爱,对人们产生有益的作用。事物既然都是在不断变化的,要"随物赋形",就该随着它的变化而赋予不同的形态,在变化中来描写、塑造它。一个艺术家可能把一个人、一丛花、一匹马在某种情景中的表现描写得很形似,因而取得某种成功,但如他把这一成功僵化为一种模式,不管时间、地点、条件已发生了种种变化,始终仍照老样子来描写,这就必然要失败。因为"物"已有所改变,"形"却老一套,便不真实了。而若老是只去写某种情境中的事物,一味重复老的模式,人们又何贵于你这个艺术家呢?"物"已有所改变,"形"却仍旧老一套,实际上这种"形"已经连"形似"亦谈不上了。

东坡论文谈艺,提出"随物赋形"的理论,最爱用水为喻帮助说明。因为他认为,水之为物,最无常形,也最能说明因物为形的道理。他说:

世有以常形者为信,而以无常形者为不信。然而方者可斫以为圆,曲者可矫以为直,常形之不可恃以为信也如此。今夫水虽无常形,而因物以为形者,可以前定也。……天下之信,未有若水者也。(《东坡易传》卷三)

小池塘里的水,不与江河相通,很少流动,但"如风吹水"仍会"自成文理"(《书辨才次韵参寥诗》)。若是不断在流动的水,能把它形似地写出来,就必然各有面貌了,因为水本身一直在变动之中。东坡论孙位、孙知微等画水之妙,云:

古今画水多作平远细皱,其善者不过能为波头起伏,使人至以手扪之,谓有洼隆,以为至妙矣,然其品格,特与印板水纸争工拙于毫厘间耳。唐广明中,处士孙位始出新意,画奔湍巨浪,与山石曲折,随物赋形,尽水之变,号称神逸。其后蜀人黄筌、孙知微,皆得其笔法。始知微欲于大慈寺寿宁院壁,作湖滩水石,四堵营度,经岁终,不肯下笔。一日仓皇入寺,索笔墨甚急,奋袂如风,须臾而成。作输泻跳蹙之势,汹汹欲崩屋也。知微既死,笔法中绝五十余年。近岁成都人蒲永升,嗜酒放浪,性与画会,始作活水,得二孙本意。自黄居寀兄弟、李怀衮之流,皆不及也。(《书蒲永升画后》)

予于中山后圃,得黑石白脉,如蜀孙位、孙知微所画石涧奔流,尽水之变。(《雪浪斋铭并引》)

东坡多次赞赏二孙、蒲永升的画艺,即因他们画的是"活水",而非如他所举"往时董羽,近日常州戚氏"所画只是"死水",所以高明。"活水"可以"尽水之变","死水"则虽"使人至以手扪之,谓有洼隆",仍属庸品。

东坡论他人文和评自己所作,也每以水为喻。云:

所示书教及诗赋杂文,观之熟矣。大略如行云流水,初无定质,但常行于所当行,常止于不可不止,文理自然,姿态横生。(《答谢民师书》)

吾文如万斛泉源,不择地皆可出。在平地滔滔汩汩,虽一日千里无难,及其与山石曲折,随物赋形,而不可知也。所可知者,常行于所当行,常止于不可不止,如是而已矣。其他,虽吾亦不能知也。(《自评文》)

画活水尽水之变,画出来的水必然姿态横生。写诗作文随物赋形,如果随的也是活生生的事物,不断变化中的事物,那么诗文从内容到形式必然也会千姿万态,绝不雷同。造成雷同的原因不止一个,脱离生活,脱离实际,静止、死板地看待事物,当是最主要的原因。欧阳修蓄着一块石屏,上面有绝似人工淡笔墨画的图迹,苏轼想象中把它当作"峨嵋山西雪岭上万岁不老之孤松。"但这究竟是怎样的一棵老松树呢?

> 崖崩涧绝可望不可到,孤烟落日相溟蒙。含风偃蹇得真态,刻画始信天有工。(《欧阳少师令赋所蓄石屏》)

原来这是生长在险绝悬崖上,于烟气日色混茫不分中,一棵长年被山顶大风刮得曲折、俯伏的老松树的形象。石屏上虽然只有近似的形迹,并不真有一幅图画,但苏轼知道,自然界中,峨嵋山上,是确有这样一种生命力很强的老松的,而这种老松,在"孤烟落日相溟蒙"的时刻,也确会呈现出这样一种"含风偃蹇"而依然不屈的样子,石屏形迹恰恰依稀显示出了这种老松树的这一种样子,这便成了东坡笔下赞美的"真态"。如果这棵老松不是长年生长在高山顶上而是在平地,又不是在孤烟落日的混茫一片中,那末它的"含风偃蹇"又怎能是什么"真态"呢?是别样的"物",却给了这样的"形",便不是"随物赋形","与山石曲折"、"略如行云流水"了。

随物赋形,理当包括"尽物之变"和"姿态横生"的意思在内,东坡已作了上面这些说明,清代叶燮还有意识地对东坡的理论作了如下的具体发挥:

> 天地之大文,风云雨雷是也。风云雨雷变化不测,不可端倪,天地之至神也,即至文也。试以一端论:泰山之云,起于肤寸,不崇朝而遍天下。吾尝居泰山之下者半载,熟悉云之情状。或起于肤寸,弥沦六合;或诸峰竞出,升顶即灭;或连阴数月,或食时即散;或黑如漆,或白如雪;或大如鹏翼,或乱如散鬈;或块然垂天,后无继者;或联绵纤微,相续不绝;又或而黑云兴,土人以法占之曰将雨,竟不雨;又晴云出,法占者曰将晴,乃竟雨。云之态以万计,无一同也。以至云之色相,云之性情,无一同也。云或有时归,或有时竟一去不归,或有时全归,或有时半归,无一同也。此天地自然之文,至工也。若以法绳天地之文,则泰山之将出云也,必先聚云族而谋之曰:吾将出云,而为天地之文矣;先之以某云,继之以某云,以某云为起,以

某云为伏,以某云为照应,为波澜,以某云为逆入,以某云为空翻,以某云为开,以某云为阖,以某云为掉尾。如是以出之,如是以归之,一一使无爽,而天地之文成焉。无乃天地之劳于有泰山? 泰山且劳于有是云? 而出云亦无日矣! 苏轼有言:我文如万斛源泉,随地而出。亦可与此相发明也。(《原诗》卷一)

叶燮这段话,主要原是用来反对为文的"死法"的。他以为"文章者,所以表天地万物之情状也",天地万物是什么情状,就把它写成什么情状,情状千变万化,所以绝不能用什么固定的方法来描写它。为文并不是不能有法,根据天地万物的不同情状用适合其情状的不同方法把它们表现出来,不可违反固有的规律,这就是法,但这是"活法",或称"自然之法"。看得出来,叶燮说的其实就是苏轼的"随物赋形"。天地之间存在万物,万物之中的一种云,"云之态以万计","云之色相,云之性情,无一同也"。云如此,人作为文艺描写的主要对象更是如此。云与人都有某些共性,文艺家面对的、要写的,却是个别情状的云与人,而且只有在"尽物之变"中才能体现出种种物的某些共性,哪有什么现成的具体的共性可供作者去照式填充? 如果那是指科学家抽象概括出来的某几条东西,那么科学家已经很明白地提出来了,还需要艺术家去图解? 难道枯燥乏味的图解能够感动人么?

发挥了苏轼理论的,清代还有刘熙载。他在论赋时说:

赋取穷物之变。如山川草木,虽各具本等意志,而随时异观,则存乎阴阳、晦明、风雨也。

赋家之心,其小无内,其大无垠。故能随其所值,赋象班形,所谓"惟其有之,是以似之"也。(《艺概·赋概》)

这里所说,也还是从不同角度,阐明了"随其所值,赋象班形","取尽物之变",即苏轼先已揭示的创作道理。我们文学史上这些具有精见卓识的人物,都是从实际生活出发,研究、总结了大量艺术实践的经验,才取得相同的认识的。

四、画马不独画马皮

苏轼主张的"随物赋形",这"形",是否仅指事物的外表,外部形态呢? 不是的。如果只指外形，他就不会说"论画以形似，见与儿童邻"了。外形也有两种，一是"常形"，即相对静止状态的外部形态，一是变形，即迅速变化中的外部形态。例如水流，"在平地滔滔汩汩"的是一种，"奔湍巨浪"又是一种。"随物赋形"，应该把不同的外形都写出来。但为什么有人"能为波头起伏，使人至以手扪之，谓有洼隆"，人或以为已经"至妙"，而他还深感不足呢？这不是已经写了某种变形吗？苏轼以为真正高妙的画水艺术，若是写"奔湍巨浪"，"夏日挂之高空素壁"，即当使人有"阴风袭人，毛发为立"的感觉。而仅仅写了变形，写不出它的气势、神态，不能触发、激起、感染人们的情绪，即使作者已有较高的技术，而这样的作品的"品格"，还是只能与"印板水纸争工拙于毫厘间"的。很明白，"随物赋形"除了要求外部形态应当可能相似外，还有进一步的要求，即内部形态的更高相似。这内部形态的更高相似，向来被称作神似，神似也就是艺术表现上达到的精妙境界。

东坡对韩干画马之妙是深为赏识的，为此写过不少诗。其中有一首这样写道：

老马侧立鬃尾垂，御者高拱抹青丝。心知后马有争意，两耳微起如立锥。中马直视翘右足，眼光已动心先驰。仆夫旋作奔佚想，右手还控黄金羁。雄姿俊发最后马，回身奋鬣真权奇。圉人顿辔屹山立，未听决骤争雄雌。物生先后亦偶尔，有心何者能忘之。画师韩干岂知道，画马不独画马皮。画出三马腹中事，似欲讥世人莫知。伯时一见笑不语，告我韩干非画师。（《韩干三马》）

在另一首《韩干马十四匹》里，东坡又称赞"韩干画马真是马，苏子作诗如见画。"为什么韩干画的才"真是马"呢？即因他"画马不独画马皮"，还"画出三马腹中事"。请看他画的三匹马各自在想些什么心事？老马"心知后马有争意"，已引起警惕，所以"两耳微起如立锥"。中马果然打算争到前面去，"直视翘右足"，"眼光已动心先驰"。后马更不甘落后，一心想向前冲，"决骤争雄雌"。作者写三个赶马人的表情也不一样。我们虽看不到这幅画，由于"苏子作诗如见画"，三匹马的神情态度已生动地展现在我们眼前。韩干画出了三匹马的不同心事，而不仅是马的常形和变形，亦即不独画了马皮。若只画了马皮，只画了马的外部形态，而没有画出它们的不同心事，就只能说是死马、假马，而决非活马、真马了。有些画家甚至还能借写马的心事,而体现出某种"讥世"的用意,那就更高明了。不消说,韩幹所以能成为驰名当时,传誉后世的非凡画家,便因他写出了活马、真马,既"体物"又"写志"的缘故。李伯时对东坡说"韩幹非画师",是说韩幹比一般仅能画些死马、假马的"画师"要高明、有卓识得多。东坡又有一节云:

> 观士人画,如阅天下马,取其意气所到。乃若画工,往往只取鞭策、皮毛、槽枥、刍秣,无一点俊发,看数尺许便倦,汉杰真士人画也。(《又跋汉杰画山》)

在这里,他指出画工与士人画的区别,即画工之画,只能写出事物的一些外部形态,没有生气。而士人画则能表现出事物的"生气",画家自己的某种情意。这些就都属于事物的内部形态了。"画工"与"士人画"之别,大概亦略同于"画师"与"非画师"之别吧。

以上是东坡论画马。再看东坡论画人。东坡是很赞赏吴道子的本领的:

> 何处访吴画?普门与开元。……道子实雄放,浩如海波翻。当其下手风雨快,笔所未到气已吞。亭亭双林间,彩晕扶桑曌。中有至人谈寂灭,悟者悲涕迷者手自扪。蛮君鬼伯千千万,相排竞进头如鼋。(《王维吴道子画》)

这里谈到的"浩如海波翻"的"雄放","笔所未到气已吞"的气概,听讲者们"悟者悲涕迷者手自扪"的情态,实际上都反映了士人画不局限于事物外部形态,而必须进一步写出事物内部形态——传神的特点。东坡认为画人必须传神,传神必须找到各人不同的足以传其神的"意思"所在,而要找到这个所在,又必须仔细观察研究这个人的自然真实的表现,千万不可只凭他的矫揉造作,就象装好了样子让人照相一样。他的《书陈怀立传神》里有一段精采的议论:

> 传神之难,在于目。顾虎头云:"传神写照,都在阿堵中,其次在颧颊"。吾尝于灯下顾见颊影,使人就壁画之,不作眉目,见者皆失笑,知其为吾也。目与颧颊似,余无不似者。眉与鼻、口,盖可增减取似也。传神与相一道,欲得其人之天,法当于众中阴察其举止。今乃使具衣冠坐,注视一物,彼敛容自持,岂复见其天乎?凡人意思,各有所在,或在眉目,或在鼻口。虎头

951

云："颊上加三毛,觉精采殊胜。"则此人意思,盖在须颊间也。优孟学孙叔敖,抵掌谈笑,至使人谓死者复生,此岂能举体皆似耶? 亦得其意思所在而已。使画者悟此理,则人人可谓顾、陆。

东坡这段话,从具体画法到如何观察研究,最后提出原则,都在谈传神的问题。所谓"意思",我理解是传神的特点;意思所在之处,指最能表现其神情特点的地方。所谓"岂能举体皆似耶",不是不要力求形似,而是力求形似之后,还有不能举体皆似的地方。这时如能作到神似,便可弥补这方面的不足,有时为了突出对象的某种特点,甚至还可以有意识地作一些夸张或省略,使神似更有效果。夸张或省略,在某种意义上说,是不似或不全似,而若实际上能使人们因此感到越发地神似,即便成为"不似之似"了。

我以为,苏轼是要求在外部形态相似的基础上进而再达到内部形态的相似的。而在掌握到对象的神情或生气的特点之后,在表现上,他又容许不是"举体皆似",容许有所不似。这是一个由博返约,博而能一的精进的过程,也就是我们今天所说概括、集中、典型化的过程,没有博的基础,是做不到这一点的。

五、造乎理者,才能画物之妙,得物之真

"随物赋形",既要写出事物的外部形态,还要进一步写出它的内部形态,只有这样,才能帮助人们认识这个事物,接受实际生活的教育。但究竟怎样才能逐渐做到这一点呢? 苏轼的回答是:必须知道物理,又必须具有能够把物理艺术地表现出来的本领。所谓物理,即指客观事物本身固有的发生、发展、变化的规律。描写事物的似或不似,不能由谁主观制定,它有一个客观标准,即看它是否符合这一事物固有的规律。北宋宣和年间张怀《山水纯全集后序》指出:"造乎理者,能画物之妙,昧乎理,则失物之真。"这几句话很简要地概括了苏轼多次提出的观点。

文与可是当时的著名画家和诗人,特别擅长画竹。他为什么能把竹画得这么好? 苏轼道:

余尝论画,以为人禽、宫室、器用皆有常形,至于山石、竹木、水波、烟云,虽无常形,而有常理。常形之失,人皆知之,常理之不当,虽晓画者有不

知,故凡可以欺世而取名者,必托于无常形者也。虽然,常形之失,止于所失,而不能病其全,若常形之不当,则举废之矣。以其形之无常,是以其理不可不谨也。世之工人,或能曲尽其形,而至于其理,非高人逸才不能辨。与可之于竹石枯木,真可谓得其理者矣。如是而生,如是而死,如是而挛拳瘠蹙,如是而条达遂茂,根、茎、节、叶、牙角、脉缕,千变万化,未始相袭,而各当其处,合于天造,厌于人意,盖达士之所寓也欤。(《净因院画记》)

这就是说,文与可是因为深知竹石枯木的生长、发展与变化的规律,才能把它们写得活灵活现,十分形似的。这是很正确的道理。如果要写一个人,而不知道他在社会生活中处于什么地位,同周围有何种关系,他自己过去是怎么样生活过来的,现在又正做些什么,想些什么,作家怎能把他写活、写好?韩干如果没有直接以万马为师,在长期细心的观察中熟悉了马的种种习性,他也不可能成为画出马的心事的专家。

一要深知物理,二要能把知道了的物理善于表现出来。东坡反复阐说过这两层意思:

> 求物之妙,如系风捕影,能使是物了然于心者,盖千万人而不一遇也,而况能使了然于口与手乎?是之谓辞达。(《答谢民师书》)
>
> 孔子曰:"辞达而已矣。"物固有是理,患不知;知之,患不能达之于口与手。所谓文者,能达是而已。(《答虞俟俞括奉议书》)

这里他是在谈文,道理也相通于各种艺术。

＊　＊　＊

苏轼的"随物赋形"说,是一种完整的创作理论。形式决定于客观存在的事物,艺术反映生活;艺术不但要写出事物的常形与变形,即写出事物的形象,还要写出事物的神情、生气,即写出事物的某些本质方面,而且"体物"往往与"写态"即表现某种进步的有社会意义的思想有着联系;要成功地随物赋形,必须深知物理,又有足够的艺术修养,这就不能不通过长期的观察和实践的功夫。苏轼不可能象今天这样有比较明确的美学观念,但他在这里也透露了"美哉多乎,其尽万物之态也","岂其所以美者,不可以数取欤"等闪光的美学思想。我认为,进一步整理研究苏轼的"随物赋形"说,不但对全面了解苏轼的美学思想,就是对我国传统创作美学的探讨,一定都是极有意义的。

（原载《中国古代美学艺术论文集》,1981 年 3 月版）

文理自然　姿态横生

一、要"清新"不要"务新"

金代元遗山对苏轼诗颇多讥评,主要说苏诗太新,新到"沧海横流",几乎不可收拾了:

> 奇外无奇更出奇,一波才动万波随。只知诗到苏黄尽,沧海横流却是谁?
>
> 曲学虚荒小说欺,俳谐怒骂岂诗宜。今人合笑古人拙,除却雅言都不知。
>
> 金入洪炉不厌频,精真那计受纤尘。苏门果有忠臣在,肯放坡诗百态新?(《论诗三十首》)

清代叶燮则几乎完全相反,对苏诗的创新,作了极高的评价:

> 苏轼之诗,其境界皆开辟古今之所未有,天地万物,嬉笑怒骂,无不鼓舞于笔端,而适如其意之所欲出,此韩愈后之一大变也,而盛极矣。(《原诗》卷一)
>
> 苏诗包罗万象,鄙谚小说,无不可用。譬之铜铁铅锡,一经其陶铸,皆成精金,庸夫俗子,安能窥其涯涘?并有未见苏诗一斑,公然肆其讥弹,亦可哀也!(同上,卷三)

955

叶燮虽未指名道姓地批判，但对元遗山上述讥评，显然是包括在内的。一个说俳谐怒骂算什么作诗的样子，另一个说嬉笑怒骂，鄙谚小说无不可以入诗。一个笑苏轼不知雅言，另一个说苏轼陶铸万物，皆成精金。一个叹息苏门缺乏忠臣，以致听由他跌进矜多炫巧"百态新"的泥坑，另一个盛赞他开辟出了古今未有的境界，具有极大的创造性。真是截然不同的评价。究竟谁是谁非呢？元遗山不是没有眼力的人，他也能诗善文，一样反对过模拟，但由于他太喜欢"古调"、太迷信"雅言"了，就使他不能看到苏轼的很多长处，反把苏轼的创造性成绩，看为一种灾害，即所谓"沧海横流"。应当承认，叶燮才是苏轼的知音，他的评价符合苏诗实际，他的观点比元遗山深刻得多。

叶燮高度评价了苏诗的创新，那么是否这是苏轼自觉努力的结果？是的。但他的自觉努力，要分两方面讲。一方面，他反对模拟、雷同，力求创新；另一方面，他又反对一味"务新"。例如他说：

> 文字之衰，未有如今日者也，其源实出于王氏。王氏之文，未必不善也，而患在于使人同己。自孔子不能使人同，颜渊之仁，子路之勇，不能相移，而王氏欲以其学同天下。地之美者，同于生物，不同于所生；惟荒瘠斥卤之地，弥望皆黄茅白苇，此则王氏之同也。（《答张文潜书》）
>
> 今程式文章，千人一律。（《答王庠书》）
>
> 缅怀嘉祐初，文格变已甚。千金碎全璧，百衲收寸锦。调和椒桂酽，咀嚼沙砾磣。广眉成半额，学步归踔踸。（《监试呈诸试官》）

王安石的文章未必不好，他想叫别人都按自己的模式来写作，便不对了。各人情况不同，思想感情有异，怎么能强求一致？利用政治权力强求一致，即令暂时可以作到，创作首蒙其害，必然会衰落下来。千篇一律的东西没有人要看，模拟学步的东西不会有生命。因此，苏轼在创作上，特别强调清新、创造：

> 诗画本一律，天工与清新。（《书鄢陵王主簿所画折枝二首》）
>
> 其身与竹化，无穷出清新。（《书晁补之所藏与可画竹三首》）
>
> 出新意于法度之中，寄妙理于豪放之外。（《书吴道子画后》）

他这样称赞别人，自己也正是这样放的。他说自己的画法："东坡虽然湖州派,竹石风流各一时。"(《憩寂图》)虽然派出湖州,但并未步趋文与可,仍有自己的风格。他又说自己的书法:"我书意造本无法,点画信手烦推求。"(《石苍舒醉墨堂》)"吾书虽不甚佳,然自出新意,不践古人,是一快也。"(《评草书》)所谓"本无法",指原来便没有拘守成法,受古人限制。他深深体会到,在创作上,再准确的模拟,也不会带来创新的乐趣。

自觉地努力创新是一件事,一味求新、"务新"是另一件事。脱离了客观事物,忘掉了创作的正当目的,"务新"必然会走向形式主义,例如走向迂、怪、艰、僻一类的邪路。在苏轼当时,于古文运动反对了西昆派"浮巧轻媚,丛错采绣"这一极端之后,却正出现了追求迂怪艰僻的另一极端,有些人以为追求这些也算一种创新。苏轼当然坚决反对这种看法。

东坡自觉努力创新,同他坚决反对当时有些作者的一味"务新",似乎矛盾,其实是统一的。一味"务新",哗众取宠,耸人听闻,如果这也能算创新,实在是对真正创新的一种侮辱。无论是追求华丽轻浮还是艰深怪僻,文学史上反复出现的例子太多了,都不过在复旧,是完全不值得挖空心思去费力的。

创新是非常值得尊重、欢迎的努力。很多作者都希望有所创新。但象元遗山那样,虽说需要创新,面对苏轼的创新,却反而从保守的立场加以讥评。而因为并不是任何"新"的东西都有价值,所以苏轼在努力求新的同时对一味"务新"的指斥,倒是有积极意义的。对一切有关创新的议论,不能不根据其实际所起的作用如何,进行具体分析。

二、迁怪艰僻,不足为训

苏轼是非常厌恶迁怪艰僻一类文风的。石介是北宋参加古文运动的前辈,由于他后来赞赏狂怪,苏轼毫不客气地责备他"无识"。石介写过一篇《三豪》诗,称赞石曼卿豪于诗,欧阳修豪于文,杜默豪于歌。东坡说:

> 默之歌少见于世,初不知之。后闻其篇云:"学海门前老龙,天子门前大虫。"皆此等语。甚矣介之无识也! ……吾观杜默豪气,正是东京学究饮私酒、食瘴死牛肉醉饱后所发者也。作诗狂怪,至卢仝、马异极矣,若更求奇,便作杜默。(《东坡志林》卷一)

957

东坡也痛斥西汉扬雄"好为艰深之词",斥扬雄就是在斥当时效法扬雄的一些人。为文不应故作艰深,而应形露易观,王充在《论衡·自纪》、葛洪在《抱朴子·钧世》里早有相当透辟的论辩了,可是在韩愈的一些追随者中,以及苏轼当时一些号称的古文家中,却又出现了这种文风。他认为这是古文运动中的一种"新弊",同古文运动非常重视文学的改革作用,要求文章应该平易自然,便于人们读诵的本旨是正相违反的。他感叹说:

> 天下之士,难于改为。自昔五代之余,文教衰落,风俗靡靡,日以涂地。圣上慨然太息,思有以澄其源,疏其流,明诏天下,晓谕厥旨。于是招来雄俊魁伟、敦厚朴直之士,罢去浮巧轻媚、丛错采绣之文,将以追两汉之余,而渐复三代之故。士大夫不深明天子之心,用意过当,求深者或至于迂,务奇者怪僻而不可读,余风未殄,新弊复作。大者镂之金石以传久远,小者转相摹写,号称古文,纷纷肆行,莫之或禁。盖唐之古文,自韩愈始,其后学韩而不至者为皇甫湜,学皇甫湜而不至者为孙樵,自樵以降,无足观矣。(《谢南省主文与欧阳内翰启》)

这些一味求深求奇、怪僻而不可读的作者,一定很推崇"好为艰深之词"的扬雄。扬雄不但为"好为艰深"制造过不少歪理,而且曾笼统地把赋体作品一概抹煞,把贾谊也大大贬低了。其《法言·吾子》云:

> 或问:吾子少而好赋?曰:然。童子雕虫篆刻。俄而曰:壮夫不为也。
> 诗人之赋丽以则,辞人之赋丽以淫。如孔氏之门用赋也,则贾谊升堂,相如入室矣;如其不用何!

对此,东坡合加痛斥:

> 扬雄好为艰深之词,以文浅易之说,若正言之,则人人知之矣,此正所谓雕虫篆刻者。其《太玄》、《法言》,皆是物也,而独悔于赋,何哉!终身雕虫,而独变其音节,便谓之经,可乎?屈原作《离骚经》,盖风雅之再变者,虽与日月争光可也,可以其似赋而谓之雕虫乎?贾谊见孔子,升堂有余矣,而乃以赋鄙之,至与司马相如同科,雄之陋如此比者甚众,可与知者道,难与

俗人言也。(《答谢民师书》)

东坡反对迂怪、反对艰僻，主要因为这样的作者根本忘记了作文应有正当目的，而只在作文字游戏，以此自命高明。没有高远的写作目的，没有非写不可的激情，没有一个中心思想，为作文而作文，必然会陷入形式主义。文章应该对国家人民有用，"以华采为末，而以体用为本"(《答乔舍人启》)，"务令文字华实相副，期于适用"(《与元老侄孙》)。"期于适用"，这就叫做"有为而作"。最好的"有为"，不是别的，乃是"言必中当世之过，凿凿乎如五谷必可以疗饥，断断乎如药石必可以伐病"(《凫绎先生文集叙》)。他又说：

> 诗须有为而作。用事当以故为新，以俗为雅。好奇务新，乃诗之病。(《题柳子厚诗》)

有为而作，目的在"有为"，不在玩弄文字；有思想要表达，不会杂乱无章；有不得已的激情，自然能感动人。一味求奇、追新，专在文字上用功夫，舍本逐末，决计写不出好文章。他常据自己经验告人作文必须有"意"说，从来的能文之士，都非"能为之为工，乃不能不为之为工也"，他们依靠的不是文字技术，乃是深刻的生活感受和非写不可的创作激情。他说他自己为文至多，"而未尝敢有作文之意"(《南行前集叙》)。这里所谓"作文之意"，实即为作文而作文之意。

东坡反对迂怪艰僻，主要是反对某些作者脱离实际，脱离思想，一味去追求这些花样，并未说作品中一定不能有比较奇怪、艰深的东西。例如黄山谷曾以晁载之《闵吾庐赋》问东坡何如，东坡这样回答："晁君寄骚，细看甚奇，信其家多异材耶？然有少意，欲鲁直以己意微箴之。凡人文字，当务使平和，至足之余，溢为奇怪，盖出于不得已尔。晁文奇怪似差早。"(《与鲁直二首》)可见"出于不得已"的奇怪，符合实际的奇怪，既然生活中确实存在，写作精进过程中会自然发生，全加排斥也不对的。所谓"奇怪似差早"，我看意思是说晁文此时人为地求奇的地方还占多数。"求"为奇怪与"溢"为奇怪，虽一字之差，却大不相同，前者出于勉强，属人为，后者出于自然，属天工。归根到底，东坡认为创作必须出于自然，自然才是工巧的基础。一味追求迂怪艰僻的病根，就在违反自然，不自然的东西是没有生命的。

三、文理自然，姿态横生

南宋周紫芝《竹坡诗话》中有一节说：

> 有明上人者，作诗甚艰，求捷法于东坡，作两颂以与之。其一云："字字觅奇险，节节累枝叶。咬嚼三十年，转更无交涉。"其二云："冲口出常言，法度法前轨。人言非妙处，妙处在于是。"

这里第一首是说枝枝节节搜奇觅险，无论你作诗时间已有多长，会离开诗艺越来越远。第二首说遵循了艺术规律，用不着依靠奇险字句，凭着饱满的思想感情，普通语言一样可以写出好作品。东坡这个意思，和前引"出新意于法度之中"、"当以故为新，以俗为雅"，是一致的。南宋姜白石《诗说》所谓"非奇非怪，剥落文采，知其妙而不知其所以妙，曰自然高妙"，我看即从东坡的主张脱化而来，不过东坡倒并非"不知其所以妙"，他提出的"文理自然，姿态横生"说，可以证明这一点：

> 所示书教及诗赋杂文，观之熟矣。大略如行云流水，初无定质，但常行于所当行，常止于不可不止，文理自然，姿态横生。（《答谢民师书》）

他在评述自己的作文经验时，也表达了同样的意思：

> 吾文如万斛泉源，不择地皆可出。（《自评文》）
> 辩才作此诗时，年八十一矣。平生不学作诗，如风吹水，自成文理。而参寥与吾辈诗，乃如巧人织绣耳。（《书辩才次韵参寥诗》）

东坡论文，常以行云流水为喻。云与水不是静止的东西，它们时刻都在流动之中；云之行，水之流，虽无一定的样式，其或行或止，却必符合一定的规律。水流在平地可以一日千里，表现为滔滔汩汩的样子，在与山石曲折时，就不可能顺流直下，也必然要表现出另一种奔湍飞溅的样子了。一种事物，因为事物本身不断在流动变化，从而产生种种不同的描写，这绝不是什么矛盾，乃非常真实、自然的。事物是什么样子,就应把它写成什么样子,不断在变化的事物,就应用不同的写法反映出它的变化。守株待兔,拘守一格,怎么能反映出不断在发展的生活真实来呢?难道"发展"不也是生活真实的一个本质特征?

平常人们说到"自然",往往只从语言文字上来理解,例如不做作,不装点,不虚饰之类,这些当然也在"自然"的范围以内,毕竟只是看到了表面小处。东坡一再提出"随物赋形"的观点,是从忠实于客观事物、忠实于生活本质这一根本处来看问题,见地就高明得多。陆机《文赋》里说过"其为物也多姿,其为体也屡迁"等话,刘勰《文心雕龙·物色》里也说过:"写气图貌,既随物以宛转"等话,可以看为东坡这一观点的先驱,但前人说这些话主要是从描写物象的角度来的,而东坡则还从中悟出了创作的基本规律,应当说又进了一大步。他以为吴道子画人物,好就好在能得对象的"自然之数,不差毫末",极其妙肖。孙位所以比一般画水的作者高明,就在能"随物赋形,尽水之变"。东坡又把"新意"同"随物赋形"、妙法自然有机地联系了起来。规律决不会限制、妨碍新意,反之,违反规律的"新意",那一定是"务新",妄诞不实的东西。例如,作家用艺术手段精确地写出了某种人物的未经显示出来过的精神面貌,这确属"新意",但如把某种不合性格逻辑的东西仅仅为了追求新奇而强加到人物身上,那就不但不新,还是一种可恶的伪造了。新意蕴蓄在无比丰富、多样的自然之中,新意的源泉在生活,客观存在不以人们的意志为转移,从这个意义说,好作品虽不能脱离某种"人工"的因素,基本上却出于"天工"。"诗画本一律,天工与清新",我看大概就是这个意思。精确地写出自然,就是天工。清新的源泉在生活,艺术修养与表现才能也起着一部分作用。这道理,运用在文艺创作上,不但"诗画本一律",各种艺术都不例外。李卓吾所讲"追风逐电之足,决不在于牝牡骊黄之间;声应气求之夫,决不在于寻行数墨之士;风行水上之文,决不在于一字一句之奇",(《杂说》)是得到了东坡此论的神髓的。

或者会问,"随物赋形",写出事物的外形难道就行了?当然不行。"形"指"形象",包括外形和内部世界,精神面貌。比如写人,每个活人都有大致相同的外形,又有互相区别的思想感情和性格特点,若是只写了人的外形,谁也不会承认作者已经"随物赋形"写出了某一真实的人物。东坡认为任何事物,都是有其"常理"、"必然之理"的,只写得出大家都能看到的"常形",不算本事,还能写出其"常理",才真高明。他称赞文与可所画的竹石枯木,所以栩栩如生,即因文与可是懂得了所写事物的常理的。从这一说,可知他们谓"常理"、"必然之理",实即指万事万物的固有规律,其中包括在一般情况下和在特殊情况下的发展规律。例如竹子,在正常情况下是一种生长法,在种种异常情况下是另外种种生长法,其中都各有规律,"合于天造"。画竹名家的文与可,他在"随物赋形"时,就把这些"常理"都融化进了画里,也通过形象体现了出来的。

所以,"文理自然",我认为应该理解作文章表达出了客观事物的外形和常理,包括相对静止和不断变化时的常形和常理,绝不仅指一般的文从字顺、通达、平易。由于生活无比复杂、丰富、多样,又时时在流动之中,如果真是做到了"文理自然",再加上作者们都有自己的创作个性,主客观的结合状况当然千差万别,"姿态横生"乃是必然会产生的结果。既熟知对象的常理,又发挥了独自的创作个性,"千人一律"的"程式文章"就再无孳生之地了。

四、美好出艰难

怎样才能做到"文理自然,姿态横生"呢? 东坡的确不止一次说过这样的话:

> 轼与弟辙为文至多,而未尝敢有作文之意。(《南行前集叙》)
> 本不求工,所以能工。(《跋王巩所收藏真书》)
> 书初无意于嘉,乃嘉尔。(《评草书》)
> 余,天下之无思虑者也,遇事则发,不暇思也。未发而思之则未至,已发而思之则无及,以此终身不知所思。言发于心,而冲余口,吐之则逆人,茹之则逆余,以为宁逆人也,故卒吐之。(《思堂记》)
> 此数十纸,皆文忠公冲口而出,纵手而成,初不加意者也。其文采字画,皆有自然绝人之姿,信天下之奇迹也。(《跋刘景文欧公帖》)

是否东坡真的主张写作不必费力,不必精益求精,不必思考,只要冲口而出,纵手写去就能成为好文章? 当然不是。应该正确领会他说这些话的真实意思。所谓"作文之意",乃指为作文而作文,求工于迂怪艰僻之类,自命不凡的作文之意。所谓"本不求工,所以能工",乃指本来没有一味求工于字句、走上这种邪路,所以才能取得成就。所谓"无意于嘉(佳),乃嘉尔",也是一样的意思。这些,都不是主张写作不必费力,不必求精。他说自己是"天下之无思虑者",不过表白他的性格爽直,有啥就要说啥,决不是那种徘徊瞻顾,为乌纱帽顾虑重重,言不由衷的小人。至于"冲口而出,纵手而成",那也只是指欧阳修那样已经具有很高艺术修养,并在一定条件(例如已经熟知自然之理)下有时才能出现的情况,决非任何人都有这种可能。这是"精能之至"(《书唐氏六家书后》)、"用意精至"(《书所作字后》)后的表现,绝不是轻易能够达到这种境地的。他称赞吴道子为画圣,借用庄子《养生主》篇中庖丁解牛的寓言,说吴"游刃余地"(《跋吴道子地狱变相》)。那个庖丁到达这种境地,不是已经解了数千牛,历时已经十九年? 那个庖丁,在开头学习解牛时,不是也经历过一番困难的么?

如果我们承认苏轼的作品很多确如行云流水,达到了自然高妙地步,那么他的很多甘苦之谈,诲人之语,恰可证明他的艺术才能决非出于天生,而主要由于长期不断的学习和实践。

他是深知"辞达"之不易的,对一般人来说决不可能"冲口而出,纵手而成":

> 孔子曰:"辞,达而已矣。"物固有是理,患不知。知之,患不能达之于口与手。所谓文者,能达是而已。(《答虔倅俞括奉议书》)

这里谈到知理极不易,知理之后,能进一步了然于口与手,用感人的艺术手段表现出来,也同样难。要克服这两种困难只有一条正路,就是老老实实,刻苦学习,长期实践。他慨叹:"废学而徒思者,孔子之所禁,而今世之所上也。"(《大悲阁记》)他非常欣赏欧阳修告诉孙莘老关于作文的话:"无他术,唯勤读书而多为之自工,世人患作文字少,又懒读书,每一篇出,即求过人,如此少有至者。疵病不必待人指摘,多作自能见之。"(《记欧阳公论文》)事实上,苏轼对文艺修养的经验与主张,比欧阳修这段话还要全面些。

作者应该多读书,精读书,并善于读书。儒、道、佛等各家之书他都读,他还手抄过大部史籍。文学方面,《毛诗·国风》、《楚辞·离骚》、《史记》不必说;前代李白、杜甫、韩愈、柳宗元、白居易、刘禹锡的作品都深深影响他;陶渊明诗他还都和过。同时代的先辈欧阳修、梅圣俞之书亦是如此。如果把他全部作品里提到过的作家作品编个目录,一定洋洋大观,当然这样还不能包括他读过而未提及的。他的"每次作一意求之"以便"八面受敌"的精读法已经众所周知了(《又答王庠书》),而他的批判地择取,不肯盲从,并要消化以后成为己有的科学态度:如说经过仔细观察,"尽其自然之理,而断之于中,其不然者,虽古之所谓贤人之说,亦有所不取";(《上曾丞相书》),"博观而约取,厚积而薄发"(《稼说》),"涉其流,探其源,采剥其华实,而咀嚼其膏味,以为己有"(《李君山房记》),应当说直到今天看来还是非常光辉的。

作者应该明理,即认识和把握事物的所谓"常理"或"必然之理"。读书有助于明理,但只是读书还远远不够,必须亲自仔细观察:"幽居默处而观万物之变,尽其自然之理。"(《上曾丞相书》)他体会到,养成了仔细观察的习惯,"留意于物,往往成趣,昔人有好草书,夜梦则见蛟蛇纠结,数年,或昼日见之,草书则工矣。"(《跋文与可论草书后》)为什么会这样? 因物理是相通的:"物有畛而理无方,穷天下之辩,不足以尽一物之理。达者寓物以发其辩,则一物之变可以尽南山之竹。学者观物之极,而游于物之表,则何求而不得?"(《书黄道辅〈品茶要录〉后》)经常在观察、思考,往往就能触类旁通,得到意外的启发和收获。"其神与万物变,其智与百工通"(《书李伯时山庄图后》),观察一定要客观,不能戴着有色眼镜去观察,"非至静无求,虚中不留,乌能察物之情如此其详哉"(《书黄道辅〈品茶要录〉后》)。观察要精神专注,深入对象,例如:"与可画竹时,见竹不见人。岂独不见人,嗒然遗其身。其身与竹化,无穷出清新。庄周世无有,谁知此疑神?"(《书晁补之所藏与可画竹三首》)文与可画竹能画出竹的常理,显得特别清新,同这很有关系。粗心大意,观物不审,必然要闹笑话。如黄筌画飞鸟,竟画成"颈足皆展"(《书黄筌画雀》);戴嵩画斗牛,竟画成"掉尾而斗"(《书戴嵩画牛》)。怎么改正呢? 他以为观察一定要精细,不明白的一定要不耻下问,"耕当问奴,织当问婢","君子是以务学而好问也"。为了明理,有时凭观察和多问也仍难解决问题,得亲自参加实践。譬之游泳,如想真正学会它,就必须自己下水去练习。"南方多没人,日与水居也,七岁而能涉,十岁而能浮,十五而能没矣。夫没者岂苟然哉,必将有得于水之道者。日与水居,则十五而得其道,生不识水,则虽壮见舟而畏之。"(《日喻》)学游泳须懂水性,要懂水性便须经常到水里去练习,求得熟悉。"世之言道者,或即其所见而名之,或莫之见而意之,皆求道之过也","道可致而不可求。"(同上)即使把指导游泳的书背得滚瓜烂熟,如果始终不下水练习,终归不行。许多事物的规律,确实只有在实践中才能把握到,凭空去求是无裨实用的。

作者应该多作多改,勤学苦练。"笔成冢,墨成池,不及羲之即献之。笔秃千管,墨磨万锭,不作张芝作索靖。"(《题二王书》)苏轼的"天才",正是这样练成的。他曾对人说:"知日课一诗,甚善。此技虽高才,非甚习不能工也。"(《与陈传道》)他写诗文，平时注意积累材料，主张"凡读书可为诗助者，但置一册录之，亦诗家一助"。（宋何溪汶《竹庄诗话》卷一引《苍梧杂志》）成稿后不惮改作：

　　蜀中石刻东坡文字稿，其改窜处甚多。玩味之，可发学者文思。（《梁溪漫志》）

　　这类记载，如《春渚纪闻》等书都有。足知大手笔如东坡，虽曾赞美有些大家、有时能"纵手而成"，他自己倒经常不是这样的。秦少游从小就不畏磨难，勤学苦练，东坡既称道"少游文章如美玉无瑕"，兼又许其"琢磨之功，殆未有出其右者"。（宋李廌《师友谈记》）前面说过，他以为凡了然于心的东西，未必就能了然于口与手，"有道而不艺，则物虽形于心，不形于手"（《书李伯时山庄图后》）。这里所谓"艺"，我觉得有两层意思，一是艺术手段，二是写作锻炼。"作家要手熟，则神气完实而有余韵。"（《记与君谟论书》）熟能生巧，但多作多改才能熟。

　　一句话道尽秘密："美好出艰难。""文理自然"是辛勤努力，水到渠成的结果，文学上的成功从来不存在什么捷径。

＊　＊　＊

　　苏轼的"文理自然，姿态横生"说在创作上提出了一系列合理主张，其观点是辩证的，符合艺术规律的。他既跟当时的柳开、石介、李觏等经术家不同，也跟当时的周敦颐、邵雍、程颐等道学家不同。他重视的"理"，主要指事物的客观规律。他同时也很重视"文"，即艺术特征和写作技巧。应该说，他坚持了正确的方向，比欧阳修还进了一步。他把自然同反映事物的发展规律有机地联系起来，并认为这才是创新的源泉，尤其具有卓识。他在这方面的很多经验之谈，无疑对今天仍有很大参考价值。

（原载《社会科学战线》1981 年第 4 期）

妙算毫厘得天契

一、梓匠轮舆，能与人规矩，不能使人巧

怎样才能创作出一件高妙的艺术品？古今都有些人以为这是无法言说，或者说了也不能解决什么实际问题的。果真如此吗？

孟子老早这样讲过："梓匠轮舆，能与人规矩，不能使人巧。"（《孟子·尽心下》）高明的木工和车匠能把运用圆规、曲尺的方法传授给人，却无法使人能象自己一样达到非常巧妙的境地。

庄子也早就通过车轮匠扁之口这样讲过："轮，徐则甘而不固，疾则苦而不入；不徐不疾，得之于手而应于心，口不能言，有数存焉于其间；臣不能以喻臣之子，臣之子亦不能受之于臣，是以行年七十而老斫轮。"（《庄子·天道》）庄子这段话，说法虽有不同，意思实和孟子一样，清人邓绎亦已指出轮扁斫轮之喻，即是"能与人规矩，不能使人巧"之说（《藻川堂谭艺》）。轮扁如果未曾向人学到制轮的基本功——规矩，他连粗糙的车轮也制不出来。可是制轮数十年已经七十岁了的这位老匠师，现在却深感到，他无法把自己实践多年积来的得心应手地掌握到的一套好本领明白传给儿子，他的儿子也不可能直接从老匠师手里接受到这套过硬本领。为什么呢？因为"不徐不疾"这种恰到好处的境界，自己手里尽管做到了，自己心里虽然大致有数，但却难于把道理具体精确地讲出来。庄子的意思也不是说什么都讲不出来，而只是说无法把中间某些精微奥妙或尚不测所以的道理具体精确地讲出来。"可以言论者，物之粗也；可以意致者，物之精也；言之所不能论，意之所不能察致者，不期精粗焉。"（《庄子·秋水》）可以言

论的,是事物的粗迹,懂得粗迹作用不大;可以意致的,是事物的精义,懂得它很有作用,但难于解说清楚。另外有些深微的道理,是用言语还无从说起,用思维还不能设想的,那就更无法谈了。既然对事物的精义还难于解说清楚,另外有些深微的道理则还不能设想无从谈起,那么当然,单凭自己所能用言语讲得出来的一些粗迹,就想把自己的一套好本领完全传给儿子,是不可能的了。

不管人们会把孟子、庄子的思想体系、哲学观点说成是什么样子,作出什么样的评价,我以为,单就他们在这些话里表达的意思来看,其中即使有偏颇之处,基本上是符合生活实际,也符合文艺创作规律的,并不是什么"神秘主义"、"不可知论"。反之,其中倒还包含有合理的科学因素,直到今天还很值得我们作进一步的大胆探索。

说他们在这些话里表达的意思基本上符合生活实际,例如在实际生活中,我们就举不出一个仅凭父兄或师傅的经验传授就成为大学问家或大作家的例子。绝少哪一个成功的父兄或师傅不希望他们的子弟、学生也成为成功的人物,事实上他们总在想把本领传授给自己的子弟和学生,可是古往今来的大学问家、大作家、大艺人,他们传授成功的例子有多少? 历史上,父子齐名,兄弟齐名的例子不是没有,但仔细研究一下,有些子弟所以得与父兄师傅齐名,都非仅为传授的结果。所谓学家渊源,包括经验传授在内,不过是子弟取得成功许多因素中的一个,有这个因素与没有这个因素自然不一样,但这却并不是什么决定性的因素。司马迁的父亲司马谈诚然是一个有良好修养的史官,但若不是有他自己的钻研和创造:自己的丰富经历和发愤著书,自己的时代条件和进步的历史责任感,司马迁决不能因为有了这样一个父亲便成为伟大的历史家。曹操、曹丕、曹植,父子、兄弟虽然都是著名的文学家,但他们的艺术风格并不一样,都是在各自的条件下根据自己的生活经验锻炼成长起来的。杜甫和韩愈都非常关心自己儿子的学习,可是他们的儿子没有一个能在古文和诗歌的创作上取得成就。苏洵、苏轼、苏辙是文学史上另一组父子、兄弟齐名的突出例子,但不仅父亲和两个儿子的文学道路有所不同,苏轼、苏辙两兄弟之间的思想风格也有差别。可见虽有这些齐名的例子,不但因其极为稀有,亦还因其内容不同,仍都不能证明仅凭主观愿望和一套传授就能造就一个真正的专门家。

说孟子、庄子这种意思符合文艺创作的规律,因为在他们之后,很多文艺家都有相同的感觉。例如《淮南子·齐俗训》说:

若夫工匠之为连鑯运开，阴闭眩错，入于冥冥之眇，神调之极，游乎心手众虚之间，而莫与物为际者，父不能以教子。瞽师之放意相物，写神愈舞而形乎弦者，兄不能以喻弟。

《西京杂记》卷二记司马相如答盛览问说：

合纂组以成文，列锦绣而为质，一经一纬，一宫一商，此赋之迹也。赋家之心，苞括宇宙，总览人物，斯乃得之于内，不可得而传。

曹丕《典论·论文》说：

文以气为主，气之清浊有体，不可力强而致。譬诸音乐，曲度虽均，节奏同检，至于引气不齐，巧拙有素，虽在父兄，不能以移子弟。

李善注此文，还引了早些时候桓谭《新论》中的话：

惟人心所独晓，父不能以禅子，兄不能以教弟也。

此后在陆机的《文赋》里，不但也表达了同样的意思，而且还回到了《庄子》的原话：

若夫随手之变，良难以辞逮。……譬犹舞者赴节之投袂，歌者应弦而遣声。是盖轮扁所不得言，亦非华说之所能精。

陆机在这里"论作文之利害所由"，在他"所能言"的范围里，应该说已相当细致，达到超越前人的高度了。可是"他日殆可谓曲尽其妙"，他希望将来也许可以说出一些奥妙，承认现在还做不到，他这个人倒是较有自知之明的。在当时的历史条件下，若非妄狂无知，谁个有识之士敢于夸口对艺事之妙已能曲尽无遗地讲出来？就在距离他已一千七百年后，科学如此发达了的今天，恐怕也还只有极少人敢夸这样的海口吧？

对孟子、庄子表达在这些话里的意思明白地从文艺理论批评的角度来备加激赏的，有清代的纪昀：

孟子有言:"梓匠轮舆,能与人规矩,不能使人巧。"虽非为论文设,而千古论文之奥,具是言矣。(《香亭文稿序》)

纪昀所以会如此激赏,理由虽未详谈,他能激赏这些话,表明他确有某种卓识。

上面我已说过,梓匠、轮舆,包括轮扁在内,如果连起码的规矩都不懂,他们会连粗糙的木器也制不出来。在这个意义上,懂得规矩这样的粗迹,有其作用,完全抹煞其作用是不对的。但如只懂得一些规矩,并且只依样画葫芦,生搬硬套,而不会随机应变,发挥创造,那么的确不能成为艺术,制出的东西只能是一些毛坯。"操典"、"教范"之类的基本知识当然很必要,但只知死记硬背"操典"的人决不能成指挥千军万马、进退自如的元帅,只知死板执行"教范"的人决不能成为充满创造精神的大工艺家。文艺作家的情况不会例外。

问题在作者自己有无足够的实践之功。父、兄、师傅的期望无论怎样殷切,他们的经验无论怎样可贵,如果自己仅有上进的愿望,只会背诵或照搬父兄师傅传授的东西,而缺乏在生活中努力实践和在艺术创造过程中认真锻炼的工夫,那怎么可能作出成绩来呢?宋人吕本中论诗:"悟入必自工夫中来。"(《吕氏童蒙训》)这"悟入",即指掌握艺术创作的规律,这"工夫",即指创作实践的工夫,实际上,我看就是对父兄师傅能够传授出来的某些经验,即使不算怎样精微,也还是需要自己有了点实践的体验,才能真正理解的,否则,很可能连简单的模仿都不能做到,那就要连粗迹都学不到手了。

常言道:"熟能生巧",确是颠扑不破的真理。只有充分实践之后才能达到"熟"的境地,只有达到了"熟"的境地才能随物赋形,打破陈规,有所发明,有所创造,产生出"巧"来。这是完全符合"实践出真知"这一认识论上的原理的。孟子、庄子这些话中最合乎科学的意思,我看主要就在这里。纪昀所谓"千古论文之奥,具是言矣",想亦指此。封建时代的文人,即令其整个思想体系是保守的、唯心的,但只要他确曾写出过较多的作品,他也还是可能根据多年的经验,在文艺创作上懂得"实践出真知"、"实践练本领"这一真理的。

二、有数存焉于其间

因此,对怎样才能创造出一件高妙的艺术品来这种问题,以为是根本无法言说,或者言说了也不能解决什么问题的——这种回答,我以为并不完全符合事实。一般原理是可以言说,古往今来已经说出的已不少了,例如木工应先懂得规矩,做什么工作之前应该有点基本知识,不但早就说出来,而且实践证明的确有其用处,因为如果完全不懂得就无从入门。自然,这种回答也有一定的根据和作用,因为事实也证明,有一些常识,知道一些粗迹,还远不足以创作出高妙的艺术,这种回答可以启发人们不可满足于一般原理的认识,而必须不断地从实践中去探索文艺创作的具体规律和自己的独特方法。后者恰恰是我们创作理论上一向比较薄弱的环节。并不是大作家们没有丰富深刻的经验、体会,而是他们自己做到了,却说不具体,说不精确。刘知几说:"嗟乎,能损之又损,而玄之又玄,轮扁所不能语斤,伊挚所不能言鼎也。"(《史通·叙事》)他们往往自己亦意识到了这一点。有些作家对自己讲出来的东西很不满意,不惜自我批判为"糟粕",称赞"知者不言"(《老子》)为有理,索性不说。元遗山有首诗写道:

晕碧裁红点缀匀,一回拈出一回新。鸳鸯绣了从教看,莫把金针度与人。(《论诗三首》之一)

生活里有些人故意居奇拿架,能教的东西也不肯教人,但这首诗的意思却非如此。他是顾虑人家听了自己辞未达意的说话并无所得,或者反而限制了人家的发展,"金针"反成"钝根",觉得还不如让人家看看自己又有新意的鸳鸯是怎样一针一个样子绣出来的,让人家仔细观察一下创作的过程,也许倒能从中领会出一些精义来好些。

在文艺创作中,为什么自己做到了的东西却仍说不具体、说不精确呢?究竟怎样才算具体、精确呢?

一个作家要能创作出高妙的艺术品,其因素是很复杂的。有些因素的形式及若干因素的融会贯通过程,就凭现在已经达到的科学水平,恐怕也还是说不清楚,或说不具体,说不精确的,但这决不等于其间没有某种规律可寻,将来都没法说得清楚,或说得具体、精确一点。世界上有多少自然现象、社会现象本被视为极端神秘的,现在已经逐渐被人们认识清楚,一旦找到了它们的规律,就还可以为大家所利用了。

我以为,在前引庄子的这几句话中,另一合乎科学的思想,就在于他既说了"不徐不疾,得之于手而应于心,口不能言",又说了"有数存焉于其间"。"口不能言",是说自己还说不具体,说不精确,不是根本不可说。即使不可说,也是怕说出了粗迹对人家无甚益处才不说,这固然已是一种不失为实事求是和严格要求的态度。另一方面,虽然"口不能言",却肯定其中必有一定之道理在,此即值得我们注意的"数"字。说客观存在的事物,其发生发展都有某种不以人们意志为转移的道理或规律在,这难道不是很科学的态度么?甚至他还认识到这种道理或规律,有时可以数量来计算,达到了某一数量就可能表现为某种质量,循此前进,从数量到质量,客观上成为取得成功的道理或规律,这难道不是很光辉的思想么?如果一个作家真的能把他的各方面的努力都用数据揭示出来,就可以为后学开辟一条在实践中迅速前进的途径。即使艺术家的努力只可在某几个方面用数据来揭示,而他还只能在其中某一方面提供一些数据,我看这也是非常有价值,可以逐渐弄明白这个"神秘"库房提供开其一角的钥匙。再退一步说,仅仅提出这个合乎科学的设想,即文艺创作的才能至少有一部分是可以用数据来揭示,因而也是可以根据数量来教育培养人的艺术才能,这种思想本身即已有很高的价值。

庄子在这个问题上开了头。不徐不疾,他认识到中间存在某种规律,有个数量问题。要用数字来精细阐明这"恰到好处"的秘密,也许起码得利用今天新发明的高精度电子计算机,因此,轮扁也好,庄子自己也好,当然都说不具体,说不精确。要精密计算,说得出个数字来,才不致误人,才对人有较大的帮助,否则仅是猜想,说了也无用。这样的事情其实我们每一个人都有经验。你烧出了一碟非常美味的菜,被人称为艺术品,如果精细分析一下,无论色、香、味、水分、温度等等,难道会有一样东西是不能用数据来揭示的?因为数量合适,又配合得当,所以才成为美味。具有这种烹调本领的人,一般何尝能够非常具体、精确地说出怎样才能学到这一手本领,因为他自己虽然心中有"数",可也说不出其间具体的数据。而别人所以能在长期的磨练摸索中也学会了这种本领,那也是因为他"心中"逐渐有了适当的"数"。如果大作家们能为学习文艺创作的后学提供某些可靠的数据,作为他们在实践中努力争取达到的目标,我想,对广大后学一定能节省不少时间,提高不少效率的。我们是否还要固执文艺创作是与科学技术的发展,与数学这个科学没有任何关系的老想法呢?

如果我们搞文学工作的脑子里至今还有这种老想法或其残余,那么,应该承认,生活在九百多年前的北宋大艺术家苏轼,他能有"尚恨某不知数学耳"这种思想,那的确比我们还有很先进的地方了。

971

三、美可以数取，不能求精于数外

庄子这几句话里谈到的"数"，过去有些人直接解释为技巧、方法或规律。我以为，它直接应该是一个数学的观念，指数目、数据。例如制作一件木器，无论尺寸、比例、方圆、角度、平直、光滑……，根据规格需要，其中都有一个数目问题。你按照这个数目努力达到了目标，便可以保证一定的质量，自然就可称这是技巧、方法或规律，但首先却应该是数目、数据。

受庄子的影响，在文艺理论中也提出"数"的观念的，如刘勰《文心雕龙》：

> 若情数诡杂，体变迁贸，拙辞或孕于巧义，庸事或萌于新意。视布于麻，虽云未费，杼轴献功，焕然乃珍。至于思表纤旨，文外曲致，言所不追，笔固知止。至精而后阐其妙，至变而后通其数，伊挚不能言鼎，轮扁不能语斤，其微矣乎。（《神思》）
>
> 故外听之易，弦以乎定，内听之难，声与心纷，可以数求，难以辞逐。（《声律》）

刘勰这里所谈的"数"，首先也是指数目、数据。"情数诡杂"，就是说客观事物的情理、情态都非常纷繁复杂，而纷繁复杂不过是一种概括的说法，分析到最后必有个数目。"至变而后通其数"，就是说只有深知文章的各种变化的，才能懂得创作过程中确实有个必须掌握某种数据的问题。"可以数求，难以辞逐"，范文澜注云："欲求声韵之调谐，可设律数以得之，徒骋文辞，难期切合也。"就是说，光用语言文字很难说得具体、精确，但可能利用正确的律数去求道理或规律。

刘勰作为例子来举证的"伊挚不能言鼎，轮扁不能语斤"，轮扁说不具体、精确的，中间固有数目、数据，伊挚说不具体精确的是什么呢？可看他所据《吕氏春秋》原文：

> 汤得伊尹（即伊挚）……明日设朝而见之，说汤以至味。……曰："……鼎中之变，精妙微纤，口弗能言，志弗能喻。"（《本味》）

"鼎中之变，精妙微纤"，高诱注云："鼎中品味，分齐纤微。"各种滋味的分限是烹调能手伊尹所说不具体精确的，其中也还有"其微矣乎"的数目、数据。刘勰举这些例证来立论，亦足以说明他在这里所谈的"数"，确是指数目、数据。

庄子说工艺创作中有个数据问题，刘勰说追求文艺创作之妙，"可以数求"，而且，只有在"至变"之后才能"通其数"。这些都是理论家的推断。到苏轼，则还从艺术的鉴赏中直接感受到艺术家在创作过程中应该求"妙算毫厘得天契"、"得自然之数"的必要。下面这些话，都是他从鉴赏唐代著名画家吴道子的艺术中体会出来的：

> 细观手面分转侧，妙算毫厘得天契。始知真放本精微，不比狂花生客慧。(《子由新修汝州龙兴寺吴画壁》)
>
> 画至吴道子，而古今之变，天下之能事毕矣。道子画人物，如以灯取影，逆来顺受，旁见侧出，横斜平直，各相乘除，得自然之数，不差毫末。出新意于法度之中，寄妙理于豪放之外，所谓游刃余地，运斤成风，盖古今一人而已。(《书吴道子画后》)

"出新意于法度之中，寄妙理于豪放之外"，这两句名言，其实说的即是"真放本精微"。"精微"指什么？难道非指"妙算毫厘得天契"和"得自然之数，不差毫末"么？把人物的神情、姿态描绘得同这个人的本来面目毫厘（或毫末）不差，不多不少，恰到好处，这是妙算的结果，也正符合"天契"。工细到极点，同本来面目浑成一体。所以这种不差毫末的妙算，也可称为"得自然之数"，艺术家只有在妙算毫厘的"法度"基础上才可能进一步自由挥洒，生发新意，真正的豪放，并不是如脱缰的野马，乱跑乱跳，仔细考察，它骨子里仍符合某种条理、规律。完全越出法度之外，"新意"会成怪僻，不衷于情理的"豪放"，实乃"狂诞"，这都称不上高明的艺术。东坡以为吴道子画艺的无比高明之处，正在于他所画的人物，即令只是一招一手，一转一侧，都是那样真实、自然，既不违反法度，又别出新意，极为豪放，却又那样合乎情理。他的"放"是"真放"，而这种真放决非出于偶然，绝不是"歪打正着"，乃精密计算到非常细微的结果。

苏轼既然认为艺事之美需要"妙算毫厘"，"得自然之数"，所以他对学艺者"求精于数外"，"一以意造"，亦即全凭主观设想，丢开对所写事物进行精微观察以至仔细计算的草率态度是非常反对的。他甚至从这草率态度，引申到广泛的求学，以为这种态度就是早已被实践证明了为无益的"废学而徒思"。不妨再全引一遍他这一段话：

> 羊豕以为羞，五味以为和，秫稻以为酒，曲蘖以作之，天下之所同也。其材同，其水火之齐均，其寒暖燥湿之候一也，而二人为之，则美恶不齐。岂其所以美者，不可以数取欤？然古之为方者，未尝遗数也。能者即数以得其妙，不能者循数以得其略。其出一也，有能有不能，而精粗见焉。人见其一也，则求精于数外，而弃迹以逐妙。曰：我知酒食之所以美也，而略其分齐，舍其度数，以为不在是也，而一以意造，则其不为人之所呕弃者寡矣。今吾学者之病亦然。天文，地理，音乐，律历，宫庙，服器，冠昏，丧纪之法，《春秋》之所去取，礼之所可，刑之所禁，历代之所以废兴，与其人之贤不肖，此学者之所宜尽力也。曰：是皆不足学，学其不可传于口而载于书者。子夏曰："日知其所亡，月无忘其所能，可谓好学也已。"古之学者，其所亡与其所能，皆可以一二数而日月见也。如今世之学，其所亡者果何物？而所能者果何事欤？孔子曰："吾尝终日不食，终夜不寝，以思，无益，不如学也。"由是观之，废学而徒思者，孔子之所禁，而今世之所上也。（《大悲阁记》）

在这段话里，苏轼主要讲了三点意思：第一，同样从事某种艺术创造，不能根据在相同物质条件下而不同的人会做出"美恶不齐"的结果这一事实，证明美是不可以数据来计算，凭数据来追求的。第二，凭数据来追求，由于学艺者能力不同，有的人能"即数得其妙"，有的人只能"循数得其略"，结果有精粗之不同，这虽然也是事实，但毕竟不能只据这一点，就否认数据的作用，而走到"求精于数外，弃迹以逐妙"、"一以意造"的邪路上去，那决不会有好结果。第三，推广到一般的学习，"妙算毫厘"犹如孜孜不倦，日积月累，打好学习的牢固基础，如不老实学习，一味主观空想，必然会白费精力时间，落得一无成就。

　　我以为这三点意思都不错。特别第一、第二两点，非常精彩，既是庄子以数论艺思想的继承和发展，又能对庄子这种思想有所匡正，庄子说了轮扁斫轮过程中"有数存焉于其间"，没有明白说美也是"可以数取"的。把"美"和"数"直接联系在一起，认为创作不能"求精于数外"，这是一个极具卓识的美学见解，值得大书特书。还有，庄子把目前口传笔写但还说不具体，说不精确的一律称之为糟粕，而暗示人们应该去学那种不可传于口而载于书的东西，虽然有其理由，实

974

亦未免偏颇。口传笔写的东西,若是实践经验的记录,则或为粗迹,或为细迹而仍不够具体精确,即使是粗迹仍有其作用,细迹而仍不够具体精确,毕竟有启发指路的益处,不应一律贬为糟粕。苏轼以为要不可以"弃迹以逐妙",正是对庄子这种偏颇之处的匡正。这同他不满足于形似,向往神似,而又不废形似的思想是一致的。事物的发展,总是由低到高,由粗到精,由一般到尖锐,有个过程,没有理由因为要追求高精尖,使把当初打基础的比较低、粗、一般的工夫完全抹煞。应该有自知之明,看到这还是比较低、粗、一般的东西,但又应重视这种基础功夫的作用。否则,所谓出神入化,高精尖的造诣,也就只能是难以实现的、可望而不可即的空中楼阁。

苏轼认为美也"可以数取",创作不能"求精于数外",那么,他是否以为艺事之妙完全可以数取呢?倒也并不。"能者即数以得其妙,不能者循数以得其略",心中有了数,结果还有精粗之不同,因为作者"有能有不能"。文艺创作毕竟不同于机器操作,无论如何精密的机器,毕竟无法替代人的脑力劳动,人的形象思维与创造力量。文艺成功的因素是多方面的,艺术创造的对象是客观存在的社会生活以及生活在各种复杂关系中的人们的思想感情,文艺创作过程中某些方面、某些东西"可以数取",另有些方面、另有些东西,例如想象、联想、憎和爱等等,即令今后发明了更好的电子计算机,恐怕也不可能用数据来加以计算。在这些领域里,文艺创作上"能与不能"的差异,大概永远会有。如果以为艺事之妙完全"可以数取",那同"求精于数外"一样,便都成了极端。苏轼一方面认为美"可以数取","古之为方者,未尝遗数",肯定了心中有"数"的重要性,同时又认为"数"并不是唯一决定因素,还有作者自己的"能"的问题,这就不失为全面辩证了。从作成粗迹,到懂得细迹,即在创作过程中,于可能方面掌握具体精细的数据,以"妙算毫厘得天契",再进而充分发挥个人的创造能力,以制成形神兼备的艺术图画,能否说这就是苏轼创作论的简单轮廓?

苏轼这种既能看到"数"的重要又认为并非一切决定于"数"的创作思想,尽管直到今天,我们对文艺创作中"数"的精确掌握能力离开应有的高度还相距很远,但看来是符合创作规律的,而且也可以说是我国古代文论的可贵传统之一。因为在刘勰之后,唐代《乐书要录》中有一段亦已这样提出:

> 夫道生气,气生形,形动气彻,声所由出也。然则形气者,声之源也。
> 声有高下,分而为调。高下虽殊,不越十二。假使天地之气,噫而为风,连

则声上，徐则声下，调则声中，虽复众调烦多，其率不过十二。然声不虚立，因器乃见，故制律吕以纪名焉。十二律者，天地之气，十二月之声也。循环无穷，自然之数，虽大极未兆，而冥理存焉。然象无形，难以文载，虽假以分寸之数，粗可存其大略，自非手操口咏耳听心思，则音律之源，未可穷也。故蔡邕《月令章句》云："古之为钟律者，以耳齐其声，后人不能，则假数以正其度。度数正，则音亦正矣。以度量可以久载口传，与众共知，然不如耳决之明也。"此识知音之言，入妙之通论也。（《辨音声，辨声源》）

这里所说，"假以分寸之数，粗可存其大略"，"度数正，则音亦正矣"，颇重视"数"的作用，这种"数"，虽然可以还属粗迹，或仍不够精细，一旦能掌握了，是有用的，而且可以"久载口传，与众共知"，便于比较具体地传授给后学。但这位论者接着也已指出，对音律之源，懂得了一般的度数或较细的某种数据之后，仍还大有个人发挥创造能力的余地，即"自非手操口咏耳听心思"的多种实践功夫不可。既重视"数"的作用，又还要有"耳决之明"，两者密切结合，"此识知音之言，入妙之通论也。"我认为，他在音乐创作上表达的，与后来苏轼的思想很接近，只是苏轼说的更明白了。

提出了美也"可以数取"这一光辉思想的苏轼，在当时的历史条件下，已否满意地做到这一点呢？没有。不但当时他还不可能满意地做到这一点，就在科技已如此发达的今天，在文艺创作过程中已经可能利用机器取得某些数据了，但也还远不能说是已经满意地做到这一点。不同的是，这已是一个可以令人相信的，逐步能够实现的理想了。文艺学是一门科学，它的某些方面，某些东西可以实验，可以取得数据，这已为实践所证明。那么，是否苏轼在当时完全不能比他已经在理论上取得的成就做得更多一些呢？关于这一点，与其由我们来回答，不如听听苏轼自己所说的。晁以道同苏轼很熟识，邵博《邵氏闻见后录》里有一段记载晁同苏轼的对话：

晁以道为予言，尝亲问东坡曰："先生《易传》，当传万世。"曰："尚恨某不知数学耳。"（卷二十）

这几句对话，可以理解为东坡尚恨未能以数学的道理写《易传》，也可以理解为他在《易传》外，尚以不知数学为恨事。但不管怎样理解，都可说明他非常重视数学的作用,因而才以不知数学为恨事。如上所说,他以为美也"可以数取",创作不可以"求精于数外"。如果他当时能够懂得一点数学,即使只是我国当时数学的水平,大概他对文艺创作中的数学观念,会发挥得更多一点吧。自然,如果一定要他做到这一点,便不免是一种苛求了。

苏轼创作思想中的数学观念,至今还能给我们以启发。第一,他批判、继承并发展了庄子以来的有关思想材料。第二,他辩证地统一了迹与妙,数与精,贯彻了以形写神,从形求神、形神兼备的艺术思想。第三,他是非常重视创作的实践功夫的,不但要求勤学苦练,还要求在可能方面最后得掌握到某种数据,以便用"数"来迅速帮助培养艺术创作的才能。第四,他把文艺理论同数学密切结合了起来,表明人文科学和自然科学之间本来并没有一条不可逾越的鸿沟,反之,文论研究者必须放宽眼界,看到各种学科之间的内在联系,这样才能把研究工作引向深入,进一步打开文艺创作过程中的奥秘。

(原载《文学遗产》1980 年第 3 期)

胸有成竹

一、意在笔先

古今中外成功的作家有很多相同或极为类似的经验。比较研究这种经验，能使我们体会到不少艺术规律。"画竹必先得成竹于胸中"，苏轼转述北宋画竹名家文与可的这句话，就也体现出了一条文艺创作规律。当然它还不仅适合于文艺创作，"胸有成竹"已经成为一句极为流行、应用广泛的成语，早就被公认为一条行事的准则，非此不能有成的信条了。

过去我们经常称道外国作家的名言。例如谈到作品中的人物描写，别林斯基（1810—1848）说过："一部艺术作品必须在艺术家执笔之前，先在他的灵魂里酝酿成熟。对于他说来，写作已经是次要的劳作了。他必须首先看到许多人物出现在自己的面前，他的剧本或者小说就是由这些人物的相互关系所形成的。"（《当代英雄》见《古典文艺理论译丛》第十一期第 56 页）屠格涅夫（1818—1883）说："当他还没有成为我的老相知之前，当我还没有看见他，还没有听到他的声音之前，我是不动手来写的。我就是这样地写所有的人物，……其余一切，只不过是技巧的事情，那就轻而易举了。"（列特科娃作《关于屠格涅夫》，见《古典文艺理论译丛》第十一期第 104—105 页）挪威剧作家易卜生（1828—1906）说他"坐下来写一个字之前，总得把人物的性格在我心里想透了。我一定得把握他灵魂的最后一条皱纹。"（关于《社会支柱》一剧的札记，见《光明日报》1962 年 10 月 23 日）这些话的确谈得很好，显示出他们在动笔之前都已有了充分的准备，充分到下笔之前人物都已活生生地出现在自己的面前。对外国作家的这种经验我们诚然应该好好学习,但为什么我们不能从本国作家身上汲取更丰富、更亲切的养料?就以描写人物来说,元代肖象画家王绎(生卒年不详)谓当于"彼方叫啸谈话之间,本真性情发见,我则静而求之,默识于心。闭目如在目前,放笔如在笔底。"(《写像秘诀》,见《画论丛刊》)岂不是大致相同的思想,在他们之前四、五百年,我国作家已经谈出来过么?"闭目如在目前",一个具有本真性情的活人在动手描绘前已经站在画家面前;所以"放笔如在笔底",待到用笔进行描绘时,由于整幅肖象实际已经出现在笔下,已不需要画家临时再枝枝节节去把它想出来了。

"闭目如在目前,放笔如在笔底",王绎这两句话其实就是"画竹必先得成竹于胸中"的另一种说法。在思想上,我觉得王绎与文与可、苏东坡是一脉相承的。东坡记文与可语云:

竹之始生,一寸之萌耳,而节叶具焉。自蜩腹蛇蚹,以至于剑拔十寻者,生而有之也。今画者乃节节而为之,叶叶而累之,岂复有竹乎?故画竹必先得成竹于胸中,执笔熟视,乃见其所欲画者。急起从之,振笔直遂,以追其所见,如兔起鹘落,少纵则逝矣。(《文与可画篔筜谷偃竹记》)

而文与可的这些话,虽然说得明白精采,却也不能承认是从他才开始发现的秘密。在他之前,写作诗文,早有"腹稿"的事实和说法。例如杨德祖写信给曹植:"尝亲见执事握牍持笔,有所造作,若成诵在心,即书于手,曾不斯须少留思虑。仲尼日月,无得逾焉。"(《文选·答临淄侯笺》)所谓"成诵在心",就是说在心里已经作成了想作的文章。南朝梁代裴子野为文甚速,有人问他有何特别方法,他回答道:"人皆成于手,我独成于心。虽有见否之异,其于刊改一也。"(《梁书·裴子野传》)所谓"成于心",也是说经过在内心里反复修改酝酿,在用手写出之前,文章早已基本完成,写的时间自然可以大大缩短了。"腹稿"之名,可能起于初唐,因《新唐书·王勃传》有云:"勃属文初不精思,先磨墨数升,则酣饮引被覆面卧。及寤,援笔成篇,不易一字。时人谓勃为腹稿。"王勃是否真在呼呼大睡?我看未必。他乃在专心思考,结构。等腹稿完成,马上起来援笔成篇。苏辙曾说:"范蜀公少年仪矩任真,为文善腹稿。作赋场屋中,默坐至日晏无一语。及下笔,顷刻而就。"(《栾城先生遗言》)王勃是"引被覆面卧",范蜀公是在场屋中"默坐至日晏无一语",具体表现不同,都在凝神结想则一致。"腹稿"也就是"胸有成竹"。

但"胸有成竹"还有更早的出处，那就是《庄子·达生》篇里梓庆削木为鐻故事：

> 梓庆削木为鐻。鐻成，见者惊犹鬼神。鲁侯见而问焉，曰："子何术以为焉？"对曰："臣工人，何术之有？虽然，有一焉。臣将为鐻，未尝敢以耗气也，必齐以静心。齐（斋）三日而不敢怀庆赏爵禄，齐五日不敢怀非誉巧拙，齐七日辄然忘吾有四枝形体也。当是时也，无公朝，其巧专而外滑（骨）消；然后入山林，观天性，形躯至矣，然后成见鐻，然后加手焉。不然则已。则以天合天，器之所以疑神者其是与！"

这个故事似乎可以很现成地说是"胸有成鐻"。"器之所以疑神者"，就因"胸有成鐻"，而且是"以天合天"得来的。"斋以静心"云云，无非表明必须专心致志，不要受个人打算和外界嘴舌的干扰，把整个身心都投入到工作中去，他认为这就具备了从事艺术创造的主观条件。客观条件就是材料非常合适。"以天合天"，即指主客观条件都具备，而且密切结合。就这个故事本身讲，实在没有什么神秘之处。或以为这些话充分暴露了庄子思想的唯心主义本质，我看这种指责倒是颇为主观，不够实事求是的。

从胸有成鐻、到腹稿、到胸有成竹，从制器、作诗文、小说、戏曲、绘画、写字一直到堆假山，从古到今，从中到外，这为文与可所提出，经苏轼之手写定的"胸有成竹"，无数材料可以证明确是文艺创作应该遵循的一条规律。这样创作不仅可以缩短动手写作的时间，更重要的是可以把对象作为整体，并把生命表达出来。清代沈德潜曾说："写竹者必有成竹在胸，谓意在笔先，然后着墨也。倘意旨间架，茫然无措，临文敷衍，支支节节而成之，岂所语于得心应手之技乎？"（《说诗晬语》卷下）"意在笔先"，指在下笔之前对整个作品已苦心经营，构思成熟，有充分准备，与从主观概念出发的"主题先行"完全是两回事。把"意在笔先"作为"胸有成竹"这一规律的理论概括，我以为是可以的。

二、形似、神似与常理的统一

"画竹必先得成竹于胸中"，但究竟怎样才能"先得成竹于胸中"呢？苏辙写

980

过一篇《墨竹赋》送给文与可,在转述了文与可一段写竹的经验谈之后,曾发了这样几句议论:"盖予闻之,庖丁,解牛者也,而养生者取之;轮扁,斫轮者也,而读书者与之。万物一理也,其所以为之者异尔。况夫夫子之托于斯竹也,而予以为有道者则非耶?"(《栾城集·墨竹赋》)意思是文与可墨竹画得如此精妙,乃由于好道,他实是托于斯竹的高明有道之士。苏轼认为他这个弟弟所说,虽然未始不对,但毕竟未能回答怎样才能"先得成竹于胸中"的问题,自己是"心识其所以然"的,所以便站出宣称:"子由未尝画也,故得其意而已,若余者,岂独得其意,并得其法"。(《文与可画筼筜谷偃竹记》)东坡所得的法,可惜并没有较详细记载留传下来,但他的看法,我们还是能探索出一些。特别因为他在这方面的看法,往往联系着文与可的作品,所以不妨认为正是在回答这个问题的。

东坡《净因院画记》云:

> 余尝论画,以为人禽、宫室、器用皆有常形,至于山石、竹木、水波、烟云,虽无常形,而有常理。常形之失,人皆知之,常理之不当,虽晓画者有不知,故凡可以欺世而取名者,必托于无常形者也。虽然,常形之失,止于所失,而不能病其全,若常理之不当,则举废之矣。以其形之无常,是以其理不可不谨也。

这是说常理,即事物的必然之理比起事物的常形来,作者更应知其重要性而不可不谨。东坡还说过:"论画以形似,见与儿童邻。"(《书鄢陵王主簿所画折枝二首》)如果只以画得像不像来评议作品的高下,当然太幼稚了。但东坡的意思,也不是说可以完全忽略形似。如果画某物根本不像某物,无论怎样主张神似的人都将失掉其凭借。如果把某物的常形画错,即使只是部分画错,也将严重丧失艺术的效果。黄筌画飞鸟,画成颈足皆展;戴嵩画斗牛,画成掉尾而斗,因为常形有失,名家也出了笑话。他再三提出的"随物赋形","形"字中即包括常形在内。要求做到"胸有成竹",不能不先把握常形。

但只把握常形当然还不够,必须进一步把握事物的变态,即事物在不同情况不同条件下各种具体的表现,若对象是人,则就是人的各不相同的内心世界、精神状态。果能"随物赋形",必然"姿态横生"。东坡对"能尽万物之态"的表现是很欣赏的,如《文与可飞白赞》云云,及《志林》云云。石曼卿诗所以"至陋",毫无诗趣,一也;连红梅的常形亦未写出,二也。对于写人,东坡同样非常重视形

981

态的逼肖,《书陈怀立传神》中所谓"意思所在",当指个性、神态特征所在。眼睛也好,颧颊也好,首先是要像眼睛和颧颊,其次是要活生生地像"这一个"的眼睛和颧颊。形似不够,还要神似。那么,神似是否就完全够了呢?

回答是:有时神似了也仍不够。还要当理,即整个作品都要合乎情理,符合生活逻辑,客观规律。

一个作品很可能细节是真实的,个别人物是神似的,但整体未必真实或未全真实,人物虽神似而其行动却不合或不全合乎生活逻辑。比如,把一个维妙维肖的小丑立刻变成英雄,那就不能使人信服。"胸有成竹",原意并非指已有了个主观捏造的东西,而是指心里已酝酿成熟了一个符合生活真实的艺术品。

"物固有是理",凡物都有其常理,用艺术手段,通过具体事物显示出来了这个常理,作品才有意义,才有深度,才有审美价值。东坡赞赏于文与可的,正在于:

> 世之工人,或能曲尽其形,而至于其理,非高人逸才不能辨。与可之于竹石枯木,真可谓得其理者矣。如是而生,如是而死,如是而挛拳瘠蹙,如是而条达遂茂,根茎节叶、牙角脉缕,千变万化,未始相袭,而各当其处,合于天造,厌于人意。(《净因院画记》)

所以,要"先得成竹于胸中",力求描写对象的形似,神似与当理,实是当务之急。当理最重要,但在文艺作品里,神似是必要的,形似亦不可缺。理想的胸中之竹,当是三者的密切结合与统一。

三、其身与竹化,无穷出清新

高尔基曾说:"大匠不但要很好的知道,而且要爱自己的材料。正确点说,要欣赏它们。马尔麦拉多夫、喀啦马佐夫和其余像杜斯妥夫斯基的主人公实在厌恶人,但很显然的是,杜斯妥夫斯基本着极大的爱情把他们造成的。"(《我的创作经验》)这样的意思九百多年前在苏轼、文与可同时的画家和画论家郭熙的《林泉高致集·山水训》里就已有了,而且说得更全面:

> 天下名山巨镇,天地宝藏所出,仙圣窟宅所隐,奇崛神秀,莫可穷其要

妙。欲夺其造化，则莫神于好，莫精于勤，莫大于饱游饫看，历历罗列于胸中。而目不见绢素，手不知笔墨，磊磊落落，杳杳漠漠，莫非吾画。此怀素夜闻嘉陵江水声而草书益佳，张颠见公孙大娘舞剑器而笔势益俊者也。今执笔者所养之不扩充，所览之不淳熟，所经之不众多，所取之不精粹，而得纸拂壁，水墨遽下，不知何以掇景于烟霞之表，发兴于溪山之颠哉！

"莫神于好"，作者喜爱他的材料，热爱他的工作，这才有可能把它写好。没有这个前提，"胸有成竹"是不可能的。

文与可的确非常爱竹：

> 嗜竹种复画，浑如王掾居。高堂倚空岩，素壁交扶疏。山影覆秋静，月色澄夜虚。萧爽只自适，谁能爱吾庐？（《墨君堂》）
>
> 泽师种竹三十年，竹成满院生绿烟。……古人亦有爱竹者，岂得似师心意专。我亦平生苦如此，兼解略把笔墨传。（《寄题阆州开元寺泽师竹轩》）
>
> 心虚异众草，节劲逾凡木。……若论檀栾之操无敌于君，欲图潇洒之姿莫贤于仆。（《咏竹一字至十字成章》，以上均见《丹渊集》）

文与可既爱竹的自然美，还把竹人格化了，更爱从竹身上联想体会出来了的高洁劲直的人格。上面"心虚"、"节劲"已经有所透露，下面告语苏辙"竹之所以为竹"一段更清楚了：

> 至若藂薄之余，斤斧所施，山石荦埆，荆棘生之。蹇将抽而莫达，纷既折而犹持。气虽伤而益壮，身已病而增奇。凄风号怒乎隙穴，飞雪凝沍乎陂池。悲众木之无赖，虽百围而莫支，犹复苍然于既寒之后，凛乎无可怜之姿。追松柏以自偶，窃仁人之所为，此则竹之所以为竹也。（苏辙《墨竹赋》引文与可语）

竹的自然美当然也值得称颂描写，但他从竹身上体会到的人格美的确更值得称颂描写。他在写竹，同时亦在抒发他对困而不屈、坚贞抱节这种生活态度的激赏。正是这种进步思想使他越发要把胸中之竹出色地酝酿好。

东坡对文与可的爱竹和他所以会爱竹的思想感情是深有所知的,如云:

晚节先生道转孤,岁寒惟有竹相娱。粗才杜牧真堪笑,唤作军中十万夫。(《竹坞·和与可洋川园池之一》)

汉川修竹贱如蓬,斤斧何曾赦箨龙。料得清贫馋太守,渭滨千亩在胸中。(《筼筜谷》)

风梢雨箨,上傲冰雹。霜根雪节,下贯金铁。谁为此君,与可姓文。惟其有之,是以好之。(《戒坛院与可画墨竹赞》)

文与可爱竹之极,贤之曰"君",曾作"墨君堂",而请东坡作《墨君堂记》以颂竹之德。于是东坡写道:

与可之为人也,端静而文,明哲而忠,士之修洁博习、朝夕磨治洗濯,以求交于与可者,非一人也,而独厚君如此! 君又疏简抗劲,无声色臭味可以娱悦人之耳目鼻口,则与可之厚君也,其必有以贤君矣。世之能寒燠人者,其气焰亦未至若雪霜风雨之切于肌肤也,而士鲜不以为欣戚,丧其所守。自植物而言之,四时之变亦大矣,而君独不顾,虽微与可,天下其孰不贤之。然与可独能得君之深,而知君之所以贤,雍容谈笑,挥洒奋迅,而尽君之德。稚壮枯老之容,披折偃仰之势,风雪凌厉以观其操,崖石荦确以致其节,得志遂茂而不骄,不得志瘁瘠而不辱。群居不倚,独立不惧。与可之于君,可谓得其情而尽其性矣。

这是在颂竹之德,也是在颂文与可之德,更是在颂"得志遂茂而不骄,不得志瘁瘠而不辱、群居不倚,独立不惧"这样一种"修洁"的品格。联系北宋当时"积贫积弱"的政治局面,各派政治力量围绕要否改革、如何改革的问题斗争激烈,确有不少士大夫为了持禄保位,不敢主张革新,或则依违两可,不敢坚持自己的看法,而宁愿当没有骨气的风派。文与可不是这样的人,苏轼更不是这样的人。他们从竹的自然美中联想体会到这样的一种人格美,而发表倾向如此鲜明的议论,绝非偶然。看来,苏轼对文与可画竹的赞赏与理解所以能如此中肯、深刻,除掉他自己亦能作画,和文与可有"亲厚无间"的交谊外,在人生观上的异常接近,是有很大关系的。

爱竹是一种动力,郭熙接着指出的"莫精于勤,莫大于饱游饫看,历历罗列于胸中",则是切实功夫。没有这种切实功夫,胸中之竹仍成不起来。文与可正是这样做的,苏轼也是看到了文与可这样做的。为了写竹,文与可的"饱游饫看"之"勤"之"专",达到了惊人的深度。苏辙《墨竹赋》里记有他这样一段对话:

> 始予隐乎崇山之阳,庐乎修竹之林,视听漠然无概乎予心。朝与竹乎为游,暮与竹乎为朋,饮食乎竹间,偃息乎竹阴,观竹之变也多矣。……始也,予见而悦之,今也悦之而不自知也。忽乎忘笔之在手与纸之在前,勃然而兴,而修竹森然,虽天造之无朕,亦何以异于兹焉。

而苏轼下面这首诗,也正是写文与可"饱游饫看"之"勤"之"专"的,和与可的自述完全一致:

> 与可画竹时,见竹不见人。岂徒不见人,嗒然遗其身。其身与竹化,无穷出清新。庄周世无有,谁知此疑神?(《书晁补之所藏与可画竹三首》)

"见竹不见人",表明文与可的全部注意力已都投入到描写对象中去。"嗒然遗其身",表现画家专心致志到连自身的存在也已忘记。当画家物我俱忘,与竹融化为一,多变的对象得与画家的高洁情操以无限的方式相联结,"无穷出清新",乃是非常自然的结果了。"画竹必先得成竹于胸中",这成竹又该是"无穷出清新"的珍品,要使愿望成为现实,苏轼总结了文与可的经验提出的这些论点,我以为符合艺术表现的规律。

四、心手不相应,不学之过也

"无穷出清新"的胸中之竹,是否只要随手写出就能成为好作品?一般不可能这样简单。北宋当时那些重道轻文,重理轻辞的经术家、道学家们是这样想的。但他们这样写出来的只不过是政令文字或道学讲义,根本不是文艺创作。苏轼则重视文艺特征、讲究艺术表现,这同他反对形式主义毫不矛盾。

东坡深知,要把胸中之竹成功地转变为手中之竹,即把在内心酝酿成熟的东西转变为具体的作品,这中间还有不少工作要做,不少东西要学,绝不是轻易

可获成功的事。即如"画竹必先得成竹于胸中"这个道理,原是文与可告诉他的,听后他就联系自己,发了感慨:

> 　　与可之教予如此,余不能然也,而心识其所以然。夫既心识其所以然,而不能然者,内外不一,心手不相应,不学之过也。故凡有见于中,而操之不熟者,平居自视了然,而临事忽焉丧之,岂独竹乎?(《文与可画筼筜谷偃竹记》)

这里指出,对"心识其所以然"的东西,不一定就能很好地写出来;"心手不相应",是"不学之过","操之不熟"的缘故。东坡论文艺,往往得庄子寓言之助,这一意见即借鉴自《庄子·天道》中轮扁斫轮的故事。这位老匠师斫轮已精熟到"不徐不疾,得之于手,应之于心"的程度,他从丰富的经验中深深体会到此中存在甚至可以用某种数字来表达的规律,但却说不具体确切,"臣不能喻臣之子,臣之子亦不能受之于臣",这位老匠师是劳动到了七十岁才逐步学到熟练、熟能生巧的地步。尽管今后科技将更加发达,人类可以借助机器进一步深研各种规律,但无论如何,作家的亲身实践功夫总是绝不可少的。"物固有是理,患不知,知之患不能达之于口与手。"(《答虔倅俞括奉议书》)"求物之妙,如系风捕影,能使是物了然于心者,盖千万人而不一遇也,而况能使了然于口与手乎?"(《答谢民师书》)东坡这样反复强调艺术技巧的重要,既是对当时道学家们"有德者必有言"、"作文害道"等错误主张的反驳,坚持了文艺的特征,同时也为作者们指出了一条切实努力的道路。

　　其实,古代文论家对客观事物、主观认识与表达手段三者之间并不是不用费力就可达到和谐一致的事实早有所见。陆机《文赋序》已经道出:"恒患意不称物,文不逮意。"主观认识不一定符合客观事物的形态与常理,语言文字以至线条、色彩、音声也不一定赶得上主观认识,都可能存在不同程度的矛盾、差距。后来刘勰再加阐释:"意授于思,言授于意,密则无际,疏则千里。或理在方寸,而求之域表,或义在咫尺,而思隔山河。"(《文心雕龙·神思》)这里思、意、言三者之分,我看与陆机的物、意、文三者是一致的,物本身不能有思,这里的"思"即物理,说它是思,因物理总得通过人的观察探讨才能发现。三者经过作家的努力可以作到"密则无际",但如粗心大意,不学而又不熟,就可能"疏则千里"。元代杰出画家吴镇(梅花道人)同意文与可的观点,但认为作者如不刻苦学习,不

986

但不能胸有成竹，即使有了也还是写不出来的：

> 昔文湖州授东坡诀云：竹之始生，……不学之过也。且坡公尚以为不能然者，不学之过，况后人乎？人能知画竹者不在节节而为、叶叶而累，却不思胸中成竹，何自而来。慕远觅高，逾级躐等，放驰性情，东抹西涂，自谓脱去翰墨蹊径，得乎自然，原非上智，何能有此。故能一节一叶，措意法度之中，时习不怠，真积力久，因信胸中真有成竹，而后可以振笔直遂，以追其所见。不然，徒执笔熟视，将何所见而追之耶？若能就规矩，初尚苦于物，久之，犹可至于不物物地，若遽放纵，吾恐不复可久，终归无所成也。故学者必自法度中来始得。（《梅道人遗墨·竹卷跋》）

吴镇的意思，画家应站得高，看得远，了解事物的完整形象和内部规律，但要真正形成胸中之竹，并最后把它完好地表现出来，一定还要老老实实，按照艺术表现的规律办事，决不能粗枝大叶，随心所欲，胡乱从事。明代袁中道对吴镇这番话深为赞同，以为"此意通于学问，不独画竹"（《游居柿录》）。清代画竹名家郑板桥也完全肯定此说，认为借口"写意"，连小小匠心尚不肯刻苦，就谈不到穷微索渺："不知写意二字，误多少事。欺人瞒自己，再不求进，皆坐此病。必极工而后能写意，非不工而遂能写意也。"（《郑板桥集·题画·竹》）

苏轼这些看法符合实际，也是继承了传统文论的科学部分而说得更加透辟、通俗的。某些道学家的"有德者必有言"、文道仿佛完全对立等谬说，只能表明他们完全是文艺的门外汉罢了。

五、后人对"胸有成竹"的议论

自从苏轼说出文与可主张"胸有成竹"，并给予精采的阐释以来，不但在文艺创作的各个领域得到广泛承认，多方称引，而且早已变为一句成语，深入到了人民的日常生活，起着积极的作用。但也曾有人对这主张提过异议，例如章学诚。《文史通义·古文十弊》的第八弊谓"优伶演剧"，其中说到："自文人胸有成竹，遂致闺修皆如板印"。文云：

> 文人固能文矣，文人所书之人，不必尽能文也。叙事之文，作者之言

987

也，为文为质，惟其所欲，期如其事而已矣。记言之文，则非作者之言也，为文为质，期于适如其人之言，非作者所能自主也。贞烈妇女，明诗习礼，固有之矣，其有未尝学问，或出乡曲委巷，甚至佣姬鬻婢，贞节孝义，皆出天性之优，是其质虽不愧古人，文则难期于儒雅也。每见此等传记，述其言辞，原本《论语》、《孝经》，出入《毛诗》、《内则》；刘向之《传》，曹昭之《诫》，不啻自其口出，可谓文矣。抑思善相夫者，何必尽识鹿车、鸿案？善教子者，岂皆熟记画荻、丸熊？自文人胸有成竹，遂致闺修皆如板印。与其文而失真，何如质以传真也。由是推之，名将起于卒伍，义侠或奋闾阎，言辞不必经生，记述贵于宛肖。而世有作者，于斯多不致思。是之谓优伶演剧。盖优伶歌曲，虽耕氓役隶，矢口皆叶宫商，是以谓之戏也。

把实斋这节话全引出来，一方面为了表明这节话总的精神是在坚持"与其文而失真，何如质以传真"的现实主义方法，这是很值得后人学习的，另一方面，也为了看到全文，便易于明白实斋之不满"胸有成竹"，实出于误会，文与可和苏轼所主张的"胸有成竹"，根本不是他所指出的那种意思。"胸有成竹"，原意是生活真实之竹经过主观融化已成为艺术真实之竹，而且作者已经把它酝酿成熟，活生生地矗立在胸中了，它是有生活真实之竹为基础，植根于生活的土壤深处的。而实斋所说的某些文人的胸中之竹，却不过是一种主观框套，僵化概念的化身，完全是两回事。因为在生活里，即使在读经成风的封建社会里，那里找得到身为"佣姬鬻婢"，而开口闭口都用《论语》、《孝经》、《毛诗》、《礼记·内则》中的语言说话的"贞烈妇女"呢？正因为胸中并无活生生的成竹，而只有一些主观框套，僵化概念，所以那些文人才会像"优伶演剧"般地来为人作"失真"的传记。其实，如果是高明的演员，本来也并不都像实斋所说那样来演剧的。在实斋之前，李渔早已指出："曲文之词采，与诗文之词采非但不同，且要判然相反。何也？诗文之词采贵典雅而贱粗俗，宜蕴藉而忌分明；词曲不然，话则本之街谈巷议，事则取其直说明言。……元人非不读书，而所制之曲，绝无一毫书本气，以其有书而不用，非当用而无书也；后人之曲，则满纸皆书矣。"（《闲情偶寄·贵显浅》）高明的戏曲家固然不掉书袋，高明的传记文作家，例如司马迁在《陈涉世家》里写陈涉故人语："伙颐，涉之为王沈沈者"，不是也并未掉书袋么？

值得注意的，倒是实斋之前，郑板桥说的这些话：

江馆清秋，晨起看竹，烟光日影露气，皆浮动于疏枝密叶之间。胸中勃勃遂有画意。其实胸中之竹，并不是眼中之竹也。因而磨墨展纸，落笔倏作变相，手中之竹，又不是胸中之竹也。总之，意在笔先者，定则也；趣在法外者，化机也。独画云乎哉？

文与可画竹，胸有成竹；郑板桥画竹，胸无成竹。浓淡疏密，短长肥瘦，随手写去，自尔成局，共神理具足也。藐兹后学，何敢妄拟前贤。然有成竹，无成竹，其实只是一个道理。

余家有茅屋二间，南面种竹。夏日新篁初放，绿阴照人，置一小榻其中，甚凉适也。秋冬之际，取围屏骨子，断去两头，横安以为窗棂；用匀薄洁白之纸糊之。风和日暖，冻蝇触窗纸上，冬冬作小鼓声。于时一片竹影凌乱，岂非天然图画乎？凡吾画竹，无所师承，多得于纸窗粉壁日光月影中耳。

四十年来画竹枝，日间挥写夜间思。冗繁削尽留清瘦，画到生时是熟时。（均见《郑板桥集·题画·竹》）

郑板桥的这些话中，其"无所师承，多得于纸窗粉壁日光月影中"的长期观察体验，其"日间挥写夜间思"的长期锻炼思考，是容易理解的。其"眼中之竹"、"胸中之竹"、"手中之竹"的区分，虽有陆机"物"、"意"、"文"，刘勰"思"、"意"、"言"，苏轼"理"、"心"、"手"等区分为之前导，毕竟说得更明确，通俗，是进了一步的。如果说眼中之竹，是指生活真实之竹，胸中之竹，是指经过作者主观创造的艺术真实之竹，两者有密切联系而非完全一样，那么，所谓"手中之竹又不是胸中之竹"，又当如何理解？所谓"有成竹，无成竹，其实只是一个道理"，是否真正如此呢？

我觉得，郑板桥凭其丰富的创造经验，和对文艺创作规律的深刻理解，对文与可、苏轼的"胸有成竹"说在肯定之余又作了很有意义的补充及阐发。

手中之竹所以不能完全就是胸中之竹，因为在实际写作过程中，对原来的构想，难免会有一些变化，例如，这里增加或加强一些，那里减少或减轻一些。有时由于思考得深了一步，把对象看得更清楚了，事物本身的逻辑发展道路更明白了，原来没有想到的东西逐渐出现，所以手中之竹同胸中之竹开始有了差别，有时甚至终于产生了不小的差别。这是因为写的过程并不是单纯的移植模写，而是还在继续思考、补充和改正。"胸有成竹"，并非构思过程已经到此完全结束了。"胸中之竹"虽已是一个完整的有机的、活生生的存在,有没有这个存在极不一样,但毕竟还不是一个已经全部完成的作品。它是允许变化,也很自然地会有一定变化的。普希金有次对朋友说:"想想看,我那位塔姬雅娜跟我开了个多大的玩笑!她竟然嫁了人!我简直怎么也没有想到她会这样做。"托尔斯泰说:"关于安娜·卡列尼娜我也可以说同样的话。"因为托尔斯泰的一位老朋友也说他让安娜死在火车轮下实在对她太残酷了。托尔斯泰表白他的创作原则:"根本讲来我那些男女主人公有时就常常闹出一些违反我本意的把戏来:他们做了在实际生活中常有的和应该做的事,而不是做了我们希望他们做的事。"(引见贝奇柯夫《托尔斯泰评传》,第 344—345 页)人物的性格逻辑越来越明显之后,会使一个严肃地忠实于生活的现实主义作家把他的"胸中之竹"加以变化,而使"手中之竹"同它产生某种差别。"手中之竹"不是"胸中之竹"不等于否定了"胸中之竹"的作用。"手中之竹"往往赶不上"胸中之竹",如东坡说这是"不学之过";"手中之竹"也有胜过"胸中之竹"的时候,这就是好学深思,得以补充、发展原有形象的结果了。

既要"胸有成竹",又不能为"成竹"所限,应该更张的地方必须加以更张,像普希金、托尔斯泰上面谈到的那种情况,三百多年前李渔也类似地谈到了。其论"胸有成竹"之必要云:

> 结构二字,则在引商刻羽之先,拈韵抽毫之始,如造物之赋形,当其精血初凝,胞胎未就,先为制定全形,使点血而有五官百骸之势。倘先无定局,而由顶及踵,逐段滋生,则人之一身,当有无数断续之痕,而血气为之中阻矣。(《闲情偶寄·词曲部·结构》)

其论又不能为"成竹"所限云:

> 开场数语,谓之家门。虽云为字不多,然非结构已完,胸有成竹者,不能措手。即使规模已定,犹虑做到其间,势有阻挠,不得顺流而下,未免小有更张。是以此折最难下笔。如机锋锐利,一往而前,所谓信手拈来,头头是道,则从此折做起;不则姑缺首篇,以俟终场补入,犹塑佛者不即开光,画龙者点睛、有待。非故迟之,欲俟全像告成,其身向左则目宜左视,其身向右则目宜右观,俯仰抵回,皆从全身转,非可预为计也。(同上《格局》)

可见，"手中之竹"不必亦不能完全是"胸中之竹"，乃是自然、合理的事情。郑板桥的体会是正确的。

如果以上所说不错，那么"有成竹，无成竹，其实只是一个道理"的问题，亦可迎刃而解了。从肯定"胸有成竹"的角度说，这是"有成竹"，从不为"成竹"所限的角度说，这是"无成竹"。所谓"只是一个道理"，即指"神理具足"。为什么要"胸有成竹"？岂非为了避免枝枝节节，支离破碎，追求"神理具足"？为什么又要不为"成竹"所限？岂非也是为了追求"神理具足"？客观事物的神理，不是一次就能完全把握到、表现得出的，需要反复提高认识，改正补充。在创作过程的不同阶段，提出不同的要求，目的却仍是一个。郑板桥的见解，表面上似跟文与可、苏轼有所不同，其实基本一致，只是有了某些发挥罢了。

文与可提出而由苏轼所写定，并详加发挥的"胸有成竹"说，说的虽是画竹，实际上揭示了一条具有普遍指导意义的文艺创作规律。古今中外许多作家在这方面都留下了丰富的经验、深刻的见解。根据这条规律，作家们必须熟悉生活，从生活出发，进行形象思维，经过概括、集中、提炼，反映事物的"常理"，在落笔之前胸中先有个完整的、活生生的形象，然后在实际表现的过程中继续刻苦地努力补充、改正、发展它。我看，这就是现实主义的创作方法。这种方法显然并不是外国传入的，在我们文学史上早已被许多作家在实践中发现并发展着的了。在社会主义时代继续推动这种创作方法的发展，正是我们的责任。

1981 年 4 月 12 日

技道两进

一、写物之功

写诗作文,必须具有高明的艺术描写本领,客观事物既是多种多样的,它在不同情况、不同条件、加上不同作家的笔下,其表现更是千姿百态,变化无穷。艺术描写的本领,首先就该体现在写出对象的真态,对象的个性。杜甫《羌村》诗:

> 峥嵘赤云西,日脚下平地。柴门鸟雀噪,归客千里至。妻孥怪我在,惊定还拭泪。世乱遭飘荡,生还偶然遂。邻人满墙头,感叹亦歔欷。夜阑更秉烛,相对如梦寐。

这首诗写杜甫从凤翔回到鄜州洛交县羌村家中的情景。由于在离家一年的时间中他已经历了被俘、脱险,又被皇帝放逐回家等不平常的生活,他这次回家的心情显然和别人的不会一样。"妻孥怪我在,惊定还拭泪,"为什么妻子会有这种感觉,会如此激动呢?因为在那个"世乱"年头,丈夫被迫到处飘荡,又杳无音讯,尽管绝不愿意,却不能不使妻子认为他已死在外面了。现在"生还偶然遂",丈夫居然回来了,就站在自己面前,这究竟是真事还是在梦中?一个"怪"字,活写出丈夫历尽艰辛归来之不易,妻子在绝望中感到的几乎连自己都不敢相信的惊喜。丈夫已经回来,妻子的惊魂逐渐平定,为什么还会流泪呢?这是一下子又回想起了过去所受种种苦难生活的辛酸眼泪,也是设想着今后可以合家团聚,不再重复过去苦楚的欣慰的眼泪。妻子这些复杂的感情表现只有在他们这种特定的环境、遭遇中才会出现,作者能够把它朴素、生动地描写出来,可以说就是写出了对象的个性。"夜阑更秉烛,相对如梦寐"也一样,已经谈到深夜,仍还没有睡意,因为还有许多说不完的话要谈。曾以为只能在梦境中出现的事今夜全出意外地在生活中真正实现,太令他们激动了,诗人精采地写出了他们悲喜交集的心情。

刘禹锡《望洞庭》则是写景:

> 湖光秋月两相和,潭面无风镜未磨。遥望洞庭山水翠,白银盘里一青螺。

这首诗写了永贞元年作者被贬官朗州司马赴任途中。全诗完全写景,优美动人。湖中风平浪静,在秋月映照下一片迷蒙。洒满皎洁月色的洞庭湖,好象一只巨大的白银盘,而月光下亮得有点暗青颜色的君山,远远望去就象洞庭湖这只大银盘里的一枚小青螺。碧翠的湖光山色,白银盘一般的洞庭湖,象一枚小青螺的君山,诗人通过生动的比喻和想象,为我们提供了非常鲜明的视觉形象。"湖光秋月两相和"已经是一种特定的景色,"白银盘里一青螺"更不是任何写湖光山色的诗所能模拟或混用。诗人同样也写出了这幅天然美景的个性。

苏轼对具有这种艺术描写本领的作者称为有"写物之功"。《东坡志林》卷十有云:

> 诗人有写物之功。"桑之未落,其叶沃若",他木殆不可以当此。林逋《梅花》诗云"疏影横斜水清浅,暗香浮动月黄昏",决非桃李诗。皮日休《白莲》诗云"无情有恨何人见?月晓风清欲坠时",决非红莲诗。此乃写物之功。若石曼卿《红梅》诗云"认桃无绿叶,辨杏有青枝",此至陋语,盖村学究体也。

只有嫩桑的叶子才那样肥茂而有光泽;只有梅花才有暗香和疏影;只有白莲的风姿,才能引起人们'无情有恨何人见'的叹惋!事物都有它的特点,搞错了就不成为这个事物。而只从"无绿叶"这一点来"认桃","有青枝"这一点来"辨杏",委实也太简单,太乏味了。

"写物之功"亦或被称为写物的工巧。苏轼以为文与可的飞白之"美"、之"工",就在其能"尽万物之态",虽然并没有直接画出赞词中说到的那些东西,从他的笔画中却能使人体会出那些东西的特有姿态。

　　文艺创作是现实社会生活的反映,表情达意都得通过客观事物的具体描写,缺乏写物之功,创作不能成功。但仅有某种写物之功,即使能写出某些人情、物态,作品还是不能有深刻意义,取得较大成绩的。苏轼在肯定作家须有"写物之功"的同时,进一步要求作家还须写出客观事物固有的"必然之理",是极具卓识的。

二、千变万化,有必然之理

　　苏轼认为事物虽是能千变万化的,仍有其必然之理,千变万化与必然之理不但不矛盾,倒还是被必然之理所决定、所管着的。以水为例,他就说:

> 天下之至信者,唯水而已。江河之大,与海之深,而可以意揣。唯其不自为形,而因物以赋形,是故千变万化,而有必然之理。(《滟滪堆赋》)

江河湖海,可谓极大极深,似乎很难想象其涯涘,而在懂得水性的人看来,实不难推知其形态。今天借助于各种科学手段来进行调查研究的学者,则还可以给我们绘出精确的各种水底地图来了。因为江河湖海里水的无数变化,归根结蒂要受周围环境的制约,周围环境是什么样子,它才能成为什么样子。地球上没有那样大的一个窟窿,水无法形成大海。水底如果没有许多礁石险滩,水流就不会那样汹涌奔湍。水"不自为形,而因物以赋形",就是它的一个"必然之理"。

　　正因为看到了水的这个必然之理,所以苏轼才称赞孙位和蒲永升两位画家,而斥责其他许多俗手。他说:

> 古今画水多作平远细皱,其善者不过能为波头起伏,使人至以手扪之,谓有洼隆,以为至妙矣。然其品格,特与印板水纸争工拙于毫厘间耳。

是否东坡认为"平远细皱"、"波头起伏"一概不行呢? 不是的。他反对的是人们画水多如此画法,似乎水只有这两种样子,以致成了依样画葫芦的老套。按这种老套画出来的水,东坡称之为"死水"。孙位画水好在哪里呢? 好在他"始出新意,画奔湍巨浪,与山石曲折,随物赋形,尽水之变",故"豪放神逸"。大家不是"平远细皴",便是"波头起伏",他偏偏不肯落套,要"随物赋形,尽水之变"。诚然这是一种"新意",实际这种新意还是从"随物赋形"这一个水的"必然之理"生发出来,并非孙位自己完全独创出来的。孙位与后来得孙本意的蒲永升所画的水所以都被东坡称为"活水",就因他们画出了水的种种变化,而它是符合水这事物变化从出的"必然之理"的。有生命、有个性,才是真水,才是活水。(《书蒲永昇画后》)

任何事物都有自己的"必然之理",其实这就是我们今天所讲的发展规律。规律的客观性便表现为它的必然性和普遍性。事物在一定条件下发展,总有其本质联系与必然趋势。流水有其"必然之理",行云亦有其"必然之理",描写它们而不识它们的"必然之理",偶然或许可以歪打正着,但终究不能保证写好写深。描写社会生活尤其如此。只有形似而无神似,只写出事物的某些情态而显示不出它们的发展规律,这样的作品没有多大意义。"孔子曰:'辞、达而已矣。'物固有是理,患不知之。知之,患不能达之于口与手。辞者,达是而已矣。"(《答虔倅俞括奉议书》)事物的"必然之理"是固有的,是不以人们的意志为转移的客观存在,东坡认为写文章的人,首先要能知道所写事物的固有之理,其次要能把知道的这个理充分明确地说得出,写得下,显示给读者。既能知道,又能说出写好,并非易事,只有两者都能做到了,才算得上"辞达"了。但"达"的主体在"理"不在"辞"却是十分清楚的,单纯的"文从字顺"或者文字清通,如果未能把所写事物的固有之理表达出来,决不能评为辞达。

论文要求达理,论画要求当理,东坡的意思是一致的。他称赞文与可画的竹石枯木,处处都符合它们在一定条件下发展的规律。不但合理,比之一般落套的画法来,它又是独特而富于创造性的。绘画如果只是在外形上有些缺点,这不过小疵,如果画的内容根本不合常理,那么即使在外形上有些佳处,整幅画的失败已无可挽回。正如写一个人,尽管对他的五官位置,衣着服饰写得不差,但如对他的言论、行动、性格写得完全不合情理,不能使人信服生活中真有这样的人物,那么这种描写就毫无价值了。

任何事物都有其"必然之理",人们如能"循万物之理"办事,即可"无往而不自得"。循理而行,"谓之顺"(《东坡易传》卷九),顺理才有成功的可能。东坡论文主"达理"、"当理",正是他循理、顺理说在文艺创作批评上的一种表现。这种

思想有深刻的进步意义。当时很多文艺家受他的影响,曾发表了类似的议论,如韩拙说:

> 凡云霞烟霭之气,为岚光山色,遥岭远树之彩也。善绘于此,则得四时之真气,造化之妙理。故不可逆其岚光,当顺其物理也。风虽无迹,而草木衣带之形,云头雨脚之势,无少逆也。如逆之,则失其大要矣。(《山水纯全集·论云霞烟霭岚光风雨雪》)

而张怀为《山水纯全集》作的后序中则说得更明白:

> 造乎理者,能画物之妙,昧乎理,则失物之真。

东坡谈理,不但认为物有物理,事也有其必然之理。物理要"循",要"顺",事理也不可违。譬如作文,是一种文事,就有其自己的规律。文章应该怎么写才写得好?有没有一个永远可用的格式?东坡的回答是:没有,也不应该有什么定式。"不挥地皆可出","初无定质",都说的是这个意思。有了丰富的生活底子,懂得了描写对象固有的"必然之理",各尽所能,各适所好,怎么写都可以,都可能写出好作品来。以"行云流水"为喻,表示的就是不拘一格,可以自由生发。实际生活是非常丰富复杂的,事物又各有其理,如何写法,只要循理,顺理而行,此外全可自己选择。"随物赋形",内容决定形式;相同的内容不是只有一种具体形式可用,即使采用一种具体形式也还可以体现出创作个性上的差异。水在平地上流是一个样子,与山石曲折时又是一个样子;在这里曲折是一个样子,在别处曲折,由于曲折情况不同又应是另一种样子。对象不断变化,同一对象所具的条件也不断变化,作家能够知道他过去是怎样写的,要他预先知道将来应该怎样具体写法,当然就"不可知"、"不能知"了。"所可知者,常行于所当行,常止于不可不止,如是而已矣。""随物赋形",即是行所当行,离开这个原则,主观胡说,就应"止于不可不止"。"随物赋形"重在物理,不能不"随物赋形"地来创作,重在事理。针对讲的问题不同,实际道理是一致的。事理归根到底也要服从于物理。

物态、物理之辨,古代文论中至为重视,后代如王船山,也曾注意到东坡的意见,并加阐发:

996

苏子瞻谓"桑之未落,其叶沃若",体物之工,非"沃若"不足以言桑,非桑不足以当"沃若",固也。然得物态,未得物理。"桃之夭夭,其叶蓁蓁"、"灼灼其华"、"有蕡其实",乃穷物理。夭夭者,桃之稚者也。桃至拱把以上,则液流蠹结,花不荣,叶不盛,实不蕃。小树弱枝,婀娜妍茂为有加耳。(《薑斋诗话》一)

以"得物态"为未足,要求进一步更"穷物理",这是对的。船山之意,似乎东坡只知重视体物之工,而不知在文艺创作上兼穷物理是更重要的功夫,这一点却不合事实。东坡是非常重视物理的,"若常理之不当,则举废之矣",形态与物理比较,在他心目中,轻重皎然可见。

东坡的贡献在于指出文艺创作不能不得物态,但更应穷物理;事物都有其"必然之理",作家应该"循理"、"顺理"地来描写,不应把千差万别,千变万化的事物简单化,制造一些死板格式叫人套用;"随物赋形",便能"文理自然,姿态横生";而文艺创作这件事本身,也有其不可违反的规律。

三、理从何来

作家写物,应知物理。上面引过,东坡说事物"千变万化,而有必然之理";"山石竹木水波烟云,虽无常形,而有常理";"物固有是理";"循万物之理,无往而不自得"。可见他确认"理"为物所固有,决不是谁凭主观臆造出来的。主观臆造出来而被人自称为"理",为"客观规律"的东西当然也有,这种东西必然经不起实践的检验,迟早会被证明是虚伪,欺骗。

理既是物所固有的,为知物理,当然就得学习。东坡有时也称这种学习为"求道"。如何学习呢?他反对下面四种错误的学法:

一种是只凭极有限的见闻或是自己的推想,以为已经求到了。他说:"世之言道者,或即其所见而名之,或莫之见而意之,皆求道之过也。"(《日喻》)即目所见,未经广泛、反复检验,怎能断定就是"必然之理"?从未见过,仅凭推想,自然更靠不住了。

一种是并不认真学习,一味凭空想,以为就可求到。譬如酒食之类,也是有其道理的。若想制作出美味的酒食,而不仔细研究制作的原理和方法,却是全凭主观设想去做,肯定不行。老说"我知酒食之所以美也",实际上却"略其分

997

齐,舍其度数,以为不在是也,而一以意造,则其不为人之所呕弃者寡矣。"他叹息当时不少学者正患此病。他引用了孔子的话:"吾尝终日不食,终夜不寝,以思无益,不如学也",然后发议论道:"由是观之,废学而徒思者,孔子之所禁,而今世之所上也。"(《大悲阁记》)

一种是略有所知闻,却无实践,以为就有用了。譬如游泳、潜水,完全不知水性当然不行,略有知闻却从未下过水,即使知闻到的一点"水之道"并不错,仍旧无用,实际等于无知。"生不识水,则虽壮见舟而畏之。故北方之勇者,问于没人,而求其所以没,以其言试之河,未有不溺者也。"(《日喻》)岂仅"生不识水"的"北方之勇者"如此,就是生而识水的南方人,由于从未下水过,即使把指导游泳、潜水的书读得滚瓜烂熟,真正下水时照样仍要吃苦头。"故凡不学而务求道,皆北方之学没者也。"(同上)

还有一种是迷信,盲从所谓名人权威的观点而不问究竟是否符合事物实际。所谓名人、权威的说法,未必都对,更不能句句是真理。即使同一事物,一旦条件变化了,事理物理也起变化,变化以前的认识同变化之后的认识便应有所不同。任何名人、权威的观点,都只能供自己参考,不可作为检验是否真理的重要标准。东坡自己的态度是,经过同客观实际反复比较,发现别人的话并不正确,即"其所不然者,虽古之所谓贤人之说,亦有所不取",因此而"不悦于世"亦在所不惜。(《上曾丞相书》)应该说这是一种很科学也很勇敢的态度。

那么怎样学法才是正确的呢?东坡也有其看法。

第一,他主张尽可能仔细地"观万物之变"。物之理既然是物本身所固有的,自然应该仔细研究、观察物本身,而且在变化中来进行研究、观察,在千变万化中来把握其相对稳定的规律。他说他是这样来求通万物之理的:"己好则好之,己恶则恶之,以是自信则惑也。是故幽居默处,而观万物之变,尽其自然之理,而断之于中。"(《上曾丞相书》)在对物进行实际的研究观察中,还得"博观而约取,厚积而薄发"(《稼说送张琥》),只有在长期、广泛、仔细深入、反复多次的研究观察中取得的认识,才可靠。上面讲过他认为欲知酒食之所以美,必须深入掌握到制作过程中非常具体的"分齐"、"度数",而绝不能"一以意造"。他称赞吴道子的画:"画至于吴道子,而古今之变,天下之能事毕矣。"评价之高,几乎无以复加了,吴道子成功的秘诀何在?无他,"道子画人物,如以灯取影,逆来顺受,旁见侧出,横斜平直,各相乘除,得自然之数,不差毫末"(《书吴道子画后》)而已。这就是说,道子画艺的成功,主要是对人物仔细深入进行研究观察的结果,他的仔细深入,甚至已达到"得自然之数,不差毫末"的程度。韩幹是画马的能手,韩怎样学习马"理"的呢?他指出:"君不见韩生自言无所学,厩马万匹皆吾师。"(《次韵子由书李伯时藏韩幹马》)画马而能以真马为师,并且不是少数几匹,而是万匹各色各样的真马为师,自然容易成功。又如"传神",即给人画像,要表达出他的精神面貌,是极不简单的。"传神与相一道,欲得其人之天,法当于众中阴察其举止。今乃使具衣冠坐,注视一物。彼敛容自持,岂复见其天乎?"(《书陈怀立传神》)这里所谓"天",即指作为描写对象的这个人物的"理"。"凡人勉强于外,何所不至,惟考之其私,乃见真伪,此欧阳文忠公与其弟侄家书也。"(《跋欧阳家书》)大概他在传神问题上的这个主张就是从欧阳修的家书中得到启发的。这也可见东坡对实际研究观察的要求之细致。

第二,他更主张在实践中来学习。他曾倡为"道可致而不可求"之说,云:

> 道可致而不可求。何谓致?孙武曰:"善战者致人,不致于人。"孔子曰:"百工居肆,以成其事。"君子学以致其道,莫之求而自至,斯以为致也欤。南方多没人,日与水居也,七岁而能涉,十岁而能浮,十五而能没矣。夫没者岂苟然哉,必将有得于水之道者。日与水居,则十五而得其道。(《日喻》)

这里他特别强调实践的作用,是极有见地的。在战争中学习战争,在制作中学习制作,在游泳中学习游泳。实践的确是最能教育人的,在实践中也是最能学到事物的道理,学到可靠的知识的。推广到文艺创作上,在以马为师中学习画马,在仔细观察人物中学习传神,是一样的道理。

所以,理从何来?东坡的回答,一是理为事物所固有的,绝非哪一个人的主观臆造;二是作家如要认识掌握物理,必须在实践中学习,认真、仔细作实际的研究观察。东坡这种回答,符合唯物主义思想,对文艺创作家,会起引导、鼓励深入生活、深入实际去形成自己"万斛泉源"的作用。

在实践中深明了物理,在文艺创作上往往还能触类旁通,处处得到有益的启发。东坡说:"物,一理也,通其意,则无适而不可。分科而医,医之衰也;占色而画,画之陋也。和缓之医,不别老少;曹、吴之画,不择人物。谓彼长于是则可,曰能是不能是则不可。世之书,篆不兼隶,行不及草,殆未能通其意也。如君谟真行草隶,无不如意,其遗力余意,变为飞白,可爱而不可学,非通其意,能如是乎?"(《跋君谟飞白》)每一个人物,每一门艺术,都有自己的规律,但人与人之间,这门艺术与那门艺术之间,在高一层次上,仍有些共同的东西,被某种道理、规律所制约着。此所以深明了一物之理,其作用却不限于认识此一事物。深明更多事物之理,人就会更加通达,甚至无私起来,得益的范围就更大了。

曾读到高尔基这一段话,觉得很有意义,很深刻:

> 经验愈更广大——它里面的主观的,个人的地位就愈更狭小,一般的意义就愈更灿烂地呈现出来,艺术家底社会形象就愈更鲜明地显示出来;作家愈更坚决地摈斥他的个性——他就愈更容易地抛掉他的渺小的、无足轻重的东西,他们在周围世界所接受的重要的客观的东西就愈更深刻地、广大地展示出来。(《苏联的文学》)

这里高尔基所说的应该摈斥的个性,我认为当然不是指一个作家的创作个性,而只是指那种渺小的主观的东西。而所说的"一般的意义"、"重要的客观的东西",我认为基本上就是指事物的必然之理,规律性的东西。规律性的东西懂得越多,主观的东西当然会越来越少,艺术家的社会形象就可以显得高大、重要了。

待我读到了苏轼这一段话,确很惊奇,一是惊奇他的思想多么同高尔基的相似,二是惊奇他竟然早已有了如此光辉的思想。他是这样说的:

> 轼不佞,自为学至今,十有五年,以为凡学之难者,难于无私;无私之难者,难于通万物之理。故不通乎万物之理,虽欲无私,不可得也。(《上曹丞相书》)

把通乎万物之理同思想认识上的无私直接联系起来,以为对客观事物的发展规律懂得越多,就越可以无私,越减少主观的成分,或许亦可以把这境界说成"自由"罢,那么苏轼早已对这境界有所向往,并且对如何达到这种境界的途径有所识认了。我毫无借此美化古人,拔高苏轼的意思,提出这一比较文学史上的材料,无非感到,对古代文化遗产,如果我们确想继承借鉴人类思想和文化发展中一切有价值的东西,过去极左路线统治下提出的所谓"破字当头"、"扫荡一切","越是精华越要批判"一类歪论及其流毒,的确还有拨乱反正,继续肃清的必要。

四、技道必须两进

　　东坡如此重视物理,认为作家必须深明物理,才写得好,但是否他认为明白物理即已尽了创作的能事呢? 不是的。当时有些人,特别是理学家们,确以为"有德者必有言",懂得了他们自诩的一套"道理",自然就能写出"至文"来。东坡得知创作的甘苦,认为事情绝不这样简单,即使懂得的是真理,要写出"至文",也还需要有另外的锻炼,另外的准备。他说:

　　　　求物之妙,如系风捕影,能使是物了然于心者,盖千万人而不一遇也,而况能使了然于口与手乎? 是之谓辞达。(《答谢民师书》)

　　　　有道有艺,有道而不艺,则物虽形于心,不形于手。(《书李伯时山庄图后》)

东坡懂得,真知物理很难,既知物理又能充分表达在口里和笔下,更难。了然于心,并不能保证了然于口与手。辞不达意,口头表达好而文字表达欠佳,文字表达很好而口头表达不好,这些情况都是现实存在的。有道,还须有艺;要掌握物理,还要掌握艺术地显示出物理来的高明技巧。对文艺创作来说,两者都是不可缺少的。

　　东坡也懂得,技与道,这两者是密切联系的。道指引技,技表现道,有时看来只是技在起作用,实际技中也有道的成分。东坡看到两人在洒水刈草,"手若风雨,而步中规矩,盖焕然雾除,霍然云消",不胜惊叹道:"妙盖至此乎! 庖丁之理解,郢人之鼻斫,信矣。"两人听了不以为然,对他说:"子未睹真妙,庖郢非其人也。是技与道相半,习与空相会,非无挟而径造者也。"(《众妙堂记》)这表明,如此熟练的手法,并不单纯是技巧与习惯在起作用,其中也存在道的成分。"学者观物之极,而游于物之表,则何求而不得。故轮扁行年七十而老于斫轮,庖丁自技而进乎道由此其选也。"(《书黄道辅〈品茶要录〉后》)道起主导作用,但道技也有相通,互相推动促进的一面。在技巧上精益求精的同时,对描写对象有了进一步的认识;因而改变原来设想,原来计划的事,在创作过程中确亦常有。东坡《跋秦少游书》云:

　　　　少游近日草书,便有东晋风味,作诗增奇丽。乃知此人不可使闲,遂兼有百技矣。技进而道不进则不可,少游乃技道两进也。

技道两进之说甚好。既要在实践中精求物理,也要钻研表现技巧。高明的技巧离不开对物理的掌握。没有高明的技巧很难显示物理而成为文艺佳作。道进而技不进,或技进而道不进,对提高文艺创作水平都不利。东坡对秦观"技道两进"的赞美,对今天我们的作者仍有积极启发意义。

(原载《中华文史论丛》1981 年第 2 期)

自是一家

一、有意为之的"自是一家"说

熙宁八年（1075）冬十月，苏轼在密州任太守，祭常山回城，小猎，成《祭常山回小猎》诗，云：

> 青盖前头点皂旗，黄茅岗下出长围。弄风骄马跑空立，趁兔苍鹰掠地飞。回望白云生翠巘，归来红叶满征衣。圣朝若用西凉簿，白羽犹能效一挥。

稍后几天，他又写成《江城子·密州出猎》词一阕云：

> 老夫聊发少年狂，左牵黄，右擎苍。锦帽貂裘，千骑卷平岗。为报倾城随太守，亲射虎，看孙郎。　　酒酣胸胆尚开张，鬓微霜，又何妨。持节云中，何日遣冯唐？会挽雕弓如满月，西北望，射天狼。

一诗一词，精神、意境大致相同。虽政见与倡行新法者不合，正当四十岁壮年的苏轼却并不想一味发泄他的牢骚，而总牢记着西北方面的边患，宁愿领兵去抗敌。"会挽雕弓如满月"，"白羽犹能效一挥"，诗人不仅有激昂的雄心，也是充满着清除边患的壮志。但我们在这里将不谈他这种雄心壮志，而只想讨论他在写作这些诗、词时一道提出的"自是一家"说。

大概在写成这阕《江城子》词后过不几天，苏轼在《与鲜于子骏》的一封信里就非常高兴地吐露了当时自己这样一种心情：

　　　　近却颇作小词，虽无柳七郎风味，亦自是一家，呵呵！数日前猎于郊外，所获颇多，作得一阕，令东州壮士抵掌顿足而歌之，吹笛击鼓以为节，颇壮观也。写呈取笑。

"近却颇作小词"，当指《蝶恋花》(灯火钱塘三五夜)、《江城子》(十年生死两茫茫)、《雨中花慢》(今岁花时深院)等作品吧。"柳七郎风味"，当指柳永慢词中缠绵悱恻地表达出来的男女之情与离情别绪吧。苏轼这些近作，其风味的确已和柳永词有所不同。但何以在写了《密州出猎》之后才欣然提出"自是一家"这一点？我以为，因为这阕词更加鲜明地表现了豪放词的特点。在他以前，词作多以"清切婉丽"、"词情蕴藉"，充满绮罗香泽为宗，词的题材很狭窄，词的意境不高旷，受音律束缚很厉害，往往只能作为乐曲的歌词而存在，适合于年青姑娘们歌唱。苏轼出于革新的愿望，在诗词创作上也要求有所突破，形成自己的特色。他已经作过努力，写出了一些具有自己特色的作品，现在又完成一阕，觉得进一步实现了自己的主张，所以才特别高兴地提出了这一点。雄壮的歌词，又经东州壮士"抵掌顿足"地大声唱出来，比之柳永词的曲折委婉和歌妓声色，的确是一种空前的壮观。

　　对于词作的这种壮观，不但在当时，就是在后来的相当长期内，也没有被较多的人欣然承认。论者的逻辑，无非说"词为艳科"，豪放便非本色，便属别格，便不是正声。只因为苏轼的词确实极工，无法否认或抹煞其地位和价值，所以才不得已许其与"花间"一派并行，不能偏废。而在苏轼自己，对词作成为这样的一家，则不但高兴，显然还颇有得色。他对柳永词风是一直不大满意的：

　　　　东坡在玉堂，有幕士善讴。因问："我词比柳词何如？"对曰："柳郎中词，只如十七、八女孩儿，执红牙拍板，唱'杨柳外、晓风残月'；学士词须关西大汉，执铁板，唱'大江东去'。"公为之绝倒。(俞文豹《吹剑续录》)
　　　　秦少游自会稽入京见东坡，坡云："久别当作文甚胜，都下盛唱公'山抹微云'之词。"秦逊谢。坡遽云："不意别后公却学柳七！"秦答曰："某虽无识，亦不至是。先生之言，无乃过乎？"坡云："'销魂当此际'，非柳词句法

1004

乎?"秦惭服。(彭孙遹《词藻》卷一)

柳永词在内容和形式上当然也不是全无贡献,不能说他完全仍在继续"花间",但毕竟"喁喁儿女私情"为多,格调不高。以国家积贫积弱为忧,立志改革的苏轼会不满意他的词风,是很自然的。对这种词风的不满,骨子里实是对这样消沉的思想情绪的不满。当时柳词传播甚广,甚至在西夏,也"凡有井水处即能歌柳词"(《避暑录话》),苏轼独排众议,不但公然屡表轻视,更为有力的是用自己的作品,"使人登高望远,举首高歌,逸怀浩气,超乎尘垢之外"(胡寅《酒边词序》),以其"寄慨无端,别有天地"(陈廷焯《白雨斋词话》),"指出向上一路,新天下耳目"(王灼《碧鸡漫志》卷二),而逐渐征服了大多数读者的心。

苏轼的"自是一家",显然是有意为之的。他首先要求在流行的柳七郎风味外"自是一家",然后,他也不会不再要求在并非柳七郎风味的词作中"自是一家"。前者是时代的、历史的要求,他的革新无疑有进步意义。后者是艺术本身的要求,应该说,没有一个真正伟大的作家不是"自是一家"的。在日常生活中我们虽然不会拒绝"雷同"的作品,可是对文艺创作,"雷同"却永远是它的致命伤,因为"雷同"往往是不真实和缺乏创造力的明证。

大家都承认,苏轼在他从事过的文学艺术的各个领域里,都是自成一家的。对此,他有很多值得我们注意的观点。

二、"诗画本一律,天工与清新"

苏轼的创作,在思想内容上,有意要成为豪放一家。所谓豪放,实际主要是要求表现积极向上、进行改革的倾向,反映国家社会积贫积弱的现实生活,喊出他自己压抑不住的忧愤的呼声。尽管作为一个封建文人,他的作品不可能在数量上大多属于这种性质,但这种性质的作品,无疑是他创作中最优秀的部分。晁补之所谓"横放杰出,自是曲子中缚不住者"(《能改斋漫录》十六),陆游所谓"豪放不喜裁剪"(《老学庵笔记》卷五),原来指的是他作词不大顾虑"入腔"或"就声律"的问题,不愿让规定的腔调、声律束缚住自己想要表达的思想感情。这在当时,他要突破的当然不仅是规定的腔调和声律,更重要的乃是一般人在面对可悲现实时所采取的持禄保位因而不敢讲话,或者随波逐流、甘当风派,甚至寄情声色、浑浑噩噩,得过且过的这些庸俗可鄙的人生态度。在并无腔调、声律束缚的艺术的其他领域里，苏轼同样是一个不受束缚也束缚不住的豪放家。

苏轼创作在艺术形式上有意要成为清新一家。内容豪放，是形式清新的思想基础。但除了立意的新，作品真要达到清新的地步，形式上仍还需要作出许多努力，并不是有了新的内容自然就能产生新的形式。陈旧的内容可以在某种新的形式中得到表现，新鲜的内容也可以仍被某种陈旧的形式所束缚。当然，优秀作品既要内容清新又要形式清新，这才是艺术创新的标志。苏轼作品内容豪放，形式清新，可说达到了这一点。他在《书鄢陵王主簿所画折枝二首》诗中所说"诗画本一律，天工与清新"，这"清新"，我以为就是既指形式又指内容的，实际即指一切艺术都应该有所创新。事实上，没有创新，又如何能"自是一家"呢？

苏轼有段话说"文字之衰"，其中包括文艺创作之衰的原因，这样分析：

> 文字之衰，未有如今日者也。其原实出于王氏。王氏之文，未必不善也，而患在于好使人同己。自孔子不能使人同。颜渊之仁，子路之勇，不能以相移，而王氏欲以其学问同天下！地之美者，同于生物，不同于所生，惟荒瘠斥卤之地，弥望皆黄茅白苇，此则王氏之同也。（《答张文潜书》）

这段话颇有意思。他不同意王安石的很多想法，但承认"王氏之文，未必不善也"，并未一笔抹煞。王氏之文虽未必不善，而他"好使人同己"，尽管他的某些想法在当时确是进步的，却总不免成了"文字之衰"的重要原因，文字之衰的表现便是"弥望皆黄茅白苇"，都成了雷同一律的不值钱的东西。凡属肥美的土地，在能茂盛地生长植物这一点上总是相同的，但彼此所生长的植物却往往不一样，不可能完全相同。土地既是这样，为什么在原本非常丰富复什的精神领域里，反倒要人们思想一律呢？这难道是很自然的事情？那勉强造成的思想一律，难道不正好表明这种一律化的思想是多么简单和贫乏吗？我们这里不来评论苏、王两人政见上的短长和是非，只想指出一点，即苏轼认为强求天下人的思想完全成为一律这种文化专制主义是不自然的，只会阻碍文化的进步和发展，他这种想法很有道理。他以"地之美者，同于生物，不同于所生"为例来说明精神领域里类似的问题，表明他确是感觉到了自然界和人类生活中存在着这样一条共同的规律。

苏轼还有一段话，是论作画的：

古今画水，多作平远细皱。其善者，不过能为波头起伏，使人至以手扪之，谓有洼隆，以为至妙矣。然其品格，特与印板水纸争工拙于毫厘间耳。唐广明中，处士孙位始出新意，画奔湍巨浪，与山石曲折，随物赋形，尽水之变，号称神逸。（《书蒲永昇画后》）

在这段话里，其一，他认为古今画水多工平远细皱，即使能为波头起伏，相当工巧，可是由于无所开拓，陷于千篇一律，和印板水纸比较，其品格高明不了多少。这是他对于题材、画法落入老套的攻评。其二，他认为从"平远细皱"到"奔湍巨浪"，是一种变化，从"波头起伏"到"与山石曲折，随物赋形，尽水之变"，又是一种变化。孙位在画水中始作这种变化，故称赞为"始出新意"。其实，"奔湍巨浪"既是水流的另一种客观存在，"与山石曲折"也是"奔湍巨浪"除一泻千里这种流势之外的另一种客观存在。称赞为有新意，并非画家真能够主观地创造什么新鲜的东西，也不是画家真能在事物的客观表现之外另外找到新鲜的表现方法。所谓"新意"，不过是画家着重画了人们过去没有发现或没有重视的东西，写出了人们过去没有发现或没有细致地观察到的事物在特定情境中的某些表现罢了。有其物，才有其形；形有变，才写得出种种新的形。合理的变化，都不是主观创造出来的。这些主张，联系苏轼"自是一家"的要求，虽然在他自己是"有意为之"，却决不是脱离客观实际、客观事物的任意胡想。他称赞吴道子的画"出新意于法度之中，寄妙理于豪放之外"（《书吴道子画后》），上一句说其新意仍包含在事物的活动逻辑之中，下一句说其豪放仍未脱离事物本身的客观规律。如果新得不合逻辑，放得越过规律，就变成狂诞荒唐，丝毫也不值得推崇了。

工巧出于天然，并非脱离实际的雕琢游戏，清新来自生活，并非挖空心思以骇人耳目。出于天然的工巧，来自生活的清新，在不同作者的笔下，仍有各人"自是一家"的广阔天地和极大可能。苏轼所谓"本一律"的"天工与清新"，不过指出一切艺术都应具有符合实际生活的创新品质罢了，当然不是以为它们乃一家一派的艺术特点。

三、如何始能"自是一家"

历来在创作上稍有志向的文人，都曾想自成一家，流传后世。但如所周知，文艺史上真能自成一家的极少,真能自成高明的一家,果然得在后世广为流传的更少。在绝少的一些大家中,苏轼被公认是其中突出的一个。清代著名诗论家叶燮不轻许人,他说"杜甫之诗,独冠今古,此外上下千余年,作者代有,惟韩愈、苏轼,其才力能与甫抗衡,鼎立为三"(《原诗》卷三)。苏轼诗的巨大才力,叶燮提到了三个方面。一是思想方面的高远活跃:"举苏轼之一篇一句,无处不可见其凌空如天马,游戏如飞仙,风流儒雅,无入不得,好善而乐与,嬉笑怒骂,四时之气皆备,此苏轼之面目也"(同上卷三)。二是艺术方面的境界独辟:"如苏轼之诗,其境界皆开辟古今之所未有,天地万物,嬉笑怒骂,无不鼓舞于笔端,而适如其意之所欲出"(同上卷一)。三是内容方面的包罗万象:"苏诗包罗万象,鄙谚小说,无不可用,譬之铜铁铅锡,一经其陶铸,皆成精金,庸夫俗子,安能窥其涯涘"(同上卷三)。叶燮提出的这三个方面,虽不能说已很完全,确实很有眼光,相当概括。苏轼正是凭了这些才力、造诣,成为一个突出的大家的。

但若进一步问,苏轼何以能养成这样大的才力,达到这样高的造诣? 从苏轼自己的实践经验中,有否透露出来过一些成功的秘密呢? 我认为,透露出来过不少。

第一,要解放思想,破除迷信。规行矩步,前人说过的才敢说,拜倒在名人脚下,一脑袋奴才思想,在艺术上当然不可能"自是一家"。苏轼曾跋山谷草书云:

> 昙秀来海上见东坡,出黔安居士草书一轴,问:"此书如何"? 坡云:"张融有言:'不恨臣无二王法,恨二王无臣法。'吾于黔安亦云。"他日黔安当捧腹轩渠也。(《跋山谷草书》)

陆游有段笔记,写东坡有"何须出处"的豪语:

> 东坡先生省试《刑赏忠厚之至论》有云:皋陶为士,将杀人。皋陶曰"杀之"三,尧曰"宥之"三。梅圣俞为小试官,得之以示欧阳公。公曰:"此出何书?"圣俞曰:"何须出处!"公以为皆偶忘之,然亦大称叹。初欲以为魁,终以此不果。及揭榜,见东坡姓名,始谓圣俞曰:"此郎必有所据,更恨吾辈不能记耳。"及谒谢,首问之。东坡亦对曰:"何须出处!"乃与圣俞语合。公赏其豪迈,太息不已。(《老学庵笔记》卷八)

真的,为什么一定要怪罪自己缺乏前代名家的手法,而一定不可以责怪前代名家缺乏自己的独到成就呢? 写文学作品,为什么一定要讲究出处,一定不可以借古生新呢? 不一定拜倒在前人、名人脚下,可以不受古书的限制与束缚,自己要说什么就说什么,要怎样写就怎样写,只要确认为是正确合理的,就满怀信心去做。苏轼就是这样想,这样做,李贽也是这样称赞他的:

> 苏长公片言只字与金玉同声,虽千古未见其比。则以其胸中绝无俗气,下笔不作寻常语,不步人脚故耳。(《焚书·增补一·又与从吾》)

第二,要冲破俗学的局限,要能推陈出新。何谓俗学? 俗学之患表现在哪里? 苏轼说:

> 士之不能自成,其患在于俗学。俗学之患,枉人之材,窒人之耳目。诵其师传造字之语、从俗之文才数万言,其为士之业尽此矣。夫学以明理,文以述志,思以通其学,气以达其文。古之人,道其聪明,广其闻见,所以学也;正志完气,所以言也。王氏之学,正如脱輮,案其形模而出之,不待修饰而成器耳,求为桓璧彝器,其可乎?(《送人序》)

可见所谓"俗学"之"俗",主要表现在它的浅陋不学,没有主见,希风承旨上。诵了"才数万言"的"师传造字之语、从俗之文",就以为已经读到家了,不必再学习其他东西了。正是浅陋不学,目光如豆,使他不能看到想到比较高远的东西,不能形成自己的意见。没有主见,如果再加上私心太重,走到了希风承旨的邪路上去,什么都依样画葫芦,鹦鹉学舌一般,即就更不足道了。"王氏之学"应指当时那批盲目地或投机取巧地迎合王安石声口依样说话的议论。"王氏之文,未必不善也",而擎着王安石招牌的那批"王氏之学"者,实在太不成器了。"王氏之学"虽未必尽如东坡所说可以一概抹煞,但其中大都缺乏王安石所具有的卓见特识,则是的确的。俗学使人"不能自成"为真正的学者,当然同样也使人不能在文艺创作上"自是一家"。

"自是一家"的人,并非不要继承。苏轼主张兼收并蓄前人的长处,融会贯通,然后自成一家。他懂得,任何人的可贵创造,都不是哪一个人全凭独自的力量所能成就。歌德在一八三二年二月十七日对爱克曼说过这样一段极有价值的话：

> 事实上我们全都是些集体性人物，不管我们愿意把自己摆在什么地位。严格地说，可以看成我们自己所特有的东西是微乎其微的，就象我们个人是微乎其微的一样。我们全都要从前辈和同辈学习到一些东西。就连最大的天才，如果想单凭他所特有的内在自我去对付一切，他也决不会有多大成就。可是有许多本来很高明的人却不懂这个道理。他们醉心于独创性这种空想，在昏暗中摸索，虚度了半生光阴。我认识过一些艺术家，都自夸没有依傍什么名师，一切都要归功于自己的天才。这班人真蠢！好象世间竟有这种可能似的！好象他们不是在每走一步时都由世界推动着他们！而且尽管他们很蠢，还是把他们造就成了这样那样的人物！……
>
> 在我的漫长的一生中我确实做了很多工作！获得了我可以自豪的成就。但是说句老实话，我有什么真正归功于我自己的呢？我只不过有一种能力和志愿，去看去听，去区分和选择，用自己的心智灌注生命于所见所闻，然后以适当的技巧把它再现出来！如此而已。我不应把我的作品全归功于自己的智慧，还应归功于我以外向我提供素材的成千成万的事情和人物。我所接触的人之中有蠢人也有聪明的人，有胸怀开朗的人也有心地狭隘的人，有儿童，有青年，也有成年人，他们都把他们的情感和思想，生活方式和工作方式以及所有积累的经验告诉了我。我要做的事，不过是伸手去收割旁人替我播种的庄稼而已。（《歌德谈话录》，第250—251页）

而早在元丰八年十一月七日，即公元一〇八五年，苏轼已这样说过：

> 知者创物，能者述焉，非一人而成也。君子之于学，百工之于技，自三代历汉至唐而备矣。故诗至于杜子美，文至于韩退之，书至于颜鲁公，画至于吴道子，而古今之变，天下之能事毕矣。（《书吴道子画后》）

苏轼在歌德之前七百四十七年说了这些话，虽然简略得多，我以为其中主要精神同歌德所谈的是非常接近的，同样体现了某种艺术创作规律，因而极可宝贵。在苏轼，早也认为"学"也好，"技"也好，都有一个长期的传统，有许多集体创造的经验在，即使是大作家，也还是凭借了这些集体智慧，才有所创造的，决非"一人而成"。杜子美、韩退之、颜鲁公、吴道子,都不例外。他们所以能成为有所创造的大家,都因为继承、吸收了长期传统中优秀的成分,而又结合当时,有所发扬发展。东坡所说诗、文、书、画到了这四位大家手里,就"古今之变,天下之能事毕矣"的话,则赞美过火了,不管四位大家如何了不起,社会还在前进,怎么能说文艺的发展、作品的成就,他们已经到了顶峰,后人再也不能超过他们了呢?

大作家的创造性成就是否与个人努力无关? 当然不是。歌德所谓"有一种能力和志愿,去看去听,去区分和选择,用自己的心智灌注生命于所见所闻,然后以适当的技巧把它再现出来",这就是大作家的个人努力,没有这种个人努力,就无从创新。传统无论如何丰富,集体经验无论如何宝贵,毕竟都是过去的东西,只有在充分吸取它们长处的同时,结合当前,深入生活,认真探索,和自己的新思考、新经验融合起来,推陈出新,才能真正成为高明的大家。苏轼指出:

> 颜鲁公书,雄秀独出,一变古法。柳少师书本出于颜,而能自出新意。一字百金,非虚语也。(《书唐氏六家书后》)
>
> 道子画人物,如以灯取影,逆来顺往,旁见侧出,横斜平直,各相乘除,得自然之数,不差毫末。(《书吴道子画后》)

前面讲颜鲁公、吴道子对传统长处都是广泛吸收的,这里称颜书"一变古法"(柳书也是本于颜书而能自出新意),称吴画人物如此精细入微,一丝不苟,表明苏轼在肯定创新决"非一人而成"的同时,一样也看到了个人努力的必要。把地域相距万里,时间上相距七百多年的苏轼与歌德的这些话加以比较,能使我们看到,既兼收并蓄而又推陈出新,既依靠群众而又自出心裁,确实是文艺创作要取得成功必须遵循的客观规律之一。而在苏轼的心目中,不这样也是不能"自成一家"的。如曾敏行有段记载说:"客有谓东坡曰:'章子厚日临兰亭一本。'坡笑云:'工临摹者,非自得。章七终不高尔。'予尝见子厚在三司北轩所写兰亭两本,诚如东坡之言。"(《独醒杂志》卷五)临摹在初学阶段原有某种益处,但如一味临摹,以临摹为工,那就不足道了。值得被人临摹者当然是一家,一味临摹别人的怎能"自是一家"呢?

第三,要做一个有骨气、有操守、光明磊落、直道而行的人,而绝不是为了个人穷达,可以随风倒的风派。文如其人,这是古今中外大家所共有的体会。在社会生活中,流氓、恶棍、反动派可以结成罪恶的帮派,自成家门,在文艺领域里坏蛋们却决不能"自成一家"，因为如果完全违背了真善美的原则，便谈不上艺术上的家派，更不要说高明的大家。就象十年浩劫期间"四人帮"一伙文痞，他们也曾窃踞文坛，把持一时，少不了千啄一唱的调子，但何尝能够成为艺术创造中的一家？李贽曾称："苏长公何如人？故其文章自然惊天动地。世人不知，只以文章称之，不知文章直彼余事耳。世未有其人不能卓立而能文章垂不朽者。"（《焚书》卷二《复焦弱侯》）。卓吾是深知苏轼成为一个大家的人格、个性原因的。

苏轼生平最厌恶风派。他坚持自己的主张，王安石得势时不肯附和王安石，司马光上台后，他也不肯附和司马光。明知要倒霉，宁愿倒霉，就是都不肯"随"。

他极端鄙视那种贪得无厌、只抱实用主义态度而不讲原则的人。他承认读书人想做官，总要得点利益，说自己全无私心，是假话。但要求利，总该合点道理，有点操守，不能无恶不作，故云："苟志于得而不以其道，视时上下而变其学，曰：'吾期得而已矣。'则凡可以得者无不为也，而可乎？"（《送进士诗叙》）他认为当臣子，事君主，是应该的，但"大臣以道事君，不可则止，然后可以托六尺之孤，可以寄百里之命。若与时上下，随人俯仰，虽或适用于一时，何足谓之大臣，为社稷之卫哉"！（《叔孙通不能致二生》）"士大夫砥砺名节，正色立朝，不务雷同，以固禄位，非独人臣之私义，乃天下国家所恃以安者也。若名节一衰，忠言不闻，乱亡随之，捷如影响。"（《张九龄不肯用张守珪牛仙客》）这里既可看出他作为一个封建时代读书人的严重局限，也可看到他反对风派行径，反对无恶不作，反对为了保住禄位而务雷同，主张说真话，讲点正经样子，砥砺一些名节，在当时条件下，还是比较高尚的。

苏轼一生为议论朝政，无论在新派执政还是旧派执政下，都吃足苦头。不少人劝过他，别说话了，他自己也不止一次说过，不讲不写了。但事情一来，话到嘴边，到底憋不住，还是冲出来了。虽然因此吃足苦头，苏轼并未对自己具有这样的性格感到内愧、懊悔。他坚持的东西当然并不都很正确，但若没有他这样的性格，他的创作就不可能"自是一家"了。前人说：诗能穷人；也有说，诗不能穷人。苏轼认为笼统地这样说，都不对。他这样想："人生如朝露，意所乐则为之，何暇计议穷达。云能穷人者固谬，云不能穷人者，亦未免有意于畏穷也。"（《答陈师仲书》）苏轼自己作诗确实不大考虑穷达。否则，那些明知要受到打击报复的"僭议朝政"之诗，就不会写出来了。他的这种人格和个性使他生前备尝挫折,身后却成为文学史上一个大家。"尔曹身与名俱灭,不废江河万古流",一切的风派丑类到底是不能使其文章永垂不朽的。

马列主义的文艺理论从来都主张不同的风格流派可以自由竞赛,并存不悖。为什么我们三十年来徒有这种理论而绝少各家各派并存、竞赛之实?王安石的主张在当时比较进步虽是事实,但想用文化专制主义的办法"好使人同己",强求思想完全一律,统一于他一个人的看法,结果并不美妙。王安石没有达到目的,文化专制主义失败了。王安石会失败,任何别人这样做也不可能成功。因为这是违背艺术发展规律的。三十年来我们所以绝少不同风格流派并存竞赛之实,导致了"弥望皆黄茅白苇","假大空"货色居多的局面,缺少政治民主实是主要原因。政治上缺少民主,影响所及,自然艺术创作上也不会有多少必需的自由。"好使人同己",不同就棍棒齐来,不准人"自是一家",那又怎么能形成"百家争鸣"的盛世?

政治上缺少民主自然是主要原因。而苏轼却能在王氏之学"好使人同己"的环境中,偏偏还能在高压下冒出来,同时突破了"词为艳科"一类的习惯势力,在艺术园地中开辟出新的境界。则其主观上的努力,对艺术革新的大胆探索,以及坚持自己主张不为权贵所屈服的胆识魄力,还是起了不少作用的。是否我们这里象苏轼这样人格、个性的人太少了一些呢?苏轼的某些保守倾向应该引以为戒,他的直道而行,顽强不屈的精神品格,看来对后人还是很有教育、启发意义的。

(原载《学术月刊》1981 年第 5 期)

品目高下 付之众口

以文艺创作多面手著名的苏轼,在文艺批评上同样有突出的成就。他虽然并无文艺批评的专书,但在他写的许多序文、题跋、书简、随笔札记,以及一些诗文里,都有不少非常精采的批评意见留传下来。古今中外的文艺批评史证明,作家们的批评意见往往特别可贵,不仅具体、亲切,而且由于他们自己有丰富的创作经验,深知创作的甘苦,发言容易中肯,无论在理论上或实践上都更有说服力,更能解决问题。苏轼在当时继欧阳修之后是文坛的盟主,他的批评意见在当时曾产生广泛的影响,教育和培植了一大批人才,有名的"苏门四学士"就是其中的佼佼者。批评意见如此,他的文艺批评观点和方法,也有类似的情况。下面就几个方面,简论他的文艺批评观。

一、文章如精金美玉,市有定价

评定文艺创作的价值,是否有一种相对客观的标准?文章的好坏,是否可以凭哪一个人说了算,还是应该听听众人的意见?如说应该听听众人的意见,这"众人"是指谁们?即使"众人"表了态,是否一律马上就可作为定论?此类的问题,直到今天,都还存在,而且有不同的看法。苏轼对这些问题也有自己的看法,我认为他的看法很值得我们重视、借鉴。

"文章如精金美玉,市有定价,非人所能以口舌贵贱也",这是苏轼在《答谢民师书》里转述欧阳修的话。苏轼在自己的文章里多次引述过这些话,对欧阳修的话是坚信不疑的。不仅坚信不疑,还作出了进一步的发挥。

欧阳修的这些话,肯定了文艺批评有种比较客观的标准,文艺作品有某种客观价值。一个人可以凭其主观爱憎、偏见或者无识,对作品信口雌黄,但这个作品若确有价值,毕竟不会被骂倒,若确无价值,也终究捧不起来。一时被骂倒、捧起,终究还有恢复本来面目的日子。一年二年不行,十年二十年不行,不要紧,迟早是要翻过来的。

苏轼对这一点是深有体会的。欧阳修当年提倡古文,反对"剽裂为文"的流行风气,备受攻讦,他赏识提拔苏轼,也被很多人所不满。结果如何呢?

> 昔吾举进士,试于礼部,欧阳文忠公见吾文,曰:"此我辈人也,吾当避之。"方是时,士以剽裂为文,聚而见讪、且讪公者,所在成市。曾未数年,忽焉若潦水之归壑,无复见一人者,此岂复待后世哉!今吾衰老废学,自视缺然,而天下不吾弃,以为可以与于斯文者,犹以文忠公故也。(《太息送秦少章》)

欧阳修当年提倡古文,是他参加社会改革运动的一部分,实践证明是一种进步行动。苏轼追随他的主张,写出了不少有利于改革的文章,越来越得到众人的承认和欢迎。欧阳修不会因此被攻倒,苏轼不会因此被抹煞,是合理的。几十年的历史事实提高了苏轼的信心,使他也能顶住各种压力,继续护持了黄庭坚、张耒、秦观等人才的成长。他理直气壮地宣告:

> 张文潜、秦少游此两人者,士之超逸绝尘者也,非独吾云尔,二三子亦自以为莫及也。士骇于所未闻,不能无异同,故纷纷之言,常及吾与二子。吾策之审矣。士如良金美玉,市有定价,岂可以爱憎口舌贵贱之欤?(《太息送秦少章》)

> 世间唯名实不可欺。文章如金玉,各有定价。先后进相汲引,因其言以信于世,则有之矣,至其品目高下,盖付之众口,决非一夫所能抑扬。轼于黄鲁直、张文潜辈数子,特先识之耳。始诵其文,盖疑信者相半,久乃自定,翕然称之,轼岂能为之轻重哉。非独轼如此,虽向之前辈,亦不过如此也。而况外物之进退,此在造物者,非轼事。(《答毛滂书》)

文学史证明,"苏门四学士"后来都成了北宋的重要作家,是公认各有贡献的人物。文学史承认他们,当然不是因为出于"苏门"的缘故,而是因为他们确实各有贡献。苏轼在他的文章里也称赞过别的不少人,他对自己的儿子当然也抱着很大希望,但由于这些人未能作出什么贡献或较大的贡献,所以就默默无闻了。这种事实的确证明了,对作家作品的评价,终究不能凭哪一个人(即使他是皇帝、大官或德高望重的文坛前辈)的"爱憎口舌贵贱之"。"轼岂能为之轻重哉",他自己有此认识,实在并非出于谦虚,而是有其对事物客观价值的明智为基础的。

苏轼说:

> 盖尝论天人之辨,以谓人无所不至,惟天不容伪。智可以欺王公,不可以欺豚鱼,力可以得天下,不可以得匹夫匹妇之心。(《韩文公庙碑》)
>
> 士大夫以才能议论取合一时可也,使人于十年之后,徐观其所为,心服而无异议,我亦无愧,难矣。(《书诸公送周梓州诗后》)

这些话表明,王公会受欺骗,辨不清楚是非好坏,一时有力的人,往往得不到众人的心悦诚服。王公之贵,可以得天下的权势,在明辨事理方面,经常比不上众人。不管怎么样,他们不过是"一夫",在苏轼看来,一夫之见终究不如"众人"高明。他所指的"众人"指谁们? 匹夫匹妇! 我们虽然没有理由拔高苏轼,说他已有鲜明的群众观点,但他坚信决非有权有势的无论哪一个人一定能正确判定作家作品的好坏,认为要得匹夫匹妇之心实在极难,这无异于承认广大匹夫匹妇的判断才是更有力的,不能不说这是有一定民主倾向的宝贵见解。

那么如果"众口"都已批准了这个作家作品,是否便万无一失了呢? 苏轼以为,这种评价有时也还靠不住,要经得起较长时间的考验。有些评论能"取合一时",过了十年再看,便不对了,或并不那样都对了。有些评论非常精确,时间越久越显出它的生命力和光彩,有些评论事过境迁,便漏洞百出。时间推移使实践愈显出评论究竟有多少斤两。这一观点给"付之众口"作了十分必要的补充。欧阳修赏识苏轼,苏轼赏识黄庭坚、张耒、秦观等人,都经受住了时间的考查和实践的检验。

在阶级社会里,是否对作家作品的评价经过一场大革命就应完全颠倒过来? 是否仍存在某种比较客观的价值标准? 在一贯用"左"视眼看问题的人看来,总认为完全颠倒是应该的,在不同阶级之间,任何客观的价值标准是不存在的。为此就说要把中外一切文学遗产彻底扫荡。他们大声赞扬秦始皇"焚书坑儒"的暴行。然而结果却连并不都是精华的《古文观止》、《唐诗三百首》也未能扫荡掉。

明朝李东阳继承欧、苏的观点，如此举例：

> 文章如精金美玉，经百炼、历万选而后见。今观昔人所选，虽互有得失，至其尽善极美，则所谓凤凰芝草，人人皆以为瑞，阅数千百年、几千万人而莫有异议焉。如李太白《远别离》、《蜀道难》，杜子美《秋兴》、《诸将》、《咏怀古迹》、《新婚别》、《兵车行》，终日诵之不厌也。苏子瞻在黄州，夜诵《阿房宫赋》数十遍，每遍必称好。非其诚有所好，殆不至此。然后之诵《赤壁》二赋者，奚独不如子瞻之于《阿房》，及余所谓李、杜诸作也耶。（《麓堂诗话》）

李氏举的这些例子，虽不完全，欣赏的出发点与赞美的程度也不可能都一致，但的确都是历代传诵的名篇，而且肯定还会一路传诵下去。无产阶级革命并没有，也不会把过去的名家名篇的评价完全颠倒过来，例如因为它们是封建文人的作品就一概斥之为"糟粕"。

所以我觉得，苏轼这种"市有定价"的意见，对我们今天从理论上来解决人类文化遗产的正确评价问题，还是很有启发意义的。

二、当为朋友讲磨之语乃宜

欧阳修逝世后，苏轼继为北宋文坛的盟主。对此，他是颇有自觉的，觉得应该很好地负起引导后学的责任，使经过改革的文风不致于失坠。同时代人李廌记载：

> 东坡尝言：文章之任，亦在名世之士，相与主盟，则其道不坠。方今太平之盛，文士辈出，要使一时之文，有所宗主。昔欧阳文忠常以是任付与某，故不敢不勉。异时文章盟主，贵在诸君，亦如文忠之付授也。（《师友谈记》）

这些话大致可靠，南宋人就已有他喜奖与后进的记载。例如葛立方说：

东坡喜奖与后进。有一言之善,则极口褒赏,使其有声于世而后已。故受其奖者,亦踊跃自勉,乐于修进,而终为令器。若东坡者,其有功于斯文哉!其有功于斯人哉!(《韵语阳秋》卷一)

清代叶燮也称东坡"师四海弟昆之言","好善而乐与",说他在文艺批评上有"古盛世贤宰相之心","必以乐善爱才为首务,无毫发娟疾忌忮之心",说他"于黄庭坚、秦观、张耒等诸人,皆爱之如己,所以好之者无不至。"(《原诗》三)

苏轼是如何在文艺批评上表现出他"乐善爱才"的观点的?在一封给黄庭坚的信里,我认为表现得很突出:

晁君寄骚,细看甚奇,信其家多异材耶?然有少意,欲鲁直以己意微箴之。凡人文字,当务使平和,至足之余,溢为奇怪,盖出于不得已尔。晁文奇怪似差早。然不可直云耳,非谓避讳也,恐伤其迈往之气。当为朋友讲磨之语乃宜。不知公谓然否?(《与鲁直书》)

苏轼论文,一向主张自然平易,反对剽裂、奇怪、故作艰深。晁君寄给他看的作品,恰恰犯了奇怪之病,他当然有意见。但作者是他的后辈,虽有过早就流于奇怪的毛病,细看其文还有很不错的地方,因此仍首先肯定是难得的人材。虽是难得的人材,既有缺点,即使尚在萌芽状态,为了爱护,不能避讳而不向他提出。然而想到自己是他的前辈、长辈,如果直率提出,可能象浇一头冷水,使他灰心丧气,损伤了他勇敢前进的锐气。所以要黄庭坚向他转达此意,并还要黄不要直说是自己的意思,而表示这是黄自己的意思;又还要黄注意分寸,只消委婉劝告一下就够了。苏轼之所以要托黄如此转达,大概因黄同作者年辈相近,不致造成也许会产生的压力吧。"当为朋友讲磨之语乃宜",用我们今天的语言来讲,就是最好用朋友间完全平等商量的态度来达到劝告的效果了。请看苏轼是多么地"乐善爱才"!为了取得最好的效果,他多么熟知批评对象的具体情况,多么注意批评的态度和方式方法。

当然苏轼也有直言无忌地进行批评的时候,并非一律都象上述一样。例如他曾与黄庭坚一道论书法:

东坡曰:鲁直近字虽清劲,而笔势有时太瘦,几如树梢挂蛇。山谷曰:

公之字,虽不敢轻议,然间觉褊浅,亦甚似石压虾蟆。二公大笑,以为深中其病。(曾敏行《独醒杂志》卷三)

"有时太瘦"、"如树梢挂蛇",虽不是很尖锐的批评,毕竟相当直率。因为他同山谷关系密切,彼此深知,直率不但不要紧,反而更见亲切。他对秦观也有类似的情况,著名的一次批评是这样的:

秦少游自会稽入京见东坡。坡云:"久别,当作文甚胜,都下盛唱公'山抹微云'之词。"秦逊谢。坡遽云:"不意别后公却学柳七。"秦答曰:"某虽无识,亦不至是,先生之言,无乃过乎?"坡云:"'销魂,当此际',非柳词句法乎?"秦惭服。又问:"别作何词?"秦举"小楼连苑横空,下窥绣毂雕鞍骤",坡云:"十三个字,只说得一个人骑马楼前过!"(彭孙遹《词藻》卷一)

这次批评,可说直率而严厉,也因为他知道,这样说并不会伤害他们的感情,影响秦的创作积极性。他对秦的关切显然情见乎辞。他是根据对象的具体情况才决定这样来进行批评的。

对被批评者来说,当然应该首先考虑批评意见中的正确、有益部分,不要苛求别人的动机究竟是什么,说别人的方式方法如何不好。但对批评者来说,如果对方并非真正的敌人,则的确应该"乐善爱才","与人为善",有所批评,需要考虑对方的具体情况。注意方式方法,目的是使对方心悦诚服,乐于接受,乐于改正缺点,迅速帮助他前进。"为朋友讲磨之语乃宜",不居高临下,不盛气凌人,平等商量,确是文艺批评者应有的态度。苏轼的这种主张和他的批评实践,我认为同他整个思想中有一定的民主倾向有关系。

三、鉴赏之精,在有深广阅历

鉴赏是文艺批评的基础。鉴赏得精,才能批评得恰当。如何才能鉴赏得精?苏轼有两段读画的话云:

黄筌画飞鸟,颈足皆展。或曰:"飞鸟缩颈则展足,缩足则展颈,无两展者。"验之,信然。乃知观物不审者,虽画师且不能,况其大者乎?君子是以

务学而好问也。(《书黄筌画雀》)

> 蜀有杜处士,好书画,所宝以百数。有戴嵩牛一轴,尤所爱。锦囊玉轴,常以自随。一日,曝书画,有一牧童见之,拊掌大笑,曰:"此画斗牛也,牛斗力在角,尾搐入两股间。今乃掉尾而斗,谬矣!"处士笑而然之。古语有云:"耕当问奴,织当问婢。"不可改也。(《书戴嵩画牛》)

画飞鸟颈足皆展,在画家是"观物不审"之过,批评家能看出这个毛病,可称鉴赏得精,其所以精,在于见过飞鸟,而且观察得很细致。说画斗牛掉尾而斗不真实,并非牧童有何天才,只因他常见牛斗,深知牛斗时尾巴是搐入两股间的,而且还懂得理由:这时牛要在角上用力。作者观物要精细,不足之处应该"务学而好问",向真正懂行的人学习,批评家也应该这样。苏轼在文艺批评上是清楚地知道阅历的重要的。

这也因为他自己经常体会到这一点。他曾说:

> 陶靖节云:"平畴交远风,良苗亦怀新。"非古之耦耕植杖者不能道此语,非余之世农,亦不能识此语之妙也。(《题渊明诗》)
>
> "两边山木合,终日子规啼",此老杜云安县诗也。非亲到其处,不知此诗之工。(《书子美云安诗》)

司空图有诗"棋声花院静,幡影石坛高",苏轼原来一般地把它读过去了,后来他说:

> 吾尝游五老峰,入白鹤院,松阴满庭,不见一人,惟闻棋声,然后知此句之工也。(《书司空图诗》)

这些话反映了他这样一种观点:对别人作品的好处,如果自己缺乏类似的经验,没有切身的体会,往往是领会不出,或领会不深的。有过类似的遭遇,很接近的心境,其实很有意思,自己却不曾注意,或自己却未能充分把它写出来,写得如此深刻、生动,现在看到别人注意到了,写出来了,还写得这样好,自然就能由衷感到其中的工妙,而不仅是浮泛的赞美。杜甫论画有句云:"更觉良工心独苦。"良工何以会有"独苦"之感? 苏轼说:"用意之妙,有举世莫之知者,此其所以为独苦欤?"(《书林道人论琴棋》)就是说作家有些极美妙的描写,极深刻的寓意,往往由于读者自己的肤浅和贫乏,得不到赏识,而遗憾无穷。读者的肤浅、贫乏,原因不止一个,缺乏深广阅历无疑是一个重要原因。

苏轼多次对陶潜诗"悠然见南山"句被俗本妄改成"悠然望南山"忿抱不平:

> 近世人轻以意改书,鄙浅之人,好恶多同,故从而和之者众,遂使古书日就讹舛,深可忿疾。孔子曰:"吾犹及史之阙文也。"自余少时见前辈,皆不敢改古书。……陶潜诗"采菊东篱下,悠然见南山",采菊之次,偶然见山,初不用意,而境与意会,故可喜也。今皆作"望南山"。(《书诸集改字》)
>
> "采菊东篱下,悠然见南山",因采菊而见山,境与意会,此句最有妙处。近岁俗本皆作"望南山",则此一篇神气都索然矣。古人用意深微,而俗士率然妄以意改,此最可疾。(《题渊明饮酒诗后》)

我完全赞同苏轼的看法,他的鉴赏、分析,都很精确。无论从陶的思想感情、艺术水平或当时情境来体会,只能是"见"字,不能是"望"字。"望"出于有意,"见"出于无意,用"望"字,就说不上"悠然"了。"悠然见南山"中确有作者"用意之妙"处,改"见"为"望"者显然没有领会出他的苦心,客观上是歪曲、损害了它。渊明有知,当必感谢苏轼这位后代知己。而苏轼所以能成为他的知音,"非余之世农"、"非亲到其处",非对陶潜的思想感情有甚深的了解和体会,是不可能的。批评家的阅历越是深广,他就可能成为反映多种生活的作家、作品的知音。

自然也不能说单有深广的阅历便一定可以达到精鉴一切的程度。这里还有指导思想、立场、世界观的问题。苏轼晚年尤其倾倒于陶诗,除掉他有类似陶的生活阅历,有丰富的艺术创作经验和高超的审美能力,他还有某些接近于渊明遭遇的特殊感受。他晚年谪居儋耳时,曾写信给弟弟苏辙,告诉为什么"独好渊明之诗",云:

> 古之诗人,有拟古之作矣,未有追和古人者也,追和古人则始予吾。吾于诗人无所甚好,独好渊明之诗。渊明作诗不多,然其诗质而实绮,癯而实腴,自曹、刘、鲍、谢、李、杜诸人,皆莫及也。……然吾于渊明,岂独好其诗也哉,如其为人,实有感焉。渊明临终疏告俨等:"吾少而穷苦,每以家弊,东西游走,性刚才拙,与物多忤,自量为己,必贻俗患,黾勉辞世,使汝等幼

而饥寒。"渊明此语,盖实录也。吾真有此病,而不早自知。半生出仕,以犯世患,此所以深愧渊明,欲以晚节师范其万一也。(苏辙《追和陶渊明诗引》)

作者有了这种特殊感受,可能使他对批评对象充满某种激情,作出某种独到的判断,但有时也会形成一种障碍,一种偏颇。东坡追和渊明诗,如上所说,在相当大的程度上是出于"吾真有此病,而不早自知"的悔心。尽管他这种悔心并没有真正清除在他内心深处仍有的"尘念",他这时的思想毕竟已较为消极,在这种情况下,从这种特殊感受出发的对渊明其人其诗的批评,就不可避免地难于完全中肯,除在一般情况下本来难以避免的阶级局限外,加上他这时年老远谪的处境,对其中消极成分的欣赏就更增多一些了。

四、知其所长而不知其弊,不可谓善学

苏轼论人论事,有这样几句名言:"嗟夫,君子之为学,知其人之所长,而不知其蔽,岂可谓善学耶?"(《韩愈论》)用我们现在的话来说,就是主张具体分析,一分为二,不搞绝对化。有了长处就说成他全是长处,毫无缺点;有了缺点就说成他一无是处,完全抹煞。这种唯心论和形而上学的批评方法若干年来在我们这里还是甚为流行,殊不知苏轼在这一点上倒早已比现代那些惯唱"左"的高调者高明。事物本身不是绝对的,偏要把它说成绝对的样子,以无知、僵化、顽固为"革命"的标志,实在害人不浅。

他说:

李建中书虽可爱,终可鄙。虽可鄙,终不可弃。(《杂评》)

短短十三个字的评论,极有意思。"虽可爱,终可鄙",既指出了它有"可爱"与"可鄙"两面,比之只看到一面的为高明,又指出"可鄙"是主要方面,亦比看到了两面而不分主次的为高明。"虽可鄙,终不可弃",更深一层,指出主要方面虽为可鄙,而居次要地位的"可爱"之处,也不是毫不足取,仅因其不是主要方面,未居主要地位就完全加以抹煞、拒绝、排斥,乃是愚蠢的办法。如能对这样的人与事作出如此的评价,在批评上说是反映了客观情况,做到了恰如其分,从社会实

践来说是可以经过批判改造,利用一切有益的东西为进步事业所用。为什么一定要把经过改造仍可利用的东西完全抛弃呢?采取这种愚蠢的办法究竟对谁有利呢?短短十三个字里,包括了多少光辉的思想,活生生的辩证法!

可贵的是,苏轼一贯用这种观点来论人论事,论作家及作品。举一些例子:

如论先秦法家。"商君之法,使民务本立农,勇于公战,怯于私斗,食足兵强,以成帝业。然其民见刑而不见德,知利而不知义,卒以此亡。故帝秦者,商君也;亡秦者,亦商君也。"(《商君说》)"孟子既没,有申、商、韩非之学,违道而趋利,残民以厚主,其说至陋也。"(《六一居士集叙》)法家的"食足兵强"与"残民以厚主"这两个方面苏轼都看到了,他根本不是象梁效、罗思鼎一伙文痞所谩骂的那样,是一个什么顽固的儒家。

如论李白、杜甫诗。总的讲,他是非常推重李、杜之诗的,但也并未绝对化。"苏、李之天成,曹、刘之自得,陶、谢之超然,盖亦至矣,而李太白、杜子美以英玮终世之姿,凌跨百代,古今诗人尽废。然魏晋以来高风绝尘,亦少衰矣。"(《书黄子思诗集后》)他赞美李白诗作的高度成就,但并没妨碍他指出李白诗中也存在的一些弱点,如说:"李白诗飘逸绝尘,而伤于易。"(《书学太白诗》)"太白豪俊语不甚择,集中往往有临时卒然之句。"(《书李白集》)他对李白为人的评价是这样的:"士固有大言而无实,虚名不适于用者,然不可以此料天下之士。士以气为主,方高力士用事,公卿大夫争事之,太白使脱靴殿上,固已气盖天下矣,使之得志,必不肯附权幸以取容,其肯从君于昏乎?"(《李太白碑阴记》)这是说,李白即使有大言无实等病,但毕竟是"天下之士",面对权幸、昏君,自有其"气盖天下"的傲骨,这才是主要的。他也指出"杜甫诗固无敌",但集中有些诗句亦有"真村陋处,此最其瑕璃,世人雷同,不复讥评,过矣。然亦不能掩其善也。"(《记子美陋句》)这是说,尽管杜甫是无敌的诗人,其诗不可能首首都好,更不能句句都无可议。在名家作品前面,只敢说好,不敢指出其中确实存在的瑕疵,苏轼认为这自卑得太过分了,他是极不赞成这种精神状态的。他认为,指出杜甫诗中存在的一些瑕疵,是为了反映作品的真相,也是为了善于学习。如果有人只看到这些小缺点,甚至以偏概全,妄图贬低或抹煞杜甫诗的伟大成就,那就大错特错了。"虽可鄙,终不可弃"是一种情况,虽有小疵,终不碍其为大醇是另一种情况,而苏轼在文艺批评实践中体现出来的一分为二观点,则是一致的。

如论白居易的为人。他对白居易是颇为钦佩的,称赞其"忠言嘉谋效于当时,而文采表于后世,死生穷达不易其操,而道德高于古人";但同时亦有微词,认为他"乞身于强健之时,退居十有五年,日与其朋友赋诗饮酒,尽山水园池之乐,府有余帛,廪有余粟,而家有声伎之奉"。(《醉白堂记》)如果只看到白居易写讽谕诗的巨大功绩,而看不到他生活、思想中的一些庸俗之处,的确也不能算比较全面地认识了白居易。

大家知道"文起八代之衰"是苏轼给予韩愈文章的评价:"自东汉以来,道丧文弊,异端并起,历唐正观开元之盛,辅以房杜姚宋而不能救。独韩文公起布衣,谈笑而麾之,天下靡然从公,复归于正,盖三百年于此矣。文起八代之衰,而道济天下之溺,忠犯人主之怒,而勇夺三军之帅,岂非参天地、关盛衰、浩然而独存者乎?"(《潮州韩文公庙碑》)这样的评价,无论于文于道,对韩愈的称赞都可说是极高的了。但这个基本评价,的确也并未妨碍他对韩愈某些缺点的指摘:"圣人之道,有趋其名而好之者,有安其实而乐之者。……韩愈之于圣人之道,盖亦知好其名矣,而未能乐其实。何者,其为论甚高,其待孔子、孟轲甚尊,而拒杨、墨、佛、老甚严,此其用力,亦不可谓不至矣,然其论至于理而不精,支离荡佚,往往自叛其说而不知。"(《韩愈论》)这是说,韩愈的议论虽高而不精,常常自相矛盾,趋名而好之的成分居多,安实而乐之的成分很少。这一指摘实在是颇尖锐的。应该说,也是比较深刻的。苏轼又比较过韩柳诗:"柳子厚诗在陶渊明下,韦苏州上,退之豪放奇险则过之,而温丽靖深不及也。"(《评韩柳诗》)他对韩愈的创作亦未一味叫好。

突出的还有他对待柳宗元的态度。他非常赞赏柳宗元的《封建论》,评价之高简直是无可比拟的:"昔之论封建者,曹元首、陆机、刘颂。及唐太宗时,魏徵、李伯药、颜师古。其后有刘秩、杜佑。柳宗元之论出,而诸子之论废矣。虽圣人复起,不能易也。……李斯、始皇之言,柳宗元之论,当为万世法也。"(《志林》)"四人帮"的笔杆子们曾一面大捧柳宗元此篇为法家高文,一面又完全抹煞苏轼,说他是顽固的尊儒派,你看有多荒谬!可是他又非议柳宗元参加王叔文党的活动,以为"唐柳宗元、刘禹锡使不陷叔文之党,其高才绝学,亦足以为唐名臣矣"(《读欧阳子朋党论》)。他在《辩伊尹说》一文中,还说柳宗元强调伊尹的作用,真实用意乃在"欲以此自解说其从二王之罪也"。他对柳宗元的《非国语》极为不满,而且提到理论高度,云:"向示《非国语》,鄙意素不然之,但未暇为书耳。所示甚善。柳子之学,大率以礼乐为虚器,以天人为不相知云云,虽多,皆此类耳,此所谓小人无忌惮者。"(《与江惇礼秀才》)这中间肯定有些偏见,但苏轼有啥说啥,坦率直陈的精神是可取的,比随声附和,人云亦云好得多。苏轼对柳宗元的学术观点、政治活动虽有不满甚至攻讦,而对柳宗元的创作成就却始终十分推崇。上面引过,他以为退之诗豪放奇险超过子厚诗,而子厚诗的温丽靖深则为退之所不及。这似乎还是说两家之诗各有特点,各有长处。另一段却说:"李、杜之后,诗人继作,虽间有远韵,而才不逮意。独韦应物、柳宗元发纤秾于简古,寄至味于澹泊,非余子所及也"(《书黄子思诗集后》)。这就认为柳诗总的说来超过韩诗了。特别在晚年谪居海南岛时,苏轼对子厚诗文的爱好更深,其《答程全父推官》云:"流转海外,如逃深谷,既无与晤语者,又书籍举无有,惟陶渊明一集,柳子厚诗文数册,常置左右,目为二友。"别的书没有还可以,陶、柳二集则非有不可,这自然同他此时此地的心境有联系,客观上柳宗元作品"外枯而中膏,似澹而实美","如人食蜜,中边皆甜",具有高度的艺术价值,当是主要原因。

苏轼的文艺批评观,另一高明之处是能把文章与政事相对地分开。若是绝对同一的话,便会说创作倾向进步、文章写得好的,政事上也一定是干才,或创作倾向不佳、写不好诗文的人,便一定不是办事之才,甚至不是好人。实践证明,决不可以如此简单看问题。苏轼对柳宗元就不是这样看的,对北宋初年他同时代一些在文学倾向上不同或相同的作家更不是这样看的。我以为他这一观点特别表现了他的公允态度和卓识。他说:

> 近世士大夫文章华靡者莫如杨亿,使杨亿尚在,忠清鲠亮之士也,岂得以华靡少之? 通经学古者,如孙复、石介,使孙复、石介尚在,则迂阔矫诞之士也,又可施之于政事之间乎?(《议学校贡举状》)

杨亿(大年)是西昆派的领袖,这派文人公开宣称自己的文章追求"雕章丽句,脍炙人口",他们作品的特点即为"穷妍极态,缀风月,弄花草,淫巧侈丽,浮华纂组"(石介评语)。北宋初年的新古文运动首先就是针对着西昆派发动攻击的。苏轼当然不满意杨亿的文章,但这里他不同意即以"文章华靡"一点来完全抹煞杨亿全人。孙复(明复)、石介(守道)是参加新古文运动的重要理论家,不但与苏轼有相同的进步倾向,而且还是苏轼的前辈,可是这里他也没有因为同属一个进步文派就掩饰了他们在政事上可能非常"迂阔矫诞"的缺点。

苏轼论人论事论艺的具体意见,不一定都对,举出他的这些意见,也并不表示我都赞成,但即使从上述几个方面,我认为在他的文艺批评观点中,的确有很多合理因素可借鉴。

他称心而言，认为好的就肯定，认为坏的就批评，好处说好，坏处说坏，有分析，不搞绝对化，有自己的见地，不屈从他人，也不受自己已有评价的限制，因此使我们能够看到他的很多创见，而非拘泥、偏激，或雷同的陋说。他的批评观点确是比较客观、完整、公允的。

苏轼所以能做到这样，绝非出于偶然。第一，他很赞成知人论世的学说。"问世之治乱，必观其人，问人之贤不肖，必以世考之。……合抱之木，不生于步仞之丘，千金之子，不出于三家之市。"（《仁宗皇帝御飞白记》）既了解人，又了解其人所处之世，则对其人其事其艺的评价，自然可以比较客观。第二，他很重视实践功夫，懂得认识真理，不可凭主观推想或狭隘经验："世之言道者，或即其所见而名之，或莫之见而意之，皆求道之过也。"他主张"君子学以致其道，莫之求而自至"，就是说要在实践中学习，在这样的学习中认识和掌握真理。他举的一个著名例子便是要在游泳实践中去学习水性，"日与水居，则十五而得其道，生不识水，则虽壮见舟而畏之"（《日喻》）。他正是在知人论世与实践的指导下逐步形成自己的文艺批评观的。第三，他阅历深广，自己又有丰富的创作经验，对艺术规律以至"万物之理"比较通达，所以能较少偏私，较少盲从。他曾自述为学感受："轼不佞，自为学至今，十有五年，以为凡为学之难者，难于无私，无私之难者，难于通万物之理。故不通乎万物之理，虽欲无私不可得也，己好则好之，己恶则恶之，以是自信，则惑矣。是故幽居默处，而观万物之变，尽其自然之理，而断之于中，其所不然者，虽古之所谓贤人之说，亦有所不取。虽以此自信，而亦以此自知其不悦于世也。"（《上曾丞相书》）一个人真理掌握得越多，胸襟就越阔大，眼光就越准确，待人接物的态度就越公允，因而也就越有创造性。苏轼有意地这样努力做了，他取得多方面成就的"秘密"就在这里。

（原载《华东师范大学学报》1980年第6期）

如何作文

一、必须有意乎救时、济世之实用

我国文学史上堪称全能的文艺家苏轼,不但在各种创作方面留下了光辉的业绩,也留下了丰富的艺术实践经验。他虽无专门谈文论艺的著作,但在他所写的许多论文、叙引、题跋、书简里,却有不少这样的材料,往往即使短短一节,甚至只有三言两语,也包含深刻意义,揭示了某种规律性的知识。在教人如何作文这个问题上,他更游刃有余,时常一语破的。

人们作文总有目的。目的各有不同。或为忧国伤时,或为功名富贵,或为言志抒情,或为消时遣日。过细区分,可以举出许多。目的不同,用力的方法和态度也会异样。目的是否正当、高尚,是否符合人民群众、社会发展的需要,会直接影响文章的客观价值、决定作者的历史地位。从来不曾有过这样的例子,即一个目的卑鄙、情操低下、违反人民群众意愿、逆社会潮流而动的下流、反动文人,能写出什么好的作品,给人们留下难忘的印象。

作为封建社会地主阶级的文艺家,苏轼不可避免有种种局限。但如把他同许多别的地主阶级文艺家来比较,我们就不难发现在他身上具有的某些思想倾向、道德品质和创造精神,在许多别的地主阶级文艺家身上是找不到,或非常少见的。例如:他自然要做北宋王朝的忠臣,但却决不肯作一味仰承主子色笑、可以无所不为、无恶不作的奴才。他主张"大臣以道事君,不可则止","士大夫砥砺名节,正色立朝,不务雷同以固禄位",非常鄙视那些为了一身一家利益可以不讲任何原则"视时上下而变其学","与时上下,随人俯仰"的风派。他称赞诸

1027

葛亮的不"以事君为悦"，韩愈的"忠犯人主之怒"，欧阳修的"以犯颜纳谏为忠"，张安道的"不求合于人主"。他这样称赞别人，自己正这样做的。王安石当权时，他只要表示支持就可当上大官，但他认为很多新法不妥，一再反对，宁愿遭贬，几乎送命。后来旧党司马光登台，尽废新法，当时他已骤升高位，司马光又是老熟人，似乎可以一帆风顺了，却又坚决反对司马光的极端守旧做法，认为应该参用新法的某些长处，结果受到了比过去更为沉重的打击。他的出发点不过是"为君父惜民"，他的政见中也有不少错误，可是象他这样一个人，在地主阶级读书人中不是很少有吗？对这样一个人，难道因为属于地主阶级，有其局限，就可完全予以否定吗？"四人帮"文痞罗思鼎、梁效之流诬蔑他是"典型的投机分子"，不消说更是别有用心的无耻谰言了。

在政治上具有这种思想、品质、精神的苏轼，在文学创作上不会没有相应的表现。简言之，其表现就是：

> 皆欲酌古以驭今，有意于济世之用。(《答虔倅俞括奉议书》)
>
> 以通经学古为高，以救时行道为贤，以犯颜纳谏为忠。(《六一居士集叙》)
>
> 皆有为而作，精悍确苦，言必中当世之过。凿凿乎如五谷必可以疗饥，断断乎如药石必可以伐病。(《凫绎先生诗集叙》)
>
> 非能为之为工，乃不能不为之为工也。……凡耳目之所接者，杂然有触于中而发于咏叹，……非勉强所为之文也。(《江行唱和集叙》)
>
> 文章以华采为末，而以体用为本。(《答乔舍人启》)
>
> 儒者之病，多空文而少实用。(《答王庠书》)

可见苏轼认为作文的目的，主要应该是"救时"、"济世"，而且不但应有此心，还应有如此的实际效果。为了取得实用，不能尽发空论，不能一味追求华采，不能为作文而作文，而应有触犯龙颜的勇气，有敢言"当世之过"的胆识，还要有疗治时弊的真知灼见。这样的作品，既可以是"精悍确苦"的政论，也可以是艺术作品，当然后者要具有艺术的特点。

作文主要应以"救时"、"济世"为目的，这样的文章应该"言必中当世之过"，有疗饥治病似的实际作用，我以为苏轼这种创作思想是有积极意义的，进步的，对今天我们大家的写作也很有启发，值得借鉴。鲁迅厌恶瞒和骗的文艺，因为这种文艺对人民利益、社会发展只能造成危害。作品不真实,就谈不到有用,虽然真实的并不都有用。我们要求真实而又善、美的作品。今天,专业作家也好,青年学生也好,凡能拿起笔来作文的人,都必须有意乎救时、济世之实用,真实地反映丰富的社会生活,表现时代前进的要求和历史发展的趋势。具体地说,就是为实现四个现代化服务。

二、三先三后

教人作文,苏轼根据他自己的体验,一贯主张三先三后。即先奔放,后收敛;先绚烂,后平淡;先平和,后奇怪。

在一封回复朋友的书简里,他说:

> 惠示古赋近诗,词气卓越,意趣不凡,甚可喜也。但微伤冗,后当稍收敛之,今未可也。足下之文,正如川之方增,当极其所至。霜降水落,自见涯涘,然不可不知也。(《答李鹰书》)

"词气卓越,意趣不凡",是说思想、文字都很奔放。小缺点在不够精炼,以后需要收敛一些,但必须让它充分发展,不可收得太早,否则就练不出挥洒自如的本领了。奔放当然也不能毫无限制,要看其内容是否正当、健康。譬如:

> 取士之道,古难其全。欲求偶傥超拔之才,则惧其放荡而或至于无度;欲求规矩尺寸之士,则病其龊龊而不能有所为。(《谢王内翰启》)

取士如此,取文亦然。放到违反规律、冲决法纪,收到拘泥死板,无所作为,就成两个极端,一无是处了。

教人作文,特别是指导青年作文,应先奔放而后渐渐收敛,是我国作文教学的传统观点之一,苏轼这些看法,是辩证的,也是有说服力的。

苏轼另有一信与其侄,云:

> 二郎侄:得书知安,并议论可喜,书字亦进。文字亦若无难处,止有一事与汝说。凡文字,少小时须令气象峥嵘,采色绚烂,渐老渐熟,乃造平淡。

其实不是平淡,绚烂之极也。汝只见爷伯而今平淡,一向只学此样,何不取旧日应举时文字看,高下抑扬,如龙蛇捉不住,当且学此。只书字亦然。善思吾言。(《侯鲭录》卷八引)

这就是先绚烂,后平淡之说。赵德麟赞"此一帖乃斯文之秘,学者宜深味之"。所谓"绚烂",看来不但指文章有鲜明、丰富的色彩,也指一种"俊壮"、"迈往凌云",或者"峥嵘"的气势,苏轼自己其实是深爱这种色彩、气势的。他说:

海外亦粗有书籍,六郎亦不废学。虽不解对义,然作文极俊壮,有家法。(《与元老侄孙》)
岭海八年,亲友旷绝,亦未尝关念。独念吾元章迈往凌云之气,清雄绝世之文,超妙入神之字,何时见之,以洗我积岁瘴毒耶?今真见之矣,余无足云者。(《与米元章书》)

青少年血气方刚,想象丰富,对现实和未来充满幻想,他们的青春活力,决定其文章应该有绚烂的风格。青少年时代就求平淡,不但违反常态,也是到达不了的,勉强造作绝无益处。老年人的平淡,往往实是"枯淡",意志衰退,索然乏味。如果说陶渊明的某些诗是可贵的平淡,没有陶渊明的胸襟和卓越的艺术表现力,也就不会有他那样的平淡。如把平淡理解为落尽皮毛以后出现的平易、本色,那倒确是一种高境,但这和思想感情渐趋成熟、老练有密切关系,决不只是一个文字修养或技巧问题,的确只能是"渐老渐熟"以后才能做到的事。何况这样的平淡虽是一种高境,未必便是惟一的高境,那就更不必从青少年时代就来硬学了。信中苏轼自称"爷伯而今平淡",其实他的风格一辈子不能算平淡,岂不是垂老他还在欣赏"极俊壮"的"家法",和米元章作品的迈往、清雄、超妙吗?

苏轼当时,有些人写诗作文舍本逐末,力求奇险、古怪、他很不满意。平庸当然是缺点,故意追求险怪,又有什么意义?他说:

凡人文字,当务使平和,至足之余,溢为奇怪,盖出于不得已耳。晁文奇怪似差早。(《与鲁直》)

《竹坡诗话》中又有一节云:

> 有明上人者，作诗甚艰，求捷法于东坡。作两颂以与之。其一云："字字觅奇险，节节累枝叶。咬嚼三十年，转更无交涉。"其一云："冲口出常言，法度法前轨。人言非妙处，妙处在于是"。

奇怪，如果指不同于平庸的创新，是值得追求的。这就不能在条件没有具备时故意去制造出来。经验、识力具足后，自然能写出不平凡的东西。所谓"晁文奇怪似差早"中的"奇怪"，显然有贬意，非指有所创新。

这三先三后，我以为符合人们心理、智力等等成长发展的规律，也是文学史上很多成功作家共有的经验。苏轼这些话言简意赅，确是甘苦之言。

三、多读、多作、多改

苏轼多才多艺，作品既好又多，当时就有些人以为他怕是独得了什么秘法，所以往往有人向他求教"速化之术"，仿佛求到了就可如法炮制，立地成功。苏轼回答的却都是一些似乎非常"迂钝"的办法，例如读书，就说除读文艺书外，还要多读史书；读一本书，除了读，最好还要亲自手抄一遍；读一遍不够，应"每次作一意求之"，多方进行钻研，这就是他明白倡导的"八面受敌"法。

苏轼记述欧阳修对培养作文能力的谈话：

> 顷岁孙莘老识欧阳文忠公，尝乘间以文字问之。云："无他术，唯勤读书而多为之，自工。世人患作文字少，又懒读书，每一篇出，即求过人，如此少有至者。疵病不必待人指摘，多作自能见之。"此公以其尝试者告人，故尤有味。（《记欧阳公论文》）

欧阳修这些话，归纳起来，就是这样三条：多读、多作、多改。这是他的经验之谈，苏轼都赞同，也身体力行的。

作文要有调查研究，有实践功夫，苏轼对此非常重视，这里不谈。关于读文艺书，这是本行，他说过：

> 熟读《毛诗·国风》与《离骚》，曲折尽在是矣。（《许彦周诗话》引）
> 宜熟看前后汉史及韩、柳文。（《与元老侄孙四首》之一。）

故书不厌百回读，熟读深思子自知。(《许彦周诗话》引东坡《送安惇落第诗》)

作文要多读、熟读前代名著，而且还要开动脑筋，加以深思，看看前人文章的成功之处究竟在哪里。模仿是不能成家的，但对前人成功的经验，需要学习、借鉴，免得多走弯路。好书不是读一遍两遍就能看到或完全看到它的好处，故说"不厌百回读"。所谓"读书千遍，其义自见"，再难的书，只要多读、多思考，总能读懂它，掌握它。

光读不作，或作得很少，也不易进步。专业作家长期不写，还会感觉生涩，何况初学。得之于心的东西，如果缺乏经常的练习，未必便能应之于手。"拳不离手，曲不离口"，作文也不能脱离平时的勤奋锻炼。苏轼称赞一位学诗的朋友每天都规定写诗一首：

知日课一诗，甚善。此技虽高才，非甚习，不能工也。圣俞(梅尧臣)昔尝如此。(《与陈传道》)

常常锻炼，手就熟了，就能得心应手了。譬如练字，"作字要手熟，则神气完实而有余韵，于静中自是一乐事。"(《记与君谟论书》)写得多了、熟了、好了，乐趣也会大大增加，更不致把作文视为畏途了。

好的文章一般都是反复修改而成的。许多看来非常平易妥贴的文章，当初远非这个样子，乃千锤百炼的结果。"看似寻常最奇崛，成如容易却艰辛"，反映的就是这种过程。苏轼称许读书"迂钝"之功，赞美秦少游文章有"琢磨之功"，他自己作文也是不惮于屡改的。白居易、欧阳修、苏轼都一样：

自昔词人琢磨之苦，至有一字穷岁月，十年成一赋者。白乐天诗词疑皆冲口而成，及见今人所藏遗稿，涂窜甚多。欧阳文忠公作文既毕，贴之墙壁，坐卧观之，改正尽善，方出以示人。蓬尝于文忠公诸孙望之处，得东坡先生数诗稿，其和欧阳叔弼诗云"渊明为小邑"，继圈去"为"字，改作"求"字，又连涂"小邑"二字作"县令"字，凡三改乃成今句。至"胡椒铢两多，安用八百斛"，若初语，未免后人疵议。又知虽大手笔，不以一时笔快为定，而惮于屡改也。(何薳《春渚纪闻》七)

蜀中石刻东坡文字稿,其改窜处甚多,玩味之,可发学者文思。(《梁溪漫志》卷六)

作者写文,尽管力求思考停当,一时总难周到,当时想不到的,往往后来得以补充,有些疵病,当时看不出,过些时候,自己亦可发现。有的自然也还需要别人的帮助。但自己的努力,的确最重要。

不读书,不看报,又怕练习,写得极少,加上写完就算,甚至连自己再看一遍的耐心都没有,却就想获得好成绩,得到高评价,甚至一鸣惊人,对比一下古代文艺家的经验,试问怎么可能呢?

从苏轼教人如何作文的这些见解中,我以为无论对今天的作者还是指导青年写作的教师同志们,是都能得到不少启发的。

(原载《语文学习》1980年第5期)

1033

"八面受敌"的读书法

一 读些什么

苏轼不但是一个全能的文艺家——在散文、诗词、书法、绘画各方面都有杰出的成绩,同时还是一个对古籍如《易》《书》等深有研究,颇多新解的学者。他当然读过许多书,也对人谈过他读书的一些经验,有些经验我觉得至今还很值得重视。

他说书是世界上极其可贵的宝物。书用不坏,取不完,人人都能从中有求必获:"象犀珠玉怪珍之物,有悦于人之耳目而不适于用,金石草木丝麻五谷六材,有适于用而用之则弊,取之则竭。悦于人之耳目而适于用,用之而不弊,取之而不竭,贤不肖之所得,各因其才,仁智之所见,各随其分,才分不同,而求无不获者,惟书乎!"(《李氏山房藏书记》)书既是如此可贵的宝物,有条件读书,或读书越来越变得方便的时候,人们总应该好好多读些书了吧,事实上却并不。这使他异常慨叹。

古代书少,想读书的人很难得到书,看到也不易,求学是非常困难的。"自孔子圣人,其学必始于观书。当是时,惟周之柱下史聃为多书。……士之生于是时,得见六经者,盖无几,其学可谓难矣。"但当时确实产生过不少很有学问的人。周秦之间,百家争鸣,学派林立,流传到今天的著作还在人耳目,无论文字或识见,都各有其某些独到的地方。后来条件逐渐改善,学风却反而"苟简"起来:"自秦汉以来,作者益众,纸与字画,日趋于简便,而书益多,世莫不有,然学者益以苟简。"到了北宋时代,也是这个样子:"近岁士人,转相摹刻,诸子百家之书,日传万纸,学者之于书,多且易致如此,其文词学术,当倍蓰于昔人",却又相反,"皆束书不观,游谈无根"。这都是怎样造成的呢?原来,对后者,苏轼指的是那些"后生科举之士",对前者,虽未明言,当是指那些豪富子弟吧。这样一些人,或者是已经富贵了,或者是一心只想求得富贵,读书无非作为装饰或敲门砖,根本不是为了求学,自然不会认真的。

他认为只有那些比较穷苦、不易得书,而有志求学的青年,才能刻苦读书:"余犹及见老儒先生,自言其少时,欲求《史记》、《汉书》而不可得,幸而得之,皆手自书,日夜诵读,惟恐不及。"(《李氏山房藏书记》)连如此常见的书都不可得,可见不属豪富子弟。能手抄勤读,可见刻苦。如非有志之士,这是不可能的。如何谓之有志? 他一贯以"救时"、"济世"为有志。

书籍浩如烟海。一个人究竟应读哪些书,这要根据各自的需要和可能。苏轼有志"救时"、"济世",想解救北宋王朝骨子里积贫积弱的危机,他对贾谊、诸葛亮、陆贽等人的著作是极为赞赏的。他阅读《庄子》,从中学习横说竖说,头头是道,嬉笑怒骂,皆成文章的写法。孔孟之道他当然很熟悉。他是诗人,对《诗》、《骚》是重视之至的。他是北宋古文运动的领导人物,对唐代古文家韩愈、柳宗元的文章十分推崇。他读过许多书,兼收并蓄,从中取得各种营养。

值得注意的是他多次教人读点史书。他说:

> 近来史学凋废,去岁作试官,问史传中事,无一两人详者。可读史书,为益不少也。(《与千之侄》)
>
> 侄孙近来为学何如? 恐不免趋时。然亦须多读史书,务令文字华实相副,期于适用乃佳。勿令得一第后,所学便为弃物也。……侄孙宜熟看前后汉史及韩、柳文。(《与元老侄孙》)
>
> 公学术日益,如川之方增,幸更着鞭,多读史书,仍手自抄为妙。(《与王定国书》)

他不但要求"好读"、"熟看"史书,而且还再三提出"手抄"的必要。为什么还要"手抄"? 有时因为借来之书,非手抄不能常在案头,有时则是为了求得精熟,手抄一遍,与泛泛看过效果大不相同。他把手抄完毕几部必读的史书,看得好象完成了一件极大的工程:

1035

儿子比抄得《唐书》一部，又借得《前汉》欲抄。若了此二书，便是穷儿暴富也。（《答程全父推官》）

不难想象，要把《史记》、《汉书》、《后汉书》、《唐书》这些几百万字的大书手抄一遍，需要多大的决心与毅力！今天我们都很容易得到这些书籍了，但为了求得精熟，提要札记之功是否也可以忽视了呢？架上有书，不等于腹中有书。从架上书变成腹中书，再从死读书变成活读书，需要花很大的力气。古代有志之士手抄几百万字名著的决心与毅力，我看就在今天已经可以利用复印机械的时代，仍值得今人学习。

苏轼并非史学专家而如此重视读点史书，是高明的。因为人人都生活在历史运动之中，人人都在创造历史，都和历史命运有密切关系，每一个人都需要有点历史知识。无论救时、济世、知人、论艺，如要说话有点分量，可以当真说明一些问题，没有一定的历史知识就不可能。前事不忘，后事之师也，这是说知道历史经验的重要；文艺是时代生活的反映，论艺必须知人，知人必须论世，这是说有历史知识的重要。苏轼不是为读书而读书的人，他一生发了许多议论，目的都在挽救"当世之过"，要求读点史书，正是从这种探索过程中悟出的道理。

多读、熟看、手抄，还要深思。也可以说，前面这些方法都是为了要做到深思。东坡送安惇落第诗云："故书不厌百回读，熟读深思子自知。"又其教人作诗，云："熟读《毛诗国风与离骚，曲折尽在是矣"。（见《许彦周诗话》）熟读穷研，古人用心奥妙之处，就能玩味出来了。一目十行，不加思索，不但读过就忘，等于不读，即令记得一点，也只能照搬，无法举一反三，这样读书没有益处。

书是宝物，读书大有益处，但只有真正从读书中感到了极大乐趣的人，才能充分发挥阅读的主动性，而在学业上取得成就。苏轼有次向皇帝进言："臣等幼时，父兄驱率读书，初甚苦之。渐知好学，则自知趣向，既久，则中心乐之。既有乐好之意，则自进不已。古人所谓'知之者不如好之者，好之者不如乐之者'。陛下上圣，固与中人不同，然必欲进学，亦须自好乐中有所悟入。"（宋李廌《济南先生师友谈记》）要变被动为主动，变拉不上去为自进不已，必须引导读者把读书从苦事转为深感乐趣。如何做到这一点，值得仔细研究，恐怕也不能一律对待，但总要这么办，可算是规律。苏轼虽称皇帝为"上圣"，却认为皇帝要"进学"，也得遵此规律，别无捷径。苏轼"以犯颜纳谏为忠"的精神，在这个问题上，也多少表现出来了。

二 怎 样 读

苏轼读书,有种方法,被称为"八面受敌"法,很著名,也引起一些驳论。情况是这样:王庠应制举时,向苏轼求教读书之法,苏轼写信回答了他。这封信今集中不载,沈作喆《寓简》中把它保留下来了。信云:

> 别笺所示,老病废忘,岂堪英俊如此责望。少年应科目时,记录名数、沿革等,大略与应举者同耳。亦有少节目文字,皆被人取去,然亦无用也。实无捷径必得之术。但如君高才强力,积学数年,自有可得之道,而其实皆命也。但卑意欲少年为学者,每一书皆作数次读之。书之富如入海,百货皆有,人之精力不能尽取,但得其所求者尔。故愿学者,每次作一意求之。如欲求古今兴亡治乱、圣贤作用,且只以此意求之,勿生余念。又别作一次,求实迹故实,典章文物之类,亦如之。他皆仿此。此虽似迂钝,而他日学成,八面受敌,与涉猎者不可同日而语也。甚非速化之术,可笑可笑。承下问,不敢不尽也。(《寓简》卷八)

同样的意思,苏轼在谈他读《汉书》的经验时也有所表露。辗转引述,各书文字不尽相同,姑用李慈铭的说法:

> 尝有人问苏文忠公曰:"公之博洽可学乎?"曰:"可。吾尝读《汉书》矣,盖数过而始尽之。如治道、人物、地理、官制、兵法、财货之类,每一过专求一事。不待数过,而事事精覈矣。"(《越缦堂读书记》1854 年 7 月 26 日《升庵集》条)

两条材料,给王庠的信中主要叙述这种方法,谈读《汉书》的经验主要指出用此法读书取得的显著效果,意思是完全一致的。后人对苏轼这种读书法,赞成的很多,如李慈铭即以为"诚读书之良法也",杨峒则自称:"愚常服膺其言,谓不独记诵之法,撰著之体亦宜然也。"(《书岩剩稿·南北史捃华序》)清代文史学家章学诚却很不以为然,认为:"学者多诵苏氏之言以为良法,不知此特寻章摘句,如近人之纂类策括者尔。……今人稍留意于应举业者,多能为之,未可进言于学

问也。而学者以为良法,则知学者鲜矣。"章氏指出苏轼的主张,"进退皆无所据":

> 夫学必有所专,苏氏之意,将以班书(指班固《汉书》)为学软?则终身不能竟其业也,岂数过可得而尽乎?将以所求之礼乐兵农为学软?则每类各有高深,又岂一过所能尽一类哉!就苏氏之所喻,比于操贾求货,则每过作一意求,是欲初出市金珠,再出市布帛,至于米粟药饵,以次类求矣。如欲求而尽其类软?虽陶朱、猗顿之富,莫能给其贾也;如约略其贾而每种姑少收之,则是一无所成其居积也。

章氏分析苏轼的这种方法所以能得到人们赞成的原因:

> 苏氏之言,进退皆无所据;而今学者方奔走苏氏之不暇,则以苏氏之言,以求学问则不足,以务举业则有余也。举业比户皆知诵习,未有能如苏氏之所为者,偶一见之,则固矫矫流俗之中,人亦相与望而畏之;而其人因以自命,以谓是学问,非举业也,而不知其非也。

章氏又指出苏轼为什么会主张这种方法:

> 苏氏之学出于纵横,其所长者揣摩世务,切实近于有用,而所凭以发挥者,乃策论也。策对必有条目,论锋必援故实,苟非专门夙学,必须按册而稽;诚得如苏氏之所以读《汉书》者尝致力焉,则亦可以应猝备求,无难事矣。

章氏对苏轼此法的总的评价是:

> 或曰:如子所言,韩(愈)苏不足法软?曰:韩苏用其功力,以为文辞助尔,非以此谓学也。(《文史通义·博约上》)

我们所以详引章氏的批评意见,一因过去和现在确有许多人赞成苏轼的这种读书法,却很少听过对此法的批评意见,听听可以比较一下。二因章氏的批

1038

评意见虽或过严,却有其合理部分。

章氏认为苏轼此法只能为文辞之助,不过是一种"功力",做学问的人必须有功力为基础,但光有功力不等于就有了学问,"学与功力,实相似而不同","指功力以谓学,是犹指秫黍以谓酒也"(同上《博约中》)。指出学问与功力有别,这是对的。如果认为用苏氏此法读书,所得多在功力,与系统专门的学问尚有区别,也是对的。但如认为此法所得毫无学问,仅是功力,亦太过分。说苏轼自己也"非以此谓学也",乃章氏反对此法而为苏轼稍加开脱的委婉说法,其实苏轼是不会承认的。

即以读班固《汉书》为例。每一过专求一事(或称一类),无论治道、人物、地里、官制、名法、财货(或如章文所提的兵、农、礼、乐),用这种读法,由于注意力集中,在读的过程中就可把同类材料联系起来思考,的确能理解得比较全面、清楚,有用的资料不大会被遗漏;这样读,对班固于这一类问题的钻研和理解是能够掌握得较好较牢的;一类一类读过去,对班固于这一类问题以及这一类问题之间的关系,也能钻研和理解得较深入。这样的所得,究竟算不算学问,还是只能当作一种功力呢?研究班固,不能说不可成为一种学问。那么,譬如说,一过先注意他谈"治道"的资料,掌握他对"治道"的见解,从而加以研讨,这怎能说只是功力,绝非学问?如果说,班固对"治道"的见解不过是他个人的一种见解,"治道"本身的范围和问题远比他个人经过看到的要广大、复杂得多,应该全面研讨"治道",包括古往今来政治的规律等等,才算得上专门之学,那就只能把研究班固对"治道"的见解看成是全面研讨"治道"的功力了。这或者可以说是一种最有系统的专门之学吧,但因此就非把研究班固对"治道"的见解的学术意义完全抹杀不可,我以为是不合理的。系统的理论研究,应该有对一个一个具体事物的探讨、评议为基础,它不可能凭空得来。章氏坚持学问的创造性,系统性,有其必要,但陈义过高,壁垒过严,对具体问题的研讨与系统理论的研讨之间具有密切联系这一点注意不够,恐怕也难于说服人。他把苏轼这种读书法贬为"以求学问则不足,以务举业则有余",就是这样来的。当然,经过分类推究,掌握了班固对"治道"的见解,若就以为"治道"之学已尽于此,可以局部代替整体了,完全无视功力与学问的分野,也不好。

对苏轼的"八面受敌法",毛泽东同志曾谈到并评价过。他说:

　　古人说:"文章之道,有开有合",这个说法是对的。苏东坡用"八面受敌"法研究历史,用"八面受敌"法研究宋朝,也是对的。今天我们研究中国社会,也要用个"四面受敌"法,把它分成政治的、经济的、文化的、军事的四个部分来研究,得出中国革命的结论。(《关于农村调查》1941 年 9 月 13 日,见《人民日报》1978 年 12 月 13 日)

毛泽东同志这里也认为中国社会可以分成四个部分来进行,分析而又综合,最后得出中国革命的结论。分析不等于综合,犹之功力不等于学问,但无分析不能有综合,无功力不能有学问。二者有区别,却仍密切联系着,不能截然划分,因为分步骤的分析之中必然有小的综合。一句话,用"八面受敌"法读书,能够做出某种学问来,尽管读书求学还可以有别种方法。

苏轼才气纵横,无所不可。或以为他是天才,或以为他有什么独得的捷径。试看他的读书及其"八面受敌"法,确实都"甚非速化之术",而是需要花费长期艰巨的劳动的。没有这种种似乎"迂钝"的顽强努力,难道他的才气纵横能从天空中落到他头上吗?

(原载《语文教学通讯》1980 年第 7 期)

附录　略谈"四人帮"的反对苏轼

　　在古代作家中,"四人帮"对苏轼最恨,骂得最多、最凶。梁效、罗思鼎……倾巢而出,个个上阵,都不止一次破口大骂,而且越骂越凶。他们一定还有很多潜台词,因为覆灭得快,没来得及出笼。

　　1973年有一篇《读柳宗元"封建论"》,是在叛徒江青的耳提面命下首先发难的。在这篇文章里,竟把同属地主阶级的王安石和苏轼说成完全对立的人物,说什么苏轼竭力维护旧制度,是顽固派,仿佛王安石是要建立什么新制度。他说苏轼公然辱骂、污蔑"法家"的柳宗元。查一查原文,苏轼分明是赞美这篇文章的:"柳宗元之论,当为万世法。"过去还没有一个人对柳宗元这篇文章作过如此高的评价。1974年同一作者还有一篇《诸葛亮和法家路线》,骂苏轼是比程颐"更进了一步"的儒家,说他"完全用儒家仁义道德的说教来攻击诸葛亮",说"只有宋襄公那种蠢猪式的仁义道德才合乎苏轼的口味"。真是这样么?几乎完全不合事实。大家知道,苏轼在政治上哲学上都很厌恶二程。他一生政上最佩服的两个人就是陆贽和诸葛亮。他有次议论诸葛亮,只是说"孔明既不能全其信义以服天下之心,又不能奋其智谋以绝曹氏之手足,宜其屡战而屡却哉"。他主张应象汉朝那样,以诈力取,以仁义守。白纸黑字,证据甚多。这个作者抱实用主义,只取其次要的一点,不及其余。至于说苏轼喜欢宋襄公,更不值一驳。苏轼有专篇《宋襄公论》,还有众所周知的《上神宗皇帝书》、《儒者可与守成论》,其中都有明白指斥宋襄公口称仁义道德之愚蠢、虚伪的确凿材料。这个作者不是那样幼稚,连苏轼的文章都读不懂,他也不是不知道评论古人总得读完古人的作品。那么为什么他会这样胡言乱语,毫不脸红呢?既不是幼稚,也不是一时疏忽,乃是利令知昏,甘心出卖灵魂,所以连起码的写作道德和诚实

1041

态度都不要了。

罗思鼎、梁效也一样。1974年罗思鼎说苏轼"是典型的投机派","恪信儒家信条的孔孟之徒"。1975年又根据一条并不可靠的传说，说"儒家之徒"苏轼写过一首"淮西功业冠吾唐，吏部文章日月光"的诗为"儒家"韩愈翻案。一九七五年梁效说"大地主保守势力的代言人"苏轼，宣扬杜甫在"流落饥寒，终身不用"的情况下，能够做到"一饭未尝忘君"而列杜甫为"古今诗人之首"，说他"如此突出强调杜甫的忠君思想，显然是为了维护大地主的反动统治"。苏轼自然有种种局限，应该分析批判。但王安石当权时他不附和王安石，司马光上台后他又不满司马光，以致屡遭贬斥，一直被放逐到海南岛，怎能说他是投机派，而且还是"典型的"呢？苏轼把杜甫列为古今诗人之首，难道只说过一句"一饭未尝忘君"么？被说成苏轼对立面的王安石也极尊杜甫，也极忠君。如果王安石变法不是首先为了维护皇族地主在内的大地主统治，难道宋神宗会支持他？这批无耻文人，可以把"三纲"的实际首倡者韩非的连昏君也非拥护不可的绝对君权主义吹捧得天花乱坠，可以把吕后、武则天、慈禧，以至叛徒江青吹捧得天衣无缝，却把苏轼的几句话孤立地揪住不放，不比较，不分析，一味攻击，这算什么批判，算什么研究！完全是别有用心的造谣、歪曲、欺骗。

"四人帮"一伙为什么这样讨厌苏轼？开头只以为他们以王安石自居，而苏轼的确反对过王安石的某些主张。后来把苏轼的作品多看了一下，发现苏轼的言论，原来有很多是不合"四人帮"篡党夺权的胃口，同他们所造的反革命舆论格格不入的。例如"四人帮"为了广搜爪牙，培植帮派势力，大搞"双突"！叛徒江青一再借贾谊未能有大的作为，攻击四届人大的安排，不重视所谓"新生力量"。苏轼文章中则指出当时不次上升的官僚中的确有很多坏人，提出了一些相当有意义的反对这样做的理由！他又不止一次指出贾谊言辩而术疏，多"处士之大言，少年之锐气"，并不是汉文帝不能用他，乃是贾谊自己不能用汉文帝，还说绛、灌并不是"蔽贤"之士。"四人帮"吹捧吕后，江青想追随吕后，苏轼却斥责吕后有"邪谋"，"擅王诸吕，废黜刘氏"，非常称赞诛杀了诸吕的周勃和陈平。"四人帮"大骂霍光，苏轼却赞美霍光，说他"才不足而气节有余"，捍卫了汉武帝留下的社稷和事业。苏轼这些话，出发点当然同我们不一样，但对"四人帮"的阴谋活动都是不利的。因为对他们不利，所以就得一棍子把他打死。若不是覆灭得这么快，"四人帮"一伙对苏轼肯定还有很多无理攻击会出笼。

我毫无意思为苏轼的种种局限辩护。不过想借此说明，"四人帮"一伙在文史领域里耍的种种花样,根本谈不上什么研究,也不是真正的批判,实是他们搞反革命阴谋,搞文化专制主义,搞古为帮用的一部分。他们的种种奇谈怪论,荒谬无耻,有时虽也同理论问题有关,更多的却不过是最起码的"文德"问题,歪曲、捏造事实的问题。如果他们的阴谋得逞,这种帮风帮气继续猖獗下去,正直、诚实的文史研究工作者还有什么生路,真正的文史科学研究还怎么能开展?

（原载《中华文史论丛》第七辑,1978 年 5 月）

（本书出版于 1981 年）